**Tracey Mathias** studierte Geschichte und reiste zunächst lange durch die ganze Welt, bevor sie anfing, als Lehrerin zu arbeiten. Sie lebt mit ihrem Ehemann und ihren drei Kindern in London. **Assalay** ist ihr Debüt als Autorin.

Tracey Mathias

Assalay – Die Verschwörung der Lords

Tracey Mathias

# Assalay

## Die Verschwörung der Lords

Aus dem Englischen
von Anne Braun

Klopp · Hamburg

In der Assalay-Trilogie von Tracey Mathias
sind bereits erschienen:

*Das geheimnisvolle Amulett*
*Die Verschwörung der Lords*

FSC Mix
Produktgruppe aus vorbildlich bewirtschafteten Wäldern und Recyclingholz oder -fasern
www.fsc.org Zert.-Nr. SGS-COC-001940
© 1996 Forest Stewardship Council


Published by Arrangement with Tracey Mathias
Dieses Werk wurde vermittelt durch die
Literarische Agentur Thomas Schlück GmbH, 30827 Garbsen
Aus dem Englischen von Anne Braun
Einband von Hanna Hörl Designbüro, München
Illustration von Ferenc B. Regös
Reproduktion: Die Litho, Hamburg
Druck und Bindung: GGP Media GmbH, Pößneck
Printed in Germany 2010
ISBN 978-3-7817-1328-4

**www.klopp-buecher.de**

# Inhalt

## 1. Kapitel

# Ionas Glückstag

Zwei glückliche Zufälle!

Das kam nicht oft vor. Nicht an einem einzigen Tag. Nicht, wenn man im Jahre 551 in Assalay Sklavin einer Monarchenfamilie war. Wenn man den ganzen Tag mit niedergeschlagenen Augen durchs Haus huschen musste, fast nie den Mund öffnen durfte, und wenn, dann nur, um ›Ja, Mylady‹ oder ›Nein, Mylady‹ zu murmeln. Wenn man in einem Kellerraum schlafen musste, dessen Fenster so klein war, dass einen der Mond oft mehrere Nächte hintereinander nicht sehen konnte.

Und doch war es ihr heute passiert; ihr, Iona, der Leibsklavin der jungen Lady Rachel Philemot.

Am Morgen war sie mit ihrer Herrin zum Platz der Befreiung gefahren, einem großen Platz im Zentrum der Hauptstadt Freehaven. Dort hatte eine Feier anlässlich der Verlobung von Lord Ivan Demersal mit Lady Iseult Querimon stattgefunden, und Iona wurde gebraucht, um Lady Rachels Haare und Kleidung zu richten, bevor sich ihre Herrin für die Zeremonie zu den anderen Familien des Monarchenbundes in der Basilika gesellen konnte. Während sich ihre Herrin im Inneren aufhielt, wartete Iona zusammen mit dem Kutscher draußen.

Zu diesem Zeitpunkt deutete noch nichts darauf hin, dass es für sie ein Glückstag werden sollte. Die silberne Kuppel der Basilika lag glanzlos und bleiern unter einem düsteren Himmel. Eisige Regentropfen peitschten fast waagrecht über den Platz und sammelten sich in Pfützen auf den weißen Marmorplatten. In der Kutsche blieb man zwar einigermaßen trocken, aber dennoch war einem bitterkalt. Und der Kutscher – eigentlich noch ein Junge, nur wenige Jahre älter als sie – war ein Angeber und Langweiler.

»Was? Du warst noch nie auf dem Platz der Befreiung?«, hatte er höhnisch gefragt.

»Nein.« Sie hatte noch kaum etwas von der Stadt gesehen, obwohl sie seit nunmehr vier Jahren in Freehaven lebte. Denn die meiste Zeit war sie Küchenmagd gewesen und als blasses, unterirdisches Geschöpf durch die Gänge im Küchentrakt gehuscht.

»Dann weißt du sicher auch nicht, was das für Gebäude sind, hm?«

Er hatte es ihr geschildert, wesentlich ausführlicher, als es ihr lieb war. »Das große Haus dort beim Fluss ist das Senatsgebäude; dann kommen das Nationalarchiv, der Gerichtshof und das Wachbüro. Das hier ist natürlich die Basilika mit ihrem Kreuzgang und der Chorschule …« Iona hörte nur mit halbem Ohr zu, bis ein bestimmtes Wort sie aufschrecken ließ.

»Hast du eben Westen gesagt?«

»Ich sagte Westliches Tor«, erklärte er. »Diese Straße hier führt zum Westlichen Tor.« Er deutete auf eine breite Allee.

»Und wohin führt dieses Westliche Tor?«

»Na, zur Westlichen Straße natürlich, die bis zum Meer geht.«

Das war der erste glückliche Zufall gewesen. Der zweite ereignete sich etwas später, als sie Lady Rachels lange, rote Haare kämmte, nachdem sie sämtliche Nadeln herausgenommen, die Schnecken und Zöpfe aufgemacht hatte und nun die verhedderten Knoten ausbürstete. Ihre Herrin spielte derweil mit Schmuckstücken herum, die auf der Kommode lagen. Sobald sie fertig gekämmt war, schob sie die Schmuckstücke zu einem Haufen zusammen.

»Räum das weg«, sagte sie. »Nein, warte … Das da will ich nicht mehr.« Sie griff nach einem Armband: Türkise und Gold, ganz hübsch, aber nicht sonderlich wertvoll. »Willst du es haben?«

Was im Namen aller Monde soll ich damit anfangen?, fragte sich Iona, sagte aber höflich »Danke« und steckte das Armband, das sie nie im Leben tragen konnte, in ihre Tasche. Dann räumte sie die Räume ihrer Herrin auf und zog sich in ihren eigenen kleinen Kellerraum zurück. Aber an Schlaf war noch nicht zu denken; sie musste zuerst noch einen Abendumhang flicken, den Rachel zerrissen hatte, als sie vom Baumhaus geklettert war.

Iona rieb sich die Augen, zündete eine Laterne an, setzte sich dicht davor und blinzelte auf den glänzenden, grünblauen Seidenstoff auf ihren Knien. Er hatte dieselbe Farbe wie das Meer im Sommer. Sie hielt sich die Hände links und rechts neben die Augen, sodass sie nur noch den Stoff vor sich sah. Im matten Lichtschein, der auf die Seide fiel, konnte man sich beinahe vorstellen, dass es Wasser war, das unter einer warmen Sonne sachte hin und her schwappte. Wenn sie die Augen schloss und sich genügend konzentrierte, müsste es ihr doch möglich sein, sich auch das Geräusch der Wellen und den Wind vorzustellen …

Aber dann bekäme sie auch das heiße Salz ihrer Tränen zu spüren. Und dafür war im Moment keine Zeit. Resolut schlug sie die Augen wieder auf und schob den Faden durch das Nadelöhr. Während des Nähens ließ sie ihre Gedanken wie einen Strohhalm auf dem Ozean treiben. Dieser Tag hatte ihr mehr gebracht als die meisten anderen

Tage. Sie hatte etwas Neues erfahren und ein Schmuckstück geschenkt bekommen: In ihrem Kopf kreisten die Gedanken träge umeinander, streiften sich manchmal, lösten sich wieder voneinander, berührten sich erneut und verschmolzen irgendwann zu einer neuen Idee.

Zwei glückliche Zufälle – genau diese beiden – stellten eine Chance dar.

Am nächsten Morgen trat Iona aus der Küchentür in das graue Licht und die frostige Kälte einer winterlichen Morgendämmerung. Im ersten Moment zögerte sie, spürte die Sicherheit des großen Hauses in ihrem Rücken und das Meer der Unkenntnis über die Welt, die vor ihr lag. Sie atmete tief ein. Feuchte Luft strömte kühl und belebend in ihre Lungen; sie war voller Energie und ließ jede Faser ihres Körpers vibrieren. Leise zog Iona die Tür hinter sich zu und huschte über den Pfad zum seitlichen Gartentor. Die glatten, weißen, durchscheinenden Steinchen knirschten unter ihren Füßen, als sie ihrer Freiheit entgegenlief.

Die Straße war schmal und auf beiden Seiten von hohen, weißen Mauern umgeben. Iona bog um die erste Ecke, dann um die nächste und verlor sich bald schon in einem verwirrenden Labyrinth ähnlich aussehender Straßen, die sich zwischen den großen Häusern und Gärten von High Side einherschlängelten – der steilen Anhöhe von Freehaven, an der die Familien des Monarchenbundes wohnten. Ihr wurde zunehmend banger zumute. Irgendwann fand sie sich vor dem Hauptportal des Philemot-Hauses wieder – fast so, als hätten die Straßen gewusst, dass sie eine Flüchtende war, und sie deshalb umzingelt und dorthin zurückgetrieben, wo sie hingehörte.

Sie hätte sich natürlich wieder ins Haus schleichen können. Vermutlich hatte noch niemand ihr Verschwinden bemerkt. Allerdings durfte man nicht einfach aufgeben, wenn man ausnahmsweise zweimal Glück gehabt hatte. Wieder nahm Iona einen tiefen Atemzug von der belebenden Morgenluft und wandte sich dann entschlossen um.

Diesmal war ihr das Glück hold. Der richtige Weg tat sich wie von selbst vor ihr auf und führte sie rasch auf die breite Straße, die von High Side hinunter ins Stadtzentrum führte. Sie sah ganz Freehaven ausgebreitet vor sich liegen: den Fluss, das Labyrinth der Straßen und den Platz der Befreiung. Die hohen, weißen Gebäude, die diesen Platz säumten, lagen noch im Schatten, doch die Kuppel der Basilika fing das frühe Morgenlicht ein und glänzte matt hinter einem Vorhang aus Nieselregen.

Leichtfüßig lief Iona den steilen Hügel hinunter und gelangte auf den gewölbten Rücken der großen Brücke, die den Fluss überspannte. In der Mitte angelangt, blieb sie stehen und beugte sich über das Geländer. Der Fluss war blutrot: Es war Aquilon, Lord Teredos Mond, und ihm zu Ehren war das Wasser in seiner Wappenfarbe gefärbt. Ein kurzes Schwindelgefühl packte Iona; das lag zum einen an dem Wasser, das so schnell unter den Brückenbögen hervorschoss, hauptsächlich aber daran, dass sie zum ersten Mal seit vier Jahren ihr eigener Herr war. Sie konnte tun, was ihr beliebte. Wenn sie gewollt hätte, hätte sie den ganzen Morgen hier stehen bleiben können.

Aber sie hatte eine lange Reise vor sich. Sie richtete sich wieder auf und überquerte den Rest der Brücke flotten Schrittes. Die breite Straße, die vom Platz abging und die ihr der Kutscher gestern gezeigt hatte, würde sie direkt zum Westlichen Tor bringen: einem massiven Wehrturm, der in die Stadtmauer eingebaut war. Am Fuße dieses Turms gab es ein großes, zweiflügeliges Holztor, doch es war verschlossen.

Der Nieselregen von vorhin war stärker geworden und Iona stellte sich Schutz suchend unter das Vordach einer Taverne. Sie hätte den langweiligen Kutscher gestern fragen sollen, wann das Stadttor offen war. Vielleicht gar nicht jeden Tag. Vielleicht wurde es nur für die Lordschaften geöffnet ...

»Ganz schön kalt, hm?«

Eine Frau hatte sich zu ihr unter das Vordach gestellt. Iona lächelte sie halbherzig an.

»Willst du auch die Stadt verlassen?«, fragte die Frau.

»Oh ... ja. Wird das Tor bald aufgemacht?«

»Klar!«, antwortete die Frau lachend. Bibbernd rieb sie sich die Hände und pustete sie an. »Stünde ich sonst hier in der Kälte herum? Hast du einen weiten Weg vor dir?«

»Ich will zu den Marram-Inseln.«

»Das ist wirklich ganz schön weit.«

»Wirklich? Aber die Straße führt doch direkt bis dorthin, oder?«

»Aber ja. Du musst nur bis ganz zum Ende gehen. Aber um diese Jahreszeit ...?« Ihr Gesicht besagte überdeutlich, dass sie es sich selbst nicht zumuten würde, und sie zog fröstelnd ihren Umhang enger um sich.

Das graue Morgenlicht über der Stadt wurde heller und weitere Leute stellten sich zu ihnen unter das Vordach. Dann endlich ertönte ein einzelner tiefer Glockenschlag vom Turm der Basilika, und Iona sah, dass Leben in die Umstehenden kam und sie nach ihren Bündeln und Taschen griffen. Die schweren Stadttore auf der anderen Seite wurden langsam aufgeschoben. Voller Eifer eilte Iona darauf zu. Auf der anderen Seite des düsteren Torbogens im Fuß des Wehrturms war links und rechts der breiten Straße, die in den fernen Westen führte, eine flache Landschaft zu sehen. Iona war voller Zuversicht. Sie würde diese lange Reise schaffen. Sie musste schließlich immer nur einen

Fuß vor den anderen setzen und durfte nicht aufgeben, ehe sie nicht am Ende der Westlichen Straße angelangt war.

Die Frau, mit der sie gesprochen hatte, trat als Erste in den Torbogen. Da kam plötzlich ein Mann in einer hellgrauen Uniform aus der Düsternis und streckte die Hand aus. »Passierschein!«

Die Frau wühlte in ihrer Tasche, zog ein kleines, viereckiges, mit einem Siegel versehenes Pergament heraus und reichte es dem Mann. Der Wächter las es sorgfältig durch, faltete es wieder zusammen, gab es zurück und winkte die Frau durch. Diese trat aus dem Dämmerlicht unter dem Torbogen in das regennasse Morgenlicht auf der anderen Seite und machte sich mit langsamen, gleichmäßigen Schritten auf den Weg. Iona, die als Nächste in der Schlange stand, trat hastig zur Seite und ließ den Mann hinter ihr vor. Sie schaute zu, wie er durchgelassen wurde, dann der Nächste und noch einer. Die Wachsoldaten fragten jeden nach seinem Passierschein, und jeder zeigte, ohne zu zögern, ein kleines Pergament vor, versteckt an einem sicheren Ort wie Taschen, Brieftaschen oder am Boden ihrer Körbe: kleine Vierecke aus Pergament, die allesamt gleich aussahen und mit einem Siegel versehen waren.

Iona entfernte sich unauffällig vom Stadttor und ging zum großen Platz zurück. Was jetzt? Konnte man sich so ein Papier *kaufen*? Sie hatte Lady Philemots Armband. Eigentlich hatte sie sich nicht so schnell davon trennen wollen, doch wenn es die einzige Möglichkeit war, um aus der Stadt zu kommen … Das Armband lag in ihrer Rocktasche, und sie umklammerte es mit steifen Fingern, während sie über den großen Platz ging und angestrengt überlegte.

»Ich an deiner Stelle würde die Hand aus der Tasche nehmen«, sagte da eine leise Stimme. »Sonst kannst du gleich herumposaunen, dass du etwas Wertvolles mit dir herumträgst.«

Sie wirbelte herum und blickte in die amüsierten Augen eines Jungen, die wie Vogelaugen glänzten. Das Gesicht unter dem zerzausten, blonden Haarschopf war schmutzig. Und er war größer als sie, langgliedrig und mager. Obwohl er eindeutig ein Gassenjunge war, stand er so lässig und selbstbewusst vor ihr, als gehörte ihm die ganze Stadt.

»Wie meinst du das?«, fragte sie trotzig, konnte aber nicht verhindern, dass ihre Stimme zitterte.

»Ach, komm schon. Du hältst dich an dieser Tasche fest, als hinge dein Leben davon ab. Was ist drin? Die Perlen einer adeligen Dame?« Das hätte ein Scherz sein sollen, doch sein Lächeln erlosch abrupt, als er unter der Kapuze ihres Umhangs etwas Grünblaues am Ohrläppchen aufblitzen sah. Rasch zog er ihre Kapuze wieder nach vorn, damit es versteckt war. »Das ist Philemots Abzeichen«, flüsterte er. »Hast du etwas geklaut? Bist du auf der Flucht?«

»Ich komme nicht aus der Stadt. Ich habe nicht gewusst, dass man dafür ein Papier braucht.« Zu ihrer Beschämung und Wut brach sie plötzlich in Tränen aus, heiße Tränen, die sich auf ihren Wangen mit den kalten Regentropfen vermischten.

»Nicht weinen, Kleine. Pssst … du willst doch nicht, dass die Leute herschauen …« Der Junge legte ihr einen Arm um die Schultern und führte sie zu einem Trampelpfad am Flussufer, der auf einer der Terrassen verlief. Sie gingen ein Stück flussaufwärts bis zu einer Stelle, wo schmale Stufen zu einem Kiesstrand hinunterführten. Dort standen mehrere Trauerweiden dicht beieinander; und der Junge schob einige der herabhängenden Äste auseinander und führte Iona an einen grünen, geschützten Platz zwischen den Bäumen. Dort gab es einen kleinen Unterschlupf – eine Art Kegel aus miteinander verflochtenen Weidenzweigen – und sie schlüpften hinein. Der Platz darin reichte kaum aus für sie beide und der Regen tropfte herein. Trotzdem war es etwas trockener als draußen und man war vor fremden Blicken geschützt.

»So«, sagte der Junge, »du bist also weggelaufen, sitzt aber in Freehaven fest. Was hast du jetzt vor?«

Iona starrte auf die hängende, grüne Blätterwand und durch die Ritzen hinaus auf den vorbeiströmenden Fluss. An einem dürren Ast, den die Windböen hin und her warfen, wuchsen ein paar neue Triebe, und die Adern der jungen Blätter waren vom Flusswasser rot gefärbt. »Keine Ahnung. Am besten, ich gehe zurück. Vielleicht hat noch niemand gemerkt, dass ich weg bin …«

»Da wäre ich mir nicht so sicher«, sagte er. »Hör auf zu weinen. Vielleicht kann ich dir ja helfen.«

Sie wischte sich über das Gesicht. »Wie?«

»Es gibt Mittel und Wege, aus der Stadt zu kommen. Aber fürs Erste kenne ich einen Ort, an dem du in Sicherheit bist, und Leute, die sich um dich kümmern werden.«

Hätte er ihr nur ein Obdach angeboten, wäre sie reumütig zu den Philemots zurückgekehrt. Aber wenn es doch eine Chance gab, aus der Stadt zu kommen und die lange Straße nach Westen unter den Füßen zu spüren, dann war sie nicht gewillt, vorschnell aufzugeben.

»Gut«, sagte sie. »Ich heiße übrigens Iona.«

Er streckte eine feingliedrige, schmutzige Hand aus. »Jinx.«

»Hallo, Rachel. Du bist noch nicht angekleidet?«

Der junge Lord Leo Philemot lehnte lässig im Türrahmen der Räume seiner Schwester. Er roch nach Garten; seine Haare waren regennass, seine Kleidung wies grüne Flecken auf. Allem Anschein nach hatte er den frühen Morgen wie üblich auf einem Baum zugebracht und für nichts Augen gehabt als für die Vögel im Geäst. Rachel musterte ihn und sagte schnippisch: »Richtig bemerkt, Leo. Und *du* bist schmutzig!«

Mit einem Schulterzucken beäugte er seinen Ärmel. »Aber wenigstens bin ich *angekleidet*. Hast du vergessen, dass wir heute früher als sonst fertig sein müssen?«

»Nein, hab ich nicht. Aber Iona ist verschwunden. Becky hilft mir beim Ankleiden, sobald sie mit Mutter fertig ist.«

»Sie ist verschwunden? Komisch …« Er zuckte die Schultern und grinste. »Ich warte auf dich, wenn du willst. Ich sollte mir vielleicht nur schnell eine andere Jacke anziehen.«

Er eilte davon, war aber nach erstaunlich kurzer Zeit wieder zurück. Rachel war noch am Herumzappeln und Stöhnen, während Becky die vielen Schnüre zuzog, ihr die Schärpe zuband und annähernd hundert winzige, eng beieinanderstehende Knöpfe aus Mondsteinen und Perlen zumachte. Leo stellte sich vor den Kamin, um den letzten Rest der morgendlichen Feuchtigkeit aus seinen Kleidern zu vertreiben, und beobachtete das hin- und herschwingende Pendel der Uhr, die auf Rachels Kaminsims stand und das Licht einfing.

»Ah, sie ist also repariert.«

»Ja.« Endlich konnte Rachel Beckys Händen entkommen.

»Wirst du sie noch einmal auseinandernehmen?«

Sie schaute ihn finster an. »Ich wollte doch nur wissen, wie sie funktioniert.« Sie folgte ihm in den Korridor und warf ihre Zimmertür hinter sich zu. Gemeinsam eilten sie nach unten, in die Kapelle, wo ihre Eltern schon auf sie warteten. Sobald sie ihre Plätze eingenommen hatten, begann der Hauskantor die Gebete an die Monde zu singen, die das Ende der Nacht und den Beginn des neuen Tages verkündeten.

*»Große Herrscher der Himmel, Wächter der Nacht,*
*Die ihr uns durch die Dunkelheit begleitet,*
*Wir bewundern Eure Weisheit und Eure Macht,*
*die uns diesen Tag auf Erden hat bereitet,*
*Euch verdanken wir den Bund der Monarchen,*
*die weise und klug über Assalay wachen.«*

Rachel ließ sich von den vertrauten Worten und der Melodie umfluten. Das Licht, das zu dem Buntglasfenster des Daches hereinfiel, erinnerte an Wasser, grünblau und schimmernd. Es badete alles in Eisblau – der Wappenfarbe der Philemots: die weißen Wände, die weiße Perücke ihres Vaters, ihre eigene blasse Haut. Rachel schaute zum Dach hinauf und starrte gedankenverloren auf die Muster, die die Regentropfen auf das Glas malten. Als die Morgengebete zu Ende waren, tauchte sie aus ihrem Tagtraum auf und folgte ihrer Familie in den Frühstücksraum, wo sie ihren Platz gegenüber von Leo einnahm.

»Ist Iona wiederaufgetaucht?«, fragte sie.

Ihre Mutter, Lady Cecilia Philemot, schüttelte den Kopf. »Es sieht ganz so aus, als sei sie weggelaufen. Ausgerechnet heute, wo wir nach Mabberling reisen! Ich weiß nicht, wen wir für dich mitnehmen sollen, Rachel. Penny ist krank und niemand sonst kann dich ordentlich frisieren … Vielleicht kann Elinor uns eine ihrer Sklavinnen ausleihen …«

Rachel verzog das Gesicht. Es war schon schlimm genug, dass alle so einen Wirbel um ihre Haare machten! Iona war geschickt und schnell gewesen. Wie *rücksichtslos* von ihr, einfach wegzulaufen!

»Ich möchte lieber Iona zurückhaben.« Voller Hoffnung blickte sie auf ihren Vater, Lord Septimus Philemot. »Könnte es nicht sein, dass man sie inzwischen gefunden hat?«

»Das wäre möglich. Sie ist schließlich leicht zu erkennen: Sie trägt

Philemot-Kleidung und unser Abzeichen. Wenn du willst, schaue ich nachher schnell im Wachbüro vorbei, ehe wir aufbrechen.« Er trommelte mit den Fingern auf die silberne Tischdecke. »Ich wollte sowieso hingehen … und Anweisung geben, dass sie nicht allzu unsanft behandelt wird, falls sie gefasst wird, während wir weg sind. Sie ist noch so jung. Wahrscheinlich war ihr gar nicht klar, was sie da tat.«

»Was geschieht mit ihr, wenn sie gefasst wird?«, fragte Leo.

»Nun, sie hat sich auf alle Fälle des Diebstahls schuldig gemacht. Sie ist unser Eigentum, und indem sie weggelaufen ist, hat sie uns sozusagen bestohlen. Und ein Mitglied des Monarchenbundes zu bestehlen gilt als schwere Straftat.« Er schob seinen Stuhl zurück und eilte aus dem Zimmer.

Rachel verspürte leise Gewissensbisse. Gestern hatte sie Iona dieses Armband geschenkt und heute war sie weggelaufen. Hatte das Armband sie ermutigt? Rasch schob Rachel diesen Gedanken beiseite. Nein, *ihre* Schuld war es nicht. Sie hatte Iona nicht zur Flucht verleitet, sie hatte ihr nur eine Freude machen wollen. Und nun, da Iona sie im Stich gelassen hatte, würde sie sich von einer von Tante Elinors Sklavinnen ankleiden und frisieren lassen müssen, die sicher *endlos* für diese Aufgabe brauchen würde – wenn man bedachte, wie untadelig Cousine Alys immer gekleidet und frisiert war.

Verflixte Iona!

Die Glocke der Basilika schlug die zweite Stunde des Tages und Jinx sprang auf.

»Komm! Gehen wir zu diesen Leuten, die sich um dich kümmern werden.«

Iona folgte ihm zurück zum Platz der Befreiung. Zu ihrer Verblüffung führte er sie auf direktem Weg auf die Basilika zu, die Stufen hinauf und ins Innere des imposanten Gebäudes. Iona geriet in Panik. Hier stimmte etwas nicht! Hier drin versammelten sich die Lordschaften mit ihren Familien zu Andachten und Lobesfeiern; hier feierten sie die irdische Macht, die ihnen von den Monden verliehen worden war. In ihrer Panik glaubte Iona im ersten Moment, das Gebäude wäre in Blut getränkt, denn Lord Teredos scharlachrote Banner schmückten das ganze Mittelschiff, und auch durch das scharlachrote Glas der runden Seitenfenster fiel rotes Licht herein.

Iona wich instinktiv einen Schritt zurück, doch Jinx packte sie am Handgelenk.

»Halt, halt! Wo willst du hin?«

»Dies ist ein Gebäude des Monarchenbundes.«

»Ich weiß.«

Sie versuchte, sich aus seinem Griff zu befreien. »Willst du mich ausliefern?« *Ich dumme, dumme Kuh*, dachte sie bestürzt. Hatte ihre Mutter ihr nicht immer eingeschärft, niemals einem Fremden zu vertrauen? Das Problem war nur, dass es weit und breit niemanden gab, der ihr nicht fremd gewesen wäre. Sie hatte diesem Jungen vertraut, doch das war ein fataler Fehler gewesen, wie sie nun merkte.

»Du willst mich ausliefern, stimmt's?« Sie redete lauter als beabsichtigt, und er zischte: »Aber nein! Beruhig dich und halt den Mund!«

Iona setzte sich zur Wehr, konnte sich losreißen und begann zu rennen. Sie stieß mit einem großen, schlanken Mann in einem mitternachtsblauen Umhang zusammen. Er hielt sie fest, doch sie kämpfte wie eine Katze, um sich loszureißen, konnte sich seinem Griff entwinden, wich Jinx aus und hastete geduckt zum Portal hinaus. Blindlings rannte sie die Stufen hinunter und schlängelte sich an den vielen Menschen auf dem Platz vorbei.

»Pass doch auf!«

Eine Hand packte sie und riss sie zurück. Um ein Haar wäre sie unter die Räder einer eisblau-silbernen Kutsche gekommen: Lord Philemots Kutsche, gezogen von vier Pferden mit passend eingefärbten Mähnen und Schweifen. In ihrem Schock vergaß Iona ganz, wegzublicken. Als sie entgeistert auf die Kutsche starrte, trafen sich ihre und die Augen des Kutschers. Überrascht riss er die Augen auf und da kam endlich wieder Leben in Iona. Sie zog den Kopf ein und wollte in der Menge untertauchen, doch der Mann, der sie vor der Kutsche weggerissen hatte, packte sie erneut an der Schulter.

»Moment mal!«, rief er. »Das ist das Abzeichen der Philemots!« Ihre Kapuze war auf der hektischen Flucht nach hinten gerutscht und jeder konnte den eisblauen Stecker in ihrem Ohrläppchen sehen.

Ionas Gedanken überschlugen sich. »Ich muss eine Besorgung machen!«

»Gut, dann zeig mir dein Erlaubnisschreiben!«

*Erlaubnisschreiben?* Iona hatte immer nur im Haus gearbeitet und das Grundstück der Philemots nie verlassen. Sie hatte nicht gewusst, dass Sklaven eine schriftliche Erlaubnis bei sich tragen mussten, wenn sie unterwegs waren … Ihre aufsteigende Panik machte plötzlich einer wilden Entschlossenheit Platz. Nein, nein, nein, ihre Flucht durfte nicht jetzt schon zu Ende sein!

»Ich muss es irgendwo haben …« Sie deutete auf ihre Tasche und der Mann ließ ihren Arm los. Da kickte sie ihn ans Schienbein und rannte wie von Furien gehetzt davon.

Rachel schritt durch die Eingangshalle, während sie darauf wartete, dass die Dienerin ihr ihren Reiseumhang brachte. Hinter ihr an der Wand hing eine Reihe von Familienporträts: Septimus als junger Mann, das Hochzeitsbild ihrer Eltern, neuere Porträts von ihr und

Leo, gemalt Anfang des Jahres, anlässlich ihres dreizehnten Geburtstags und zur Feier ihrer Volljährigkeit. Und – größer als alle anderen Bilder – das riesige Weihebild, gemalt zum Gedenken an den Tag, an dem Septimus und Cecilia sie und Leo in die Basilika gebracht und gelobt hatten, sie im Respekt und zu Ehren der Monde zu erziehen. Das war knapp dreizehn Jahre her. Auf diesem Gemälde waren Leo und sie zwei kleine Wonneproppen in eisblauer Kleidung, die sich glichen wie ein Ei dem anderen. Auch auf den anderen Kinderbildern sahen sie sich sehr ähnlich. Erst als Rachels wilde, rote Haare, die sie von wer weiß welchen Vorfahren geerbt hatte, zu sprießen begonnen hatten, war es mit der Ähnlichkeit vorbei gewesen, und man sah ihnen nicht mehr an, dass sie Zwillinge waren.

»Mylady?« Eine der Dienerinnen reichte ihr ihren Umhang. »Die Kutsche wartet bereits, Mylady.«

Rachel stand still, bis ihr das Mädchen den Umhang umgelegt hatte. Ein Lakai eskortierte sie mit einem Schirm bis zur Kutsche, in der Leo und ihre Mutter bereits auf sie warteten. Sie setzte sich Leo gegenüber und beugte sich vor, um zum Fenster hinausschauen zu können: die weißen Mauern von High Side, das Stadttor von High Side, dann die offene Landschaft. Die nassen Felder sahen aus wie ein Bild, das jemand ruiniert hatte – so als hätte ein Kind ein Gefäß mit grau-schwarzem Wasser über ein dickes Blatt geschüttet. Der Bahnhof von Freehaven – ein trostloses, fensterloses Gebäude – stand einsam da, wie eine Festung in der eintönigen Landschaft. Sie fuhren durch das massive Tor. Auf der anderen Seite verwandelte sich das trostlose Gebäude in ein Wunderwerk an Licht: Schlanke, silberne Säulen trugen ein hoch aufragendes Dach mit silbernen Trägern und aus vielfarbigem Glas, das vibrierende Regenbögen auf den Boden warf. Der Philemot-Zug stand schon bereit, ein schnittiges, langes Tier in Silber und Eisblau.

Die Kutsche hielt direkt neben dem Zug an, und der Stationsvorsteher, Mr Hedley, öffnete ihnen die Tür und verbeugte sich. »Lord Leo, Mylady, Lady Rachel …«

Er zögerte. »Seine Lordschaft …?«

»Dringende Geschäfte haben ihn aufgehalten. Er wird nachkommen, so schnell er kann.«

Ein besorgter Ausdruck huschte über Hedleys Gesicht, doch er sagte lediglich: »Sehr schön, Mylady.« Nach einer weiteren Verbeugung trat er respektvoll beiseite, damit Leo aussteigen konnte. Leo half Cecilia aus der Kutsche und wollte seine Hand dann Rachel reichen. Doch sie übersah seine Geste und sprang ohne Hilfe herunter. Allerdings blieb ihr Rocksaum am Trittbrett der Kutsche hängen und man hörte das Reißen von Stoff.

»Also nein, Rachel!«, sagte Cecilia tadelnd.

Rachel betrachtete den Riss unbekümmert. »Ach, halb so wild. Das lässt sich flicken.«

Leo grinste. »Könnte Iona nicht eventuell weggelaufen sein, weil sie das dauernde Nähen satthatte, Rachel?«

Sie schnitt eine Grimasse und stieg in den Zug. Im Gepäckwaggon und im Sklavenabteil blockierten noch Berge von Kisten und Kartons den Gang. Rachel zwängte sich an ihnen vorbei und ging in den Schlafwagen. Ihr eigenes Abteil war schon gerichtet, das Bett war gemacht, ihr Nachthemd ausgebreitet. Rachel reiste gern bei Nacht. Sie kniete sich auf das Bett und starrte hinaus in die Dunkelheit. Die Vorfreude auf diese Reise versetzte sie in Hochstimmung. Sie ging ein Stück weiter, vorbei am Küchenwaggon bis in den Speisewagen und von dort aus in den gemütlichen Salonwagen, in dem sie und ihre Familie den Großteil der Zeit verbringen würden. Darin gab es ein breites, weiches Sofa, das sich auf einer Seite unterhalb der Fenster über die ganze Länge erstreckte, ein paar Sessel, ein Bücherregal und einen Schreibtisch. Leo war bereits da und kniete vor dem Regal.

»Wusste ich's doch, dass ich es hiergelassen habe.« Er zog ein Buch heraus, machte es sich quer auf einem der breiten Sessel gemütlich und ließ seine langen Beine über die Lehne baumeln. Rachel suchte die Regalfächer ab, entdeckte aber nichts, was sie lesen wollte. Deshalb kniete sie sich auf das Sofa und schaute zum Fenster hinaus. Hedley stand neben dem Zug und sah alle paar Sekunden auf seine Uhr, dann zum Tor. Als Lord Philemots Kutsche endlich eintraf, beeilte er sich, die Zugtür aufzureißen, noch ehe die Kutsche zum Halten gekommen war. Septimus stieg in den Zug und kam zu seinen Kindern in den Salonwagen. Kaum war er im Inneren, setzte sich der Zug in Bewegung, ruckelnd zuerst, dann immer ruhiger, je mehr er an Geschwindigkeit zulegte. Als sie das Rangiergleis passierten, sahen sie einen weiteren, grün glänzenden Zug, der sich anschickte, in den Bahnhof einzulaufen. Septimus lachte.

»Aha, Lanneret will heute auch verreisen. Kein Wunder, dass der arme, alte Hedley so nervös war, weil ich etwas zu spät kam. Elverton ist kein Mensch, den man gern warten lässt.« Nach einem weiteren amüsierten Lachen sagte er: »Nun, ich sollte mich besser an die Arbeit machen.« Er öffnete die Tür zum Waggon, in dem sein Arbeitszimmer untergebracht war.

»Du hast nicht zufällig etwas von Iona gehört?«, rief Rachel ihm hoffnungsvoll nach. Er schüttelte den Kopf.

»Nein.«…

## 2. Kapitel

# Mabberling

»Wenn du gerade Zeit hast, Rachel, könnten wir über deine Kleidung reden.«

Rachel, die geistesabwesend auf die Regentropfen an der Fensterscheibe gestarrt hatte, fragte: »Worüber?«

»Darüber, was du zu welchem Anlass tragen wirst«, antwortete Lady Philemot. »Bis zum Mittagessen haben wir noch gut zwei Stunden Zeit und deshalb könnten wir jetzt gleich besprechen ...«

»Ich glaube, mir wird heute vom Zugfahren übel«, sagte Rachel hastig. »Ich denke, es ist besser, wenn ich weiter zum Fenster hinausschaue.«

»Tatsächlich?«, sagte Lady Philemot. »Na schön, dann verschieben wir es auf heute Nachmittag. Ich gehe und lege dir schon mal ein paar Sachen heraus ...«

Sie ging hinaus. Leo zwinkerte Rachel zu.

»Gut gemacht, Rachel. Aber aufgeschoben ist nicht aufgehoben. Du entkommst deinem Schicksal nicht.«

»Verflixt!« Rachel kletterte vom Sofa, lief ihrer Mutter nach und rief: »Mir geht's schon besser. Wir können es auch gleich besprechen, wenn du willst.«

Beim Sortieren ihrer Kleidung kehrte Rachels schlechte Laune vom Morgen zurück. Ein Kleid für das morgige Willkommensdinner, eines für das Abendessen zu Ehren von Aquilon, der sich zu Ende neigte, und zum Beginn des neuen Mondes, Himalios; eines anlässlich der Dreizehn-Jahr-Feier ihrer und Leos Weihe; eines für die Vollmondjagd … Lady Philemot hatte unzählige Vorschläge zu allem und jedem, während Rachel sich immer wieder auf ein »Es ist mir eigentlich egal. Ist sowieso immer dasselbe. Entscheide du!« beschränkte. Schließlich fragte Lady Philemot genervt: »Ist es dir wirklich so gleichgültig, wie du tust, Rachel?«

»Ja«, antwortete Rachel. »Vollkommen egal.«

Sie waren beide erleichtert, als die Glocke zum Mittagessen läutete und sie sich mit Leo und Septimus an den großen Tisch im Speisewagen setzten. Während das Geschirr des ersten Gangs weggeräumt wurde, wurde es im Waggon plötzlich so düster, dass sie einander kaum noch sehen konnten.

»Der Nouldewood«, sagte Septimus.

Rachel und Leo drehten die Köpfe, um hinauszuschauen. Der Zug war in einen Wald gefahren: in das ausgedehnte, unbewohnte Waldgebiet, das mitten in Assalay lag. Es war ein düsterer, unheilvoller Ort. Septimus hatte seinen Kindern bereits erzählt, dass die Pest, die damals, vor vielen Hundert Jahren, ganz Assalay heimgesucht hatte, aus diesem Wald gekommen war. Danach war der Nouldewood zu einem verbotenen Gebiet erklärt worden: Ihn zu betreten war unter Todesstrafe untersagt. Nur die Züge des Monarchenbundes durften ihn passieren, auf Schienen, die durch hohe Zäune zu beiden Seiten abgeschirmt waren. Trotzdem war es dem Wald gelungen, in den für Züge reservierten Durchgang einzudringen: Äste ragten über die Zäune und umschlangen sich in luftiger Höhe, sodass das Tageslicht an manchen Stellen kaum herabfallen konnte.

Ein Zugbediensteter kam in den Speisewagen geeilt, um die Laternen anzuzünden. Ihr heller Glanz spiegelte sich in der silbernen Tischdecke und warf zuckende Lichtstrahlen über den Tisch, während der Zug an und unter den Bäumen vorbeirauschte. Nach dem Mittagessen zog sich Lady Philemot in ihr Abteil zurück, um zu ruhen. Septimus ging mit seinen Schriftstücken in den Salonwagen, um Rachel und Leo Gesellschaft zu leisten. Sie waren bereits tief im Wald, als plötzlich ein Ruck durch den Zug ging und er gleich darauf abrupt stehen blieb. »Was um alles in der Welt …?« Septimus ließ seinen Brief sinken und presste das Gesicht ans Fenster. Auch Rachel spähte hinaus, doch es gab nicht viel zu sehen: nur einen mit Laub gefüllten Graben, der längs der Schienen verlief, dahinter der hohe Zaun und jenseits davon ein Gewirr wuchernder Äste.

»Entschuldigt, Euer Lordschaft.« Einer der Zugbediensteten kam in den Waggon geeilt.

»Was ist los?«, erkundigte sich Septimus. »Ist etwas passiert?«

»Der Lokführer schickt mich, Euer Lordschaft. Er glaubt, neben den Schienen jemanden gesehen zu haben.«

»Einen Eindringling? So tief im Wald? Bring mir meinen Umhang!« Septimus riss die Tür auf, die ins Freie führte, und sprang auf die Erde. Der Lokführer kam zu ihm geeilt. Die beiden Männer wechselten einige Worte, der Lokführer deutete in die Ferne und die beiden Männer schritten dann langsam an den Gleisen entlang und waren bald schon außer Sicht.

»Na, wird schon nicht *so* gefährlich sein.« Rachel öffnete die Außentür und sprang in den schmalen Zwischenraum zwischen Zug und Zaun. Es war enttäuschend: Von hier aus sah man nicht mehr als vom Zug aus. Der hohe Zaun verbarg alles außer den verschlungenen Ästen und Zweigen der Bäume über ihrem Kopf. Rachel schloss die Augen, um die Geräusche des Waldes besser hören zu können, doch sie hörte nur das Zischen der Lokomotive und das leise Gemurmel ihres Vaters und des Lokführers. Wie langweilig, dachte sie. Sie wollte gerade nach vorn zur Lokomotive gehen, die mit Abstand das Interessanteste hier zu sein schien, als Leo, der ihr gefolgt war, sie am Arm berührte und »Schau mal!« zischte.

»Was?« Ihre Stimme hallte in der eingezäunten Enge wider.

»Psst«, raunte er ihr warnend zu. Im ersten Moment glaubte sie, er hätte den Eindringling erspäht, nach dem ihr Vater und der Lokführer weiter vorne Ausschau hielten. Aber sie hätte es besser wissen müssen. Leo hatte – typisch für ihn – den Kopf gehoben und in den Ästen über ihnen nach Leben Ausschau gehalten.

»Schau mal«, flüsterte er erneut und streckte den Arm aus. »Da, auf dem großen Ast. Gleich neben dem Stamm …«

Es war ein großer Vogel mit braun-golden gesprenkeltem Gefieder, das zum Schutz vor der Kälte aufgeplustert war. Er hatte große, schwarze Augen, in denen Rachel zu versinken glaubte. Ihr wurde beinahe schwindelig – fast so, als stünde sie am Rand eines Brunnens, der so tief war, dass kein Lichtstrahl bis nach unten fiel. Man könnte in diese endlose Tiefe fallen und nie den Grund erreichen. Fasziniert betrachtete sie die Kreatur, bis auf einmal einer der Männer, die die Gleise absuchten, »Niemand zu sehen!« rief. Da breitete der Vogel seine gewaltigen Schwingen aus, stieg lautlos in den Himmel und war bald schon zwischen den Bäumen verschwunden.

»Was im Namen Aquilons macht ihr zwei hier draußen?« Unbemerkt war Septimus zu ihnen getreten. »Steigt sofort wieder ein!«

Als sie wieder im Salonwagen waren, sagte er verärgert: »Was habt ihr euch dabei gedacht? Ihr wisst, wie gefährlich der Wald ist.«

»Du bist doch auch ausgestiegen«, sagte Rachel. »Und du hast immer gesagt, entlang der Schienen drohe keine Gefahr.«

»Ich weiß. Ich will nur nicht, dass ihr … Man kann nie wissen … Ach, egal. Aber erzählt es ja nicht eurer Mutter. Ich arbeite jetzt weiter.« Er machte eine kurze Pause. »Oh, Leo …«

»Ja?«

Septimus schüttelte den Kopf. »Ach, nichts. Es kann warten.«

Er verschwand in seinem Arbeitswaggon. Leo kniete sich vor das Regal und zog ein dickes Buch aus dem untersten Fach. Er trug es zu dem niedrigen Tisch zwischen den Sesseln und überflog die Seiten, bis er zu einem farbigen Gemälde kam, das unverwechselbar den Vogel zeigte, den sie gerade gesehen hatten. Das Gefieder war dem Künstler gut gelungen: Die braun-goldenen Sprenkel waren sorgfältig und sehr detailliert gezeichnet. Die ungewöhnlichen, durchdringenden Augen hatte er allerdings nicht gut wiedergegeben. Sie waren zwar groß und schwarz, doch es fehlte ihnen die Angst einflößende, Gänsehaut verursachende Tiefe der Augen des lebendigen Vogels. Vielleicht konnte man diese grenzenlose Leere gar nicht zeichnen. Rachel las die komplizierten, schnörkeligen Schriftzeichen.

»Kimbleton-Bergeule. Hast du früher schon mal eine gesehen, Leo?«

»Nein, noch nie. Aber immer wenn wir bei den Baladins in Imber waren, habe ich darauf gehofft. Man bekommt sie allerdings kaum zu sehen, weil sie sich tagsüber versteckt halten.« Er überflog den Text neben dem farbigen Bild. »Ah, wusste ich's doch! So weit im Süden dürfte es sie gar nicht geben. Es sind Vögel des Nordens.«

»Hm, vielleicht hat sie sich verflogen«, meinte Rachel.

»Kann sein.« Leo klang nicht sehr überzeugt. »Egal, ich bin jedenfalls froh, dass ich endlich eine gesehen habe.« Er beugte sich über das Bild und studierte es eingehend, bis Septimus den Kopf aus seinem Abteil streckte. »Leo, kann ich dich kurz sprechen?«

»Es war meine Idee«, sagte Rachel hastig. »Ich bin als Erste ausgestiegen.«

Septimus verzog das Gesicht zu einem schiefen Lächeln. »Ja, das hab ich mir gedacht. Leo?« Er winkte ihn zu sich und die Tür schloss sich hinter ihnen.

Iona war den ganzen Tag gelaufen. Sie hatte es geschafft, den Mann auf dem überfüllten Platz abzuschütteln, sich dann aber im Labyrinth der schmalen, steilen Gassen hinter der Basilika verlaufen. Schließlich war sie im geschäftigen Hafen gelandet; hier roch es nach Salz, man hörte die Schreie von Möwen, vielstimmiges Rufen und das Rumpeln von Fuhrwerken auf dem Kopfsteinpflaster. Sie hatte auf das Meer gestarrt, bis von einem der Schiffe, das weiter draußen geankert hatte, eine Ladung Sklaven in Ketten ausgeladen wurde. Der Mann, der die Sklaven hinter sich herführte, blieb bei ihrem Anblick stehen, und Iona merkte, dass ihre Kapuze wieder nach hinten gerutscht war und er auf den Philemot-Stecker in ihrem Ohr starrte. Als er einen Schritt auf sie zumachte, rannte sie schnell weg. Sie musste einem Gepäckkarren ausweichen, ignorierte den wütenden Schrei »Hey, pass doch auf, wo du hinläufst!« und rannte Hals über Kopf in eine schmale Gasse, die wieder nach oben führte, weg vom Meer.

Oben angekommen, blieb sie keuchend stehen, doch die Passanten schauten sie so merkwürdig an, dass sie nicht wagte, sich lange auszuruhen. Sie rannte weiter, bis sie schließlich wieder zu dem großen Platz kam. Es begann bereits zu dunkeln. Sie musste dringend einen Unterschlupf für die Nacht finden, doch außer der Stelle zwischen den Trauerweiden am Flussufer fiel ihr nichts ein. Das war riskant, denn Jinx kannte die Stelle auch. Doch ihr blieb nichts anderes übrig.

Sie ging denselben Weg wie schon am Morgen und kroch zwischen die Zweige und Blätter. Sie war hungrig und müde, ihr war kalt, aber daran war nichts zu ändern. Vor dem Einschlafen musste sie jedoch dringend noch etwas tun. Sie betastete den Stecker in ihrem Ohr. Er saß niet- und nagelfest. Hinten war ein Scheibchen an den Stift gelötet worden, der durch ihr Ohrläppchen ging. Es war unmöglich, den Stecker zu entfernen, es sei denn … Iona schluckte trocken und biss die Zähne zusammen. Es musste sein, andernfalls wäre sie ihr Leben lang auf der Flucht. Sie packte den Stecker zwischen Zeigefinger und Daumen der einen Hand, das hintere Scheibchen mit der anderen Hand und riss dann mit aller Kraft nach unten.

Der Schmerz war so scharf und heftig, dass ihr schwindelig und speiübel wurde. Alles verschwamm vor ihren Augen, wurde dann schwarz. Die schwarzen Wirbel wurden allmählich wieder klarer, doch der Schmerz blieb; der glühende Protest des aufgerissenen Fleisches pulsierte in ihrem Kopf und im Gesicht. Warmes Blut lief an ihrem Hals entlang und tropfte auf den Kragen. Der bittere Geschmack in ihrem Mund ließ sie auf den Boden spucken. Aber sie hatte es geschafft. Das Ding war heraus! Sie holte ein paarmal tief Luft, ging dann auf wackeligen Beinen ans Ufer und warf den Stecker in den Fluss.

»Hallo«, hörte sie da Jinx' Stimme, und der hochgewachsene Mann mit dem blauen Basilika-Umhang sagte lächelnd: »Wir hatten gehofft, dich hier zu finden.«

Leo und Septimus unterhielten sich schon seit Stunden. Sie hatten sich den Nachmittagstee im Arbeitszimmer servieren lassen. Rachel hatte gesehen, wie die Tabletts hineingetragen wurden, und den warmen Geruch von Kräutern und Honig erschnuppert. Wenn sie dort drin gemütlich bei Tee und Kuchen saßen, hatte Leo sicher keinen Ärger bekommen. Aber was um alles in der Welt gab es so lange zu besprechen? Rachel nahm ihren Tee allein ein – Lady Philemot ruhte sich noch aus –, und weil ihr die süße Flüssigkeit und die Kuchen so schwer im Magen lagen, ging sie danach in ihr Schlafabteil. Sie legte sich mit einem Buch auf ihr Bett, konnte sich jedoch nicht konzentrieren. Deshalb legte sie es nach einer Weile wieder weg und starrte auf die dunklen Bäume, die am Fenster vorüberglitten. Es dauerte nicht lange und sie schlief ein.

Zum Weglaufen hatte sie keine Kraft mehr. Sie war seit Tagesanbruch auf der Flucht und von dem Schock des Schmerzes noch sehr geschwächt. Iona schaute von Jinx auf den großen Mann und spürte plötzlich, wie ihre Beine unter ihr nachgaben.

Jinx fing sie auf. »Hey, hey, hey. Alles in Ordnung.« Behutsam ließ er sie auf einen quer liegenden Ast sinken und sah voller Entsetzen ihr blutendes Ohr.

»Bei allen Monden, Iona!«, entfuhr es ihm. »Das hättest du nicht tun müssen, Kleine. Das hätten wir für dich gemacht. Sanfter.« Er kniete sich vor sie und sagte über ihre Schulter hinweg zu dem großen Mann:

»Hast du ein Taschentuch, Gabriel?«

Der Mann nickte und zog ein sauberes, graubraunes Stoffstück aus seiner Tasche. »Hier«, sagte Jinx. »Drück das fürs Erste ans Ohr. Bis wir zu Hause sind und du dich waschen kannst.«

Weil sie instinktiv zurückwich, fuhr er fort: »Hör mal, Iona. Wir wollen dich nicht der Wache ausliefern. Ich hab selbst keine Papiere, Mädchen. Da mach ich lieber einen großen Bogen um die Wächter, glaub mir!«

»Und was ist mit ihm?« Iona blickte argwöhnisch auf den großen Mann. Sie wusste zwar nicht, was der lange Umhang, den er trug, zu bedeuten hatte, ahnte aber, dass es eine Art offizielles Gewand sein musste.

Jinx lachte. »Gabriel? Oh, seinetwegen brauchst du dir keine Sorgen zu machen. Ist ein komischer Kauz, stimmt. Er ist zwar Chorleiter der Basilika, aber …«

»… mit Sicherheit kein Freund der Sklaverei«, fiel ihm der große Mann ins Wort. Er ging vor Iona in die Hocke und lächelte sie an. Wenn er lächelte, waren seine blauen Augen warm und strahlend wie ein Sommerhimmel.

»Du kommst von den Philemots«, sagte er. »Wir hatten noch nie einen Philemot-Flüchtling. Haben sie dich schlecht behandelt?«

»Nein.« Sie dachte an Rachel, die schnell ungeduldig wurde, wenn sie still sitzen musste. Ihr gegenüber war sie aber meist gleichgültig, nicht grob oder böse, und manchmal konnte sie sogar recht nett sein (Iona dachte an das Armband in ihrer Tasche). »Nicht wirklich. Ich wollte nur nach Hause gehen.« Sie schniefte und wischte sich mit dem Ärmel über das Gesicht.

»Klar, warum auch nicht?«, sagte Gabriel. Er erhob sich und reichte ihr eine Hand, um sie hochzuziehen. »Wir werden dir dabei helfen.«

Rachel schlief, und als sie irgendwann aufwachte, war es stockdunkel. Die leuchtenden Zeiger der Wanduhr zeigten, dass es kurz nach Mitternacht war. Sie war wütend und beleidigt, wie ein Kind, das die anderen nicht mitspielen ließen. Keiner hatte sich die Mühe gemacht, sie zum Abendessen zu wecken! Ihre Eltern und Leo hatten gemütlich am Tisch gesessen und sich angeregt unterhalten … worüber wohl? Vermutlich über das Thema, das Leo und Septimus den ganzen Nachmittag schon beschäftigt hatte. Rachel setzte sich auf und merkte, dass ihr kühl war. Sie war mit ihrem Kleid auf der Decke eingeschlafen und in der Zwischenzeit war die eisige Kälte der Nacht ins Abteil gekrochen. Rachel schlüpfte in ihren dicken Morgenmantel und schaute aus dem Fenster. Entfernte, einzelne Lichter zeigten ihr, dass sie den Wald bereits hinter sich gelassen hatten und nun durch eine flache Landschaft mit verstreuten Bauernhöfen fuhren.

Da sie nicht nur fror, sondern auch hungrig war, ging sie in den Gang und hoffte, dass im Speisewagen noch etwas Essbares für sie stand. Dort stieß sie auf Leo, der das Gesicht ans Fenster gepresst hatte und in die Dunkelheit hinausstarrte.

»Lol?«, sagte sie leise. Das war ihr alter Spitzname für ihn, aus Kindertagen, den sie jedoch seit Jahren nicht mehr verwendet hatte. Verwundert fragte sie sich, warum er ihr jetzt über die Lippen geschlüpft war.

»Oh, hallo, Rachel.« Er trat einen Schritt zur Seite, damit sie an ihm vorbeigehen konnte.

»Immer noch auf der Suche nach Eulen?«

»Nein, nicht wirklich.« Er drehte den Kopf und schaute wieder angestrengt und schweigend zum Fenster hinaus. Sie musterte ihn von der Seite. Er sah etwas blass aus, doch das konnte an dem dämmerigen Licht im Gang liegen; ihre eigenen kleinen Hände auf der Fensterbank sahen auch wie Elfenbein aus, wie in kühles, grünes Wasser getaucht. Aber Rachel hatte den Eindruck, als sei Leo auch irgendwie bedrückt.

Noch ehe sie ihn darauf ansprechen konnte, sagte er: »Ich sollte langsam ins Bett gehen. Gute Nacht, Rachel.«

Er wandte sich ab und öffnete die Tür zu seinem Schlafabteil.

»Leo? Worüber wollte Vater mit dir reden?«

Er zuckte die Schultern und lächelte halbherzig. »Ach, nichts, womit ich nicht gerechnet hätte.« Leise zog er die Tür hinter sich zu und sie stand allein in der vorbeirauschenden Dunkelheit.

Am nächsten Morgen schien Leo wieder einigermaßen guter Dinge zu sein, und außerdem hatte Rachel in der Betriebsamkeit ihrer Ankunft ohnehin keine Zeit, mit ihm zu reden. Gleich nach dem Frühstück hielt der Zug in dem kleinen Provinzbahnhof an, der für Mabberling und Lord Lannerets benachbartes Landgut Gresscombe zuständig war. Der Bahnhof war anlässlich ihrer Ankunft mit eisblauen Fahnen geschmückt, und Lord Sallender hatte seine Kutsche geschickt, um sie abzuholen. Als sie aufbrachen, fuhren zwei Kutschen, smaragdgrün und silbern, an ihnen vorbei.

»Lanneret«, sagte Leo und lachte. »Da müssen sie den Bahnhof ja ganz schön schnell umdekorieren.«

»Oh ja«, sagte Septimus. »Er wird zur Vollmondjagd auch hier sein. Tagsüber werden wir mit allen zusammen sein, Leo.«

»Wie oft muss ich es dir noch sagen?«, erwiderte Leo. »Ich will nicht mit zur Jagd.«

»Ich weiß«, sagte Septimus müde. Er nahm seine Perücke ab, fuhr sich durch die Haare und setzte die Perücke wieder auf. »Ich weiß, Leo. Es ist nur so, dass … Es könnte bei den anderen nicht gut ankommen. Aber ich werde sehen, was sich machen lässt. Ah, da sind wir ja!«

Sie fuhren durch ein hohes, steinernes Tor und dann durch eine Allee. Zwischen dem blau eingefärbten Laubwerk der Bäume blitzte immer wieder die umliegende Landschaft auf: eine gleichmäßig abfallende Böschung, die zu einer weitläufigen Tiefebene führte, wo sich der wolkenverhangene Himmel in einem Mosaik von überfluteten Feldern spiegelte. Die lange Allee brachte sie zu einem großen, weißen Gebäude, vor dem Lord Sallender – Rachels und Leos Onkel Miles – wartend auf und ab schritt. Er begrüßte sie hocherfreut. »Hattet ihr eine gute Reise? Septimus, mein Mitregent, mein Schwager, mein Leben – wie schön, dich wiederzusehen!« Er drückte Septimus' Hände. »Oh, Cecilia, lass dir herunterhelfen. Und Rachel. Hallo, Leo: Bereit für die Jagd?« Aufgeregt auf sie einredend, führte er sie in sein Haus. Lady Elinor Sallender erwartete sie in der Eingangshalle, umgeben von aufgeregt herumtollenden Hunden. Sie umarmte Cecilia, ihre Schwester, und küsste Leo und Rachel auf die Wangen.

»Tolly und Alys konnten es kaum erwarten, euch wiederzusehen«, sagte sie. Sie deutete aufs Treppenhaus, und als Rachel den Kopf hob, sah sie ihren Cousin und ihre Cousine, ebenfalls ein Zwillingspärchen, die Stufen herunterkommen. Zwillinge lagen offenbar in der Familie: zuerst Tolly und Alys, siebzehn Jahre alt, dann sie und Leo. Obwohl Tolly und Alys – beide groß, blond und unglaublich hübsch – weitaus mehr wie Zwillinge aussahen als sie und Leo.

»Hallo, ihr zwei!« Tolly begrüßte sie auf seine übliche lässige Art. »Lust auf eine Partie Mabberling?«

»Gönne ihnen doch eine kleine Verschnaufpause, Tolly. Sie sind gerade erst angekommen«, gab Alys zu bedenken.

»Sie saßen stundenlang im Zug herum, da brauchen sie keine Verschnaufpause.«

»Ich hätte Lust auf ein Spiel«, sagte Leo.

»Ich auch«, fügte Rachel eifrig hinzu.

»Oh«, sagte Alys enttäuscht. »Ich wollte dir zuerst meine neuen Kleider zeigen, Rachel. Na ja, dann eben später.« Seufzend folgte sie Tolly und Leo zur Kellertreppe. Rachel wollte gerade hinterhergehen, als sie ihre Mutter auf einmal aufgebracht sagen hörte: »*Was* hast du gesagt?« Da blieb sie stehen und blickte zurück. Cecilia wirkte besorgt, fast verängstigt, und Rachel ging betont langsam weiter, um Elinors Antwort hören zu können. »Hester ist hier. Sie wollte unbedingt kommen, Cecilia. Die Arme ist doch so viel allein.«

Plaudernd schlenderten die beiden Frauen auf den Salon zu und Rachel rannte die Stufen hinunter zu Alys. »Wer ist Hester?«

»Die Tante unserer Mütter: unsere Großtante.«

»Mutter hat sie noch nie erwähnt.«

»Sie ist schon sehr alt …«

»Ja, ungefähr 378 Jahre«, fiel Tolly ihr grinsend ins Wort. »Und total senil.«

»Halt die Klappe, Tolly.« Alys wandte sich wieder an Rachel. »Sie lebt sehr zurückgezogen und einsam. Aber plötzlich bekam sie Lust, uns zu besuchen, wie sie an Mutter geschrieben hat. Und jetzt ist sie hier. Sie kann es kaum erwarten, auch euch beide zu sehen.«

»Wir haben noch nie von ihr gehört, oder?«, wandte sich Rachel an Leo.

»Nein, ich glaube nicht.«

»Ah …«, sagte Tolly. »Die geheimnisvolle Großtante; jede bessere Familie hat heutzutage eine.« Er schob die Tür auf, die zu einem großen Spielfeld führte: ein großer, hoher Raum, der früher als Wintergarten gedient hatte und in dem das Spiel erfunden worden war. Der Regen prasselte unablässig auf das Glasdach hoch über ihren Köpfen, doch weil die Heizanlage gleich nebenan lag, wehte ständig warme Luft herein, sodass es hier unten fast heiß war. Leo legte seinen Umhang ab und warf ihn in eine Ecke, ehe er sich auf die gegenüberliegende Seite des Spielfelds stellte.

»Bereit?«, rief Tolly von der anderen Seite des Netzes.

Leo nickte, und Tolly warf einen kleinen, leichten, silbernen Ball

– der wie ein winziger, gewichtsloser Vollmond aussah – über das Netz. Leo beobachtete seine Flugbahn ganz genau. Der Ball wurde von einem warmen Luftzug seitlich abgelenkt, doch dank ein paar rascher Ausfallschritte konnte Leo ihn abfangen und zu Tolly zurückschlagen. Sie übten eine Weile, damit Leo sich an die quer durch den Raum verlaufenden heißen Luftströme gewöhnen konnte, die von der Seite und von einem Ende des Raums zum anderen bliesen und den kleinen Ball unerwartet schneller oder langsamer machten und auch die Richtung ändern ließen. Dann erst spielten sie richtig: ausdauernd, schnell und schwungvoll. Leo vergaß alles andere und konzentrierte sich nur noch darauf, den kleinen, silbernen Ball auf seiner wegen der Luftströmungen unberechenbaren Flugbahn zu beobachten, abzufangen und zurückzuschlagen. Der Ball durfte auf keinen Fall auf einen der gemalten Monde auf dem Boden fallen. Leo dachte nur noch an das Spiel, bis Tolly während einer kurzen Pause plötzlich sagte: »In Arctos fängt also dein Lehrjahr an.«

»Ja.« Der Ball prallte am Rand von Leos Schläger ab und fiel kurz vor dem Netz auf den Boden.

»Was?«, fragte Rachel, die seitlich am Spielfeld stand. »Das hast du mir gar nicht erzählt! Hat Vater darüber gestern mit dir geredet? Warst du deshalb letzte Nacht so bedrückt?«

»Ich war nicht bedrückt!«

»Egal«, fuhr Rachel fort, »aber warum so früh? Tolly war schon fünfzehn, als sein Lehrjahr anfing.«

»Das Alter ist nicht so wichtig«, erklärte Tolly. »Die Lehrzeit beginnt grundsätzlich dreizehn Jahre nach dem Tag der Weihe. Organisiert und pflichtbewusst, wie Onkel Septimus ist, ließ er euch schon vor eurem ersten Geburtstag weihen. Unser Vater dagegen, der sich mit organisatorischen Dingen eher schwertut, ließ sich bis zum letzten Moment Zeit, und deshalb waren wir schon zwei Jahre alt, als er uns endlich weihen ließ. Willst du auch mal spielen, Rachel?«

Er bot ihr seinen Schläger an und sie stellte sich Leo gegenüber.

»Danke, dass du es mir erzählt hast«, sagte sie ironisch und schlug den Ball mit aller Kraft über das Netz. Ein blitzschneller Luftzug trug ihn außerhalb Leos Reichweite.

»Ich wollte es dir demnächst sagen.« Er hob den Ball auf und schlug ihn über das Netz zurück. Sie spielte ihn sauber zurück.

»Die Lehrzeit dauert genau ein Jahr, richtig?«, fragte sie.

»Ja.« Er schlug den Ball so hoch zurück, dass er oberhalb der Luftströmungen in einem hohen Bogen bis fast zur hinteren Wand flog. Rachel rannte rückwärts, konnte den Ball im letzten Moment noch abfangen und schlug ihn zurück.

»Und du darfst uns das ganze Jahr lang nicht sehen.«

»Nein.« Ein weiterer hoher Ball.

»Auch nicht schreiben. Oder Briefe erhalten.« Rachel verfehlte den Ball und er fiel mitten auf den gemalten Mond im hinteren Teil des Spielfelds. Sie ließ ihn liegen.

»Stimmt«, sagte Leo. »Aber mach dir keine Sorgen …«

»Tu ich auch nicht«, entgegnete sie schnippisch.

Sie hob den Ball auf und schlug ihn mit aller Kraft zu ihm zurück, und sie spielten, bis beide völlig außer Atem waren und Rachel einen Riss im Ärmel hatte. Dann setzten sie sich neben das Spielfeld und tranken verdünntes Honigbier. Tolly lehnte sich mit dem Rücken an die Wand und sagte zu Leo: »Tja, ich wette, du hast die ganze letzte Nacht kein Auge zugemacht, sondern nur darüber nachgegrübelt, zu wem du wohl kommen wirst, stimmt's?«

»Tolly …!« Alys kickte ihn ans Schienbein, doch er sagte nur grinsend: »Hab ich recht?«

»Ja«, gestand Leo, und Rachel dachte: Aha, das hat er also gemacht, als er zum Fenster hinausstarrte. Er hat nicht nach etwas Bestimmtem Ausschau gehalten, sondern sich nur die Liste der Namen durch den Kopf gehen lassen. Anserin, Hallion, Sallender, Filarion, Querimon, Lanneret, Parhelion … Philemot schied aus, denn man durfte die Lehrzeit nicht beim eigenen Vater absolvieren … Demersal, Baladin, Malander, Teredo, Helminth …

»Ging mir genauso«, sagte Tolly. »Das macht jeder durch. Aber versuch, das Ganze positiv zu sehen. Die Chancen stehen gut, dass du zu jemandem kommst, der ganz in Ordnung oder zumindest erträglich ist.« Er zählte an den Fingern ab. »Die Liste derer, bei denen es einem ganz gut geht, sind … Philemot – oh! Der fällt in deinem Fall weg. Aber es bleiben immer noch Baladin, Helminth, Filarion, Malander und Hallion. Allesamt in Ordnung. Und wir natürlich: Es wäre toll, wenn du zu uns kämst. Noch einigermaßen erträglich sind Querimon, Parhelion …«

Da fiel sein Blick auf Leos Gesicht. »Ich weiß, nicht gerade ideal, aber ganz in Ordnung. Bei Querimon lernt man eine Menge über antikes Porzellan.«

»Und bei Parhelion über Kartenspiele.« Leo lachte. »Und was ist mit Anserin? Wandteppiche, nicht wahr?«

»Ja«, sagte Tolly. »Könnte allerdings etwas langweilig werden.«

Leo lachte erneut, und Rachel fragte: »Wann erfährst du es?«

»Das Auswahlverfahren findet am ersten Tag des Karnevals statt«, sagte Leo. »Wie es genau abläuft, weiß ich nicht. Vater sagte, es sei ein völlig willkürliches Verfahren.«

»In meinem Jahr waren es Vögel«, sagte Tolly. »Aber das wird es diesmal bestimmt nicht sein. Sie lassen sich ständig etwas Neues einfallen.«

»Vögel?«

»Karnevalstauben.«

Leo dachte an die Hunderte farbiger Tauben, deren Gefieder in jeweils einer der dreizehn Wappenfarben des Monarchenbundes gefärbt war und die zum Abschluss der Karnevalstage freigelassen wurden und den Winterhimmel über der Stadt mit ihrer Farbenpracht füllten. Er konnte sich allerdings nicht vorstellen, dass man mit ihnen entscheiden könnte, welcher Lehrling zu welchem Lehrmeister kam.

»Wir wurden in einen Raum geschickt, in dem dreizehn Vögel waren, jeder in einer anderen Farbe. Dann bekam jeder von uns eine Handvoll Vogelfutter. Und wir wurden dem Lehrmeister zugeteilt, dessen Vogel einem zuerst von der Hand pickte. Ich hatte verdammtes Glück, dass ich nicht zu Teredo kam. Der dicke, scharlachrote Vogel kam direkt auf mich zugeflogen, doch zum Glück gerieten er und Helminths Vogel sich unterwegs in die Quere.«

Tolly lachte, doch diesmal fiel Leo nicht ein. Das war der eigentliche Albtraum, die Sache, die ihm letzte Nacht zu schaffen gemacht hatte: der alte Lord Teredo, so schroff und unbarmherzig wie das Scharlachrot, das er trug.

Tolly musterte ihn besorgt. »Mensch, Leo! Es ist höchst unwahrscheinlich, dass du zu Teredo kommst, weißt du? Die Chancen stehen eins zu zwölf. Recht minimal, wenn man es genau bedenkt.«

»Ich weiß.« Leo rang sich ein Lächeln ab. Aber ehrlich gesagt war ihm selbst diese Wahrscheinlichkeit noch zu hoch.

## 3. Kapitel

# Großtante Hester

Die Uhr im Haus schlug Mittag.

»Du willst dich vor dem Mittagessen sicher noch umziehen, Rachel, nicht wahr?«, sagte Alys.

Rachel beäugte ihr zerknittertes Reisekleid und hob den Arm, um den langen Riss im Ärmel zu begutachten. Sie seufzte. »Sollte ich wohl besser. Nur habe ich leider keine Dienerin dabei. Meine lief weg, ausgerechnet gestern, kurz vor der Abreise.«

»Wie ärgerlich.« Alys ging vor ihr die Stufen hinauf und sagte über die Schulter hinweg: »Mach dir keine Sorgen. Wir können dir sicher eine ausleihen. Ich werde Mutter fragen.«

Tante Elinor und Cecilia saßen in Lady Sallenders Salon und unterhielten sich offenbar noch immer über Großtante Hester. »Sie ist schon sehr gebrechlich«, sagte Elinor gerade. »Sie nimmt die Mahlzeiten meist in ihrem Zimmer ein und kommt pro Tag höchstens für eine Stunde herunter.«

»Ist sie noch …?« Cecilia verstummte kurz, weil sie offenbar nach dem richtigen Ausdruck suchte, und spielte an ihrem Philemot-Armband herum. »Ich meine, weiß sie noch, was sie sagt? Erkennt sie einen noch und weiß, wo sie ist?«

»Oh ja, im Kopf ist sie so klar wie eh und je«, sagte Tante Elinor.

»Und ist …«, wollte Cecilia weiterfragen, doch da erblickte sie Rachel und Alys und wechselte abrupt das Thema. »Elinor, hast du nicht gesagt, du könntest eine Dienerin für Rachel erübrigen? Sieht ganz so aus, als bräuchte sie eine.«

Rachel, die ihren Arm an sich gepresst hatte, um die aufgerissene Naht zu verbergen, verzog das Gesicht.

Elinor nickte. »Diese Frau vom Markt im Trebburn«, sagte sie zu Alys. »Sie erwartet Rachel bereits in ihrem Zimmer.«

Rachel bedankte sich bei ihrer Tante und ging dann mit Alys nach oben und durch den langen Flur. »Ich muss dir aber gleich sagen, dass sie nicht besonders geschickt ist«, sagte Alys entschuldigend. »Vater hat eine ganze Gruppe von Sklaven gekauft, zu einem sehr guten Preis. Ich bin mir sicher, dass diese Frau noch nie als Dienerin gearbeitet hat.«

Sie stieß die Tür zu Rachels Gemächern auf. Die großen Fenster im Wohn- und Schlafzimmer führten auf eine ausgedehnte Ebene, die sich bis fast zum Westlichen Meer erstreckte. Normalerweise kniete sich Rachel nach ihrer Ankunft immer als Erstes auf die Bank unter dem Fenster, um durch das lapisblaue Glas zu schauen. Heute aber stand schon jemand da, den Rücken zur Tür gewandt – eine Frau. Sie reagierte nicht, als die beiden Mädchen eintraten. Sie stand nur da und starrte hinaus, bis Alys tadelnd »Sklavin!« rief.

Und selbst da drehte sie sich nicht sofort um, sondern erst nach einer Weile, und das so langsam wie jemand, der sich unter Wasser bewegte. Sie war klein, sehr zierlich und älter, als Rachel erwartet hatte. In ihren schwarzen Haaren zeichneten sich bereits erste graue Strähnen ab. In den dunklen Augen lag ein abwesender Blick, als suchten sie nach etwas, das sehr, sehr weit weg war.

»Warum ist das Glas so blau?«, fragte die Frau. »Da kann man ja gar nicht hinausschauen. Es ist schrecklich.«

Alys blinzelte sie entgeistert an. Rachel kicherte amüsiert, und Alys, die sich inzwischen erholt hatte, antwortete: »Das ist die Sallender-Farbe … und im Übrigen geht es dich nichts an. Du bist hier, um Ihrer Ladyschaft zu dienen.«

»Ach ja«, sagte die Frau, als fiele es ihr erst jetzt wieder ein. »Mir wurde gesagt, dass sie kommt. Wo ist sie?«

Rachel musste erneut lachen. »Ich bin hier.«

Die Sklavin beäugte sie von Kopf bis Fuß. »Ihr seid noch ein Kind.«

Rachel fing Alys' Blick auf und beide brachen in ein hilfloses Gelächter aus. »Dies ist Lady Rachel Philemot«, keuchte Alys zwischen zwei Lachanfällen. »Und du musst einen Knicks vor ihr machen und sie mit ›Mylady‹ anreden. Mich übrigens auch, wenn wir schon bei diesem Thema sind.«

»Oh«, sagte die Frau. Sie machte einen unbeholfenen Knicks in Rachels Richtung. »Lady Philemot.«

Rachel und Alys lachten schallend.

»Oh, tut mir leid, Rachel«, keuchte Alys. »Ich hatte dir ja gesagt, dass sie hoffnungslos ist.« Sie bemühte sich, ihre Fassung wiederzuerlangen. »Wir werden eine andere Sklavin für dich finden, das verspreche ich dir. Aber vielleicht kannst du dich vorerst mit ihr abfinden.«

»Natürlich«, prustete Rachel. »Es wird bestimmt lustig werden. Sie ist die witzigste Dienerin, die ich je hatte.«

Alys bog sich noch immer vor Lachen, als sie das Zimmer verließ. Rachel holte ein paarmal tief Luft, um sich zu beruhigen, ehe sie zu der Frau sagte: »Du musst mich umziehen.«

Die Frau musterte sie irritiert. »Warum? Was stört Euch an dem, was Ihr tragt … ähm … Lady Philemot?«

Wieder musste Rachel lachen. »Ich habe schon gehört, dass du noch nie als Dienerin gearbeitet hast. In diesem Kleid hier bin ich angereist; es ist zerrissen …« Sie hielt ihren Arm hoch. »… und außerdem bin ich nicht Lady Philemot. Das ist meine Mutter. Nenn mich Lady Rachel.«

»Oh.« Die Frau betrachtete sie ungeniert. Sie hatte sehr dunkle Augen, die Rachel an die Eule im Wald erinnerten, deren Augen so tief waren, dass aller Kummer dieser Welt hineinzupassen schien. Um ihr sonderbares Unbehagen zu überspielen, ging Rachel schnell ins Schlafzimmer und klappte ihren Schrankkoffer auf. Das Kleid für das heutige Mittagessen lag, fein säuberlich gefaltet, ganz oben auf dem Kleiderstapel. Sie nahm es heraus, kehrte damit in ihr Wohnzimmer zurück, drückte es der Dienerin in die Hand und drehte ihr dann wartend den Rücken zu.

»Und?«, fragte sie nach einer Weile.

»Und was?«, fragte die Dienerin zurück.

Ungeduldig drehte sich Rachel zu ihr um, schreckte aber erneut vor dem durchdringenden Blick zurück. »Du musst mich auskleiden. Das kann ich nicht selbst tun. Danach musst du mir in das andere Kleid helfen. Und du musst ›Mylady‹ oder ›Lady Rachel‹ sagen – wann immer du mit mir sprichst.«

»Ja … Mylady.« Die Frau trat hinter sie und begann, die vielen winzigen, eng beieinanderstehenden Perlenknöpfe auf dem Rücken zu öffnen. Sie hatte geschickte, flinke Finger; man merkte gar nicht, dass sie das noch nie gemacht hatte, wie Rachel fand. Die Frau war bereits mit den Knöpfen des neuen, sauberen Kleids beschäftigt, als Leo den Kopf ins Zimmer streckte.

»Rachel, bist du fertig? Großtante Hester will uns vor dem Essen sehen.«

»Im Ernst?« Rachel zappelte nervös, als die Dienerin die starren Knöpfe am Kragen schloss, und wirbelte herum, sobald die Dienerin fertig war. »Gut, gehen wir!«

»Die Haare«, rief Leo ihr in Erinnerung.

»Oh, verflixt!« Rachel warf einen Blick in den Spiegel über dem Kaminsims. Ihre Haare waren vorhin beim Spielen aus dem Band gerutscht und hingen nun verschwitzt und unordentlich um ihr Gesicht. Sie setzte sich an die Kommode und studierte ihr Spiegelbild. Niemand in der Familie sah aus wie sie, und die dichten, kastanienroten Haare, die Sommersprossen und die grünen Augen überraschten sie immer wieder, wann immer sie sich die Mühe machte, sich ausgiebig zu betrachten. Sie riss sich das eisblaue Band vom Kopf und schüttelte ihre wilde Mähne. Dann reichte sie das Haarband und eine silberne Bürste über ihre Schulter.

»Bürsten und wieder zusammenbinden!«

Die Frau legte eine Hand auf Rachels Kopf, während sie die langen Haare bürstete. Rachels Augen wanderten vom eigenen Spiegelbild zu dem von Leo, der an die Sofalehne gelehnt dastand und sie beobachtete. Es würde sicher seltsam sein, wenn er fort war.

Die Dienerin band das Band geschickt fest und Rachel sprang auf. Auf der Schwelle blieb sie noch einmal kurz stehen und sagte: »Du musst alle anderen Kleider auspacken. Und versuch, den Ärmel des alten Kleids zu flicken. Falls es nicht mehr möglich sein sollte, wirf es einfach weg.« Sie bekam keine Antwort. »Hast du verstanden?«, hakte Rachel nach.

»Wie bitte? Mylady …?«

Barsch wiederholte Rachel ihre Anweisungen, ehe sie die Tür hinter sich zuschlug und merkte, dass sie verärgert und irgendwie aufgewühlt war.

»Deine Dienerin ist aber komisch«, sagte Leo, als sie durch den Korridor eilten.

»Sonst noch was Neues?« Sie waren an der Treppe angelangt und Rachel ließ ihre Hand über das glatte, silberne Geländer gleiten. »Du hättest sie vorhin hören sollen: eine verrückte Bemerkung nach der anderen!«

»Im Ernst?« Leo blieb kurz stehen, um einem großen Jagdhund, der auf einem dicken Teppich vor dem Kamin in der Eingangshalle lag, den Kopf zu kraulen. »Als ich im Zimmer war, hat sie kein Wort gesagt. Nein, ich meinte die Art, wie sie dir die Haare gebürstet hat. Ihre Augen waren die ganze Zeit geschlossen. Hast du es nicht bemerkt?«

»Nein«, sagte Rachel. Weil sie es sich selbst noch nicht eingestehen wollte, sagte sie ihrem Bruder nicht, dass sie diese dunklen Augen so verwirrend fand, dass sie ihrem Blick lieber auswich.

Im großen Salon stand einer der breiten Sessel näher am Feuer als sonst. Eine verhutzelte, alte Frau saß darauf, eine blaue Decke über den Knien. Cecilia, die sich wie schützend über den Sessel gebeugt hatte, sagte: »Leo, Rachel, das ist eure Großtante Hester. Kommt näher und begrüßt sie.«

Aus der Nähe wirkte Hester noch älter, unglaublich, erschreckend alt. »Gib ihr einen Kuss«, gab Cecilia ihrer Tochter lautlos zu verstehen, woraufhin Rachel die Hände auf die Schultern der Greisin legte, mit den Lippen die alte Wange streifte und sich dabei irgendwie zu groß und unbeholfen vorkam. Hesters Haut fühlte sich an wie vertrocknetes Pergament, ganz so, als sei sie seit Langem nicht mehr durchblutet. Leo umarmte die Greisin ebenfalls. Hinterher sagte er zu Rachel, es sei ihm so vorgekommen, als hätte er einen Vogel berührt, und Rachel nickte bei der Erinnerung an die zerbrechlichen Knochen unter der fleischlosen Haut. Als Hester jedoch sprach, klang ihre Stimme klar und überraschend kräftig.

»Setzt euch. Ich will euch beide anschauen.«

Ein Sklave eilte mit zwei Schemeln herbei. Hester betrachtete Leo und Rachel schweigend und sehr lange, als diese zu ihren Füßen saßen. Ihre Augen waren trüb, blickten hinter ihrem Schleier aber hell und scharf, wie ein klarer Himmel hinter einer dünnen Wolkendecke.

»Hast du es auch bequem, Tante?« Lady Philemot bückte sich, um die Decke über Hesters Knien glatt zu streichen.

»Mach nicht so einen Wirbel, Cecilia«, sagte Hester. »Mit meiner Decke werde ich allein fertig. Noch bin ich nicht *ganz* hilflos.«

Lady Philemot wollte sich verlegen entschuldigen, doch die alte Frau schnitt ihr das Wort ab. »Hör auf mit dem Theater, habe ich gesagt. Und lass mich in Frieden. Ich will mit den beiden da reden.«

Cecilia zog sich etwas zurück und setzte sich auf einen Stuhl, beugte sich aber vor, um hören zu können, was Hester sagte. Hester beachtete sie nicht mehr. Sie streckte eine Hand aus, die voller Altersflecken war, griff Leo ans Kinn und hob es hoch, sodass sie sein Gesicht sehen konnte.

»Hellbraune Augen«, murmelte sie. »Sie sind tatsächlich wie die von Cecilia; ich habe mich also richtig erinnert. Und dieselbe Haarfarbe hast du auch, stimmt's?« Sie lächelte seltsam zufrieden und wickelte eine Strähne seiner hellbraunen Haare um ihren Finger. »Cecilia hatte auch solche goldenen Strähnchen. Aber vermutlich sind sie jetzt silbern, unter der Perücke da.« Sie warf einen kurzen, amüsierten Blick auf Lady Philemot, die sich instinktiv an die eisblaue Perücke fasste, die sie als Mutter eines Sohns und Erben kennzeichnete. Errötend biss sie sich dann auf die Lippen.

»Schau nicht so verkniffen drein, Cecilia«, sagte Hester. »Wenn wir älter werden, ähneln wir nun mal immer mehr dem Mondlicht. Dessen muss man sich nicht schämen.«

Sie wandte sich wieder dem Studium von Leos Gesicht zu. »Cecilias Teint«, sagte sie. »Von Septimus hast du nicht viel. Aber du bist groß, nicht wahr? Das hast du von ihm. Und nun zu dir, mein Mädchen …«

Rachel fühlte die alten Augen auf sich ruhen, durchdringend und wach hinter ihrer Trübheit. Hester ließ Leos Kinn los, nahm Rachels kleine, recht breite Hand in die ihre und betastete die Umrisse mit ihren knotigen Fingern. »Lass dich ansehen«, sagte sie, wie schon bei Leo. »Ich erinnere mich an keine Philemot-Vorfahrin, die so ausgesehen hätte wie du. Augen so grün wie das Meer und rostbraune Haare.«

Niemand hatte ihre Haare jemals als *rostbraun* bezeichnet. Seit sie diesen unerwarteten Farbton angenommen hatten, bestand Cecilia darauf, Rachels Haare als kastanienbraun zu beschreiben, während Rachel selbst sie zum Verdruss ihrer Mutter einfach als rot bezeichnete. Rostbraun klang allerdings ganz gut. Es gefiel ihr.

»Rostbraun und grün und eisblau«, sagte Hester nachdenklich. »Du erinnerst mich an ein Rosenköpfchen. Weißt du, was das ist?«

»Eine Papageienart«, warf Leo ein. »Eine eher seltene Art der Gattung ›Die Unzertrennlichen‹, aber ich habe am Fluss in Ferndale schon welche gesehen. Ich bin allerdings noch nie auf die Idee gekommen, dass du ihnen ähnlich sehen könntest, Rachel.«

Hester lachte. »Aber das Eisblau verlierst du bei deiner Heirat ohnehin, nicht wahr, Rachel? Bei welcher Farbe du wohl landen wirst? Probiert ihr jungen Mädchen immer noch alle Wappenfarben aus, um zu sehen, welche euch am besten steht?«

Rachel verzog das Gesicht. »Keine Ahnung. Ich jedenfalls nicht.«

»Nein.« Hester musterte sie intensiv. »Du vermutlich nicht. Aber Cecilia und Elinor taten es ständig. Ich fand es schrecklich. Cecilia hätte sich gern in Burgunderrot gesehen, aber als es dann ernst wurde, verliebte sie sich in Septimus. Sie hätte ihn in jeder Farbe genommen. Oder ohne jede Kleidung …«

Alys kicherte, und Cecilia rief empört »Tante!«, doch Hester hatte sich wieder Leo zugewandt.

»Und nun wird bald deine Lehrzeit beginnen.«

»Ja.«

»Du bist sicher schon sehr gespannt auf deinen Lehrmeister.«

»Hm … ja. Schon …«

»Natürlich bist du gespannt. Ich erinnere mich noch an Septimus, im letzten Himalios vor seiner Lehrzeit: Mal war er himmelhoch jauchzend und freute sich, dann wieder war er zu Tode betrübt und halb krank vor Angst, bei wem er wohl enden würde.«

Lord Philemot – der sich am anderen Ende des Salons mit Lord Sallender unterhielt – blickte herüber, als er seinen Namen hörte, und schaute seine Frau fragend an. »Nichts«, gab sie ihm lautlos zu verstehen und schüttelte den Kopf. »Alles in Ordnung.« Doch Septimus brach die Unterhaltung mit Lord Sallender ab und trat ein Stück näher zu der kleinen Gruppe am Kamin. Er stellte sich auf die andere Seite des Kamins und tat so, als studiere er das altmodische Gemälde einer Mabberling-Spielszene, das dort an der Wand hing.

»Dieses ohnmächtige Warten, es muss schlimm sein. Wenn man erst einmal weiß, was einem bevorsteht, kann man sich damit abfinden und etwas *tun*. Nichts zu wissen ist das Allerschlimmste. Ich weiß noch gut, wie …« Cecilia erstarrte. Hester verstummte kurz und fuhr dann fort: »Ich erinnere mich an vieles, so vieles. An manche Dinge klarer und realer, als sie in Wirklichkeit waren.« Ihr Blick wanderte von Leo zu Rachel und wieder zurück. »Seit eurer Geburt vor fast vierzehn Jahren gab es so gut wie keinen Tag, an dem ich mich nicht an euch erinnert hätte.«

»Erinnert? Haben wir uns schon einmal gesehen?«, fragte Rachel.

»Natürlich kannst du dich nicht mehr erinnern. Du warst noch winzig, neugeboren; es war in Inchcliff. Ich bin eigens angereist, um mich um Cecilia zu kümmern.« Sie streckte eine Hand aus und Cecilia erhob sich von ihrem Stuhl und stellte sich neben sie. Hester schlang ihre alten Finger um Cecilias Hand. »Sie war sehr krank. Kurz vor dem Geburtstermin war sie so krank, dass sie nicht mehr transportfähig war. Und auch danach war sie krank, schlimmer noch sogar. Das arme Kind. Ich erinnere mich noch gut an die schlimmste Nacht, Cecilia. Bei deinem Anblick hätte man glauben können, du würdest nie mehr aufwachen. Ich bin auf dem Stuhl neben deinem Bett eingeschlafen, und als ich wieder aufwachte, war helllichter Tag. Im ganzen Raum duftete es nach Winterrosen – damals wuchsen Rosen in Inchcliff, die ganze Hauswand vor meinem Fenster war damit überwuchert. Gibt es sie immer noch?«

Rachel warf einen unsicheren Blick auf ihre Mutter, da Hester eindeutig mit ihr redete, doch Cecilia schwieg. »Ich weiß nicht«, sagte Rachel deshalb. »Wir waren noch nie dort. Ich meine, seit unserer Geburt nicht mehr …«

»Ah, verstehe. Nun, damals gab es sie jedenfalls. Ich frage mich, ob sie jemals wieder so prachtvoll geblüht haben wie in jenem Winter.« Hester suchte Rachels Blick. »Als ich aufwachte, saß sie im Bett, hatte wieder Farbe im Gesicht und das Baby schlief in ihrem Arm. Ich habe sie noch nie so glücklich und traurig zugleich gesehen …«

Cecilias Griff um Hesters Hand verstärkte sich. »Tante, du bist müde. Du solltest dich besser etwas hinlegen.«

Da sagte Hester unerwarteterweise: »Oh, entschuldige. Ja, du hast recht.« Sie ließ sich von Cecilia auf die Füße helfen und aus dem Salon führen.

»Ich sagte euch ja, dass sie nicht mehr ganz bei Trost ist«, sagte Tolly mit einem verschmitzten Grinsen.

Am Abend vor dem Essen holte Cecilia Rachel in ihren Räumen ab. Am oberen Treppenabsatz griff sie nach Rachels Hand und sagte: »Warte kurz, Rachel. Wegen Hester … Nimm nicht alles, was sie sagt, für bare Münze, verstanden? Alt, wie sie ist, ist sie manchmal etwas verwirrt und bringt Dinge durcheinander. Das hast du sicher bemerkt, nicht wahr?«

Wortlos zog Rachel ihre Hand zurück und ging die Stufen hinunter. Ihr war Hester weder verrückt noch verwirrt vorgekommen. Etwas merkwürdig, das ja; doch hinter der Trübheit ihrer Augen hatte sie auf sie so klar gewirkt wie das Mondlicht. Unten an der Treppe griff Cecilia erneut nach Rachels Hand. »Bitte, Rachel. Es ist wichtig. Du kannst nicht alles glauben, was sie sagt.« Ihre Stimme klang irgendwie unsicher und hatte einen leicht zitternden Unterton, obwohl Cecilia nach außen hin gefasst wirkte. »Glaub mir«, beharrte sie.

»Wenn du es sagst.« Rachel zuckte die Schultern und ging dann mit ihrer Mutter zusammen durch die große Eingangshalle. Die silbernen Lichter hoben sich auffällig von den hellen Wänden ab und spiegelten die Regentropfen wider, die auf das blaue Glasdach fielen, sodass sie wie heruntergefallene Sterne funkelten. Septimus stand zusammen mit Lord Sallender, Tolly und Leo im Salon vor dem Kamin und sie schauten alle vier sehr ernst drein. Septimus hatte einen Brief in der Hand und sagte gerade: »Unglaublich! So etwas ist mir noch nie zu Ohren gekommen …«

Rachel stieß Leo an. »Was ist los?«

Es war Septimus, der ihre Frage beantwortete. »Ein Schreiben des Verwalters von Inchcliff. Er sagt, in den umliegenden Wäldern seien Drachen gesichtet worden.«

*»Drachen?«*, entfuhr es Cecilia.

»Ich dachte, die gibt es nur in den Bergen des Nordens«, sagte Rachel.

»Das dachten wir alle«, antwortete Septimus mit grimmiger Miene und überflog erneut das Schreiben in seiner Hand. »Vier verschiedene Meldungen, allesamt von zuverlässigen Augenzeugen. Die Hügel bei Inchcliff sind mit Kiefernwäldern bewachsen. Wenn dort ein Feuer ausbricht …« Seine Stimme stockte. Rachel wusste, was für Schreckensbilder ihm durch den Kopf schossen: eine wild lodernde Feuersbrunst, eine verwüstete, schwelende Landschaft unter dichten Rauchwolken.

»Ich denke, ich sollte hinreisen, um nach dem Rechten zu sehen«, beschloss Septimus. Er fühlte Lord Sallenders besorgten Blick auf sich ruhen. »Zuerst der schlimmste Sommer und dann der schlimmste Herbst seit Menschengedenken, und jetzt das! Wo soll das noch enden?«

Während des mehrgängigen Essens ging es nur um Drachen und Rachel hatte Großtante Hester bald vergessen. Als sich die Männer nach dem Essen in die Bibliothek zurückzogen (»Ich muss irgendwo dieses Buch haben«, hatte Lord Sallender gesagt, *»Ungewöhnliche Begebenheiten in der Naturgeschichte Assalays*, vielleicht steht auch etwas über Drachen darin, Septimus«), blieb Rachel nichts anderes übrig, als mit ihrer Mutter, Alys und Tante Elinor in deren Privatsalon zu gehen. Doch weil es dort nur um Kleider und die neueste Mode ging, schweiften Rachels Gedanken bald wieder zu Hester. Sie nutzte die erstbeste Gelegenheit und sagte: »Würde es euch etwas ausmachen, wenn ich mich schon zurückziehe? Ich bin etwas müde von der Reise.«

»Oh ja, das kann ich gut verstehen. So eine Zugfahrt ist immer schrecklich anstrengend«, sagte Elinor mitfühlend, und Rachel ergriff erleichtert die Flucht. Sie hastete die Treppe hinauf und ging zielgerichtet in den älteren Gebäudetrakt, der um einen Innenhof herum gebaut war und in dem sich die Gästezimmer befanden. Sie eilte durch den langen Korridor, am Zimmer ihrer Eltern vorbei, bog um eine Ecke, lief an ihrem eigenen und Leos Zimmer vorbei, bog erneut um eine Ecke und öffnete dann vorsichtig alle Zimmertüren. Nein, in diesem Stockwerk wohnte außer ihnen niemand. In jedem Zimmer, in das sie spähte, waren die Möbelstücke zum Schutz vor Staub mit weißen Tüchern zugedeckt. Deshalb huschte Rachel die Wendeltreppe hinauf, die ins Obergeschoss führte. Die spärlichen Lichter an der Wand ließen die trüben Flecken in dem alten, lapisblauen Glas über ihrem Kopf deutlich hervortreten. Rachel begann, ihren spontanen Entschluss zu bereuen. *Wie dumm von mir. Ich sehe sie doch morgen früh.*

Doch weil sie schon einmal hier war, drehte sie den Knauf an der erstbesten Tür und schob sie einen Spaltbreit auf. Sie wollte sie schon wieder zuziehen, um in ihr eigenes Zimmer zu gehen, als sie auf einmal eine Stimme sagen hörte: »Bist du es, Rachel Philemot?«

»Ja.« Sie betrat den Raum. Hester lag in einem großen Bett. Sie wirkte sehr klein und zerbrechlich unter der breiten Decke und ihre langen, weißen Haare hoben sich deutlich von dem lapisblauen Kissen ab.

»Wolltest du zu mir?« Ihre Stimme war so klar wie vorhin schon; sie klang erfreut und auch etwas amüsiert.

»Ja«, sagte Rachel.

»Warum?«

Warum war sie gekommen? Nur um sich davon zu überzeugen, dass Tolly und ihre Mutter sich täuschten? Dass Hester nicht verrückt oder so alt war, dass sie nicht mehr wusste, was sie sagte? Oder ging es um etwas anderes? »Ich weiß nicht.«

»Egal. Komm und setz dich!« Hester klopfte auf ihre Bettkante und Rachel schlüpfte aus ihren Schuhen und setzte sich. Sie zog die Knie an die Brust und umschlang ihre Beine mit beiden Armen.

»Ich denke, Leo wird dir im nächsten Jahr sehr fehlen«, sagte Hester. »Hab ich recht?«

Wäre diese Frage von jemand anderem gekommen, zum Beispiel von Alys oder Tolly, hätte Rachel blitzschnell schnippisch behauptet, sie würde sich freuen, endlich mal ihre Ruhe und das Haus für sich zu haben. Zu dieser Greisin sagte sie jedoch wahrheitsgemäß: »Ich glaube schon. In vieler Hinsicht. Ich meine, wir streiten zwar eine Menge …« Sie verstummte. Ein Kaleidoskop von Erinnerungen schoss ihr durch den Kopf: wie sie mit Leo und seinem Freund Jeremy Baladin auf dem kleinen See des Baladin'schen Anwesens Boot gefahren war. Wie sie alle ins Wasser gefallen waren und sich anschließend in Jeremys Spielzimmer abgetrocknet hatten, in dem Unmengen von Modellhäuschen herumstanden, die er gebastelt hatte. Verregnete Nachmittage im Baumhaus. Wie sie mit Leo Schwanenjagd spielte, während Iona ihr die Haare bürstete. Wie sie zusammen durch das dicke Rohr gekrochen waren, durch das normalerweise Wasser in den Brunnen floss, um aus dem Garten zu flüchten und den Klippenweg zum Meer hinunterzurennen.

Ohne diese kleinen Zwischenfälle würde ihr Leben schrecklich langweilig sein.

»Ja«, sagte sie, »er wird mir fehlen.«

Darüber schien Hester sich zu freuen. »Tja«, sagte sie. »Es ist schon eine besonders enge Beziehung, nicht wahr? Wenn man sein ganzes Leben lang zusammen war.«

»Wir sind Zwillinge«, rief Rachel ihr in Erinnerung.

Hester schwieg, und in dem Schweigen fiel Rachel plötzlich wieder ein, weshalb sie gekommen war.

»Du warst dabei, nicht wahr? Bei unserer Geburt. Erzählst du mir, wie es war? Meine Eltern reden nicht viel darüber: Dass Mutter so krank war, habe ich erst heute durch dich erfahren. Und wir waren auch nie wieder in Inchcliff, Leo und ich. Vater ist ab und zu dort, wenn es etwas zu tun gibt, aber er hat uns nie mitgenommen. Ich weiß nicht, warum. Ich begreife auch nicht, warum wir dich seit unserer Geburt nicht mehr gesehen haben.«

Hester schloss die Augen und schwieg so lange, dass Rachel schon befürchtete, sie wäre eingeschlafen. Doch nach einer Weile sagte die alte Frau: »Ich bin müde, Rachel. Und ich muss meine Erinnerungen zuerst sortieren. Können wir es auf morgen früh verschieben?«

Rachel fühlte sich zurückgewiesen und wunderte sich. Unten im Kaminzimmer hatte sie den Eindruck gehabt, als hätte Hester sich glasklar erinnert und müsse nichts zuerst sortieren. Sie sagte: »Gut«, küsste die alte Frau etwas steif auf die Wange und ging dann in ihr eigenes Zimmer.

Die Sklavin saß zusammengekauert auf der Bank unter dem Fenster und hatte das Gesicht an die Glasscheibe gedrückt.

»Du darfst nicht hier sitzen«, sagte Rachel.

Leo hatte recht: Die Frau war wirklich merkwürdig. Jeder andere Sklave wäre bei solchen Worten erschrocken aufgesprungen; sie aber erhob sich ganz langsam, als täte ihr jede Bewegung weh. Sie knöpfte

Rachels Kleid so geschickt auf wie schon vorhin, doch im Spiegel konnte Rachel sehen, dass ihre Augen in die Ferne gerichtet waren. Es war, als würden sich ihre Hände völlig losgelöst von ihren Gedanken bewegen. Und als sie Rachels Haare bürstete – wobei sie erneut eine Hand auf Rachels Kopf liegen hatte, was sich erstaunlich beruhigend anfühlte –, sah Rachel, dass Leo auch in diesem Punkt recht gehabt hatte. Die Augen der Frau waren geschlossen.

Weder Septimus noch Hester saßen am Tisch, als Rachel am nächsten Morgen recht spät zum Frühstücken herunterkam. Leo erklärte ihr, dass Septimus sich Sallenders Adlerkutsche ausgeliehen hatte und bereits auf dem Weg nach Inchcliff war, um zu überprüfen, ob an den Gerüchten über Drachen etwas dran war. Rachel wunderte sich, warum er Leo nicht mitgenommen hatte. In wenigen Tagen begann seine Lehrzeit und er würde ein ganzes Jahr lang nicht zu Hause sein. Sie sprach es aber nicht aus, weil sie spürte, dass Leo ebenfalls enttäuscht war. Um das Thema zu wechseln, fragte sie Alys: »Wo ist Großtante Hester?«

»Sie kommt nie zum Frühstück herunter«, antwortete Alys. »Sie schläft immer lange und frühstückt dann in ihrem Zimmer.«

*Gut*, dachte Rachel. Nach dem Frühstück lehnte sie Tollys Vorschlag zu einem Ausritt ab und eilte wieder in den Gästeflügel. Immer zwei Stufen auf einmal nehmend, rannte sie die Wendeltreppe hinauf und blieb keuchend vor Hesters Tür stehen. Leise klopfte sie an. Als keine Antwort kam, klopfte sie erneut, etwas lauter diesmal. Wieder Schweigen. *Was ist, wenn sie tot ist? Was ist, wenn sie gestorben ist, bevor ich mit ihr reden konnte?* Fast in Panik stieß sie die Tür auf und betrat das Zimmer.

Es sah aus, als wäre nie jemand hier gewesen. Das Bett war gemacht, die Tagesdecke war glatt gestrichen und über die Kissen gezogen worden. Der Schrank stand offen und war leer; der Kleiderstapel, der gestern Abend auf dem Sofa lag, war verschwunden. Die Bücher, die gestern noch auf Hesters Nachttisch lagen, waren ebenfalls verschwunden, genau wie die Schreibmappe, die Rachel auf der Kommode gesehen hatte. Bestürzt rannte Rachel den ganzen Weg zurück, den sie gekommen war, und platzte ungestüm in den Morgensalon, wo ihre Mutter und ihre Tante links und rechts des Kamins saßen.

»Wo ist sie?«, rief Rachel.

»Ich weiß nicht, wen du meinst, Rachel«, sagte Lady Philemot, starrte auf das Band in Rachels Haaren und wich ihrem Blick aus.

»Oh doch, das weißt du genau!«, rief Rachel ungehalten. »Hester! Wo ist Großtante Hester? Was habt ihr mit ihr gemacht?«

»Sie ist mit deinem Vater gefahren.«

»*Warum?* Das ist gemein!« Trotz ihres Zorns konnte sich Rachel selbst hören und merkte, dass sie wie ein Kleinkind klang, das einen Wutanfall hatte.

»Beruhige dich, Rachel. Es ist doch ganz einfach. Dein Vater bringt sie nach Hause. Sie ist eine alte Frau, die viel Ruhe braucht. Der Aufenthalt hier war zu anstrengend für sie.«

»Es war zu anstrengend für dich, willst du damit sagen! Du wolltest sie nicht hier haben, stimmt's? Du wolltest nicht, dass wir sie kennenlernen. Wenn es nach dir gegangen wäre, hätten wir ja nicht einmal erfahren, dass es sie *gibt*!«

Einen Augenblick lang schaute Lady Philemot drein, als hätte die Erde unter ihr gebebt. Doch sie erholte sich rasch wieder. »Sei nicht albern, Rachel. Hester war erschöpft. Sie wollte nach Hause. Das ist alles. Warum setzt du dich nicht ein bisschen zu uns und liest ein Buch?«

»Nein. Jetzt kann ich genauso gut mit den anderen reiten gehen.« Sie knallte die Tür hinter sich zu.

Lady Sallender seufzte und sagte mitfühlend zu ihrer Schwester: »In diesem Alter sind sie oft unmöglich, nicht wahr? Ich hatte ja so ein Glück mit Alys ...«

Als Rachel durchnässt und frierend von ihrem Ausritt zurückkehrte, dachte sie, dass sie sich das Ganze vielleicht nur einbildete. Vielleicht hatte Hester gestern Abend wirklich nur schlafen wollen. Vielleicht hatte ihre Mutter gar nicht so erschrocken dreingeschaut, als sie ihr vorgeworfen hatte, sie wolle die alte Frau nicht um sich haben. Alles, was Rachel sicher wusste, war, dass ihre Chance, jemals mehr zu erfahren, so dünn war wie ein Neumond. Wütend stapfte sie in ihr Zimmer, um sich umzuziehen. Die Sklavin faltete ihre Kleider zusammen, wieder auf diese merkwürdige, geistesabwesende Art und Weise.

»Ich muss mich umziehen«, sagte Rachel zähneklappernd. Mit tauben Fingern fummelte sie am Verschluss ihres Reitumhangs herum. »Mach auf! Ich kann es nicht.«

Die Sklavin streckte die Arme aus und ihre Finger streiften die von Rachel.

»Ihr seid ja eiskalt!«, sagte sie erschrocken. Einen Moment lang klang ihre Stimme anders: voller Wärme und Mitgefühl, so als hätte die kalte Berührung sie unversehens ins Leben zurückgerufen. Sie führte Rachel zum Kamin, half ihr mit flinken Fingern aus ihrer nassen Kleidung, setzte sie auf einen Stuhl und legte ihr eine Daunendecke um die Schultern. Dann griff sie nach Rachels eisigen Händen und rieb sie warm. Ihre Hände bewegten sich so geschickt und wissend, als hätten sie schon häufig jemanden gewärmt, der bis auf die Knochen durchfroren war. Sie tat es mit sehr viel Gefühl und mit geschlossenen Augen. Rachel, die in der Wärme ganz schläfrig wurde, ließ ihre Augen von den glutroten Tiefen des Kaminfeuers zu dem breiten Sims darüber schweifen. An einer hässlichen blauen Vase lehnte ein gefaltetes Stück Papier, auf dem mit zitterigen Buchstaben ihr Name stand: Rachel.

Sie stieß die Decke von sich, sprang auf und griff nach dem Schreiben.

»Wo kommt das her?«

»Eine Dienerin hat es heute Morgen vorbeigebracht, Mylady.«

»Warum hast du es mir nicht *sofort* gegeben?« Rachel setzte sich wieder und faltete das Blatt auseinander.

*Meine liebe Rachel,*
*wenn du dieses Schreiben in den Händen hältst, wirst du bereits erfahren haben, dass ich abgereist bin.*
*Ich hätte gern mehr Zeit mit dir verbracht, Rachel Philemot, aber ich bin froh, dass ich dich überhaupt wiedersehen durfte, und damit muss ich mich wohl begnügen.*
*Du dagegen wirst dich nicht damit begnügen wollen, ich weiß. Du wolltest, dass ich dir mehr erzähle – über Dinge, über die ich noch nie gesprochen habe. Doch vor Jahren gab ich deinen Eltern ein Versprechen, das ich nicht brechen darf.*
*Doch wie ich schon zu Leo sagte: Nichts zu wissen ist das Allerschlimmste. Lass mich dir deshalb zwei Dinge sagen.*
*Ich denke, du hast schon am eigenen Leibe erfahren, dass Schweigen sehr beredt sein kann.*
*Alles, was ich dir gesagt habe, war die reine Wahrheit. Im Gegensatz zu dem, was Tolly behauptet, weiß ich sehr genau, was ich sage, und jedes einzelne meiner Worte war sehr sorgfältig und gut überlegt.*

*Wenn du dir das vor Augen hältst, kommst du, wie ich hoffe, der Wahrheit vielleicht etwas näher.*
*Ich wünsche dir alles Gute, Rachel. Ich denke nicht, dass wir uns jemals wiedersehen, aber ich bin schon froh über diese eine, kurze Begegnung.*
*Hester*

*Was nützt mir das?*, dachte Rachel und riss das Schreiben von oben bis unten auseinander, als sie plötzlich sah, dass auf der Rückseite noch etwas stand.

*Wenn ich mich nicht in dir täusche, wirst du diesen Brief spontan zerreißen. Aber mach keine zu kleinen Schnipsel aus ihm und verbrenne ihn auch nicht, verstanden? Wenn du dich wieder beruhigt hast, wirst du ihn vielleicht ein zweites Mal lesen wollen.*

## 4. Kapitel

# Die Vollmondjagd

»Wo ist mein Brief?«

Die Sklavin wandte sich vom Fenster ab. Rachel stand vor ihrem Schreibtisch; sie hatte beide Schubladen herausgezogen, deren Inhalt nun auf dem Fußboden verstreut lag.

»Euer Brief, Mylady?«

»Ja, der von meiner Großtante.«

»Von der alten Dame? Den habe ich verbrannt.«

»*Was* hast du gemacht? Wie konntest du es wagen? Wie konntest du so *blöd* sein? Ich hätte ihn noch gebraucht!«

Zorn blitzte in den dunklen Augen der Sklavin auf, und als sie antwortete, merkte man, dass es ihr schwerfiel, ruhig zu bleiben. »Er war zerrissen, Mylady. Da dachte ich, Ihr braucht ihn nicht mehr …«

»Du *dachtest*!« Rachel klang verächtlich und wütend. »Sklaven sollen nicht denken, du Närrin, du dumme, blöde …«

Plötzlich holte die Sklavin aus und gab ihr eine Ohrfeige, die Rachel vor Verblüffung verstummen ließ.

»Schaut mich an!«, schrie die Sklavin. Mit zitterigen Fingern schob sie den Ärmel ihres Sklavengewands zurück, um Rachel das tiefblaue ›S‹ der Sallenders zu zeigen, das auf die Innenseite ihres Arms eintätowiert war. »Schaut mich an! Glaubt Ihr, dieser Buchstabe hier hätte etwas daran geändert, wer ich bin? Glaubt Ihr, er hält mich vom Denken ab?« Sie bebte, und ihre Augen sprühten vor Zorn, sodass Rachel erschrocken zurückwich und zwei Schritte rückwärtstaumelte.

»Wenn ich das meinem Vater sage …«

Die Frau stieß ein Lachen aus, so hart und bitter wie der Winter. »Denkt Ihr, das macht mir etwas aus? Meint Ihr, mir könne etwas noch Schlimmeres zustoßen, als das, was ich schon erlebt habe?« Sie schob sich an Rachel vorbei, verließ den Raum und schlug die Tür hinter sich zu. Rachel stand wie betäubt da. Sie sank auf den Fußboden und drückte ihre pochende Wange an die Knie. Sie sah die Augen der Sklavin noch vor sich: sehr tief, sehr dunkel, voll leidenschaftlichem Kummer und voller Zorn; und unerwartet fiel ihr wieder ein, wie behutsam sie ihre Haare gebürstet und ihre steif gefrorenen Finger gewärmt hatte. Plötzlich schämte sich Rachel. Sie richtete sich wieder auf, setzte sich an ihre Frisierkommode und studierte ihr Gesicht im Spiegel: grüne Augen, Sommersprossen auf der hellen Haut und die roten Flecken, die die Finger der Sklavin auf ihrer Wange hinterlassen hatten. Kurz entschlossen schlug sie sich auf die andere Wange. Nun würde niemand merken, dass etwas Ungewöhnliches vorgefallen war, wenn sie nachher am Esstisch saß.

Septimus war am Nachmittag von Inchcliff zurückgekehrt, um der Gedenkfeier von Leos und Rachels Weihefest beizuwohnen. Er hatte beruhigende Nachrichten mitgebracht. Weit und breit hatte er keine Spur von Drachen und auch keine brennenden Wälder gesehen. Er war – zumindest halbwegs – davon überzeugt, dass sich die angeblichen Augenzeugen getäuscht hatten. Rachel war die Einzige, die sich nach Hester erkundigte, doch seine Auskunft war enttäuschend. Alles, was er ihr sagen konnte, war, dass die alte Dame offenbar froh gewesen war, wieder in ihrem eigenen Heim zu sein. Es ginge ihr gut, doch sie sei etwas erschöpft gewesen. Nein, sie hätte für niemanden eine Nachricht geschickt. Rachel seufzte, und als sie die Treppe hinaufging, um sich für die Feier umzuziehen, hatte sie das Gefühl, sich zwischen Schatten zu bewegen: die verpasste Chance auf ein weiteres Gespräch mit Hester, Leos bedrohlich näher rückendes Lehrjahr, die aufsässige Haltung der offenbar todunglücklichen und wütenden Sklavin. Sie betrat ihre Räume. Die Sklavin war zurück und schaute zum Fenster hinaus. Etwas befangen sagte Rachel: »Kannst du mich umziehen?«

»Gern, Mylady.« Geschickt wie immer half sie Rachel in ihr Festgewand, schnürte und knöpfte es zu. Als Rachel fertig angekleidet war, blieb sie noch einmal zögernd auf der Türschwelle stehen. Sie wollte etwas sagen – ohne recht zu wissen, was –, fand aber nicht die richtigen Worte. Mit einem vagen Gefühl der Unzufriedenheit mit sich ging sie die Treppe hinunter. Auch die Feier konnte sie nicht aufheitern. Sie erinnerte sie nur daran, dass Leo bald fortgehen würde. Warum hatte Septimus Leo und sie so schrecklich früh weihen lassen? Er hätte ohne Weiteres ein Jahr länger warten können, wenigstens bis nach Neujahr, dann wäre Leo jetzt noch ein Jahr der Freiheit vergönnt gewesen.

Lustlos packte Rachel die üblichen Geschenke aus: Kleidung, eine Schreibmappe, ein paar Bücher. Doch als sie Leos nachlässig verpacktes Päckchen auswickelte, hatte sie das Gefühl, den Boden unter den Füßen zu verlieren. Sie selbst war nicht sehr einfallsreich gewesen und hatte Leo ein Buch mit Vogelzeichnungen geschenkt. Fast jeder hatte ihm etwas geschenkt, das mit Vögeln zu tun hatte. Er aber hatte eine geniale Eingebung gehabt und ihr das Schönste geschenkt, das sie jemals im Leben gesehen hatte. Es war ein kleiner, silberner Globus mit den dreizehn kleinen Monden, die auf Ellipsen aus Silberdraht befestigt waren. Mit zitternden Fingern drehte sie den Schlüssel in der kleinen Öffnung am Boden. Der Globus begann sich zu drehen und die Monde drehten sich mit. Leo hatte sie beobachtet und freute sich. »Hab mir gedacht, dass er dir gefällt.«

»Leo, er ist ein Traum!« Doch der Globus war mehr als das: Er war perfekt; genau das, was sie sich ausgesucht hätte, wenn sie die Wahl gehabt hätte. An diesem Abend stellte sie den Globus auf ihren Nachttisch, zog ihn auf und beobachtete fasziniert, wie das Licht der sich drehenden Kügelchen durch den Raum zuckte, ehe sie schließlich einschlief.

Am nächsten Morgen beim Frühstück öffnete Lord Sallender ein mit grünem Wachs versiegeltes Schreiben, überflog die Zeilen und stieß ein zufriedenes »Ah!« aus.

»Gute Nachrichten?«, erkundigte sich Septimus.

Lord Sallender reichte ihm den Brief. »Elverton hat uns eingeladen, bei der Vollmondjagd in seiner Jagdgesellschaft mitzureiten.«

»Ah«, sagte Septimus ohne große Begeisterung und warf einen kurzen, besorgten Blick auf Leo. Keiner von beiden hatte in diesem Augenblick etwas dazu gesagt, doch als Rachel an diesem Abend in Leos Zimmer kam, fand sie Vater und Sohn in einem hitzigen Gespräch vor.

»Wie oft muss ich es dir noch sagen?«, fauchte Leo. »Ich will nicht zu dieser Jagd gehen!«

»Elverton hat uns eingeladen, Leo!«

»Es ist mir vollkommen egal, wer uns eingeladen hat! Ich werde auf keinen Fall mitgehen!«

Eine Vielzahl von Gefühlen huschte wie ein Schwarm kreisender Vögel über Septimus' Miene. Verzweiflung, Mitleid, Wut und noch etwas, das Rachel nicht identifizieren konnte, weil ihr Vater ihr und

Leo den Rücken zuwandte und ans Fenster trat. Er starrte hinaus in die Dunkelheit, und sein Atem beschlug die Glasscheibe, was wie Frost auf einem Saphir aussah. Als er schließlich den Mund öffnete, klang seine Stimme schroff und voll mühsam unterdrücktem Zorn.

»Wir müssen eines klarstellen, Leo. Von jemandem in deiner Position werden nun einmal gewisse Dinge erwartet, ob es dir gefällt oder nicht. Und die Einladung eines Mitglieds des Monarchenbundes lehnt man nicht ab. Es wäre der Gipfel der Unhöflichkeit, Elverton einen Korb zu geben; völlig undenkbar.« Er drehte sich um und funkelte Leo an. »Am besten, du gewöhnst dich gleich daran. Egal, zu wem du nächstes Jahr auch kommen wirst: Dein Lehrmeister wird dich mit Sicherheit irgendwann zu einem Jagdausflug mitnehmen. Da wird dir kein ›Ich habe keine Lust‹ weiterhelfen.«

Rachel sah Angst in Leos Augen aufblitzen. Er verbarg es rasch, doch Septimus hatte es ebenfalls gesehen: Verlegen senkte er den Blick. »Tut mir leid, Leo. Wenn es nach mir ginge, könntest du natürlich hierbleiben. Aber du bist eingeladen worden. Es tut mir wirklich leid …«

»Na schön.« Leo schleuderte Septimus seine Antwort hart und bissig ins Gesicht. »Wenn du sagst, dass ich gehen muss, dann gehe ich.« Abrupt drehte er sich dann um, ging in sein Schlafzimmer und schlug die Tür so ungestüm zu, dass die Fensterscheiben klirrten.

»Du solltest ihn nicht zwingen«, sagte Rachel.

In einer hilflosen Geste breitete Septimus die Hände aus. »Es muss sein!«

Rachel gab einen merkwürdigen, ungeduldigen Laut von sich, der fast wie ein Knurren klang. »Das sagst du dauernd.«

Am Morgen vor der Jagd ging Rachel vor dem Frühstück zu Leo. Insgeheim hatte sie erwartet, er läge noch im Bett und würde sich krank stellen, doch er war bereits auf den Beinen, fertig angekleidet und starrte durch das Fenster in den strömenden Regen. Das Flachland verlor sich in der Ferne in einem tief hängenden Wolkenband.

»Meinst du, die Jagd findet bei diesem Wetter überhaupt statt?«, fragte sie ihn auf dem Weg nach unten.

»Aber sicher.« Mit einer resignierten Kopfbewegung deutete Leo auf die Eingangshalle, wo ein Trupp Sklaven Reitstiefel polierte und Reitumhänge ausbürstete, darunter auch jenen, den sein Vater eigens zu diesem Anlass für Leo hatte nähen lassen, mit einem warmen, silberfarbigen Pelzfutter. Im Frühstücksraum ließen sich Tolly und Lord Sallender ein ausgiebiges Frühstück schmecken, während sie sich angeregt über die Jagdaussichten unterhielten. Ein guter Tag zum Jagen, der mit etwas Glück auf reiche Beute hoffen ließ. Septimus unterbrach sie.

»Um welche Zeit trifft Gregory ein?«, fragte er Lord Sallender.

»Gregory?«, rief Alys überrascht aus.

»Oh nein! Du hast uns gar nicht erzählt, dass er kommt!«, sagte Tolly.

»Hab ich das nicht erwähnt? Muss ich vergessen haben.« Lord Sallender errötete und spielte nervös mit seinem Teelöffel. Dann zog er seine Uhr aus der Tasche und starrte stirnrunzelnd auf das Zifferblatt. »Er müsste jeden Moment ankommen. Tolly … sei nett zu ihm, ich bitte dich!«

»Ich werde so nett sein, wie er es verdient«, antwortete Tolly. Lord Sallender wollte etwas darauf erwidern, doch da wurde er von einem Lakai unterbrochen, der einen groß gewachsenen, schmalgesichtigen, eher blassen Jüngling hereinführte, der ungefähr im selben Alter wie Leo und Rachel war. Sallender sprang auf, um ihn zu begrüßen, schüttelte ihm erfreut die Hand und sagte: »Hallo, Gregory, wie geht es dir? Setz dich und frühstücke mit uns. Du hast sicher einen Bärenhunger nach deiner langen Reise.« Gregory bedankte sich höflich und machte eine tiefe Verbeugung in Elinors, Cecilias und Septimus' Richtung, ehe er neben Alys Platz nahm.

»Na, wie geht's, Grego?« Tolly, der lässig auf seinem Stuhl lümmelte und die Hände in die Taschen gesteckt hatte, grinste seinen Vetter überheblich an. »Hast du ein paar Tage Urlaub bekommen? Wundert mich, dass sie dich entbehren können.«

»Nun ja, es ist eine eher ruhige Zeit«, antwortete Gregory. »Für die Karnevalsfeierlichkeiten muss ich natürlich rechtzeitig zurück sein; die darf ich auf keinen Fall verpassen.«

»Freut mich zu hören.«

»Tolly ...«, sagte Lord Sallender warnend, und sein Sohn schaute ihn mit Unschuldsmiene an.

»Oh, entschuldige. Versteh mich nicht falsch. Ich wollte nur sagen, dass es schön ist zu hören, dass dir dieser Chor so viel bedeutet, Gregory. Sehr schön. Aus dem, was du uns beim letzten Mal erzählt hast, schließe ich, dass der Chor ohne dich am Ende wäre.«

Gregory lief rot an und starrte betreten auf seinen Teller. Er biss sich auf die Lippen, wandte sich dann an Leo und fragte: »Freust du dich auf heute?«

Leo schwieg. Rachel versuchte, in seinem Gesicht zu lesen, doch er hatte sich zurückgelehnt und war außerhalb der Lichtkegel der Lampen über dem Tisch. In dem trüben, blauen Licht, das zu den Fenstern hereinfiel, war sein Gesichtsausdruck nur undeutlich zu sehen.

»Ich ja«, fuhr Gregory unbeirrt fort. »Ach, übrigens, wie ich gehört habe, fängt in Arctos deine Lehrzeit an. Bist du schon nervös?«

Leo brach eine dünne Toastscheibe auseinander. »Warum sollte ich?«

»Na, du weißt schließlich nicht, wer dein Lehrmeister wird!« Gregory lachte halbherzig. »Ich an deiner Stelle wäre sicher schrecklich nervös.«

Tolly beugte sich vor. »Dann bist du sicher heilfroh, dass es dir erspart bleibt, nicht wahr, Grego? Schließlich bist du nur der zweitgeborene Sohn eines drittgeborenen Sohns eines entfernten Vetters … Da besteht keine Gefahr, als direkter Nachfolger infrage zu kommen, richtig?«

»Er rückt in der Erbfolge auf, wenn dir eines Tages jemand den Hals umdreht, Tolly«, flachste Alys leise. Doch Tolly grinste nur und zwinkerte Rachel zu. Sie lächelte nicht zurück. Der Raum war voller Spannungen: unsichtbare Drähte von dunklen Ahnungen und Feindseligkeiten. Zum Glück schob Alys da ihren Stuhl zurück und sagte: »Komm, Rachel, ich wollte dir doch meine neuen Kleider zeigen.« Rachel war fast erleichtert, mit ihr zusammen den Tisch verlassen zu können; allerdings warf sie noch einen letzten, besorgten Blick auf Leo, ehe sie den Raum verließ.

»Mal ehrlich«, sagte Alys, als sie die Eingangshalle durchquerten, »Tolly ist unmöglich! Klar, ich weiß natürlich auch, wie arrogant und unerträglich Gregory ist, aber Tolly macht alles noch tausendmal schlimmer. Heute werden sie nass werden; hoffen wir, dass es Tollys Übermut etwas dämpft. Aber jetzt zeige ich dir meine Kleider!«

Leo ritt über den Pfad, der sich durch Sallenders Wälder schlängelte, und genoss die dunkle, schwere Stille unter den tropfenden Bäumen und die kalte Luft auf seiner Haut. Er holte tief Luft und schöpfte plötzlich etwas Hoffnung. Als Septimus im Sommer von der Jagd in Ferndale nach Hause gekommen war, hatte er erzählt, dass sie nichts erlegt hatten, obwohl sie den ganzen Tag geritten waren. Sie hatten nur ein Reh gesehen, in großer Entfernung, das sich rechtzeitig aus dem Staub gemacht hatte. Mit etwas Glück würde es auch heute so sein. Leo trieb sein Pferd an, bis er auf Tollys Höhe war. Gregory war ein gutes Stück hinter ihnen, als sie Seite an Seite durch das Tor in der langen Mauer ritten, das die Ländereien Sallenders von denen Lannerets trennte. Wenig später gelangten sie auf eine grasbewachsene Lichtung, wo Lannerets Jagdgesellschaft sie bereits erwartete: ein überraschend farbiges Knäuel an diesem trüben Regentag.

Sallenders Truppe stieg ab, um die anderen zu begrüßen. Leo schüttelte jedem die Hand: Malander, rau, aber herzlich; Querimon, elegant wie immer trotz der schlechten Witterung; Demersal und seinem Sohn, Lord Ivan – beide breitschultrig und mit markanten Gesichtszügen, Ivan, der sich neuerdings mit einem Schnurrbart schmückte; Lanneret selbst: groß, dunkel, schmales Gesicht, scharfe blaue Augen. Keiner von ihnen war Leo fremd, sie waren alle Mitglieder des Bundes der Dreizehn, die er sein ganzes Leben lang schon kannte. Doch jetzt, da er alt genug war und den dreizehnten Jahrestag seiner Weihe hinter sich hatte, kam es ihm so vor, als würden sie ihn mit anderen, abschätzenden Blicken sehen. Er versuchte, diesen Gedanken abzuschütteln, stieg wieder auf und ritt zusammen mit den anderen hinter Lanneret in den Wald hinein. Lannerets schimmernder, smaragdgrüner Umhang leuchtete zwischen den düsteren Bäumen, und die Gruppe, die ihm folgte – goldfarben, gelb, burgunderrot, eisblau und lapisblau –, glänzte wie ein exotischer Fischschwarm in einem trüben Gewässer.

Nach einer Weile gelangten sie auf eine ausgedehnte Ebene, übersät mit einzelnen Baumgruppen, in denen das Unterholz so wild wucherte, dass es undurchdringlich war. Lanneret ließ sein Pferd anhalten und stieg ab, um auf eine Gruppe von Sklaven zu warten. Sie waren in seiner Wappenfarbe gekleidet und zogen sperrige Handkarren über den holprigen, unebenen Untergrund. Keuchend blieben die Sklaven neben der wartenden Gruppe stehen und schlugen die schweren, smaragdgrünen Tücher auf den Karren zurück. Eine Sammlung von Schusswaffen kam zum Vorschein, die Lanneret umgehend verteilte.

Leo nahm sein Gewehr in die Hand: glattes, poliertes Holz und der scharfe Geruch von kaltem Metall und Öl. Er hob es an die Schulter und schielte am Lauf entlang. Das Schießen hatte er natürlich gelernt, in der großen Schießhalle in Freehaven. Und in Jeremys Garten hatten er und sein Cousin schon öfter Flaschen von einer Mauer geschossen. Er konnte ganz gut schießen; er hatte scharfe Augen und eine ruhige Hand. Doch er war noch nie mit einem Gewehr auf die Jagd gegangen und wusste noch immer nicht, was sie heute jagen würden.

»Leo? Hier!« Lanneret wies Leo einen Platz zwischen seinem Vater und Tolly zu. Nun standen alle in Reih und Glied, mit Blick auf das erste der dichten Wäldchen. Hinter jedem Jäger wartete ein Sklave mit weiteren Gewehren. Lanneret rief: »Bereit!«, und jeder der Jäger hob sein Gewehr und richtete es auf den leeren Himmel über dem Hain. Lanneret feuerte als Erster. Der Knall zerschnitt die Morgenluft, hallte wider und erstarb dann in einer durchdringenden Stille.

Die Stille dauerte genau einen Herzschlag lang an, ehe sie von Vogelgeschrei und Flügelrauschen in den Ästen zerrissen wurde. Und plötzlich war der bislang leere Himmel voller Vögel, die verschreckt über den Bäumen kreisten, die ihnen bis eben noch Schutz geboten hatten. Das Flügelschwirren wurde abrupt übertönt, als die ganze Reihe der Gewehre gleichzeitig losfeuerte, ohne Unterbrechung, in einer Explosion mörderischer Geräusche. Einzelne Vogelkörper fielen aus den davonschwirrenden Schwärmen, stürzten erdwärts und plumpsten zwischen die Zweige und Äste. Gregory, der so weit weg wie möglich von Tolly stand, am anderen Ende der Reihe, bekam vor Aufregung glühende Wangen. Tolly lachte. Links von Leo feuerte Septimus ruhig und konzentriert. Als er aufhörte und sich umdrehte, um seine Waffe dem Sklaven hinter ihm zu reichen, fiel sein Blick auf Leo, der wie versteinert dastand und an den Himmel starrte. Leo sah, wie er »Auf, Leo!« rief, doch die Worte gingen in dem Höllenlärm unter.

Endlich leerte sich der Himmel und die Gewehre verstummten.

Leo ließ sein Gewehr auf den Boden fallen, schob sich an den wartenden Sklaven vorbei und ging fort. Hinter sich hörte er Lanneret »Was im Namen des Mondscheins ...« zischen, woraufhin sein Vater verlegen »Tut mir leid, Elverton, ich ...« stammelte.

Leo ging unbeirrt weiter.

»Leo!«, rief Septimus ihm nach. Leo ging weiter und blieb erst stehen, als ihm sein Vater wütend eine Hand auf die Schulter legte und ihn mit sanfter Gewalt zu sich drehte. »Was um alles in der Welt fällt dir ein?«

»Ich habe die Nase voll.«

Septimus schüttelte ihn leicht. »Was soll das heißen: Du hast die Nase voll?« Nervös schaute er auf die wartende Gruppe und spürte ihre missbilligenden Blicke. Er senkte die Stimme und zischte: »Ich dachte, wir hätten es geklärt, Leo! Du bist Lannerets Gast! Du gehst jetzt besser mit mir zurück und entschuldigst dich.«

Leos erster Impuls war es, die Hand seines Vaters abzuschütteln und weiterzugehen, doch er hatte ihn noch nie so aufgebracht oder erregt gesehen. Eingeschüchtert kehrte er mit Septimus zu den Wartenden zurück, obwohl er sich selbst dafür hasste.

»Es tut mir leid, Euer Lordschaft«, sagte Leo zu Lanneret.

»Das will ich hoffen.« In Lannerets blauen Augen lag unverhohlene

Missbilligung. Er gab der Jagdgesellschaft das Zeichen zum Weiterreiten und sie bewegte sich auf das nächste dichte Wäldchen zu. Das ist keine Jagd, dachte Leo wütend, als sie sich wieder in einer Reihe aufstellten: Es war ein Abschlachten. Man brauchte kein Geschick, kein Können; es gab kein Kräftemessen zwischen Jäger und Gejagtem. Er sah, wie die anderen ihr Gewehr anlegten, um gleich wahllos auf einen in Panik geratenen Schwarm von Vögeln zu schießen, die so zahlreich waren, dass selbst Rachel, die noch nie im Leben ein Gewehr in der Hand gehalten hatte, einen Treffer erzielt hätte.

Da hatte er plötzlich eine Idee, die er sofort in die Tat umsetzte, bevor er es sich wieder anders überlegen konnte. Er hob sein Gewehr und schoss so lange in die Luft, bis der Lauf leer war. Wie erwartet stoben die Vögel zu Hunderten in die Luft, doch Leos Begleiter waren noch nicht bereit. Er hörte Demersal fluchen und sah ihn dem Sklaven hinter sich das Gewehr aus der Hand reißen. Malander und Querimon brachen hastig ihre Unterhaltung ab und eilten an ihre Plätze. Septimus warf ihm einen wütenden Blick zu, ehe er das Gewehr anlegte, um auf den bereits davonfliegenden Vogelschwarm zu schießen.

»Es tut mir leid, Euer Lordschaft«, sagte Leo erneut zu Lanneret, der am anderen Ende der Reihe stand. »Es war ein Versehen.«

In Lannerets Blick war zu lesen, dass er ihm kein Wort glaubte, doch er beschränkte sich auf ein knappes: »Dann sollten wir dafür sorgen, dass es nicht wieder vorkommt.« Er wandte sich an den Sklaven, der hinter Leo stand. »Gib Lord Leo sein Gewehr in Zukunft erst, wenn wir anderen angefangen haben zu schießen, verstanden?«

Leo verfluchte sich. Bei der nächsten Schießrunde stand er nur mürrisch da, das Gewehr unter der Schulter, und weigerte sich abzudrücken. Am nächsten Wäldchen legte Septimus sein eigenes Gewehr weg und stellte sich hinter Leo. Er hielt ihn fest wie früher, als er ihm das Schießen beigebracht hatte, richtete das Gewehr aus und drückte Leos Finger an den Abzug. Leo spürte die Missbilligung, die wie eine Welle durch die ganze Reihe schwappte: Lanneret, Demersal, Querimon, selbst Malander und Sallender und auch Tolly. Gregory schaute fasziniert und schadenfroh zu. Solange Septimus seinen Arm hielt, feuerte Leo ununterbrochen; sah einen Vogel nach dem anderen aus dem Schwarm fallen und wusste, dass sie wieder einen Treffer erzielt hatten. Als die ganze Munition verschossen war, fragte Septimus: »Was ist? Muss ich das den ganzen Tag über tun?«

»Nein.« Am nächsten Wäldchen begann Leo endlich von selbst zu schießen, wobei er jedoch absichtlich zu hoch und in die Ferne zielte. Er traf weniger Vögel als vorhin, als Septimus hinter ihm gestanden hatte. Doch die Luft war so voller Vögel, dass es unmöglich war, jedes Mal danebenzutreffen. Mehr als einmal sah er einen Vogel in der Luft kippen und wusste, dass es sein eigener, widerwillig abgegebener Schuss war, der dem Vogel zum Verhängnis geworden war.

Am Ende dieses Tages kehrten sie zum morgendlichen Treffpunkt zurück. Eine Gruppe von Sklaven war ihnen den ganzen Tag über gefolgt und hatte die vom Himmel gefallenen Vögel eingesammelt; nun packten sie die gesamte Tagesbeute aus, um sie der Jagdgesellschaft zu präsentieren. Es war ein beeindruckend großer Haufen, fast so hoch wie Leo.

»Werden sie jetzt gegessen?«, fragte er Tolly.

»Aber nein.« Tolly lachte. »Viel zu dürr, nichts als Knorpel. Nein, sie werden verbrannt.«

»Kein schlechter Tag«, sagte Lord Sallender zu Lord Lanneret und deutete mit einer Kopfbewegung auf den Berg von schlaffen, blutigen Vogelleichen. »Ähm … es war die erste Jagd für Leo. Und auch für Gregory.«

»Ich weiß.« Lanneret nahm einen der toten Vögel und rief Gregory zu sich. Er tunkte seinen Finger in die klaffende Schusswunde in der Brust des Vogels, hob Gregorys Kopf und malte ihm einen Kreis aus Blut auf jede Wange.

»Leo!« Leo zögerte zuerst, fing dann aber Septimus' Blick auf und trat vor, mit schleppenden Schritten, die Augen auf den Boden gerichtet. »Kopf hoch!«, befahl Lanneret. Leo hob das Kinn und spürte Lannerets blutgetränkten Finger in seinem Gesicht.

Der Haufen aus Vogelleichen türmte sich neben ihm auf. Es waren hauptsächlich Singvögel und Tauben, doch Leo sah auch ein größeres Tier. Es hatte ein braun-golden gesprenkeltes Gefieder und die unvorstellbar großen Augen waren geöffnet. Doch alle Tiefe in ihnen war erloschen: Sie waren flach und vom Hauch des Todes überzogen. Bitterer Speichel sammelte sich in Leos Mund. Er versuchte, ihn hinunterzuschlucken, doch das war ihm nicht möglich. Würgend beugte er sich vor und übergab sich.

Rachel, die kein einziges Kleid mehr sehen wollte, hatte sich in die Stallungen geflüchtet, um auf die Jagdgesellschaft zu warten. Schon als die Männer auf den Hof ritten, wusste sie, dass etwas schiefgelaufen war. Leo ritt allein, hinter den anderen. Sie eilte zu ihm und griff nach den Zügeln seines Pferdes.

»Leo, alles in Ordnung? Wie war's?«

»Sie haben Vögel gejagt!« Er rutschte von seinem Pferd und ging an ihr vorbei auf das gewölbte Tor zu, das vom Stallhof zum Haus führte. »Ich muss mich umziehen.«

»Leo!«, rief Lord Sallender ihm nach. Widerwillig blieb Leo stehen und schaute zu seinem Onkel zurück. Sallender fasste sich an die Wange. »Wenn du dich umziehst, denk daran, dass es Brauch ist, das

Blut … nicht abzuwaschen. Es muss bei dem Fest heute Abend noch dran sein.«

Gregory lachte. »Hoffentlich musst du dich nicht noch mal übergeben, Leo«, rief er ihm nach und wandte sich dann an Rachel. »Das hat er nämlich getan«, erklärte er ihr schadenfroh. »Als Onkel Elverton ihm das Blut ins Gesicht schmierte, hat er sich die Seele aus dem Leib gekotzt. Das ganze Gras war voll … Autsch!« Erschrocken hielt er sich die Wange, weil Rachel ihm eine saftige Ohrfeige gegeben hatte. »Wieso …?«

»Halt die Klappe!« Rachels Stimme war laut und bebte vor Wut. Sie hob ihre brennende Hand und schlug Gregory erneut ins Gesicht, ehe sie sich abrupt umwandte, um Leo nachzulaufen. Auf dem Treppenabsatz vor ihren Gästezimmern holte sie ihn ein.

»Komm und erzähl es mir!« Sie nahm seine Hand und er ließ sich von ihr in ihr Zimmer ziehen. Die Sklavin stand am Fenster, zog sich bei ihrem Eintreten jedoch in eine Ecke zurück. Rachel setzte sich vor den Kamin, winkte Leo zu sich und deutete auf den anderen Stuhl. »Setz dich. Du frierst.« Leo schüttelte den Kopf, ging ans Fenster und drehte ihr den Rücken zu, während er in die Dunkelheit hinausstarrte.

Sie umschlang ihre Knie mit beiden Armen. »Es war schrecklich, stimmt's?«, sagte sie.

Sie musste lange auf eine Antwort warten. Schließlich aber sagte er: »Erinnerst du dich an die Eule im Wald?«

»Ah, diese Dingsbums-Bergeule?«

»Kimbleton. Einer der Vögel, die wir heute erlegt haben, war eine Kimbleton-Bergeule.« Er fuhr sich über den Mund. »Vielleicht war ich selbst ihr Mörder.«

»Das würdest du wissen, oder?«

»Nein«, sagte er grimmig. »Nicht unbedingt. Es waren so viele Vögel und so viele Schüsse … ein einziges Durcheinander. Es kann sein, dass ich sie getötet habe.« Dann schwieg er wieder und legte die Stirn an die Glasscheibe. Rachel wusste nicht, was sie sagen sollte. Erst die Sklavin brach das Schweigen.

»Ihr wolltet sie nicht töten, richtig?«

Leo stutzte, drehte sich dann aber zu ihr und sagte: »Nein.«

»Dann solltet Ihr Euch keine Vorwürfe machen. Soll ich Wasser holen, damit Ihr Euch das Gesicht waschen könnt?«

»Ist nicht erlaubt.« Vorsichtig betastete Leo den blutigen Kreis auf seiner Wange. Die Haut darunter fühlte sich unangenehm an, spannte und juckte. Zaghaft lächelte er die Sklavin an. »Trotzdem … danke.«

Nachdem er gegangen war, um sich umzuziehen, stand Rachel da und ließ sich von der Sklavin umkleiden. Sie war flink wie immer, und ihre Berührungen waren so leicht wie die Worte, die sie über Leos Traurigkeit gelegt hatte. Als Rachel vor der Kommode saß, um sich frisieren zu lassen, betrachtete sie die Frau im Spiegel. Sie war nur eine Sklavin, sie hätte mit Leo nie so sprechen dürfen, wie sie es getan hatte, doch Rachel war froh, dass sie die richtigen Worte gefunden hatte. Beim Verlassen des Raums blieb sie noch einmal stehen.

»Wie heißt du?«

»Mai, Mylady.«

Ein seltsamer Name. »Mai.« Rachel sagte ihn lautlos vor sich hin, als sie durch den Korridor ging, um Leo abzuholen. Sie gingen zusammen die Treppe hinunter; auf der Türschwelle zum großen Salon blieb Leo stehen und stieß einen leisen Fluch aus. Als Rachel an seiner Schulter vorbeischaute, begriff sie: Der Raum war voller Farben; man sah nicht nur das Eisblau und das Lapisblau, das sie erwartet hatte, sondern auch Smaragdgrün, Gelb, Burgunderrot und Gold. Die gesamte Jagdgesellschaft hatte sich eingefunden und noch ein zusätzlicher Gast: Am Kamin saß Lord Teredo in einem scharlachroten Gewand.

Bei ihrem Eintreten verstummten die Gespräche; Rachel konnte die frostige Enttäuschung und Missbilligung, die Leo entgegenschwappte, förmlich spüren, sah, wie Gregory ihn hämisch und abfällig musterte. Sie ballte die Fäuste und grub ihre Nägel in die Handflächen.

»Leo Philemot.« Eine trockene, alte Stimme, aber noch kräftig und gebieterisch. Teredo. »Komm her!«

»Euer Lordschaft?« Leo ging durch den Raum und verbeugte sich vor Teredo. Der alte Mann verschränkte seine knorrigen, knotigen Finger.

»Ein schlechter Tag, wie ich höre.«

*Ja,* dachte Rachel. *Für Leo; er fand jeden einzelnen Moment schrecklich.* Doch Leo sagte nur gelassen: »Euer Lordschaft?«

»Mir ist zu Ohren gekommen«, sagte Teredo, »dass du es deinem Vater gegenüber an Gehorsamkeit und deinem Gastgeber gegenüber an Höflichkeit fehlen ließest. Und was noch schlimmer ist – du bist ein Feigling, zimperlich und überempfindlich. Du kannst kein Blut sehen!«

Leo verfärbte sich unter den Kreisen aus getrocknetem Blut auf seinen Wangen. »Ich bin kein Feigling.« Er klang gereizt und trotzig, und Rachel versuchte, seinen Blick zu erhaschen, um ihn zu warnen: *Sei auf der Hut, Leo.*

»Jemand, der sich beim Anblick einiger Vogelleichen übergibt, ist für mich ein Feigling.«

»Ich bin kein …«

»Widersprich nicht!« Er musterte Leo mit seinen blassen, grauen Augen und schüttelte fast unmerklich den Kopf. »Ungehorsam, unhöflich, feige und streitsüchtig. Du wirst noch diesen Mond einen Lehrmeister bekommen, richtig?«

»Jawohl, Euer Lordschaft.«

»Dann solltest du hoffen, dass du nicht zu mir kommst.«

*Das tut er längst*, dachte Rachel grimmig.

Am Ende dieses langen Abends, als Lannerets Jagdgruppe endlich gegangen war, sagte Septimus zu Leo und Rachel: »Geht zu Bett, ihr zwei!« Er war nicht mehr wütend, er klang einfach nur erschöpft. Er legte Leo einen Arm um die Schultern, als er ihn zur Tür brachte, und schaute ihm und Rachel nach, als sie die Treppe hinaufgingen.

»Er hätte dir die Jagd ersparen sollen«, sagte Rachel, sobald sie außer Hörweite waren. »Er weiß, was für ein Vogelnarr du bist. Kommst du noch kurz mit rein?« Sie hielt ihre Zimmertür auf. Er trat mit ihr ein und warf sein elegantes Abendjackett auf die Couch. Dann legte er sich bäuchlings auf den Kaminvorleger und starrte in die Flammen.

»Mal ehrlich«, sagte Rachel, »du tust fast immer, was du musst, und wahrscheinlich hast du nächstes Jahr ohnehin keine große Wahl mehr, etwas zu verweigern. Da hätte er heute etwas Nachsicht walten lassen können.«

»Mylord?« Es war Mai mit einer Schüssel heißen Wassers. »Ihr werdet Euch waschen wollen.« Leo betastete seine blutverkrustete Wange.

»Ja, danke.« Er tauchte beide Hände in die Schüssel und rieb sich dann die Wangen sauber. Das Blut ging nur schwer ab.

»Soll ich helfen, Mylord?« Sie fragte etwas zögerlich, doch er nahm ihr Angebot dankbar an. »Ja.« Sie befeuchtete einen Schwamm und rieb behutsam und geduldig an dem harten, getrockneten Blut herum, bis Leos Gesicht sauber war. Rachel beobachtete sie genau. Wieder hatte sie die Augen geschlossen.

## 5. Kapitel

# Die Lehrmeister-Zeremonie

Nach der Vollmondjagd kam es Rachel so vor, als würde sich die Zeit zu einer Kugel zusammenballen und in rasendem Tempo bergab rollen. Am Ende des dritten Viertelmondes reisten die Philemots aus Mabberling ab. Rachels Abschied von Mai war kühl und formell, ganz wie es sich einer Herrin gegenüber einer Sklavin gehörte, doch sie hasste sich dafür und hatte das Gefühl, etwas Wichtiges sei ungesagt geblieben. Der Zug brachte sie nach Freehaven zurück, fraß Zeit und Entfernung auf und brachte Karneval und den Abschied von Leo unaufhaltsam näher.

Für Iona verging derselbe Halbmond quälend langsam. Am Tag vor Beginn der Karnevalsfestivitäten hörte sie beim Aufwachen Regentropfen auf das schräge Dach ihres Mansardenzimmers prasseln, ein längst vertrautes Geräusch. Eine große Ungeduld packte sie, die wie Stecknadeln in ihre Glieder pikste; sie fühlte sich ebenso aufgewühlt wie der Regen. Sie wollte längst auf dem Weg nach Hause sein, saß aber immer noch in Freehaven fest. Hab Geduld, bis es weniger gefährlich ist, hatten ihr Jinx und Gabriel wiederholt eingeschärft. Sie hatte den Monarchenbund beraubt – ihrer selbst, einer Sklavin –, und angeblich waren Flüchtlinge schon zum Tode verurteilt worden. Vor lauter Angst hatte sie den Rat befolgt, doch ihre Ungeduld, endlich von hier wegzukommen, drückte wie gewaltige Wassermassen gegen einen Staudamm.

Sie kroch von ihrer Matratze, tastete sich durch die Dachkammer und spähte durch eine der viereckigen Luken ins Innere der Basilika. Sie wirkte düster und trostlos, denn die runden Fenster waren wegen Helminths Himalios-Mond schwarz verglast. Die Chorjungen versammelten sich, um die Morgenhymne zu singen, und Iona beobachtete Gabriel, der wie immer ganz in sein Tun vertieft war: den Takt vorgeben und die Bedeutung der einzelnen Wörter unterstreichen, indem er die Töne anhob oder dämpfte. Für ihn schien es nichts Wichtigeres auf der Welt zu geben als diese Musik zum Lobpreis der Monde und des Monarchenbundes. Jeder, der ihn dabei beobachtete, hätte ihn für einen treu ergebenen Diener der Lordschaften gehalten. Zumindest solange er nicht wusste, dass er eine entlaufene Sklavin im Dachboden der Chorschule versteckt hielt.

»Ich begreife es nicht«, hatte sie zu Jinx gesagt. »Er steht doch im Dienst des Monarchenbundes!«

»Deshalb muss er die Lordschaften noch lange nicht lieben.«

»Aha, er hasst sie also?«

»Er hasst, was sie sind. Und was sie tun.«

»Und warum ist er dann Leiter der Chorschule und ihr Basilika-Dirigent?«

Das brachte ihr einen höhnischen Blick ein. »Was bleibt ihm anderes übrig, Iona? Soll er sich auf den Platz der Befreiung stellen und rufen, man müsse den Monarchenbund abschaffen?«

Weil sie nichts darauf sagte, fügte er etwas sanfter hinzu: »Weißt du, es wäre sinnlos, sich offen gegen sie zu stellen. Gabriel und ich tun, was uns möglich ist: Wir retten den einen oder anderen. Mehr können wir nicht tun.« Er seufzte. »Zugegeben, viel ist es nicht.«

»Aber immerhin etwas«, sagte sie.

»Aber nicht genug.«

Die Morgenhymne verklang, und Iona kehrte in ihr Bett zurück, kroch unter die Decken und öffnete die Schachtel, die sie vor ein paar Tagen, unter eselsohrigen Notenblättern vergraben, entdeckt hatte. Darin befanden sich einige verblasste Briefe, ein Kartenspiel und ein paar kleine Münzen. Diese Dinge würdigte Iona jedoch keines Blickes; sie griff nach dem wahren Schatz: einer Muschel. Zärtlich tastete sie die spiralförmigen Rillen an der Außenseite nach, die ausgewaschenen Furchen und das perlmuttfarbene Innere. Dann hielt sie sich die Muschel ans Ohr und lauschte mit geschlossenen Augen.

Sie hörte das Rauschen des Meeres, das in ihr gleich darauf weitere Geräusche heraufbeschwor: das Krächzen der Möwen über den Wellen, das Rauschen des Windes, der durch die hohen Grashalme auf den Dünen wehte, das Knirschen von Sandkörnern auf Holzplanken, das Knarren von Rudern. Sie kniff die Augen noch fester zusammen und versuchte, Bilder zu sehen. Im Geiste sah sie sich oben am Strand und unten zwei Gestalten, die sich undeutlich vor dem silbrigen Meer abzeichneten und Netze auslegten. Doch sie war zu weit weg, als dass sie sie hätte hören können …

»Na, Kleine!«

Das Rauschen der Wellen erstarb abrupt. Iona riss sich die Muschel vom Ohr und legte sie in die Schachtel zurück, während Jinx es sich neben ihr auf dem Bett gemütlich machte. In der Basilika hatte sich der Chor erneut versammelt, um Karnevalsgesänge zu proben: Es ging gerade um die gesungene Geschichte der Gründung Assalays. Iona hörte nur mit halbem Ohr zu … *Glück und Frieden, bis eine Winternacht in schwanenweißen Booten den grausamen Feind hat gebracht …*

»Hast du Lust auf einen kleinen Spaziergang morgen?«

»Ich dachte, das sei zu gefährlich?« … *jedes der dreizehn Dörfer wählte den besten Mann …*

»Nö – Karneval. Da geht es. Solange du als Junge verkleidet herumläufst.« Er legte ein verschlissenes Hemd und eine uralte Hose neben sie aufs Bett, zwinkerte ihr zu und war auch schon wieder verschwunden.

Am Vorabend von Karneval war Rachel so nervös, dass ihr fast übel wurde. Morgen um diese Zeit würden sie wissen, bei wem Leo seine Lehrzeit absolvieren würde. Hester hatte recht gehabt: Die Warterei und das Nichtwissen waren unerträglich. Nur … was war, wenn das endgültige Wissen ihnen keinen Trost brächte …? Sie saß im Salon vor ihrem Abendessen, schweigend, die Arme vor ihrem Magen gefaltet, und versuchte krampfhaft, den Kloß in ihrem Hals hinunterzuschlucken. In dieser Nacht dauerte es lange, bis sie endlich Schlaf fand, und dann war es ein unruhiger Schlaf voll wirrer Träume.

Der nächste Morgen versprach einen wunderschönen Tag: Der Himmel war klar und strahlend, die tief am Horizont stehende Wintersonne glitzerte auf dem Meer und auf den Dächern der Stadt. Anlässlich des Karnevals in Weiß und Silber gekleidet, die Frisur mit Perlen, Mondsteinen und Diamanten geschmückt, saß Rachel auf der kurzen Fahrt ins Zentrum von Freehaven Leo gegenüber. Mitten auf der Brücke beugte sie sich aus dem Kutschenfenster, um einen Blick auf den Fluss zu werfen. Auch der Fluss war für den Karneval herausgeputzt: Die dreizehn Wappenfarben des Monarchenbundes strömten auf der Wasseroberfläche nebeneinanderher, sodass es wie ein rasch fließender, eleganter Regenbogen aussah. Als Rachel noch klein gewesen war, hatte sie gedacht, es sei Zauberei. Inzwischen war sie alt genug, um zu wissen, dass es das Werk der Färberei war. Doch der Anblick war nach wie vor berauschend, ebenso wie das schöne Wetter: eine Explosion strahlender Farben mitten im Winter. Rachel spürte, wie sich ihre Laune merklich besserte. Alles würde gut werden, ganz bestimmt.

Mit neuer Zuversicht stieg sie die Stufen zum Vorraum der Basilika hinauf, in dem sich die Familien des Monarchenbundes eingefunden hatten und wo die Sklavinnen und Sklaven in letzter Minute noch einmal an den Umhängen und Perücken herumzupften und Stiefel und Schnallen nachpolierten. Rachels Blick fiel auf ein kleines Lichtprisma auf dem Marmorboden, entstanden durch einen Sonnenstrahl, der durch einen der Diamanten in ihren Haaren fiel. Auch die farbenprächtigen Juwelen an den Ringen, Schwertgriffen und Broschen der anderen fingen Sonnenstrahlen auf, und ihre Muster fielen in einfarbigen Flecken auf den Boden, der in diesem Moment wie ein zerschmetterter Regenbogen aussah.

»Leo!« Septimus winkte Leo zu sich. Leo durchschritt die Pfützen aus farbigem Licht und Rachel wurde erneut von Zweifeln heimgesucht. Welche der Farben, die Leo gerade durchschritt, würde er während des nächsten Jahres tragen?

»Du gehst an meiner Seite«, sagte Septimus. Leo nickte und stellte sich neben ihn. Die Eröffnungsakkorde des ersten Loblieds erklangen – *Seid gegrüßt, seid gegrüßt, seid gegrüßt, Ihr Herrscher des Himmels und der Erde* – und die Prozession setzte sich in Gang. Leo ging langsamen Schrittes neben Septimus das Mittelschiff entlang, unter den farbenprächtigen Stoffbahnen aus Seide, die von den Dachbalken hingen. Als das Loblied endete, nahmen sie ihre Plätze bei den anderen Mitgliedern des Monarchenbundes in der vordersten Reihe ein. Leo schaute an der Reihe entlang. Anserin, Hallion, Sallender (sein Onkel lächelte ihn kurz an und zeichnete eine Mondsichel in die Luft:

Viel Glück! Leo lächelte zurück), Filarion, Querimon, Lanneret. Leo dachte an die Vollmondjagd und wandte hastig den Blick ab. Parhelion, mit verschlafenen Augen, der noch schnell einen Papierstapel durchsah. Sein Vater, dann Demersal, daneben Baladin und sein Sohn Jeremy, der heute ebenfalls einen Lehrmeister bekommen würde. Jeremy lächelte ihm etwas gekünstelt zu. Malander, Teredo *(nein, bitte nicht!)* und Helminth, der Jüngste, der erst im letzten Jahr nach dem Tod seines Vaters Lord geworden war. Er hatte Leos Blick bemerkt und zwinkerte ihm verstohlen zu.

Dunkelgrün, Tiefrot, Lapisblau, Purpurrot, Gelb, Smaragdgrün und Indigoblau; Burgunderrot, Orange, Gold, Scharlachrot und Schwarz. Welche dieser Farben würde er während des nächsten Jahres tragen?

Da hob Gabriel beide Arme, und der Chor begann mit dem zweiten Loblied, doch Leo hörte kaum hin, denn er betete innerlich seine eigene private Litanei der Namen und Farben herunter, die er links und rechts von sich sah. Anserin … Dunkelgrün; Hallion … Tiefrot; Lanneret … Smaragdgrün; Helminth … Schwarz …

Erst Septimus' sachter Stups brachte Leo in die Wirklichkeit zurück, und er merkte, dass die Zeremonie vorüber war. Leo schritt hinter ihm durch die Basilika und bestieg die Kutsche, die sie den kurzen Weg über den Platz bis zum Senatsgebäude brachte. Er schaute aus dem Fenster: Der große Platz begann sich mit Besucherscharen und reisenden Straßenkünstlern zu füllen. Ein Mann jonglierte mit riesigen Eiern (*Dracheneier?*, fragte sich Leo), aber nicht sehr geschickt: Eines fiel ihm herunter, und als es auf dem Boden zerschellte, stieg eine kleine Rauchwolke auf. Also definitiv Dracheneier! Zwei Jungen sahen ihm zu. Sie sahen wie Brüder aus: beide langgliedrig, schlank und blond. Der Jüngere hatte die langen Haare im Nacken zusammengebunden. Er erinnerte Leo an jemanden, doch ihm fiel auf die

Schnelle nicht ein, an wen. Beim Aussteigen aus der Kutsche warf Leo einen letzten, suchenden Blick auf den Platz, doch die beiden Jungen waren bereits weitergegangen. Er vergaß sie sofort wieder und folgte seinem Vater in den runden Innenhof des Senatsgebäudes, wo sich bereits etliche der anderen Monarchenfamilien eingefunden hatten. Lord Baladin und Jeremy waren auch schon da und kamen sofort auf Leo und Septimus zu.

»Na, bereit für den heutigen Nachmittag, Leo?«, erkundigte sich Baladin.

»Ja, schon«, sagte Leo.

Baladin lachte. »Alles halb so wild«, sagte er und hakte sich bei Septimus unter. Die beiden Männer schlenderten davon und ließen Leo mit Jeremy allein.

»Ich wünschte, wir hätten es schon hinter uns«, sagte Jeremy.

»Ich auch.«

Aber sie mussten noch warten. Nachdem alle eingetroffen waren, gingen sie die breite Treppe zum Speisesaal hinauf. Das dunkelblaue Glas im Dach und in den Fenstern schirmte das helle Tageslicht ab, und die dreizehn silbernen Monde, die von der Decke hingen, reflektierten das Licht der Lampen an den Wänden. Leos Blick huschte zu Jeremy, der plötzlich ganz blass aussah. Lag es nur an dem weißen Licht oder daran, dass Jeremy inzwischen ebenso nervös war wie er? Leo schlang jeden Gang des langen Abendessens hinunter, wollte nur endlich alles hinter sich haben und wünschte sich inständig, die Zeit würde schneller vergehen. Insgeheim verwünschte er die alte Lady Hallion, die schrecklich langsam aß und viel zu viel redete.

Doch auch als das lange Mahl endlich zu Ende war, war es noch immer nicht so weit: Zuerst mussten sie noch die lange, langweilige, würdevolle Prozession der Monarchen hinter sich bringen. Septimus verließ mit den anderen Lords den Saal, während Leo, Rachel und Cecilia mit den anderen Familien auf den großen Balkon traten, der zum Platz hinausging. Leo lehnte sich über die Balustrade und blickte nach unten. Auf dem großen Platz drängten sich die Stadtbewohner und Besucher vom Lande, die eigens für die drei Karnevalstage angereist waren. Männer in den Livreen des Monarchenbundes schoben sich durch die Menschenmassen und warfen mit beiden Händen bunte Karnevalsküchlein unters Volk (Leos Blick blieb an einem zerlumpten Kind hängen, einem Jungen, etwas jünger als er, der sie noch in der Luft aufzufangen versuchte und die, die er verpasst hatte, vom Boden auflas). Dann drängten die livrierten Männer die Massen zu beiden Seiten zurück, und Anserins schwere, silberne Kutsche, gezogen von einem graugrünen Drachen, rumpelte durch den so entstandenen Durchgang.

Jeremy stellte sich zu Leo an die Balustrade. »In Imber sind diesen Winter Drachen gesehen worden.«

»In Inchcliff auch«, antwortete Leo. Er betrachtete den Drachen, der Sallenders Kutsche zog. Die Drachen des Monarchenbundes wurden speziell gezüchtet und gleich nach dem Schlüpfen wurden ihre Flügel beschnitten und ihre Flammengänge durchtrennt. Leo versuchte sich vorzustellen, wie sie wohl aussahen, wenn sie ungezähmt und frei durch die Luft flogen.

In kalendarischer Ordnung fuhr eine Kutsche nach der anderen über den großen Platz, wendete und zog erneut an den Zuschauern vorbei. *Nicht mehr lange!* Die Menschenmenge verteilte sich anschließend wieder auf dem ganzen Platz, schlenderte zu den Imbissbuden und von Sehenswürdigkeit zu Sehenswürdigkeit. Die beiden Jungen waren auch wieder da, wie Leo auffiel: Sie standen vor der Behelfsbühne eines Balladensängers. *Iona!* Der eine Junge erinnerte ihn seltsamerweise an sie; nein, es *musste* Iona sein! Eine entlaufene Sklavin, geflohener Besitz. Er müsste es seinem Vater sagen, doch irgendwie war ihm nicht danach. Leo redete sich ein, dass er sie sowieso nicht richtig gesehen hatte, um sich ganz sicher sein zu können, und er ging hinter Rachel und seiner Mutter ins Senatsgebäude zurück. Die Monarchen waren auch wieder eingetroffen und Septimus durchquerte den Speisesaal und stellte sich zu seiner Familie.

»Und? Bist du bereit, Leo?«

Leo erinnerte sich an Tollys Worte – *Mit etwas Glück geht alles gut* –, aber dennoch war er auf einmal so nervös, dass er nicht wusste, ob er ruhig antworten konnte. Deshalb nickte er nur. Cecilia umarmte ihn kurz; Rachel drückte ihn ungestüm an sich, wortlos. Dann gingen sie durch den Saal, und von allen Seiten hörte er Glückwünsche: von Tolly, Alys, seiner Tante, Lady Baladin ...

Er ging hinter Septimus eine breite Treppe hinauf in einen großen Raum, in dem er noch nie gewesen war. Er lag im oberen Stockwerk, und das Glasdach schimmerte in den dreizehn wohlbekannten Farben, die von der Karnevalssonne an die weißen Wände und den Marmorfußboden geworfen wurden. Am anderen Ende des Raums standen dreizehn Stühle in einem Halbkreis. Einige waren schon besetzt. Teredo saß nach vorn gebeugt da, die Hände auf den großen Rubin am Knauf seines massiven Gehstocks gestützt. Parhelion, der inzwischen etwas wacher aussah, sortierte irgendwelche Papiere. Lanneret beugte sich vor, um sich an Parhelion vorbei mit Demersal zu unterhalten.

»Leo? Komm weiter!« Unwillkürlich war Leo auf der Schwelle stehen geblieben. Septimus stieß ihn an und führte ihn dann in die Mitte des Raums, wo Jeremy und Lord Filarion neben einem runden Tisch standen, über dem eine Decke lag. Filarion reichte Leo die Hand.

»Bereit?«

»Ich denke schon.«

Filarion schmunzelte. »Mach dir keine Sorgen. Wir warten nur noch, bis alle eingetroffen sind, dann fangen wir an. Ich leite die Zeremonie … meine letzte Amtshandlung als Ratspräsident dieses Jahr. Abgesehen davon, dass ich euch in wenigen Tagen euren Lehrmeistern übergebe.«

Leo nickte; das hatte ihm Septimus schon erklärt. Filarion plauderte unbekümmert weiter, bis endlich auch die letzten Lords ihre Plätze eingenommen hatten. Als alle versammelt waren, drehte er die Jungen so, dass sie vor dem Halbkreis aus Stühlen standen.

»Seid alle willkommen«, begann Filarion. »Wir haben uns hier versammelt, um der Zeremonie beizuwohnen, mit der Leolin Philemot und Jeremy Baladin gemäß der alten Traditionen und Bräuche unseres Monarchenbundes ihren jeweiligen Lehrmeister auswählen. Beginnen wir wie immer mit dem Treueschwur!«

Die Monarchen erhoben sich und sagten den Treueschwur:

*»Ich gehöre mit Leib und Seele dem Monarchenbund,*
*der seit dem Anbeginn der Zeiten über Assalay wacht,*
*wie die Monde mit ihrer Himmelsmacht.*
*Ich gehöre mit Leib und Seele dem Monarchenbund,*
*dessen Macht für immer bleibt bestehen,*
*stets vom Vater auf den Sohn wird übergehen.*
*Ich gehöre mit Leib und Seele dem Monarchenbund,*
*als Gleiche unter Gleichen an Rang und Macht,*
*teilen wir uns die Erde, wie die Monde die Himmelspracht.*
*Ich gehöre mit Leib und Seele dem Monarchenbund,*
*und gelobe, mein Wissen zu teilen und alle Geheimnisse,*
*ewige Treue, bis durch den Tod wir uns trennen müssen.«*

Die Monarchen setzten sich. »Wie wir alle wissen«, fuhr Filarion nun fort, »wurde die Lehrzeit bei einem anderen Lord eingeführt, damit unsere Söhne sich nicht nur ihrem eigenen Vater, sondern noch einer weiteren Monarchenfamilie verpflichtet fühlen. Auf diese Weise werden innerhalb unseres Bundes freundschaftliche Bande geknüpft, die den inneren Zusammenhalt stärken, und der Einzelne lernt, dass er auch bei einem anderen lernen kann, der nicht von seinem Blute ist …« Leo ließ diese Worte über sich ergehen, während sein Blick immer wieder durch den Halbkreis schweifte und er stumm die Litanei der Namen vor sich hin sagte. Die Gesichter erwiderten seinen Blick, einige freundlich, manche abschätzend, andere unbeteiligt. Sein Vater lächelte ihm verstohlen zu, ebenso Baladin, aber vielleicht galt sein Lächeln auch Jeremy. Helminth, dessen Blondschopf sich auffällig von seinem schwarz-silbernen Umhang abhob, zwinkerte Leo erneut aufmunternd zu.

Dann endlich war die lange offizielle Ansprache zu Ende, und Filarion sagte: »Hier, nehmt!« Er reichte Leo eine hölzerne Kugel mit eisblauen Sprenkeln, die perfekt in seine Faust passte. Jeremy blickte auf die orangefarbene Kugel in seiner Hand. Was sollen wir damit machen?, fragte sich Leo nervös. Die Kugel mit geschlossenen Augen werfen und dann sehen, wen sie getroffen hatten? Er riss sich zusammen. Filarion rief ihn und Jeremy zu dem runden Tisch in der Mitte des Raums. Leo sollte sich auf die eine Seite stellen, Jeremy ihm gegenüber. Mit einem Ruck zog Filarion das silberne Tischtuch weg. Es war kein Tisch, wie Leo nun sah, sondern ein großes, waagrecht liegendes Rad. Speichen aus massivem Silber unterteilten es in dreizehn gleich große Fächer, jedes in einer anderen Farbe des Monarchenbundes.

»Stoßt es an!«, sagte Filarion. Leo griff an den Rand des Rads und stieß es halbherzig an. Es rotierte kurz und blieb dann wieder stehen.

»Richtig, so geht es«, sagte Filarion. »Nun aber so schnell, wie ihr könnt!« Leo und Jeremy tauschten einen ratlosen Blick aus, ehe sie beide nach dem Rad griffen und es anstießen. Sobald es sich drehte, schien es plötzlich ein Eigenleben zu bekommen: Es drehte sich so schwindelerregend schnell, dass die dreizehn Farben miteinander verschmolzen und zu einer trüben Fläche wurden.

»Jetzt werft eure Kugeln hinein!«, wies Filarion sie an.

Aha, darum ging es! Leo schloss die Augen, stellte sich eine Mondsichel vor und warf seine eisblaue Kugel in das sich drehende Rad. Jeremy ließ seine orangefarbene Kugel im selben Moment fallen. Die Kugeln hüpften und sprangen über die silbernen Speichen des sich wild drehenden Rads. Sie prallten aneinander und die orangefarbene Kugel blieb liegen. Leo blickte auf. Jeremy kniff die Augen zusammen, um erkennen zu können, auf welcher Farbe seine Kugel gelandet war, doch es war unmöglich. Das waagrecht liegende Rad drehte sich noch immer rasend schnell; viel zu schnell, um die orangefarbene Kugel sehen zu können, oder gar, auf welcher Farbe sie lag.

Die eisblaue Kugel hüpfte nun allein über die Speichen. Sie wirkte wie verrückt geworden oder verhext und prallte immer wieder am Rand des Rads ab. Einmal stieß sie gegen die bereits still liegende orangefarbene Kugel und hüpfte dann so hoch, dass Leo schon dachte, sie würde aus dem Rad springen. Er stellte sich vor, wie sie hüpfend über die Marmorfliesen kullern würde, zur Tür hinaus, die Treppen hinunter und ins Freie, um von dort aus zum Fluss zu rollen und ins Meer gespült zu werden. Dann konnten sie ihm keinen Lehrmeister zuteilen, oder?

Hör auf damit, ermahnte er sich. Seine Kugel war ohnehin nicht herausgesprungen, sondern zum Mittelpunkt des Rads zurückgehüpft. Das liegende Rad wurde allmählich langsamer und nach einem weiteren kleinen Sprung stieß die Kugel an eine der Speichen und blieb dann liegen. Welche Farbe?

Das Rad verlangsamte sich weiter und die einzelnen Farben wurden nach und nach wieder erkennbar. Die orangefarbene Kugel war in ein dunkles Feld gefallen. Dunkelgrün? Nein. Schwarz. Obwohl Leo auf der gegenüberliegenden Seite des Rads stand, konnte er spüren, wie Jeremys Anspannung nachließ: Helminth. Das war ein gutes Ergebnis, etwas, auf das man sich freuen konnte. Ach, wären die beiden Kugeln doch ins gleiche Feld gefallen! Wäre die eisblaue Kugel nur liegen geblieben, als sie vorhin an die bereits ruhende orangefarbene gestoßen war. Dann wäre er ebenfalls Helminth zugeteilt worden, er und Jeremy zusammen, alle beide. Das wäre ein schönes Jahr geworden!

Doch wo immer die eisblaue Kugel auch gelandet war – definitiv nicht im schwarzen Feld!

Wo dann?

Wie gebannt starrte Leo auf das sich nur noch langsam drehende Rad, entdeckte Scharlachrot und stieß erleichtert die Luft aus. Nicht Teredo jedenfalls. Gut, aber wer dann? Er konnte es nicht erkennen. War sie auf seine eigene Farbe gefallen? Was dann? Würde die Prozedur dann wiederholt werden? Wäre das gut oder schlecht? Dann könnte er wieder auf Helminth hoffen, gleichzeitig aber auch riskieren, doch noch bei Teredo zu landen.

Das Rad kam allmählich zum Stillstand. Endlich konnte Leo seine Kugel sehen: Sie lag auf Grün, einem kräftigen, strahlenden Grün. Smaragdgrün!

Das Rad blieb stehen. Aus, fertig. Nichts würde es wieder in Bewegung versetzen. Das Ergebnis stand fest. Jeremy kam zu Helminth, Leo zu Lanneret. Lanneret, der auf Tollys Liste der unbeliebtesten Lehrmeister an zweiter Stelle stand!

In der Anspannung der letzten Minuten, als Leo außer dem Summen des sich drehenden Rads und den herumwirbelnden Farben nichts wahrgenommen hatte, hatte er fast vergessen, dass außer ihm noch andere Menschen im Raum waren. Nun, als das Rad stehen geblieben war, war es, als wäre der Bann, der die anderen wie versteinert und in weiter Ferne gehalten hatte, plötzlich gebrochen. Filarion verkündete das Ergebnis und hängte Leo eine grüne und Jeremy eine schwarze Schärpe um.

Die Monarchen erhoben sich von ihren Stühlen und versammelten sich um den Tisch, um sich mit eigenen Augen davon zu überzeugen, dass die orangefarbene Kugel im schwarzen und die eisblaue Kugel im grünen Feld lag. Sie plauderten und scherzten miteinander.

Leo stand als stummer Zuschauer unter ihnen. Er sah, wie Helminth umgehend zu Jeremy ging, ihm die Hand schüttelte und etwas sagte, über das Jeremy lachen musste. Er sah sie gemeinsam zu Lord Baladin und dann mit ihm zusammen aus dem Raum gehen. Die anderen Monarchen folgten nach und nach ihrem Beispiel, bis er selbst, Septimus und Lanneret als Letzte zurückblieben. Lanneret blickte vom Rad auf und lächelte schmallippig.

»So, so«, sagte er. »Ich bekomme also den Vogelfreund.«

Leo lief rot an. Aus dem Mund von jemandem wie Malander hätte es ein Scherz sein können. Doch von Lannerets Lippen ließen diese Worte die ganze Schande und Entrüstung der Vollmondjagd wieder aufflammen.

»Ja«, sagte Leo. »Tut mir leid. Pech für uns …«

Diese dumme, schnodderige, zornige Bemerkung hing in der Luft. Vor Verlegenheit stieß Leo das Rad erneut an, doch Lanneret stoppte es sofort wieder. Leo schaute ihn fragend an, sah die zusammengekniffenen, warnenden Augen und senkte hastig den Blick.

»Wir sehen uns dann im Club, Septimus«, sagte Lanneret und verließ den Raum, ohne Leo noch einmal anzublicken. Kaum hatte Lanneret den Raum verlassen, nahm Leo die eisblaue Kugel aus dem Rad und warf sie wütend an die Wand. Mit einem dumpfen Aufprall landete sie auf den harten Bodenfliesen. Sie rollte Leo vor die Füße, er hob sie auf und warf sie erneut an die Wand. Diesmal zerbrach sie beim Aufprall in zwei Teile und enthüllte das blasse hölzerne Herz in ihrem Inneren.

»Oh, Leo«, sagte Septimus seufzend. »Es tut mir leid.«

Er sah blass und mitgenommen aus, und Leo, der ihn am liebsten angebrüllt hätte, verspürte ein sonderbares Ziehen in der Magengegend. »Ist nicht deine Schuld.« Er trat mit dem Fuß an die zerbrochene Kugel. »Können wir jetzt bitte nach Hause gehen?«

»Tut mir leid«, wiederholte Septimus. »Noch nicht. Im Club findet ein Fest statt, eine Art Feier.« Er biss sich auf die Lippen und legte Leo einen Arm um die Schultern. »Wir müssen ja nicht lange bleiben.«

»Gut.« Leo schüttelte den Arm seines Vaters ab und eilte vor ihm her die Treppen hinunter. Während er wartend unter dem Portikus stand, blickte er über den großen Platz. Der Großteil der Menschenmenge hatte sich zerstreut, *sie* aber war noch da. Sie saß mit dem älteren Jungen auf dem Brückengeländer und teilte einen Apfel mit ihm. *Auf, Iona, lauf weg! Verschwinde von hier! Sieh zu, dass du von hier wegkommst!*

Im Clubhaus herrschte ein reges Treiben, denn es war überfüllt mit Lords, ihren Nachfolgern, jüngeren Söhnen, Brüdern und Cousins. Leo folgte Septimus in den großen Salon, und Lord Filarion schlängelte sich durch die Menge, um sie zu begrüßen. Filarion und Leos Vater begannen ein längeres Gespräch über das Wetter, die Ernteaussichten und die Pachteinnahmen. Leo blickte sich gelangweilt um.

Baladin, Helminth und Jeremy standen in einer Nische an einem der hohen Fenster und unterhielten sich, Lord Baladins Gelächter übertönte immer wieder den allgemeinen Geräuschpegel im Raum. Leo beobachtete die drei so lange, bis Baladin ihn entdeckte und zu ihnen winkte.

Leo tat so, als habe er es nicht gesehen, und drehte sich so, dass er die lärmende Schar sehen konnte, die sich um Lord Parhelion versammelt hatte. Parhelion goss Wein in silberne Becher; er fing Leos Blick auf, hob seinen Becher, als wolle er ihm zuprosten, nahm dann einen tiefen Schluck und lachte schallend. Leo reagierte mit einem ratlosen, schiefen Lächeln, wollte sich abwenden und stieß mit Tolly zusammen.

»Leo!«, rief Tolly. Da fiel sein Blick auf die grüne Schärpe über Leos Schulter und er zuckte zusammen. »So ein Pech aber auch …«

»Na ja, ich werd's überleben.« Leo fuhr mit der Schuhspitze das Muster der Silberfäden in dem weißen Teppich nach.

»Klar. Ich wollte mir gerade etwas zu trinken holen. Soll ich dir auch etwas bringen?«

»Nein, danke.« Leo drehte sich weiter und hatte nun wieder seinen Vater und Filarion im Blickfeld. Er spitzte die Ohren, weil sie über Drachenangriffe sprachen. Lord Malander hatte sich zu ihnen gesellt; nach einer Weile schlenderten er und Septimus weiter, ganz in ihr Gespräch vertieft, sodass Leo und Filarion allein dastanden.

»So«, sagte Filarion. »Dein Lehrmeister steht also fest.«

»Ja.«

»Ich finde, das Schlimmste ist das Warten und Nichtwissen.«

*Das dachte ich auch, bis heute.* »Ja.«

»Elverton ist ein hervorragender Rechtsgelehrter und Historiker«, sagte Filarion. »Bei ihm kannst du viel lernen, weißt du.«

*Falls mich das aufheitern sollte, dann war es ein Schuss in den Ofen.*

»Ja.«

Nach diesem kurzen Wortwechsel standen sie schweigend da, bis Filarion sich etwas verlegen räusperte und sagte: »Tja, nun dann … entschuldige mich bitte, Leo. Dort drüben steht Lord Querimon und ich muss dringend mit ihm reden … Ratsangelegenheiten …«

Er ging davon und ließ Leo allein im Gedränge stehen. Leo fing einzelne Gesprächsfetzen auf, hörte das laute Gelächter der Gruppe um Parhelion. Verflixt, er konnte nicht herumstehen wie bestellt und nicht abgeholt! Er machte ein paar zögernde Schritte und sah, dass Baladin zielgerichtet auf ihn zukam. Rasch wandte sich Leo ab. Tolly und Onkel Miles kämpften sich von der anderen Seite des Raums auf ihn zu. Aber er wollte im Moment mit keinem von ihnen sprechen, deshalb bewegte er sich unauffällig in Richtung Korridor. Vielleicht würde er in der Bibliothek ein Buch über Drachen finden. Dann könnte er darin lesen, bis er endlich nach Hause gehen durfte. Leo steuerte das Treppenhaus an, doch er hatte es noch nicht erreicht, als er auf einmal Stimmen in einem der kleinen Privaträume hörte, die vom Hauptkorridor abgingen.

»So, so, Elverton.« Teredos Stimme, vertrocknet und knorrig wie seine alten Hände. »Du hast also Philemots Milchgesicht bekommen!«

Keine Antwort von Lanneret, doch Leo konnte sich sein kaltes, kurzes Nicken vorstellen.

»Diesen Jungen muss man erst noch zurechtbiegen.«

Demersal!

Teredo lachte. »Dann ist er ja an den Richtigen geraten.«

Leo gab seine Idee mit den Drachenbüchern auf und ging denselben Weg zurück, den er gekommen war. Septimus stand auf der Schwelle des großen Salons. »Da bist du ja, Leo«, sagte er. »Ich denke, wir haben unserer Pflicht Genüge getan. Sollen wir nach Hause fahren?«

In der Kutsche zupfte Leo ungeduldig an der smaragdgrünen Schärpe herum, die noch um seine Schulter hing. »Kann ich sie abnehmen?« Septimus nickte. Leo zog sie sich über den Kopf, zerknüllte sie zu einer Kugel und drückte sie mit beiden Fäusten zusammen.

»Gib her!«, sagte Septimus. Leo reichte ihm die zerknüllte Schärpe und sah verdutzt, wie sein Vater sie in Fetzen riss. Als er damit fertig war, zitterte er leicht und lächelte Leo traurig an.

»Es tut mir leid.«

»Halb so wild. Mach damit, was du willst.«

»Das habe ich nicht gemeint. Ich meinte, dass du zu Lanneret kommst. Wie bedauerlich. Es tut mir wirklich leid.«

Leo wünschte, sein Vater würde aufhören, ihn zu bedauern; es schürte nur seine Angst, das nächste Jahr würde vielleicht noch schrecklicher werden, als er ohnehin befürchtete. Aber was hätte Septimus auch tun können? Der älteste Sohn jedes Monarchen musste eine Lehrzeit absolvieren, das war so Brauch. Und bei dem Auswahlverfahren war alles mit rechten Dingen zugegangen, er hatte einfach nur Pech gehabt.

»Es ist nicht deine Schuld«, versicherte er seinem Vater erneut.

# 6. Kapitel

# Ein Geschenk von Tante Elinor

Am zweiten Karnevalstag war das Wetter so schön wie am ersten. Eine strahlende Wintersonne schien auf die Stadt. Am Flussufer war eine Tribüne aufgebaut worden, von der aus die Monarchenfamilien die traditionelle Schwanenjagd verfolgen konnten. Die Tribüne war mit Flaggen geschmückt und die künstlichen Farben des Flusswassers wirkten wie herumwirbelnde Spiegelungen der über ihnen wehenden Flaggen. Gestern noch hatte die strahlende Sonne Rachel Hoffnung verliehen. Heute dagegen war Rachel so in ihre düsteren Gedanken vertieft, dass sie den Sonnenschein kaum bemerkte.

Sie stieg hinter Cecilia auf die hohe Plattform im hinteren Bereich der Tribüne, wo die Tische für die Damen standen. Diese Plattform war seitlich durch Holzwände abgeschirmt, ein seidener Baldachin schützte vor der Sonne. Sie setzten sich zu Lady Querimon und ihrer Tochter Iseult, Lady Hallion, der Witwe von Lord Parhelion selig, sowie Lady Sallender und Alys. Eine lebhafte Unterhaltung war im Gange, doch Rachel bekam nichts davon mit. Ihre ganze Aufmerksamkeit galt Leo. Er stand bei seinem Vater, bis Septimus seinen Platz unter den Monarchen einnahm. Dann gesellte sich Leo zu einer Gruppe von Monarchensöhnen, die auf der Balustrade der Flussmauer saßen. Jeremy rutschte ein Stück zur Seite, um ihm Platz zu machen, Tolly setzte sich auf die andere Seite von Leo. Tolly lachte über etwas und

Rachel fiel ein, dass er damals in Mabberling genauso gelacht hatte, als er sagte: *Klar, zu Lanneret will natürlich niemand …*

»Rachel, *Rachel*!«

Rachel schreckte auf, wandte ihren Blick von Leo ab und schaute Lady Sallender fragend an. »Ich wollte mit dir über die Neujahrsgeschenke sprechen, Rachel«, sagte diese. »Ich habe mir überlegt, dass ich Leo diesmal nichts schenke; wozu auch, wenn morgen seine Lehrzeit beginnt?«

Typisch, dachte Rachel. Über Tante Elinors Geiz beim Schenken hatten sie und Leo schon viel gelästert. Eine der ersten Lektionen in Sachen Höflichkeit hatte für die Philemot-Zwillinge gelautet: ›Lasst Tante Elinor nicht merken, dass ihr enttäuscht seid.‹ Rachel verkniff sich ein Grinsen. Das musste sie nachher Leo erzählen, er würde bestimmt darüber lachen. Vielleicht. Vielleicht auch nicht …

»Und was dich betrifft, Rachel«, fuhr Elinor fort, »in deinem Fall war ich mir zuerst unsicher, was ich dir schenken sollte, aber dann fiel mir ein, dass du keine Dienerin mehr hast. Was hältst du von der Frau, die ich dir in Mabberling zur Verfügung gestellt habe? Sie hat dich doch so hübsch frisiert.«

Eine schlecht ausgebildete Sklavin, gekauft zu einem Spottpreis, wahrscheinlich mit Mengenrabatt auf einem entlegenen Markt auf dem Lande! Ein solches Geschenk entsprach voll und ganz dem, was man von Tante Elinor erwarten konnte, und Lady Philemot (die für Alys teure Perlen gekauft hatte) zog kurz irritiert die Augenbrauen hoch. »Eine sonderbare Frau …«, murmelte sie.

Sonderbar – das ja. Wütend, traurig, sanft, die einzige Sklavin, die Rachel jemals in die Augen geschaut hatte. Noch nie hatte ihr Tante Elinor ein Geschenk gemacht, das sie sich mehr gewünscht hätte. Rachel bedankte sich und saß da, ohne sich ihre Freude anmerken zu lassen, während sich die Unterhaltung bald schon um Iseults Hochzeitskleid drehte. »Ich kann mich einfach nicht entscheiden. Die Seidenstoffe aus dem Westen sind zwar ganz hübsch, aber die neuen Farmen im Norden produzieren inzwischen auch recht schöne Sachen und ich bin hin und her gerissen …« Sie kicherte.

»Aus dem Westen«, ließ sich die alte Lady Parhelion vernehmen. »Die einzig gute Entscheidung. Als ich damals den verstorbenen Lord Parhelion heiratete …«

Sie setzte zu einer detaillierten Schilderung ihres Hochzeitskleids an. Rachels Blick schweifte in die Ferne. Das gegenüberliegende Flussufer und die Brücke waren mit Menschen übersät, die sich gegenseitig anrempelten, um einen guten Blick auf den Fluss zu haben. Auf der Brücke waren einige sogar auf die Brüstung geklettert und beugten sich gefährlich weit vor, um aufs Wasser hinunterzuschauen. Auf einmal schwammen zwei Schwäne – Vögel, die seit jeher als Unglücksbringer galten – aus dem Schutz der Brücke, und die Zuschauer brachen in feindselige Rufe aus. Diesen ersten Wasservögeln folgte eine ganze Schar und die Buhrufe und Schmähungen wurden lauter.

»Was ist mit dir, Rachel?«, fragte da Lady Hallion. »Jetzt, wo Leos Lehrjahr beginnt, wäre es doch an der Zeit, dass du an eine baldige Verlobung denkst, nicht wahr?«

Rachel scharrte mit den Füßen und starrte auf das Tischtuch.

»Zuerst Alys«, murmelte sie.

»Oh, darüber kann man nicht früh genug nachdenken.« Lady Hallion ließ nicht locker.

»Hey, du wirst ja ganz rot, Rachel«, rief Iseult spöttisch. »Hast du schon jemanden im Sinn?«

Am liebsten hätte Rachel Iseult den Inhalt ihrer Teetasse ins Gesicht geschüttet, doch sie beherrschte sich. »Nein.«

»Na, an Bewerbern dürfte es nicht mangeln«, mischte sich nun auch Lady Querimon ein. »Ich persönlich war schon immer der Meinung, dass du und Tolly ein hübsches Paar abgeben würdet.«

»Oder Jeremy Baladin vielleicht«, schlug Iseult vor.

»Nein, auf keinen Fall Jeremy!«, rief Lady Querimon aus.

»Was spricht gegen Jeremy, wenn ich fragen dürfte?«, mischte sich Lady Parhelion nun wieder in die Unterhaltung ein. »Er ist mein Großneffe, wisst ihr!«

»Ich habe absolut nichts gegen Jeremy«, beeilte sich Lady Querimon ihr zu versichern. »Es ist nur so, dass Rachel unmöglich Orange tragen kann. Nicht mit diesen Haaren … Es wäre ja nichts einzuwenden, wenn sie schnell zur Vollperücke übergehen könnte; aber du selbst hast ja ewig gebraucht, bis du Mutter wurdest, Cecilia. Wenn Rachel dir nachschlägt, müsste sie jahrelang eine Halbperücke tragen, und das sähe schrecklich aus: Baladins Orange mit ihren roten Haaren …«

Rachel hatte die Nase voll. »Würdet ihr mich bitte entschuldigen? Ich brauche dringend etwas frische Luft.« Unter Lady Parhelions tadelndem Blick schob sie ihren Stuhl zurück, rannte die Stufen hinunter zu den Jungen an der Mauer und zupfte an Leos Umhang. Überrascht drehte er sich zu ihr und sprang von der Balustrade.

»Alles in Ordnung?«, fragte er.

»Ja. Abgesehen davon, dass ich Lady Querimon an die Gurgel springe, wenn ich ihr noch eine Sekunde länger zuhören muss.«

Leo lachte. Die Schwäne auf dem Fluss wurden nun von Booten in den Wappenfarben des Monarchenbundes verfolgt. Die Lords und ihre Söhne feuerten ihre jeweilige Bootsbesatzung an, den ersten Schwan zu töten. Rachel und Leo stahlen sich von der Mauer weg. Die Boote waren inzwischen inmitten der Schwäne angelangt; zwei von ihnen waren den zunehmend mehr in Panik geratenden Vögeln schon gefährlich nahe. Leo warf einen letzten, angewiderten Blick auf den Fluss. Einer der Ruderer hob einen schlaffen, schweren, weißen Vogelleib aus dem Wasser. »Verschwinden wir für eine Weile! Ich hasse diese Jagd sowieso und Jeremys Blicke gehen mir auch auf den Geist. Er tut so, als wäre ich dem Tode geweiht.«

Der Wächter am Tor ließ sie ohne Weiteres passieren.

»Was nun?«, fragte Rachel, als sie auf der Straße standen. Sie hatte nur dem oberflächlichen Geschwätz am Damentisch entkommen wollen; weiter hatte sie nicht gedacht.

»Gehen wir zum großen Platz. Mal sehen, was dort los ist.« Unter den neugierigen Blicken der Umstehenden schoben sie sich über die überfüllte Brücke. Rachel hatte das Gefühl, ihr farbenprächtiger Umhang würde laut schreien – einen hohen, schrillen Alarmton ausstoßen: ›Fehl am Platz! Fehl am Platz! Fehl am Platz!‹ Bestimmt würde gleich jemand oben auf der Tribüne sehen, dass in dem Meer aus fadem Graubraun und Beige ein eisblauer Farbtupfer aufblitzte. Dann würden sie sie zurückholen und sie müsste erneut die endlose Leier der eintönigen Konversation über sich ergehen lassen.

Leo dachte offenbar dasselbe, denn als sie auf dem großen Platz ankamen, murmelte er: »Unsere Kleidung … das geht nicht.« Er zog Rachel zu einem der Imbissstände am Rand des Platzes. Die Standbesitzerin sprang auf, machte einen verängstigten Knicks und stammelte: »Mylord … ich … was kann ich für Euch tun?«

Leo durchwühlte seine Tasche und zog einen Silber-Radiant heraus. »Würdest du uns zwei Tischtücher verkaufen?«

Blinzelnd starrte die Frau auf die Münze in seiner Hand, wie hypnotisiert von dem silbernen Glanz. Sie riss sich aber rasch wieder zusammen, fegte ihre trockenen Küchlein und Brötchen zur Seite und raffte hastig zwei Tücher zusammen. Leo schüttelte das erste aus und band es Rachel um die Schultern: ein fleckiger, ausgefranster Umhang aus grobem Stoff, der nun ihr schreiendes Seidenkleid verbarg. Dann legte er das zweite Tuch um die eigenen Schultern, verknotete es und drückte der Frau die Münze in die Hand.

»Können wir noch etwas Tee und zwei Brötchen haben?«

Sie wendeten sich ab, ohne auf die Marktfrau zu achten, die verzückt auf die Silbermünze starrte und sie hin und her drehte.

Da sie sich nun unauffälliger fühlten, setzten sie sich auf die oberste Stufe der Basilika, um ihr kärgliches Mahl zu verzehren. Rachel biss in das Brötchen und begann zu würgen. Igitt, wie scheußlich! Die fettige, eklige Pampe klebte an ihrem Gaumen und verwandelte sich im Hals in einen schweren Kloß. Hastig trank sie einen Schluck des viel zu heißen Tees, um die widerliche Masse hinunterzuspülen, und ließ das angebissene Brötchen angeekelt fallen.

»Widerlich!«

Leo nickte, spuckte seinen Bissen wieder aus und nahm ebenfalls einen Schluck Tee. Sie erhoben sich und ließen ihre Becher und die kaum angerührten Brötchen zurück. Sie waren noch keine zwei Schritte gekommen, als ihnen eine Stimme nachrief: »Hey! Esst ihr die nicht auf? Kann ich sie haben?« Ein kleiner Junge kauerte an der Stelle, wo sie bis eben noch gesessen hatten, und deutete hoffnungsvoll auf die beiden Brötchenreste.

»Aber gern, bedien dich!«, rief Leo ihm zu. Der Junge setzte sich und begann gierig zu essen. Er kratzte sogar die matschige Pampe von den nackten Stufen und leckte sich anschließend die Finger sauber. Leo und Rachel schlenderten über den Platz und blieben hin und wieder vor einem Puppenspieler, Akrobaten oder Musikanten stehen. Vor dem Wachbüro stand ein Balladensänger, ein hagerer Mann in einem langen Umhang und mit schlohweißen Haaren, die ihm bis über die Schultern fielen. Er trug die traditionelle Ballade vor, die die Geschichte von der Gründung des Monarchenbundes erzählte.

*»Warum strahlen die Monde am Himmel, hör ich euch fragen,*
*Und ich erzähl' die Geschichte aus lang vergangenen Tagen,*
*Als unsere Vorväter setzten den Fuß auf Assalays Strand …«*

»Oh, lass uns weitergehen, Leo, das hab ich schon hundertmal gehört«, flüsterte Rachel.

»Moment noch«, sagte er. Doch er schaute nicht auf den Balladensänger, sondern ließ seinen Blick über die Umstehenden wandern, musterte jedes einzelne Gesicht. Nach einer Weile sagte er lustlos: »Gut, gehen wir!«

Sie kämpften sich weiter durch die Menge und bogen dann in eine der engen Seitenstraßen ein, die vom Platz wegführten. Eine geraume Weile schlenderten sie durch die düsteren Seitengässchen, bis sie sich unvermittelt vor der Stadtmauer wiederfanden. Es war allmählich spät, wie Rachel merkte. Die Mauer warf einen langen Schatten und kühl wurde es auch: Eine salzige, auffrischende Brise wehte vom Meer herüber.

»Wir sollten langsam zurück, meinst du nicht auch?«, fragte sie.

»Nein, warte.«

Sie gingen an der Stadtmauer entlang bis zum Westlichen Tor. Dort herrschte reger Betrieb, weil Scharen von Ausflüglern nach dem Karnevalstag in der Stadt aufs Land zurückkehren wollten. Leo lehnte sich an die Mauer und beobachtete sie. Familien, Einzelpersonen, ausgelassene Gruppen von Freunden passierten den Torbogen. Und jeder Einzelne wurde von einem Wächter mit demselben barschen Befehl angehalten.

»Papiere!«

»Leo«, sagte Rachel ungeduldig, »was machen wir hier?«

»Papiere?«, wiederholte er, als spräche er zu sich selbst. »Hast du gewusst, dass man Papiere braucht, um aus der Stadt zu kommen?«

»Natürlich nicht! Woher auch?« Sie und ihre Familie verließen die Stadt immer in der livrierten Kutsche, bei deren Anblick die Wächter vor Ehrfurcht erstarrten, ehe sie wortlos das Tor aufrissen. »Und außerdem – was spielt das für eine Rolle?«

Fragend musterte sie ihn. Sie hatte sich die ganze Zeit schon irgendwie unwohl und angespannt gefühlt. Gut, vielleicht lag es nur an dem Brötchen. Nun aber, als sie Leos Gesicht studierte, wurde ihr ungutes Gefühl zu einer Gewissheit.

»Leo, willst du etwa ausreißen?«

Er beobachtete gerade eine weitere Familie, die zum Tor hinauswollte. Der Wächter zählte ihre Papiere und Kinder sorgfältig, zweimal sogar, bevor er sie durchließ. »Ich weiß nicht«, antwortete Leo, wandte sich ab und ging die Strecke zurück, die sie gekommen waren. Rachel musste fast rennen, um ihn einzuholen. »Willst du fliehen? Sag schon! Denn dann komme ich mit!« Sie sah ein spannendes Abenteuer vor sich liegen, wie ein strahlend weißer Mond – um den sich allerdings bereits erste Wolken des Unmöglichen zusammenzogen.

»Aber wie, Leo? Ich meine, wenn wir gar nicht aus der Stadt kommen … und wohin sollten wir auch gehen …?«

»Keine Ahnung.«

Sie gingen durch die Sträßchen und Gassen bis zurück zum großen Platz. Leo lehnte sich an die Hauswand des Wachbüros und starrte auf die Stelle, an der vorhin der Balladensänger gestanden hatte. Rachel stellte sich zu ihm.

»Leo?«

Er zögerte, ehe er reagierte. »Gestern dachte ich, ich hätte Iona hier gesehen. Ich dachte, sie könne mir vielleicht helfen … dachte, ich könne eventuell mit ihr gehen …« Seine Stimme stockte. Erst nachdem er es ausgesprochen hatte, merkte er, wie dumm, kläglich und kindisch sein Vorhaben klang.

»Leo …«, begann Rachel zögernd.

Wütend auf sich selbst, schüttelte er den Kopf und ging weiter. Sie musste es ihm nicht sagen, er wusste es selbst. Auch wenn er Iona gefunden hätte, auch wenn sie ihm geholfen hätte und sie es geschafft hätten, gemeinsam aus der Stadt zu fliehen … Selbst wenn all diese unmöglichen Dinge möglich gewesen wären, hätte es trotzdem nichts genutzt, weil er keine Iona war, kein Niemand, den man ungerührt abschrieb und rasch vergaß. Er war der Sohn und Erbe eines Monarchen, und falls er von heute auf morgen verschwände, würde man in ganz Assalay keinen Stein auf dem anderen lassen, um ihn zu finden.

Er wartete, bis Rachel ihn eingeholt hatte, knotete die Tücher auf und warf die Stofffetzen in den Rinnstein. »Ich denke, wir sollten besser nach Hause gehen«, sagte er. Er durchwühlte seine Taschen und stieß einen leisen Fluch aus. »Allerdings müssen wir zu Fuß gehen, mein Geld ist gestohlen.«

Nachdem Septimus jemanden losgeschickt hatte, der die Suchtruppen zurückrufen sollte, wandte er sich an Leo, der vor ihm am Schreibtisch saß und mit den Fersen an die Querleiste seines Stuhls kickte.

»Wo um alles in der Welt wart ihr?«

»Wir sind nur ein bisschen durch Freehaven geschlendert …«

»Den ganzen Nachmittag über? Bis nach der Ausgangssperre? Was hast du dir nur dabei gedacht?«

Leo blickte trotzig auf. *Rate mal,* hätte er am liebsten gesagt. *Dreimal darfst du raten, was ich mir dabei gedacht habe.* Doch er zuckte nur mit den Schultern und brummte: »Weiß nicht …«

»Oh, Leo«, sagte Septimus. »Wir waren außer uns vor Sorge.«

Leo schloss die Augen. Sein letzter Tag und er hatte ihn vermasselt. Er hätte bei seinen Eltern bleiben sollen, statt durch die Straßen zu streifen und sich ohnmächtig und eingesperrt zu fühlen. »Tut mir leid …«

»Schon gut«, sagte Septimus kopfschüttelnd, als wolle er die Entschuldigung wegwischen. »Ihr seid wieder da, gesund und munter, das allein zählt. Iss noch etwas, nimm ein schönes, heißes Bad und geh dann zu Bett!«

Es war ein kühler Abschied, doch Leo war froh darüber. Er wollte allein sein. Er wünschte seinem Vater eine gute Nacht und zog sich zurück.

Sobald Leo die Tür der Bibliothek hinter sich zugezogen hatte, stützte Septimus die Ellbogen auf den Schreibtisch und schlug sich die Hände vors Gesicht. Dann presste er die Fingerspitzen so fest an die Augäpfel, bis er Lichtblitze durch die Dunkelheit zucken sah.

Trotzig und stumm hatte Rachel Lady Philemots bohrende Fragen über sich ergehen lassen, bis ihre Mutter fragte: »Sich auf öffentlichen Straßen herumtreiben! Hast du keinen Augenblick daran gedacht, was die Leute dazu sagen?«

»Oh, darüber brauchst du dir keine Sorgen zu machen. Uns hat bestimmt niemand erkannt. Ich hatte mir die meiste Zeit ein Tischtuch umgebunden.« Und ohne Lady Philemots Kommentar abzuwarten, rannte Rachel davon. Sie stürmte die Stufen hinauf in ihr Zimmer, wo sie nach dem Erstbesten griff, das ihr in die Finger kam: ein gläserner Briefbeschwerer, mit silbernen und blauen Schlieren durchsetzt. Ungestüm warf sie ihn an die Wand. Er fiel auf den Fußboden und zersprang in zwei scharfkantige Teile.

»Mylady! Was ist los?«

Rachel wirbelte herum. Sie hatte Tante Elinors Neujahrsgeschenk ganz vergessen. Mai hatte am Fenster auf sie gewartet. Iona an ihrer Stelle hätte auf den Boden gestarrt und so getan, als hätte sie Rachels verzweifelten Wutanfall nicht bemerkt. Dann hätte Rachel ihre Tränen hinuntergeschluckt, denn in Anwesenheit von Sklaven weint man nicht. Mai dagegen musterte sie mit ihren irritierenden, forschenden Augen.

»Was habt Ihr, Mylady?«

Sie redete mit Rachel wie mit einem Kind, nicht wie mit der Tochter eines reichen und mächtigen Mannes. Da war es um Rachels Beherrschung geschehen. Sie schlug sich die Hände vors Gesicht und schluchzte zum Steinerweichen und grub ihre Fingernägel in die Kopfhaut. Auf einmal spürte sie sanfte Hände, die sie zu einem Stuhl führten. Als ihre Tränen schließlich versiegten, hob sie den Kopf und erblickte Mai, die vor ihr kauerte und auf eine Erklärung zu warten schien. Mit dem Handrücken wischte Rachel über ihr tränennasses Gesicht und sagte leise: »Es ist wegen Leo.« Sie wischte sich noch einmal die Nase ab, diesmal mit ihrem Ärmel, und plötzlich sprudelte alles aus ihr heraus, ein wirres Kuddelmuddel von Worten: Lehrzeit, ein Jahr fort, Lanneret …

»Ihr werdet einander doch sicher schreiben können, Mylady.«

Rachel schüttelte den Kopf. »Nicht erlaubt.« Ein trockener Schluchzer kam aus ihrer Kehle. »Ich werde ein ganzes Jahr seines Lebens verpassen …«

»Aber zumindest wisst Ihr, dass er zurückkommen wird.« Zum ersten Mal schlug Mai die Augen nieder, als sie sprach, und als sie wieder aufblickte, schimmerten ihre Augen feucht, als kämpfe sie ebenfalls gegen Tränen an. »Dann könnt Ihr alles nachholen.«

Rachel nickte. Das stimmte. Aber es wäre nicht dasselbe, erst im Nachhinein zu erfahren, wie es ihm ergangen war. Dennoch fühlte sie sich ein bisschen getröstet, als sie dasaß und ins Feuer starrte, während Mai ihr ein heißes Bad vorbereitete. Mai half ihr beim Auskleiden und wusch ihr die schmutzigen, zerzausten Haare. Nach dem Bad setzte sich Rachel wieder vors Feuer, und Mai bürstete ihre Haare so lange, bis sie rot und wie poliert im Feuerschein glänzten – definitiv keine Philemot-Haarfarbe!

»Euer Bett ist vorbereitet, Mylady.«

»Ich bin noch nicht müde.« Das war nur die halbe Wahrheit. Körperlich war Rachel hundemüde, doch ihre wirren Gedanken ließen ihr keine Ruhe. Sie saß noch lange da, starrte in die erlöschende Glut des Feuers und dachte angestrengt nach. Als sie am nächsten Morgen erwachte, stellte sie fest, dass sie auf dem Sessel eingeschlafen war und Mai sie zugedeckt hatte. Ein feindseliger Regen prasselte an die Glasscheibe über ihr. Es würde ein trauriger letzter Karnevalstag werden.

»Und aus diesem Grunde«, intonierte Filarion, »gedenken wir an Karneval der Zeit, als die Invasoren Assalay bedrohten. Damals hat das Volk seine dreizehn besten Männer ausgewählt, um gegen die fremden Krieger zu kämpfen, die aus dem Norden gekommen waren, mit Feuer in ihren weißen Booten …«

Nervös rutschte Rachel auf ihrem Stuhl hin und her. Die Karnevalsfestivitäten neigten sich dem Ende zu. Wie üblich hatte man an diesem Morgen einen riesigen Papierschwan über der Stadt aufsteigen lassen, der von Bogenschützen in den Livreen des Monarchenbundes abgeschossen wurde, während gleichzeitig Hunderte von farbigen Karnevalstauben freigelassen wurden und in den Himmel emporstiegen. Anschließend hatte es ein weiteres, mehrgängiges Essen gegeben, und nun hatten sie sich im großen Saal des Senatsgebäudes versammelt, um sich anzuhören, wie Filarion traditionsgemäß die Geschichte der Gründung Assalays und des Monarchenbundes vorlas.

Aber Rachel hörte nicht zu. Sie hatte diese Geschichte schon an die hundert Mal gehört und wahrlich andere Dinge im Kopf. Gleich nachher würde sich Leo verabschieden.

Filarion schlug die dicke Chronik zu. Für ein paar Sekunden herrschte ehrfürchtiges Schweigen, dann wurden scharrend die ersten Stühle zurückgeschoben, leises Stimmengemurmel setzte ein. Rachel drängte sich durch die Menge, um zu Leo und ihren Eltern zu gehen, die etwas abseits standen. Cecilias Augen waren verdächtig gerötet, sie grub sich die Finger mit den langen, lackierten Nägeln und den vielen Karnevalsringen in die Handflächen. Septimus war blass, noch blasser als Leo.

»Wollt ihr zwei ein paar Minuten für euch sein?«, fragte er mit angespannter Stimme. »Es ist gleich so weit …«

»Ja«, sagte Rachel. Sie ging mit Leo zu einem der großen Erkerfenster, die zum Fluss hinausgingen, und umschlang ihn mit beiden Armen. »Schreib mir!«

»Das ist nicht …«

»Ich weiß, dass es nicht erlaubt ist, ich bin ja nicht blöd. Ich weiß, dass Lanneret keine Briefe weiterleiten wird, und ich will auch nicht, dass du versuchst, sie mir auf andere Weise zukommen zu lassen. Ich will nicht, dass du Ärger bekommst. Schreib einfach alles auf, was du erlebst, und bring diese Briefe später mit nach Hause. Ich werde sie dann nächstes Jahr lesen.«

Er schaute sie verständnislos an. »Wozu denn das?«

»Du wirst mir fehlen.« Sie biss sich auf die Lippen. So etwas hatte sie noch nie zu ihm gesagt, niemals. »Ich will einfach nicht das Gefühl haben, dass ich ein ganzes Jahr deines Lebens verpasse. Bitte! Ich werde dir ebenfalls schreiben.«

»Du bist ein verrücktes Huhn, Rachel«, sagte er. »Aber gut, ich werde dir schreiben. Wenn ich kann.«

An diesem Nachmittag lag Iona auf ihrem Lager, lauschte dem Gesang und starrte zum Mansardendach hinauf, auf das der Regen prasselte. Inzwischen kannte sie jede Schieferplatte und jeden Balken, jedes Astloch und jede Unebenheit in den Dachsparren. Während des ganzen letzten Mondes hatte sie nicht viel anderes tun können, als dazuliegen und an die Decke zu starren … zwischen ihren Anfällen von fieberhafter Ungeduld. Nach ihrem kleinen Ausflug mit Jinx am ersten Karnevalstag hatte sie einen Wutanfall bekommen und ihm vorgeworfen, dass sie nichts anderes erreicht hatte, als ein Gefängnis gegen ein anderes einzutauschen.

»Geduld!«, hatte er sie ermahnt. »Wir kriegen dich hier raus!«

»Und wann?«, hatte sie gebrüllt. *»Wann?«*

Der Regen, der auf die Schieferplatten prasselte, wiederholte ihr ›Wann, wann, wann?‹. Sie wälzte sich unter ihrer Decke hin und her, hielt sich die Arme um den Kopf, um die Geräusche auszublenden, und hörte ihr Blut durch den Körper pochen. Eine leichte Berührung an ihrer Schulter ließ sie aufschrecken. Der Gesang war verstummt, doch der Regen prasselte mit unverminderter Kraft auf das Dach. Jinx kauerte neben ihrem Lager.

»Aufstehen!«

In seiner Stimme schwang eine Aufregung mit, die sie abrupt aufsitzen ließ. Er warf ein zerlumptes Paar Hosen, ein Hemd und einen Umhang auf ihr Bett und drehte sich dann rücksichtsvoll um, während sie in aller Eile hineinschlüpfte. Sobald sie umgezogen war, führte er sie zu einem alten Stuhl, legte ihr ein Handtuch um die Schultern und holte eine Schere aus der Tasche.

»Was …?«, fragte sie.

»Sitz einfach still!« Die Stirn vor Konzentration in Falten gelegt, setzte er zum ersten Schnitt an; eine Locke in der Farbe von trockenem Sand fiel auf ihren Schoß. Iona riss den Kopf herum, wollte protestieren. Doch etwas in seinem Blick – ein Versprechen, eine kühne Hoffnung – ließ sie stumm bleiben. Sie saß mit geschlossenen Augen da, während er emsig weiterschnippelte, dachte an den breiten Strand zu Hause, an Sand unter ihren Füßen und an störrische, scharfkantige Grashalme in ihren Fingern. Erst als er schließlich »So, fertig!« sagte, kam sie mit einem Ruck wieder zu sich und fand sich in dem dämmerigen kleinen Mansardenzimmer wieder. Jinx betrachtete sie mit einem zufriedenen Lächeln.

»Sieht gut aus.«

Es fühlte sich komisch an; beklommen betastete sie ihren freien Nacken und die frei liegenden Ohren.

»Wir müssen los!« Jinx warf ihr den schäbigen Umhang zu, und noch immer bestürzt, noch immer voller Hoffnung wickelte sie ihn um sich, so eng es ging, und folgte ihm die Treppen hinunter und hinaus in den Regen. Auf Umwegen gingen sie bis zum Kai am Flussufer. Der Fluss strömte schneller als sonst; die bunten Karnevalsfarben, mit denen er durchsetzt war, schlängelten sich in korkenzieherähnlichen Wirbeln zum Meer. An der Mole stand eine hochgewachsene

Männergestalt mit einem Umhang und langen, schlohweißen Haaren und spielte Flöte. Der Wind trug vereinzelte Tonfetzen bis zu ihnen herüber. Die langen Haare des Mannes, silbern glänzend im Regen, wehten ihm ins Gesicht, und man hatte fast den Eindruck, als würde er mit seiner Musik zarte Mondscheinfäden heraufbeschwören. Iona erkannte ihn wieder: Es war der Balladensänger, den sie vor zwei Tagen auf dem großen Platz gesehen hatten. Jinx legte sich die Hände an den Mund und rief: »Bardrick!«

Der Mann hörte mitten in der Melodie auf zu spielen und sie liefen über die Mole auf ihn zu. Bardrick umarmte Jinx und lächelte Iona an: Er hatte strahlend blaue Augen, die wie lebende Saphire aussahen.

»Iona«, sagte Jinx, »das ist Bardrick, der beste Balladensänger, der jemals die Straßen von Freehaven und die Landstraßen von Assalay geziert hat.«

Der Mann lachte leise auf. »Kein Grund für Schmeicheleien, Jinx.« Er fröstelte. »Es ist zu kalt, um sich hier draußen zu unterhalten. Gehen wir hinein!«

Sie folgten ihm durch die niedrige Tür eines Holzgebäudes direkt an der Mole. Die alten Balken waren dunkel vor Feuchtigkeit und rochen im Regen leicht angefault; ein windschiefes, verblasstes Schild hing über dem Vordach und verriet, dass es sich um die »Taverne der Gezeiten« handelte. Das Innere wirkte schmuddelig, doch im Kamin brannte ein Feuer und es roch nach gutem Essen.

Bardrick führte sie an einen Tisch in der Nähe der Feuerstelle, wo ein Mädchen, einige Jahre jünger als Iona, vor einem Teller saß. Bei ihrem Eintreten hatte das Mädchen aufgeblickt. Es hatte dunkle Haare und Bardricks strahlend blaue Augen, und so war es keine Überraschung, als Bardrick ihr eine Hand auf die Schulter legte und sagte: »Meine Tochter, Dimity.«

»Hallo, Ditty. Wie geht's? Das hier ist Iona.« Jinx zerzauste dem Mädchen die Haare, ließ sich auf den Stuhl neben ihr fallen und gab Iona zu verstehen, sich ebenfalls zu setzen. Er füllte drei Teller aus der Suppenterrine, die bereits auf dem Tisch stand, und reichte zwei davon weiter. Dimity lächelte Iona schüchtern an und diese lächelte zurück. »Hallo«, sagte sie. »Singst du auch … wie dein Vater?«

Jinx prustete in seine Suppe. »Sei nicht *albern*, Iona!«, sagte er. »Mädchen singen doch nicht.«

Bardrick setzte sich zu ihnen, nahm sich einen Suppenteller und begann zu essen, wobei er Iona eingehend musterte. Sie rutschte nervös hin und her, als sie den unverwandten Blick seiner intensiven blauen Augen auf sich ruhen fühlte.

»So, so«, sagte Bardrick und nahm sein Ohrläppchen zwischen Daumen und Zeigefinger. »Wann bist du den Philemots weggelaufen?«

Iona schnappte nach Luft und warf Jinx einen entsetzten Blick zu, doch er lächelte nur. »Keine Angst«, sagte er und wandte sich dann an Bardrick. »Zeig es ihr!« Bardrick schob seinen Ärmel zurück und Iona sah eine verblasste Tätowierung direkt unterhalb der Armbeuge. Zwei verschlungene Mondsicheln: das S der Sallenders.

»Ihr seid …?«, begann sie.

»Psst. Ja, früher. Ist schon sehr lange her.«

»Iona ist am Ende von Aquilon weggelaufen«, erklärte Jinx. »Sie will nach Hause – auf die Marram-Inseln –, sitzt aber immer noch hier fest, weil sich keine Gelegenheit bot, sie auf sicherem Weg aus Freehaven wegzubringen.« Er grinste. »Du reist doch nach Westen, nicht wahr? Kannst du sie mitnehmen?«

»Selbstverständlich.«

»Ich kann die Stadt nicht verlassen«, warf Iona ein. »Ich habe keine Papiere.«

Jinx grinste erneut, wühlte in seiner Tasche und drückte ihr dann ein zusammengefaltetes Stück Pergament in die Hand. Sie schnappte nach Luft. »Aber …«

»Keine Bange, Gabriel hat es überprüft; es ist in Ordnung. Allerdings ist es auf einen Jungen ausgestellt. Deshalb die Klamotten und die kurzen Haare.«

Sie studierte das viereckige Stück Papier. Es war nichts, zugleich aber auch das Kostbarste, das sie jemals in den Händen gehalten hatte. »Wo hast du es her?«

Ein Schatten huschte über Jinx' Gesicht. »Von einem Jungen vom Lande, der am Tag vor Karneval auf der Straße verhungert ist. Wir haben ihn gefunden, bevor die Wächter ankamen.«

Verstört starrte sie noch einmal auf das Papier und wusste nicht recht, ob sie es benutzen, geschweige denn anfassen wollte.

»Er ist tot, Iona«, rief Jinx ihr barsch in Erinnerung. »Dieses Papier nützt ihm nichts mehr.«

»Er ist zu den Sternen gegangen, meine Kleine«, sagte Bardrick sanft. »Er hat Kleinkram wie Papiere hinter sich gelassen, auch den Monarchenbund und Hunger. Ich werde ein Lied über ihn schreiben.«

Iona nickte bedächtig. Sie erhoben sich vom Tisch und gingen auf den Hof der Taverne, wo Bardricks Planwagen bereitstand. Iona fiel Jinx zum Abschied um den Hals und kletterte dann zu Dimity auf den Kutschbock. »Viele Grüße an Gabriel und sag ihm Danke von mir!«, rief sie ihm noch zu. Jinx winkte ihr lächelnd nach, als das Fuhrwerk vom Hof rumpelte und wenig später in der Ferne verschwand.

Als sie über die regennassen Straßen fuhren, sang Bardrick leise die Ballade von der Gründung Assalays vor sich hin.

*»Warum strahlen die Monde am Himmel, hör ich euch fragen,*
*Und ich erzähl' die Geschichte aus lang vergangenen Tagen,*
*Als unsere Vorväter setzten den Fuß auf Assalays Strand*
*und seither in Güte und Weisheit regieren das Land.*

*Es war Eintracht, Glück und Frieden, bis eine Winternacht*
*In schwanenweißen Booten den grausamen Feind hat gebracht,*
*Sie kamen den Fluss herunter, wie wilde Ungeheuer,*
*Verwüsteten unser Land mit Bogen, Schwert und Feuer.*

*Jedes der dreizehn Dörfer wählte den besten Mann,*
*die schworen, gemeinsam zu schaffen, was einer allein nicht kann,*
*Ihre Kraft, ihr Mut und der Segen der Monde brachte Glück,*
*Und sie trieben den schrecklichen Feind in den Norden zurück.«*

Sie waren inzwischen am Westlichen Tor angelangt und ein Wächter trat vor und verlangte ihre Papiere zu sehen. Mit zitterigen Fingern überreichte ihm Iona ihr gefaltetes und versiegeltes Pergament. Der Wächter studierte es aufmerksam und beäugte sie dann von Kopf bis Fuß. Sie zwang sich, ihm in die Augen zu schauen. Er winkte das Fuhrwerk durch.

*»Aus Triumphen und Siegen entstand Assalay,*
*Und der Segen der Monde geht niemals vorbei,*
*Solang der Monarchenbund hat die Macht in der Hand,*
*und mit Gerechtigkeit und Güte regiert unser Land«,*

sang Baldrick, und Iona schaute stur geradeaus, auf die Westliche Straße, die sich vor ihr erstreckte und bis zum Meer führte.

# 7. Kapitel
# Elsa

Arctos-Neumond. *Nachmittag.*

*Lieber Leo,*

*ich hatte versprochen, dir zu schreiben, und das tue ich nun. Nicht dass es viel zu erzählen gäbe. Als wir gestern nach Hause kamen, ist eigentlich nichts mehr passiert. Vater hatte zu arbeiten. Mutter sagte, sie sei müde und wolle sich ein bisschen hinlegen. Ich wollte nicht im Haus bleiben, aber es goss noch wie aus Kübeln, und deshalb ging ich in unser Baumhaus. Dort lag übrigens noch eines deiner Vogelbücher. Ich habe es mit ins Haus genommen, damit es nicht feucht wird. Es liegt jetzt auf deinem Schreibtisch.*

*Der heutige Morgen war so langweilig wie immer. Am Nachmittag waren wir zum Tee bei Lady Hallion eingeladen. Ach, übrigens, ich vermute, dass du noch in Freehaven bist, denn Lady Lanneret war auch da. Ich habe versucht, Blickkontakt mit ihr aufzunehmen, aber sie schaute immer an mir vorbei. Sie ist kalt wie ein Schwan, diese Frau!*

*Iseult Querimons Hochzeitskleid war natürlich wieder einmal Gesprächsthema Nummer eins, und du kannst dir sicher vorstellen, wie interessant ich das fand. Aber ich hielt mich brav zurück, bis Lady Malander beschloss, mich auch in das Gespräch mit einzubeziehen, und mich frag-*

*te, was für ein Kleid Iseult meiner Meinung nach tragen sollte. Da mir dieses Thema längst zu den Ohren heraushängt, sagte ich den erstbesten Schwachsinn, der mir in den Sinn kam, nämlich Federn. Oh, entschuldige, Leo, das war kein Scherz nach deinem Geschmack, stimmt's? Weil er nach zu vielen toten Vögeln klingt. Mutter war stocksauer, und ich musste mir auf dem Nachhauseweg eine lange Strafpredigt anhören, von wegen, ich solle die Dinge etwas ernster nehmen und was die anderen jetzt von mir denken würden.*

*Doch das war nur der Anfang, es sollte noch schlimmer kommen. Die Sallenders kamen zum Mittagessen – was an sich nicht so schlimm gewesen wäre, hätten sie nicht diesen unerträglichen Gregory mitgebracht. Er war noch gemeiner als sonst und hat sich DIEBISCH darüber gefreut, dass du ausgerechnet zu Lanneret gekommen bist. Irgendwann wurde mir seine Schadenfreude zu viel und ich habe ihm eine Ohrfeige gegeben. Richtig hart. Natürlich musste ich den Tisch verlassen und in mein Zimmer gehen.*

*Tja, und hier sitze ich nun.*

*Dauernd fallen mir Sachen ein, die ich vergessen habe, dir zu sagen oder dich zu fragen. Die wichtigste Frage lautet: Wo hast du den Schlüssel fürs Gartentor? Wenn ich mich nicht hin und wieder von hier wegstehlen kann, werde ich noch VERRÜCKT.*

*Noch eins: Du fehlst mir.*

*Rachel xx*

Leo machte die Tür seines Zimmers hinter sich zu und setzte sich an den Schreibtisch am Fenster. Er hatte Rachel versprochen, ihr zu schreiben – typisch für sie, ihn zu so etwas Verrücktem zu überreden wie Briefe zu schreiben, die erst in einem Jahr übergeben und gelesen werden konnten. Aber versprochen war versprochen. Er holte ein

Pergamentblatt aus der Schublade, griff nach einer Feder und öffnete das in dic Tischplatte eingelassene Tintenfass. Grüne Tinte! Angewidert ließ er den silbernen Deckel wieder zufallen, nahm einen Bleistift und begann zu schreiben.

*Arctos-Neumond. Nach dem Mittagessen.*

*Liebe Rachel,*
*du wolltest alles wissen, was ich erlebe, und deshalb schreibe ich dir nun. Nicht dass bereits etwas Aufregendes passiert wäre, das nicht.*
*Gestern fuhren wir vom Senatsgebäude aus direkt hierher. Lanneret führte mich durch sein Haus, danach aßen wir zu Abend. Lady Lanneret war auch da. Ich weiß, du magst sie nicht, aber ich finde sie viel netter als ihn. Sie war richtig freundlich zu mir, fragte, ob alles in Ordnung sei oder ob ich etwas brauche. Solche Sachen eben. Ansonsten wurde bei Tisch nicht viel gesprochen. Sie haben kaum miteinander geredet. Es wird so leise hier sein wie ein Mondgesang, wenn die beiden nicht miteinander sprechen, da sie keine Kinder haben.*
*Nach dem Essen bin ich gleich nach oben in mein Zimmer und zu Bett gegangen. Ich hatte gedacht, er würde mich zu den Sklaven in den Keller verbannen, aber nein – ich hatte mich getäuscht. Ich bin zwar nur ein feiger Grünschnabel, der sich beim Anblick toter Vögel übergibt (wie er mir bereits unter die Nase gerieben hat), doch in meinen Adern fließt Monarchenblut. Jedenfalls bin ich wie zu Hause in zwei Räumen untergebracht, unter dem Dach, mit bester Sicht auf den Mond. Leider sind die Wände smaragdgrün.*

Leo machte eine Pause, spreizte die Finger und betrachtete den grünlichen Lichtschein auf seiner Haut. Dann streckte er den Arm von sich und starrte auf seinen smaragdgrünen Ärmel. Nachdem er sich gestern im Senatsgebäude von Cecilia und Rachel verabschiedet hatte, war er mit Septimus noch einmal in den Raum gegangen, in dem die Lehrmeister-Zeremonie stattgefunden hatte. Der Raum hatte völlig anders ausgesehen bei Regen: trist und grau, und das drehbare Rad war fortgeschafft worden, da es seine Auswahl getroffen und besiegelt hatte. Das Übergaberitual hatte nicht lange gedauert: Septimus hatte Leo den eisblauen Umhang von den Schultern genommen, ihn umgedreht und mit leicht bebender Stimme gesagt: »Begib dich nun zu deinem Lehrmeister.« Leo hatte den Raum durchquert und war zu Lanneret gegangen, der ihm einen smaragdgrünen Umhang umhängte. Das war schon alles gewesen. Gleich darauf waren sie aufgebrochen, ohne dass Leo noch einmal mit Septimus gesprochen hätte. Auf der Türschwelle hatte Leo sich noch einmal umgedreht: Sein Vater hatte den eisblauen Umhang wie die tote Haut eines riesigen, schillernden Vogels in den Händen gehalten.

Für den Rest des gestrigen Tages war er durch das grüne Haus gestreift mit dem Gefühl, dass das alles nur ein Traum und nicht real war. Erst als er am heutigen Morgen aufwachte und insgeheim erwartete, einen eisblauen Lichtschein zum Fenster hereinfallen zu sehen, dann aber die Augen aufschlug und überall nur Smaragdgrün sah, hatte er es begriffen. Sein altes Leben war vorbei. Sein Lehrjahr hatte begonnen.

Er schrieb seinen Brief zu Ende.

*Gleich heute Morgen musste ich anfangen zu lernen: Rechtsprechung. Er sagte, das sei das Wichtigste.*
*Ich soll die ersten fünfundzwanzig Paragrafen des Strafgesetzbuches lernen. Morgen Abend will er mich abfragen. Haha! Ohne mich! Hab*

*schon wieder vergessen, was ich heute Morgen gelesen habe. Wozu sollte ich mir dieses Zeug merken? Steht doch alles in den Büchern. Da kann man nachschlagen, wenn man etwas Bestimmtes wissen will, oder?*

*Leo*

*Arctos-Neumond. Am Abend.*

*Bei Arctos und Aquilon, Rachel, du kannst heilfroh sein, dass dir dieses Zeug erspart bleibt! Gesetzestexte sind so langweilig, dass man damit sogar einen Drachen einschläfern könnte!*

*Heute Nachmittag hatte ich die Nase voll von den dummen Paragrafen, und da Lanneret unterwegs war, ging ich in den Garten. Habe einen guten Nistplatz für Vö*

*Zweiter Tag des zunehmenden Arctos-Mondes. Am Morgen.*

*Liebe Rachel,*

*hups, das war knapp gewesen! Als ich dir gestern Abend schrieb, platzte er plötzlich herein. Konnte den Brief aber im letzten Moment noch in meiner Tasche verschwinden lassen.*

*Es kann doch nicht gegen die Regeln verstoßen, Briefe zu schreiben, die man ohnehin nicht abschickt, oder? Dass ich sie nicht abschicken will, würde er mir aber vermutlich nicht abnehmen.*

*Tja, ich fürchte, ich sollte jetzt langsam weiterlernen. Hab schon alles vergessen, was ich gestern gelesen habe.*

*Leo*

Leo schlenderte nach unten und in die Bibliothek, vorbei an den vielen Regalen unter einer Galerie bis ans Ende des Raums, wo auf einem

Schreibtisch am Fenster die dicken Gesetzesbücher lagen. Er stellte sich ans Fenster und starrte auf die Regentropfen, die an der smaragdgrünen Scheibe hinunterrieselten, bis ihn ein Geräusch am anderen Ende des Raums aufschrecken ließ. Er wirbelte herum. Lanneret war eingetreten. Er kam zu dem Schreibtisch und beugte sich über das Buch. Es war bei Artikel vier aufgeschlagen.

»Du scheinst keine großen Fortschritte zu machen, Leo.«

Leo zuckte die Schultern. Lannerets Miene drückte unverhohlene Missbilligung aus, ein Ausdruck, der Leo allmählich vertraut wurde. »Vielleicht brauchst du einen kleinen Ansporn …«

Er läutete die Glocke und ein Sklave eilte herbei. Er hatte einen oben abgerundeten Vogelkäfig aus silbernem Drahtgeflecht in der Hand, der voller kleiner, brauner Vögel mit orangefarbenen Köpfen und Flügeln war: Baladin-Finken. Der Sklave verbeugte sich vor Lanneret, stellte den Käfig auf den Schreibtisch und zog sich wieder zurück. Lanneret zog einen silbernen Schlüssel aus seiner Tasche und schloss den Käfig auf.

»Hol einen heraus!«, befahl er.

Leo zögerte. »Weshalb, Euer Lordschaft?«

»Tu, was ich dir sage!«

Leo öffnete die Tür des Käfigs und griff vorsichtig hinein. Die Vögel flogen verschreckt auf, stießen an die Stangen des Käfigs und kreisten in dem kleinen Raum dann hektisch durcheinander. Leo wartete und hielt seine Hand völlig still, bis sich die Vögel wieder beruhigt hatten. Dann bewegte er die Hand ganz langsam, bis sie direkt über einer der kleinen, reglos kauernden Kreaturen war. Seine Finger schlossen sich um den zierlichen, fast gewichtslosen kleinen Vogelleib; die winzigen Krallen legten sich um einen seiner Finger, das Köpfchen mit den blitzenden Augen lugte zwischen seinem Zeigefinger und Daumen heraus.

»Gib her!«, befahl Lanneret.

Leo zögerte erneut, reichte den Vogel dann aber weiter. Das Tierchen schlug hektisch mit den Flügeln, beruhigte sich wieder und lag verkrampft in Lannerets großer Hand. Mit der anderen Hand blätterte Lanneret in dem Buch. »Du hast heute noch ein großes Lernpensum vor dir, Leo. Du erinnerst dich hoffentlich daran, dass ich dich heute Abend abfragen werde?«

»Ja, Euer Lordschaft.«

»Gut. Denn du musst wissen, dass bei jeder Frage, die du nicht beantworten kannst …« Eine blitzschnelle Handbewegung – und er warf etwas neben das Buch auf den Schreibtisch. Es war der Fink. Das Genick war gebrochen, ein dunkler Blutfleck quoll aus dem leicht geöffneten Schnabel.

Leo hatte das Gefühl, als drehe sich der Raum in einem verschwommenen Durcheinander von Silber, Weiß und Smaragdgrün um ihn. Er schrie: »Nein!« – so laut, dass es ihm in den Ohren gellte, wusste aber nicht, ob er wirklich geschrien hatte oder nur in seinem Kopf. Vermutlich nur im Kopf, denn Lanneret nahm keine Notiz davon. Er schloss den Käfig wieder zu und steckte den Schlüssel ein. Dann setzte er sich auf den Schreibtischstuhl, lehnte sich zurück und musterte Leo, während er die Fingerkuppen aneinanderklopfte.

»Wodurch zeichnet sich ein guter Regent aus, Leo?«

Leo sah Lanneret nur groß an. Im Geiste sah er immer wieder die heftige Bewegung von Lannerets Hand, mit der er dem Vogel das Genick gebrochen hatte; immer und immer wieder fiel das Tierchen tot auf den Schreibtisch.

»Er weiß, wo man den Hebel ansetzt«, erklärte Lanneret. »Wenn man jemanden beherrschen will, muss man herausfinden, was ihn bewegt. Bei den meisten ist es Angst in irgendeiner Form. Normalerweise Angst um sich selbst. In deinem Fall aber, mein kleiner Vogelfreund … Ich denke, du hast mehr Angst davor, einem deiner kleinen zwitschernden Lieblinge könnte etwas geschehen, als dass du um dich selbst fürchtest. Hab ich recht?«

Vor ohnmächtigem Zorn bebend, drückte sich Leo die verschränkten Hände an den Bauch und dachte fieberhaft nach. Wenn er Lanneret glauben ließ, es mache ihm nichts aus, würde er die Vögel vielleicht in Ruhe lassen. Deshalb blickte er möglichst unbeteiligt drein. »Macht mit den Vögeln, was Ihr wollt. Es ist mir egal.«

Lanneret lachte. »Lüg mich nicht an, Leo! Du siehst aus, als müsstest du dich gleich wieder übergeben.« Unvermittelt wurde er ernst. »Teredo hat dich richtig eingeschätzt. Du bist ein Weichling. Das kann sich kein zukünftiger Lord leisten. Aber das werden wir in diesem Jahr ändern.« Er erhob sich, sagte: »Wir sehen uns heute Abend wieder«, und verließ mit dem Käfig die Bibliothek.

Leo lernte den ganzen Tag mit dem toten Finken neben sich, den schwachen Geruch des Todes in der Nase. Am frühen Abend kam Lanneret zurück, beugte sich über den Schreibtisch und schlug das Buch zu.

»So, dann wollen wir mal sehen, was du gelernt hast.« Leo bemühte sich redlich, aber vergebens, eine Reihe von Fragen zu beantworten. Nach einer Weile schüttelte Lanneret den Kopf und sagte: »Hast du denn überhaupt nichts gelernt? Du hast alle zwölf Fragen falsch beantwortet, Leo. Das ganze Dutzend!« Er läutete und der Sklave trat mit dem Vogelkäfig ein. Lanneret schloss die Käfigtür auf.

»Hol einen heraus!«

»Nein«, sagte Leo.

»Wie bitte?«

»Ich weigere mich.«

Lanneret bedachte ihn mit einem langen Blick. Dann wandte er sich an den Sklaven. »Hol einen heraus und töte ihn!« Der Mann trat einen Schritt vor. Leo warf sich ihm in den Weg, legte sich mit dem ganzen Körper schützend über den Käfig und grub seine Finger in die schmalen Ritzen zwischen den Gitterstäben. Unter ihm stoben die Vögel in Panik auf; ihre schrillen Schreie gellten ihm in den Ohren.

Da spürte er, wie starke Hände seine Finger schmerzhaft von den Stäben lösten. Seine Arme wurden auf den Rücken gedreht. Lanneret. Leo versuchte, ihm seine Ellbogen in den Bauch zu rammen, doch Lanneret hielt ihn mit eisernem Griff fest. Leo kickte nach hinten und traf Lanneret am Schienbein. Lanneret drückte ihn gewaltsam auf einen Stuhl, der ins Wanken kam und dann nach hinten fiel. Leo landete hilflos auf dem Rücken. Lanneret packte seine Handgelenke und zog ihn wieder auf die Füße.

»Versuch das ja nie wieder!« Er drückte Leo erneut auf den Stuhl und hielt ihn dort fest, einen Arm um den Brustkorb gelegt. Mit der anderen Hand packte er Leo am Kinn und drehte sein Gesicht zum Käfig. »Alle töten!«, befahl er. Gehorsam holte der Sklave einen Vogel nach dem anderen aus dem Käfig, brach ihnen das Genick und ließ sie dann achtlos auf den Schreibtisch fallen. Leo schloss entsetzt die Augen. Dennoch konnte er den Tod riechen, den üblen Gestank des Todes. Erst als Lanneret ihn wieder losließ, machte Leo die Augen auf. Der Schreibtisch war mit schlaffen Vogelleichen übersät.

»Es gibt noch etwas, das du lernen musst, Leo«, sagte Lanneret. »Tu immer, was ich dir sage.« Er wollte noch etwas hinzufügen, doch ein Klopfen an der Tür ließ ihn verstummen. Ein zweiter Sklave trat ein und überreichte Lanneret eine mit grauem Wachs versiegelte Botschaft. Lanneret riss das Schreiben auf und stieß einen unwilligen Seufzer aus.

»Hol mir meinen Umhang, Leo. Ich muss zum Gericht, den Vorsitz übernehmen. Du kommst besser mit. Vielleicht ist es ganz gut, wenn du siehst, wie bei uns Recht gesprochen wird.«

Sie fuhren in der zunehmenden Dämmerung und im Regen in die Stadt hinunter. Lanneret erklärte ihm, er sei erst in letzter Minute verständigt worden: Ursprünglich hätte Parhelion den Vorsitz innegehabt, kurzfristig aber die Nachricht geschickt, ihm sei nicht wohl. »Was im Klartext vermutlich bedeutet, dass er betrunken ist«, fauchte Lanneret. »Dieser Mann ist ein Albtraum: ein Spieler, Prasser und Narr.« Er lachte abfällig. »Das ist die Schwachstelle unseres Systems, Leo. Wenn die Macht immer vom Vater auf den Sohn vererbt wird, hat man es hin und wieder mit einem legitimen Schwachkopf zu tun.« Leo hörte kaum hin. Er sah noch immer den Haufen Vogelleichen vor sich. Wenn er Lanneret gehorcht und die Vögel wie gewünscht herausgeholt hätte, wären vielleicht einige verschont geblieben. Wäre es besser gewesen zu gehorchen, um wenigstens einige zu retten, oder sollte er weiterhin Widerstand leisten? Leo wusste es nicht.

Vor dem Senatsgebäude stiegen sie aus der Kutsche. Auf den Stufen lagen haufenweise tote Karnevalstauben, und Leo blieb bei ihrem Anblick entsetzt stehen, bis Lanneret ihn anstieß. »Das Färbemittel ist tödlich für sie. Hast du das nicht gewusst, Leo?«

Nein, das hatte Leo nicht gewusst. Schweigend ging er hinter Lanneret die Stufen hinauf. Erst als sie den großen Raum unter dem Dach betraten, fiel Leo auf, dass Lanneret gesagt hatte, sie würden ins Gericht gehen. Warum waren sie dann hier im Senatsgebäude?

»Warum sind wir hier?«, fragte Leo.

Lanneret blieb abrupt stehen. »Wie bitte?«

»Ich habe gefragt, warum wir hier sind.«

Wieder dieser missbilligende, warnende Blick Lannerets. »Leo, eins sollten wir klarstellen, bevor wir weitergehen. *Noch* bist du mir nicht ebenbürtig. Solange Septimus noch lebt, redest du mich gefälligst mit …«

»… Euer Lordschaft an, ich weiß.«

»Richtig. Danke. Was den Grund für unser Hiersein betrifft, nun … du nimmst doch nicht etwa an, die Mitglieder des Monarchenbundes benutzen denselben Eingang ins Gericht wie gewöhnliche Verbrecher oder Wachbeamte, oder?«

»Nein, vermutlich nicht, Euer Lordschaft.« Er folgte Lanneret in einen langen Korridor mit Glasdach und weißen Lampen an den fensterlosen Wänden.

»Über diesen Gang können wir Lords alle öffentlichen Gebäude erreichen«, erklärte Lanneret, während er mit großen Schritten den Korridor durchmaß. »Wir sind ganz oben. Falls du dir je die Mühe gemacht hast, einen Blick in die Straßen zu werfen, die vom großen Platz abgehen, hast du sicher gesehen, dass es mehrere Übergänge gibt, die von Dach zu Dach führen und die Gebäude miteinander verbinden. Und auf einem solchen Übergang befinden wir uns im Moment.«

Eine Art Geheimgang? Nun, das musste er unbedingt Rachel erzählen. Er war sich nicht sicher, ob er ihr von den übrigen Ereignissen dieses Tages erzählen würde. Er folgte Lanneret eine lange Wendeltreppe hinunter. Unten angekommen, strich Lanneret sein Gewand glatt und überprüfte auch Leos Kleidung, ehe er die Tür zum Gerichtssaal öffnete.

Der Gestank war das Erste, was Leo auffiel: der Geruch ungewaschener Leiber. Zögernd blieb er auf der Schwelle stehen, doch Lanneret gab ihm einen Stoß, und Leo stolperte auf eine erhöhte Plattform, die eine ganze Seitenwand des langen Saals einnahm. Über der Plattform brannte eine helle Lampe, während der Rest des Saals im Halbdunkel lag. Leo musste die Augen zusammenkneifen, um die vielen Reihen von Gefangenen zu sehen, die in Ketten vor ihm standen. Ein Gerichtsdiener in einer grauen Uniform raunte ihm etwas zu – Leo verstand es aber nicht –, und Lanneret führte ihn mit eiserner Hand zu einem Stuhl, der hinter einem langen, mit einem silbernen Tuch bedeckten Tisch stand. Er setzte sich neben ihn und schob ihm ein Pergamentblatt zu. »Der erste Fall: Stadtstreicherei. Schon zum zweiten Mal. Wie muss das Urteil lauten?«

»Ich bin mir nicht ganz sicher, Euer Lordschaft.« Leo wusste ja nicht einmal, was Stadtstreicherei genau bedeutete. Lanneret beäugte ihn mit steinerner Miene.

»Hast du in den letzten zwei Tagen wirklich gar nichts gelernt, Leo?« Leos Augen blitzten kurz zornig auf.

»Dann hör jetzt gut zu. Vielleicht bekommst du etwas mit.« So kam es, dass Leo missmutig an Lannerets Seite saß, ständig an die toten Vögel dachte und mit dem Finger »Ich hasse dich, ich hasse dich, ich hasse dich …« auf das silberne Tischtuch schrieb, bis Lanneret ihn anstieß und ihm »Konzentrier dich gefälligst!« zuraunte.

*Zweiter Tag des zunehmenden Arctos-Mondes. Sehr spät abends.*

*Liebe Rachel,*
*bei der Lehrmeister-Zeremonie schwafelte Filarion etwas davon, dieses Lehrjahr würde das Band der Freundschaft zwischen den Familien festigen und bla bla bla. Vergiss es! Ich hasse Lanneret. Wenn dieses Jahr vorüber ist, will ich ihn mein Lebtag nie wieder sehen und auch kein einziges Wort mehr mit ihm wechseln.*

*Heute, am frühen Abend, nahm er mich mit ins Gericht. Nichts Besonderes, nur der übliche Abschaum – seine Worte! Es ging um Menschen, die entweder Lebensmittel gestohlen hatten oder aber nicht die richtigen Papiere hatten, um sich in Freehaven aufhalten zu dürfen.*
*Es ging alles ganz schnell. Nur: Name? Du wirst dieses oder jenes Verbrechens beschuldigt und darauf steht folgende Strafe. Die meisten wurden auf Sklavenfarmen in den Östlichen Sümpfen geschickt.*
*Im letzten Fall ging es um ein Mädchen, ungefähr in unserem Alter, aber klein und dürr wie eine Mabberling-Ratte. Sie hatte erstens keine Papiere und zweitens ein Brötchen geklaut. Sie sah echt hungrig aus. Nass war sie auch, als wäre sie den ganzen Tag draußen im Regen herumgelaufen. Sie hieß Elsa, Elsa Möwe. Ich weiß, ein komischer Name.*
*Sie hob den Kopf und schaute Lanneret in die Augen. Das hatte vor ihr niemand gewagt. Und er machte mit ihr nicht wie mit den anderen kurzen Prozess. Er musterte sie nur sehr, sehr lange und fragte sie dann, ob sie auf eigene Faust arbeite. Ich begriff zuerst nicht, was das sollte – und sie vermutlich auch nicht. Aber dann ging mir ein Licht auf. Er wollte, dass sie für ihn als Spionin arbeitet! Nach der Verhandlung hat er mir mehr darüber erzählt. Es gibt hier in der Stadt Kinderbanden, heimatlose Kinder, ohne Dach über dem Kopf, die sich ihr Essen zusammenstehlen müssen. Und er wollte jemanden in ihre Reihen einschleusen.*
*Ich war mir sicher, dass sie Ja sagen würde. Denn dann hätte er sie laufen lassen und ihr sogar Geld gegeben. Und sie sah wirklich aus, als hätte sie seit Tagen nichts mehr zum Beißen gehabt.*
*Aber sie hat Nein gesagt. Ich wollte meinen Ohren nicht trauen.*
*Da sagte er, zur Strafe käme sie auf eine Sklavenfarm namens Hope's End. Dann wurde sie aus dem Saal geführt und wir folgten ihr. Lanneret wollte, dass ich mit ansah, welches Schicksal einer verurteilten Verbrecherin blüht.*

*Die beiden Wächter führten sie in ein unterirdisches Verlies. Dort hielt einer sie fest – er packte sie von hinten um den Brustkorb und riss mit der anderen Hand ihren Kopf an den Haaren zurück. Der andere Wächter zückte ein Messer und schlitzte ihr damit die Wange auf. Zwei Schnitte! Richtig tief. Sie schrie jedes Mal auf. Ich habe noch nie so schreckliche Schreie gehört. Sie gingen mir durch Mark und Bein.*
*Jedenfalls wurde mir speiübel, und das sah man mir vermutlich an, denn Lanneret gab mir eine Ohrfeige und sagte, ich solle mich besser daran gewöhnen. Dann gingen wir.*
*Ich muss dauernd an dieses Mädchen denken.*
*Leo*

Leo faltete den Brief ganz klein zusammen und versteckte ihn bei den anderen hinter der Schreibtischschublade. Dann ließ er den Bleistift fallen und starrte hinaus in den Abend. Wegen der grünen Scheiben war es sehr dunkel im Raum. Dieses Mädchen ging ihm nicht aus dem Kopf, ihr ungewaschener, verängstigter Körpergeruch, die sanfte Entschlossenheit in ihrer Stimme, ihre markerschütternden Schmerzensschreie. Er schloss die Augen und versuchte, sie vor sich zu sehen: ihr erschöpftes, hungriges Gesicht, weiß im Schein der Laterne; die nassen, zerzausten Haare; die ungewöhnlichen Augen. Tiefe, dunkle Augen: voller Angst und Tränen, aber auch voller Überzeugung und Kraft. Sie war nur ein Gassenkind, und doch hatte sie den Mut aufgebracht, sich Lanneret zu widersetzen. Ihr Nein hatte Leo so überrascht – und auch erfreut –, dass er den Kopf gehoben und sie angeschaut hatte. Ihre Blicke trafen sich für einen kurzen Moment.

Etwas – Wut, Trauer, ein Hochgefühl; er hätte nicht sagen können, was es war – pulsierte wie Sauerstoff durch seine Adern. Weil er so nervös war, stand er auf, ging durch das Wohnzimmer, öffnete die

Tür zu seinem Schlafzimmer und blieb dann wie angewurzelt stehen. Die toten Finken lagen auf dem Nachttisch, daneben lag ein Zettel. Er griff mit spitzen Fingern danach und faltete ihn auseinander. In grüner Tinte und in Lannerets steiler Handschrift stand da: »Streng dich in Zukunft mehr an!« Angewidert zerriss Leo den Zettel in kleine Fetzen.

*Fünfter Tag des zunehmenden Arctos-Mondes. Sehr spät.*

*Liebe Rachel,*
*kein Abfragen heute, Arctos sei dank! Lanneret hat mir die Botschaft hinterlassen, er käme heute später.*
*Lady Lanneret und ich haben zusammen zu Abend gegessen. Sie hat mich eine Menge gefragt – über dich, unsere Eltern und so weiter. Keine Ahnung, ob sie mich nur aushorchen wollte. Es war jedenfalls recht unterhaltsam. Sie ist sehr viel netter, als du immer sagst.*
*Es ist schon recht spät, aber ich denke, er ist noch nicht zurück. Ich würde gern schlafen, kann aber nicht. Dauernd muss ich an dieses Mädchen denken. Sie hatte Tränen in den Augen, als sie zu Lanneret Nein sagte, aber sie hat es getan!*
*Letzte Nacht habe ich von ihr geträumt.*
*Leo*

*Neunter Tag des zunehmenden Arctos-Mondes. Wieder sehr spät.*

*Liebe Rachel,*
*irgendwie schreibe ich dir immer nur mitten in der Nacht.*
*Etwas sehr Komisches ist passiert, das ich dir unbedingt erzählen muss.*
*Lanneret ist in einer äußerst merkwürdigen Stimmung seit dem Abend,*

*als er außer Haus war. Er wirkt sehr bedrückt. Heute Abend hat er mich wie üblich abgefragt und stell dir vor: Er hat nicht gemerkt, dass ich ihm einmal eine falsche Antwort gab. Nur ein Mal, ich betone. Die anderen Fehler hat er alle bemerkt.*
*Bis neulich musste ich nach dem Abendessen noch stundenlang mit ihm zusammensitzen und er hat all meine Fehler mit mir durchgesprochen. Aber seit Neuestem macht er sich diese Mühe nicht mehr – er sagt nur noch, ich solle mit meinen Büchern nach oben gehen und sie studieren.*
*Heute Abend fiel mir nach einer Weile auf, dass ich eines meiner Bücher in der Bibliothek vergessen hatte. Er will mich morgen nach dem Frühstück abfragen, deshalb wollte ich es lieber noch schnell holen und ging nach unten.*
*Ich hatte es auf dem Tisch liegen lassen, an dem ich arbeite, oben auf der Galerie. Ich hatte das Buch gerade an mich genommen, als ich plötzlich hörte, wie die Tür aufging. Lanneret. Mit jemandem, den ich nicht sehen konnte. Ich hätte mich natürlich bemerkbar machen sollen, doch das tat ich nicht. Dann sagte Lanneret etwas, das mir endgültig den Mund verschloss. Er sagte zu der Person in seiner Begleitung, dass das, was er ihr gleich sagen würde, absolut vertraulich sei und niemand es erfahren dürfe, auch nicht der Monarchenbund – unter Androhung der Todesstrafe. Kein Wort zu niemand, hat er gesagt, sonst bist du tot. Glaub mir, nach diesen Worten hätte ich keinen Mucks mehr von mir gegeben, selbst wenn mich ein Drache angeknabbert hätte.*
*Ich konnte nicht umhin zu hören, was er dann sagte. Stell dir vor: Er sucht nach zwei geflohenen Kindern aus Arimaspia! Bruder und Schwester. Den Namen des Jungen kannte er nicht, das Mädchen hat einen merkwürdigen Namen: Gaia. Auch ihr Familienname ist sehr merkwürdig: Athanasius. Er hat diesen Namen sogar buchstabiert, deshalb bin ich mir ganz sicher, dass er stimmt.*

*Während ich diese Unterhaltung belauschte, hielt ich die ganze Zeit mein Buch umklammert und hatte schreckliche Angst, es könne mir aus den Händen rutschen. Die Galerie ist aus Schmiedeeisen und es hätte einen Krach gemacht wie ein Glockenschlag der Basilika. Doch es ging zum Glück gut. Als sie weg waren, wartete ich ziemlich lange, um ihnen nicht vor die Füße zu laufen. Erst danach rannte ich wie von Furien gehetzt in mein Zimmer zurück, wo ich jetzt sitze und dir schreibe.*
*Warum so eine Geheimniskrämerei wegen zwei flüchtenden Kindern aus Arimaspia? Jedenfalls möchte ich nicht mit ihnen tauschen und Lanneret auf den Fersen haben!*

*Leo*

*PS: Ich habe gerade gemerkt, dass ich das verflixte Buch doch liegen ließ. Aber noch einmal traue ich mich heute Abend nicht in die Bibliothek!*

Andererseits … Leise schob Leo seine Schlafzimmertür auf. Der übliche Haufen toter kleiner Vögel, der übliche Zettel. Er nahm einen der toten Finken in die Hand, zog die Flügel auseinander und staunte über ihre Perfektion. Wenn er die Wilderei-Gesetze nicht auswendig lernte, lägen morgen noch mehr kleine Vögel da.

Leo ging in den Korridor und von dort aus auf Zehenspitzen die Treppe hinunter. Nur zwei weiße Kugellampen brannten noch im Flur, der zur Bibliothek führte: Lanneret war offenbar schon zu Bett gegangen. Mit neuer Zuversicht tapste Leo in die Bibliothek, tastete sich in der Dunkelheit zwischen zwei hohen Bücherschränken entlang und hatte gerade einen Fuß auf die unterste Stufe der Treppe gesetzt, die zur Galerie hinaufführte, als eine Stimme »Leo?« sagte.

Er schnappte nach Luft, wirbelte herum und blinzelte in den grellen Schein einer Laterne. Lanneret!

»Was machst du hier?«

»Ich habe Band zwei des Strafgesetzbuchs vergessen, Euer Lordschaft, und wollte ihn gerade holen.«

»Verstehe. Dann hol ihn!«

Leo hastete die steilen Stufen hinauf, tastete sich zu seinem Schreibtisch durch und nahm das Buch an sich. Lanneret stand wartend unter der Tür. Er begleitete Leo bis zu seinen Räumen und kam sogar mit in den kleinen Salon. Mit Schrecken sah Leo, dass der Brief für Rachel auf dem Schreibtisch lag. Auf Leo wirkte er plötzlich riesengroß, so auffällig wie ein vom Himmel gefallener Mond. Hastig ließ er das dicke Gesetzbuch darauffallen und drehte sich zu Lanneret, der ihn nachdenklich musterte.

»Warum hast du dir so lange Zeit gelassen, um dieses Buch zu holen, Leo?«

*Niemandem sagen, unter Androhung der Todesstrafe.* Nach einem Augenblick nackter Panik zwang er sich, Lanneret in die Augen zu schauen, und sagte: »Es tut mir leid, Euer Lordschaft, aber ich bin eingeschlafen.« Eine jämmerliche Entschuldigung, aber etwas Besseres fiel ihm auf die Schnelle nicht ein.

»Was du nicht sagst!« Lanneret lächelte schmallippig. »Ich fürchte, das verheißt nichts Gutes für deine kleinen gefiederten Freunde. Diese späte Stunde ist nicht die beste Zeit, sich zu konzentrieren.« Er schlug das Buch auf. Leo erstarrte vor Angst, als er sah, dass er den Brief nicht komplett verdeckt hatte, das Buch verrutschen und Lanneret den Brief entdecken könnte.

»Das ist die Stelle, die du brauchst«, sagte Lanneret. »Wir sehen uns dann morgen früh.«

*Zehnter Tag des zunehmenden Arctos-Mondes*

*Lieber Leo,*
*Morgentee mit Lady Malander, Mittagessen bei den Filarions, Nachmittagstee bei den Querimons. Dreimal darfst du raten, worüber geredet wurde! Richtig – Iseults Hochzeitskleid. Es tut so weh, dass ich irgendwann BRÜLLEN werde wie am Spieß!*
*Hoffe, es geht dir gut!*
*Rachel xxx*

*Zwölfter Tag des zunehmenden Arctos-Mondes*

*Lieber Leo,*
*heute gingen wir zu DREI Teepartys und einem Mittagessen – Letzteres bei Tante Elinor, Morgentee bei Lady Filarion, Nachmittagstee bei Lady Malander und danach bei Lady Querimon. Sie hat sich noch immer nicht für ein Hochzeitskleid für Iseult entschieden, und ich habe so langsam den Eindruck, dass ich nicht mehr die Einzige bin, der dieses Thema zum Hals heraushängt. Allerdings war ich tatsächlich die Einzige, die es laut aussprach, dass Iseult meinetwegen auch nur in der Unterhose heiraten könne. Du hättest ihre Gesichter sehen sollen! Lady Parhelions Gesicht nahm einen interessanten Lilaton an. Lady Hallion musste mit Riechsalz aus ihrer Ohnmacht geholt werden und ich zur Strafe den Raum verlassen.*
*WIE ICH SIE ALLE HASSE!*
*Deine Rachel xx*

*PS: Lady Lanneret war übrigens auch da. Ich fing ihren Blick auf, als ich aus dem Zimmer geschickt wurde. Bei jeder anderen als ihr hätte ich geschworen, dass sie sich ein Lachen verkneifen musste …*

8. Kapitel

# Ein neuer Freund?

*Zwölfter Tag des zunehmenden Arctos-Mondes*

*Liebe Rachel,*

*wir sitzen in Lannerets Zug und verlassen Freehaven. Keine Ahnung, wohin wir fahren; er hat mir nichts verraten.*

*Musste natürlich eine Menge Bücher mitnehmen. Ich schreibe dir wieder, sobald wir am Zielort sind, wo immer das auch sein mag.*

*Leo*

Er stopfte den Brief in seine Tasche, schlug das Buch auf und kämpfte sich durch die komplizierten, trockenen Sätze. Wie sollte er sich diese tödlich langweilige Materie jemals in den Kopf hämmern? Gegen Mittag streckte Lady Lanneret ihren Kopf zur Abteiltür herein, trat ein und setzte sich ihm gegenüber auf das Sofa. »Wie läuft es?«

Leo zuckte mit den Schultern.

»Diese Sachen sahen für mich schon immer zum Verzweifeln langweilig aus.« Sie lächelte. »Aber vielleicht kannst du in Dearnleigh hin und wieder eine Pause einlegen.«

»Wo?«

»Hat Elverton es dir nicht gesagt? Wir sind auf dem Weg nach Dearnleigh – seinem Haus im Norden der Östlichen Sümpfe.«

Leo fand es merkwürdig, dass sie nicht ›unser Haus‹ gesagt hatte. Doch dann durchzuckte ihn ein anderer Gedanke: die Östlichen Sümpfe! Dort waren die meisten Sklavenfarmen; dort war auch Hope's End. Und dorthin war *Elsa* geschickt worden!

Elsa: Beim Gedanken an sie überfiel ihn diese sonderbare Unruhe, eine Mischung aus Mitleid und Zorn und Aufregung, die jedoch etwas ganz anderes ergab. Für den Rest des Tages saß er über seinen Büchern, ohne etwas zu begreifen, weil seine Gedanken ständig abschweiften. Wie konnte er Lanneret dazu überreden, mit ihm Hope's End zu besichtigen? Er könnte natürlich sagen, er würde gern mal sehen, wie es auf einer Sklavenfarm zuging. Das klang doch recht überzeugend, sicher auch in Lannerets Augen, oder? Allerdings durfte er nicht erwähnen, dass es unbedingt Hope's End sein musste, sonst würde Lanneret misstrauisch werden.

Am Abend schnitt Leo beim täglichen Abfragen so kläglich ab wie immer, und er war heilfroh, dass keine Vögel im Zug waren. Es dauerte lange, bis er einschlief, weil er ständig Elsas Augen vor sich sah.

Gegen Mittag des nächsten Tages erreichten sie Dearnleigh. Das graue Gebäude lag oberhalb eines weitläufigen Parks mit etlichen Baumgruppen, der sanft abfiel und an einer hohen, grauen Mauer endete. Auf der anderen Seite der Mauer erstreckten sich kleine Felder und ungepflegte, zerrupft aussehende Wälder. Nach den vielen Stunden im Zug war Leo zappelig und wäre gern ins Freie gegangen, um den Park zu erforschen, doch Lanneret rief ihn zu sich in die Bibliothek. Auf dem Schreibtisch lag ein hoher Bücherstapel, und Leo dachte unwillkürlich, dass es offenbar keinen großen Unterschied machte, ob sie in Freehaven waren oder nicht. Lanneret legte ein Bündel eng beschriebener Blätter auf den Tisch.

»Das sind deine Aufgaben für die nächsten zwei Monde, Leo.«

»Sehr wohl, Euer Lordschaft.«

»Du wirst das alles gründlich lesen. Ich erwarte von dir, dass du mir sämtliche Fragen beantworten kannst, die auf dieser Liste stehen, wenn ich Anfang Galanthus zurück bin.«

Leo war so verblüfft, als wäre gerade vor seinen Augen ein Mond auf den Rasen gefallen. »Bitte vielmals um Verzeihung, Euer Lordschaft. Aber … wenn Ihr zurück seid?«

»Ich muss nach Freehaven zurück, Leo. Dort erwarten mich dringende Geschäfte. Oder muss ich die ganze Zeit neben dir sitzen und dir das Händchen halten, damit du etwas lernst?«

»Nein …«, stammelte Leo. »Natürlich nicht, Euer Lordschaft.« Er tat völlig unbeeindruckt, doch nachdem Lanneret ihn entlassen hatte, rannte er in seine Räume hinauf, boxte übermütig in die Luft und ließ sich lachend rückwärts auf sein Bett fallen. Er strahlte noch immer, als die Glocke zum Mittagessen läutete. Mit einem Lächeln auf den Lippen kam er die Treppe herunter und blieb vor der Tür zum Speisezimmer kurz stehen, um eine ernste Miene aufzusetzen, bevor er den Raum betrat und sich zwischen Lord und Lady Lanneret an den Tisch setzte. Als sie gerade anfangen wollten zu essen, wurde die Tür aufgerissen, und ein großer, kräftiger Mann platzte ins Speisezimmer.

»Entschuldigt meine Verspätung.«

Er zog den Stuhl gegenüber von Leo unter dem Tisch hervor und setzte sich. Leo musterte ihn verstohlen. Der Fremde trug einen verknitterten, smaragdgrünen Umhang, der so fleckig war, als hätte der Mann damit etwas aufgewischt. Seine Hände und Fingernägel waren schmutzig und der Daumen wies eine Schnittwunde auf.

»Was ist, Elverton?«, sagte der Fremde. »Willst du mich und den jungen Mann nicht miteinander bekannt machen?«

»Ich wusste gar nicht, dass du hier bist«, entgegnete Lanneret frostig.

»Mir gefällt es hier«, sagte der Mann. »Ich überlege mir sogar, ob ich mich nicht definitiv hier niederlasse. Aber natürlich könnte ich auch nach Freehaven ziehen, wenn es dir lieber ist.«

Lanneret schüttelte sich unwillkürlich und der Fremde lachte.

»Entspann dich, Elverton. Ich werde nicht nach Freehaven ziehen. Ich hasse diese Stadt, das weißt du.« Wieder blickte er auf Leo. »Und? Wer ist der junge Mann?«

»Leo Philemot«, antwortete Lanneret, »mein Lehrling.«

Der Blick des Fremden wanderte übertrieben langsam von Leo zu Lanneret und dann wieder zu Leo zurück.

»Elverton ist dein Lehrmeister?«

Leo nickte.

»Junge, Junge, Pech gehabt, hm?« Der Mann erhob sich, beugte sich über den Tisch zu Leo und streckte die Hand aus. »Da mein Bruder offenbar nicht gewillt ist, mich vorzustellen, muss ich es wohl selbst übernehmen. Gestatten – Robert Lanneret.«

*Bruder?* Leos Augen huschten von dem einen Lanneret zum anderen. Man konnte sehen, dass sie Brüder waren: Beide waren groß, dunkel und blauäugig – mit dem Unterschied, dass Roberts Augen warm und Lannerets Augen frostig dreinblickten. Robert zwinkerte Leo zu und lachte.

»Du hast noch nie von mir gehört, stimmt's?«

»Nein, Mylord.«

Der Mann lachte erneut. »Überrascht mich nicht. Er …«, er deutete mit dem Kinn auf Lanneret, »… spricht nicht gern von mir. Ich bin der schwarze Schwan der Familie. Stimmt's, Elverton?«

Lanneret würdigte ihn keiner Antwort. Robert lachte erneut und begann dann mit großem Appetit zu essen. Er versuchte während der ganzen Mahlzeit, sich mit Leo zu unterhalten, was dieser liebend gern getan hätte. Doch Robert stellte Fragen, die Leo in Anwesenheit von Lanneret unmöglich wahrheitsgetreu beantworten konnte.

»Und wie läuft dein Lehrjahr bisher, Leo?«

»…«

»Ich wette, du hast schon eine Menge über Rechtsprechung gelernt.«

»Ähm … ja.«

»Kümmert sich mein Bruder gut um dich?«

»…«

Am Nachmittag brach Lanneret auf, um nach einem knappen Abschied von Lady Lanneret und einer letzten Ermahnung an Leo, fleißig zu studieren, nach Freehaven zurückzufahren. Als die Tür hinter Lanneret zufiel, setzte sich Leo auf eine Treppenstufe. Ihm war plötzlich ganz schwindelig. *Fort. Eineinhalb Monde lang! Erst in Galanthus zurück!*

Lady Lanneret setzte sich kurz neben ihn. »Ich habe einiges zu tun«, sagte sie. »Kleider sortieren und so weiter. Kommst du allein zurecht? Ist alles in Ordnung?«

»Aber ja.« *Jetzt, wo Lanneret weg war? So lange Zeit? Und ob alles in Ordnung war!* Leo strahlte Lady Lanneret an und nickte. Nachdem sie die Treppe hinaufgegangen war, ging er durch die Eingangshalle zur Haustür. Lanneret wollte, dass er noch diesen Nachmittag anfing zu arbeiten; sämtliche Anweisungen standen auf den Blättern, die er ihm auf den Schreibtisch gelegt hatte. Doch Leo wollte zuerst ins Freie gehen und seine neue Umgebung auskundschaften. *Einen* Nachmittag konnte er mühelos wieder aufholen.

Da es immer noch in Strömen regnete, holte Leo einen Umhang aus dem Garderobenschrank, sprang die Stufen am Eingang hinunter und auf den Rasen. Das durchnässte Gras quatschte unter seinen Füßen. Leo eilte zu einer kleinen Baumgruppe in der Nähe der Parkmauer, doch darin rührte sich nichts. Vermutlich waren sämtliche Vögel in dieser Gegend längst abgeknallt worden. Leo wandte sich von den Bäumen ab und lief zur Mauer. Er setzte sich rittlings darauf und betrachtete die umliegende Landschaft. Hinter einigen unter Wasser stehenden Feldern sah er einen Streifen dichten Waldes und plötzlich flatterten hinter den Bäumen zwei Enten auf. Aha, dort musste es einen Teich oder Fluss geben! Und folglich auch Vögel!

Es begann bereits zu dunkeln. Mit dem Vorsatz, am nächsten Tag wiederzukommen, sprang Leo von der Mauer, versank bis zu den Knöcheln im Schlamm und rannte dann durch den Park zurück. Trotz der Dämmerung und des eisigen Regens verspürte er noch keine Lust, ins Haus zu gehen. Er ging um das Gebäude herum. Auf der Rückseite gab es einen Hof mit Nebengebäuden. In einem Raum in einer Ecke brannte ein Licht und im Inneren sang jemand leise vor sich hin. Leo stellte sich auf die Zehenspitzen und spähte durchs Fenster. Es war Robert, der ihn lächelnd hereinwinkte, als er ihn sah.

»Verzeihung, Mylord«, sagte Leo. »Ich wollte Euch nicht stören …«

Robert ließ ihn nicht ausreden. »Du störst mich nicht. Komm herein! Und hör auf, mich ›Mylord‹ zu nennen. Ich heiße Robert, wie du weißt.«

Leo trat ein und sah sich um. In der Mitte des großen Raums stand eine große Werkbank. Auf Regalen entlang der Wände lagen mehrere Werkzeuge, in einer Ecke waren Holzscheite aufgestapelt. Der süßliche, harzige Geruch frischen Holzes lag in der Luft.

»Was macht Ihr?«, fragte Leo.

»Wonach sieht es denn aus? Ich schnitze.« Ein fertiges und poliertes Holzstück lag auf der Werkbank. Robert hatte einen Lappen in der Hand und rieb es mit Öl ein. Leo stand in einer Ecke, atmete den Holzgeruch ein und schaute zu. Robert arbeitete schweigend weiter. Nach einer Weile warf er den Lappen weg, wischte sich die Hände am Umhang ab und fragte: »Tee?«

»Ähm …«

»Ich habe mir sowieso schon welchen gemacht. Du kannst ruhig mittrinken. Komm und setz dich!« Er deutete auf einen Stuhl vor dem eisernen Ofen am anderen Ende des Raums. Er war alt; die Rosshaarfüllung quoll aus der Sitzfläche. Leo bedankte sich lächelnd, stakste durch die dicke Schicht aus Sägemehl und gekringelten Hobelspänen, setzte sich auf den Stuhl und hielt die Hände an den warmen Ofen. Robert setzte sich ihm gegenüber, nahm einen Kessel von der Herdplatte, füllte zwei Becher und reichte einen an Leo weiter.

»Elverton ist weg, stimmt's?«

»Mhmm.« Leo hielt die Nase in den Becher und schnupperte den Duft süßen Honigs und eines ihm unbekannten, starken Krauts, das seine Augen tränen ließ.

»Dachte ich mir. Andernfalls wärst du nicht hier und würdest Tee mit mir trinken, richtig?« Er nahm einen langen Schluck aus seinem Becher und stieß einen tiefen, zufriedenen Seufzer aus. »Du würdest über den Gesetzbüchern unserer Republik sitzen und krampfhaft versuchen, nicht einzuschlafen. Bei allen Monden und Sternen – was habe ich es gehasst, mir dieses Zeug einbläuen zu müssen!«

»Wart Ihr auch mal Lehrling?«

Robert nickte. »Klar, als zweitgeborener Sohn. Ich bin der Ersatzmann, falls dem guten, alten Elverton etwas zustößt. Ein Gedanke, der – wenn ich das kurz erwähnen darf – ihm und seinen Spießgesellen die Haare ebenso zu Berge stehen lässt wie mir.« Er nahm einen weiteren langen Schluck.

»Warum?«, erlaubte sich Leo zu fragen. »Was stimmt nicht mit Euch?«

Robert lachte, stellte seinen Becher auf die Herdplatte, lehnte sich zurück und verschränkte die Hände im Nacken. »Na schön, mal sehen, ob ich mich noch erinnere, wie Teredo mich zusammenfassend beschrieben hat. Ähm … verantwortungslos, faul, leichtfertig, respektlos … Das war nur der Anfang. Den Rest habe ich vergessen.«

»Teredo? Warum Teredo?«

»Er war mein Lehrmeister. Bestimmt ein abgekartetes Spiel, aber sie haben es nie zugegeben. Ich denke, sie wollten mir meine Flausen austreiben.« Robert goss sich Tee nach. »Er hat mir tatsächlich einiges beigebracht. Als Erstes, ihn zu hassen. Zweitens habe ich mir geschworen, dass ich von den Gesetzen und der Regierung dieser lausigen Republik mein Leben lang nichts mehr hören will.«

Er trank seinen zweiten Becher leer, bückte sich und griff nach einem Hobelspan. Er zog den Span auseinander, ließ ihn sich wieder zusammenringeln und dehnte ihn erneut, immer und immer wieder. »Ich habe schon immer gern mit den Händen gearbeitet, schon als Kind. Wäre ich nicht mit diesem scheußlichen Grün am Leib geboren worden, wäre ich vermutlich Zimmermann geworden.«

Leo blickte sich in der Werkstatt um. »Aber das seid Ihr doch, nicht wahr?«

»Ich bilde es mir ein. Hab dieses Handwerk aber nie ordentlich gelernt, nie eine Ausbildung gemacht. Weißt du, Leo, ein Handwerk zu erlernen schickt sich nicht für Menschen wie dich und mich. Familienangehörige von Monarchen dürfen sich die Hände nicht schmutzig machen.« Er hielt seine abgearbeiteten, schmutzigen Handflächen hoch, zwinkerte Leo zu und goss sich einen dritten Becher Tee ein. »Aber genug davon. Was hat Elverton nach Freehaven zurückgetrieben, weißt du das zufällig? Vermutlich ist er wieder mal einer Gruppe von Verschwörern auf der Spur, die den Monarchenbund stürzen wollen.«

»So ähnlich«, sagte Leo und stockte. »Ich meine, ich weiß es nicht wirklich …«

»Weißt du es nicht oder darfst du es nicht wissen?«, hakte Robert nach. »Keine Angst, ich werde dich nicht verpetzen. Auf jeden Fall wird es enden wie früher. Viel Lärm um einen Schwan aus Mondlicht!«

»Wie früher?«

»Oh, Komplotte ziehen sich wie ein roter Faden durch Elvertons Leben. Ich glaube, er könnte sogar bei der Geburtstagsfeier eines Dreijährigen eine Verschwörung gegen den Monarchenbund aufdecken.«

*Arctos-Vollmond*

*Liebe Rachel,*
*ein Wunder ist geschehen! Alles ist tausendmal besser geworden! Ich bin auf Lannerets Landgut in Dearnleigh … UND ER IST NICHT DA!!!!*
*Gleich am Tag unserer Ankunft ist er nach Freehaven zurückgereist. Wichtige Geschäfte! Wenn er damit die entlaufenen Kinder aus Arimaspia gemeint hat, dann mögen sämtliche Monde auf sie scheinen und sie bewachen.*
*Lady Lanneret ist hier und auch Lannerets Bruder – Robert. Hast du gewusst, dass er einen Bruder hat? Ich nicht! Er ist sehr nett – und lustig –, ganz anders, als man sich einen Lanneret vorstellt.*
*Leo xxxx*

Die Luft war eisig und strahlend. Sie flogen oberhalb der Wolken, unter einer Sonne, die weißgolden von einem bleichen Himmel schien. Rachel lehnte sich im Bug der Flugkutsche zurück und betrachtete die Adler und das straff gespannte Zaumzeug, das in der Sonne glänzte. Sie genoss die kalte Luft an ihrer Haut und spürte sie sogar in ihren Adern pulsieren. Das Fliegen war immer so aufregend! Heute noch aufregender als sonst. Sie tastete nach ihrem Brief an Leo, der zusammengefaltet in ihrer Tasche steckte, und lächelte ihre Mutter an.

*Arctos-Vollmond*

*Lieber Leo,*
*etwas Unglaubliches ist passiert. Was, wirst du in einer Million Monden nicht erraten, und deshalb spanne ich dich gar nicht erst lange auf die Folter: Wir werden Freehaven verlassen – was an sich schon wunderbar ist. Denn es bedeutet: keine Teepartys mehr! Keine Lady Hallion mehr, die sagt, ich müsse mich möglichst bald verloben. Außerdem muss ich mir nicht mehr anhören, wie Iseult Querimons BESCHEUERTES HOCHZEITSKLEID aussehen wird!*
*Aber das ist noch nicht alles. Das Beste kommt noch: Wir fliegen nach Inchcliff. Da ich es selbst noch nicht glauben kann, wiederhole ich es vorsichtshalber: WIR FLIEGEN NACH INCHCLIFF.*
*Ich kann es noch nicht fassen. Vermutlich glaube ich es erst, wenn wir wirklich dort sind.*
*Ich wünschte, du wärst auch dabei!*
*Rachel xxxxxxxx*

Die Flugkutsche ging allmählich tiefer. Einzelne Wolkenfetzen trieben vorbei, wurden dichter, wickelten sich wie ein feuchtes, kaltes Tuch um die Kutsche. Rachel fröstelte. Septimus legte ihr einen Arm um die Schultern und drückte sie an sich. Die Wolkendecke wurde dünner und Rachel konnte vereinzelte Blicke auf eine wilde Landschaft mit tiefen Flusstälern und bewaldeten Hügeln werfen. Schließlich hatten sie die Wolken ganz hinter sich gelassen und die Landschaft lag ausgebreitet unter ihnen. Septimus' Griff um ihre Schultern verstärkte sich. Mit einer Stimme, die vor Aufregung fast bebte, sagte er: »Schau, da ist es!«

Rachel blickte hinunter in eine schmale Schlucht mit steilen, dicht bewaldeten Abhängen, zwischen denen ein schäumender, grünbrauner Fluss entlangdonnerte. Auf der gegenüberliegenden Seite war oben auf der Klippe etwas, das auf den ersten Blick wie eine große, graue Felsnase aussah, sich beim Näherkommen aber als eine Burgruine entpuppte – eine zerfallene Mauer und zwei fast völlig eingestürzte Türme. Ihre Kutsche flog dicht über die zerfallene Mauer hinweg und landete auf einem flachen Grünstreifen im Inneren der Burgruine.

Rachel sprang aus der Kutsche. Sie schlängelte sich an den verhedderten Zügeln und großen Adlern vorbei, die ihre müden Flügel ausschüttelten, und schaute sich um. Das Wohnhaus lag vor ihr. Es bestand aus einer Vielzahl von Flügeln und Räumen, offenbar zu unterschiedlichen Zeiten gebaut, und war nicht sehr hoch, dafür aber recht ausgedehnt. Es war aus denselben grauen Steinen erbaut wie die alte Burgruine, verwittert und abgeschliffen von den Jahren, die seither ins Land gezogen waren. Kletterpflanzen rankten sich an den Mauern hinauf. Hinter dem Gebäude dehnte sich eine große Wiese aus, die sanft bis zu einem dunklen Tannenwald anstieg. Dahinter, in weiter Ferne, sah man schneebedeckte Berge, die unter dem Abendhimmel glänzten.

Septimus stellte sich neben sie. »Ich hoffe, es gefällt dir hier. Es gibt so viel zu tun und zu entdecken. Das Tal, der Wald ... Bei schönem Wetter können wir in die Berge fliegen.«

»Dorthin?« Sie zeigte auf die hohen Gipfel in der Ferne.

Er lachte. »Nein, das ist Arimaspia. Es ist viel zu weit weg. Um diese Jahreszeit ist es dort zu windig und zu verschneit. Nein, ich meinte etwas weniger hohe Berge. Gleich hinter dem Wald gibt es welche. Na ja, sagen wir, hohe Hügel.« Er atmete tief ein und füllte seine Lungen mit der kühlen, glasklaren Luft.

»Es ist schön, wieder hier zu sein. Ich bin gespannt, ob es dir auch gefällt.«

»Ganz bestimmt.« Sie hakte sich bei ihm unter und ließ sich von ihm zur Haustür führen, dann in eine mit Steinplatten ausgelegte Eingangshalle mit Bänken unter den Fenstern und einem großen, offenen Kamin, in dem ein Feuer brannte. Die Haushälterin erwartete sie und hieß sie willkommen. Sie erbot sich, Rachel ihre Räume zu zeigen, doch Septimus sagte: »Nein, das mache ich selbst. Meine Tochter war noch nie hier. Ich möchte ihr gern alles zeigen.« Er führte Rachel in einen langen Korridor, in dem sie in regelmäßigen Abständen drei oder vier Stufen hinaufgehen mussten. »Dieser Trakt des Hauses liegt am Hang«, erklärte er. »Sogar in deinen Räumen gibt es Stufen.« Er öffnete eine Tür und ließ ihr den Vortritt. Rachel betrat einen eher niedrigen Raum, von dem aus man den Rasen seitlich des Hauses sehen konnte. Man sah zuerst eine flache Landschaft, dahinter den dichten Wald und dann die Berge in der Ferne. Vor einem der Fenster stand ein Schreibtisch und es gab einen großen Kamin mit zwei bequem aussehenden Stühlen. Über vier Stufen gelangte man in ein Schlafzimmer mit einem altmodischen, hochbeinigen Bett, das direkt unter einem weiteren Dachfenster stand.

»Und? Gefällt es dir?«, fragte Septimus.

»Oh ja! Es ist wunderschön.«

Er lächelte. »Freut mich, dass es dir gefällt. Es waren meine Räume, als ich noch ein Junge war.«

Sie folgte ihm wieder nach unten und dabei gingen ihr etliche Gedanken durch den Kopf. Als sie zusammen mit Cecilia beim Abendessen saßen, fragte Rachel: »Warum sind wir früher nie hergekommen?«

Septimus machte eine wegwerfende Handbewegung. »Es hat sich irgendwie nie ergeben.«

»Aber wir können ja nächstes Jahr wiederkommen, oder? Mit Leo?«

Er starrte auf eine Brotscheibe, die er akribisch in kleine Würfel schnitt. »Ja, das wäre schön.«

*Zweiter Tag des abnehmenden Arctos-Mondes. INCHCLIFF!!!!!*

*Lieber Leo,*

*ich wünschte, du wärst auch hier! Ich finde es schrecklich gemein, dass wir ausgerechnet jetzt hierher gereist sind, wo du nicht mitkommen konntest. Aber es ist sicher nicht das letzte Mal, das verspreche ich dir. Ich werde Vater keine Ruhe lassen, bis er nächstes Jahr mit UNS BEIDEN herkommt. Ich jedenfalls will noch ganz, ganz oft nach Inchcliff kommen. Die Landschaft hier ist ein Traum!*

*Ich denke, dass Vater einverstanden sein wird. Ich glaube, ihm gefällt es hier auch besser als sonst wo auf der Welt.*

*Rachel xxxx*

*PS: Ich bin in Vaters ehemaligen Räumen untergebracht, und ich sage es dir gleich: Auch wenn du nächstes Jahr mitkommst, überlasse ich sie dir nicht. Sie gehören jetzt MIR!*

Als Rachel am nächsten Morgen erwachte, regnete es ausnahmsweise nicht, und sie rannte frohgemut nach unten, um mit ihren Eltern zu frühstücken. Nach dem Essen fragte sie: »Was machen wir heute?«

Septimus lächelte. »Du kannst machen, was du willst. Ich habe zu tun … und deine Mutter will einiges im Haus erledigen. Ich an deiner Stelle würde ins Freie gehen. Wer weiß, wie lange das gute Wetter anhält.«

Rachel rannte nach oben in ihre Räume, holte sich einen Umhang und ging dann nach draußen. Sie überquerte den gepflegten Rasen vor dem Haus und ging zu den ausgetretenen Stufen, die zu den mit einer niedrigen Mauer umgebenen Küchengärten führten. Rachel schlenderte nach und nach durch die verschiedenen Gärten: den Gemüsegarten, den Obstgarten, den Garten mit den Treibhäusern und den Kräutergarten. Danach ging sie zum Haus zurück und von dort aus zur Mauer, die das Anwesen umgab. Sie lehnte sich darüber und schaute zum Wald hinüber. Sie seufzte; ohne Leo fühlte sie sich irgendwie ruhelos, allein und verlassen. Schließlich wandte sie sich vom Wald ab und kehrte zum Haus zurück. Da sah sie Mai am Fenster ihres Schlafzimmers stehen.

»Mai!«, rief Rachel ihr zu. Mai hatte offenbar in die Ferne gestarrt, denn sie zuckte erschrocken zusammen. Doch dann winkte sie Rachel zu und öffnete das Fenster.

»Alles in Ordnung, Mylady?«

»Ja.« Rachel zögerte. »Machst du einen kleinen Spaziergang mit mir?«

*Dritter Tag des abnehmenden Arctos-Mondes. Inchcliff*

*Lieber Leo,*
*weißt du was? Mai und ich haben heute einen Spaziergang durch die nähere Umgebung gemacht. Man hatte einen guten Fernblick – es war ein klarer Tag –, und plötzlich sagte Mai, das Gebirge erinnere sie an Arimaspia. Da sagte ich ihr, es seien tatsächlich die arimaspischen Berge (das wusste ich von Vater). Da wurde Mai auf einmal ganz still und sagte, dass sie von dort stamme.*
*Ich habe sie natürlich gefragt, ob sie schon mal Drachen gesehen hat. Sie bejahte, und da sagte ich, darum würdest du sie sicher beneiden. Sie aber meinte, du könnest von Glück sagen, dass du noch nie einen Drachen aus der Nähe sehen musstest. Da ließ ich das Thema fallen, weil ich plötzlich das Gefühl hatte, sie könne jeden Moment in Tränen ausbrechen.*
*Heute Nachmittag waren wir im Dorf. Peter brachte uns mit der Flugkutsche hin – es gibt auch einen Fußweg, aber den haben die Regenfälle teilweise weggespült. Vater will ihn jedoch instand setzen lassen, solange wir noch hier sind.*
*Wir gingen ein Stück am Fluss entlang, einem schäumenden, wilden Gewässer, und Vater sagte, so viel Wasser habe er seines Wissens noch nie geführt. Dann spazierten wir durch das Dorf, das mir fast gespenstisch vorkam. Es ist ein sehr düsterer und feuchter Ort, weil er direkt am Fluss und unterhalb der Klippen liegt. Es gibt nur Holzhütten, die alle alt und halb verfallen sind, und die meisten von ihnen stehen leer. Vater erklärte mir, dass es hier vor etwa einem Dutzend Jahren eine Pestepidemie gegeben hat. Damals sind die meisten Bewohner entweder gestorben oder geflohen … Jedenfalls kam mir das Dorf richtig tot vor. Der einzige Mensch, den wir sahen, war ein Junge mit einem Arm voll tropfnasser Zweige, die er vermutlich aus dem Fluss gefischt hatte.*

*Ich sagte zu Mai, dass es doch komisch sei, dass nicht mehr Menschen unterwegs sind. Da meinte sie, die Bewohner blieben vermutlich in ihren Häusern und gingen nur im Notfall ins Freie. Denn wenn man erst einmal friert, kann man sich in einer Hütte mit einer kleinen Feuerstelle kaum wieder richtig aufwärmen. Es klang, als wüsste sie, wovon sie sprach. Ob sie früher auch in einer solchen Hütte gewohnt hat? Ich habe mich aber nicht getraut, sie zu fragen, denn sie schaute wieder so traurig.*

*Rachel xx*

*PS: Mutter darf es nicht wissen – aber ich werde Flugunterricht nehmen. Ich habe Peter schon gefragt. Er ist dazu bereit, vorausgesetzt, dass es nicht zu windig ist. Mai war dabei, als ich ihn fragte. Zuerst dachte ich, sie fände es nicht gut, doch erstaunlicherweise sagte sie hinterher, es sei eine gute Idee. Es sei immer nützlich, etwas zu können.*

*Elfter Tag des abnehmenden Arctos-Mondes. Inchcliff*

*Lieber Leo,*
*ich habe seit Tagen nicht mehr geschrieben, weil ich so beschäftigt bin. Mit FLIEGEN! Ich habe schon etliche Flugstunden hinter mir und es ist einfach toll und unglaublich aufregend. Ich weiß gar nicht, wie ich es beschreiben kann. Peter ist ziemlich beeindruckt und sagt, ich sei sehr begabt. Ich bin körperlich viel kräftiger geworden. Nach den ersten Malen taten mir Arme und Schultern ganz schön weh, heute aber nicht mehr, obwohl wir gestern den bisher längsten Flug gemacht haben – flussaufwärts bis zu einer Stelle, wo mehrere Täler zusammenstoßen. Von dort aus sind wir in einem großen Bogen gen Süden zurückgeflogen.*
*Ich würde gern weiterhin täglich fliegen, doch damit ist es fürs Erste vorbei. Heute ist ein gewaltiger Wind aufgezogen. Ich habe Peter natürlich*

*gefragt, ob wir trotzdem fliegen können, aber er war STRIKT dagegen. Selbst er würde es sich bei diesem Wetter zweimal überlegen, ehe er in eine Kutsche steigt.*
*Ich war enttäuscht, weil ich inzwischen richtig gut fliege und gern noch etwas mehr geübt hätte. Wer weiß, wann ich jemals wieder die Möglichkeit dazu habe. In Freehaven nicht, das steht fest, obwohl ich zu gern sehen würde, was für ein Gesicht Lady Parhelion macht, wenn ich in einer Flugkutsche auf ihrem Rasen lande. Vielleicht tue ich es eines Tages wirklich. Und ganz bestimmt werde ich eines Tages mit dir über ganz Assalay fliegen. Das will ich unbedingt noch tun, bevor ich heiraten und eine ehrenwerte, anständige Frau werden muss.*
*Rachel xx*

Sie stützte ihre Ellbogen auf den Schreibtisch, legte das Kinn in die Hände und starrte zum Fenster hinaus. Ausgefranste Wolken jagten am Himmel entlang – die Berge waren nicht zu sehen –, und die Tannen im nahen Wald schwankten wie ausgelassene, dürre Riesen hin und her. Lautlos trat Mai ins Zimmer, stellte sich neben den Schreibtisch und schaute ebenfalls zum Fenster hinaus.

»Kein Fliegen heute«, sagte Rachel betrübt.

Mai schüttelte den Kopf. »Besser nicht, Mylady. Ich fürchte, dass bald ein schwerer Sturm aufzieht.«

Dann käme sie ja gar nicht aus dem Haus! »Wie wär's, wenn wir vorher noch einen kleinen Waldspaziergang machen?«

Rachel war froh über Mais Gesellschaft. Es war düster unter den Bäumen und das Rauschen der Baumwipfel und die in einem fort herunterprasselnden Tannenzapfen ließen die Atmosphäre noch gespenstischer erscheinen. Der Wald stieg steil an, und sie kletterten höher und höher, bis Rachel nach Luft ringen musste. Sie wollte gerade eine Rast vorschlagen, als sie plötzlich sah, dass ohnehin kein Weiterkommen möglich war: Vor ihnen ragte eine hohe, nackte Felswand empor, die ihnen den Weg abschnitt. Sie bogen ab und gingen unterhalb dieser Klippe entlang, bis sie zu einer Bodensenke kamen, die ungefähr so tief war wie Rachel groß. Rachel kletterte die steile Böschung hinunter. Sie war mit Moos und Farn überwuchert, der felsige Untergrund glatt gescheuert: Es handelte sich um ein ausgetrocknetes Flussbett! Rachel fragte sich, woher der frühere Fluss wohl gekommen war. Es gab keine Anzeichen dafür, dass es hier früher einen Wasserfall gegeben hätte. Man sah keine ausgewaschene Rinne in der darüberliegenden Felswand. Rachel ging in die Hocke und suchte nach Spuren einer Quelle. Nichts. Als sie sich wieder erhob, wurde ihr leicht schwindelig, und sie streckte eine Hand aus, um sich an der Felswand abzustützen. Doch ihre Hand ging ins Leere.

Es gab eine Öffnung am Fuß der Klippen, einen Spalt, der jedoch fast ganz von Farn überwuchert war. Rachel schob die Pflanzen beiseite und streckte den Kopf hinein. Die Dunkelheit war grenzenlos, erstickend, fast mit den Händen greifbar. Hastig zog sie den Kopf wieder zurück und schnappte nach Luft. Nachdem sie sich von der ersten Überraschung erholt hatte, streckte sie den Kopf erneut in die Öffnung und rief einmal laut in das Dunkel hinein. Ihre Stimme kam in einem hohlen Echo zu ihr zurück, wie von sehr weit her. Rachel zwängte sich durch die Öffnung ins Innere und tastete sich blind durch die Dunkelheit. Der schmale Spalt in der Felswand öffnete sich zu einem breiten, hohen Hohlraum: Sie konnte problemlos stehen, ohne die Decke zu erreichen, und musste beide Arme ausstrecken, um die Seitenwände zu berühren. Rachel konnte nichts sehen, hatte aber das Gefühl, dass sich vor ihr ein langer Tunnel erstreckte.

»Rachel!«

Sie ging in die Hocke und spähte durch den Felsspalt ins Freie. Mais Gesicht war weiß und verschreckt.

»Ich wollte nur sehen, was es hier gibt.«

Mai atmete tief und lange aus, als müsse sie sich zuerst wieder beruhigen. »Gut«, sagte sie. »Aber wenn, dann machen wir es richtig.«

*Zwölfter Tag des abnehmenden Arctos-Mondes. Inchcliff. Am Abend*

*Leo – du wirst nicht glauben, was wir entdeckt haben! Es ist fantastisch! Ich kann es kaum erwarten, es dir zu zeigen.*

*Mitten im Wald gibt es eine hohe Felswand und gestern haben wir an ihrem Fuß eine Höhle entdeckt. Ich wollte sie natürlich gleich erforschen, aber Mai war dagegen. Sie sagte, wir bräuchten eine Menge Dinge, ehe wir uns hineinwagen können. Also gingen wir am Nachmittag wieder hin – mit einer Laterne, warmer, regenfester Kleidung, mehreren langen Schnüren, damit wir uns nicht verlaufen, falls es mehrere Gänge gibt, und so weiter. Ein Glück, dass ich Mai habe – ich selbst hätte vermutlich die Hälfte vergessen.*

*Der Höhleneingang ist recht schmal, doch wenn man sich erst einmal durchgezwängt hat, steht man in einem hohen Hohlraum. Früher muss es hier einen Fluss gegeben haben, denn die Wände sind sehr glatt. Inzwischen ist alles trocken. Wir gingen eine Weile durch die Dunkelheit, bis wir plötzlich einen Lichtschein vor uns sahen. Es war ein bläuliches Licht, wie Tageslicht … und ich dachte, wir würden wieder ins Freie gelangen, doch dem war nicht so.*

*Wir gelangten in einen großen, hohen Höhlenraum. Am anderen Ende gibt es einen kleinen See. Vermutlich hat er früher einmal den Fluss gespeist, aber inzwischen versickert das Wasser wohl irgendwo unter der*

*Erde. An der Rückwand der Höhle war ein Rauschen zu hören. Ich hielt eine Hand ins Wasser. Es war WARM – richtig warm, wie in einer Badewanne.*

*Aber das Tollste kommt noch: Das blaue Licht – es kam von den Felswänden! Sie schimmern so hell, dass man keine Laterne braucht. Mai sagte, es sei vermutlich der einzige Ort auf der Welt, an dem das Mondlicht einen auch unter der Erde sehen kann.*

*Mögen die Monde über dich wachen, Bruderherz, wo immer du auch gerade bist.*

*Rachel*

# 9. Kapitel
# Geburtstagsgeschichten

*Vierter Tag des zunehmenden Clamynto-Mondes*

*Liebe Rachel,*
*es tut mir sehr, sehr leid, dass ich so lange nicht mehr geschrieben habe. Ich war wahnsinnig beschäftigt …*
*Es ist schön, nur mit Robert und Lady L. hier zu sein. Wenn der Rest meines Lehrjahres auch so verliefe, würde ich einen Luftsprung machen. Hoffen wir, dass Lanneret weitere Flüchtlinge verfolgen muss. Oder dass er diese beiden Geschwister nicht zu schnell findet. Ich drücke ihnen die Daumen:*
*Ich konnte schon viel auf Vogelbeobachtung gehen. Komisch – es gibt hier eine Menge Vögel, die es gar nicht geben dürfte, wie die Kimbleton-Eule neulich im Wald. (Habe übrigens auch hier eine gesehen.) Und ich habe einen neuen Freund, der mich auf diesen Touren begleitet – er kennt viele Arten, ihre Nistplätze und Verstecke. Er heißt Don Garth, ist vierzehn und wohnt in einer Hütte irgendwo außerhalb des Parks.*
*Es war lustig, wie wir uns kennenlernten. Neben dem Park gibt es einen Wald, den ich mir gleich am Tag nach unserer Ankunft anschauen wollte. Es war ein kalter Tag und deshalb war ich in einem Gärtnerumhang unterwegs. Ich dachte mir, wenn die Vögel hier auch nur ein Fünkchen Verstand haben, nehmen sie Reißaus, sobald sie jemanden in Smaragdgrün*

*sehen. Jedenfalls kämpfte ich mich durch diesen Wald, als mich plötzlich jemand am Arm fasste und mir zuraunte, ich solle stehen bleiben und still sein. Es war Don! Im Wald gibt es einen See, auf dem eine grüne Streifenente schwamm, und er wollte nicht, dass ich sie verscheuche.*

*Das sagt dir sicher nichts, stimmt's? Streifenenten sind Meeresvögel, die eigentlich im Westlichen Meer leben. In dieser Gegend dürfte es sie gar nicht geben.*

*Jedenfalls haben wir sie beobachtet, bis sie wegflog, und danach sind wir zusammen durch den Wald gegangen und haben uns unterhalten. Ich habe ihm nicht gesagt, wer ich bin, und erst als wir wieder auf eine freie Fläche kamen, wehte der Wind meinen Umhang nach hinten, und er sah darunter etwas Grünes aufblitzen. Da dachte er natürlich, ich gehöre zu Lannerets Familie. Ich erklärte ihm sofort, dass ich kein Lanneret bin … nur sein Lehrling. Aber da musste ich ihm natürlich auch sagen, was das bedeutet und dass ich ein Philemot bin.*

*Ich habe ihn gefragt, ob wir uns am nächsten Tag wieder treffen können. Allerdings dachte ich, er würde gar nicht kommen, weil er ziemlich nervös war, nachdem er wusste, wer ich bin. Aber er kam doch und seither treffen wir uns jeden Tag. Meine Bücher habe ich allerdings etwas vernachlässigt. Ich sollte mich dringend ans Lernen machen …*

*Leo x*

Leo warf einen Blick auf das dicke Gesetzbuch, das vor ihm auf dem Tisch lag. Am Morgen hatte er ein paar Seiten gelesen, war mit seinen Gedanken aber ganz woanders gewesen. Wie schon früher waren sie davongeschwirrt, zum Park hinaus, zu einer taufeuchten Hecke, in den nassen Wald oder in das Schilfrohr am gegenüberliegenden Ufer des Sees, wo er sich gerne aufhielt, um die ungewöhnliche Vogelwelt um ihn herum zu beobachten.

Er sollte dringend noch ein paar Paragrafen studieren. Doch stattdessen schlug er das Buch zu, steckte den Brief an Rachel in seine Tasche und verließ das Haus. Es war so kalt wie noch nie: Die Luft war eisig und der peitschende Wind schnitt ihm in die Haut. Feucht war es auch – es würde regnen, vermutlich sogar schneien –, und im ersten Moment überlegte er sich, ob er nicht wieder ins Haus oder zu Robert in die Werkstatt gehen sollte. Aber er war mit Don verabredet. Deshalb biss er die Zähne zusammen, zog den ausgeliehenen Umhang enger um sich und ging schnellen Schrittes durch den Park. Don wartete in dem Wäldchen auf ihn, wo sie am Vortag eine große Eule beobachtet hatten, die in einem abgestorbenen Baum nistete.

»Ist sie noch da?«, fragte Leo im Flüsterton.

Don nickte und biss die Zähne zusammen, damit sie nicht vor Kälte klapperten. Er zeigte nach oben auf einen großen Vogel, der reglos im Geäst saß. Leo runzelte die Stirn. Gestern hatte er noch gedacht, es sei eine Kimbleton, doch jetzt war er sich nicht mehr sicher. Für eine Kimbleton-Bergeule war sie zu groß und zu leicht; ihr Gefieder war für felsiges Gebirge und für Schnee gedacht. Eine Bayard-Nordeule? Aber das war ganz und gar unmöglich, oder? Allerdings hätte er auch nicht damit gerechnet, hier, auf einem Binnensee, eine Streifenente zu sehen. Nachdenklich betrachtete er den Vogel, schloss dann die Augen und versuchte, sich die Zeichnung in seinem großen Vogelbuch zu Hause ins Gedächtnis zu rufen. Aber leider konnte er sich nur an die kitschige Landschaft erinnern, vor die der Künstler den Vogel platziert hatte. Wie der Vogel selbst ausgesehen hatte, fiel Leo beim besten Willen nicht mehr ein. Seufzend schlug er die Augen wieder auf und sah plötzlich weiß. Es war nicht die Eule, es war Schnee: dicke Flocken, die der schneidende Wind durch die Bäume peitschte.

»Wir müssen aus dem Schneegestöber raus«, sagte Don zähneklappernd. »Unser Haus ist näher als deines. Komm doch mit! Wenigstens bis der Schneesturm etwas nachgelassen hat.«

Ein Haus kann man es eigentlich nicht nennen, dachte sich Leo. Es war eine baufällige Hütte aus feuchten Holzbalken, von Büschen umgeben, zwischen zwei Feldern und vor einem ungepflegten Wäldchen gelegen. Der Trampelpfad, der an der Tür vorbeiführte, war mit fast knöcheltiefem Schlamm bedeckt. Wäre Leo zufällig hier vorbeigekommen, hätte er geglaubt, es sei ein Schuppen oder ein Tierstall. Auf keinen Fall hätte er es für eine menschliche Behausung gehalten. Er trat hinter Don durch die niedrige, windschiefe Tür und fröstelte. Im Inneren war es nicht wärmer als draußen. Die Ritzen im Holz luden den beißenden Wind geradezu ein, durch sie hindurchzupfeifen. Es war feucht, und das klägliche Feuer im Herd erzeugte zwar viel Rauch, verbreitete aber kaum Wärme.

»Hier, setz dich!« Don zog eine kleine Bank vom Tisch weg und an das schwache Feuer. Leo setzte sich und streckte die Hände in Richtung des Kamins. Don kniete sich auf den feuchtkalten Lehmboden und pustete ins Feuer, um der erlöschenden Glut etwas Leben einzuhauchen. Ein Flämmchen flackerte kurz auf, erstarb aber wieder.

»Können wir nicht etwas Holz nachlegen?« Leo deutete mit dem Kinn aufs Feuer, die Lippen wegen der Kälte zusammengepresst.

Don schüttelte den Kopf. »Wir haben nicht genug Holz.« Er setzte sich auf die Fersen und fluchte leise vor sich hin. »Mehr geht nicht. Hier, leg dir das um die Schultern.«

Er nahm zwei Decken von einem Holzbrett neben dem Kamin und reichte Leo eine davon. Sie war abgewetzt und schmutzig; richtig abstoßend. Aber besser als Erfrieren war sie allemal! Mit spitzen Fingern griff Leo nach der Decke.

Bei allen Monden … er wäre besser schnurstracks in Lannerets Haus zurückgekehrt. Und er musste nachher unbedingt gleich baden. Und sich die Haare waschen: Er hätte gewettet, dass auf dieser Decke kleine Tierchen herumkrabbelten, denn es fing schon an zu *jucken*. Leo schluckte und versuchte, sich abzulenken, indem er sich umschaute.

»Nicht gerade das, was du gewöhnt bist, nehme ich an.« Don versuchte zwar zu scherzen, doch in seiner Stimme schwang auch unterdrückter Zorn mit. Leo gab sich betont unbekümmert.

»Nein, nicht direkt.« Es war ihm nicht gelungen, die Abscheu, die er verspürte, aus seiner Stimme herauszuhalten; man hörte sie so laut, als hätte er sie hinausgebrüllt. Don war sie jedenfalls nicht entgangen, so wenig wie die Tatsache, dass Leo vor der schmutzigen Decke instinktiv zurückgezuckt war.

»Vielleicht ist es besser, du gehst zu dir nach Hause.«

»Es ist nicht …« Leo stockte. *Es ist nicht mein Zuhause*, wollte er sagen. Doch in dieser Hütte hätte es wie ein absurder, absolut unangebrachter Ausbruch von Selbstmitleid geklungen. Er biss sich auf die Lippen und sagte: »Alles in Ordnung. Wirklich.«

»Wirklich?«

»Ja.«

»Sicher?«

»Hab ich doch gesagt, oder?«

»Ich weiß. Aber war es auch ernst gemeint?«

»Herrje, reg dich wieder ab, sei so gut.«

Wütend funkelten sie einander an. Leo ballte unter der Decke die Fäuste. Plötzlich sagte eine Stimme von der Tür aus: »Don? Wen hast du da mitgebracht?«

»Oh, Mutter. Hallo.« Don eilte durch den Raum, um ihr den schweren Wassereimer abzunehmen, und trug ihn dann vorsichtig in eine

Ecke. Er nahm sich die Decke von den Schultern und legte sie um die der Frau. »Du bist ja eiskalt, Mutter. Komm und setz dich ans Feuer!« Die Frau setzte sich zu Leo auf die Bank und rieb sich in der schwachen Wärme die Hände.

»So«, sagte sie und nickte Leo zu. »Wer ist das?«

»Ein Freund von mir«, erklärte Don achselzuckend.

Seine Mutter starrte ihm in die Augen. »Dacht' ich mir.« Dann drehte sie sich zu Leo und fragte: »Wie heißt du?«

»Leo.«

Sie runzelte die Stirn. »Leo und weiter? Du bist nicht von hier, oder?«

Don grinste. »Das ist Leo Philemot, Mutter. Er wohnt zurzeit bei Lord Lanneret.«

Dons Mutter zuckte so erschrocken zusammen, dass die Holzbank knarrte. »*Was?!* Du kommst mit mir, Don Garth, und zwar sofort …« Sie erhob sich, packte ihn am Ohr und nickte Leo kurz zu.

»Entschuldigt uns einen Moment, Mylord …«

»Schon gut«, sagte Leo hastig. »Kein Problem.«

Sie nickte erneut und zog Don zur Tür hinaus und in den Schnee. Ihre Stimme war durch die dünnen Holzwände klar und deutlich zu hören und Leo bekam wohl oder übel alles mit. »Hast du denn kein Fünkchen Verstand im Hirn? Bist du übergeschnappt? Wie kannst du dich mit dem Sohn eines Lords einlassen?«

»Er ist mein Freund«, murmelte Don trotzig.

»Du bist ein Narr, Don Garth, der größte Esel weit und breit! Eine Freundschaft ist ein Geschenk, das nur zwischen Gleichrangigen möglich ist. Zwischen dir und seinesgleichen gibt es das nicht. Schlag es dir aus dem Kopf! Du und er … das kann nur böse enden. Und vorhin hast du ihn verärgert, ich hab's gehört! Wie konntest du nur? Weißt du denn nicht, wie vorsichtig man im Umgang mit Leuten wie ihm sein muss? Hast du schon *vergessen*, wie es Simon ergangen ist?«

»Nein, natürlich nicht.«

»Dann geh jetzt rein und entschuldige dich. Flehe sämtliche Monde an, dass er deine Entschuldigung annimmt, denn sonst … Don, du handelst dir möglicherweise Riesenärger ein, und das würde ich nicht ertragen …« Ein langes Schweigen folgte.

»Es ist doch alles in Ordnung, Mutter!«

»Tu, was ich gesagt habe!«

Die Tür ging wieder auf. Leo starrte angestrengt an eine Stelle in der Wand über der Feuerstelle und tat so, als bemerkte er sie erst, als sie vor ihm standen. Mrs Garths Augen waren gerötet.

»Es tut mir leid, dass ich vorhin mit Euch gestritten habe«, sagte Don. Seine Mutter trat ihm ans Schienbein. »Autsch! Es tut mir leid, Mylord, wollte ich sagen.«

»Schon gut«, sagte Leo und meinte eigentlich Mrs Garth, nicht Don. »Keine Angst, ich werde keinen Ärger machen. Außerdem war es mein Fehler. Ich habe angefangen zu streiten.«

Als Leo am nächsten Morgen aufwachte, war der bislang kälteste Tag des Winters angebrochen. Ein schwerer Frost lag über der Landschaft, und als er durch den Park ging, knirschte der Schnee unter seinen Füßen. Der Himmel sah aus wie eine tiefgefrorene Wolkendecke. Leo kletterte über die Mauer und rannte zu dem Wäldchen, in dem er und Don gestern die Eule gesehen hatten. Don stand an einen Baumstamm gelehnt und schaute angestrengt ins Geäst hinauf.

»Gibt's etwas zu sehen?«, flüsterte Leo.

Don schüttelte den Kopf. Die Kälte schien ihm die Sprache geraubt zu haben; er zitterte am ganzen Leib und hatte die Arme vor der Brust verschränkt, als versuche er, das bisschen Wärme in seinem Körper festzuhalten. Leo nahm seinen Gärtnerumhang ab und legte ihn Don um. Dann wühlte er in seiner Schultertasche und holte eine Decke heraus. Sie war aus weicher, warmer Wolle, dick und grün: ein strahlendes, unnatürlich aussehendes Grün, das in dem schattigen Licht unter den Bäume fast schimmerte. Er legte sich die Decke um die Schultern. Don lachte.

»Ha, damit dürftest du sämtliche Vögel vertreiben.«

»Oh, daran hab ich nicht gedacht.«

»Egal. Heute ist es sowieso zu kalt zum Vögelbeobachten. Wir müssen uns etwas anderes einfallen lassen.«

»Aber besser nicht im Freien«, sagte Leo. »Sollen wir Robert besuchen? Es macht ihm sicher nichts aus, wenn wir dasitzen und ihm zuschauen. In seiner Werkstatt ist es schön warm.«

Don schüttelte den Kopf. »Wir dürfen das Gelände seiner Lordschaft nicht betreten. Nicht seit der Sache damals mit Simon. Ist zu gefährlich. Selbst wenn mir nichts zustößt und ich überlebe – dann würde Mutter mich umbringen.«

»Gut, dann gehen wir ein Stück!«

Sie hielten sich zwischen den Bäumen, unter deren Blätterdach nicht so viel Schnee lag. Dampfwolken kamen aus ihrem Mund, als sie, die Hände in den Taschen begraben, mit ihren kalten Füßen über den gefrorenen Untergrund stapften. Die herumliegenden Zweige und Äste waren mit einer dicken Eisschicht überzogen. Einmal trat Leo auf einen langen, dicken Ast, der mit einem scharfen Knacken zerbrach. Leo blieb stehen, hob nachdenklich die beiden Hälften auf und betrachtete das weiße Mark des Holzes. »So viel Holz …«, sagte er. »Du hast gesagt, ihr hättet nicht genügend Brennholz. Hier liegen doch Unmengen herum.«

»Diese Schonung gehört dem Monarchenbund«, sagte Don. Leo sah ihn nur groß an. »Bei allen Monden, Leo, das müsstest du doch wissen! Der Wald gehört Typen wie euch …«

»Er gehört Lanneret«, widersprach Leo mit zusammengebissenen Zähnen. »Nicht *meiner* Familie.«

»Ist doch egal«, schnaubte Don. »Er gehört Lanneret, ist ein Wald des Monarchenbundes, und dem gewöhnlichen Fußvolk wie uns ist strengstens verboten, auch nur einen Holzsplitter fortzutragen.«

Leo schaute sich um. Weit und breit war niemand zu sehen. »Und wer würde es merken?«

»Niemand … die meiste Zeit jedenfalls«, räumte Don ein. »Wenn Lanneret nicht da ist, sitzen seine Waldaufseher meistens in einer kleinen Hütte auf der anderen Seite des Anwesens. Sie springen erst bei seinem Eintreffen hektisch auf, aber wir wissen nie im Voraus, wann das ist …«

»Ich schon«, sagte Leo. »Diesmal wird er bis Anfang Galanthus weg sein, hat er mir gesagt. Außerdem bin ich ja dabei, und mir kann niemand verbieten, hier Reisig aufzulesen: Ich trage eine Decke in seiner Farbe.« Er wischte den Schnee von einem dürren, abgebrochenen Zweig. »Wer ist übrigens Simon?«

*Sechster Tag des zunehmenden Clamynto-Mondes*

*Liebe Rachel,*
*tust du mir einen Gefallen? Wenn du das nächste Mal Gregory siehst, schlag ihn! So fest du kannst und magst. Er hat es verdient!*
*Don hat einen Bruder namens Simon. Doch er wohnt nicht mehr bei seiner Familie. Don wollte mir nicht mehr sagen, als dass sein Bruder Ärger mit Lanneret hatte. Aber später habe ich dann Robert gefragt und der*

*hat mir die ganze Geschichte erzählt. Es ist allein Gregorys Schuld!*
*Er war letzten Sommer ein paar Tage hier und ging eines Morgens mit Lanneret auf die Jagd. Wahrscheinlich wollte Lanneret ihn irgendwie beschäftigen, um sich nicht mit ihm unterhalten zu müssen.*
*Simon und sein Vater haben damals hier gearbeitet, und Lanneret trug Simon auf, Gregory beim Schießen zu helfen. Doch Gregory war ein hoffnungsloser Fall. Robert stieß irgendwann an diesem Morgen zu ihnen, als Lanneret Gregory vorwarf, er sei ein schrecklicher Schütze. (Inzwischen muss Gregory einiges geübt haben, denn bei der Vollmondjagd schoss er nicht schlecht.) Jedenfalls war Lanneret so ungehalten, dass er Gregorys Gewehr Simon in die Hand drückte und ihm befahl zu schießen. Simon war offenbar ziemlich gut – ein scharfes Auge, eine ruhige Hand. Er traf öfter als Gregory den ganzen Morgen, und da hat Lanneret Gregory höhnisch gefragt, was für ein Gefühl es sei, von einem Bauernjungen in den Schatten gestellt zu werden.*
*Noch am selben Nachmittag kam Gregory zu Lanneret gerannt und behauptete, er wäre im Park gewesen und hätte gesehen, dass Simon einige der toten Vögel stahl.*
*Eine derart gemeine Lüge sähe Gregory ähnlich, stimmt's? Findet Robert auch. Keine Ahnung, was Lanneret fand. Robert sagt, dass für seinen Bruder schon der Hauch einer Wahrscheinlichkeit ausreicht: Es stört ihn nicht weiter, auch Unschuldige zu bestrafen. Lieber einen Unschuldigen zu viel bestrafen, als einen Schuldigen frei herumlaufen zu sehen, lautet seine Devise. Zwei seiner Männer sollten Simon abholen, doch bis sie an der Hütte waren, war Simon zum Glück geflohen. Ich denke, Robert hat ihn gewarnt. Natürlich gab er das nicht zu – er sagte nur, jemand, der die ganzen Hintergründe kannte, hätte Simon rechtzeitig gewarnt. Ich kann mir nur vorstellen, dass er es selbst war.*
*Für die Garths bedeutete es den Ruin. Ab diesem Zeitpunkt fehlte ihnen*

*Simons Lohn und in seinem Zorn hat Lanneret auch noch Dons Vater aus seinen Diensten entlassen. Keine Ahnung, wovon die Garths heute leben.*
*Es ist bitterkalt geworden. Zu kalt zum Vögelbeobachten. Stattdessen lerne ich, wie man ein Feuer anzündet.*

*Leo x*

*PS: Herzlichen Glückwunsch zum Geburtstag!!!*

*Sechster Tag des zunehmenden Clamynto-Mondes*

*Lieber Leo,*
*es ist vorbei mit meinen Streifzügen durch das Umland. Seit Tagen werden wir von starkem Wind und Schneestürmen heimgesucht. So einen Sturm wie neulich habe ich noch nie erlebt! Wir haben in der Höhle ein kleines Lager eingerichtet, mit Proviant und warmen Decken und so weiter, doch bei diesem Wetter konnten wir natürlich nicht hingehen.*
*Mai hat mir eine Menge Geschichten erzählt. Außerdem habe ich das Haus erforscht und heute etwas entdeckt, das ich dir unbedingt erzählen muss. Am Ende eines Korridors, in dem ich noch nie war, sah ich das Bild eines Jungen in Philemot-Kleidung. Weil ich im ersten Moment dachte, er sähe dir ähnlich, schaute ich genauer hin. Eigentlich sah er dir gar nicht ähnlich – nur die Haar- und Augenfarbe waren gleich. Allerdings war es ein komisches Bild, denn es war direkt auf eine Tür gemalt.*
*Ich dachte, die Tür sei verschlossen, doch das war sie nicht. Sie führte in einen kleinen Salon – einen ganz entzückenden Raum. Sehr hell und mit Blick auf die mit Mäuerchen abgetrennten Küchengärten. Auf einem Tisch am Fenster lag ein Buch, in dem Hesters Name stand. Von diesem kleinen Salon aus führte eine Tür in ein Schlafzimmer. Als Erstes fiel mir*

*der betörende Rosenduft auf. Überall lagen Blütenblätter: in den Schalen auf den Tischen und auf der Fensterbank. Ich öffnete das Fenster und schaute hinaus. Die ganze Hauswand ist mit Winterrosen bewachsen, die gerade Knospen treiben.*

*Ich warf einen Blick in den Wandschrank, der bis auf weitere Rosenblätter leer war, und in die Kommode. Noch mehr Blütenblätter. Und Babykleidung: kleine Kleidchen in der Philemot-Farbe und ein winziger Zweiteiler, in Weiß und Silber. Dieser kleine Zweiteiler ist die erste Bekleidung, die man einem Neugeborenen anzieht – für seine erste Nacht auf dieser Erde. Das habe ich neulich mitbekommen, als Lady Malander ihr jüngstes Kind bekam.*

*Weißt du noch, was Hester uns in Mabberling erzählt hat? Dass Mutter damals krank wurde, als sie in Hesters Räumen war und sie sie nicht mehr in ein anderes Zimmer bringen konnten.*

*In diesem Raum müssen wir beide zur Welt gekommen sein, Leo!*

*Der Sturm wütet weiter ums Haus. Mai hat versprochen, mir eine neue Geschichte zu erzählen. Die der Tochter von Clamynto und Galanthus.*

*Alles Gute zum Geburtstag!*

*R xx*

Der Sturm wütete zwischen den Bäumen und peitschte an das Haus.

»Gibt es in den Bergen auch solche Stürme?«, fragte Rachel.

»Oft noch schlimmere. Aber sie klingen ganz anders, weil es keine Bäume gibt.« In den letzten Tagen vergaß Mai oft das »Mylady«, wenn sie und Rachel unter sich waren. Hätte Rachel Mai nicht so gerngehabt, wäre es ihr vielleicht aufgefallen und hätte sie gestört, so aber fühlte es sich irgendwie völlig normal an. Auch dass Mai anfing, sie zu duzen.

»Erzählst du mir jetzt die Geschichte?«

Mai nickte und setzte sich Rachel gegenüber auf einen Stuhl am Kamin. Rachel blies die Kerzen aus und starrte ins rote Herz der Flammen im Kamin, als Mai mit ihrer Erzählung begann.

»Dies ist die Geschichte der Tochter von Clamynto und Galanthus.« Mai holte tief Luft.

»Vor langer, langer Zeit entbrannte Lord Galanthus in großer Liebe zu Lady Clamynto. Er kleidete seine Liebe in Lieder, die er über die endlosen Himmel sang. Doch Clamynto, die so stolz und kühl war wie ihr Bruder Aquilon, erhörte ihn nicht. So vergingen die Jahre. Sieben mal sieben mal sieben Umdrehungen des Himmels, und jedes Jahr, wenn Galanthus sich erhob und nach ihr rief, wandte Clamynto ihm den Rücken zu. Doch dann, in einem bestimmten Jahr, wandte sie sich nicht ab. Warum, weiß niemand. Vielleicht war sie einfach nur neugierig, vielleicht aber hatte das Lied der nimmer endenden Liebe ihr Herz doch zum Schmelzen gebracht. Jedenfalls blickte sie Galanthus an. Und sie sah, wie gut er aussah.

Die Himmel drehten sich weiter, und Clamynto gebar ihm eine Tochter: Alcesta, ein heller, furchtloser Stern am Himmel. Clamynto und Galanthus sahen sie voller Stolz leuchten. Doch Aquilon war neidisch auf das Glück seiner Schwester und schickte seine Drachen aus, das Kind zu stehlen. Sie rissen Alcesta vom Himmel und schleppten sie schreiend auf die Erde herab. In einem Dorf in den Bergen sah eine alte Frau den Lichtstreifen vom Himmel kommen, und sie sagte zu ihrer Katze: »Schau, ein Stern fällt vom Himmel.« Aus Angst malte sie eine Mondsichel in die Luft, denn fast jeder Stern ist die Seele eines Toten, und die Toten haben hier auf der Erde nichts zu suchen.

Der Lichtstrahl endete auf einem Schneefeld, unweit eines dunklen Waldes. Wieder zeichnete die alte Frau eine Mondsichel in die Luft. Sie wartete darauf, dass die Erde bebte, die Berge herabstürzten und die Wälder in Flammen aufgingen, doch nichts geschah. Da nahm sie ihre Katze auf den Arm, schloss ihre Haustür zu und ging zitternd zu Bett.

Am nächsten Morgen, als sie vor dem Kamin an ihrem Spinnrad saß, klopfte es an der Tür. Ein kleines Mädchen stand auf der Schwelle, mit schwarzen Haaren und Augen so dunkel wie die Nacht. ›Ich habe mich verlaufen‹, sagte es. ›Und ich friere. Darf ich eintreten?‹

Die Frau gab dem Mädchen etwas zu essen und zu trinken und bot ihm einen Stuhl am warmen Feuer an. Sie fragte es nach seinem Namen, woher es käme und wer seine Eltern seien. Doch das Kind wusste nur, dass es sich verlaufen hatte und fror. Da niemand nach dem Kind suchte, behielt die alte Frau es bei sich. Sie nannte es ›Nacht‹, weil dieser Name so gut zu seinen dunklen Haaren und schwarzen Augen passte.

Die Jahre gingen ins Land. Das Mädchen wuchs heran und es gefiel ihm bei der komischen Alten und den anderen Kindern im Dorf. Nur hin und wieder wurde Nacht von einem unerklärlichen Gefühl von Einsamkeit gepackt, und sie fühlte sich so verzweifelt und verloren, dass sie stundenlang weinte.

Eines Tages, als aus dem Mädchen fast schon eine junge Frau geworden war, kam ein fremder Wandersmann ins Dorf. Er klopfte an die Haustür der alten Frau und bat um Wasser und Brot. Während des Essens erzählte er Nacht den Grund seiner langen Wanderung.

›Ich suche nach dem Teich der Wahrheit. Es heißt, wenn man sein Spiegelbild auf der Wasseroberfläche betrachtet, kann man jedes Geheimnis erkennen, das in der eigenen Seele versteckt ist. Stell dir vor: Dann weiß man alles über sich!‹

Nacht dachte kurz nach, dann fragte sie den Fremden: ›Kann mir der Teich der Wahrheit auch sagen, wer ich bin?‹

›Ganz ohne Zweifel‹, antwortete der Mann.

Als die alte Frau von ihrem Weideland zurückkehrte, musste sie feststellen, dass ihre schwarzhaarige Tochter verschwunden war. Nacht und der Reisende wanderten viele, viele Meilen weit und erlebten so manches Abenteuer. Schließlich gelangten sie an ein hohes Gebirge, das sie erklommen, bis sie unterhalb einer Klippe auf einen Teich mit glasklarem Wasser stießen. Der Mann blickte als Erster hinein. Er kniete sich ans Ufer und betrachtete sein Spiegelbild eine Weile. Als er sich wieder erhob, wirkte er verstört. ›Ich bin mir nicht sicher, ob du …‹, begann er. Doch es war schon zu spät, denn die junge Frau hatte sich bereits über den Teich gebeugt.

Plötzlich zuckte ein greller Lichtblitz auf. Nachts dunkle Haare und Augen verfärbten sich weiß und golden, Flammen umloderten ihren Körper. Benommen taumelte sie rückwärts, vom Wasser weg, verbarg ihre geblendeten Augen in den Händen und weinte bitterlich.

›Jetzt weiß ich, wer ich bin‹, schluchzte Nacht. Sie hatte ihre Eltern gesehen: Clamynto und Galanthus, die noch immer den Verlust ihrer Tochter beweinten und deren Tränen seither als Frühlingsregen zur Erde fallen. ›Ich weiß, woher ich komme. Und ich weiß, dass ich nie mehr zurückkehren kann.‹«

Mais Stimme war zunehmend leiser geworden. Sie zitterte am ganzen Leib, als würde eine unerträgliche Kälte ihr bis auf die Knochen dringen. Rachel ging vor ihr in die Hocke und legte eine Hand auf Mais gefaltete Hände. »Mai? Was ist los?«

»Ich hatte es vergessen«, sagte Mai. »Ich hatte die Stelle am Ende vergessen … in der Clamynto um Alcesta weint.« Sie holte tief und bebend Luft. »Ich bin müde, Rachel. Würdest du mich bitte entschuldigen? Kommst du allein zurecht?«

»Aber sicher«, antwortete Rachel und blickte Mai nach, als diese durch den Raum zu der Tür ging, die in ihr winziges Schlafzimmer führte, kaum größer als ein Wandschrank. Dort würde sie weinen, nicht schlafen, dessen war sich Rachel ganz sicher. Sie wusste aber auch, dass sie Mai nicht helfen konnte. Sie sah, wie Mai ihre Tür schloss, setzte sich an ihre Frisierkommode, bürstete sich ausnahmsweise selbst die Haare und ging dann zu Bett. Sie lag noch lange wach, denn Mais Tränen hatten sie aufgewühlt, ebenso wie die Geschichte von der verlorenen Tochter.

Als Rachel endlich einschlief, sah sie sich im Traum in einem Raum voller Rosenblüten. Schalen mit Blütenblättern standen auf den Fensterbänken und Tischen, Hunderte von ihnen. Die Schalen waren so voll, dass sie übergelaufen waren; auch der Fußboden war mit einer knöcheltiefen Schicht Blütenblättern übersät. Sämtliche Möbelstücke waren damit bedeckt, als seien die Blätter wie Regen von der Decke heruntergefallen. Rosenduft erfüllte die Luft, so intensiv und berauschend, dass Rachel im Traum weiche Knie bekam. Sie war allein, fühlte sich so einsam wie noch nie in ihrem Leben und hatte das Gefühl, vor lauter Einsamkeit sterben zu müssen.

Auf einer Seite des Raums befand sich eine halb geöffnete Tür. Rachel wusste, dass niemand hereinkommen würde, um sie zu holen. Sie musste es allein schaffen, diesen Raum zu verlassen. Sie wollte auf die Tür zugehen, doch die Rosenblätter schlangen sich um ihre Knöchel, als wollten sie sie festhalten; es war, als würde man durch tiefen Pulverschnee gehen. Der Raum dehnte sich plötzlich aus, wurde zu einer weiten Fläche von Blütenblättern, und die Tür war nur noch ein kleines Viereck in der Ferne. Wie um alles in der Welt kam sie dorthin? Rachel versuchte zu rennen, doch die Blütenblätter reichten ihr inzwischen bis über die Knie, sie kam kaum voran. Auf einmal ging das Licht aus. Rachel stand im Dunkeln, kämpfte sich aber verzweifelt weiter und fiel hin. Nun waren die Blütenblätter plötzlich überall, sogar in ihrer Nase und in ihrem Mund; sie würden sie ersticken. Und niemand war da, um ihr zu helfen. Rachel schrie in die Dunkelheit, doch die Tür war zu weit entfernt; niemand würde kommen …

»Rachel!« Mai rüttelte sie wach. »Was ist los?«

Rachel klammerte sich an Mais Ärmel und schluchzte an ihrer Schulter, bis der Schrecken des Traums allmählich verblasste. Dann setzte sie sich auf und wischte sich an ihrer Bettdecke das Gesicht ab. »Hab nur schlecht geträumt, entschuldige. Ich wollte dich nicht aufwecken.« Sie wurde verlegen. Sie war vierzehn Jahre alt, und in diesem Alter sollte man nicht mehr unter Tränen aufwachen, nur wegen eines Albtraums …

»Willst du mir davon erzählen?«, fragte Mai leise.

Rachel schloss die Augen, erinnerte sich an die Blütenblätter und die Dunkelheit, die weit entfernte Tür, die unsägliche Einsamkeit. »Es war ein ziemlich wirrer, dummer Traum. Er ergab eigentlich keinen Sinn.«

Doch ob dumm oder nicht, der Traum war zwar verflogen, hatte aber ein Gefühl von großer Einsamkeit und Verzweiflung zurückgelassen. Dieses Gefühl war auch noch da, als Rachel am nächsten Morgen erwachte, und es kehrte auch in den darauffolgenden Tagen häufig zurück.

## 10. Kapitel

# Das Westliche Meer und die Regenbogenfälle

Die Straße verlief zwischen überschwemmten Feldern. In dem schmutzigen Wasser spiegelte sich der graue Himmel, und es sah aus, als hätte der endlose Regen alle Farbe weggespült und die Landschaft ausgewaschen. Iona, die sich zum Schutz vor der Kälte in eine Decke gewickelt hatte, saß zwischen Bardrick und Dimity auf dem Kutschbock und holte hin und wieder tief Luft. Konnte man das Meer schon riechen? Doch da war nichts: nur der faulige Gestank des im Wasser stehenden Getreides.

Gegen Mittag hielten sie im Schutz eines Wäldchens neben der Straße an, um ein karges Mahl aus Brot und Käse zu sich zu nehmen. Als sie gegessen hatten, holte Bardrick seine Harfe vom Fuhrwerk, ließ die Finger über die Saiten gleiten und entlockte dem Instrument eine Reihe von silbrig perlenden Akkorden. Er sang ein paar Takte eines Lieds, das unter den Bäumen widerhallte und mit der letzten Strophe der Gründungsballade endete.

*»Aus Triumphen und Siegen entstand Assalay,*
*Und der Segen der Monde geht niemals vorbei,*
*Solang der Monarchenbund hat die Macht in der Hand,*
*Und mit Gerechtigkeit und Güte regiert unser Land.«*

Bei der letzten Note brach er abrupt ab und ließ die Fingerspitzen über alle Saiten gleichzeitig gleiten, was einen misstönenden Abschluss ergab.

»So ein Unsinn, nicht wahr?«

Sie erschrak. »Was?«

»Dieses Lied. Völliger Unsinn. Noch schlimmer – eine einzige Lüge. Wann hat der Monarchenbund jemals Gerechtigkeit walten lassen?« Wieder zupfte er an den Saiten, sanfter diesmal, und es klang wie ein Plätschern. Während er weiterspielte, sagte er: »Was dieses Land braucht, wäre ein wahres Lied über den Monarchenbund. Ein Lied, das zum Ausdruck bringt, wie unsere Regenten wirklich sind.«

Iona fragte skeptisch: »Und wer wäre so mutig, es zu singen?«

Mit einem leisen Lachen sagte er: »Stimmt.« Dann verstaute er die Harfe behutsam im Koffer, ehe er wieder auf den Kutschbock kletterte und sich herabbeugte, um Iona hinaufzuhelfen.

An diesem Abend kamen sie an einem Wirtshaus an, hinter dem sich die Straße gabelte: Die breitere Straße führte weiter nach Westen, die andere bog nach Norden ab. Iona saß schweigend im Schankraum vor dem Kamin, während Bardrick ein Lied vortrug. Dafür hatte ihnen der Wirt Speis und Trank und ein Obdach für die Nacht angeboten. Iona wusste, was diese Weggabelung bedeutete: Der Moment des Abschiednehmens war gekommen. Hier würde Bardrick nach Norden weiterreisen und sie musste ihre Reise allein fortsetzen. Als Bardrick sein Lied zu Ende gesungen hatte und sich zu ihr an den Tisch setzte, fragte sie: »Ihr fahrt von hier aus nach Norden, nicht wahr?«

»Komm doch mit!«, schlug er ihr vor. »Du wirst uns fehlen.«

Einen Moment lang war sie versucht, sein Angebot anzunehmen. Doch sie hatte von Anfang an nur davon geträumt, nach Hause zu gehen. Und obwohl sie das Meer noch nicht riechen konnte, musste die Westliche Küste recht nah sein. Sie schüttelte den Kopf. »Danke, aber es geht nicht. Ich möchte nach Hause.«

Das hörte der Wirt, der gerade ihre Gläser nachfüllte, und er fragte, wohin sie reisen wolle. Als sie »nach Westen« sagte, deutete er mit dem Kinn auf den kleinen Mann, der allein am Tresen saß.

»Er will auch in den Westen.« Auf dem Weg zurück in die Küche rief er dem Mann zu: »Hey, Cly! Die Kleine hier sucht eine Mitfahrgelegenheit.«

Der Angesprochene lehnte sich an den Tresen und beäugte zuerst Iona, dann Bardrick von Kopf bis Fuß. Nach dieser ausgiebigen Musterung kam er an ihren Tisch, setzte sich zu ihnen und beugte sich zu Iona.

»Wohin genau willst du?«

»Zu den Marram-Inseln.«

»Den *Marram*-Inseln?« Ein seltsamer Unterton lag in seiner Stimme, und er schien zuerst etwas hinzufügen zu wollen, ließ es dann aber bleiben. »Und was ist es dir wert?«

Iona erschrak.

»Sie kann bezahlen«, sagte Bardrick hastig und beugte sich zu Iona. *»Lady Rachels Armband«*, flüsterte er ihr zu.

»Das wollte ich doch dir geben«, widersprach Iona. »Du warst so nett zu mir.«

Bardrick legte seine Hand auf seinen Ärmel, genau auf die Stelle, wo das Sallender-Brandzeichen war, wie Iona wusste. »Zu mir war auch mal jemand nett. Ich gebe es nur weiter.«

Iona fühlte sich traurig und sehr allein, als sie sich am nächsten Morgen von Bardrick und seiner Tochter verabschiedete. Sie schaute über die Schulter nach hinten, bis das Wirtshaus nicht mehr zu sehen war.

Dann drehte sie sich nach vorn, und die inzwischen vertraute Unruhe pulsierte durch ihr Blut: Vor ihr erstreckte sich die Westliche Straße. Sie fuhren bis Mittag, als Cly plötzlich von der Straße abbog und auf ein kleines Wäldchen zusteuerte. Ruckelnd fuhren sie dann über einen zerfurchten Weg auf eine kleine Hütte zu, die inmitten der Bäume stand. Cly sagte, sie solle auf dem Fuhrwerk bleiben, während er durch die Pfützen zu dieser Hütte watete. Als er wenig später wiederauftauchte, war ein Mann bei ihm, der aussah wie er: klein und hager. Die beiden führten eine Schar von vier Kindern aus dem Haus und hoben sie auf die Ladefläche des Karrens. Als Iona ein komisches Geräusch hörte – ein dumpfes, metallisches Klirren –, drehte sie den Kopf nach hinten. Die Kinder waren in Ketten!

Eine Erinnerung durchzuckte sie, weiß glühend und so grell wie ein Blitz über einer Landschaft. Sommer; die Sonne, die sich auf dem Meer spiegelte, ihr Vater und Charley bis zu den Knien im Wasser. Sie half ihrer Mutter beim Flicken der Netze, die rauen Schnüre schnitten ihr in die Finger. Plötzlich ein Ruf: *Schaut!* Ein burgunderrotes Segel blähte sich am Horizont. Es war Demersal, der seinen Tribut eintrieb.

Es war ein schlechtes Jahr zum Fischen gewesen und sie hatten kein Geld. »Na schön, dann euren Sohn oder eure Tochter«, hatte er zu ihren Eltern gesagt. »Wen, dürft ihr selbst entscheiden.« Aber sie hatten keine Wahl gehabt. Iona war jünger als Charley und noch zu klein, um beim Fischfang zu helfen. Sie konnte den Strömungen nicht standhalten, die im tiefen Gewässer an einem zogen und zerrten und um einen brandeten, als wollten sie einen umwerfen. Sie wurde in Ketten gelegt und mitgenommen, sah die Inseln und Hügel hinter sich kleiner und kleiner werden und schließlich ganz aus ihrem Blickfeld verschwinden …

»Ist was?« Clys Stimme riss sie unsanft aus ihren Erinnerungen.

»Ihr seid Sklavenhändler?«

»Nur kleine Kinder. Keine Angst, du bist sicher vor mir.« Er zwinkerte ihr zu. Sie starrte ihn weiter entsetzt an. »Hey, mit Sklaven zu handeln ist ganz legal«, beteuerte er.

Sie schaute wieder auf die nebeneinander kauernden, verängstigten Kinder. Mitleid und Zorn zerrten und zogen an ihr wie die Wellen eines aufgewühlten Meers, doch dann spürte sie den salzigen Geschmack der Angst in ihrem Mund. Sklavenhändler waren schnell bei der Hand, wenn es darum ging, entlaufene Sklaven zurückzubringen. Wenn er herausfinden würde, wer sie war … Sie trug das Zeichen Demersals noch am Körper: eine burgunderrote Tätowierung, die sich als eingebranntes Band um ihr Handgelenk schlang. Hastig zupfte sie am Ärmel und zog ihre Haube ein Stück tiefer über den Kopf, um die Narbe zu verbergen, die entstanden war, als sie den Philemot-Ohrstift gewaltsam entfernt hatte.

»Gehörst du zu den Leuten, die so was grausam finden?«, fragte Cly und deutete mit einer ruckartigen Kopfbewegung auf die Kinder. Iona blieb stumm. Nach kurzem Schweigen fuhr der Mann fort: »Damit tu ich ihren Familien einen Gefallen, weißt du? Die meisten haben mehr Mäuler zu füttern, als sie sich leisten können. Nimmt man ihnen ein bis zwei Kinder weg, haben die anderen bessere Überlebenschancen. Im Ernst, ich tu den armen Müttern doch nur einen Gefallen.«

Iona, die gesehen hatte, wie in den Augen ihrer Mutter etwas erlosch, als Demersal ihre Tochter fortgeschleppt hatte, bekam eine Gänsehaut. Sie tarnte ihr Entsetzen und ihre Empörung als Kälte und wickelte ihren Umhang enger um sich. »Es stimmt. Es ist, wie Ihr sagt, ein legaler Handel«, sagte sie.

Als sie am Abend anhielten, versuchte Iona, mit den Kindern zu reden, doch sie schauten sie nur misstrauisch an und tuschelten untereinander. Mit den Augen versuchte sie ihnen zu verstehen zu geben: *Ich bin nicht wie er. Ich bin eine von euch* – wagte es aber nicht auszusprechen oder ihnen die Tätowierung und die Narbe zu zeigen, die Zeichen ihrer ehemaligen Besitzer, die bewiesen hätten, wer sie war. *Was würde es nützen?* Wenn sie sich verriet, würde Cly sie garantiert zu den Philemots oder den Demersals zurückbringen. Nein, sie würde sich nur in Gefahr bringen, wenn sie den Mund aufmachte, und den Kindern würde es nichts nützen. Trotzdem schämte sie sich mehr als je zuvor in ihrem Leben.

Am Tag vor dem Vollmond fuhren sie auf eine massive, hohe Mauer zu, in die ein zweiflügeliges Eisentor eingelassen war. Cly zog an dem Klingelzug neben dem Tor, das sich sogleich einen Spaltbreit öffnete. Eine Stimme fragte:

»Wer ist da?«

»Ich, Cly. Hab neue Ware dabei.«

Das Tor wurde ganz geöffnet. Der Wächter, ein schlaksiger junger Mann, warf einen Blick auf das Fuhrwerk und sagte: »Der Meister ist bei den Gewächshäusern. Bringt sie am besten gleich dorthin.«

Sie fuhren durch einen großen Hof, umgeben von hohen Holzschuppen, aus denen der ohrenbetäubende Lärm diverser Maschinen kam, dann weiter auf ein Feld mit mehreren Glashäusern. Als sie stehen blieben, hatte die Sonne gerade einen Spalt zwischen den Wolken gefunden, und das ganze Feld glitzerte und glänzte einen Moment lang, ehe sich die Wolkendecke wieder schloss. Ein Mann in Hemdsärmeln trat aus einem der Glashäuser und begrüßte Cly mit einem knappen Nicken.

»Hab neue Ware für Euch mitgebracht, Mister Snavel. Darf ich sie ausladen?« Cly scheuchte die Kinder vom Fuhrwerk, und sie standen wartend da, verstört und verängstigt, während Snavel sie von Kopf bis Fuß musterte. Dann deutete er auf einen der Jungen.

»Der da ist zu groß.«

»Er ist kleiner, als er aussieht«, behauptete Cly.

Der Mann blieb skeptisch. »Na schön, versuchen wir's. Bringt sie rein!« Cly trieb die Kinder in das Glashaus. Iona folgte ihnen. Im Inneren war es heiß und stickig; es roch nach unangenehm feuchter Erde und intensiv duftenden Pflanzen. Niedrige, ausladende Sträucher wuchsen in gleichmäßigen Reihen, umschwirrt von winzigen, braunen Insekten mit lautlosen, pulvrigen Flügeln.

Snavel blieb vor einem der Sträucher stehen und holte etwas aus seiner Tasche. Er zeigte es den Kindern: eine trockene, weiße Spelze, nicht größer als der Finger eines Kleinkinds.

»Davon gibt es jede Menge. Das Zeug liegt unter den Sträuchern auf dem Boden.« Er zeigte auf den nächstgelegenen Strauch und schob den größten der Jungen darauf zu. »Mal sehen, was du da rausholst.« Er ging in die Hocke und beobachtete den Jungen dabei, wie er auf allen vieren unter den Busch kroch. Iona beugte sich vor, um zu sehen, was er gleich machen würde, und biss sich auf die Zunge, um nicht zu protestieren. Glänzende Blätter wuchsen an den Sträuchern mit den wirren, grauen Zweigen, die mit langen, spitzen Dornen versehen waren. Zaghaft streckte der Junge eine Hand aus, um unter das Blättergestrüpp zu greifen, zuckte aber erschrocken zurück, als ein Dorn einen langen Kratzer in seinem Unterarm hinterließ.

»Du musst direkt *unter* den Strauch kriechen«, knurrte Snavel. Der Junge legte sich flach auf den Bauch und versuchte, sich unter die tief hängenden Zweige zu schlängeln. Doch als er sich stückchenweise vorwärtsschob, bohrten sich Dornen in seinen Rücken und seine

Schultern. Plötzlich kam der ganze Strauch ins Beben, und man hörte ein Platschen, das klang, als würden schwere Regentropfen auf die Blätter einprasseln. »Nein, nein, nein!«, rief Snavel entsetzt. »Aufhören!« Augenblicklich lag der Junge still.

Snavel wandte sich an Cly. »Hab doch gleich gesagt, dass er zu groß ist. Jetzt hat er gut eine halbe Rolle Larven runtergerissen, die noch nicht reif waren.« Er drehte sich wieder zum Strauch. »Keine Bewegung mehr! Bleib ganz flach liegen!«, befahl er dem Jungen. Er packte ihn an den Knöcheln, zog ihn unter dem Strauchwerk hervor und stellte ihn unsanft auf die Beine. »Ungeschickter kleiner Tollpatsch! Taugt nicht zum Ernten. Der muss in die Fabrik!«

»Dann krieg ich ja nur eine halbe Seraffe für ihn«, winselte Cly. »Das wäre ein Verlustgeschäft …«

Snavel unterbrach ihn mit einem ungläubigen Lachen. »Erzählt mir bloß nicht, Ihr hättet viel für ihn bezahlt. Kopf hoch, die anderen sind in Ordnung.« Er griff in seine Tasche und zählte vier Seraffen und dreizehn Renn auf Clys Handfläche. »Dann bis zum nächsten Mond.« Er trieb die drei kleineren Kinder zu einem schmalen Pfad zwischen den Sträuchern. Sie bogen um eine Ecke und waren verschwunden. Cly schob den anderen Jungen aus dem Glashaus, führte ihn über den Hof und übergab ihn dem Wächter am Eingangstor.

Als sie wieder auf der Hauptstraße waren, fragte Iona: »Was war das für ein Ort?«

»Eine Seidenfarm und -fabrik. Diese Dinger unter den Sträuchern sind die Kokons der Seidenraupen. Daraus werden die Seidenstoffe für den Monarchenbund gewebt.«

»Bringt Ihr oft Kinder hin?«

»Jeden Mond. Die Hälfte von ihnen wird schnell zu groß, wie du gesehen hast.«

»Die Hälfte?«

»Und die anderen halten nicht lange durch. Die Dornen sind giftig.«

Iona sah sich im Geiste mit einem von Rachels eisblauen Seidenkleidern auf den Knien dasitzen. Im Rockteil war ein langer Riss, und Lady Philemot hatte gesagt: »Ach, Iona, versuch gar nicht erst, es zu flicken. Das ist unmöglich. Wir werfen das Kleid einfach weg.«

Später an diesem Tag fuhren sie auf eine Hügelkette zu. Die Umrisse kamen Iona vertraut und zugleich auch fremd vor, und es dauerte eine Weile, bis sie begriff. *Natürlich* … es waren die Hügel an der Küste: Sie kannte sie gut, allerdings von der anderen Seite, vom Meer aus. Sie war fast zu Hause! Sie hatte Glück gehabt, verglichen mit diesen anderen Kindern. Sie starrte die Hügel an, bis ihre Augen brannten, doch gegen Abend zog ein dichter Nebel auf, der die Hügelkette verdeckte.

Am frühen Morgen, kurz vor der Morgendämmerung, kamen sie auf dem höchsten Punkt an und fuhren von da an abwärts, auf die Küste zu. Es roch nach Salz und man hörte das Rauschen der Wellen. Iona verspürte ein Prickeln am ganzen Leib, das sie beflügelte. Sie fühlte sich so lebendig wie seit Jahren nicht mehr.

Cly brachte das Fuhrwerk zum Stehen und streckte die Hand aus. Iona holte das Armband aus ihrer Tasche, überreichte es ihm und sprang dann vom Fuhrwerk aus direkt in den Sand. Sie wartete, bis Cly weggefahren war, ehe sie ans Meer hinunterging und ihre Lungen mit der salzigen Luft füllte. Die Inseln lagen noch hinter dem morgendlichen Dunst verborgen, und deshalb setzte sie sich auf einen flachen Stein am Ufer und wartete, bis sich der Nebel lichten würde. Hinter ihr wurde es langsam heller. Allmählich müsste sich in den Hütten auf der Insel etwas rühren; sie spitzte die Ohren und lauschte – auf Stimmen, das Zuschlagen einer Tür, das Knarren von Rudern oder das Flattern eines Segels. Doch es gab nur das Meer und den Wind.

Langsam lichtete sich der Nebel und löste sich auf und Iona erhob sich und schaute angestrengt durch die Bucht zu den Inseln.

Sie waren nicht da!

*Zweiter Tag des abnehmenden Clamynto-Mondes*

*Liebe Rachel,*

Leo stützte die Ellbogen auf den Schreibtisch und starrte geistesabwesend zum Fenster hinaus. Der Himmel hing voller schwerer Schneewolken, grün gefärbt von der Glasscheibe. Ob Elsa irgendwo da draußen in der Kälte war? Er stellte sich vor, wie er für sie ein Feuer machte, ihre eisigen Hände in den seinen wärmte … Ein Flattern oberhalb der Bäume riss Leo aus seinem Tagtraum: Ein Schwarm kleiner Vögel flatterte erschrocken auf. Was sie erschreckt hatte, war offensichtlich: Eine von Adlern gezogene Kutsche kam näher und tiefer und landete gleich darauf auf dem Rasen. Leo kletterte auf seinen Schreibtisch und mühte sich mit dem Fenstergriff ab, ehe er den Fensterflügel aufstoßen und hinausschauen konnte. Die Kutsche war schwarz und silbern. Freudig rannte er nach unten, in die Eingangshalle. Helminth und Jeremy traten gerade über die Schwelle und pusteten an ihre eisigen Hände.

»Was macht *Ihr* hier?«

»Wir sind nur auf der Durchreise.« Helminth lächelte. »Und wollten dich kurz besuchen. Wo ist Elverton?«

»In Freehaven. Ich durfte hierbleiben, damit ich in Ruhe lernen kann.« (Er musste an die dicken Gesetzbücher denken, auf denen sich inzwischen sicher schon der Staub sammelte, schob diesen Gedanken aber hastig wieder beiseite.) »Er kommt erst Anfang Galanthus zurück.«

Helminth runzelte die Stirn. »Er dürfte dich nicht so lange allein lassen. Ich meine, das ist nicht im Sinne …«

»Es macht mir nichts aus, ehrlich«, rief Leo spontan.

Helminth lachte. »Was meinst du? Kannst du dich eventuell bis morgen von deinen geliebten Büchern losreißen? Jeremy und ich sind auf dem Weg zu den Regenbogenfällen. Sie sind wirklich sehenswert, falls du noch nie dort warst.«

Leo hatte sich fest vorgenommen, an diesem Tag endlich mit dem Lernen anzufangen, um seinen Rückstand aufzuholen. Es waren nur noch zwei Viertelmonde bis zu Lannerets Rückkehr. Das war nicht sehr viel Zeit. Aber so ein Angebot bekam man nicht alle Tage. Dann würde er eben danach doppelt hart arbeiten müssen – früh aufstehen und lange aufbleiben. Irgendwie würde es schon gehen …

Lady Lanneret war zu Besuch bei den Filarions, und auch Robert war für ein paar Tage verreist, um Holz zu kaufen. Deshalb musste Leo niemanden um Erlaubnis fragen. Er hinterlegte eine Nachricht in Roberts Werkstatt, rannte zum Haus zurück und stieg zu Helminth und Jeremy in die Adlerkutsche. Als sie sich in die Lüfte erhoben, lehnte sich Leo über die Seitenwand und sah das Haus unter ihm immer kleiner und unwirklicher werden. Bald schon war die Kutsche in der Wolkendecke, das Haus unter ihnen wankte und schwankte, löste sich immer mehr auf und war schließlich verschwunden. Sie durchstießen die Wolkendecke und tauchten in das strahlende Licht eines klaren Winterhimmels ein.

»Ist euch kalt?«, rief Helminth vom Bug aus. Er musste brüllen, um das Rauschen der Adlerflügel zu übertönen.

»Ich erfriere!«, brüllte Jeremy zurück.

»Dann hol die Decken heraus, du Hohlkopf!«

Jeremy grinste, wühlte unter dem Sitz herum und zog schließlich ein paar zerknüllte schwarze Decken hervor. Er drückte Leo zwei davon in die Hand, der sie dankbar entgegennahm und sich von Kopf bis Fuß darin einwickelte. Helminth kam schwankend vom Bug zurück und nahm gegenüber den beiden Jungen Platz.

»Steht dir besser.«

Leo schaute auf die schwarze Decke hinunter, deren Silberfäden im Sonnenschein glänzten.

»Stimmt!« Warum, warum, warum nur hatte die verflixte eisblaue Kugel damals nicht im schwarzen Feld landen können? Ein Jahr mit Helminth wäre großartig gewesen; man sah Jeremy an, wie viel Spaß er mit seinem Lehrmeister hatte. Als er den Kopf wieder hob, sah er Helminths nachdenklichen Blick auf sich ruhen und hatte einen schrecklichen Moment lang Angst, Helminth würde ihn Sachen fragen wie: Ob es ihm gut ging, wie er mit Lanneret auskam ... Doch Helminth fragte nur: »Hast du schon gefrühstückt?«

Leo schüttelte lachend den Kopf und Helminth zog einen großen Korb unter seinem Sitz hervor und verteilte flache, runde Brote, Käse und kalten Tee. Es war das Beste, was Leo seit Langem gegessen hatte.

»Hast du Lust, die Kutsche zu lenken, Leo?«, fragte Helminth, als sie mit dem Essen fertig waren.

»Soll das ein Witz sein?« Er und Rachel durften bei ihrem Vater nicht einmal die Plätze wechseln, wenn sie in der Luft waren. Sie mussten in Decken gehüllt auf den sichersten Plätzen sitzen bleiben und durften sich nicht vom Fleck rühren.

»Aber nein. Jeremy hat auch schon mehrmals gelenkt. Er kann es inzwischen ganz gut. Also, willst du mal?«

»Oh ja, *gern*.« Leo tastete sich nach vorn zum Kutschbock, spürte das Schwanken und Schlingern der Kutsche unter seinen Füßen so deutlich wie nie zuvor und wurde sich bewusst, wie viel leere Luft sich zwischen ihm und dem entfernten Erdboden befand. Helminths Adlerführer, der in seinen vielen Schichten warmer Kleidung fast wie eine Kugel aussah, grinste ihm unter seiner unter dem Kinn zugebundenen Pelzmütze zu. Er rutschte ein Stück zur Seite, um Leo Platz zu machen.

Leo schaute nach oben und sah Hunderte von Adlern in der Luft, die sich mit regelmäßigen Flügelschlägen vorwärtsbewegten. Sie waren jeweils im Dutzend zusammengeschirrt, mit dünnen, silbrigen Kabeln, die in der kräftigen Sonne wie Lichtstrahlen glänzten. Die Kabel jedes Adlergespanns führten durch runde Öffnungen an der Seite gebündelt ins Innere der Kutsche und von dort aus weiter unter dem Schanzkleid bis zum Kutschbock, wo sie zusammengeführt wurden und an zwei massiven Griffen befestigt waren, die wie Steigbügel aussahen.

»Es gibt nicht viel zu tun, Mylord, solange wir einfach nur geradeaus fliegen«, erklärte der Adlerführer. Er hielt die Griffe nicht einmal fest, sondern hatte sie vor sich um eine Stange geschlungen, die offenbar eigens dafür da war. »Man muss nur den Kompass im Auge behalten, damit die Richtung stimmt.« Er deutete mit dem Kinn auf einen silbernen Kompass, der geöffnet vor ihm auf dem Boden lag und dessen Nadel nach Norden zeigte.

»Also … wenn man eine Kurve fliegen möchte …« Er nahm die Bügel von der Stange und drückte sie Leo in die Hände. Ein Ruck ging durch Leos Arme, als hätte er einen starken Schlag bekommen, und das Gefühl, so viel Kraft über sich zu haben und in seinen Händen versammelt zu wissen, war berauschend. »So, jetzt ziehen!«, wies ihn der Adlerführer an, und Leo spürte, wie sich die Kutsche nach links wandte und in einen Kurvenflug überging, ehe er mit der anderen Hand zog und das Gefährt wieder auf einen geraden Kurs brachte. Sie wendeten wieder und wieder, mal nach rechts, dann nach links und wieder nach rechts, bis Leo es ohne fremde Hilfe schaffte. Sie stiegen höher und nach einer Weile wieder tiefer und tauchten in eine eisige Wolke ein.

»Moment mal!«, rief Helminth. »Noch etwas tiefer, ja?« Sie ließen die Wolke über sich und flogen dann wieder geradeaus. »Schaut euch das an!« Helminths sonore Stimme übertönte das Flügelrauschen.

Sie flogen über eine ausgedehnte Ebene, doch vom Erdboden war nichts zu sehen. Der Fluss war über seine Ufer getreten, und so weit das Auge reichte, sah man nur Wasser, in dem sich der wolkenverhangene Himmel spiegelte. Hier und da ragten einzelne Hausdächer aus dem Wasser. Menschen waren weit und breit nicht zu sehen.

»Wem gehört dieses Land?«, fragte Jeremy.

»Demersal.« Helminth deutete auf ein großes Gebäude auf einer kleinen Anhöhe. Es wurde von den Flutmassen umspült und erinnerte vage an eine feine Dame, die angewidert ihre Röcke hochhielt, damit sie nicht schmutzig wurden.

»Wo die Menschen wohl alle sind?«, fragte Leo. Ein Ruck ging durch die Kutsche und der Adlerführer griff herüber und nahm Leo wortlos die Bügel aus der Hand. Seiner Verantwortung enthoben, begannen Leos Arme plötzlich zu zittern, doch er achtete nicht darauf, sondern beugte sich über die Seitenwand, um einen besseren Blick auf die Landschaft unter ihm zu haben. Das überflutete Land lag einsam und verlassen da.

»Wer weiß?«, sagte Helminth. »Steigen wir wieder höher! Hier können wir nichts tun.« Die Flugkutsche erhob sich rasch über die Wolkendecke und in den Sonnenschein.

Gegen Ende des Nachmittags gingen sie wieder tiefer und ließen die Wolken erneut über sich zurück. Sie flogen nun über eine wilde Landschaft mit steilen, bewaldeten Schluchten und schäumenden, weißen Flüssen. Helminth stieß Leo an und zeigte nach unten, auf etwas, das auf den ersten Blick wie eine graue Felsnase aussah.

»Inchcliff!«

»Wirklich? Im *Ernst*?« Leo lehnte sich über die Seitenwand und starrte staunend auf die Anlage. Er sah eine alte Mauer und mehrere Türme sowie ein Durcheinander aus schneebedeckten Dächern.

»Hast du es nicht erkannt?«

»Nein. Ich war noch nie hier.«

»Tatsächlich? Du musst Septimus unbedingt überreden, dass er mal mit dir herkommt. Es ist ein herrliches Fleckchen Erde!«

Sie flogen recht tief über Inchcliff und die dahinterliegenden Wälder hinweg und stiegen nur kurz höher, als mitten im Wald plötzlich mehrere spitze Felsen emporragten. Jenseits der Felsen war der Untergrund wieder eben und bewaldet. Sie landeten auf einer großen Lichtung, auf der ein altes Haus stand. Es sah aus, als wäre es hier ebenso gewachsen wie die Bäume; es war ebenso dunkel und schweigend wie sie, und auf den Stufen vor der Haustür lag noch das Laub vom vorigen Herbst.

»Können wir uns darin ein bisschen umsehen?«, fragte Jeremy.

Helminth nickte. »Ja, geht nur, ich werde rufen, wenn ich euch brauche.« Er entließ sie mit einer lässigen Handbewegung. Die beiden Jungen stapften durch das Laub auf den Stufen und betraten den Hausflur. Das Dachfenster war aus schwarzem Glas. »Irgendwie gespenstisch, nicht wahr?«, sagte Jeremy, als er voraus auf eine schmale Treppe zuging, die nach oben führte. »Aber daran gewöhnt man sich mit der Zeit. Diese Häuser sind alle gleich.«

»Warst du schon in vielen solcher Häuser?«

»Klar, dauernd. Wir reisen die ganze Zeit herum. Helminth sagt, ein guter Regent muss sein Land kennen.« Jeremy öffnete aufs Geratewohl eine Tür: ein kleiner Schlafraum, düster wie der Hausflur, mit dunklen Holzwänden und einem schwarzen Fenster. »Und du?«

»Ich?« Leo verzog das Gesicht zu einem schiefen Lächeln. »Ich habe bisher lediglich zwei Bibliotheken von innen gesehen.«

Es gab eine unbehagliche Pause. Leos Versuch zu scherzen war nicht geglückt: Neid und Selbstmitleid schwangen darin mit, und Jeremy wurde sichtlich verlegen, weil er nicht wusste, wie er reagieren sollte. Sie waren beide erleichtert, als Helminth aus dem Erdgeschoss nach ihnen rief. Als sie die Treppe hinunterpolterten, lagen einige Bündel im Hausflur. Sie schulterten sie und folgten Helminth aus dem Haus und über einen ausgetretenen Pfad zwischen den Bäumen. Nach einem langen Fußmarsch kamen sie zu einer kleinen Steinhütte am Fuße der Klippe, die sich im Norden der Ebene erhob. Auf einmal hörten sie ein donnerndes Rauschen, das ganz aus der Nähe kommen musste.

»Sind das die Wasserfälle?« Jeremy wollte unwillkürlich auf die Quelle dieser Geräusche zugehen, doch Helminth hielt ihn am Umhang fest.

»Geduld, junger Baladin. Noch nicht! Wir haben noch etwas zu tun.«

Er stieß die Tür der Hütte auf. Im Inneren gab es nur einen einzigen Raum, mit einer niedrigen, breiten Steinbank, die sich über drei Seiten erstreckte. An der anderen Wand gab es einen Herdofen. Sie rollten die dünnen Matratzen und Decken aus, die sie mitgebracht hatten, sammelten Holz und machten ein Feuer. Bis alles erledigt war, war es Abend geworden. Die Wolken hatten sich verzogen, der Himmel war von einem strahlenden Dunkelblau und der Mond ging auf.

»Perfekt«, sagte Helminth.

Sie verließen die Hütte und gingen in die Richtung, aus der das Rauschen und Prasseln kam. Mit jedem Schritt wurde es lauter, aber zu sehen war noch nichts. Schließlich kamen sie zu einer schmalen Öffnung in der Felswand, schlüpften hindurch und blieben nach einigen Schritten fasziniert stehen. Hoch über ihnen schossen Wassermassen aus dem Felsen und fielen in Kaskaden in einen tiefen kleinen See zwischen den Felswänden. Das Wasser *dampfte*, wie Leo überrascht feststellte. Dunstschwaden stiegen in die mondbeschienene Luft, Regenbögen zuckten durch den Sprühregen und die Dunstschwaden, während sich der Mondschein in den Wassertröpfchen spiegelte.

»Bei allen Monden und Sternen!«, entfuhr es Helminth. »So viel Wasser habe ich hier noch nie gesehen!« Er setzte sich auf einen großen Stein und begann, sich die Stiefel auszuziehen.

»Was hast du vor?«, fragte Jeremy.

»Ich gehe schwimmen.«

Jeremy starrte ihn an. »Soll das ein Scherz sein? Es ist so kalt, dass selbst einem Drachen der Atem einfriert.«

Helminth lachte, entledigte sich aller Kleidungsstücke und sprang mit einem eleganten Kopfsprung in den See. Das Mondlicht, das sich auf der Wasseroberfläche spiegelte, zersplitterte. Helminth schwamm zu den Jungen, die am Rand standen, und grinste zu ihnen hinauf.

»Du bist ja komplett übergeschnappt!«, rief Jeremy.

»Hier drin ist es wärmer als draußen!«, entgegnete Helminth lachend und tauchte wieder unter.

»Auf, komm!«, sagte Leo. »Versuchen wir's!« Begeistert riss er sich sämtliche Kleidungsstücke vom Leib und die eisige Kälte stach wie tausend Nadeln in seine Haut. Er hielt die Luft an und sprang. Augenblicklich durchflutete ihn eine angenehme Wärme, drang in jede Zelle seines Körpers. Leo kam wieder an die Oberfläche, schnappte nach Luft, tauchte erneut unter und ließ diesmal die Augen offen. Das Mondlicht schimmerte unter Wasser. Als er den Kopf wieder aus dem Wasser hob, hörte er Jeremys überraschten Ausruf, als auch er im Wasser landete. Leo schwamm so dicht an den Fuß des Wasserfalls, wie er sich traute. Das Felsgestein bildete unter der Wasseroberfläche eine Art Vorsprung, auf den man sich setzen konnte. Staunend schaute er zu den herabstürzenden Wassermassen hinauf.

»Richtig magisch, nicht wahr?« Helminth und Jeremy kamen zu ihm geschwommen.

»Einfach großartig!«

Helminth deutete nach oben. »Ihr solltet das Ganze mal von oben sehen! Dort gibt es eine große Höhle. Aber im Moment kämen wir ohnehin nicht hin – nicht bei so viel Wasser. Mein Vater hat früher mit deinem Vater hier gespielt, Leo, als sie noch Kinder waren. Sie haben miteinander gewettet, wer es am längsten im Dunkeln aushält. Septimus hat immer gewonnen. Er sagte, man müsse nur die Augen immer schön zulassen. Das sei das ganze Geheimnis.«

Er stieß sich von der steinernen Bank ab. »Auf, kommt! Schwimmen wir um die Wette bis zur anderen Seite!«

Am nächsten Morgen wachte Leo früh auf und schlich sich lautlos aus der Hütte, um Helminth und Jeremy nicht aufzuwecken. Er wollte unbedingt noch einmal zu den Wasserfällen. Die ersten Strahlen der frühen Morgensonne beschienen sie, zauberten Regenbögen in die

Dampfschwaden und versilberten das Wasser. Blinzelnd schaute er an der Klippe hinauf, studierte die Felswand sorgfältig. An den Ausbuchtungen im Gestein müsste man mit den Händen und Füßen Halt finden und sich so nach oben arbeiten können.

Helminth hatte gesagt, dass sie früh aufbrechen würden, aber schließlich schlief er noch. Leo nahm seinen Umhang ab, legte ihn auf einen großen Stein am Fuß der Klippe und beschwerte ihn mit einem kleineren Stein. Dann streckte er einen Arm aus und griff nach oben, zu einer ersten Ausbuchtung, und zog sich hinauf. Er kam rasch höher, berauscht vom Donnern des Wassers, das neben ihm herunterprasselte, und vom Sprühnebel, der sein Gesicht benetzte. Als er beinahe schon oben angekommen war, hielt er kurz inne, um einen Blick auf den grünblauen See unter ihm zu werfen. Da sah er Helminth am Rand des Gewässers stehen und ihm hektisch zuwinken.

»Leo!«, schrie er. »Komm sofort herunter! Wir müssen los!«

Verflixt! Leo schaute wieder nach oben. Er war schon fast oben; jetzt umzukehren wäre ein Jammer.

»Kann nichts hören!«, brüllte er zurück, drehte sich wieder zur Felswand und kletterte unverdrossen höher, bis ganz nach oben. Da konnte er sehen, wie sein Vater in den Höhlenraum hinter dem Wasserfall gelangt war. Ein schmaler Felssims führte von der Stelle, an der er stand, bis direkt zum Höhleneingang. Helminth hatte allerdings recht gehabt. Zurzeit war es unmöglich; die Wassermassen, die aus dem Maul der Höhle donnerten, hätten einen mit ihrer Wucht umgeworfen und mit sich gerissen. Der Felsvorsprung war nass vom Sprühnebel, zu glitschig und gefährlich. Nachdem Leo sich widerwillig eingestehen musste, dass er nicht weiterkam, kletterte er wieder nach unten und ging zu Helminth, der noch am Ufer des kleinen Sees stand.

»Um Himmels willen, Leo! Ich hatte gestern Abend doch gesagt, dass wir früh aufbrechen müssen. Hol deinen Umhang!« Leo zog seinen Umhang unter dem Stein hervor, warf ihn über die Schultern und folgte Helminth zurück zur Hütte. »Du hast mich vorhin sehr wohl gehört, als ich rief, du sollst herunterkommen, stimmt's?«, fragte Helminth.

»Schon, aber ich wollte unbedingt bis ganz nach oben«, gestand Leo verlegen.

Helminth funkelte ihn zuerst zornig an, musste dann aber schmunzeln. »Ignorierst du Elvertons Befehle auch manchmal?«

Das Lächeln auf Leos Gesicht erlosch. Er kickte ein Steinchen zur Seite und eilte stumm an Helminth vorbei. Helminth verfluchte sich innerlich. Das war eine unfaire Frage gewesen.

Sie flogen wieder nach Süden, unter einem eisblauen Himmel, dessen Sonne wie eine frostige, schimmernde Scheibe über ihnen stand. Den ganzen Tag spürte Leo die Wärme des Wasserfalls noch durch seine Adern pulsieren und ihn wärmen, bis zum Abend, als die Flugkutsche am Ende ihrer Reise zwischen den Wolken wieder nach unten stieg. Da durchströmte ihn plötzlich Eis statt Wärme. Lannerets Haus war hell erleuchtet! Der Lichtschein fiel auf den Rasen und strahlte durch die Dachfenster auch nach oben. Es sah aus, als wäre ein smaragdgrüner Stern auf die Erde gefallen, der hier weiterstrahlte.

»Oh, verdammt!«, sagte Helminth.

## 11. Kapitel

# Ein harter Winter und ein kalter Frühling

Lanneret erwartete sie in der Eingangshalle. Er trug Silber; die Falten seines Umhangs umspielten seine große, hagere Gestalt, was ihn aussehen ließ, als wäre er in schimmernden Stein gemeißelt. »Du trägst Trauer?«, rief Helminth bestürzt aus. »Wer ist gestorben?«

»Demersal.« Als Leo den dünnen Riss im Eis von Lannerets Stimme hörte, fiel ihm ein, dass Demersal einer seiner engsten Freunde und Gefährten gewesen war.

»Dein Lehrmeister. Herzliches Beileid.« Helminths Anteilnahme klang aufrichtig. Lanneret dankte ihm aber nur mit einem knappen Nicken, ehe er sich an Leo wandte.

»Du und ich müssen reden. Geh schon mal vor in die Bibliothek!«

»Euer Lordschaft.« Mit eingezogenem Kopf schlich sich Leo an ihm vorbei, blickte unter der Tür aber noch einmal zurück, um Helmith und Jeremy verstohlen zuzulächeln: *Ich bin trotzdem froh, dass ich mitgekommen bin. Egal, was auch passiert … es war die Sache wert.* Als er durch den Korridor auf die Bibliothek zuging, hörte er Helminth protestieren: »Elverton, es war nicht seine Schuld. Ich habe ihn überredet, mitzukommen …« Lannerets barsche Antwort konnte Leo nicht verstehen. Er ging in die Bibliothek, schloss die Tür hinter der Auseinandersetzung der beiden Lords und lehnte sich erschöpft dagegen. Die Bücher, die er vergessen hatte, lagen in einem Stapel auf dem Schreibtisch. Leo nahm sie und versteckte sie zuerst in einer Ecke hinter einem Stuhl. Doch dann überlegte er es sich anders und deponierte sie wieder auf dem Schreibtisch.

Lanneret ließ ihn lange warten. Als er schließlich kam, setzte er sich auf den Schreibtisch, nahm eines der Bücher vom Stapel und wischte demonstrativ ein paar Staubflöckchen weg. Leo verfluchte ihn innerlich. Lanneret wendete die Seiten, langsam und bedächtig, bis er zu der Stelle kam, nach der er gesucht hatte. Er legte seine Hand auf die betreffende Seite und spreizte die langen Finger.

»Die Nutznießrechte von Grund und Boden, der dem Monarchenbund gehört«, sagte er. »Was kannst du mir darüber sagen, Leo?«

»Nicht viel, Euer Lordschaft. Eigentlich … gar nichts.« Leo malte mit seiner Schuhspitze das Muster im Teppich nach.

»Weißt du wenigstens, was es bedeutet?«

»Nicht wirklich. Nein, Euer Lordschaft.«

»Na schön, dann nehmen wir ein Beispiel.« Lanneret machte eine Pause, klopfte mit den Fingerspitzen einer Hand gegen die Nägel der anderen und Leo musste sich ein Lächeln verkneifen. *Wenn er alles, was ich* nicht *gelernt habe, im Detail durchsprechen will, sitzen wir nächste Woche noch hier*. Lanneret verschränkte die Finger, stützte sich auf die Ellbogen und beugte sich vor. »Sagen wir mal, ich besitze einen Wald …«

»Einen Wald, Euer Lordschaft?«

»Ja. Wälder werfen viele nützliche Dinge ab, Leo; würdest du mir vielleicht ein paar Beispiele nennen? Dafür muss man keine Bücher gelesen haben.«

»Ich weiß nicht … ähm, Beeren. Nüsse. Pilze. Hmm …«

»Brennholz«, warf Lanneret ein. »Kannst du mir den Paragrafen nennen, Leo, in dem steht, wer das Recht hat, in einem meiner Wälder Brennholz einzusammeln?«

Leo war das Grinsen vergangen. Lanneret fragte nicht willkürlich irgendwelche Gesetze ab, die er, Leo, nicht gelernt hatte. Lanneret hatte dieses Beispiel nicht ohne Grund ausgewählt. *Brennholz.* Leo sah sich im Geiste wieder mit Don, wie sie ein Bündel Holzzweige durch den Schnee geschleppt hatten, um das kümmerliche Feuer in der kleinen Hütte zu schüren. Sein Mund wurde plötzlich trocken; er musste schlucken. »Ich weiß nicht genau. Ich …«

»Nein?«, unterbrach Lanneret sein Gestammel. »Dann wirst du gleich jemanden sehen, der es weiß.« Er läutete die Glocke und befahl dem herbeieilenden Sklaven: »Bring den Jungen her!«

Dons Hände waren auf dem Rücken gefesselt. Er hatte zwei tiefe, parallele Schnitte auf einer Wange, aus denen noch weiteres Blut auf das bereits angetrocknete, dunkle Blut tropfte. »Du hast gesagt, es sei in Ordnung, Leo«, sagte er. Ein zorniger Vorwurf blitzte in seinen Augen auf, mit einem Hauch von Verzweiflung, als würde er sich an einen letzten, dünnen Strohhalm der Hoffnung klammern, obwohl er wusste, dass es ihn gar nicht gab.

Lanneret schlug ihm ins Gesicht, hart und wie nebenbei; mit dem Handrücken quer über die Wange, und Don verzog vor Schmerzen das Gesicht. »Vergiss nicht, mit wem du sprichst, du kleiner, dreckiger Dieb. Für dich immer noch ›Mylord‹ und nicht ›Leo‹!«

»Don ist kein Dieb«, widersprach Leo. »Es geht um die paar dürren Zweige, nicht wahr? Ich habe ihm gesagt, er könne sie nehmen. Ich habe ihm sogar beim *Einsammeln* geholfen.«

»Aha, und wer hat dir das Recht dazu gegeben, Leo?«

»Niemand«, murmelte Leo betreten. Er starrte auf seine Füße, sah vor sich aber noch die weinenden Schnitte auf Dons Wange. Empört hob er den Kopf und funkelte Lanneret an. »Dann war es nicht Dons, sondern *mein* Fehler. Folglich müsste ich bestraft werden, nicht er.«

»Oh, keine Bange, Leo, das kommt noch.« Lanneret lächelte sein eiskaltes Lächeln, das Leo so hasste. »Aber er auch, fürchte ich. Du warst heute früh nicht hier und hast ihm erlaubt, Brennholz zu sammeln, oder?«

»*Heute?* Don, warum im Namen des Mondscheins hast du ohne mich Holz gesammelt?«

»Weil …« Don streifte Lanneret mit einem kurzen Blick. »Weil du …« Er korrigierte sich rasch. »Weil Ihr nicht hier wart, *Mylord*. Weil ich nicht wusste, wo Ihr wart oder wann Ihr kommen würdet. Weil es *bitterkalt* war. Und weil Ihr mir gesagt – versprochen – habt, er käme erst in Galanthus zurück.«

Gequält schloss Leo die Augen. »Tut mir leid«, sagte er leise. »Ich habe einen Fehler gemacht.«

»Ja«, sagte Don. »Ich auch.«

»Es tut mir leid«, wiederholte Leo. *»Tut mir leid …«*

»Das reicht.« Ungeduldig winkte Lanneret den Sklaven näher und Don wurde durch das Zimmer geschleppt. Die Tür fiel hinter ihnen zu, und Leo blieb allein mit Lanneret zurück, der an den Schreibtisch gelehnt dastand. Er fuhr sich mit einem Finger an den Lippen entlang und zeichnete die Linien seines schwachen, amüsierten Lächelns nach.

»Tja, Leo. Und was mache ich jetzt mit dir?«

Leo ballte die Hände auf dem Rücken zu Fäusten, damit sie aufhören würden zu zittern – vor Wut und nackter Angst –, doch nichts, rein *gar* nichts, konnte ihn vor dem Schlag schützen, den Lanneret ihm nun verpasste.

»Jemand muss es natürlich seinen Eltern sagen.«

Auf der Tischplatte spiegelten sich die silbernen Teller und grünen Gläser sowie der gleichmäßige Schein der grünen und silbernen Lam-

Lampen an der Decke. Eine gestelzte Konversation fand statt, überschattet von langen Momenten des Schweigens. Doch davon bekam Leo so gut wie nichts mit: In Gedanken war er noch in der dunklen, fensterlosen Hütte der Garths. Er hatte damit gerechnet, Dons Mutter würde in Tränen ausbrechen, doch ihr frostiges, bitteres Schweigen war sehr viel schlimmer gewesen. In seiner Hilflosigkeit hatte er mindestens hundert Mal gesagt: »Es tut mir leid.« Da erst machte sie den Mund auf. »Es wäre nicht passiert, wenn er Euch nie getroffen hätte.« Daraufhin war er überstürzt aus der Hütte gerannt, zutiefst beschämt und todunglücklich.

Nach dem endlos scheinenden Abendessen schleppte sich Leo nach oben in seine Gemächer. Auf dem Tisch am Fenster stand ein silbernes Tintenfässchen. Er hatte sich schon darauf gefreut, Rachel zu berichten, was er in den letzten zwei Tagen erlebt hatte. Jetzt nicht mehr. Er schob das Tintenfass ganz nach hinten an die Wand und starrte hinaus in die Dunkelheit.

»Leo?« Jeremy kam herein und stellte sich verlegen neben ihn.

»Was ist?« Leo schaute ihn nicht an.

»Alles in Ordnung mit dir?«

»Lass mich einfach allein.«

Jeremy zögerte.

»Ich sagte, du sollst gehen!«, fuhr Leo ihn an. Er wirbelte herum und schlug zu. Seine geballte Faust traf Jeremy unter dem Auge. Jeremy taumelte und schlug zurück; Leo packte ihn, stieß ihn rückwärts. Auf dem Boden kämpften sie weiter. Leo, dem sein Zorn ungeahnte Kräfte verlieh, nagelte Jeremy auf dem Boden fest, setzte sich auf seine Brust und schlug ihm mit beiden Händen ins Gesicht. »Leo!«, keuchte Jeremy. »Hör auf! Geh von mir runter!«

»Was ist denn hier los?« Jemand packte Leo unter den Armen und zog ihn von Jeremy weg. Jeremy rutschte ein Stück rückwärts, wischte sich mit dem Ärmel die blutende Nase ab und funkelte Leo wütend und ratlos an.

»Lass uns allein, Jeremy«, sagte Helminth. Sobald Jeremy weg war, ließ er Leo los, der sich wieder auf den Boden fallen ließ und sein Gesicht an die Knie presste. Helminth kauerte sich vor ihn.

»Das war nicht sehr fair, stimmt's?«

Leo riss den Kopf hoch. »Erzählt mir nichts von fair oder unfair!« Er holte so unvermittelt aus, dass Helminth überrascht das Gleichgewicht verlor und rückwärts auf die Hände fiel. Leo sprang auf. Das Tintenfass stand noch auf dem Tisch. Er griff hinter sich, packte es und schleuderte es auf den Boden. Grüne Tinte spritzte über den smaragdgrünen Teppich, der es aufsaugte, als wäre es vergossenes Blut.

»Bei allen Monden, Leo!« Helminth betrachtete den ruinierten Teppich und schüttelte den Kopf. »Hör mal, ich werde sagen, es sei ein Unfall gewesen. Ich werde sagen, ich hätte es getan.«

»Sagt, was Ihr wollt. Ist mir egal.« Leo rannte in sein Schlafzimmer und schlug die Tür hinter sich zu.

Am nächsten Morgen reisten Helminth und Jeremy ab. Lanneret ebenfalls, nachdem er Leo gewarnt hatte: »Heute Abend bin ich wieder da. Ich bringe nur den Jungen nach Stonywold.«

*Stonywold.* Das war eine der Sklavenfarmen im Osten, und bei diesem Namen fluteten die Erinnerungen wieder zurück: der Gerichtssaal in Freehaven und Elsa mit den dunklen Augen, in denen Tränen und Trotz lagen. Ein verrückter, absurder Gedanke schoss Leo durch den Kopf: Wenn Don auch nach Hope's End käme, hätte Leo ihm eine Nachricht an Elsa mitgeben können … Er riss sich rasch zusammen. Wie dumm von ihm. Don kam nun mal nicht nach Hope's End.

Und selbst wenn er nach Hope's End gekommen wäre, selbst wenn Leo ihn vor der Abreise noch einmal gesehen hätte …

Selbst dann hätte er nicht gewollt, dass Don Elsa von ihm erzählte. Denn dann hätte sie von seiner schändlichen Tat erfahren. Von seiner arroganten Zuversicht bei Dingen, von denen er in Wirklichkeit keine Ahnung hatte. Dass er mit Helminth und Jeremy einen Ausflug gemacht hatte, ohne auch nur einen Gedanken an Don zu verschwenden. Von seiner feigen, kraftlosen Angst vor Lanneret. Wenn Elsa all das wüsste, würde sie bestimmt nichts mit ihm zu tun haben wollen …

*Blödmann*, sagte er sich, erhob sich von der untersten Treppenstufe, wo er mit dem Kopf in den Händen vor sich hin gebrütet hatte, und ging in die Bibliothek. Lanneret hatte damit gedroht, Leo nach seiner Rückkehr über das Feudalsystem abzufragen, und Leo wollte sich lieber nicht vorstellen, was geschähe, wenn er wieder versagte. Und außerdem – was hätte er sonst tun sollen außer lernen?

Er las und las und zwang sich, die komplizierten Schachtelsätze der Paragrafen und Klauseln zu verstehen. Als er am frühen Nachmittag wieder einmal eine Seite weiterblätterte, sah er die Überschrift: *Rechtslage bezüglich der Erträgnisse aus Forstwirtschaft.* Seine Wangen glühten vor Scham, als er langsam weiterlas. *Sämtliche Erzeugnisse aus Wäldern des Monarchenbundes sind und bleiben unabänderlich für immer im Besitz des Monarchen, auf dessen Grund und Boden der betreffende Wald oder Hain liegt*, begann der Artikel, in dem es dann um Einzelheiten über essbare Dinge, Mineralien, Tiere, Vögel, Nutz- und Brennholz ging. Allein über Brennholz gab es einen ganzen Abschnitt. Während Leo weiterlas, wurde er immer wütender – auf die Person, die dies geschrieben hatte, auf Lanneret, der diesen Paragrafen so streng durchsetzte, auf seinen Vater, der ihn *nicht* durchsetzte und ihn, Leo, nicht einmal darüber aufgeklärt hatte, dass es solche Verbote gab … Am meisten aber war er wütend auf sich selbst. Wenn er das alles gewusst hätte – und er hätte es wissen *müssen* –, wäre er niemals auf die Idee gekommen, den ersten dürren Ast im Schnee aufzuheben und Don in die Hand zu drücken.

Gesetze waren für Leo bisher nur knochentrockene, langweilige Vorschriften gewesen. Nun aber spürte er, wie mächtig und gefährlich sie waren: Es kam ihm so vor, als hielte er etwas in der Hand, das jeden Augenblick explodieren konnte; etwas, vor dem er sich nur sicher fühlen konnte, wenn er verstand, wie es funktionierte. Er las wie gebannt weiter, zwang sich, die Sätze so lange zu wiederholen, bis er sie verstanden hatte. Am späten Nachmittag, als das Tageslicht zu verblassen begann, klopfte es an der Tür, und ein Sklave brachte ihm einen Zettel.

*Wenn du nur noch lernst und keine Pause machst, fällt dir irgendwann der Kopf ab. Glaub mir! Komm doch auf einen Tee vorbei, Robert.*

Leos Mundwinkel zuckten, als er den Zettel ins Feuer warf und sich wieder seinem Buch zuwandte. Doch es dauerte nicht lange, bis die Tür erneut aufging.

»He, das war ernst gemeint«, sagte Robert. Er schritt durch den Raum, nahm Leos Kopf zwischen seine breiten Hände und bewegte ihn vorsichtig von links nach rechts und wieder zurück. »Siehst du? Er sitzt schon ganz locker. Jetzt gibt's einen Tee!«

Als sie beide am Ofen saßen und jeder einen Becher Tee in der Hand hatte, sagte Robert: »Wie ich gehört habe, hat Elverton dich gezwungen, zu den Garths zu gehen und es ihnen zu sagen. Das tut mir leid.«

Leo starrte in seinen Becher. »Warum hasst er mich nur so sehr?«

Robert seufzte. »Ach, Leo. Das liegt doch auf der Hand.«

Leo wischte sich mit der Hand die Nase ab. »Nein, für mich nicht.«

Robert seufzte erneut und nahm dann einen langen Schluck. Eine Windböe blies einige Schneeflocken ans Fenster der Werkstatt. »Du verkörperst all seine gescheiterten Hoffnungen und Wünsche, Leo. Du bist das, was er nie hatte.«

»Ich verstehe nicht …«

»Sei nicht so begriffsstutzig, Leo. Ein *Sohn*!«

Robert stellte seinen Becher ab, erhob sich und stellte sich an seine Werkbank, wo er einen Borkenstreifen auseinanderzog und sich wieder zusammenringeln ließ. »Er und Anna sind seit fast zehn Jahren verheiratet. Er hat sie geliebt – abgöttisch geliebt. Eine Zeit lang waren sie sehr glücklich. Doch Jahr für Jahr warteten sie vergeblich auf einen Sohn. Die arme Anna. Sie hatte so lange darauf gehofft. Er ebenfalls. Und beide wurden schwer enttäuscht. Deshalb ist er so verbittert geworden. Die zehn Jahre sind inzwischen fast um. Er muss sich eine andere Ehefrau suchen. Aber er wird keine Frau jemals so lieben, wie er Anna geliebt hat.«

*Aha,* dachte Leo, *und deshalb soll ich nun Mitleid mit ihm haben?* Doch er sagte nur: »Was soll das heißen: Die zehn Jahre sind fast um?«

»Hast du die Erbschaftsgesetze noch nicht durchgenommen?«

»Nein.«

»Wären sie nicht schon dran gewesen?«

Leo spielte mit den Füßen im Sägemehl. »Ich weiß nicht …«

Robert lachte. »Na schön, dann bekommst du nun eine kostenlose Nachhilfestunde. Also, der Monarchenbund beruht auf der direkten Nachfolge der männlichen Linie. Die Regierung geht vom Vater auf den Sohn über, von Generation zu Generation.«

»Das weiß ich.«

»Gut«, sagte Robert. »In einem solchen System ist es unerlässlich, dass aus der Ehe ein männlicher Nachfolger hervorgeht. Nach der Eheschließung hat ein Lord zehn Jahre Zeit, um einen Sohn zu zeugen. Wird ihm innerhalb dieses Zeitraums kein Sohn geboren, führt das zwangsläufig zur Auflösung der Ehe. Der betreffende Lord muss sich neu vermählen und wir alle wünschen ihm beim zweiten Mal mehr Glück.« Robert machte eine Pause. »Es war wirklich großes Pech für dich und Elverton, dass ihr ausgerechnet dieses Jahr zusammengekommen seid. Ihm wäre jeder Lehrjunge ein Dorn im Auge gewesen, aber du mehr als jeder andere.«

»Warum?«

»Bei allen Monden, Leo, manchmal bist du wirklich schwer von Begriff! Wie lange waren Septimus und Cecilia verheiratet, als du auf die Welt kamst?«

»Fast zehn Jahre …«

»Richtig«, sagte Robert. »Sie hatten bereits befürchtet, dass ihnen dasselbe bevorstand wie nun Anna und Elverton: eine Zwangsscheidung. Doch in ihrem Fall ist ein Wunder geschehen, richtig? Sie bekamen nicht nur einen Sohn und Erben, sondern zusätzlich noch eine Tochter.«

Leo sagte nichts darauf. Er dachte an das Weihebild zu Hause und sah zum ersten Mal die Erleichterung in den lächelnden Augen seiner Eltern, den Anflug der alten Verzweiflung in der Art, wie seine Mutter ihren Sohn umklammerte. Kein Wunder, dass sie das Weihefest so früh abhielten wie möglich.

Robert lehnte sich an seine Werkbank und schaute ihn an. »Leo?«

Leo blickte auf.

»Wenn ich von einem Wunder spreche, klingt es, als sei es eine Laune der Monde gewesen, doch das war es nicht. Dein Vater ist freundlicher und geduldiger, als Elverton es jemals war; er stand zu Cecilia mit einer Zuversicht, die Elverton Anna gegenüber nicht aufbrachte. Deshalb gibt es dich und Rachel.«

*Galanthus-Neumond*

*Liebe Rachel,*
*wieder in Freehaven. Alles wie gehabt. Es gibt nichts zu erzählen.*
*Leo x*

Iona träumte. Sie war barfuß, der raue Sand war noch kühl unter ihrer Haut, der Wind spielte mit ihrer Kleidung und ihren Haaren, die Brandung sang in ihren Ohren. Sie ging ans Ende einer sandigen Landzunge, die sich weit ins grenzenlose Meer erstreckte; das Wasser glitzerte in dem weißgoldenen Licht eines frühsommerlichen Tages. Direkt über ihr kreischte eine Möwe; Iona zog den Kopf ein und wachte auf.

Derselbe Traum. Nacht für Nacht träumte sie von den Inseln, schritt im Schlaf über den festen Untergrund ihrer Kindheit, spürte, wie er sich in ihre Fußsohlen presste. In der ersten Nacht war sie lange vor Tagesanbruch in der dunklen Kälte aufgewacht, hatte sich zum Strand hinuntergetastet und sich auf einen flachen Stein am Ufer gesetzt. Sie hatte gewartet, auf das Rauschen der Wellen gelauscht und in die Dunkelheit gestarrt. Insgeheim hatte sie gehofft, dass das leere Meer vom Vortag nur eine Täuschung gewesen war, die Rückkehr des Tages das Trugbild auflösen würde und die Inseln wie durch ein Wunder plötzlich wieder da wären. Doch dann war es Tag geworden und das intensiver werdende Licht hatte die Dunkelheit in nichts weiter aufgelöst als in einen grauen Himmel und in ein grüngraues Meer.

Sie hatte geweint: zuerst aus Verzweiflung, weil sie einen so weiten Weg zurückgelegt hatte und nun nichts vorfand; dann aus Wut, weil Cly sie übers Ohr gehauen hatte. Er hatte es gewusst. Das war es gewesen, was sie am ersten Tag in seinem Gesicht gesehen, aber nicht begriffen hatte. Er hatte gewusst, dass die Inseln verschwunden waren! Trotzdem hatte er sie hierher gebracht, nur um als Entlohnung ihr Armband zu bekommen. Und deshalb war er so schnell davongefahren, noch ehe der Tag anbrach und seine Lüge aufgedeckt hätte.

Iona war froh über ihre Wut. Dank ihrer fühlte sie sich heiß und lebendig. Ohne diese Wut wäre sie in ihrem Kummer ertrunken. Nur diese Wut hatte ihr die Kraft gegeben, sich in der verfallenen Hütte oben am Strand fürs Erste häuslich einzurichten, den Strand nach jeder Flut nach etwas Essbarem und Brennholz abzusuchen, um am Leben zu bleiben, während Clamynto abnahm, um schließlich Galanthus Platz zu machen. Sie hatte die Tage gezählt und wusste, dass es inzwischen fast Coranto war, der tanzende Mond der Frühlingsmitte.

Frühling: Doch es lag keine frühlingshafte Wärme in der Luft. Auch an diesem Morgen war es eisig und die Kälte drang Iona bis auf die Knochen und weckte sie auf. Sie schlug die Augen auf. Die Helligkeit ihres Traums erlosch, als sie in die düstere Hütte blinzelte. Das Feuer vom Vorabend im Kamin war erloschen. Regen und graues Licht fielen durch die leeren Fenster und tröpfelten durch die Löcher im Dach. Draußen heulte der Wind gegen das Donnern der Brandung an. Iona fröstelte, rollte sich noch enger zusammen und wickelte ihren Umhang straffer. Doch die Kühle der Morgendämmerung ließ sich nicht abwehren. Widerwillig stand sie auf und machte ein neues Feuer an – mit dem Feuerstein, den sie in der verlassenen Hütte gefunden hatte. Mit eisigen und unbeholfenen Fingern versuchte sie, ihm ein paar Funken abzutrotzen. Bis sie es endlich geschafft hatte, ein Feuer anzuzünden, bibberte sie vor Kälte. Sie pustete in das kleine Flämmchen, bis das Feuer endlich richtig brannte, und kauerte sich über seine Wärme.

Der Hunger trieb sie schließlich an den Strand. In dem Nieselregen schritt sie langsam die Flutlinie ab und sammelte Seegras und Treibholz ein. Allein schon davon, dass sie auf den schmalen Streifen mit Treibgut starrte, um etwas Nützliches zu finden, und sich hin und wieder bückte, um Gras und Zweige aufzusammeln, wurde ihr schwindelig. Ein weißer Lichtstrahl zuckte durch ihren Kopf. Sie richtete sich auf und holte mehrmals tief Luft, um gegen das Schwindelgefühl anzukämpfen. Der frühmorgendliche Nebel über dem Meer hatte sich gelichtet. Doch in der Ferne bot sich ihr derselbe Anblick wie immer: nur die graue Linie des Horizonts, wo ein trübes Meer auf einen trüben Himmel stieß; keine Inseln mit flachen Hügeln, deren runde, rötliche Rücken wie die von Walen aus den Wellen ragten.

Iona setzte sich auf das schwarze Felsgestein am Ufer und stellte sich die Frage, die sie sich schon hundert Mal gestellt hatte. *Wie war es passiert?* War der Wasserspiegel allmählich angestiegen, was den Inselbewohnern Zeit gegeben hatte, ihre Flucht vorzubereiten? Oder hatte das Meer in einer verheerenden Flutwelle die Inseln innerhalb kürzester Zeit überschwemmt? Hatte es die leicht gebauten Holzhütten auseinandergerissen und die Einzelteile in seinen mörderischen Fluten verteilt? Ionas Verlangen, Licht in das Dunkel zu bringen, ihre vage Ahnung, dass die Antwort irgendwo hier zu finden sein musste, verankerte sie an diesem Strand wie eine Napfschnecke an einen Felsen.

Sie musste dringend etwas essen. Deshalb erhob sie sich und schleppte sich weiter am Strand entlang. Unter dem üblichen Durcheinander von Seetang und ausgebleichtem Holz sah sie plötzlich etwas Braunes mit rosa Pünktchen, ungefähr so groß wie ihre Faust. Es versteckte sich in einem Gewirr aus Seetang. Vor Aufregung zitternd bückte sich Iona, um den Krebs aufzuheben, legte ihn auf einen Felsen und zertrümmerte ihn mit einem Stein. Gierig saugte sie das Fleisch aus der zertrümmerten Schale, schleckte mit der Zunge auch die letzten Fleischfasern auf. Sie verspürte eine neue Energie, warf die sauber geleckten Überreste ins Meer und blickte dann suchend am Strand entlang.

»Du bist eine Närrin«, schalt sie sich.

An diesem Ort hier gab es weit und breit keine Menschenseele mehr, niemanden, der ihr hätte erzählen können, was passiert war. Denn wenn jemand hiergeblieben wäre, hätte ihn das mörderische Meer für immer zum Schweigen gebracht. Es war sinnlos, länger auszuharren und zu warten; sie konnte wieder gehen.

Iona ging am Strand hinauf bis zur Küstenstraße und wandte sich dann nach Norden.

Zwei Tage lang schleppte sie sich an einer sandigen, niedrig gelegenen Küste entlang. Die Naturkatastrophe, die die Inseln heimgesucht hatte, hatte auch diesen Küstenstreifen in Mitleidenschaft gezogen. Das Meer war ins Land eingedrungen. Zerstörte Häuser standen unter Wasser, schief und krumm wie von der einlaufenden Flut umspülte Sandburgen. Am dritten Tag gelangte Iona zu einem anderen Küstenteil, wo steile Felsen fast senkrecht aus dem Meer ragten. Verbissen ging sie den steilen Weg zu den Klippen hinauf, folgte ihm den ganzen Tag lag, bis er wieder hinunter zu kleinen, verlassenen Stränden und von dort aus wieder in windgepeitschte Höhen hinaufführte. Am Abend dieses Tages sah sie eine weitere felsige Bucht unter sich, doch diesmal war sie nicht menschenleer.

Hier stand ein Lager aus zerfetzten Zelten im Sand, erbaut aus alten

Schiffsplanken und ausgefransten Segeln. Zwei Menschen schritten die Gezeitenlinie ab. Iona lief den Pfad hinunter und rief: »Hallo! Hallo!« Die Worte wurden ihr vom Wind von den Lippen gerissen, vermischten sich mit den Schreien der Möwen, und die zwei Personen hoben erst die Köpfe, als Iona unten am Strand ankam. Bei ihrem Anblick blieb Iona überrascht stehen. Es waren eine Frau und ein Junge, beide in Lumpen gehüllt, die ihnen um den Leib schlotterten und mit Sicherheit keinen Schutz vor dem schneidenden Wind boten, der vom Meer hereinwehte. Sie waren mager und hohläugig, ausgebleicht und vertrocknet wie altes Treibholz. Es dauerte eine Weile, bis Iona merkte, dass sie sie kannte. Es waren Mrs Dunwich und ihr Sohn Jo.

»Mrs Dunwich«, sagte sie. »Kennt Ihr mich noch? Ich bin Iona.«

Die Frau legte die Hände um Ionas Gesicht. Erst nach einer Weile sah Iona in ihren Augen Erkennen aufblitzen. »Die Tochter von Tom und Carrie? Charleys Schwester? Die kleine Iona?«

»Ja, wo sind alle? Was ist passiert?«

»Es war der Regen«, sagte Mrs Dunwich müde. »Es hat geregnet wie nie zuvor. Das Gras stand tagelang unter Wasser und ist … verfault …«

Mehr musste sie nicht sagen. Iona begriff sofort. Die schnell wachsenden, zähen Grashalme hatten die Inseln zusammengehalten. Wenn man ein Büschel davon herauszog, sah man die verfilzten, starken Wurzeln. Ohne sie bestanden die Inseln nur aus Sand, und es gab nichts, das den Angriffen von Meer und Wind hätte standhalten können.

»Der Sand wurde weggespült?«, sagte Iona fragend. Mrs Dunwich nickte.

»Was ist mit meiner Familie passiert?«, fragte Iona weiter. »Konnten sie fliehen? Sind sie …?« Sie brachte es nicht über sich, ihre Befürchtung auszusprechen. »Sind sie auch hier?« Andere Menschen waren inzwischen aus den Zelten gekrochen. Iona schaute in den Kreis aus hungrigen Gesichtern. Doch die, auf die sie gehofft hatte, waren nicht darunter.

Mrs Dunwich schüttelte langsam den Kopf. »Deine Leute sind nicht hier. Sie wollten woanders hingehen. Aber es gibt keinen anderen Ort. Sie werden wiederkommen.« Sie legte ihre Hand, die so fleischlos wie eine Möwenkralle war, auf Ionas Arm. »Willst du bleiben und auf sie warten?«

Mrs Dunwich führte Iona in ihr dünnwandiges Zelt und teilte ihr mageres Mahl aus Seetang mit ihr. Dann legte sie sich neben sie in den feuchten Sand zum Schlafen.

Am nächsten Morgen wurde Iona vom lebhaften Gekreische der Möwen geweckt. Das Zelt war leer, die zerfledderten Stoffwände flatterten im rauen Wind. Iona kroch hinaus an den Strand. Das Meer wütete: Zornige Gegenströmungen donnerten Gischt sprühend aufeinander. Ein Hagelschauer peitschte über den Sand. Mrs Dunwich stand am Fuß der Klippe und starrte nach oben.

Jo kletterte an der Felswand hinauf, allerdings nicht auf dem Pfad. Er zog sich am nackten Gestein hinauf, das schlüpfrig war vom Hagel, und tastete nach einem Halt für seine nackten Füße. Er hatte einen Segeltuchbeutel über der Schulter hängen und kletterte zielgerichtet auf einen schmalen Felsvorsprung zu, auf dem Möwen nisteten. Die Vögel krächzten bereits schrill und warnend, und als er sich ihren Nestern näherte, stürzten sie sich auf ihn und begannen, nach seinem Kopf zu hacken. *Hör auf, du Narr*, dachte Iona. *Komm wieder herunter!* Doch er kämpfte sich unbeirrt höher, rutschte einmal aus, fing sich aber wieder. Jetzt war er direkt unterhalb der Nester und löste eine

Hand von der Felswand, um nach den Eiern zu tasten. Die Möwen pickten nach ihm; Iona sah, dass er den Kopf wegdrehte und die Augen fest zukniff. Er tastete weiter, bekam ein Ei zu fassen, legte es behutsam in den Beutel, der an seiner Schulter baumelte, und tastete weiter. Da fiel ihm ein Ei aus der Hand. Iona sah es in die Tiefe fallen; wie ein zerbrechlicher kleiner Schädel zerschmetterte es auf dem Felsgestein am Fuß der Klippe.

*Sie werden alle sterben,* dachte Iona plötzlich. Der Hunger würde diese Menschen in den sicheren Tod hetzen, indem er sie auf der Suche nach etwas Essbarem gefährliche Klippen hinauf- oder ins wütende Meer hinaustrieb; er jagte sie in ihre Zelte auf dem feuchten Sand, wo sie nur darauf warten konnten, dass der Hungertod oder die Kälte sie erlösen würden. Sie musste von hier weg, solange es ihr noch möglich war. Erleichtert sah sie Jo die letzten Meter herabklettern und sicher auf dem Erdboden landen. Dann sagte sie zu Mrs Dunwich: »Wenn meine Eltern zurückkehren, sagt ihnen bitte, ich sei ins Inland gegangen, in eine der Städte nördlich des Nouldewood.« Es war das einzige Ziel, das ihr einfiel, die Gegend, in die Bardrick reisen wollte. Iona hörte nicht auf die Bedenken der Frau. Sie zog sich ihren Umhang über den Kopf und machte sich auf den langen, flachen Anstieg, der aus der Bucht führte.

## 12. Kapitel

# Verloren, gestohlen und gefunden

Coranto-Neumond

*Lieber Leo,*
*wir verlassen Inchcliff. Heute Morgen wurde ein Drache gesichtet und deshalb reisen wir ab. Wir waren alle draußen im Garten, als er DIREKT über unsere Köpfe hinwegflog. Viel gesehen habe ich aber nicht von ihm, nur einen großen Schatten auf dem Schnee. Aber dafür habe ich ihn GEROCHEN – er stank richtig, wie verbranntes Fleisch. Mai hat gesagt, so riechen sie nur, wenn sie gerade gefressen haben, und deshalb waren wir vermutlich gar nicht in Gefahr.*
*Ich weiß nicht, ob ich abreisen will oder nicht. Mir gefällt es hier, aber ich hatte auch ein paar schlimme Träume.*
*Rachel*

Rachel lehnte sich zurück und schaute zum Fenster der Bibliothek hinaus. Regentropfen strömten über die Glasscheibe und der Wald sah düster und trostlos aus; die Berge in der Ferne waren in Wolken gehüllt. Die albtraumhaften Empfindungen, die sie nicht verstehen konnte – die schrecklichen Gefühle von Einsamkeit und Verlassenheit –, überfielen sie erneut, und sie rannte in ihr Zimmer zurück. Auf der Schwelle blieb sie verdutzt stehen. Es sah aus, als wäre ein belsturm durch ihr Zimmer gefegt, hätte all ihre Kleider durcheinandergewirbelt und im ganzen Raum verteilt. Inmitten dieses Durcheinanders kauerte Mai, die Arme um den Oberkörper geschlungen, und schaukelte vor und zurück, als hätte sie Schmerzen. Rachel fasste sie an den Schultern und rief ihren Namen, doch Mai weinte weiter; ruckartige Schluchzer, die klangen, als würden sie ihr mit Gewalt entrissen. Rachel hielt sie so lange fest, bis Mai schließlich den Kopf hob.

»Tut mir leid …«

»Alles ist gut«, versuchte Rachel sie zu trösten.

Mai schüttelte den Kopf. »Ist es nicht …« Und ihre Tränen flossen weiter.

*Coranto-Neumond*

*Lieber Leo,*

*als Mai hörte, dass wir abreisen, hat sie geweint und geweint. Ich habe noch nie jemanden so herzzerreißend schluchzen sehen. Dann erzählte sie mir endlich ihre Geschichte. Im Aquilon wurde ihr Dorf von Sklavenhändlern überfallen. Sie und fast alle Dorfbewohner wurden verschleppt – nicht aber ihre Kinder, die mit den Ziegen unterwegs waren. Sie hat zwei Kinder: ein Mädchen etwa in unserem Alter und einen Jungen, der etwas jünger ist. Sie ist natürlich in größter Sorge um sie. Einerseits hat sie Angst, sie könnten im Dorf geblieben und inzwischen verhungert sein, andererseits hat sie Angst, sie könnten das Dorf verlassen haben. Da sie bisher nur im Gebirge gelebt haben, befürchtet Mai natürlich, ihre Kinder kämen ohne sie nicht zurecht.*

*Sie hatte gehofft, ich würde sie nach Arimaspia fliegen, damit sie sehen könnte, was aus ihren Kindern geworden ist. Deshalb geht sie so ungern*

*von Inchcliff fort. Ich habe Peter gefragt, ob wir auf dem Heimweg nicht kurz in Mais Dorf vorbeifliegen könnten, doch er sagte, es sei viel zu windig dort oben. Und wegen der Drachen sei es ohnehin viel zu gefährlich.*
*Ich wünschte, ich könnte Mai irgendwie helfen.*
*Rachel*

*PS: Weißt du noch, wie sie in Mabberling mit geschlossenen Augen meine Haare gebürstet und dir das Gesicht abgewaschen hat? Ich glaube, da hat sie an ihre beiden Kinder gedacht. Ist das nicht traurig?*

*Coranto-Vollmond*

*Lieber Leo,*
*ich habe mit Vater über Mai gesprochen. Er war entsetzt und sagte, zwangsweise Versklavung durch einen Überfall sei illegal, und wenn Mai es beweisen kann, käme sie frei. Er fragte bei Onkel Miles nach, doch der sagte, der Händler hätte die Sklaven zum Ausgleich von Spielschulden erhalten. Onkel Miles war sogar etwas beleidigt. Er sagte, er würde nie im Leben unrechtmäßig erworbene Sklaven kaufen.*
*Mais Dorf gehört Parhelion, deshalb könnte die Geschichte mit den Spielschulden sogar stimmen, nicht wahr?*
*Bei unserer Ankunft in Freehaven sagte Vater, er würde in den Stadtarchiven nachsehen lassen, ob etwas über Mais Kinder verzeichnet ist. Er sagte, in letzter Zeit kämen immer mehr Kinder aus dem Umland nach Freehaven – und enden nicht selten vor Gericht. Ich glaube, anfangs hatte Mai Angst vor dem, was Vater herausfinden könnte, doch dann kam sie zu dem Schluss, dass es besser wäre, endlich Klarheit zu haben. Deshalb hat sie ihm von ihren Kindern erzählt. Das Mädchen heißt Gaia,*

*der Junge Tal. Ihr Familienname lautet Athanasius. Hast du jemals so komische Namen gehört? Ich nicht! Und Vater offenbar auch nicht – das sah man ihm an.*
*Na ja, letzten Endes entpuppte sich das Ganze als Schwan aus Mondlicht, denn ihre Namen stehen nicht in den Archiven. Ich weiß nicht, ob Mai darüber froh oder enttäuscht war.*

*Rachel xx*

*Zehnter Tag des abnehmenden Coranto-Mondes*

*Lieber Leo,*
*dieselben blöden Partys, dieselben blöden Gesprächsthemen. Todlangweilig! Sinnlos! Wie ich sie hasse …*
*Vater sagte, er hätte dich neulich bei einigen der Trauerandachten für Demersal gesehen. Ich habe ihn gefragt, wie du aussiehst, und er sagte nur ›größer‹. Pah, da wusste ich nicht viel mehr! Da hab ich ihn gefragt, ob du einigermaßen zufrieden dreingeschaut hättest, woraufhin er ein komisches Gesicht machte und mich daran erinnerte, dass es schließlich eine Beerdigung war. Also frage ich dich selbst: Geht es dir gut, Leo?*
*Ich hatte gehofft, diese ganzen Teepartys hätten für eine Weile ein Ende, wegen der Trauer um Demersal, doch dem ist leider nicht so. Wenn überhaupt, dann ist es eher noch schlimmer geworden. Ich glaube, diese vielen Partys sollen Lady Demersal ablenken und aufheitern, aber wenn du mich fragst: Ihr geht es prächtig. Wenn jemand trauert, dann Lady Querimon! Denn die von ihr geplante HOCHZEIT DES JAHRES ist vorläufig vom Tisch. In Astia wird sich alles nur um die Amtseinsetzung von Ivan als neuem Lord Demersal drehen. Die Hochzeit ist deshalb auf nächstes Jahr verschoben worden. Haha! Iseult ist am Boden zerstört. Ich habe ihr gesagt, sie solle sich doch freuen, schließlich hätte sie jetzt noch*

*mehr Zeit, sich zu überlegen, wie ihr Hochzeitskleid aussehen soll.*
*Zur Strafe für diese freche Bemerkung wurde ich wieder einmal aus dem Zimmer geschickt. Herrje, wie viele Eingangshallen ich mir dieses Jahr schon anschauen durfte! Aber das ist mir immer noch lieber, als mir das ewige Geschwafel in den Salons anhören zu müssen.*

*Rachel x*

*Hyrondal-Neumond*

*Lieber Leo,*

*ich hoffe, es macht dir nichts aus, aber weil ich mich hier so eingeschlossen fühle und mal wieder heimlich aus dem Garten kommen will, habe ich die kleine Kiste unter deinem Bett durchwühlt – und dort zum Glück den Schlüssel zum Gartentor gefunden! Danke! Nächstes Jahr bekommst du ihn natürlich zurück. Ach, übrigens: Der vertrocknete, tote Frosch in dieser Kiste ist das Widerlichste, was ich je gesehen habe!*

*Rachel x*

*Dreizehnter Tag des zunehmenden Hyrondal-Mondes*

*Liebe Rachel,*

*heute ist etwas sehr Merkwürdiges passiert.*
*Wir waren bei den Parhelions – Lanneret unterhielt sich mit dem Hausherrn, weshalb ich Ärmster mit seiner schrulligen Mutter Konversation machen musste. Sie hat sich mehrfach über dich beschwert. Ist es wirklich wahr, dass du in diesen feinen Kreisen das Wort Unterhose in den Mund genommen hast, Rach???*
*Dann kam sie auf das Thema Stammbäume zu sprechen!!! Wusstest du, dass sie eine geborene Teredo ist? Hätte ich mir denken können. Doch*

*bevor sie sich allzu sehr über meine Lücken in dieser Materie aufregen konnte, wurden wir von Lanneret unterbrochen. Er befahl mir, einen bestimmten Ordner über Pachten und Tributzahlungen aus Parhelions Schatzkämmerei zu holen. Rate mal, welchen! Den aus Arimaspia!*
*Parhelions Schatzmeister war nicht da und deshalb musste ich mich allein auf die Suche machen. Und da die Ordner nicht beschriftet waren, musste ich alle aufschlagen, bis ich endlich den richtigen fand. Bei meiner Suche stieß ich auch auf ein Buch, das hinter den Ordnern im Regal stand. Weil ich dachte, es könne der gesuchte Ordner sein, holte ich das Buch heraus und schlug es auf.*
*Es war nicht in Freier Schrift geschrieben. Folglich ist es ein verbotener Gegenstand, auf dessen Besitz die Todesstrafe steht. Jemand hatte allerdings eine Übersetzung in Freier Schrift unter jede Zeile geschrieben. Auf den ersten Blick ergab es in meinen Augen keinen großen Sinn, aber ich stieß auf einen Namen, den ich schon einmal gehört hatte: Athanasius.*
*Da ich nicht zu lange in der Schatzkämmerei bleiben wollte, habe ich das Buch zurückgestellt, zum Glück recht schnell den Arimaspia-Ordner gefunden und ihn Lanneret gebracht.*
*Ich würde zu gern wissen, was in diesem verbotenen Buch steht!*
*Leo xx*

Leo lag den Großteil der Nacht wach und grübelte über das Buch nach. Es hatte sich in seinen Händen so schwer und doch zerbrechlich angefühlt. Der alte Ledereinband zerfiel schon zu Staub und hatte braune Spuren an seinen Fingerspitzen hinterlassen. Die Blätter im Inneren waren bröckelig und vergilbt, die Ränder ausgefranst und eingerissen. Einzelne Fetzen hatten sich gelöst und waren wie alte, getrocknete Blütenblätter auf den Boden geschwebt. Sorgfältig hatte Leo alle Spuren beseitigt: Er hatte die Pergamentschnipsel aufgehoben und in seine Tasche gesteckt, die Lederflecken am Futter seines Umhangs abgewischt und das Buch an genau dieselbe Stelle zurückgelegt, an der er es entdeckt hatte. Er wollte es aber nicht dort lassen. Er war viel zu neugierig, zu erfahren, welches Geheimnis sich in seinem Inneren verbarg.

Aber wie? Bis der Morgen dämmerte und sich das Glas über seinem Kopf von Schwarz zu Grün verfärbte, war er zu dem Schluss gekommen, dass es leider unmöglich war: Ihm fiel beim besten Willen keine Ausrede ein, um auf eigene Faust in Parhelions Haus zurückzukehren. Er sank in einen unruhigen Schlaf und träumte von Elsa. Sie war weit weg und las in dem Buch. Immer wenn sie langsam umblätterte, hob sie den Kopf und schaute ihn an.

Als Leo erneut erwachte, fiel Tageslicht zum Dach herein. Einer von Lannerets Sklaven stand über ihn gebeugt und murmelte respektvoll, es sei bald Frühstückszeit. Leo schlüpfte in seine Kleidung – Smaragdgrün war ihm für eine Weile erspart geblieben, weil aus Trauer um Demersal alle Silber trugen, doch nun musste er wieder Lannerets Farbe tragen. Auf dem Weg zum Frühstücksraum spukte Elsa ihm noch immer im Kopf herum. Würde er sie jemals wiedersehen oder für immer von ihr träumen müssen?

Teredo saß mit Lanneret im Frühstückszimmer und beide verstummten bei seinem Eintreten. »Was willst du hier?«, fuhr Lanneret ihn an. »Hast du nicht gehört, was ich gestern Abend gesagt habe?«

»Nein, Euer Lordschaft.«

»Ich sagte, ich wolle unter vier Augen mit Seiner Lordschaft sprechen. Und ich sagte, du sollest in deinen Räumen frühstücken und dich danach gleich an die Arbeit machen. Also, lass uns jetzt allein!«

Leo machte eine Verbeugung und zog sich zurück. Er konnte sich nicht daran erinnern, dass Lanneret das gesagt hatte, doch weil seine

Gedanken ständig um dieses Buch kreisten, hatte er wahrscheinlich nicht richtig hingehört. Durch das Glasdach sah er, dass draußen ein schöner Tag war, und er beschloss, im Freien zu frühstücken. Er lief nach unten in die Küchenräume, bat um zwei Brötchen und einen Apfel und setzte sich damit in die Gartenlaube am Ufer des kleinen Sees. Von hier aus Vögel zu beobachten war unmöglich, denn die Fenster waren aus dunkelgrünem Glas. Doch Leo hatte bereits entdeckt, dass die Laube auf Backsteinsäulen stand, die hinter Holzgittern verborgen waren. Eines dieser Gitter war etwas locker, sodass man sich daran vorbeidrücken und unter die Laube kriechen konnte. Dort konnte man zwar nur sitzen oder kauern, hatte aber durch die Gitterstäbe einen guten Blick aus nächster Nähe auf das Gewässer. Leo zwängte sich in den Hohlraum, schaute hinaus und war so fasziniert, dass er sein Frühstück und die Zeit komplett vergaß. Ein Reiher stand im See und suchte nach Futter. Er hätte ebenso wenig hier sein dürfen wie viele der anderen Vögel, die man dieses Jahr in dieser Gegend sah. Wie die Kimbleton-Eule neulich war auch der Reiher ein Bewohner der Nördlichen Berge: In Freehaven hatte er sich früher nie blicken lassen. Leo beobachtete ihn fasziniert, bis er auf den Holzbrettern über seinem Kopf plötzlich schwere Schritte hörte.

Gleich darauf hörte er Teredo sagen: »Schlechte Zeiten, Elverton.«

Leo erstarrte.

»Ich habe meine Ländereien bereist«, fuhr Teredo fort. »Ich fürchte, die Leute sind inzwischen so verzweifelt, dass sie zu allem bereit sind. Und wenn die Sache mit der Rückkehr stimmt … dann hat das Volk eine natürliche Anführerin für eine Rebellion. Du hast nichts Neues erfahren, oder?«

»Leider nein«, antwortete Lanneret.

Teredo fluchte leise. Leo versuchte, möglichst flach zu atmen, obwohl er sich sicher war, dass sie ihn hören mussten – laut, wie sein Herz pochte und sein Blut durch die Adern rauschte.

»Nun ja, wir sollten vielleicht nicht gleich so schwarzsehen«, sagte nun wieder Teredo. »Es kann ja sein, dass sie und ihre Anhänger inzwischen verhungert sind.« Wieder hörte Leo Schritte über sich, dann zu seiner großen Erleichterung endlich das Öffnen einer Tür. Lanneret und Teredo gingen die Stufen hinunter und auf den Kiesweg. Leo wartete, bis er sie nicht mehr hören konnte, dann kroch er durch sein niedriges Versteck und spähte durch die Holzlatten. Die beiden Männer waren schon an der Tür des Wintergartens. Sobald sie im Inneren verschwunden waren, kroch er aus seinem Versteck, schüttelte seine steifen Glieder und raste über den von Eiben gesäumten Weg in die Küche zurück.

»Wolltet Ihr noch etwas, Mylord?«, fragte die Köchin.

»Ich muss so schnell wie möglich in die Bibliothek.«

»Der kürzeste Weg führt über die Hintertreppe, Mylord. Am Mabberling-Hof vorbei.« Sie deutete auf den Flur in Richtung Spülküche.

»Danke!« Leo flitzte los und seine Schritte hallten von den Steinplatten wider. Er hetzte am Mabberling-Hof vorbei und rannte, immer zwei Stufen auf einmal nehmend, die Wendeltreppe hinauf und war dann endlich im Korridor, der zur Bibliothek führte. Auf der Türschwelle blieb er kurz stehen und zögerte. Was, wenn er eintrat und Lanneret dastehen würde, kühl und überheblich wie immer und voller Genugtuung darüber, ihn ertappt zu haben? »Leo, wo bist du bis jetzt gewesen …?« Nun, dem musste er sich stellen. Auf das Schlimmste gefasst, stieß er die Tür auf und ging zum Schreibtisch am Fenster. Der Schreibtischstuhl war leer, ebenso die Sessel am Kamin. Auf Zehenspitzen ging Leo zum Schreibtisch, zog den Stuhl hervor und wollte sich gerade erleichtert setzen …

»Leo!« Er zuckte zusammen. Lanneret stand oben auf der Galerie, über das Geländer gelehnt, und schaute auf ihn herab. »Wo kommst du her?«

Leo sprang wieder auf und verfluchte sich innerlich. »Ich … ich war nur schnell in der Küche, um mir etwas zu essen zu holen, Euer Lordschaft.«

»Habe ich dir das erlaubt?«

»Nein, Euer Lordschaft.«

»Bleib stehen!«

*Verdammt*, dachte Leo. Er hörte Lanneret über die schmiedeeisernen Bodenplatten der Galerie gehen, dann die Wendeltreppe herunterkommen. Am Schreibtisch angekommen, musterte er Leo mit zusammengekniffenen Augen.

»War es sehr matschig in der Küche, Leo?« Leo starrte auf seine Schuhe. Sie waren schlammig, genau wie der Saum seines Umhangs.

»Du warst im Garten, stimmt's?« Lannerets Stimme klang so kühl wie immer, doch diesmal lag eine ungewohnte Schärfe darin, spitz wie Eissplitter. Wenn Lanneret wüsste, dass er die Unterhaltung mit Teredo mit angehört hatte – obwohl sie für ihn allerdings keinen Sinn ergab –, bekäme er, wie Leo mit plötzlicher, erschreckender Gewissheit wusste, nicht nur den üblichen Ärger. Er wäre in *Gefahr*! Seine Gedanken überschlugen sich. *Lüg!*, sagte er sich. *Nenn irgendeinen Ort, egal welchen – Hauptsache, er liegt nicht in der Nähe der Gartenlaube.* Deshalb sagte er, während er seine Fingernägel inspizierte, mit gespieltem Widerstreben: »Nein, Euer Lordschaft. Ich war auf der Straße.«

Lanneret entspannte sich, kaum wahrnehmbar, und Leo spürte, wie die unheilvolle Spannung, die in der Luft lag, etwas nachließ. Lanneret setzte sich auf den Schreibtischstuhl und trommelte die Fingerspitzen aneinander. »Aus welchem Grund darfst du nicht ohne Begleitung aus dem Haus gehen, Leo?« Die Frage war kühl und missbilligend gestellt, auf Lannerets übliche Art; alles andere als angenehm für Leo, aber in diesem Moment eigenartig beruhigend. Leo stieß einen lautlosen Seufzer der Erleichterung aus, ehe er sagte:

»Ich weiß es nicht genau, Euer Lordschaft.«

»Wie lautet die grundlegende Regel für die gesamte Lehrzeit?«

»Jeder Kontakt mit der Herkunftsfamilie ist untersagt, Euer Lordschaft.«

»Richtig. Wenn du allein aus dem Haus gehst, weiß ich nicht, wen du triffst. Woher soll ich wissen, dass du dich nicht mit Septimus getroffen hast? Oder mit deiner Mutter oder Rachel?« Ein schmallippiges Lächeln. »Ist dir klar, dass ich jederzeit den Antrag auf Verlängerung deiner Lehrzeit stellen kann? Wenn ich nicht mit dir zufrieden bin …«

In diesem Moment klopfte es an der Tür. Lanneret rief: »Ja?«, und einer der Lakaien trat ein, mit einer fremden jungen Frau an seiner Seite. Sie hatte blasse, fast farblose Haare und Augen und umklammerte ein schmuddeliges, besticktes Tuch, von dem ein scharlachroter Faden herabhing.

»Du!?«, sagte Lanneret überrascht. »Hast du Neuigkeiten für mich?«

»Jawohl, Euer Lordschaft.«

Lanneret wandte sich an Leo. »Mach dich wieder an die Arbeit. Ich komme später wieder.« Er verließ mit der jungen Frau die Bibliothek. Leo sank auf den Schreibtischstuhl und schlug das Gesetzbuch auf. Er starrte auf die Seiten und begriff kein Wort, weil ihm Lannerets Drohung noch in den Ohren hallte. *… dass ich jederzeit den Antrag auf Verlängerung deiner Lehrzeit stellen kann …* Als Lanneret zurückkam, schaute Leo betreten auf seine Füße und spürte sein Herz bis zum Hals klopfen. Doch Lanneret sagte nur: »Ich muss aus dem Haus gehen, Leo, und komme vermutlich erst spät wieder.« Er wirkte seltsam aufgeregt, seine kalten Augen glänzten und sein normalerweise blasses Gesicht war gerötet. »Du lernst derweil weiter«, sagte er und deutete mit dem Kinn auf das dicke Buch auf dem Schreibtisch. Dann war er weg.

Leo musste nicht lange nachdenken. Probleme hatte er sich ohnehin schon eingehandelt. Warum sollte er dann nicht auch *tun*, was er vorhin behauptet hatte – nämlich allein aus dem Haus gehen? Er zählte bis dreizehn, langsam und genau dreizehn Mal. Dann rannte er in die Küche, stibitzte den Schlüssel zum Gartentor und verließ ungesehen Lannerets Anwesen.

Lord Parhelion saß im Frühstückszimmer und starrte gedankenverloren vor sich hin. Das indigoblaue Licht, das schräg durch die Fenster hereinfiel, ließ sein aufgedunsenes, ohnehin schon gerötetes Gesicht noch roter aussehen. Er begrüßte Leo mit einem erfreuten Lächeln.

»Guten Morgen, Leo.«

Etwas argwöhnisch fragte er dann: »Ist Elverton bei dir?«

Leo schüttelte den Kopf und Parhelion lehnte sich sichtlich erleichtert zurück und strich die Ärmel seines seidenen Morgenmantels glatt. »Willst du mit mir frühstücken?«

Es war kurz vor Mittag, doch darauf wies Leo ihn nicht hin. »Nein, danke, Euer Lordschaft. Ähm …« Im Geiste malte er das Zeichen der Mondsichel in die Luft. »Neulich, im Büro Eures Schatzmeisters, habe ich ein interessantes Buch gesehen. Und ich wollte Euch fragen, ob ich es mir ausleihen kann.«

Parhelion starrte ihn verdutzt an, den Kopf leicht schief gelegt, was ihn wie einen ratlosen, nicht besonders intelligenten Vogel aussehen ließ. »Scrimp? Du willst dir ein Buch von *Scrimp* ausleihen?«

»Ja, wenn es möglich ist.«

»Aber natürlich, meinetwegen. Ich weiß nicht, ob ich es dir empfehlen kann: Was der alte Scrimp so liest, ist nicht gerade unterhaltsam, weißt du?« Er verstummte kurz. »Du wirst es dir aber selbst holen müssen«, fügte er dann hinzu. »Er ist außer Haus.«

Leo bedankte sich und legte denselben Weg zurück wie schon am Vortag: durch den hinteren Korridor und dann in das kleine, unordentliche Büro. Er war froh, dass Scrimp nicht da war, obwohl es sicher ein Leichtes gewesen wäre, den Schatzmeister so einzuschüchtern, dass er ihm das Buch auslieh. Trotzdem, es heimlich zu entwenden kam Leo irgendwie einfacher vor: eleganter und unkomplizierter. Rasch holte er das Buch aus seinem Versteck.

»Schon gefunden, mein Junge?«

Parhelion lehnte am Türrahmen. Leos Herz machte einen Satz. Er zwang sich, Parhelion in die Augen zu schauen, und sagte lächelnd: »Ja, danke, Euer Lordschaft.« Mit zittrigen Fingern ließ er das Buch in seinen Beutel fallen, schloss die Schnallen und wischte sich die Finger am Umhang ab.

»Der alte Elverton muss dir ja scheußlichen Lesestoff aufs Auge drücken, wenn du unter Scrimps Büchern nach erholsamer Lektüre suchst«, fuhr Parhelion fort. Er betrat den Raum und lehnte sich an den Schreibtisch. »Was ist es denn?«

Leo wand sich innerlich. »Nur ein … ähm, ein Buch über die wirtschaftliche Entwicklung der Republik.«

Parhelion starrte ihn entgeistert an. »Herrje, das würde ich nie im Leben freiwillig lesen! Aber es zeigt, dass du ein ernsthafter junger Mann bist. Ich werde Elverton von deinem Eifer berichten.«

Leo erschrak und stellte sich das verhängnisvolle Gespräch zwischen Parhelion und Lanneret vor. *Neulich war dein Lehrling bei mir, Elverton, und wollte sich eines von Scrimps langweiligen Büchern holen ...* Dann würde Lanneret keine Ruhe geben, bis er sämtliche Einzelheiten wüsste, ihm so lange zusetzen, bis er das Buch in den Händen hätte.

»Bitte ...«, begann Leo, verstummte und schluckte. Parhelion musterte ihn eingehend.

»Aha«, sagte er dann. »Du dürftest gar nicht hier sein, stimmt's?«

»Nicht wirklich ...« Bei allen Monden, Sternen und dunklen Nächten ... was hatte er sich nur dabei gedacht?, fragte sich Leo. Doch Parhelion fuhr in vertraulichem Ton fort: »Keine Bange, junger Freund. Ich weiß noch gut, wie es ist. Mein Lehrmeister war Teredo, weißt du. Ich hatte auch hin und wieder das Bedürfnis, seiner Fuchtel zu entkommen. Also gut, ich werde Elverton nichts sagen. Außerdem bin ich dir sowieso einen Gefallen schuldig.«

»Wirklich?«

»Oh ja. Tommy Filarion und ich und noch ein paar andere haben Wetten abgeschlossen, wer zu wem kommt. Ich habe in deinem Fall auf Lanneret gesetzt. Das hat mir dreizehn Radianten eingebracht.«

»Oh.« Leo versuchte zu lächeln. »Schön, dass damals wenigstens *einer* einen guten Tag hatte!«

Sobald Leo wieder in Lannerets Stadthaus war, eilte er in sein Zimmer. Jetzt, wo er das Buch hatte, wurde er richtig nervös bei dem Gedanken, was er getan hatte. Das Buch war dick und schwer zu verstecken; im Geiste sah er es an Orten liegen, wo es auf keinen Fall sein durfte: auf dem Frühstückstisch oder auf dem Schreibtisch in der Bibliothek ... Leo schüttelte diese schrecklichen Gedanken ab und versteckte das Buch bei seinen Briefen an Rachel, unter einem losen Brett auf dem Boden seines Wandschranks. Hastig rannte er wieder aus seinem Zimmer und die Treppen hinunter. Er sandte ein Stoßgebet zu sämtlichen Monden, dass Lanneret wirklich erst spät zurückkehrte und nicht etwa schon in der Bibliothek auf ihn wartete.

Diesmal hatte er Glück – die Bibliothek war leer. Leo schlug sein Gesetzbuch auf und versuchte zu lesen, doch seine Gedanken wanderten ständig zu dem anderen, verbotenen Buch. Er wusch sich gleich zweimal hintereinander die Hände, um auch die letzten Spuren des zerbröckelnden, alten Leders abzuwaschen.

Lanneret blieb tatsächlich sehr lange fort. Zum Abendessen war er noch nicht da; erst kurz vor Mitternacht tauchte er auf. Er kam in die Bibliothek, wo Leo noch saß, fast schon im Halbschlaf. Im Schein der Laterne wirkte Lannerets schmales Gesicht hager und abgezehrt und Leo wappnete sich für die nächste Strafpredigt. Doch auf wen Lanneret auch immer wütend war – er, Leo, war es offenbar nicht. Er schaute Leo an, als hätte er ihn fast schon vergessen, und schickte ihn dann mit einer ungeduldigen Handbewegung ins Bett. Auf der Türschwelle warf Leo einen Blick zurück und sah, dass Lanneret einige Schriftrollen aus einer länglichen Stofftasche holte. Die Pergamente sahen sehr alt aus, so vergilbt und bröckelig wie Scrimps Buch. Auf der Treppe fiel ihm etwas auf. Ein Lord pflegte normalerweise nichts selbst zu tragen. Lanneret aber hatte diese Stofftasche eigenhändig in die Bibliothek gebracht. Warum?

*Hyrondal-Vollmond. Am Morgen*

*Lieber Leo,*
*stell dir vor: Endlich gibt es etwas Neues zu berichten. Mai hat ihren Sohn gefunden! Nach dem Frühstück ging ich in den Garten, weil ich*

*nach ihr suchte, und da waren die beiden. Irgendwie hat er es geschafft, in den Basilika-Chor aufgenommen zu werden. Ich weiß nicht, wie sie einander fanden, aber ich habe noch nie zwei Menschen gesehen, die so glücklich gewesen wären. Ich habe ihr freigegeben, damit sie den Tag mit ihrem Sohn verbringen kann.*

*Rachel xx*

*PS: Ich glaube, ich hätte ihn sogar erkannt, wenn ich ihn zufällig auf der Straße gesehen hätte. Mutter und Sohn sehen sich unglaublich ähnlich.*

Rachel legte ihren Stift weg und starrte zum Fenster des Baumhauses hinaus. Sie war zufällig auf die beiden gestoßen, in einem von Hecken gesäumten Teil des Gartens, wo normalerweise die Wäsche aufgehängt wurde, und hatte das Gefühl gehabt, in eine höchst intime Szene zu platzen, jemand zu sein, der mit seinem dicken, plumpen Fuß in ein Vogelnest trampelte. Deshalb hatte sie nur verlegen eine Entschuldigung gemurmelt und war schnell weitergelaufen. Oben auf der Böschung war sie noch einmal stehen geblieben und hatte zurückgeschaut. Der Junge half Mai beim Aufhängen der restlichen Bettwäsche. Sie arbeiteten schweigend, verstanden einander ganz offensichtlich auch ohne Worte. Als sie fertig waren, hatte Mai den leeren Wäschekorb weggeräumt, ihrem Sohn einen Arm um die Schultern gelegt und mit ihm zusammen den Garten verlassen.

Seufzend faltete Rachel ihren Brief an Leo zusammen und kletterte in den Ausguck ganz oben im Baum: die kleine Plattform, von der aus man über die ganze Stadt blicken konnte. Sie lehnte sich ans Geländer und spürte den Baum unter ihr schwanken. Sie schaute über die Gärten hinweg auf das weiße Viereck im Herzen der Stadt, die gewundenen Straßen und Gassen und das schimmernde Meer dahinter.

Die Welt war ihr noch nie so riesig und so leer vorgekommen.

*Hyrondal-Vollmond. Am Abend*

*Lieber Leo,*
*nachdem Mai mit ihrem Sohn weggegangen war, erlebte ich einen der üblichen langweiligen Tage, langweilig wie ein toter Drache. Tante Elinor hatte uns zum Mittagessen eingeladen. Es waren eine Menge Leute da und Alys' neues Kleid war DAS Gesprächsthema. Iseult Querimon machte ein Gesicht wie drei Tage Regenwetter.*
*Es ging um Alys' Verlobungskleid – diesen Mond sollen die Verhandlungen beginnen. Alle versicherten ihr, wie bezaubernd sie darin aussah. Das tat sie auch – aber bei allen Monden und Sternen! Unsere Cousine ist zum Gähnen langweilig. Sie wollte weder Mabberling spielen noch mit uns im Garten spazieren gehen. Am liebsten hätte sie sich gar nicht BEWEGT, um ihr dämliches Kleid ja nicht zu zerknittern.*
*Rachel xx*

Rachel faltete den Brief zu einem schmalen Streifen, machte einen Knoten hinein und warf ihn in ihre Schreibtischschublade ganz nach hinten. Dann lehnte sie sich zurück, verschränkte die Hände im Nacken und starrte durch das farbige Glas ins Leere.

»Rachel?«

Sie wirbelte herum. Mai sah aus, als hätte sie den ganzen Tag über geweint – Tränen, die etwas weggewaschen hatten, sodass sie nun strahlend und ganz anders aussah. Ganz anders als die Mai, die Rachel kannte.

»Hattest du einen schönen Tag?«, erkundigte sich Rachel. Ihre Stimme klang seltsam, irgendwie steif und formell und auch distanziert.

»Oh ja! Und du?«

»Das Übliche«, antwortete Rachel. »Ich bin müde. Ich denke, ich gehe schlafen.« Ohne ein weiteres Wort ging sie in ihr Schlafzimmer, schloss die Tür hinter sich und legte sich ins Bett. Sie lag flach auf dem Rücken und schaute zum eisblauen Dach hinauf. Ein warmer Frühlingsregen weinte aufs Dach. Da wurde leise an ihre Tür geklopft.

»Brauchst du etwas, Rachel?«

»Nein, alles in Ordnung.«

Sie rollte sich auf die Seite, drehte Mai den Rücken zu und starrte an die Wand, über die der grünblaue Schatten des Regens strömte.

»Rachel?«

»Was ist?«, fragte sie, ohne den Kopf zu drehen.

»Ich hätte eine Bitte. In ein paar Tagen ist Tals Geburtstag. Er will eine kleine Feier machen – nur ein paar Freunde und Gabriels Familie. Darf ich hingehen?«

»Klar«, sagte Rachel mit erstickter Stimme. Ein Silberfaden hatte sich aus der Stickerei ihrer Zudecke gelöst. Sie zupfte daran herum und wickelte ihn dann um ihren Finger. »Ihr wollt sicher viel Zeit miteinander verbringen, nicht wahr? Ab jetzt wird alles anders sein. Willst du mit deinem Sohn nach Hause zurückgehen?« Sie zupfte noch heftiger an dem Faden herum, bis sich die ganze silberne Blüte aufgelöst hatte. Mai setzte sich auf ihre Bettkante.

»Rachel«, sagte sie mit Nachdruck. »Wie könnte ich nach Hause gehen? Hast du vergessen, was ich bin?«

»Dafür kann ich nichts!«, schluchzte Rachel. Sie hatte angefangen zu weinen.

»Rachel, was ist denn los?«

»Weiß nicht …« Sie weinte, in sich zusammengerollt, das Gesicht in den Händen verborgen. Mai ging auf die andere Seite des Betts, kniete sich davor und legte Rachel eine Hand auf den Kopf. Langsam rutschte Rachel auf sie zu, bis ihr Kopf an Mais Schulter lag. Sie weinte lange. Schließlich setzte sie sich auf, wischte sich an der Bettdecke die Nase ab und saß dann da, die Arme um ihre angezogenen Knie geschlungen.

»Tut mir leid«, schniefte sie. Sie schämte sich wegen ihres Gefühlsausbruchs und weil sie so todunglücklich war. Mai setzte sich schweigend neben sie und hielt Rachels heiße Hände.

»Es war einfach nur ein schrecklicher Tag«, sagte Rachel.

Mai holte eine Schüssel Wasser, tunkte einen Schwamm hinein und wusch damit behutsam Rachels Gesicht ab. Rachel musste daran denken, wie Mai damals in Mabberling das Vogelblut von Leos Gesicht gewischt hatte – mit geschlossenen Augen. Jetzt ließ sie sie offen. Als Mai fertig war, lehnte sich Rachel an ihre Kissen und sagte: »Erzählst du mir eine Geschichte?«

Mai lachte. »Warum nicht? Ich weiß sogar eine neue. Sie heißt: Wie viel ich meiner jungen Freundin Rachel verdanke, die ein viel zu fantasievolles und kluges Mädchen ist, um bei Empfängen nur auf einem Sofa herumzusitzen und hübsch auszusehen.«

*Hyrondal-Vollmond. Sehr spät*

*Lieber Leo,*

*weißt du, wie Tal seine Mutter gefunden hat? Gestern Morgen habe ich deinen Schlüssel fürs Gartentor genommen und mit Mai einen Morgenspaziergang gemacht. (Ich wusste, dass mir ein schrecklicher Tag mit mehreren Teepartys bevorstand, und wollte mich davor noch etwas erholen.) Also gingen wir in die Basilika, schlenderten herum und schauten uns die Statuen an. Vorne im Chorraum wurde gesungen. Einer der*

*Chorjungen war Tal und er hat Mai und mich gesehen. An der Farbe meines Gewands hat er erkannt, wo er seine Mutter finden würde. Ich bin ja SO froh, dass ich deinen Schlüssel gefunden habe!*

*Rachel xxx*

*PS: Die Statue von Parhelion ist wirklich verblüffend. Wie es der Künstler bloß geschafft hat, dass er einigermaßen intelligent aussieht?*

## 13. Kapitel

# Gaia Athanasius

*Hyrondal-Vollmond. Sehr spät*

*Liebe Rachel,*

*seltsam! Gestern saß ich echt in der Tinte, als Lanneret zurückkam, doch dann tauchte diese unscheinbare junge Frau auf und er ließ alles stehen und liegen und eilte mit ihr aus dem Zimmer. Er kam erst sehr spät zurück und schien ganz vergessen zu haben, dass ich bis zum Hals in Drachenmist steckte. Ich dachte, er würde mir heute Morgen die Leviten lesen, aber als ich nach unten kam, hatte er das Haus schon verlassen. Aber wie ich ihn kenne, wird es ihm früher oder später wieder einfallen.*

*Leo*

Leo ließ den Stift auf den Schreibtisch fallen und seufzte. Was für ein vergeudeter Tag! Er hatte nichts anderes getan, als in der Bibliothek zu sitzen und Gesetze über Verrat zu studieren, weil er fest davon überzeugt gewesen war, Lanneret könne jeden Augenblick nach Hause kommen. Doch Lanneret war den ganzen Tag fortgeblieben. Leo hätte in aller Ruhe in Scrimps Buch schmökern können. Seufzend steckte er den Brief an Rachel in seine Tasche und ging in sein Schlafzimmer. Er kniete sich vor den Wandschrank, schob das lose Brett zur Seite und griff in das darunterliegende Versteck.

»Leo?«

Erschrocken fuhr er herum. Lord Demersal – der neue Lord Demersal: Ivan –, aus Trauer um seinen Vater noch in Silber gekleidet, stand auf der Türschwelle. Leo erhob sich hastig.

»Euer Lordschaft?«

Demersal betrat das Zimmer und setzte sich aufs Bett. Die Schranktür stand noch sperrangelweit offen; Leo hatte keine Chance gehabt, das Brett zurückzulegen. Sein Mund war plötzlich wie ausgetrocknet. Er wollte den Kopf drehen und nachsehen, ob das Buch zu sehen oder verborgen war, doch er zwang sich, Demersals Blick standzuhalten.

»Ich soll dir eine Nachricht von Elverton überbringen. Er kann erst morgen zurückkehren; wann genau, weiß er noch nicht.«

»Verstehe«, sagte Leo verunsichert.

Demersal beugte sich vor und runzelte die Stirn. Einen schrecklichen Augenblick lang befürchtete Leo, er hätte das verbotene Buch erspäht, doch Demersal sagte nur: »Ich muss dir etwas sagen. Elverton meinte, er hätte noch keine Zeit gehabt, dir zu sagen, was passiert ist. Ins Verschlossene Archiv ist eingebrochen worden.« Er sah Leos erstaunten Blick und fuhr fort: »Ich weiß, es müsste eigentlich unmöglich sein, in diesen verdammten Raum zu kommen, ganz zu schweigen davon, etwas daraus zu stehlen. Aber warte, bis du hörst, wer es war. Ein ärmlicher Buchhändler namens Fossick und Parhelions Schatzmeister.«

*»Scrimp?«* Leo konnte das Buch fast körperlich spüren, das halb versteckt, halb sichtbar hinter ihm lag: Es kostete ihn all seine Kraft, sich nicht umzudrehen, um nachzuschauen. Er versuchte, sich nichts anmerken zu lassen, als er fragte: »Was haben sie mitgenommen?«

»Ähmm … das wird noch überprüft.« Demersal wechselte rasch das Thema. »Du kommst besser mit zu mir, bis Lanneret zurück ist …

damit ich dich im Auge behalten kann.« Er deutete mit einer Kinnbewegung zum Schrank. »Pack ein paar Kleidungsstücke ein, dann brechen wir auf.«

In aller Eile riss Leo die Schranktür noch weiter auf, schnappte sich einen Arm voll Kleidungsstücke, knallte die Tür zu und folgte Demersal nach unten. Er hatte das Brett nicht zurücklegen können. Wenn jemand in den Schrank schaute, würde er das Buch entdecken und es vermutlich Lanneret geben … Und wenn Lanneret erfuhr, dass Leo ein verbotenes Objekt versteckte – und zwar nicht *irgendein* verbotenes Objekt, sondern eines, das einem der zwei meistgesuchten Männer der Republik gehörte … Leo schluckte. Diesen Paragrafen kannte er zufällig. Todesstrafe! Bei allen Monden, dieses Buch zu stehlen war eine Riesendummheit gewesen.

Am nächsten Morgen verkündete Demersal beim Frühstück, Lanneret habe eine Nachricht geschickt. Er würde an diesem Tag doch nicht zurückkommen: Er habe weitere Informationen über Fossick und Scrimp bekommen und verfolge sie nun in Richtung Westen. Er könne nicht sagen, wann er zurückkäme. Leo solle sich weiterhin mit den Gesetzen über Verrat an der Republik beschäftigen. Demersal faltete das Schreiben zusammen und legte es neben seinen Teller. »Dann bleibst du am besten hier. Und unter uns gesagt: Sieh zu, dass du dir diese Gesetze in den Kopf hämmerst. Seine Laune scheint nicht die beste zu sein.« Er lächelte Leo aufmunternd an.

Deshalb saß Leo nun in Demersals Bibliothek, deren Wände wegen der burgunderroten Glasscheiben an rotes, blutiges Fleisch erinnerten, und sah im Geiste ständig das schlecht versteckte verhängnisvolle Buch in seinem Schrank vor sich. Er würde bestimmt auffliegen!

*Letzter Tag des Hyrondal-Mondes*

*Lieber Leo,*
*weißt du was? Ich bin zu einer Teeparty eingeladen worden, zu der ich GERN gehe: in der Chorschule! Mai und ich wurden von Tal eingeladen, zu Gabriel, gleich nach der Neumondfeier zu Ehren von Idalia. Drück mir die Daumen, dass Mutter mich hingehen lässt.*
*Rachel xxxx*

Rachel hätte ihre Mutter fragen können, als sie an diesem Morgen zusammen in der Kutsche zur Mondabschiedsfeier in die Basilika fuhren. Lady Philemot war nachdenklich und in sich gekehrt, es gab lange Minuten des Schweigens, in denen Rachel ihre Frage hätte stellen können. Doch das wagte sie nicht. In der Basilika nahm sie ihren Platz in der Bankreihe für die ältesten Töchter ein, wo Alys voller Stolz ein weiteres neues Kleid vorführte, während Iseult noch immer zu schmollen schien. Rachel ignorierte sie beide. Sie beobachtete Mai, die im Seitengang stand und nur Augen für ihren Sohn hatte. Egal, wo sie ihn gefunden hätte, dachte Rachel, selbst wenn er als Betteljunge in der Gosse gesessen hätte, hätte sie ihren Sohn so liebevoll angeschaut. Rachel freute sich so sehr für Mai. Nur … Gaia war nach wie vor verschollen. Ein plötzlicher Akkordwechsel brachte einen Anflug von Verzweiflung in das Lied und Rachel musste blinzeln und wischte sich rasch mit der Hand die Nase ab.

Sie drehte den Kopf nach vorn und betrachtete Tal. Er hatte seine Mutter gesehen und ihr kurz zugelächelt, doch sobald die Musik eingesetzt hatte, ging er vollständig darin auf; der Rest der Welt schien von ihm abzufallen. Rachel war noch nie so stark in etwas aufgegangen. Sie verspürte so etwas wie Neid, was sie sich sofort übel nahm. Mai hatte ihr ein bisschen von Tal erzählt: Er hatte Hunger und Kälte und Gefahren in einem Ausmaß kennengelernt, das sie sich nicht einmal vorstellen konnte. Den ganzen langen und langweiligen Tag über musste sie immer wieder an ihn denken. Er war ein Junge von nirgendwo, jünger als sie, nicht von edlem Geblüt, und doch wünschte sie sich seine Freundschaft seltsamerweise mehr, als sie sich jemals eine Freundschaft gewünscht hatte. Und noch seltsamer war, dass sie insgeheim glaubte, er hielte sie seiner Freundschaft nicht für würdig.

*Letzter Tag des Hyrondal-Mondes*

*Lieber Leo,*
*Sie hat Nein gesagt. Wir müssen zu Lannerets Neumondempfang, worauf ich mich nur dann gefreut hätte, wenn wir dich gesehen hätten. Ich habe Vater natürlich gefragt, doch er sagte, Lanneret würde dich erst herunterkommen lassen, wenn wir wieder weg sind. Also wird dieser Empfang so langweilig werden wie alle anderen. Und ich darf trotzdem nicht zu dieser Teeparty in der Chorschule, wo ich Tal sehen würde.*
*Rachel xx*

*Idalia-Neumond*

*Liebe Rachel,*
*puh, hab ich ein Glück gehabt! Die letzte Viertelstunde war sicher die schlimmste meines ganzen Lebens. Ich habe Blut und Wasser geschwitzt! Ich musste bei Demersal übernachten – und war schrecklich nervös, weil ich Lannerets Haus Hals über Kopf verlassen musste und keine Zeit hatte, davor Scrimps Buch wieder zu verstecken. Ich hatte eine Heidenangst,*

*einer von Lannerets Sklaven würde es finden und ihm geben. Das wäre mein Tod gewesen. Im Ernst!*
*Ich denke schon, dass jemand das Buch gesehen hat – es lag schließlich in meinem Schrank. Aber die meisten Sklaven können zum Glück nicht lesen, oder? Deshalb ist ihnen sicher gar nicht aufgefallen, dass es keine normalen Schriftzeichen sind. Tja, wenn ich das bedacht hätte, wären mir etliche Momente der Panik erspart geblieben.*
*Das Buch lag noch da, als ich heute zurückkam. Ich habe das Brett darüber festgenagelt. Ich werde während Idalia ohnehin keine Zeit zum Lesen haben: Hab viel zu viel zu tun. Doch das ist mir egal. Hauptsache, niemand findet es. Das ist im Moment meine größte Sorge.*
*Leo xxxx*

Leo faltete seinen Brief zusammen, versteckte ihn hinter der Schublade seines Schreibtisches und holte seinen Umhang aus dem Schrank. Er überprüfte das Brett vorsichtshalber noch einmal: Es war gut festgenagelt und das Buch war sicher darunter versteckt. Er sagte sich erneut, dass es die einzig vernünftige Lösung war. Er hatte mehr Glück als Verstand gehabt! Ein dummer kleiner Zufall hätte genügt, und er wäre zum Tode verurteilt worden. Doch der Name Athanasius spukte ihm noch immer im Kopf herum.

Hör endlich auf damit, sagte er sich. Mit etwas Glück könnte er das Buch am Ende seines Lehrjahrs eventuell mit nach Hause schmuggeln. Dann könnte er es in aller Ruhe lesen. Er wäre verrückt, wenn er sich nicht bis dahin gedulden würde. Leo legte sich seinen Umhang um und ging nach unten zu Lanneret.

Zur Feier von Lannerets Mond, Idalia, war die Basilika ganz in Grün geschmückt. Die smaragdgrünen Seidenbanner, die von der Decke hingen, fingen die zirkulierende Luft auf und bauschten sich über der versammelten Schar; smaragdgrünes Licht fiel durch die runden Glasscheiben. Rachel hoffte inständig, wenigstens jetzt einen kurzen Blick auf Leo werfen zu können, wenn sie ihn schon nachher beim Empfang nicht sah. Lanneret würde ihn mitbringen, oder? Falls ja, dann wäre es das erste Mal in diesem Jahr, dass sie ihren Bruder sah.

Die Eingangstüren schwangen auf und Rachels Herz machte einen Satz. Tatsächlich – da kam Leo! Sein Gesicht war eher ausdruckslos, doch als er an ihr vorbeiging, warf er ihr einen kurzen, verstohlenen Blick zu. Sie schaute ihm nach, bis er seinen Platz eingenommen hatte: Lehrlinge saßen auf einem Hocker zu Füßen ihres Meisters, und deshalb konnte sie ihn nicht mehr sehen, nachdem er Platz genommen hatte. Sie gab es auf, und nach einer Weile vergaß sie ihn ganz, weil sie plötzlich merkte, dass mit Tal etwas nicht stimmte. Mit seiner intensiven Konzentration des Vortags war es vorbei: Tal schien die Musik auf einmal völlig egal zu sein. Er wirkte, als sei er von einer rastlosen Energie gepackt, die es ihm fast unmöglich machte, still zu stehen. Seine Augen schweiften auf der Suche nach Mai umher, und nachdem er sie entdeckt hatte, starrte er sie so unverwandt an, als wolle er ihr etwas mitteilen.

Das letzte Lied begann mit nur drei hohen Singstimmen. Tal war eine von ihnen, doch sobald er den Mund aufmachte, dachte Rachel: *Gütige Monde, das geht schief!* Sie hielt die Luft an. Das Lied begann harmonisch, doch dann gab es einen hässlichen Missklang. Tals Stimme stockte. Er fasste sich rasch wieder, schaffte es, den nächsten, lang gezogenen, hohen Ton zu treffen, doch dieser war weder sauber noch klar, und Tal ging vorzeitig die Luft aus und er konnte ihn nicht bis zum Schluss durchhalten. Zum Glück fielen dann die anderen Sänger in das Lied ein. Rachel beobachtete Tal besorgt und angespannt, weil sie ängstlich auf den nächsten Patzer wartete. Sie konnte sich erst entspannen, als der letzte Ton an der gewölbten Decke der Basilika verhallte.

Lanneret, Lady Lanneret und Leo verließen das Gebäude als Erste. Lanneret sah aufgebracht aus. Erneut huschten Leos Augen kurz zu Rachel, erneut verschwand er gleich darauf aus ihrem Blickfeld. Sie seufzte und wartete, bis auch die übrigen Lords gegangen waren. Erst dann erhob sie sich und ging in den Vorraum. Mai erwartete sie bereits und eilte ihr entgegen.

»Rachel, etwas …«

»Ich weiß. Du musst mit ihm reden. Geh! Bleib, so lange du willst. Wir sehen uns später.« Rachel blickte Mai nach und fragte sich, was passiert sein könnte. Dann folgte sie ihrer Mutter zur Kutsche, um zu Lannerets Haus zu fahren. Lady Philemot war auch auf dieser Fahrt ungewöhnlich schweigsam und wirkte irgendwie beunruhigt. Als die Kutsche anhielt, griff sie nach Rachels Hand und sagte: »Ich bin froh, dass Mai ihren Sohn gefunden hat.«

»Ich auch.« Rachel sprang aus der Kutsche und blickte an den hohen, weißen Steinmauern von Lannerets Stadtpalais mit den Ecktürmen hinauf. Ihre Augen huschten von Fenster zu Fenster, in der Hoffnung, einen weiteren kurzen Blick auf Leo erhaschen zu können, doch leider war das farbige Glas fast undurchsichtig. Sie trat über die Schwelle in die große Eingangshalle. Die Sallenders waren schon da und Gregory unterhielt sich mit Lord Lanneret.

»Ich stimme Euch zu, Euer Lordschaft«, sagte Gregory gerade. »Eine absolute Schande. Man sollte ihn aus dem Chor werfen. Aber eigentlich ist es kein Wunder, Gabriel wird immer wieder Gesindel aus der Gosse in den Chor holen …«

Rachel funkelte ihn wütend an, ehe sie im Schlepptau ihrer Mutter weiter durch die Menge schlenderte, von einem oberflächlichen Gespräch zum nächsten. Nachdem sie sich wieder einmal eine von Tante Elinors langen Beschreibungen eines weiteren Kleids für Alys angehört hatte, hatte sie die Nase voll und zog sich in eine der Fensternischen zurück. Sie blickte auf den Garten hinaus und versuchte, sich Leo darin vorzustellen.

»Guten Morgen, Rachel.«

Sie wirbelte herum. »Oh, Lord Lanneret. Einen glücklichen neuen Mond, Euer Lordschaft.«

Er nahm den Glückwunsch mit einem knappen Nicken zur Kenntnis, stand einen Moment lang schweigend da und wandte sich dann ab. »Euer Lordschaft!«, rief sie ihm nach. »Wie geht es Leo?«

Er bedachte sie mit einem kühlen Blick und kniff die Lippen zusammen. »Du solltest deinen Vater bitten, dir die Regeln der Lehrzeit zu erklären, Rachel.« Dann wandte er sich erneut ab, um Demersal zu begrüßen. Sie blickte ihm nach und merkte, dass sich ihr Atem beschleunigt hatte. Kurz entschlossen verließ sie das Haus, ging zur Kutsche ihrer Mutter und ließ sich zur Chorschule fahren.

Sie kam gleichzeitig mit Gregory dort an. Wortlos gingen sie Seite an Seite durch die Basilika, doch als sie ihm durch die Tür folgte, die zum Innenhof der Chorschule führte, blickte er sie überrascht an.

»Rachel, was willst du hier?«

»Wo wohnt Gabriel?«

Er deutete auf eine Tür am anderen Ende des Innenhofs. »Was willst du hier?«, wiederholte er.

»Ich bin eingeladen worden. Von Tal und seinem Freund Sam.«

»Was? Von *denen*?« Ungläubig riss Gregory die Augen auf. »Tal Marcus und Sam Deal? Rachel, das kannst du nicht tun! Weißt du denn nicht, was sie sind?«

»Netter als du, nehme ich an.«

»Sie sind Stipendiaten, Rachel!« Er spuckte das Wort förmlich aus. »Weißt du, was das bedeutet? Sie kommen aus der untersten Unterschicht, sind bettelarm. Sie besitzen nicht *einen* Renn und der Chor muss alles für sie bezahlen.«

Im ersten Moment war Rachel doch etwas schockiert. Aber klar, natürlich war Tal arm. Sie erinnerte sich daran, was Mai ihr von ihrem kargen Leben oben in den Bergen erzählt hatte. »Ist mir bekannt«, sagte sie schnippisch. »Tal ist der Sohn meiner Dienerin. Und außerdem …«, fügte sie hinzu, »… heißt er nicht Tal Marcus, sondern Tal Athanasius.«

»Ach ja?« Sie sah, wie er diese Information wegsteckte, wie jemand, der ein Blatt Papier ganz klein faltete, ehe er es in einer Innentasche verstaute. »Folglich ist er nicht nur ein Gossenjunge, sondern auch ein *Lügner*.«

»Halt endlich die Klappe, Gregory!«

»Ich will dich nur warnen, Rachel. Es schickt sich nicht, dass du dich mit Jungen wie ihnen abgibst.«

Wütend schüttelte sie den Kopf und ließ ihn stehen, drehte sich dann aber noch einmal um. »Von einem Cousin vierten Grades des Monarchenbundes brauche ich mir nun wahrlich nicht sagen zu lassen, was sich schickt und was nicht! Besten Dank auch, Gregory!«

»Dritten Grades!«, rief er ihr empört nach. »Ich bin ein Cousin *dritten* Grades!« Doch da klopfte sie bereits an die Tür zu Gabriels Küche und drehte sich nicht mehr um.

Gabriel öffnete ihr die Tür, begrüßte sie mit einer selbstsicheren, lässigen Verbeugung und ließ sie eintreten. Die Tür führte direkt in die Küche, einen schlicht eingerichteten Raum mit altem, recht ramponiert aussehendem Mobiliar. Mai und Tal saßen an dem verkratzten, mit Tintenklecksen übersäten Tisch, und Rachel erschrak, als sie sah, dass Mai offenbar geweint hatte.

»Mai! Was ist los? Was ist passiert?«

»Oh, Rachel!« Mai lief auf sie zu und Rachel nahm ihre Hände und zog sie an sich. Mai schniefte und lachte zugleich; Freude und Tränen schimmerten in ihren Augen. »Nichts«, sagte sie, und ihre Stimme überschlug sich fast vor Freude. »Nichts Schlimmes.«

Sie führte Rachel an den Tisch. Rachel setzte sich Tal gegenüber und sagte: »Hallo.« Er schaute sie an, mit diesen Augen, die so irritierend durchdringend dreinblickten wie die von Mai: derselbe dunkle Glanz, derselbe unverwandte, prüfende Blick. »Ich muss dich etwas fragen«, sagte er. Auch in seiner Stimme schwang so etwas wie unterdrücktes Lachen mit; er schien vor Energie fast zu platzen. »Weißt du … ich habe erfahren, dass meine Schwester noch lebt.«

»Oh!« Rachel wandte sich zu Mai. »Das freut mich! Ist sie hier? In Freehaven?«

Mais Gesicht umwölkte sich kurz, und Tal erklärte: »Nein, sie kann nicht nach Freehaven kommen. Sie will, dass ich zu ihr komme. Deshalb wollte ich dich fragen … ob du Mutter freigibst. Damit sie mich begleiten kann.«

Rachel fühlte sich plötzlich so hohl und kalt, als hätte ein Windhauch aus einem düsteren Ort alle Wärme aus ihr herausgepustet. Die erhoffte Freundschaft mit Tal hatte sich in Luft aufgelöst, noch bevor sie begonnen hatte. Sie schloss die Augen. »Das geht nicht …«, murmelte sie.

Tal sprang entrüstet auf; Mai griff nach Rachels Hand, und Mutter und Sohn redeten aufgeregt auf sie ein, flehten sie an, Mai mitkommen zu lassen. Rachel blickte Hilfe suchend auf Gabriel, der – um das

Stimmengewirr zu übertönen – schließlich mit lauter Stimme sagte: »Moment mal! Tal, setz dich! Ihr solltet Mylady Rachel aussprechen lassen!«

»Du gehörst nicht *mir*, Mai«, sagte Rachel. »Offiziell gehörst du meinem Vater, und ich glaube nicht, dass er dich gehen lässt. Weißt du, Tante Elinor – ich meine Lady Sallender – hat dich ihm geschenkt. Es gilt als beleidigend, einen Sklaven freizulassen, den man geschenkt bekommen hat.« Sie biss sich auf die Lippen, bis es wehtat. »Ich könnte ihn natürlich fragen. Vielleicht kann er auch dafür sorgen, dass Gaia hierherkommt …«

»Nein!« Tals Stimme zerschnitt die Luft wie ein Schwerthieb. »Vergiss es!«

»Aber …«

»Das geht nicht. Vergessen wir's!«

Rachel wich unwillkürlich vor ihm zurück und drückte sich an die Stuhllehne. Schützend verschränkte sie die Arme vor der Brust und sah wie hinter einem Nebelschleier, wie Tal nach den Händen seiner Mutter griff und zu ihr sagte: »Ich denke, ich sollte trotzdem gehen. Auch wenn du nicht mitkommen kannst.«

»*Natürlich* musst du gehen!« Rachel konnte hören, wie schwer es Mai fiel, ihre Stimme ruhig zu halten. Mai zog Tal an sich und drückte ihr Gesicht in seine Haare. »Sag ihr, dass ich sie sehr vermisse. Und seid vorsichtig, ihr zwei!«

»Keine Angst, ich werde zurückkommen.« Nach einem kurzen Blick auf Rachel fügte er hinzu: »Ich lasse dich nicht im Stich.«

Rachel stieß ihren Stuhl zurück und rannte überstürzt aus der Küche. Sie lief durch den Innenhof und von dort aus durch den gewölbten Durchgang, der zum Garten der Bibliothek führte. Die stürmischen Gewitter von neulich hatten die Obstbäume ruiniert: Sie standen in traurigen Reihen da, inmitten abgerissener Zweige und zerfledderter Blütenblätter. Rachel blieb stehen und starrte mit tränenblinden Augen auf dieses Bild der Verwüstung, bis sie plötzlich ihren Namen hörte.

»Lady Rachel.« Gabriel war im Schutz des Torbogens stehen geblieben und winkte sie zu sich. »Steht nicht im Regen herum!«

Mit schleppenden Schritten ging sie zu ihm und stellte sich neben ihn. Sie spürte das kalte Mauerwerk in ihrem Rücken. »Ich würde ihnen ja gern helfen. Ich hätte meinen Vater ja gefragt, wenn Tal ...«

»Ich weiß, Mylady.« Gabriel zögerte. »Die Sache ist die, dass Tal seit Langem – bis heute Morgen, genauer gesagt – geglaubt hat, er würde seine Schwester niemals wiedersehen. Er dachte sogar, sie sei tot und das sei seine Schuld. Jetzt, wo er weiß, dass sie noch lebt, ist er natürlich bereit, alles für sie zu tun. Und wenn Gaia sagt, dass sie nicht nach Freehaven kommen kann, wird er das Risiko, sie hierher zu bringen, natürlich niemals eingehen – auch nicht mit Genehmigung eines Mitglieds des Monarchenbundes.«

»Verstehe«, murmelte sie. »Wenn es nach mir ginge, könnte Mai natürlich mit ihm gehen.«

»Ich weiß, Mylady.« Er lächelte sie an. Sie dachte an die kurze Unterhaltung zwischen Gregory und Lanneret am Morgen und fragte besorgt: »Gabriel? Wenn – ich meine *falls* – Tal zurückkommt, nehmt Ihr ihn doch wieder im Chor auf, nicht wahr? Obwohl er heute Morgen so schlecht gesungen hat?«

Gabriel lachte. »Aber sicher! Ich hatte mit diesem Stück auch meine Schwierigkeiten, als ich in seinem Alter war.« Er verbeugte sich. »Würdet Ihr mich jetzt bitte entschuldigen, Lady Rachel? Ich muss Tals Papiere fertig machen.« Er zögerte. »Ich denke, wir sollten ihn und Mai für eine Weile allein lassen ...«

»Verstehe«, sagte Rachel hastig. »Ich nehme die Kutsche und fahre nach Hause. Würdet Ihr Mai bitte ausrichten, dass sie sich ruhig etwas Zeit lassen kann, bis sie nachkommt?« Wieder verbeugte sich Gabriel und zog sich dann zurück. Sobald Rachel allein war, putzte sie sich kräftig die Nase und wischte sich das Gesicht am Ärmel ab. Ein plötzliches Geräusch am Fuße der Stufen, die zur Bibliothek führten, ließ sie zusammenzucken. Sie drehte den Kopf und erblickte Gregory.

»Das war ja interessant«, sagte er.

»Was?«

»Na, das über deinen verlogenen kleinen Gossenfreund. Wusste gar nicht, dass er eine Schwester hat. Ist dir klar, Rachel, dass sie – wenn sie nicht nach Freehaven kommen kann – vermutlich schon mit dem Gesetz in Konflikt kam? Wie hieß sie noch gleich? Gaia? Seltsam …« Er hatte noch denselben Gesichtsausdruck wie vorhin, wie jemand, der einen Zettel mit einem gefährlichen Geheimnis versteckt hält. »Gabriel will den stinkenden kleinen Bauernjungen also wieder aufnehmen, richtig?«, fuhr er fort. »Das würde ich mir an seiner Stelle aber sehr gründlich überlegen …«

»Ich an Gabriels Stelle würde lieber ein Dutzend Bauernjungen wie Tal aufnehmen als einen Cousin vierten Grades des Monarchenbundes, den keiner will und mit dem keiner etwas anfangen kann!«

Diese Bemerkung war ein Volltreffer. Gregory wurde kreidebleich und murmelte: »Das stimmt nicht …«

Rachel war so wütend, dass sie sich nicht bremsen konnte. »Ach nein?«, sagte sie höhnisch. »Dann stimmt es also nicht, dass du in den Ferien nie zu deiner Mutter fährst, Gregory? Alys hat sich schon beschwert, dass du dauernd in Mabberling herumhängst …«

»Schweig!«, rief er wütend. Er drängte sich an ihr vorbei und rannte durch den verwüsteten Garten. Als sie ihm nachblickte, überkam sie ein sonderbares, ungutes Gefühl – so ähnlich, als sei in einem Wald eine erste, zarte Flamme aufgeflackert, von der man nicht wusste, ob sie bald wieder erlöschen oder den ganzen Wald verschlingen würde.

*Zweiter Tag des zunehmenden Idalia-Mondes*

*Lieber Leo,*
*Tal ist fort: Er hat eine Nachricht von seiner Schwester erhalten und ist zu ihr gegangen. Frag mich nicht, wohin. Er wollte nichts verraten. Mai ist sehr traurig und macht sich wieder große Sorgen.*
*Habe gestern kurz mit Lanneret gesprochen. Ist er immer so unfreundlich?*
*Rachel xxxx*

Iona ging auf der Straße, die nördlich am Nouldewood entlangführte. Gegen Ende von Idalia erreichte sie den Fluss Lethy – einen großen Strom, der in den Nördlichen Bergen entsprang und das Land der Länge nach in zwei Hälften teilte, ehe er in Freehaven ins Meer mündete. Er war hier so breit, dass er mehr wie ein See als wie ein Fluss aussah: Die vielen Regenfälle dieses Sommers hatten ihn über die Ufer treten lassen und er hatte die Wiesen und Felder auf beiden Seiten überschwemmt. Iona setzte sich und schaute über die ausgedehnte, graue Wasserfläche. Sie hatte seit zwei Tagen nichts mehr gegessen und setzte inzwischen wie eine Schlafwandlerin einen Schritt vor den anderen. Sie hatte fast schon vergessen, was sie hierher geführt hatte – die Tatsache, dass sie Bardrick in den Städten am westlichen Ufer nicht gefunden hatte und nun den Fluss überqueren musste, um ihn zu suchen. Vor Hunger konnte sie nicht mehr klar denken.

»Hey!« Sie blinzelte. Da war ein Boot; ein kleiner Mann saß an den Rudern und schaute sie fragend an. »Willst du rüber?«

Sie wühlte in den trüben Gewässern ihrer Erinnerung. Ja. Sie wollte den Fluss überqueren, oder? Es musste einen Grund geben, warum sie ans andere Ufer wollte. Aber im Moment fiel er ihr nicht ein. Sie nickte benommen. »Ich kann aber nichts bezahlen.«

Er zuckte die Schultern. »Ich muss sowieso rüber.« Er reichte ihr eine Hand, um ihr ins Boot zu helfen, und sie sank erschöpft auf den Boden des Boots. Als sie sich vom Ufer entfernten, lehnte sie sich an einen der Sitze und starrte wie hypnotisiert auf die graue Wasserfläche, in die die Ruder rhythmisch eintauchten und in die der heftige Regen kleine Dellen schlug … Sie schüttelte sich. Der Mann hatte etwas gesagt und seine Worte drangen wie aus weiter Ferne an ihr Ohr.

»Du siehst hungrig aus. Hier, iss!« Er griff in einen Beutel zu seinen Füßen und reichte ihr einen riesigen Pilz, der einen schwachen, angenehmen Geruch hatte und sich in ihren Händen weich anfühlte, wie frisches Brot. Sie biss ein kleines Stück ab. Der Pilz schmeckte mild und ließ sich mühelos schlucken; leicht und doch sättigend lag er in ihrem Magen. Es war die ideale Nahrung für jemanden, der kurz vor dem Verhungern stand. Hungrig aß sie den ganzen Pilz auf. Als sie fertig war, hatte sie das Gefühl, als sei ihr Kopf wieder klar; sie wusste wieder, wohin sie gehen wollte und warum. Hellwach blickte sie sich um. Sie hatten inzwischen fast schon das östliche Ufer erreicht, und Iona sah mit Schrecken, dass sie an den Ruinen überfluteter Häuser vorbeifuhren, die früher am Flussufer gestanden hatten. Was war so sonderbar an ihnen? Das Holz war geschwärzt; verkohlte Holzbalken schwammen auf dem Wasser. Diese Häuser hier waren abgebrannt, bevor sie überflutet worden waren!

»Was ist hier passiert?«, fragte sie.

»Drachen!«

»Was? So weit südlich? Das ist unmöglich!«

»Unmöglich oder nicht – so war es! Hab sie mit eigenen Augen gesehen.« Etwas in seinem Gesicht – die Erinnerung an den Widerschein eines überraschenden Flammenstrahls aus heiterem Himmel, an das Echo von Schreien aus der weiß glühenden Hitze der brennenden Häuser – hielt Iona davon ab, weiterzufragen. Schweigend erreichten sie das Ufer; der Mann half ihr an Land und ruderte davon, noch ehe sie daran gedacht hatte, ihn zu fragen, wo man diese leckeren Pilze fand.

Sie stolperte über einen durchweichten, zerfurchten Acker, dessen Schlamm mit schwarzen Schlieren übersät war – den abgebrochenen, verbrannten Halmen der sommerlichen Ernte. Verkohlte Baumstümpfe in der Mitte des Ackers zeigten, wo einst ein kleiner Hain gestanden hatte. Iona kam an einem ausgebrannten Gehöft vorbei, überquerte weitere Wiesen und Felder und gelangte schließlich an eine Straße. Sie war zwar gepflastert, doch die Pflastersteine waren schlüpfrig vor Matsch. Hohe Hecken wuchsen auf beiden Seiten, die hier und da bis zu den Wurzeln verkohlt waren. Jenseits der Hecken lagen weitere verwüstete Felder, die nach Süden hin von den Bäumen des Nouldewood überschattet waren.

Iona wandte sich ab und ließ den Fluss hinter sich. Irgendwann am Nachmittag machte sich der Hunger wieder bemerkbar und sie wurde müde. Dazu kam, dass der Regen, der den ganzen Tag schon beständig fiel, plötzlich stärker wurde und wütend und unerbittlich auf sie einprasselte. So heftig, dass Iona bald nach einem Unterschlupf Ausschau hielt. Weit und breit war kein Haus zu sehen; einzig der Waldrand hätte ihr einen gewissen Schutz geboten. Sie zwängte sich durch eine Lücke zwischen den Hecken und überquerte ein morastiges Feld, bis sie schließlich vor dem ersten der mächtigen Bäume stand. Sie zögerte. Den Wald zu betreten war bei Todesstrafe verboten! Doch der Regen prasselte erbarmungslos vom Himmel, sie fror und war bis auf die Knochen durchnässt. Wenn sie diesem strömenden Regen noch länger ausgesetzt war, würde sie ohnehin sterben. Iona blickte sich ein letztes Mal ängstlich um. Niemand war zu sehen und sie schlüpfte in den Wald.

Die dicken Bäume standen so dicht beisammen, dass die oberen Äste ineinander verschlungen waren. Es war trockener, als sie gehofft hatte, und auch wärmer; die Bäume hielten den schneidenden Wind ab, den der Regen mit sich gebracht hatte. Iona kauerte sich auf einen umgestürzten Baumstamm und verschränkte die Arme über dem Hunger, der inzwischen wieder schmerzhaft an ihren Eingeweiden nagte. Als sie den Geruch wahrnahm, hielt sie ihn zuerst für eine Ausgeburt ihres Hungers. Doch dann erhob sie sich mühsam und folgte ihm, wenn auch ohne große Hoffnung. Verblüfft riss sie nach wenigen Schritten die Augen auf. Hier wuchsen sie tatsächlich: eine dichte Gruppe von Pilzen, die genau gleich aussahen wie jener, den ihr der Mann im Boot am Morgen gegeben hatte. Mit zitterigen Fingern pflückte sie den ersten Pilz. Er war weich und fest zugleich, geschmackvoll, leicht und angenehm sättigend.

Iona blickte zu dem schützenden Blätterdach hinauf, das unter dem Sturmangriff des Regens bebte, und fasste einen Entschluss. Ob verboten oder nicht – sie würde die Nacht hier verbringen. Sie wagte sich noch ein Stück tiefer zwischen die Bäume, als sie plötzlich ein »Hallo!« hörte.

Erschrocken schnappte sie nach Luft. Der Sprecher war ein Junge, etwa in ihrem Alter, mit dunklen Haaren, tiefbraunen Augen und einer Doppelnarbe auf der Wange. Neben ihm stand ein blondes Mädchen mit derselben Doppelnarbe. Iona kam ins Stottern. »Ich … tut mir leid … ich wollte nur vor dem Regen Zuflucht suchen … und ich hatte solchen Hunger und …«

»Gute Idee, hierherzukommen«, sagte der Junge. »Woanders findest du weit und breit nichts zu essen. Hier!« Er deutete auf eine grüne Bodensenke unter einigen niedrigeren Bäumen ganz in der Nähe. Eine Auswahl an Früchten und Gemüse lag ausgebreitet auf Blättern auf dem Boden: Beeren, Blumen, Wurzeln … »Bedien dich! Ach, übrigens, ich bin Jason und das ist Polly.«

Argwöhnisch beäugte Iona die fremden Kinder. »Was macht ihr hier im Wald?«

»Wir leben hier«, erklärte Polly. »Der einzige Ort, an dem wir sicher sind.« Sie betastete die Narbe auf ihrer Wange, die sie als Verbrecherin abstempelte.

»Wir leben nicht nur im Wald«, sagte Jason, »wir hüten auch sein Geheimnis. Hör zu!« Zu Ionas Überraschung begann er zu singen: eine beschwingte Melodie, die ihr auf Anhieb vertraut war. Es war die Ballade von der Gründung Assalays. Doch die Worte waren ganz andere als jene, die sie kannte.

*»Warum weinen die Monde, hör ich euch fragen,*
*Und ich erzähl' die Geschichte aus lang vergangenen Tagen,*
*Als über die Dreizehn, über Groß und auch Klein*
*Telemachus Athanasius in Güte und Weisheit herrschte allein.«*

Iona lauschte mit wachsender Verblüffung und kam aus dem Staunen nicht mehr heraus. Sie kam sich vor wie jemand, der Zeuge eines Erdbebens wurde und sah, wie sich die vertrauten Umrisse der Welt direkt vor seinen Augen veränderten. Als der Junge zu Ende gesungen hatte, sagte sie: »Noch einmal?« Der Junge ließ sich nicht zweimal bitten und Iona spürte eine aufregende, neue Welt vor sich aufschimmern.

*»... und der Tag wird kommen, an dem alles so ist, wie es soll sein,*
*wir keine Lords mehr haben, sondern ein Mädchen im Gewand weiß und rein.«*

»Es ist nicht nur ein Märchen, oder?«, vergewisserte sich Iona.

Der Junge schüttelte den Kopf. »Nein, es ist wahr. Es gab eine Zeit vor dem Monarchenbund und es kann auch eine Zeit *nach* ihm geben. Bessere Zeiten. Wenn Gaia jemals an die Macht kommt, dann wird sie vieles ändern, glaub mir! Sie kennt Hunger und Kälte, sie kennt das Leben, das du führst. Aber ...«

Er verstummte.

»Aber was?«, hakte sie nach.

»Niemand kennt dieses Lied, außer den wenigen Menschen, die hier leben. Und keiner von uns kann es wagen, diesen Wald zu verlassen.« Er berührte die Doppelnarbe an seiner Wange.

Iona schaute ihm in die Augen. Sie wusste, was er von ihr erwartete und wie gefährlich es sein würde. Doch sie sah die Hoffnung in seinen Augen. Das war Bardricks Traum. Eine Ballade gegen den Monarchenbund! Aber dieses Lied hier war weitaus besser als alles, was er sich hätte ausdenken können, denn es erzählte nicht nur, wie der Monarchenbund wirklich war, sondern nannte auch den Namen des Mädchens – *Gaia Athanasius* –, das sich vorgenommen hatte, das von den Lords zugrunde gerichtete Land zu heilen. Wenn dieses Lied von Mund zu Mund weitergegeben werden würde, würde es sich wie die Arme eines Flussdeltas ausbreiten und die Fundamente des Monarchenbundes nach und nach wegspülen, so wie ein Fluss Sand mit sich nimmt.

»Bring mir das Lied bei!«, sagte sie.

# 14. Kapitel
# Blutsbande

*Zwölfter Tag des abnehmenden Idalia-Mondes*

*Lieber Leo,*
*neulich sah ich dich wieder, bei den Feierlichkeiten zum Viertelmond. Ich hatte nicht den Eindruck, dass du mehr Spaß gehabt hast als ich.*
*Es war ein langweiliger Mond. Jede Menge Teepartys, das ständige Reden über Alys' Kleider, der endlose Klatsch und Tratsch, wen sie denn nun heiraten wird. Wie sie es genießt! Früher fand ich Alys ja ganz nett. Aber damit ist es vorbei. Warn mich bitte, falls du merken solltest, dass ich so werde wie sie!*
*Schlimm finde ich auch, dass Mai in letzter Zeit wieder so traurig ist. Immerhin weiß sie jetzt, dass Gaia noch lebt. Aber ganz offensichtlich stimmt etwas nicht, sonst könnte Gaia ja nach Freehaven kommen. Jetzt muss sich Mai wieder Sorgen um beide Kinder machen, weil sie nicht weiß, wie es ihnen geht. Ich fühle mich sehr schlecht, weil ich sie nicht freilassen konnte, sonst hätte sie mit Tal zu Gaia gehen können. In den letzten Tagen habe ich sie kaum gesehen. Sie verbringt die meiste Zeit in der Chorschule. Sie hat sich mit Gabriels Frau Connie angefreundet. Und wenn sie schon nicht bei ihren Kindern sein kann, lasse ich sie wenigstens oft zu ihrer neuen Freundin gehen.*
*Muss leider schon wieder aufhören: Wir gehen (Überraschung, Überra-*

*schung!) zu einer Teeparty … und zwar bei Lady Baladin.*
*Du fehlst mir.*
*Rachel xxxx*

Bei Lady Baladins Teeparty stand Alys mit ihren blonden Haaren und einem neuen, saphirblau glitzernden Seidenkleid wieder einmal im Mittelpunkt.

»Was für herrliche Seide, Elinor«, säuselte Lady Hallion.

»Ja, nicht wahr?« Elinor nippte an Lady Baladins orangefarbener Porzellantasse und stellte die Teetasse dann behutsam auf dem Tischchen an ihrer Seite ab. »Ich habe sie natürlich wie immer persönlich ausgesucht. Ich bin von einer Seidenfabrik zur nächsten gereist, um ganz sicher zu sein, dass Preis und Qualität stimmen. Letzten Endes entschied ich mich für diesen Stoff hier, der von einer der Farmen im Westen kommt. Er war zwar teurer, aber …« Sie setzte zu einer ausführlichen Beschreibung der Unterschiede zwischen den Seidenstoffen aus Fabriken im Norden und im Westen an. Lady Hallion gähnte hinter ihrem Fächer und nutzte die erstbeste Gesprächspause, um hastig ein abschließendes »Nun, auf alle Fälle steht ihr das Kleid ganz wunderbar« einzuwerfen.

»Gefällt es dir auch, Is?«, fragte Rachel.

Iseult Querimon, die beharrlich einige Drucke an der Wand über dem Kamin studiert hatte, drehte den Kopf und schaute Rachel fragend an. »Was?«

»Na, Alys' Kleid.«

»Entzückend«, sagte Iseult. Sie bedachte Alys mit einem harten, spröden Lächeln und ging zu dem Kartentisch am Fenster. Sie nahm wahllos ein paar Karten in die Hand und betrachtete sie stirnrunzelnd und mit leicht geröteten Wangen. Rachel sah mehrere vorwurfsvolle

Blicke auf sich gerichtet, setzte eine Unschuldsmiene auf und drehte der Teegesellschaft den Rücken zu. Sie vertiefte sich in die Betrachtung der Standuhr, die zwischen zwei Fenstern stand. Schon als Kind war sie ganz vernarrt gewesen in diese Uhr. Eingehend betrachtete sie die dreizehn Monde, die sich in komplizierten Ellipsen umeinander drehten, und die silbernen Zahlen, die sich um die unbeweglichen Zeiger bewegten. Gesprächsfetzen der Ladys, die in den Fensternischen auf den Sofas saßen, drangen an ihr Ohr: Ihre Mutter erkundigte sich nach Lady Lannerets Befinden; Tante Elinor und Lady Baladin hechelten wieder einmal die Liste der möglichen Heiratskandidaten für Alys durch.

»... Lord Parhelion ist noch zu haben«, sagte Elinor. »Und Alys ist eine sehr vernünftige, praktisch veranlagte junge Frau.« Sie warf einen vorsichtigen Blick in Richtung Parhelions Respekt gebietender Mutter, doch diese war damit beschäftigt, Lady Querimon lautstark einen langen Vortrag über die derzeitigen Sklavenpreise zu halten. »Sie hätte sicher einen positiven Einfluss auf Peregrin.«

»Was ihm wahrlich guttäte«, warf Lady Baladin ein. »Wer noch?«

»Oh, Tommy Filarion, Ryland Malander, Vaughn Querimon.« Elinor verstummte und beugte sich vertraulich zu Lady Baladin. »Allerdings eröffnet sich demnächst eine weitere Möglichkeit.« Vor Aufregung darüber, dass sie ein Geheimnis enthüllen konnte, sprach sie lauter als beabsichtigt. Lady Lanneret erhob sich abrupt, entschuldigte sich und stürzte aus dem Zimmer. Elinor schlug sich eine Hand an den Mund.

»Ach, herrje ...«, sagte Lady Baladin.

Ein verlegenes Schweigen machte sich breit. Als die Gespräche wieder aufgenommen wurden, erhob sich Cecilia wortlos und ging zur Tür. Rachel wollte ihr folgen, wurde aber von Lady Parhelion aufgehalten, die sie quer durch den Raum gebieterisch zu sich rief.

»Rachel, komm und setz dich zu mir! Ich möchte mit dir reden.«

Rachel blieb stehen, wo sie war. »Worüber?«

Lady Parhelion lief unter ihrer blassvioletten Perücke dunkelrot an. »Über deine Sklavin. Wie ich gehört habe, gibst du ihr in letzter Zeit ständig frei. Das geht nicht, meine Liebe. Sklaven müssen ihren Platz kennen und sich fügen.«

»Ach ja?«, sagte Rachel gedehnt. »Wie wär es, wenn Ihr Eure Nase an ihrem Platz behalten und sie nicht in anderer Leute Angelegenheiten stecken würdet? Jaja, schon gut, ich weiß, wo die Eingangshalle ist. Ich finde den Weg allein.«

Hocherhobenen Hauptes marschierte sie zur Tür. Doch weil sie eigentlich keine Lust hatte und viel zu unruhig war, um für den Rest des Morgens in der Halle zu sitzen und Däumchen zu drehen, ging sie in den Korridor, der zu Jeremys altem Spielzimmer führte. Seine Modellhäuschen standen noch da, als warteten sie nur auf seine Rückkehr. Rachel betastete gedankenverloren die Dächer des Senatsgebäudes und das Haus der Baladins in Imber, die silberne Kuppel der nur halb fertig gebauten Miniatur-Basilika. Danach wollte sie gerade ans Fenster gehen, blieb aber überrascht stehen, als sie ein Schluchzen hörte, das unzweifelhaft aus Jeremys kleinem Arbeitszimmer kam. Die Tür war nur angelehnt und Rachel tapste auf Zehenspitzen darauf zu. Sie überlegte noch, ob sie eintreten sollte, als sie plötzlich die Stimme ihrer Mutter hörte und wie angewurzelt stehen blieb.

»Geht es schon besser, Anna?«

Lady Lanneret antwortete schniefend: »Jaja. Alles in Ordnung. Tut mir leid …«

»Du brauchst dich nicht zu entschuldigen. Es war Elinors Schuld. Ich liebe meine Schwester, aber manchmal ist sie schrecklich taktlos.«

»Und eine Närrin.« Lady Lanneret putzte sich geräuschvoll die Nase. »Wenn ich eine Tochter hätte, würde ich sie bestimmt nicht als Elvertons zweite Frau sehen wollen.«

*Was?* Rachel runzelte die Stirn. Diese Worte ergaben für sie absolut keinen Sinn. Ein langes Schweigen folgte und Rachel entfernte sich auf Zehenspitzen wieder von der Tür: Sie wollte nicht beim Lauschen ertappt werden. Auf einmal hörte sie Lady Lanneret sagen: »Leo fehlt dir sicher sehr, Cecilia.«

»Oh ja, sehr. Septimus auch. Und Rachel natürlich.«

»Ihr würdet bestimmt gern wissen, wie es ihm geht, nicht wahr?«

*Das ist gegen die Regeln!*, dachte Rachel.

»Ich bin an einem Punkt, an dem einen Regeln nicht mehr interessieren«, sagte Lady Lanneret mit einem traurigen Lachen.

Wieder folgte Schweigen. »Dann sag es mir!«, sagte Cecilia. Rachel tapste wieder ein paar Schritte näher zur Tür.

»Es verhält sich genau so, wie du sicher denkst«, sagte Lady Lanneret. »Elverton ist ungeduldig und intolerant. Die Sache mit Fossick und Scrimp setzt ihm natürlich zu, aber auch davor war er schon so …« Sie erzählte Cecilia die Sache mit den Vögeln und mit Don und Rachel biss sich entsetzt auf den Zeigefinger.

*EIN GLÜCK! – Lusinia-Neumond*

*Liebe Rachel,*

*Idalia war ein Albtraum. Ich war von früh bis spät gefordert, musste immer höflich sein, und zu allem Überfluss erwartete er auch noch von mir, dass ich in dieser Zeit sämtliche Stammbäume auswendig lerne. Auf diese Weise erfuhr ich mehr darüber, wer wie mit wem verwandt ist, als ich jemals hätte wissen wollen. Hab zum Glück alles schon wieder vergessen.*

*Hatte keine Sekunde Zeit, auch nur daran zu denken, dieses Buch zu lesen, und in nächster Zeit werde ich wohl auch nicht dazu kommen. Morgen verlassen wir Freehaven. Eine Rundreise durch seine Ländereien. Tribut einfordern. Dadurch soll ich »die praktische Seite des Landrechts« kennenlernen. Sagt er …*

*Lady Lanneret kommt nicht mit. Sie ist heute abgereist. Für immer: Ihre Ehe ist zu Ende, weil sie ihrem Gatten im Lauf der zehn Ehejahre keinen männlichen Erben geschenkt hat. Sie wird mir irgendwie fehlen.*

*Leo xx*

Er versteckte den Brief hinter der Schreibtischschublade und ging nach unten. Sämtliche Stammbäume lagen auf dem Schreibtisch der Bibliothek: dreizehn dicke Schriftrollen, jede mit einem andersfarbigen Band verschnürt. Leo griff nach der Rolle mit dem eisblauen Band, machte das Band ab und breitete das Pergamentblatt auf dem Schreibtisch aus. Er fixierte die Ecken mit Lannerets schweren, grün-silbernen Briefbeschwerern. Es war ein riesiges Blatt, so breit wie lang, umfasste Nebenzweige bis zu Cousins vierten, fünften und sechsten Grades und reichte Hunderte von Jahren zurück, Generation um Generation. Leo zeichnete die Linie nach, die von seinem Namen zurückführte. Sie war ununterbrochen wie ein gehaltener Ton; rein und wahr; die kontinuierliche Blutlinie von Vater zu Sohn, mit nur einem höchst seltenen Schlenker, wenn der Titel an einen jüngeren Sohn oder Bruder übergegangen war.

Seinen eigenen Stammbaum kannte er schon auswendig; er sollte sich besser mit einem anderen beschäftigen. Er legte ihn beiseite, entrollte den Stammbaum der Demersals und studierte ihn lustlos. Er war bereits aktualisiert worden: Ivan war als Lord Demersal eingetragen, das Sterbedatum seines Vaters stand da. Von Ivan über den alten Lord Demersal führte eine Linie von Namen nach unten, die Leo nichts sagten.

Lord Ivan. Lord Rawdon. Leo gähnte. Lord Sefton.

»Hallo, Leo.«

Er wirbelte herum, senkte dann verlegen den Blick und starrte auf den Teppich. »Oh, hallo. Lord Lanneret ist nicht da.«

»Ich weiß«, sagte Helminth. »Wir sind deinetwegen gekommen.«

Leo hob den Kopf und biss sich auf die Lippen. Bei ihrem letzten Zusammentreffen hatte er Jeremy eine blutige Nase geschlagen und danach noch versucht, Helminth zu schlagen. Aber nun lächelten die beiden ihn an. Helminth zwinkerte ihm sogar zu, trat an den Schreibtisch und fuhr mit dem Zeigefinger die Linie des Stammbaums der Demersals nach.

»Auweia, musst du das etwa alles auswendig lernen?«

Leo nickte. Jeremy riss entsetzt die Augen auf.

»Dachte ich mir«, sagte Helminth. »Sein Vater hat mich ebenfalls dazu gezwungen.« Leo blickte ihn überrascht an; er hatte nicht gewusst, dass der alte Lanneret Helminths Lehrmeister gewesen war. Im Geiste sah er Helminth vor sich, gekleidet wie er, wie er in derselben Bibliothek saß und über derselben Litanei von Namen eingeschlafen war.

Helminth lachte. »Einmal habe ich den Fehler gemacht, ihn nach dem Grund zu fragen. Daraufhin fühlte er sich bemüßigt, mir einen mehrstündigen Vortrag darüber zu halten, dass die Blutlinien die Essenz der Macht des Monarchenbundes sind und dass man sie in seinem Herzen tragen muss und nicht nur auf dem Papier nachlesen sollte. Aber das natürlich erst nach einer einstündigen Strafpredigt, weil ich mich erdreistet hatte, seine Anweisung infrage zu stellen.«

»Gut, dann werde ich mir diese Frage besser verkneifen«, sagte Leo grinsend.

Helminth nahm die Briefbeschwerer von den Ecken des großen Pergamentblatts, das sich prompt wieder zusammenrollte. »Warum machst du nicht eine kleine Pause?«

»Können wir Mabberling spielen?«, fragte Jeremy.

»Warum nicht?«, sagte Helminth. Er lächelte, als er Leos besorgtes Gesicht sah. »Elverton kommt heute sicher erst spät zurück, Leo. Er ist in den Westen geflogen: Fossick und Scrimp wurden angeblich in Edgecombe gesehen. Du brauchst dir keine Sorgen zu machen.«

Leo konnte sich nicht vorstellen, dass Lanneret jemals einen Fuß auf das Mabberling-Spielfeld gesetzt hatte. Dennoch war es tadellos gefegt und sauber, die Schläger und Bälle lagen bereit und das Netz war gespannt. Heiße Luftströme bliesen durch den verwaisten Raum. Leo zog sein Wams aus und krempelte die Ärmel hoch. Er und Jeremy stellten sich einander gegenüber und Leo musste sich zuerst wieder an das Gewicht des Schlägers in seiner Hand gewöhnen. Das alte Geschick stellte sich rasch wieder ein, doch Jeremy war ihm bei Weitem überlegen.

»Hast du in letzter Zeit viel gespielt?«

Jeremy nickte und Leo biss die Zähne zusammen und konzentrierte sich noch mehr. Beinahe hätte er Jeremy geschlagen, verlor dann aber knapp beim letzten Punkt. Danach setzte er eine Runde aus, während Jeremy gegen Helminth spielte. Als sie fertig waren, wandte sich Helminth an Leo. »Na, wie wär's, Leo?«

Lust hätte Leo ja gehabt, doch er wusste, dass nach dem Stammbaum der Demersals auch noch der der Teredos und der Hallions auf ihn warteten. Er zögerte.

»Falls dir der Stammbaum der Demersals auf dem Magen liegt«, sagte Helminth, »mache ich dir einen Vorschlag: Lerne ihn doch einfach, während wir spielen.« Er winkte Leo auf das Spielfeld und sagte: »So, wir spielen jetzt also eine Runde Stammbaum-Mabberling. Variante Demersal.« Er hob seinen Schläger, rief »Ivan!« und schlug den Ball über das Netz. Leo fing den Ball in der Luft auf und hielt ihn ratlos in der Faust.

»Ich verstehe nicht. Was soll ich jetzt tun?«

»Ganz einfach. Schlag den Ball zurück und ruf dabei den nächsten Namen im Stammbaum.«

»Ich kann mich an keinen einzigen erinnern.«

»Ich schon«, behauptete Helminth. »Den ganzen verdammten Haufen. Ich werde dir die Namen vorsagen.«

Nach diesem Spiel war Leo völlig außer Atem, hatte aber zwei fehlerlose Zwanzig-Generationen-Ballwechsel hinter sich gebracht, vorwärts und rückwärts.

»Ich würde ja noch bleiben und die Teredos mit dir durchnehmen«, sagte Helminth, »aber wir werden von Lady Parhelion zum Mittagessen erwartet. Mach nicht so ein finsteres Gesicht, Jeremy!«

Leo ging mit den beiden in die Bibliothek zurück, wo Jeremys Umhang lag. Als die Besucher weg waren, fühlte er sich antriebslos und leer und hatte absolut keine Lust, sich wieder an den Schreibtisch zu setzen. Aber Lanneret würde an diesem Abend zurückkehren. Falls er Fossick und Scrimp nicht geschnappt hatte, wäre er sicher übelster Laune. Und egal, wie erschöpft er auch war, würde er Leo bis ins kleinste Detail über alles befragen, was er ihm während seiner Abwesenheit zum Lernen aufgegeben hatte. Frustriert kickte Leo an den Schreibtisch. Ein kleines Paneel in dem mit Perlen versehenen Zierbrett seitlich am Schreibtisch sprang auf.

In seiner ersten Panik glaubte Leo, er hätte etwas kaputt gemacht. Doch das Paneel fiel nicht herunter, und Leo sah, dass es so gemacht war, dass man es öffnen konnte. Es war an dünnen Scharnieren aufgehängt und dahinter befand sich ein kleiner flacher Hohlraum. Im Inneren glänzte etwas Silbernes. Schlüssel! Lannerets Schreibtischschlüssel!

Mit zitterigen Fingern griff Leo in das Geheimfach und holte die Schlüssel heraus. Teredos Stammbaum war augenblicklich vergessen, als Leo die Schlüssel einzeln ausprobierte, um zu sehen, welcher in das Schloss der unteren Schreibtischschublade passte. Endlich ließ sich einer drehen. Leo zog die Schublade auf. Die Pergamentrollen lagen noch da; so uralt und vergilbt, wie er sie in Erinnerung hatte. Behutsam nahm er die oberste Schriftrolle heraus, aber trotz aller Vorsicht bröselten einige Papierfetzen vom Rand ab und fielen auf den grünen Teppich. Leo legte das Schriftstück auf den Schreibtisch, rollte es auseinander und zuckte dann so heftig zusammen, dass das Pergamentblatt um ein Haar einen Riss abbekommen hätte.

Das war keine Freie Schrift!

Leo holte auch die anderen Schriftrollen heraus und entrollte eine nach der anderen. Sie waren alle mit diesen komischen, unverständlichen, fremd aussehenden Zeichen beschrieben; derselben Schrift, die er auch in dem verbotenen Buch gesehen hatte. Das machte auch diese Rollen zu verbotenen Objekten. Genau wie das historische Buch hätten auch sie verbrannt werden müssen. Was im Namen der Gestirne und der Dunkelheit hatte Lanneret mit diesen Rollen zu tun? Leo wurde plötzlich von einer Angst gepackt, wie er sie noch nie verspürt hatte. Wenn Lanneret wüsste, dass er das hier gesehen hatte …

Hastig rollte Leo die Schriftrollen zusammen und legte sie in die Schublade zurück. Er verfluchte sich, weil er nicht darauf geachtet hatte, in welcher Reihenfolge er sie gefunden hatte, und konnte nur hoffen, dass es Lanneret nicht auffallen würde, wenn sie nun etwas anders lagen. Zum Glück erinnerte er sich wenigstens, welche Schriftrolle er zuerst herausgeholt hatte. Nachdem er alle anderen Rollen zurückgelegt hatte, schaute er sich noch einmal die erste an. Es war ein recht kurzes Dokument: nur einige Zeilen, flüchtig hingekritzelt, keinesfalls die saubere Schrift eines professionellen Schreibers.

Vielleicht war dieses Schriftstück eine Art Code. Wenn er Zeit hätte, es eingehend zu studieren, bekäme er vielleicht heraus, was die Zeichen bedeuteten. Leo nahm ein leeres Blatt und einen Stift und schrieb die einzelnen Buchstaben ab. Es war eine mühselige Arbeit. Er musste jedes Schriftzeichen drei- bis viermal überprüfen, während er es abzeichnete, um ganz sicher zu sein, dass er alles richtig machte. Als er endlich damit fertig war, stellte er mit Schrecken fest, dass es draußen bereits dämmerte. Hastig rollte er die Schriftrolle zusammen, legte sie vorsichtig in die Schublade zurück, schloss diese ab und legte die Schlüssel ins Geheimfach des Schreibtisches.

Verflixt, das Paneel ließ sich nicht mehr schließen. Leo konnte es zwar zudrücken, doch als er die Hand wegnahm, sprang es wieder auf. Er versuchte es mehrmals, drückte das Paneel so fest an seinen Platz, dass seine Finger ganz glitschig und verschwitzt wurden. In seiner Verzweiflung hämmerte er schließlich mit der geballten Faust auf das Paneel ein. Doch es klappte wieder auf! Leo drückte erneut dagegen und sah plötzlich einen haarfeinen Riss, der sich quer durch die Perlen-Intarsien zog.

War der Riss vorhin schon da gewesen oder hatte er ihn verursacht? Bei allen Monden, er müsste sich doch erinnern … Leo stöhnte und fuhr mit dem Finger über den Riss, während seine andere Hand auf dem gleich aussehenden Perlenpaneel lag, das oben um die Schreibtischkante herumging. Er hörte ein leises, fast unhörbares Klicken. Zitternd nahm er die Hand von dem unteren Paneel. Es blieb zu!

Leo vermutete, dass der Mechanismus durch Drücken auf das obere Paneel aktiviert wurde. Aber das zu überprüfen hatte er im Moment keine Zeit. Hektisch ging er in die Hocke und sammelte die heruntergefallenen Pergamentschnipsel ein, um sie ins Feuer zu werfen. Dann rannte er nach unten und versteckte seine Abschrift der Schriftrolle bei den letzten Briefen an Rachel hinter der Schreibtischschublade. Anschließend rannte er in die Bibliothek zurück, breitete Teredos Stammbaum wieder auf dem Schreibtisch aus, beschwerte die Ecken mit den grünen, gläsernen Briefbeschwerern und versuchte, sich die vielen Namen einzubläuen.

Lanneret kehrte erst spät zurück. Er kam sofort in die Bibliothek und rollte den Stammbaum zusammen, über dem Leo gerade saß. Nachdem er Leo befohlen hatte, sich wieder auf den Schreibtischstuhl zu setzen, lehnte er sich an den Kamin und sagte: »Die Demersals. Die ersten zehn Generationen.« Leo schluckte und sein Mund war plötzlich wie ausgetrocknet. Wenn Lannerets Blick nur leicht nach rechts schweifte, würde er das Paneel sehen ... Leos Fantasie ging mit ihm durch und er sah den feinen Riss so breit und tief wie einen gähnenden Abgrund in der Erde vor sich; der Riss füllte seinen ganzen Kopf aus und verdrängte alles, was Leo an diesem Tag gelernt hatte. Er schaffte gerade mal »Lord Ivan, Lord Rawdon, Lord Sefton ...« und verstummte dann.

Lanneret sagte verächtlich: »Irgendwie begreifst du es nicht, Leo, richtig? Denk an das Treuegelöbnis ... *Ich gehöre mit Leib und Seele dem Monarchenbund, der seit dem Anbeginn der Zeiten über Assalay wacht* ... Das bedeutet, Leo, dass alles, was du bist und jemals sein wirst, auf dem Blut beruht, das in deinen Adern fließt, dem Blut deines Vaters und davor dessen Vaters und so weiter, bis zurück zu den Anfängen der Republik, der Gründung des Reiches Assalay. Dieses

Wissen fließt durch deine Adern, in deinem Herzen ...« Er redete und redete, bis gegen Mitternacht. Leo hörte ihm nur mit halbem Ohr zu, sah Lanneret auf und ab gehen und erstarrte jedes Mal, wenn er in die Nähe des Schreibtisches kam. In seinem Kopf überschlugen sich die Gedanken. Der Treueschwur umfasste auch das Versprechen, dass kein Monarch vor seinen Mitregenten Geheimnisse haben sollte, doch er fragte sich, ob die anderen wussten, dass Lanneret in seinem Schreibtisch verbotene Schriftstücke aufbewahrte.

Lady Philemot war nach dem Besuch bei Lady Baladin auf dem Nachhauseweg ungewöhnlich schweigsam. Auch während der darauffolgenden Tage hüllte sie sich meist in Schweigen und starrte immer wieder geistesabwesend ins Leere. Als sie am zwölften Tag von Lusinia zum Frühstück kam, trug sie ihre Reisekleidung.

»Ich werde für ein paar Tage verreisen«, sagte sie.

»Wohin?«, fragte Rachel.

»Ich will Hester besuchen«, erklärte Cecilia. Septimus blickte von den Briefen auf, die er gerade las.

»Cecilia ...«

»Keine Bange.« Sie lächelte ihn an. »Ich werde nicht ... Ich meine, ich will nur mit ihr reden.«

Nach dem Frühstück gab sie ihrem Mann und ihrer Tochter einen Abschiedskuss und verließ das Haus. Rachel ging nach oben in ihre Räume. Mai stand am Fenster und blickte mit demselben leeren Blick auf den nassen Garten hinunter, den Rachel auch in Cecilias Augen gesehen hatte. Doch bei Mai wusste Rachel zumindest, was ihr durch den Kopf ging. Rachel ging auf Mai zu und griff nach ihrer Hand.

»Er ist schon über einen Mond weg. Er kommt sicher bald zurück.«

Lächelnd drückte Mai ihre Hand. »Ich weiß.«

»Warum gehst du nicht zur Chorschule?« Rachel holte Leos Gartentorschlüssel aus ihrer Tasche und reichte ihn Mai. »Vielleicht gibt es Neuigkeiten. Geh ruhig. Ich komme allein zurecht.«

Vom Fenster aus sah sie Mai durch den Garten zum Seitentor gehen. Sobald Mai außer Sicht war, drehte sich Rachel um und betrachtete ihr Zimmer. Das silberne Pendel der Uhr war das Einzige, das sich bewegte; alles andere war reglos. Der Anblick der Uhr erinnerte sie an Leos Geschenk, und sie ging in ihr Schlafzimmer, setzte sich aufs Bett und zog den Mechanismus des kleinen Globus auf. Die Monde begannen sich an ihren dünnen Silberdrähten um die Kugel zu drehen. Rachel legte sich aufs Bett, schaute den Monden bei ihren Umdrehungen zu und ließ ihre Gedanken mit ihnen kreisen.

Hester. Was hatte Cecilia bewogen, Hester zu besuchen? Rachel schloss die Augen und versuchte, die alte Frau im Geiste vor sich zu sehen. Sie erinnerte sich aber nur an Augen, die hinter ihrem milchigen Schleier so klar waren; an erstaunlich weiße Haare, eine feste Stimme, mysteriöse, unverständliche Andeutungen ... Mehr denn je wünschte sie sich, Mai hätte den Brief damals nicht verbrannt, sie selbst hätte ihn nicht impulsiv zerrissen. Da war etwas, ein Erinnerungsfetzen, den sie nicht zu fassen bekam. Für den Rest des Tages fühlte sie sich wie jemand, der in einem Schneesturm einer einzelnen Flocke nachjagt, die ihm aber, sobald er die Hand ausstreckt, immer wieder von Windböen entrissen wird; und als er sie endlich zu fassen bekommt, schmilzt sie in seiner Hand.

Beim Abendessen war sie so stumm und in sich gekehrt, dass Septimus am Ende der Mahlzeit besorgt fragte: »Geht es dir gut, Rachel?«

Sie zuckte mit den Schultern. »Ich denke nur nach. Weißt du, warum Mutter zu Hester gereist ist?«

Konzentriert schälte Septimus eine Birne zu Ende, indem er hauchdünne Streifen der silbergrauen Schale abschälte und das weiße Fruchtfleisch anschließend in dünne Scheiben schnitt. Er aß ein Stück und wischte sich dann den Saft von den Lippen. »Ach, einfach so, ohne besonderen Grund. Sie wollte sie nur wiedersehen.« Er beugte sich über seinen Teller und schnitt die Birnenstücke in winzige Würfel.

»Erzählst du mir, wie es war, als wir geboren wurden?«, fragte Rachel. Sie hatte gar nicht vorgehabt, diese Frage zu stellen, und war selbst überrascht, als sie ihr über die Lippen schlüpfte. Noch überraschter aber war ihr Vater; das Messer entglitt seinen Händen und fiel klirrend auf den grünblauen, dünnen Porzellanteller.

»Wie meinst du das?«, fragte er.

»Es ist nur … ich meine, ihr sprecht nie darüber. Hester ist der einzige Mensch, der dieses Thema jemals erwähnt hat. Ich wusste ja nicht einmal, dass Mutter damals so krank war.«

Septimus nahm einen langen Schluck aus seinem Glas mit dem kühlen, lieblichen Wein und seufzte. »Da gibt es nicht viel zu erzählen, abgesehen von dem, was Hester gesagt hat.« Er starrte auf die silberne Tischplatte, deren reflektierte Strahlen sein Gesicht kalkweiß aussehen ließen. »Es stimmt, deine Mutter war schwer krank. So krank, dass wir mit dem Schlimmsten rechneten. Und obwohl sie später wieder gesund wurde, stand fest, dass sie keine weiteren Kinder bekommen konnte.«

»Verstehe.« Rachel konnte gut nachvollziehen, weshalb ihre Eltern immer darüber geschwiegen hatten. Es war ein großer Kummer, an den man am besten nicht mehr denkt, über den man besser nicht mehr redet. Sie verließ den Tisch, ging tief in Gedanken versunken nach oben und fiel erschöpft auf ihr Bett. Sie setzte ihren Globus in

Bewegung und dachte weiter nach. Über Inchcliff diesmal: Hesters schöne, helle, nach Rosen duftende Räume, die sie in ihren Träumen immer wieder sah, voller Trostlosigkeit und beängstigender Einsamkeit. Es dauerte lange, bis die sich drehenden Monde sie in den Schlaf wiegten.

Sie erwachte aus einem traumlosen Schlaf und tauchte ein in die Dunkelheit einer wolkenverhangenen Nacht – mit einem Schauder, der jedoch nicht von Kälte herrührte, sondern von einer plötzlichen Erkenntnis. Die Erinnerungen, nach denen sie so verzweifelt gesucht hatte, waren während des Schlafens zu ihr zurückgekehrt: Wie Puzzleteile waren sie an den richtigen Platz gefallen, hatten begonnen, sich zu drehen, in harmonischen Bewegungen; wie ein Mechanismus, bei dem nur eine Kleinigkeit repariert werden musste, und schon funktionierte er wieder.

Rachel tappte durch die Dunkelheit zu ihrer Kommode und zündete eine Kerze an. Sie saß lange vor dem Spiegel und betrachtete ihr flackerndes Spiegelbild. Nach einer Weile holte sie Stift und Papier und schrieb an Leo.

*Zwölfter Tag des zunehmenden Lusinia-Mondes. Sehr spät*

*Lieber Leo,*
*ich habe dir schon geschrieben, dass ich in Inchcliff sehr merkwürdige Träume hatte, doch worum es ging, habe ich dir noch nicht erzählt. Es war derselbe Traum, immer und immer wieder, fast jede Nacht. Auch als wir wieder zu Hause waren, träumte ich ihn noch ein paarmal. In diesem Traum bin ich in einem Zimmer voller Rosenblüten, ganz allein. Ich fühle mich so einsam wie noch nie im Leben und habe große Angst. Ich will das Zimmer verlassen, zu anderen Menschen gehen, doch es geht*

*nicht – wegen der vielen Rosenblätter. Sie sind so hoch, dass ich nicht vorwärtskomme. Plötzlich wird der Raum größer, das Licht erlischt und ich falle hin. An diesem Punkt wache ich normalerweise auf.*
*Das Zimmer in meinem Traum ist Hesters Zimmer in Inchcliff, das Zimmer, in dem Mutter entbunden hat.*
*Unsere Eltern haben uns nie von unserer Geburt erzählt, nicht wahr? Heute Abend habe ich versucht, Vater auszufragen, doch er sagte nur, Mutter sei damals sehr krank gewesen, so krank, dass sie später keine Kinder mehr bekommen konnte. Vater ging dieses Thema sichtlich an die Nieren und deshalb habe ich nicht weitergefragt.*
*Hester dagegen hat über unsere Geburt gesprochen – weißt du noch? –, aber auch sie wollte nicht sehr viel sagen. Habe ich dir erzählt, dass ich damals in Mabberling in ihr Zimmer ging? Ich wollte sie bitten, mir alles zu erzählen, woran sie sich erinnert. Aber sie sagte, sie müsse zuerst noch einmal nachdenken. Und als ich am nächsten Morgen wieder zu ihr ging, war sie bereits abgereist.*
*Sie hat mir allerdings zum Abschied einen Brief geschrieben, den ich aber leider nicht mehr habe. Mai hat ihn aus Versehen verbrannt. Sie dachte, ich brauche ihn nicht mehr, weil ich ihn zerrissen hatte. In diesem Brief hat Hester angedeutet, dass sie ein Geheimnis hütet, das Vater und Mutter betrifft. Allerdings war es ein recht unverständlicher Brief und ich fand ihn etwas wirr – und deshalb habe ich ihn zerrissen.*
*Vieles von dem, was in dem Brief stand, habe ich vergessen – doch vorhin ist es mir wieder eingefallen. Hester schrieb, dass Tolly sie vermutlich als verrückt bezeichnet, doch sie habe jedes einzelne Wort so gemeint, wie sie es gesagt hat. Und das Wort ›einzeln‹ war unterstrichen.*
*Weißt du noch, wie sie damals am Kamin saß und sich mit uns unterhielt? Sie hat uns erzählt, dass sie eines Abends, als Mutter so krank war, neben ihrem Bett eingeschlafen sei, und als sie wieder aufwachte, sei es*

*Mutter besser gegangen. Erinnerst du dich? Sie hat etwas von Rosen erwähnt. Und dann sagte sie, Mutter habe im Bett gesessen, mit dem Baby im Arm. Dem Baby. Nicht: den Babys! Und das Wort ›einzeln‹ war unterstrichen. Und außerdem liegt in der Schublade in ihrem Zimmer nur ein Anzug für ein Neugeborenes.*
*Weißt du noch, was sie zu mir gesagt hat damals? Rote Haare und grüne Augen – so habe noch keine Philemot ausgesehen.*
*Leo, weißt du was? Ich glaube, ich bin nicht ihre Tochter.*
*Rachel xxx*

Am Morgen danach wachte Rachel sehr früh auf und konnte vor Aufregung nicht mehr einschlafen. Auf Zehenspitzen ging sie nach unten, stellte sich in der Eingangshalle vor ihr Porträt und studierte es eingehend. Es war so offensichtlich! Warum war es noch niemandem aufgefallen?

Sie ging in den Garten und atmete mit vollen Zügen die feuchte, frühmorgendliche Luft ein. Dann kletterte sie in den Ausguck des Baumhauses. Die Häuser von High Side umgaben sie, stolz und massiv inmitten von großzügigen Gärten. Kein Wunder, dass sie sich in dieser Umgebung immer so unbehaglich und fehl am Platze gefühlt hatte. Sie gehörte nicht hierher.

Unterhalb von High Side breitete sich die Stadt vor ihr aus; jenseits der Stadtmauern verlor sich die Landschaft in einer grauen Ferne. Irgendwo dort draußen gab es einen Ort, an den sie gehörte; Menschen, denen sie sich zugehörig fühlen könnte; vielleicht jemand, in dem sie sich spiegeln könnte wie Tal in Mai. Und der einzige Mensch, der ihr sagen könnte, wer diese Leute waren, war Hester. Aber wann würde sie Hester wiedersehen – wenn überhaupt?

# 15. Kapitel
# Was im Leben wirklich zählt

Melisto-Neumond

*Einen schönen neuen Mond wünsch ich dir, Rachel. Ein komisches Gefühl, während unseres Schutzmondes nicht in Freehaven zu sein. Wir werden den ganzen Mond unterwegs sein: wieder einmal Tribut eintreiben. Schon wieder in Dearnleigh.*

*Leo*

Die Tributscheuer war ein großes Gebäude. Draußen prasselte der Regen vom Himmel, verwandelte die Erde in Schlamm und sammelte sich in tiefen Pfützen. Eine Schar durchnässter, schäbig gekleideter Menschen stand dicht gedrängt am anderen Ende der Scheuer. Es war Leos Aufgabe, jede Familie einzeln aufzurufen. Eine nach der anderen schlurften sie nach vorn, bis sie vor Lanneret standen, der auf einem kleinen Podium an einem Tisch mit grüner Tischdecke saß und einen in Leder gebundenen, dicken Ordner vor sich liegen hatte.

»Fünf Lunen Frühlingsgetreide. Das ist euer üblicher Melisto-Tribut, nicht wahr?«

»Jawohl, Euer Lordschaft, nur …«

»Erspart mir euer Gejammer über schlechte Ernten. Dafür hab ich wahrlich keine Zeit. Könnt ihr bezahlen oder nicht?«

Die ersten paar Familien konnten mit Mühe und Not zusammenkratzen, was sie ihrem Lehnsherrn schuldeten, doch Leo glaubte, in ihren Blicken lesen zu können, dass sie nach Zahlung ihres Tributs an Lanneret für den Rest des Sommers darben mussten. Die vierte Familie behauptete, sie sei völlig mittellos, da Drachen ihre Scheunen abgebrannt hätten.

»Was bedeutet das, Leo?«, wandte sich Lanneret an seinen Lehrling.

»Ich weiß nicht recht, Euer Lordschaft.«

Lanneret seufzte. »Es nennt sich Arbeitstribut, Leo, das weißt du genau. Diese Leute werden während der nächsten zwei Monde vier Tage pro Mondviertel auf meiner eigenen Farm arbeiten.«

Leo musterte die Leute, die vor ihm standen. Sie waren schmutzig, dürr und barfüßig; der Umhang des Mannes bestand nur aus verkohlten Fetzen. Leo holte tief Luft. »Dürfte ich Euch unter vier Augen sprechen, Euer Lordschaft?«

Lanneret seufzte erneut. »Meinetwegen.« Er schob seinen Stuhl zurück und zog sich mit Leo in eine Ecke der Scheuer zurück, außer Hörweite der wartenden Familie.

»Und?«

»Ich weiß nicht, was das nützen soll«, sagte Leo leise. Lannerets Gesicht nahm den Leo inzwischen wohlbekannten missbilligenden Ausdruck an. Doch Leo biss die Zähne zusammen und fuhr fort: »Ich meine, wenn diese Leute fast den ganzen Sommer über auf Eurer Farm arbeiten müssen, haben sie keine Zeit, die eigenen Felder zu bestellen. Dann wird ihre Ernte im Herbst erneut schlecht ausfallen und sie können den Herbsttribut wieder nicht aufbringen.«

»Was schlägst du also vor, Leo?«

»Ich war letztes Jahr mit Vater unterwegs, um den Sommertribut einzufordern. Von den Leuten, die in Schwierigkeiten steckten, forderte er weniger …«

»Dann ist dein Vater ein Narr! Diesen Leuten muss man immer wieder in Erinnerung rufen, was uns zusteht, Leo. Sie müssen unsere Autorität respektieren und sich unseren Gesetzen unterwerfen. Der Tribut ist nur ein Symbol dafür. Wer ihn herabsetzt, setzt auch die anderen Dinge herab. Und das wäre unser aller Ende!«

Er drehte sich abrupt um und ging an den Tisch zurück. Dort verkündete er seine Entscheidung und winkte Leo ungeduldig zu sich, damit er die nächste Familie aufrief. Leo stand da und musste mit ansehen, wie Familie um Familie ihren Tribut entrichtete: entweder in Naturalien oder in Arbeitszeit – beides Dinge, die sie kaum entbehren konnten. Zwei Familien, die bereits all ihre Möglichkeiten ausgeschöpft hatten, wurden zur Sklaverei verurteilt.

Am Ende dieses Morgens ging Leo langsamen Schrittes auf den Hof hinter dem Haus. Robert begrüßte ihn mit einem breiten Lächeln und winkte ihn zu dem alten Stuhl vor dem Kamin. Leo sah Robert beim Arbeiten zu, atmete den Duft von Holz und Harz ein und hatte das Gefühl, nach Hause gekommen zu sein. Nach einer Weile legte Robert seine Werkzeuge beiseite, setzte sich ihm gegenüber und reichte ihm einen Becher Tee.

Sie tranken in freundschaftlichem Schweigen. Nachdem Leo seinen Becher geleert hatte, stellte er ihn mit einem tiefen Seufzer ab und sagte: »Ich sollte besser wieder gehen. Er braucht mich bestimmt.« Auf der Schwelle blieb er noch einmal stehen und drehte sich um. »Ich … ähm, wie geht's den Garths?«

»Vermutlich nicht gut, fürchte ich.« Robert machte ein bedauerndes Gesicht. »Sie sind schon vor einiger Zeit weggezogen, Leo.«

»Warum? Wo sind sie hingegangen?«

»Warum? Nun, teils aus Not, teils aus Kummer, würde ich sagen. Und wohin … das weiß ich nicht.«

Leo ging nicht ins Haus zurück. *Soll er doch sauer werden,* dachte er sich. Er rannte durch den Park und über die mit Buschwerk bewachsene Waldung zur Hütte der Garths. Sie sah noch heruntergekommener aus als früher. Ein Teil des Dachs war eingestürzt, die Tür hing in den Angeln. Im Inneren war es kühl und feucht; Regenwasser hatte sich in Pfützen unter den eingestürzten Dachbalken gesammelt. Einem plötzlichen Impuls folgend, ging Leo in den Wald, sammelte Reisig und legte es so unter den Herd, wie Don es ihm beigebracht hatte. Er hatte jedoch nichts bei sich, um es anzuzünden, deshalb ließ er es einfach liegen: eine Pyramide aus Zweigen, kalt und leblos.

Zwei Bilder verfolgten ihn den ganzen Tag über: die Prozession der verzweifelten Gesichter und der Anblick der verlassenen Hütte. Am Abend lehnte er die Stirn an die kühle Glasscheibe seines Schlafzimmerfensters und dachte angestrengt nach.

*Vielleicht wäre es ganz gut, wenn es* uns *nicht mehr gäbe.*

*Erster Tag des zunehmenden Melisto-Neumondes, am Abend*

*Einen guten neuen Mond, Leo!*

*Für mich ist es ein guter Mond, und weißt du, weshalb? Tal ist zurück! Mai sagte, er sei froh, dass er wieder da ist und mitsingen kann. Ich hoffe es so sehr, denn ich habe noch immer ein schlechtes Gewissen, weil ich sie nicht mit ihm gehen lassen konnte.*

*Sie hat mich gefragt, ob ich morgen früh mit ihr zu ihm gehen wolle. Aber das kann ich wegen der Neumondfeiern vermutlich vergessen. Drück mir die Daumen, dass Mutter es eventuell doch erlaubt.*

*Rachel xxx*

»Oh«, sagte Lady Philemot, »Lady Parhelion erwartet uns zum Tee. Da muss ich zuerst deinen Vater fragen.« Rachel machte ein finsteres Gesicht. Das klang verdächtig nach einem Nein. Beleidigt zog sie sich in ihr Schlafzimmer zurück. *Wie unfair und ungerecht: Dauernd muss ich Dinge tun, die ich hasse! Und dabei gehöre ich nicht einmal hierher!* Sie ging in ihr Schlafzimmer und zog Leos Globus auf. Dass er so schön und zuverlässig war und sich die Monde so gleichmäßig drehten, war sonderbar tröstlich. Es klopfte an der Tür, und Rachel rief »Herein!«, weil sie dachte, es sei Mai. Doch es war Lady Philemot, die sich zu Rachel aufs Bett setzte.

»Diese Einladung morgen früh in die Chorschule. Willst du immer noch hingehen?«

»*Ja!*«

»Gut, dann geh!«

Ungläubig schaute Rachel sie an. »*Was?* Und was ist mit Lady Parhelion? Was willst du ihr erzählen?«

»Rachel …« Cecilia legte eine Hand auf Rachels Arm. »Sei unbesorgt, mir wird schon etwas einfallen. Ich werde ihr sagen, du nimmst Gesangsunterricht.«

»Aber das ist … Unsinn. Mädchen singen doch nicht!«, gab Rachel zu bedenken. Vor Verblüffung kam sie ins Stottern und verstummte dann.

Lady Philemot lachte leise auf, gab ihr einen Gutenachtkuss und ging dann beschwingten Schrittes hinaus. Mai staubte gerade den Schreibtisch in Rachels Aufenthaltsraum ab. Als sie Lady Philemot erblickte, machte sie einen Knicks. »Mylady.«

»Oh, Mai.« Cecilia zögerte, biss sich auf die Unterlippe und sagte dann: »Ähm, was ich sagen wollte … es freut mich, ich meine, die Sache mit deinem Sohn. Es freut mich, dass er wieder da ist. Es muss

… Du hast ihn sicher vermisst.« Sie vergaß für einen Moment zu atmen, fasste sich wieder und sagte: »Nun, das ist alles. Gute Nacht, Mai.« Eilends verließ sie Rachels Räume.

Mai schaute ihr verwundert nach: Die kühle, selbstsichere Lady Philemot wurde verlegen und geriet ins Stocken, weil eine Sklavin ihren Sohn verloren und wiedergefunden hatte? Wahrscheinlich vermisste sie ihren eigenen Sohn. Oder … könnte es sein, dass an Rachels Hirngespinst doch etwas dran war?

Mädchen singen nicht. Doch als Rachel am nächsten Morgen der Chorprobe beiwohnte, bedauerte sie, dass sie es nicht durften. Wie schade, dass es ein Gesetz gab, das vorschrieb, dass weibliche Wesen nur stumm in den sakralen Bereichen der Basilika sitzen durften und den Mund halten mussten. Sie blickte an das widerhallende Deckengewölbe des imposanten Gebäudes und fragte sich, was für ein Gefühl es wohl war, wenn man seine Stimme erhob und anschwellen ließ, um den ganzen Raum damit auszufüllen, wenn man Teil des verblüffenden Klangwunders war, das in einem Moment eine unerträgliche Traurigkeit verbreitete, die sich wenig später, durch einen geringfügigen Akkordwechsel, in helle Freude verwandeln konnte.

Der Chor beendete das eine Stück und ging unmittelbar zum nächsten über, einem Stück, das Rachel gut kannte: Es gehörte zur Liturgie zur Feier des Melisto-Vollmondes. Es war ein lebhaftes, komplexes Lied mit vielen Akkorden, und so dauerte es nicht lange, bis die Chorknaben unsicher wurden und ins Stocken kamen. Gabriel brachte sie mit einer Handbewegung zum Schweigen.

»Hoffnungslos.« Er machte eine Verbeugung in Rachels Richtung. »Bedaure, Mylady. Dieses Lied einzuüben dürfte eine Weile dauern. Es ist ein recht schwieriges Stück.«

Melisto war der Schutzmond der Philemots, und Rachel bekam ein schlechtes Gewissen, als wäre es ihre Schuld, dass die Chorprobe so lange dauern würde. Nur dass es – sie biss die Zähne zusammen – im Grunde genommen gar nicht *ihr* Mond war. Er hatte nichts mit ihr zu tun. Wütend und traurig starrte sie auf das eisblaue Licht, das zu den Fenstern hereinfiel, doch nach und nach zog der Gesang sie ganz in seinen Bann. Gabriel zerpflückte das Musikstück, löste jede einzelne Tonfolge heraus und korrigierte sie äußerst sorgfältig, bevor er sie wieder zu einem Ganzen verknüpfte. Es war, als sähe man die Knochen eines Gebildes, den Mechanismus im Inneren einer Uhr. Rachel hörte das wieder zusammengefügte Stück mit ganz neuen Ohren – als wäre es das erste Mal.

»Schon besser«, sagte Gabriel schließlich. »Wir werden es heute Nachmittag noch einmal proben.« Er entließ seine Chorknaben. Sofort rannte Tal die Stufen herunter und auf seine Mutter zu, einen rothaarigen Jungen im Schlepptau. »Rachel«, sagte Mai, »Tal kennst du ja schon. Und das hier ist sein Freund Sam.« Tal nickte Rachel kurz zu. Sam murmelte: »Erfreut, Eure Bekanntschaft zu machen, Mylady«, errötete bis zu den Haarwurzeln und starrte auf seine Füße.

»Hallo.« Alle waren irgendwie verlegen. Rachel wusste nicht, was sie sagen sollte; sie schaute angestrengt auf den Boden, rieb mit ihrem Schuh über den Fleck auf einer der weißen Marmorplatten. Sie war erleichtert, als Gabriel zu ihnen trat, sie höflich und unbekümmert begrüßte und die kleine Gruppe dann in den Innenhof führte. Unter der Tür blieb Rachel verblüfft stehen.

»Das habe ich letztes Mal gar nicht gesehen!« An der Mauer hing etwas, das auf den ersten Blick wie eine große silberne Uhr aussah. Doch bei näherem Hinsehen entpuppte es sich als Kalender: Der Zeiger auf dem eisblauen Untergrund zeigte auf den zweiten Tag.

»Das Laufwerk musste repariert werden«, erklärte Gabriel. »Wollt Ihr hineinsehen, Mylady?« Die anderen gingen voraus, während Gabriel den Wandkalender öffnete, um Rachel den Mechanismus im Inneren zu zeigen. Mit großen Augen betrachtete sie die dahinterliegenden, ebenfalls mit Edelsteinen besetzten Scheiben, die nur darauf warteten, nach vorn zu gleiten. Rachel blieb eine Weile reglos stehen, ganz in die Betrachtung des Mechanismus versunken, bis sie sich schließlich von dem faszinierenden Anblick losriss und mit Gabriel durch den Innenhof und in seine Küche ging.

Eine blonde junge Frau saß auf einem der Lehnstühle und hatte ein kleines Mädchen auf dem Schoß sitzen. Auf dem anderen Stuhl saß Mai, Tal auf dem Boden, den Rücken an ihre Beine gelehnt. Sam lag bäuchlings auf dem Kaminvorleger vor einem Brettspiel und hatte offenbar gerade etwas gesagt, worüber alle lachten.

»Bitte schön, Lady Rachel, tretet ein!«, sagte Gabriel, und Sam verstummte betreten; das Gelächter der anderen wurde schwächer und verebbte dann. Die blonde Frau hob das Kind von ihrem Schoß, stand auf und machte einen ungeübten Knicks. Auch Sam sprang auf und verbeugte sich ungeschickt. Tal blieb, wo er war, und erwiderte Rachels Blick, ohne mit der Wimper zu zucken.

*Sie hatten Spaß, bis ich gekommen bin*, schoss es ihr unwillkürlich durch den Kopf. Obwohl Gabriel ihr bereits einen Stuhl hinschob, machte Rachel auf dem Absatz kehrt und rannte durch den Innenhof und in die Basilika zurück. Wie von Furien gehetzt lief sie durch den Seitengang, vorbei an den imposanten Marmorstatuen ihrer Vorfahren. *Nicht ihrer Vorfahren!* Sie wollte bereits das Portal der Basilika aufstoßen, als Mai sie eingeholt hatte und nach ihrem Ellbogen griff.

»Rachel! Was ist los?«

»Ich gehe. Ich bin unerwünscht. Sag bloß nicht, du hättest es nicht gemerkt.« Sie schüttelte Mais Hand ab und hastete die schimmernden Marmorstufen hinunter. Mai eilte hinter ihr her.

»Du brauchst nicht mitzukommen«, sagte Rachel. »Ich finde allein nach Hause.« Mit schnellen Schritten ging sie über den großen Platz auf die lange Reihe der Mietkutschen zu, die wartend vor der Brücke standen. Mai ließ sich aber nicht abschütteln.

»Rachel! Wirst du mir endlich zuhören!«, rief sie.

Ein magerer Junge starrte herüber, mit großen Augen und offenem Mund, und ein freundlich aussehender Mann schnitt eine Grimasse und schüttelte warnend den Kopf. Mai griff nach Rachels Arm und Rachel ließ sich von ihr durch die Menschenmenge zur Brücke führen. Seite an Seite lehnten sie sich an die Brüstung und sahen auf das eisblaue Wasser hinunter, das unter den Brückenbögen hindurchschoss. Eisblau – ihre Farbe. *Nicht ihre Farbe!*

»Warum hat dieser Mann vorhin den Kopf geschüttelt, als er mich anschaute, Rachel?«

Rachel kickte ein Steinchen in den Fluss. »Er dachte, du bekämst Ärger. Weil du mich angeschrien hast.«

»Richtig. Weil die Menschen von einem Mitglied des Monarchenbundes gewisse Dinge erwarten. Sie denken, sie müssten sich mustergültig verhalten, wenn die Tochter eines Monarchen zum Tee kommt.«

Rachel lachte leise und freudlos auf.

»Denk doch mal nach, Rachel! Sam, Connie, Allegra, Tal … keiner von ihnen saß jemals mit dem Mitglied einer Monarchenfamilie am Tisch. Sie waren eingeschüchtert und …«

»Tal nicht. Er kann mich nicht ausstehen.«

»Lass Tal meine Sorge sein. Nehmen wir die anderen: Sie haben Angst, sie könnten etwas Falsches sagen, dich unabsichtlich kränken …«

»So bin ich nicht. Ich bin nicht …«

»Ich weiß es. Sie nicht. Rachel, du musst ihnen zuerst zeigen, dass – ungeachtet deiner Herkunft – der einzige Unterschied zwischen ihnen und dir *darin* besteht.« Sie nahm Rachels weiten Ärmel zwischen Daumen und Zeigefinger. »Dieser Stoff ist sehr glänzend und dick, weißt du. Es ist schwer für das gewöhnliche Volk, zu sehen, was sich darunter verbirgt.«

*Zweiter Tag des zunehmenden Melisto-Mondes, am Abend*

*Liebe Connie, Gabriel, Allegra, Sam und Tal,*
*danke für diesen schönen Tag. Es hat mir wirklich gut gefallen bei euch. Mai wird morgen Nachmittag wieder zu euch kommen. Ich würde zu gern mitkommen, habe aber das dumpfe Gefühl, dass ich mit Mutter zu Lady Hallion zum Tee gehen muss.*
*Beste Grüße von Rachel*

Seufzend drehte sie den Stift hin und her, die Ellbogen auf den Schreibtisch gestützt. Bei Lady Hallion würden sie in dem prunkvollen Salon sitzen, der so ganz anders aussah als die einfache, gemütliche Küche von Connie und Gabriel. Niemand würde auf dem Boden liegen und *Schwanenjagd* spielen. Niemand würde sie beim Abspülen helfen lassen. Niemand würde kurz in die nächste Bäckerei flitzen und Kuchen holen. Und niemand würde hinterher wie Sam auf dem Kaminvorleger herumlümmeln und stöhnen, er sei so pappsatt, dass er gleich platzen würde.

Sie fügte ein PS hinzu.

*Wenn ich doch kann, komme ich morgen natürlich gern. Versprochen!*

Die morgendlichen Proben am ersten Tag des Melisto-Vollmondes waren vorbei. Rachel wollte gerade mit Sam, Tal und Mai in Tals Zimmer gehen. Am Fuß der Treppe stießen sie auf Gregory, der den Fuß bereits auf die unterste Stufe gestellt hatte, ihn aber hastig wieder zurückzog, um Rachel den Vortritt zu lassen, die rangmäßig über ihm stand. Rachel stutzte kurz, musste sich ein Grinsen verkneifen und winkte Tal, Sam und Mai vor sich die Treppe hinauf. Dann warf sie Gregory, der feuerrot anlief, als er mit ansehen musste, wie er hinter zweien seiner Mitschüler und einer Sklavin zurückstehen musste, einen verschmitzten Blick zu. »Nicht weinen, Gregory«, sagte sie provozierend, bevor sie den anderen leichtfüßig folgte. Sam und Tal wollten sich ausschütten vor Lachen.

»Rachel«, sagte Mai kopfschüttelnd. »War das fair?«

»Er hat es nicht anders verdient«, sagte Rachel.

»Das stimmt, Mai, wirklich!«, versicherte ihr Sam.

Lachend zwängten sie sich in Tals Zimmer. Rachel schaute sich in dem winzigen, schlichten Raum um, in dem überall Kleidungsstücke und Notenblätter herumlagen, und dachte wie schon beim letzten Mal: *Ich wünschte, mein Zimmer sähe auch so aus.* Hier gab es nichts Unnötiges oder Überflüssiges; es war der ideale Ort für jemanden, der im Leben ein Ziel hat. Sie beobachtete Tal, der neben Mai auf seinem Bett saß und ein paar Notenblätter überflog. Ein Ziel im Leben und eine Familie: Im Vergleich zu ihm kam sie sich einsam und verlassen vor.

»Schau dir das an, Rachel.« Sam war auf den Tisch geklettert, um aus dem darüber gelegenen Fenster zu schauen. Kurz entschlossen raffte Rachel ihre lästigen Röcke, streckte eine Hand aus und ließ sich von ihm hinaufhelfen. Als sie neben ihm stand, erblickte sie ein Labyrinth von Straßen, die sich bis zum Hafen hinunterzogen, wo unter den vielen Schiffen ein neuer, großer Dreimaster ins Auge stach, dessen burgunderrote Wimpel im Nieselregen flatterten. »Demersals neues Schiff«, erklärte Sam. »Sollen wir zum Hafen gehen und es uns anschauen?«

Demersals Schiff interessierte Rachel nicht sonderlich, umso mehr aber ein Spaziergang zum Hafen. »Gern«, sagte sie, »nur ...« Sie schaute an sich hinunter. Mit ihrem eleganten Kleid war sie so auffällig wie ein Mond im Wasser. »Meinst du, Connie kann mir etwas zum Anziehen ausleihen?«

Mai half Rachel aus ihrem Kleid mit den vielen Knöpfen und Bändern, und Rachel schlüpfte in wesentlich schlichtere und bequemere Kleidung, die aus einem braunen Rock aus grobem Stoff und einem verwaschenen, beigefarbenen Oberteil bestand. Die Sachen passten wie angegossen, und Rachel hatte das Gefühl, jetzt erst in ihre eigene Haut geschlüpft zu sein. Sie betrachtete sich in Connies fleckigem Spiegel und sah ein schlicht gekleidetes Mädchen mit roten Haaren und grünen Augen, das aussah wie ein Mädchen aus dem Volk.

»Die Sachen passen wunderbar. Danke, Connie.«

Und sie erfüllten auch ihren Zweck. Rachel kam sich auf der Straße fast unsichtbar vor, wie jemand, der unbeschwert seinen Spaziergang und die salzige Luft genießen konnte, die vom Meer herüberwehte. Als ein langes, steiles Stück Weg vor ihnen lag, das in breiten Stufen bis zum Hafen hinunterführte, und man das grüngraue Meer schon glitzern sah, verspürte Rachel plötzlich eine unbändige Lust zu rennen. Nichts und niemand war da, der sie daran hindern konnte. Unbeschwert hüpfte sie von Stufe zu Stufe, den ganzen Hügel hinunter. Sam und Tal machten begeistert mit, und so dauerte es nicht lange, bis die drei außer Atem am geschäftigen Kai standen.

Laute Anweisungen, Grußworte, Flüche und Möwengeschrei erfüllten die Luft. Handwagen rumpelten hierhin und dorthin, beladen mit Fischen, Krabben, Korallen, Tauen, Segeln oder Bauholz. Rachel schwirrte der Kopf vor so viel Hektik, und sie klammerte sich an den Arm von Sam, der sie geschickt durch die Menge bis zum Ende des Kais lotste. Von Nahem war Demersals neues Schiff, das alle Nachbarschiffe überragte, noch riesiger als erwartet.

»Bei allen Monden!«, rief Tal.

»Hat dein Vater beim Bau mitgeholfen?«, fragte Rachel Sam.

Sam lachte. »Darauf kannst du wetten! Jeder Schiffszimmermann von Freehaven war beteiligt.« Er zögerte. »Mein Vater ist noch nicht mal ganz fertig. Er muss noch ein paar Möbelstücke tischlern. Sollen wir ihn in seiner Werkstatt besuchen?«

»Geht das? Wirklich?«

»Klar.« Er führte Rachel und Tal ein Stück zurück durch die Menge und steuerte dann ein Haus an, das am Ende einer Sackgasse lag. Sie traten ein.

»Hallo, Mutter. Ich hab Tal und Rachel mitgebracht.«

Mrs Deal beäugte Rachel argwöhnisch. Sie hatte dieselben großen, blauen Augen wie ihr Sohn. »Doch nicht etwa *Lady* Rachel?« Hastig wischte sie sich die Hände an ihrem Spültuch ab und strich ihre Schürze glatt. Dann scheuchte sie eine dösende Katze von einem Stuhl und versuchte, vereinzelte Katzenhaare mit ihrem Spültuch vom Kissen zu wischen. »Mal ehrlich, Sam. Warum hast du mich nicht vorgewarnt? Jetzt habe ich nichts zum Mittagessen vorbereitet und …«

»Ach, Rachel ist unkompliziert«, sagte Sam. »Sie isst alles.«

Rachel lächelte Mrs Deal beruhigend an und diese lächelte zurück.

»Wo ist Vater?«, fragte Sam. »Rachel würde sich gern seine Werkstatt anschauen.«

»Nebenan, in Thomas' Werkstatt. Oh, verschwinde …« Nervös versuchte sie, die Katze vom Tisch zu scheuchen, und die drei gingen durch die Werkstatt von Sams Vater, in der es nach zersägtem Holz, Holzpolitur und Sägemehl roch – ein Geruch, der einem in der Nase kitzelte. Danach durchquerten sie einen Hinterhof, stiegen über ein niedriges Mäuerchen und klopften an die Hintertür des Nachbarhauses. Ein Mann mit grauen Strähnen in den langen, im Nacken zusammengebundenen Haaren kam an die Tür und musterte sie über seine kleinen Brillengläser hinweg. »Hallo, Sam und Tal! Was macht das Singen? Ihr habt eine Freundin mitgebracht?«

Er trat zur Seite, um sie eintreten zu lassen. Der saubere, kühle Metallgeruch in der Werkstatt stach Rachel sofort in die Nase. In den Regalen an den Wänden standen sauber beschriftete Kästen. Auf der Werkbank lagen mehrere Dutzend polierte Metallteile ordentlich nebeneinander. Rachel trat näher, um sie zu betrachten.

Hinter ihr hörte sie Sam sagen: »Vater, Thomas, das ist Lady Rachel, aber sie mag es lieber, wenn man nur Rachel zu ihr sagt. Sie ist die Freundin von Mai, Tals Mutter.« Rachel starrte fasziniert auf die kleinen Metallteile und schreckte erst auf, als der Mann namens Thomas zu ihr trat.

»Bitte nichts anfassen, Mylady. Die Sachen sind alle schon poliert und in der richtigen Reihenfolge ausgelegt.«

»Das Mylady könnt Ihr Euch sparen«, sagte Rachel. »Und es versteht sich von selbst, dass ich nichts anfasse. Ich wollte mir die Teile nur anschauen. Es wird eine Uhr, nicht wahr?«

Seine warmen, braunen Augen hinter den Brillengläsern blitzten und er lächelte sie an. »Richtig. Allerdings überrascht es mich, dass eine Lady des Monarchenbundes das schon erkennen kann, wenn nur die Einzelteile herumliegen.«

»Neulich habe ich meine Schlafzimmeruhr auseinandergebaut«, gestand Rachel schmunzelnd. »Ich wollte unbedingt sehen, wie sie funktioniert. Das Problem war nur, dass ich sie hinterher nicht mehr zusammenbekam.«

»Hmmm. Ich glaube, ich hatte damals die Ehre, sie wieder zu reparieren. Zifferblatt aus Elfenbein, Zahlen in Eisblau und Silber und ein Uhrwerk aus massivem Silber?«

Rachel nickte.

»Eine sehr schöne Uhr.«

»Sie geht genauer, seitdem Ihr sie repariert habt.«

Er lächelte erfreut. »Nun, falls Ihr immer noch wissen wollt, wie eine Uhr funktioniert, könnt Ihr mir nach dem Mittagessen zuschauen, wenn ich dieses Exemplar hier wieder zusammenbaue.«

*Zweiter Tag des abnehmenden Melisto-Mondes*

*Lieber Leo,*

*jetzt weiß ich, was ich später tun werde. Wenn ich erwachsen bin, möchte ich zwei Arbeitsräume haben, einen hier in Freehaven, den anderen in Inchcliff, und in beiden müssen die Fenster und das Dach aus klarem Glas sein. Ich weiß, das klingt sonderbar, aber ich möchte mit ganz kleinen Dingen hantieren, die man ganz genau sehen muss.*

*Sams Eltern wohnen neben einem Mann, der Uhren und Schiffsinstrumente baut, und er wird mir alles beibringen, was er weiß. Er sagt, ich hätte Talent. Dann werde ich bald wie du eine Art Lehre machen.*

*Rachel x*

Sie lehnte sich auf ihrem Stuhl zurück und schloss die Augen. Im Geiste sah sie unzählige, präzise geschliffene Metallteile vor sich, die sich so genau und zuverlässig umeinander drehten wie die Planeten am Himmel.

Iona hatte den Wald hinter sich gelassen und war an den Ausläufern der Östlichen Sümpfe vorbeigegangen. Am späten Morgen eines regnerischen Tages gegen Ende des Melisto-Mondes erreichte sie die kleine Stadt Dearnleigh, ein Labyrinth aus dunklen Steinhäusern, die sich unter den hoch aufragenden, grauen Mauern von Lannerets Gutshaus zusammendrängten. Vor dem Stadttor war ein Lager aus windschiefen Notunterkünften errichtet worden, ein paar verfrorene Gestalten hatten sich um ein klägliches Lagerfeuer geschart. Iona blieb bei ihnen stehen und streckte die Hände aus, um sie zu wärmen.

»Wir haben nichts zu geben, also frag gar nicht erst!« Der Sprecher war ein Mann mit dunkelvioletten Brandnarben im Gesicht und an den Händen, der in einem verbeulten Topf eine wässerige Brühe erhitzte.

»Ich will nichts haben.« Iona kauerte sich neben ihn, um näher beim Feuer zu sein. Es war nur die halbe Wahrheit. Am Vorabend hatte ihr jemand ein kleines Stück Brot gegeben, aber das hatte ihren Hunger natürlich nicht gestillt. Das Angebot von jemandem, der genug hatte, hätte sie deshalb sicher nicht abgelehnt. Nun aber sagte sie: »Im Gegenteil: Ich habe etwas mitgebracht.«

Argwöhnisch beäugte er sie: ein ungewaschenes Mädchen in Jungenkleidung, die ihr viel zu klein war, mit einem zerlumpten Umhang und Stiefeln mit durchgelaufenen Sohlen. »Was?«

»Ein Lied.«

Er lachte. »Ein Lied? Was soll mir das nützen?«

»Ich singe es Euch vor, dann werdet Ihr es sehen.« Sie sang so leise, dass nur der Mann sie hören konnte, und sah, wie seine Augen vor Skepsis und unverhohlener Ungläubigkeit immer größer wurden. Nach dem letzten Ton wartete sie eine Weile. »Und?«

»Wo ist dieses Mädchen?«, fragte er.

»Sie wartet. Bis das Lied im ganzen Land bekannt ist.«

Der Mann stieß ein kurzes Lachen aus, verbittert und freudlos. »Sie versteckt sich also, willst du sagen. Während andere den Kopf für sie hinhalten. Du zum Beispiel.«

»Niemand hat mich darum gebeten«, sagte sie schnippisch. »Aber ich weiß mehr über den Monarchenbund, als ich jemals wissen wollte.«

Zögernd kniff er die Augen in seinem lädierten Gesicht zusammen. Schließlich sagte er: »Na schön, lehre mich dieses Lied!«

Sie setzte sich mit ihm an einen ruhigen Ort und sang es ihm so oft vor, bis er das Lied auswendig konnte. Danach erhob sie sich, verabschiedete sich und setzte ihren Fußmarsch fort. Der Mann blickte ihr nach und sagte sich, dass dieses Lied tatsächlich etwas bewirken konnte, aber gewiss nicht das, worauf das junge Mädchen gehofft hatte. Sobald Iona außer Sicht war, erhob er sich und ging zu den Wächtern am Tor.

# 16. Kapitel
# Erste Rebellion

*Zwölfter Tag des abnehmenden Melisto-Mondes*

*Liebe Rachel,*
*wieder in Dearnleigh. Gestern nahm er mich zu einer der Sklavenfarmen in den Östlichen Sümpfen mit: Hope's End – die Farm, auf die Elsa damals geschickt wurde, aber ich habe sie nicht gesehen.*
*Wir haben Gäste. Demersal – was mich freut – und Teredo, was weniger erfreulich ist.*
*Leo xxxx*

Er erhob sich vom Schreibtisch und schritt durch den Raum. Er hatte den Aufenthalt in Hope's End in die Länge gezogen und so getan, als interessiere er sich für alles Mögliche, nur damit er mehr Zeit hatte, in die verhärmten, ausgemergelten Gesichter der Sklaven zu schauen. Er war auf schlammigen Wegen über die Felder und durch die Gärten gegangen, vor Aufregung zitternd, hatte versucht, ihre Fußspuren unter den seinen zu spüren, und jeden Augenblick damit gerechnet, sie würde gleich um eine Ecke biegen. Doch vergebens.

Wo war sie? Hatte er sie womöglich nur knapp verfehlt? Hatte sie eines der unter Wasser stehenden Felder betreten, kurz nachdem er es verlassen hatte? Leo hoffte inständig, dass das der Fall war. Denn alles andere hätte bedeutet, dass sie entweder geflohen oder gestorben war, und beides hätte zur Folge gehabt, dass sie für ihn auf immer verloren war. Er setzte sich wieder an den Schreibtisch und presste die Fingerspitzen an seine geschlossenen Augenlider. Er sah sie ganz deutlich vor sich: die ruhige Selbstsicherheit, die ihn so beeindruckt hatte, die Angst und der Schmerz in ihren Augen, die ihm durch Mark und Bein gegangen waren. Der Gedanke, dass ihm von ihr nur diese Erinnerungen bleiben könnten, war unerträglich.

Iona schleppte sich weiter. Es war ein nasser und kalter Sommertag und sie war hungrig und verzweifelt. Die Begegnung mit dem Mann vor der Stadtmauer war nicht sehr erbaulich gewesen. In seinen Augen hatte sie gelesen, dass er das Lied nicht weitergeben würde; das Risiko war ihm viel zu groß, mit diesem Lied auf den Lippen ertappt zu werden. Vielleicht würde niemand von all den Menschen, denen sie es beigebracht hatte, es weitergeben, und dann würde das Lied versiegen, im Sand versinken, sich in nichts auflösen. Sie konnte es nicht jedem in Assalay vorsingen, so wenig, wie sie mit einem Teelöffel den Ozean füllen könnte.

Sie ging an der langen Mauer von Lannerets Landgut entlang. Gegen Abend kam sie an einem weiteren imposanten, reich verzierten Tor in der Mauer vorbei und musste daran denken, was für eine schwere Last der Monarchenbund für dieses Land war und dass es wahrlich mehr als eine einzelne Sängerin bräuchte, um ihn zu stürzen. Nachdem sie das Landgut hinter sich gelassen hatte, stieß sie auf eine Hütte am Wegesrand. Sie war bewohnt, denn zwischen den Fensterläden war ein Lichtschein zu sehen, und als Iona an die Tür klopfte, öffnete ihr eine müde aussehende Frau mit einem Kleinkind auf dem Arm. Sie musterte Iona, die bleich, windzerzaust und regennass in der abendlichen Dunkelheit stand. »Tut mir leid«, sagte sie, »aber ich kann dir nichts geben.«

Iona schüttelte den Kopf. »Ich bitte um nichts. Nur um ein Obdach für heute Nacht, falls das möglich ist.«

»Nur für dich allein?«, fragte die Frau argwöhnisch.

Iona nickte.

»Wir haben eine Scheune.« Sie setzte das Kleinkind auf eine Decke auf dem Fußboden, nahm die Laterne vom Tisch und führte Iona über einen verwahrlosten Hof zu einem leeren Holzschuppen. »Besonders gemütlich ist es aber nicht …«

»Es reicht«, sagte Iona. »Danke.«

Die Frau zögerte, ehe sie sagte: »Im Haus hättest du es wärmer. Ein bisschen …«

Iona dankte ihr erneut und folgte ihr zurück zur Hütte. Das Kleinkind war auf seiner Decke eingeschlafen, ein Mann döste auf einem Stuhl, und ein kleines Mädchen, etwa in Dimitys Alter, saß auf dem Boden und sang ihrer Flickenpuppe etwas vor. *»… keine Lords mehr haben, sondern ein Mädchen im Gewand weiß und rein …«*

Iona blieb stehen wie vom Donner gerührt. »*Was* singt sie da?«

Ionas Frage klang so schrill, dass das Baby aufwachte und zu schreien begann. Der Mann fuhr in seinem Stuhl auf. Die Frau packte das kleine Mädchen an der Schulter und herrschte es an: »Schweig! Wie oft muss ich es dir noch sagen? Nicht *dieses* Lied! Nicht, wenn …« Erschrocken blickte sie auf Iona, eine Fremde in diesem Haus. »Das Lied hat nichts zu bedeuten. Es ist nur ein Kinderlied, das sie irgendwo aufgeschnappt hat. Sie kann nichts dafür.« Doch Iona strahlte das Mädchen entzückt an.

»Schon gut«, sagte sie. Sie konnte ihre Stimme nicht gleichgültig klingen lassen; Erleichterung und Triumph schwangen darin mit. Das

Lied hatte bewirkt, was sie erhofft hatte: Es hatte sich ausgebreitet wie ein sich gabelnder Fluss, war an Plätze geströmt, die sie selbst nicht erreichen konnte, es war vor ihr hergeflossen und hatte sie hier erwartet. Das Lied war kein kärgliches Rinnsal mehr, sondern eine rauschende Flut, die sich über ganz Assalay ergoss. Iona ging vor dem kleinen Mädchen in die Hocke. »Keine Angst, ich bin nicht böse auf dich. Es ist ein schönes Lied.« Sie blickte zu dem Mann und der Frau hinauf. »Ihr tut gut daran, sie zu beschützen. Das Lied ist gefährlich. Aber es ist kein Unsinn. Es ist wahr.«

Der Mann auf dem Stuhl rührte sich endlich. »Du kennst es schon?« Sie sang es ihm vor, und er bat sie, es so oft zu wiederholen, bis auch er es ebenfalls auswendig kannte. Dann machte er eine kleine Flasche auf und sagte vor jedem Schluck einen wütenden Trinkspruch auf: »Nieder mit dem Monarchenbund!« – »Möge die Gerechtigkeit siegen!« – »Auf das Ende des fortwährenden Regens!« Schließlich torkelte er die steile Treppe hinauf und sang sogar noch auf dem Weg ins Bett.

Iona machte es sich vor dem Küchenherd auf dem Fußboden gemütlich. Sie konnte lange nicht einschlafen, verwirrt darüber, welch große Hoffnungen sie in ihm geweckt hatte. Wie konnte er hoffen, dass ein Mädchen – und sei es auch eine Königin, in deren Adern das Blut eines uralten Adelsgeschlechts floss – etwas am *Wetter* ändern konnte? Sie schlief sehr unruhig, bis die Kälte kurz vor der Morgendämmerung durch ihre Decke drang und sie weckte. Als sie die Hütte verlassen wollte, griff die Farmersfrau nach ihrem Arm.

»Ich glaube es, weißt du. Ich meine dieses Lied. Aber sag mir: Wo ist diese junge Königin?«

»Das weiß ich nicht«, musste Iona zugeben.

Die Frau seufzte. Durch die bereits offene, niedrige Haustür sah man den aufgeweichten Hof, die zerfallenen Nebengebäude und die nassen Felder und Wiesen dahinter, die im trüben Licht des Morgens noch trostloser aussahen als bei Tag. Ein paar kränklich aussehende Getreidehalme hatten sich aus dem ertränkten Erdreich gekämpft.

»Das Lied besagt, dass sie zurückkommt«, sagte die Frau. »Aber wenn sie sich nicht beeilt, wird es für uns hier zu spät sein.«

Als Leo auf Lannerets Landgut in Dearnleigh erwachte, trommelte der Regen beständig und gleichmäßig auf das Dach, und wie schon am Vortag stellte er sich unaufhörlich immer wieder dieselbe Frage, im gleichen Rhythmus wie der Regen: *Wo ist sie? Wo ist sie nur?* Er blieb im Bett liegen und schmiedete einen sinnlosen Plan nach dem anderen, wie er sie finden könnte. Als die Frühstücksglocke ertönte, schlüpfte er hastig in seine Kleidung und rannte nach unten. Es war spät dran, Lanneret, Demersal und Teredo saßen bereits am Tisch. Robert war nicht da, er frühstückte vermutlich in seiner Werkstatt. Leo wäre zu gern zu ihm gegangen.

»Setz dich, Leo!«, sagte Lanneret ungeduldig.

Leo ging zu seinem Platz. Teredo musterte ihn nachdenklich. »Wie ich höre«, begann er, »ist aus dir nach den bedauerlichen Startschwierigkeiten doch noch ein ganz passabler Rechtsgelehrter geworden.«

Leo warf einen überraschten Blick auf Lanneret, doch dessen Miene blieb unbewegt. »Ähm … ich denke schon, Euer Lordschaft.«

»Nun, wir werden ja sehen.« Teredo hob den Deckel von einer silbernen Platte und ein durchdringender, kräftiger Duft von Eiern und Speck breitete sich aus. Leo sah ihm zu, als er seinen Teller füllte. Die Sklaven in Hope's End bekamen nur Brot und eine dünne Suppe. Eine plötzliche Angst schnürte ihm die Kehle zu. Sie war doch hoffentlich nicht verhungert, oder?

»Wie lautet Artikel fünfzehn des Strafgesetzbuches?«, fragte Teredo unvermittelt.

Leo musste wohl oder übel in die Wirklichkeit zurückkehren. Aus dem Augenwinkel konnte er sehen, wie Demersal, der ihm gegenübersaß, ihn mitfühlend und amüsiert beobachtete. Leo hätte den Kopf drehen müssen, um Lanneret zu sehen, der am anderen Ende des Tisches saß, spürte aber dessen kalte, blaue Augen auf sich ruhen. Hoffte Lanneret, dass er versagen und sich blamieren würde? Nun, diese Genugtuung würde er ihm nicht bereiten.

»Und?«, hakte Teredo nach. Leo gab sich einen Ruck.

»Artikel fünfzehn«, wiederholte er, »betrifft die Gesetze bezüglich Land- und Stadtstreicherei, Euer Lordschaft. Niemand darf seinen Geburtsort verlassen und an einen anderen Wohnort ziehen, ohne zuvor die schriftliche Erlaubnis des Monarchen eingeholt zu haben, in dessen Regierungsbezirk er wohnt, und auch des Monarchen, in dessen Regierungsbezirk er zu ziehen beabsichtigt. Für Freehaven gelten besondere Einschränkungen. Wer die Hauptstadt verlassen oder betreten möchte, und sei es auch nur vorübergehend, braucht eine schriftliche Genehmigung.«

»Strafmaß im Falle von Zuwiderhandlung?«, fragte Teredo knapp.

»Wer ohne gültige Papiere angetroffen wird, wird beim ersten Vergehen nach Hause zurückgeschickt, im Wiederholungsfalle aber zur Sklaverei verurteilt.«

Demersal zog anerkennend die Augenbrauen hoch.

»Hmmm«, sagte Teredo. »Artikel neunundzwanzig?«

»Einfacher Diebstahl«, sagte Leo, »wird mit lebenslanger Sklaverei bestraft.«

»Außer wenn …?«, sagte Lanneret spitz.

Leo wandte ihm den Kopf zu. »Ähm … Eine Begnadigung ist möglich, wenn ein Monarch einen Antrag einreicht und zwei weitere Monarchen dem zustimmen.« *Elsa!* Warum war ihm das nicht früher eingefallen? Sobald dieses Jahr vorüber war, konnte er mit seinem Vater darüber reden und sie käme frei … *Falls sie noch dort war* … Er könnte sie mit zu sich nach Hause nehmen; komischerweise konnte er sie sich allerdings nicht im Haus vorstellen, dafür aber im Garten. Es war warm, und sie lag bei ihm im Gras, den Kopf auf seine Brust gelegt, und seine Finger spielten mit ihren Haaren …

»Artikel fünf«, hörte er da plötzlich Teredos Stimme. Leo blinzelte und zwang sich, sich zu konzentrieren. »Hmm … Artikel fünf … Ähm … die Aufwandgesetze. Nur Blutsverwandte des Monarchenbundes dürfen die der jeweiligen Familie zustehenden Wappenfarben tragen.«

»Strafe im Falle von Zuwiderhandlung?«

»Wer unerlaubterweise eine Farbe trägt, auf die er kein Recht hat, untergräbt die Rangordnung in Sachen Erbrecht und Macht. Das gilt als Hochverrat und wird mit dem Tode bestraft.«

»Landrecht. Artikel drei … Artikel zehn … Artikel achtundfünfzig …«

»Erbschaftsgesetze. Artikel neun … Artikel achtzehn …«

Und so ging es in einem fort weiter. Leos Augen wechselten zwischen Lanneret und Teredo hin und her, ein- oder zweimal kam er ins Stocken, konnte die meisten Fragen jedoch so mühelos beantworten, dass er sich selbst manchmal wunderte. Nach einer langen Antwort auf eine komplexe Frage nickte Teredo zufrieden. »Nicht schlecht. Besser, als ich erwartet hätte.«

»Verdammt gut, wenn ihr mich fragt.« Demersal hatte die Befragung aufmerksam verfolgt und genau wie Leo immer von einem Tischende zum anderen geblickt – fast so, als würde er den leichten, silbernen Ball beobachten, der bei einer Partie Mabberling zwischen den beiden Spielern hin- und herflitzte. Nun lehnte er sich zurück und grinste Leo bewundernd an. »Ich kann mir nicht vorstellen, dass der junge Baladin da mithalten könnte.«

»Mit Sicherheit nicht«, kommentierte Teredo trocken. »Wie man hört, ist sein Lehrjahr ein einziger langer Urlaub.«

»Wisst ihr was?«, sagte nun wieder Demersal. »Ich werde ihn nächsten Mond in Freehaven zum Frühstück einladen. Dann lassen wir die beiden gegeneinander antreten. Ich wette fünf Radianten, dass Leo gewinnt.«

*Im Namen des Mondscheins – nein!*, dachte Leo bestürzt. Doch Lanneret sagte grüblerisch: »Warum nicht?«

Er schob eine Platte mit silbernem Deckel über den Tisch zu Leo. Leo blickte auf und konnte in den Augen seines Lehrmeisters etwas lesen, was er bisher nicht gekannt hatte: einen Anflug von Anerkennung. Verlegen wich er Lannerets Blick aus, starrte auf den silbernen Deckel vor ihm und sah sein eigenes Gesicht verzerrt darin widergespiegelt. Und eine plötzliche, albtraumhafte Vision ließ ihn hinter seinem Rücken andere Bilder sehen: Don, Mrs Garth, einen Berg blutiger Vögel. Und Elsa: verängstigt, unter Schmerzen, aber dennoch trotzig und standhaft.

Leo schob die Platte weg. »Nein, danke, Euer Lordschaft.« *Elsa.* Hoffnung und Angst jagten hintereinanderher durch seine Adern. Er könnte sie retten … wenn sie noch dort war, um gerettet zu werden, könnte er sie retten … Er könnte sie wiedersehen … sie *berühren*.

»Und?«, fragte Teredo.

Leo zuckte zusammen. »Wie meinen Euer Lordschaft?«

»Ich sagte Hochverrat«, bellte Teredo barsch. »Welche Strafe steht auf Hochverrat?«

»Die Todesstrafe«, antwortete Leo wie aus der Pistole geschossen.

»Für den Verräter selbst sowie für alle seine Blutsverwandten, deren die Justiz habhaft werden kann.«

»Richtig.« Teredo nickte zufrieden.

Doch Leo hörte auch noch seine eigene Antwort darauf – die Antwort, die voll und ganz dem entsprach, was er fühlte, glaubte und dachte – so klar und deutlich, als stünde *sie* neben ihm und spräche es aus. Er holte tief Luft. »Nein, das ist es nicht.«

»Wie bitte?«, fragte Teredo irritiert. »Deine Antwort war absolut richtig: Auf Hochverrat steht die Todesstrafe sowohl für den Täter selbst als auch für sämtliche Blutsverwandte, deren die Justiz habhaft wird.«

»Ja, ich weiß«, sagte Leo. »Ich weiß, dass meine Antwort richtig war. Ich wollte nur hinzufügen, dass ich dieses Gesetz nicht für richtig halte.«

Für die Dauer eines Herzschlags wurde die Atmosphäre am Tisch so eisig, dass alle in einem reglosen Schweigen erstarrten. Dann murmelte Demersal: »Überleg dir gut, was du da sagst, Leo.« Teredo entfuhr ein ungläubiges »Was?«, während Lanneret, blass vor Zorn, schnaubte: »Würdest du uns vielleicht erklären, was du damit sagen willst, Leo?«

»Ich will sagen, dass dieses Gesetz ungerecht ist. Es hat zur Folge, dass man für ein Verbrechen bestraft – und getötet – werden kann, das man gar nicht begangen hat. Das erscheint mir nicht richtig. Und es betrifft nicht nur Eltern, Kinder und Geschwister, nicht wahr? Es betrifft sämtliche Verwandte, egal welchen Grades. Durch dieses Gesetz könnte ich zum Beispiel für etwas zum Tode verurteilt werden, das Gregory begangen hat.«

»Nein, würdest du nicht«, fauchte Teredo. »Für den Monarchenbund gelten andere Gesetze und …«

Leo fiel ihm ungeduldig ins Wort. »Ja, das ist mir bekannt. Ich wollte nur ein Beispiel anführen.«

Teredo, der vor Empörung kaum noch Luft bekam, sagte: »Du unverschämter, kleiner …« Er schlug mit der flachen Hand auf den Tisch. »Du bist hier, um unsere Gesetze zu lernen, nicht, um sie zu kritisieren. Wie kannst du es wagen …« Er fasste sich wieder, blickte auf Lanneret und hielt entschuldigend eine Hand hoch. »Dein Lehrling, Elverton. Sieh zu, wie du mit ihm fertig wirst.«

Leo schaute zu Lanneret. So wütend hatte er ihn schon lange nicht mehr erlebt, vermutlich noch nie. Doch Leo hielt dem Blick der eiskalten Augen stand.

»Hinaus mit dir«, sagte Lanneret. »Wir sehen uns später.«

Leo glitt von seinem Stuhl und ging in die Eingangshalle – ungeheuer stolz auf sich. Endlich hatte er es ausgesprochen. Schon als er den Artikel über den Hochverrat zum ersten Mal gelesen hatte, war ihm aufgefallen, wie ungerecht es war, dass ein Unschuldiger zum Tode verurteilt werden konnte, nur weil er mit jemandem verwandt war, der ein Verbrechen begangen hatte. Hätte er diese seine Überzeugung für sich behalten, klein beigegeben oder einen Rückzieher gemacht, hätte er sich … Elsas unwürdig gefühlt. Er grinste vor sich hin: Jetzt würden sie es sich gewiss zweimal überlegen, ob sie ihn wirklich gegen Jeremy antreten lassen wollten.

Leo hätte vermutlich in der Eingangshalle auf Lanneret warten sollen, doch dafür war er zu nervös. Er öffnete die Haustür und trat hinaus in den Regen. Der Rasen fiel bis zur Mauer sanft ab und er lief bis dorthin und rief Elsas Namen. An der Mauer angekommen, hämmerte er mit beiden Fäusten an die grauen Steinblöcke, als wollte er die Mauer mit den bloßen Händen zum Einsturz bringen. Kurz entschlossen sprang er darüber und stapfte über den durchweichten

Boden mit den spärlichen Grasbüscheln. Er ging sehr schnell, obwohl seine grüne Kleidung dadurch schmutzig wurde, und kam schließlich zu der Straße, die in die Stadt Dearnleigh führte. Er hatte nur einen Wunsch: Lannerets Haus den Rücken zu kehren und einfach nur zu gehen und zu gehen; seine Energie würde bestimmt ausreichen, bis er am Westlichen Meer wäre. Es gab nur das Problem … dass er schon genügend Probleme am Hals hatte; noch länger wegzubleiben würde seine Lage nur noch weiter verschlimmern. Mit einem tiefen Seufzer machte Leo deshalb kehrt und wappnete sich innerlich für die ihm bevorstehende Standpauke von Lanneret.

Als er am Pförtnerhäuschen des Seitentors ankam, stand der Wächter da, das Tor einen Spaltbreit geöffnet, und unterhielt sich mit einem Fremden in einem zerlumpten Umhang. Als Leo durch das Tor schlüpfte, fiel sein Blick auf das Gesicht des Fremden, und er schauderte vor Entsetzen und Mitgefühl. Dieser Mann musste schwere Verbrennungen erlitten haben, denn sein Gesicht war mit dunkelvioletten Brandnarben übersät. Leo schaute schnell wieder weg und eilte mit eingezogenem Kopf an den beiden Männern vorbei und auf das Haus zu. Hinter sich hörte er den Fremden reden, so laut und aufgeregt, dass Leo einzelne Worte mitbekam: »Sagt Seiner Lordschaft … Gaia Athanasius.«

Dieser Name traf Leo wie ein Blitz aus heiterem Himmel, fast wie ein körperlicher Schlag. Er stolperte, wollte instinktiv stehen bleiben und sich umdrehen, beherrschte sich aber. Eine innere Stimme riet ihm, weiterzugehen. Doch gleich nach der ersten Wegbiegung blieb er stehen und riskierte einen Blick zurück. Der Mann kam hinter ihm den Weg herauf, so schnell, als hätte er es darauf angelegt, Leo einzuholen. Leo sprang über den Zaun, der den Weg säumte, und rannte über den Rasen auf die erstbeste Baumgruppe zu. Er versteckte sich im Unterholz und spähte zum Haus. Der Mann stand inzwischen vor der Haustür und klingelte. Die Tür wurde geöffnet und wieder zugemacht, der Mann musste auf den Stufen warten. Dann wurde die Tür ein zweites Mal geöffnet und er verschwand im Inneren.

Leo stand im Schutz der Bäume und hörte den Regen auf das dichte Blätterdach über ihm trommeln. *Athanasius, Athanasius, Athanasius*: der Name, der geflüstert aus dunklen und verbotenen Orten zu ihm gedrungen war, ihn wie eine undeutliche Gestalt im Nebel verfolgte. Die Drohung, die Lanneret in der Bibliothek zu seiner Spionin gesagt hatte, klang ihm noch in den Ohren. *Kein Wort zu niemandem, sonst bist du tot.* Lanneret durfte auf keinen Fall erfahren, dass er draußen gewesen war, nicht einmal ahnen, dass Leo den Fremden gesehen oder gar diesen Namen aufgeschnappt hatte. Leo schlich sich aus dem Schutz der Bäume, nahm den längeren Weg hinter das Haus und ging dann über den Hof. Robert war in seiner Werkstatt und sang vor sich hin, seine raue Stimme drang gedämpft durch die Tür. Leo trat lautlos ein und stand reglos da, bis Robert ihn bemerkte und den Kopf hob.

»Hallo. Was ist los?«

»Ähm … ich war draußen im Park. Unerlaubterweise, ich …«

»Was um alles in der Welt soll das heißen?«, fragte Robert, ohne eine Miene zu verziehen. »Du bist gleich nach dem Frühstück zu mir gekommen und seither hier gewesen.« Er zwinkerte, musterte Leo von Kopf bis Fuß und runzelte die Stirn. »Dafür bist du allerdings etwas zu schmutzig. Warte kurz!« Er eilte aus der Werkstatt und kam gleich darauf mit einem Kleiderbündel zurück, das er Leo in die Arme drückte. Es war seine eigene Kleidung, noch warm vom Waschraum. Leo zog sich blitzschnell um, wusch sich die Hände und schlüpfte wieder in seine Schuhe, die Robert in der Zwischenzeit für ihn geputzt hatte.

»Schon besser«, sagte Robert. »Jetzt sieht man dir nicht mehr an, dass ...« Er verstummte abrupt, weil die Tür aufgerissen wurde.

»Oh, hier steckst du, Leo!«, sagte Lanneret. »Wir reisen etwas später als geplant ab, gegen Mittag. Sieh zu, dass du bis dahin bereit bist.«

Leo lag es auf der Zunge zu fragen: ›Bereit für was?‹, doch er konnte sich gerade noch rechtzeitig bremsen. Lanneret hatte ihm am Vortag auf dem Rückweg von Hope's End gesagt, dass sie heute nach Freehaven zurückreisen würden, um am darauffolgenden Morgen an der Astia-Neumondfeier teilzunehmen. Deshalb sagte Leo: »Selbstverständlich, Euer Lordschaft.«

Lanneret nickte geistesabwesend und wandte sich zum Gehen. Auf der Schwelle blieb er aber noch einmal stehen und fügte hinzu: »Noch etwas: Wage es nie wieder, in diesem Ton mit einem altehrwürdigen Mitglied des Monarchenbundes zu reden!«

»Sehr wohl, Euer Lordschaft«, sagte Leo, obwohl Lanneret bereits verschwunden war.

Robert schaute ihn an. »Was zum Kuckuck hast du gesagt?«

»Ich habe Teredo gesagt, was ich von den Verrätergesetzen halte.«

»Im Ernst? Muss ein befreiendes Gefühl gewesen sein.« Robert lachte, legte dann aber irritiert die Stirn in Falten. »Wundert mich ehrlich gesagt, dass Elverton sich nicht mehr darüber aufregt.«

Er hat sich ganz schön aufgeregt, dachte Leo. Er war stocksauer gewesen. Doch dann war der fremde Mann gekommen und hatte diesen Namen genannt – Gaia Athanasius –, und sofort hatte Lanneret Wichtigeres zu tun und Leo war mit einer kurzen Rüge davongekommen. *Gaia Athanasius.* Wer oder was verbarg sich hinter diesem Namen?

Wenn er wieder in Freehaven wäre, beschloss Leo, würde er sich das versteckte Buch vornehmen – aber natürlich erst dann, wenn es gefahrlos möglich war.

Iona verließ die Farm und marschierte weiter in Richtung der Östlichen Sümpfe. Die Farmersfrau hatte ihr noch ein Frühstück gegeben. »Du kannst seines haben«, hatte sie gesagt und an die Decke geschaut, durch die laute Schnarchgeräusche herunterdrangen. »Er hat sicher keinen großen Appetit, wenn er aufwacht.«

Iona hatte das Essen dankbar angenommen, aber es war äußerst kärglich gewesen und hatte ihr nicht die Energie gegeben, die sie gebraucht hätte, um den vor ihr liegenden anstrengenden Aufstieg zu bewältigen. Nach einigen Stunden strammen Gehens kam sie am Fuß eines Steilhangs an. Der Weg verlief im Zickzack bergauf, und schon nach der ersten Biegung blieb sie stehen und setzte sich auf einen Stein am Wegesrand, um sich auszuruhen. Vielleicht war es gar nicht so schlimm, wenn sie nicht mehr weiterkonnte. Der Strom des Lieds floss inzwischen auch ohne sie durch das Land, sie brauchte ihn nicht mehr zu nähren. Vielleicht konnte sie sich jetzt endlich ausruhen. Sie legte sich neben dem Weg auf die nackte Erde und schloss die Augen. Im Geiste hörte sie einen ständig anschwellenden Chor; bald würde ganz Assalay das Lied der Wahrheit singen, das die Lügen übertönte, die die Diener des Monarchenbundes in den prächtigen Häusern von Freehaven und in der Basilika sangen. Ionas Kopf war so angefüllt mit diesem Crescendo, dass sie weder das Knarren der Räder hörte, noch, dass ein Fuhrwerk neben ihr anhielt.

Irgendwann bemerkte sie Schritte, die sich ihr näherten. Jemand hob sie hoch und legte sie auf ein Stoffbündel; harte Knöpfe drückten an ihre Wange. Undeutlich nahm sie Räder wahr, die unsanft über eine holprige Straße rollten, hörte regelmäßige Hufschläge. Jemand nahm ihren Kopf und tröpfelte eine süße Flüssigkeit zwischen ihre Lippen. Mühsam schluckte sie sie, schlief ein und bekam nichts mehr mit …

»Wir dachten schon, wir hätten dich für immer verloren, Kleine. Wir haben gehört, was mit den Inseln passiert ist. Wir wollten dich abholen, aber da warst du schon weg. Hätte nicht gedacht, dass wir dich wiederfinden. Wachst du endlich auf?« Eine kurze Pause, dann ein Plätschern von Noten, das sich anhörte wie der Wind, wenn er über den Wellen sang.

Iona schlug die Augen auf. Sie lag in einem richtigen Bett; warme, weiche Decken und eine gepolsterte Matratze umschmiegten ihre erschöpften Gliedmaßen. In einer Ecke des Raums brannte eine trübe Laterne, in deren Lichtschein sie eine silbrige Flöte sah und langes, weißes Haar, das wie Fäden aus Mondschein über seine Schultern fiel –

»Bardrick …«

Mühsam versuchte sie, sich aufzusetzen. Bardrick stellte das Spielen ein. Er legte ihr eine Hand auf den Rücken und drückte sie behutsam auf die Kissen zurück. »Bleib liegen. Ruh dich aus.« Doch sie schüttelte den Kopf und richtete sich erneut auf. Dann beugte sie sich vor und die Augen in ihrem weißen Gesicht leuchteten.

»Ich habe etwas für dich«, sagte sie. Ein schwächliches Lachen ließ ihre Stimme beben. »Etwas, das du schon so lange haben wolltest. Hör zu.« Sie begann zu singen.

*»Warum weinen die Monde, hör ich euch fragen,*
*Und ich erzähle die Geschichte aus lang vergangenen Tagen,*
*Als über die Dreizehn, über Groß und auch Klein*
*Telemachus Athanasius in Güte und Weisheit herrschte allein.«*

Bardricks Augen weiteten sich vor Staunen, und er wollte etwas sagen, doch sie hielt abwehrend eine Hand hoch. »Es geht weiter.« Sie sang ihm alle Strophen vor, von Anfang bis Ende, obwohl es sie ihre letzte Kraft kostete. Als sie verstummte, saß er in verblüfftem Schweigen da.

»Ist das wahr?« Er hatte in seinem ganzen Leben noch keine wichtigere Frage gestellt. »Ich weiß, dass es stimmt, dass die Monde weinen. Aber der Rest dieses Lieds … die Geschichte … das mit dem jungen Mädchen … Ist das ebenfalls wahr?«

»Ich würde dir doch kein Lügenmärchen vorsingen!« Sie klang entrüstet, weshalb er sie rasch wieder beschwichtigte. »Nein, natürlich …«

Wieder hielt sie die Hand hoch, und er verstummte augenblicklich, weil er spürte, dass sie nur noch wenig Kraft hatte. »Ich habe mit Menschen gesprochen, die alles mit eigenen Augen gesehen haben: den verfallenen Palast im Herzen des Nouldewood und ein Schriftstück, unterzeichnet von den Mitgliedern des Monarchenbundes persönlich. Und sie kennen das Mädchen. Sie kennen Gaia, und sie ist genau so, wie das Lied sie beschreibt. Sie stammt von unserem früheren Königshaus ab, aber durch ihr bisheriges Leben – durch das, was sie erlebt und erlitten hat – ist sie eine von uns. Sie will ein neues Assalay errichten. Aber das schafft sie nicht allein – nur mit unserer Hilfe. Und deshalb habe ich dieses Lied gesungen, unzählige Male.«

Er zögerte. »Hast du die Kraft, es noch einmal zu singen?«

Sie nickte, und er setzte sich zu ihr und beugte sich über sie, um ihre Stimme zu hören. Er schrieb die Worte mit, die sie sang, und steckte den Zettel anschließend behutsam in seine Tasche.

»Was wirst du jetzt tun?«, fragte Iona.

»Ich gehe in den Nouldewood«, sagte er. »Ich will es mit eigenen Augen sehen. Und danach werde ich mein Lebtag kein anderes Lied mehr singen, bis das, was das Lied verspricht, eingetreten ist.«

»Ich würde Gaia auch gern sehen«, murmelte sie schläfrig.

»Du ruhst dich jetzt aus. Die Wirtin wird sich um dich kümmern. Bis ich zurück bin, geht es dir bestimmt wieder besser … ja, ganz bestimmt. Dann reisen wir zusammen weiter.« Er lachte und es klang wie die plätschernden Töne einer Querflöte oder Harfe. »Erinnerst du dich noch an Jinx?«, fragte er. »Der sagte, dass Mädchen nicht singen können? Nun, du wärst eine großartige Balladensängerin geworden, Iona: Die größte aller Zeiten!«

Er drückte sie auf ihre Kissen und deckte sie behutsam zu. Auf ihrem warmen Lager entspannte sie sich und ließ sich vom Schlaf überwältigen.

Sie träumte von den Inseln. Sie ging an einem Strand entlang, der unter ihren Füßen wegbrach, bis sie schließlich nur noch auf einer winzigen Insel aus Sand stand. Doch das Meer fraß auch diesen letzten Rest weg und das Wasser schwappte bereits um ihre Füße. Über ihr schrie eine Möwe. Irgendwo hörte sie das Knarren von Rudern und drehte den Kopf, um zu sehen, wo das Boot war. Doch bei dieser Bewegung brach auch das letzte bisschen Sand weg. Sie fiel um und hatte das kalte, erdrückende Gefühl von Wasser an ihrer Nase und an ihrem Mund.

Iona wachte auf. Sie bekam noch immer kaum Luft. Das erdrückende Gefühl rührte von einer kalten, groben Hand her, die sich auf ihr Gesicht gelegt hatte, und das Knarren der Ruder war das Knarren der Mansardentür gewesen, die jemand leise aufschob. Iona schlug um sich und wehrte sich. Doch sie konnte der Hand nicht entkommen; es musste mehr als nur ein Mann sein, der sie festhielt. Als die Hand für einen Moment weggenommen wurde, schnappte sie schnell nach Luft, um zu schreien. Doch noch bevor sie einen Laut von sich geben konnte, wurde ihr das warme Kissen aufs Gesicht gedrückt. Das Rauschen in ihren Ohren war wie das Rauschen der Gezeiten … die blendende Helligkeit der Sonne … in einem Moment verdeckt … Dunkelheit … wieder die Gezeiten. Und dann das Singen … eine Stimme zuerst nur, dann eine weitere und mehr und mehr … Ein Mädchen in einem weißen Gewand … Einen Moment lang glaubte Iona, sie vor sich zu sehen.

Dann war alles vorbei. Lannerets Männer bedeckten ihren Körper mit dem Leintuch und sahen zu, dass sie wegkamen. Lautlos huschten sie die Treppe hinunter und verschwanden in der Dunkelheit.

## 17. Kapitel

# Das Buch und die Ballade

»Ich muss verreisen, Leo.«

Leo blickte Lanneret überrascht an. Es war der zweite Tag von Astia und sie waren erst am Vortag nach Freehaven zurückgekehrt. »Euer Lordschaft?«

»Du nimmst noch einmal alle Gesetze durch. Diesen Mond wirst du mit mir zu Gericht sitzen, und da erwarte ich, dass du weißt, worum es geht.«

Leo wartete, weil er dachte, Lanneret würde ihn wieder zu Demersal schicken, doch das war offenbar schon alles gewesen. Lanneret war bereits an der Tür, als Leo ihm nachrief: »Euer Lordschaft, wohin geht Ihr?«

»Das geht dich nun wahrlich nichts an, oder, Leo?« Und damit stapfte er aus der Bibliothek. Leo schnitt eine Grimasse, als die Tür zufiel, erhob sich vom Schreibtisch und stellte sich ans Fenster. Sobald er gesehen hatte, wie Lannerets Flugkutsche abgehoben hatte, verriegelte er die Tür, öffnete das Geheimfach, schloss die Schreibtischschublade auf und durchwühlte Lannerets private Korrespondenz. Er fand einen Brief von Lady Sallender, geschrieben letzten Mond, in dem sie Lanneret einlud, das erste Viertel von Astia in Mabberling zu verbringen. Leo krauste die Stirn, als er sich überlegte, warum seine Tante Elinor Lanneret eingeladen haben könnte, aber das spielte eigentlich keine Rolle. Sehr viel wichtiger war, dass Lanneret in den nächsten Tagen aus dem Weg sein würde.

Leo rannte in die Küche, borgte sich einige Werkzeuge aus und eilte damit in sein Zimmer. Er klemmte einen Stuhl unter die Klinke seiner Schlafzimmertür und holte Scrimps Buch aus seinem Versteck. Als er es aufs Geratewohl aufschlug, war er erneut bestürzt über die Gefahr, die von diesen merkwürdig beschriebenen Seiten ausging. Hätte man dieses Buch bei Scrimp gefunden, wäre er zum Tode verurteilt worden. Leo erschauderte. Er ertappte sich bei dem Gedanken, dass er mit dem Buch das tun sollte, was schon vor vielen Jahren beabsichtigt war, als das Buch zu einem verbotenen Objekt erklärt worden war: es verbrennen. Das wäre das Sicherste. Es ins Feuer werfen. Doch dann fiel sein Blick wieder auf diesen Namen. *Athanasius.*

Leo schlug die erste Seite auf und begann zu lesen.

*Vierter Tag des zunehmenden Astia-Mondes*

*Liebe Rachel,*
*was ist, wenn man uns nach Strich und Faden belogen hat?*
*Ich habe Scrimps Buch gelesen. Darin steht angeblich, wie es tatsächlich zur Gründung des Monarchenbundes kam. Allerdings stehen darin lauter Sachen, von denen ich noch nie gehört habe. Assalay soll früher von einem König regiert worden sein, nicht von dreizehn Lords. Die königliche Familie hieß Athanasius und der Letzte ihres Geschlechts war ein gewisser König Telemachus. Er scheint etwas verrückt gewesen zu sein und kam zusammen mit seiner ganzen Familie ums Leben. Der Palast brannte ab und die Familie war auf einen Schlag ausgelöscht. Erst danach wurde der Monarchenbund gegründet. Die dreizehn Lords waren Telemachus' frühere Hofräte, die nach seinem Tod die Regierung übernahmen.*

*Ich wünschte, ich könnte dir diesen Brief schicken! Ich bin völlig durcheinander und wäre froh, wenn du Vater fragen könntest, ob er etwas davon weiß. Lanneret kann ich natürlich nicht fragen. Sonst würde ich mein Lehrjahr vermutlich nicht überleben.*

*Leo xx*

Leo ließ den Brief und seinen Stift auf den Boden fallen, streckte sich auf dem Teppich aus und starrte zu den frühmorgendlichen Lichtstrahlen hinauf, die zu dem grünen Glas hereinfielen. Er versuchte, etwas Ordnung in das Durcheinander in seinem Kopf zu bringen.

Zwei verschiedene Geschichten. Zwei unterschiedliche Berichte darüber, wie es zur Gründung des Monarchenbundes gekommen war. Da war zum einen die Version, die man ihm von klein auf erzählt hatte – die Geschichte von den Eindringlingen aus dem Norden, die in ihren weißen Booten den Fluss heruntergefahren waren, um die friedlichen Farmer zu überfallen; von den dreizehn Helden, die von der Bevölkerung ausgewählt wurden, um sie im Krieg gegen die Invasoren anzuführen; vom Sieg und vom Aufbau Assalays zu einer starken, blühenden Republik unter der Herrschaft der dreizehn heldenhaften Retter. Leo erinnerte sich noch gut daran, wie Septimus ihm diese Geschichte vorgelesen hatte, aus einem großen Buch mit einem Einband aus Elfenbein, wunderschön illustriert und in eisblauen Buchstaben geschrieben.

Und nun das: die Geschichte von einem bösen, verrückten Tyrannen als König, ausgelöscht in einem Feuer, das wie gerufen kam, um das uralte Geschlecht der Athanasier mit Stumpf und Stiel auszurotten und den Weg zu ebnen für einen Monarchenbund, bestehend aus dreizehn einander ebenbürtigen Lords, die von da an über Assalay herrschten.

Eine der beiden Geschichten musste falsch sein. Leo schlug das Buch wieder auf. Das hier war angeblich die offizielle Version, niedergeschrieben auf Befehl des Monarchenbundes. Aber irgendwann später hatte genau er sie wieder verboten. Die Worte des Stempels auf dem Innenumschlag hatten sich in seinen Kopf eingebrannt.

*Aus der Öffentlichen Bücherei*
*zu entfernen und zu verbrennen*
*auf Befehl des Monarchenbundes*

Auf der nächsten Seite war ein Stammbaum, der ähnlich aussah wie jene, die Leo zu Beginn seines Lehrjahres auswendig gelernt hatte. Es war der Stammbaum der Familie der Athanasier, der über Jahrhunderte zurückreichte und dann abrupt endete. So viele Leben, die alle am gleichen Tag ausgelöscht worden waren! Den Abschluss bildete eine Reihe von Namen: die Söhne und Töchter von König Telemachus und seiner Frau Aglaia. Das älteste Kind des Königs und somit die Thronfolgerin war ein Mädchen gewesen – Gaia. *Gaia Athanasius.* Leo sprach den Namen laut aus. So hieß die vor Jahrhunderten verstorbene Tochter eines Tyrannen. Und so hieß auch eine entlaufene Sklavin aus Arimaspia.

Lanneret musste diese Version ebenfalls kennen, das stand außer Frage. Warum sonst wollte er dieses Mädchen unbedingt finden? Leo konnte Lannerets Gedankengänge fast nachvollziehen. Er musste diesen Namen gekannt haben, und bestimmt hatten in seinem Kopf sämtliche Alarmglocken angeschlagen, als er ihn neulich hörte. Anfangs hatte er sich bestimmt gesagt, es könne nur ein dummer Zufall sein. Schließlich waren alle Könige und Königinnen tot, bei diesem segensreichen Palastbrand zu Staub und Asche verbrannt. Aber genau *derselbe* Name! Leo konnte förmlich spüren, wie sich in Lannerets Kopf erste Zweifel einnisteten, die anwuchsen und schließlich sein ganzes Denken beherrschten. Nur eine harmlose Namensgleichheit? Oder wollte das Mädchen fälschlicherweise behaupten, von dem alten Königsgeschlecht abzustammen? Das konnte ein Mensch wie Lanneret nicht auf sich beruhen lassen. Keine Frage, dass er sie verfolgte.

Waren Leo und Lanneret die Einzigen, die davon wussten? Lanneret hatte der Spionin in der Bibliothek strengstens eingeschärft, es ja niemandem zu erzählen, auch keinem anderen Mitglied des Monarchenbundes, sonst wäre sie des Todes. Andererseits hatte Lanneret den Treueschwur abgelegt und folglich gelobt, vor den anderen keine Geheimnisse zu haben, und da war es völlig undenkbar, ihnen so etwas Wichtiges vorzuenthalten. Leo sah nur eine Möglichkeit: Wahrscheinlich wollte Lanneret vorläufig geheim halten, dass er nach diesem Mädchen suchte, damit die anderen Lords umso beeindruckter wären, wenn er ihnen in Bälde nicht nur den kniffligen Fall, sondern auch gleich die Auflösung präsentieren könnte.

Aber warum hatte Leo noch nie davon gehört? Diese Frage beschäftigte ihn für eine Weile, doch dann glaubte er, auch hierfür eine Antwort gefunden zu haben. Es musste ein Geheimnis sein, das nur die dreizehn Lords und ihre direkten Nachfolger kannten – ihm selbst würde es vermutlich am Ende seiner Lehrzeit enthüllt werden, vielleicht aber auch erst, wenn sein Vater tot war.

Das klang plausibel. Allerdings war es Leo nach wie vor schleierhaft, warum der Monarchenbund versucht hatte, die Geschichte von dem früheren Königreich auszumerzen. Es war eine gute Geschichte über die Gründung der Republik; weitaus besser als die eher kindische Version mit den Invasoren und den heldenhaften Anführern. Doch obwohl Leo sich den Kopf zerbrach, fand er keine vernünftige Erklärung. Schließlich aber schüttelte er seine konfusen Gedanken ab, versteckte das Buch und den Brief wieder im Wandschrank und drückte energisch die Tür zu.

Er ging die Treppe hinunter und ins Freie. Doch selbst der Garten kam ihm zu eng vor, um seine ruhelosen Gedanken fassen zu können, und deshalb holte er den Schlüssel zum Gartentor aus der Küche. Er verließ das Grundstück, ging zur Brücke hinunter und lehnte sich an die Brüstung. Unter ihm wirbelte der Fluss wie eine sich verdrehende Wahrheit. Das Wasser stand höher als je zuvor; es schwappte an den Fuß der Bäume an beiden Ufern und donnerte um die Brückenpfeiler, als wollte es sie mit sich reißen. Die Farbe des Wassers – burgunderrot, zu Ehren von Demersals Mond – sah blasser als sonst aus, fast so, als gäbe es nicht genügend künstliche Farbstoffe für diese gewaltigen Wassermassen.

Bald schon setzte ein heftiger Regen ein. Leo würde bis auf die Knochen nass werden, wenn er noch länger hier stehen blieb. Und da er ohnehin nicht wusste, was er hier wollte, machte er kehrt und ging wieder nach High Side hinauf. Er nahm die erste Abzweigung, die von der Hauptstraße abbog, und hoffte, in den engen Gassen mit den hohen Mauern irgendwo einen Schutz vor dem Regen zu finden. Doch das Unwetter war erbarmungslos, und der Regen peitschte ihm ins Gesicht, egal, in welche Richtung er ging. Leo blieb nichts anderes übrig, als auf direktem Weg und so schnell wie möglich in Lannerets Haus zurückzukehren. Da er mit eingezogenem Kopf und schnellen Schrittes ging, sah er das Mädchen erst, als er mit ihm zusammenstieß.

Im ersten Moment erkannte er sie nicht. Alles, was er sah, waren ein alter brauner Rock und darüber ein graubrauner Umhang. Er riss den Kopf hoch, um ein ungehaltenes »Pass doch auf!« zu brummen, doch da berührte sie seinen Arm, und er hörte ihre Stimme: »Leo! Bei allen Monden und Sternen … *Leo!*«

»*Rachel!*« Er drückte sie an sich und hielt sie dann auf Armeslänge von sich weg, um sie anzuschauen. Der Wind peitschte ihnen die Umhänge um die Ohren. »Warum um alles in der Welt bist du so gekleidet?«

»Oh, ich freue mich auch, dich zu sehen, Leo«, sagte sie lachend. Sie zitterte wie Espenlaub. Ihr Rock *(genau, warum trug sie ihn überhaupt?)* war dünn und abgetragen. »Gütige Monde«, sagte sie mit klappernden Zähnen. »Wie bitterkalt es ist! Eher wie Arctos als Astia. Können wir nicht irgendwo reingehen?«

Er überlegte. Nach Hause konnten sie nicht gehen; es gäbe großen Ärger, wenn jemand ihn in Lannerets Grün in das Haus der Philemots gehen sähe. Rachel dagegen sah in dieser Verkleidung nicht wie eine Philemot aus. Und Lanneret war fort. Leo griff nach ihrer eiskalten Hand.

»Komm mit!«

Am Gartentor wich sie erschrocken zurück. »In Lannerets Haus? Bist du verrückt geworden?«

»Ich möchte mit dir reden. Er ist weg. Niemand wird dich erkennen.« Er zog sie in den Garten, machte die Tür hinter sich zu und scheuchte sie über mit hohen Hecken gesäumte Wege zu einer kleinen Tür am Fuß eines Turms. »Warte hier. Ich muss dir von innen öffnen.« Und schon rannte er über den Kiesweg davon, mitten durch die Pfützen.

Rachel drückte sich an die Tür. Das Ganze war total *verrückt*. Sie verstießen gegen die wichtigste Regel der Lehrzeit, und wenn Lanneret es jemals erfuhr, würde er bestimmt darauf bestehen, dass Leo das ganze Jahr wiederholte. Es war viel zu riskant. In ihrer Panik rannte Rachel zum Gartentor zurück, doch es war abgeschlossen. Sie fluchte leise vor sich hin, weil ihr nichts anderes übrig blieb, als zum Turm zurückzukehren.

Leo stand bereits da. Er packte ihre Hand und zog sie ins Innere. Sie wollte sich widersetzen, doch er sagte: »Er ist fort. Er ist bis nach dem Viertelmond bei den Sallenders in Mabberling. Mach dir keine Sorgen. Bitte, Rachel!«

Hin und her gerissen zwischen Angst und Neugier folgte sie ihm über eine schmale Wendeltreppe und dann durch einen langen Gang. Leo öffnete eine Tür, die in luxuriös möblierte Räume führte – in ein smaragdgrünes Licht gebadet, das zu den Dachfenstern hereinfiel. Er führte sie an den Kamin in seinem Schlafzimmer und fachte geschickt die Glut an, bis die Flammen loderten.

»Du siehst aus, als müsstest du dich aufwärmen.«

Rachel legte ihren Umhang ab, breitete ihn vor dem Feuer aus und schaute zu dem Glasdach hinauf.

»Ich hatte befürchtet, er würde dich irgendwo im Keller unterbringen.«

»Ich ehrlich gesagt auch«, sagte Leo grinsend. »Aber er hält große Stücke auf adliges Blut.« Er nahm eine Decke von seinem Bett und legte sie ihr um die Schultern. Sie blickte auf die für sie ungewohnte Farbe hinunter und fragte sich, ob Alys in Mabberling wohl dasselbe tat: sich Lannerets Umhang ausborgen und ihn sich umlegen, um zu sehen, ob ihr Smaragdgrün stand. Sie fröstelte.

»Dir ist kalt«, sagte er.

»Nein, alles in Ordnung. Und wie geht es *dir*, Leo?«

»Ganz gut, würde ich sagen«, entgegnete er achselzuckend. »Und du? Warum hast du diese komischen Sachen an?«

Im Gegensatz zu ihm begann sie wie ein Wasserfall zu erzählen. Von Inchcliff, Mai, Tal, Gregory … Sie wollte ihm gerade ihre Begegnung mit dem Uhrmacher schildern, als plötzlich eine Stimme durch den Flur drang.

»Leo! Wo steckst du?«

Rachel wurde kreidebleich und starrte ihn ratlos an. Dann schnappte sie sich ihren Umhang und verschwand damit blitzschnell unter dem Bett. Schon wurde die Tür aufgerissen.

»Was machst du hier oben?«, bellte Lanneret.

*Ich Idiot*, sagte sich Leo. *Was für ein Blödmann ich bin!* Wenn er es sich recht überlegte, wusste er nicht einmal, ob Lanneret Elinors Einladungsschreiben überhaupt beantwortet hatte. Er war vermutlich gar nicht nach Mabberling geflogen, sondern nur schnell noch einmal nach Dearnleigh, auf der Spur von irgendjemandem, der den Namen Athanasius kannte … Rachel, unter dem Bett, dachte verzweifelt: *Um Himmels willen, Leo, sag doch irgendwas …*

»Und?«, hakte Lanneret nach.

»Es tut mir leid, Euer Lordschaft. Ich habe einen Spaziergang im Garten gemacht. Und weil ich nass wurde, kam ich kurz herauf, um mich abzutrocknen.«

»Wie war das noch gleich, Leo? Was hatte ich dir aufgetragen?«

»Sämtliche Gesetze zu wiederholen, Euer Lordschaft.«

»Ah, wusste ich's doch! Sollen wir gleich überprüfen, wie viel du weißt?«

Leo verließ das Zimmer zusammen mit Lanneret und folgte ihm durch den Gang, die Hände in den Taschen zu Fäusten geballt. Seine Finger berührten etwas Kaltes, Metallisches. Bei Arctos und all seinen Sternen … Es war der Schlüssel des Gartentors und er hatte es abgeschlossen! Ohne ihn konnte Rachel Lannerets Anwesen nicht verlassen. Leos Gedanken überschlugen sich, kreisten strudelartig tiefer und immer tiefer, immer um denselben Punkt. Was hatte er sich nur dabei *gedacht*, mit Rachel hierherzukommen? Vor Angst wurde ihm so schwindelig, dass ihm nachher garantiert kein einziger Paragraf einfallen würde. Doch zum Glück kam es in der Eingangshalle zu einem unerwarteten Zwischenfall. Ein großer, bleicher Junge sprang auf und verbeugte sich vor Lanneret.

»Was im Namen der Dunkelheit und der Verdammnis machst du hier?«, fauchte Lanneret.

Gregory zuckte zusammen. »Ihr habt mich zum Mittagessen eingeladen, Euer Lordschaft.«

»Tatsächlich?« Lanneret seufzte. »Na schön, dann bleib!«

*Puh!*, dachte Leo, *Astia sei dank für Gregorys Auftauchen*; das Abhören würde ihm fürs Erste erspart bleiben! Blieb also nur das Problem mit Rachel. *Nur!* Wie im Namen des Mondscheins konnte er sie wieder aus diesem Haus schmuggeln, ohne dass Lanneret etwas merkte? Wie ein Schlafwandler folgte Leo Lanneret und Gregory ins Morgenzimmer und sank auf einen Stuhl. Lanneret nahm ein Buch von einem der Regale, stellte sich damit an den Kamin und blätterte es nervös durch.

»Wie geht es dir, Gregory?«, fragte er, ohne die Augen von dem Buch zu heben.

»Sehr gut, danke, Euer Lordschaft.«

»Hmmm.« Ein langes Schweigen folgte. Lanneret blätterte ein paar Seiten zurück und fragte, noch immer mit der Nase in dem Buch: »Wie geht es deiner Mutter?«

»Gut, denke ich, Euer Lordschaft.«

»*Denkst* du?«, hakte Lanneret nach.

»Ich habe sie in letzter Zeit nicht gesehen.« Gregory errötete vor

Verlegenheit und er tat Leo unerwarteterweise fast leid. Wieder folgte ein langes Schweigen.

»Wie läuft es im Chor?«

Gregory hatte keine Gelegenheit, darauf zu antworten, denn es klopfte an der Tür, und ein Lakai trat ein, dicht gefolgt von Lord Parhelion.

»Elverton!«, rief Parhelion aufgeregt. »Das musst du dir anhören! Es gibt eine neue Ballade. Ich habe sie in einer Taverne im Norden gehört. Der Wirt sagte, sie sei inzwischen in allen nördlichen Provinzen verbreitet.«

Lanneret runzelte die Stirn und winkte den überrascht dreinblickenden Lakai hinaus. »Warum sollte ich mich für ein volkstümliches Kneipenlied interessieren, Peregrin?«

»Oh, glaub mir, Elverton, es *wird* dich interessieren!« Parhelion räusperte sich und begann dann zu singen.

*»Warum weinen die Monde, hör ich euch fragen,*
*Und ich erzähl die Geschichte aus lang vergangenen Tagen,*
*als über die Dreizehn, über Groß und auch Klein*
*Telemachus Athanasius in Güte und Weisheit herrschte allein.«*

»Der Rest ist mir entfallen. Ich weiß aber noch, dass der Nouldewood darin vorkam, und das Ende weiß ich auch noch. Es war etwas von wegen *Und der Tag wird kommen, an dem alles ist, wie es soll sein, wir haben keine Lords mehr, sondern ein Mädchen im Gewand weiß und rein.* Ich hab natürlich sofort an dich gedacht. Du bist schließlich unser Experte in Sachen Verschwörungen und Komplotte, nicht wahr?«

Leo setzte ein möglichst unschuldiges Gesicht auf, doch seine Gedanken überschlugen sich. Also war das Wissen von der Existenz des alten Königsgeschlechts Athanasius nicht nur in diesem lange sorgsam versteckten Buch verborgen; auch andere wussten davon. Aber was sollte dieser Unsinn von diesem Mädchen? Das konnte nicht stimmen. Leo erinnerte sich noch genau an den Stammbaum, der eindeutig besagte, dass die ganze Familie an einem einzigen Tag ums Leben gekommen war. Gregorys Stimme riss ihn aus seinen Gedanken.

»Athanasius? Diesen Namen kenne ich.«

»*Was?!*« Lannerets Stimme war scharf wie ein Gewehrschuss.

»In meiner Chorschule gibt es einen Jungen, der so heißt. Ein Stipendiat, den Gabriel aus der Gosse geholt hat. Er behauptet zwar, er hieße Tal Marcus, aber deine Schwester …«, er schaute Leo anklagend an, »… die übrigens mit ihm befreundet ist – sie scheint einen Hang fürs gemeine Volk zu haben, jemand sollte ihr mal ins Gewissen reden –, deine Schwester hat behauptet, dass er in Wirklichkeit Tal Athanasius heißt. Seine Mutter ist ihre Dienerin, Rachels Sklavin.«

Lannerets Blick bestand aus Eis und Feuer zugleich. »Weißt du, woher er kommt?«

Gregory rümpfte die Nase. »Aus Arimaspia. Man riecht noch die Ziegen, wenn man ihm zu nahe kommt.«

»Er hat nicht zufällig eine Schwester, oder?«

»Oh doch, eine Verbrecherin. Nun ja, zumindest glaube ich, dass sie schon mit dem Gesetz in Schwierigkeiten gekommen ist. Sie heißt Gaia. Aber er spricht eigentlich nie von ihr und …«

»Gaia!«, fiel Parhelion ihm aufgeregt ins Wort. »Dieser Name kam in dem Lied auch vor.« Er begann unmelodisch zu krächzen: *»Gaia, unsere Herrin, von den Monden gesegnet …«*

»Danke, Peregrin.« Lanneret brachte ihn mit einem strengen Blick zum Schweigen und wandte sich wieder an Gregory. »Weißt du, wo sie sich aufhält?«

Bedauernd schüttelte Gregory den Kopf. »Leider nein, Euer Lordschaft. Wie ich schon sagte, spricht er nicht über sie.«

»Schade. Aber danke, Gregory«, sagte Lanneret mit einer ungewohnt sanften Stimme, und Gregory strahlte, als seien sein Geburtstag, sein Schutzmond und Karneval auf einen einzigen Tag gefallen. »Warte bitte, bis ich ein paar Briefe aufgesetzt habe. Danach möchte ich, dass du mit mir zu Lord Philemot gehst und ihm dasselbe erzählst wie mir gerade. Du auch, Peregrin.«

Lanneret setzte sich an den Tisch am Fenster, nahm seinen Stift und begann fieberhaft zu schreiben. Leo starrte nach draußen, auf den regennassen Garten. Gaia Athanasius, die Erbin eines Königreichs. Nur dass es nicht stimmen konnte, es musste eine Lüge sein. Eine Lüge, um den Monarchenbund zu stürzen – und damit machte sie sich des Hochverrats schuldig. Und wenn *sie* schuldig war, dann waren es auch ihre Mutter und ihr Bruder, allein aufgrund ihrer Blutsbande. Und Rachel war mit beiden befreundet. *Rachel*, dachte er erschrocken. Im Drama der letzten Minuten hatte er fast vergessen, dass sie ja noch unter seinem Bett lag.

»Versiegeln, Leo!« Lanneret drückte ihm ein gefaltetes Blatt in die Hand, das sich halb öffnete. Leo faltete es hastig wieder zusammen, doch in diesem einen Bruchteil stachen ihm die Worte »den Wald durchkämmen« ins Auge. Er brachte das Siegelwachs zum Schmelzen und ließ es aufs Papier tropfen. Den-Wald-durchkämmen, den-Wald-durchkämmen, sagten die Wachstropfen, die immer schneller und schneller tropften. Leo fragte sich, was das genau bedeutete, schlug sich diesen Gedanken aber gleich wieder aus dem Kopf. *Kümmere dich um das Nächstliegende! Rachel – ich muss sie unbedingt aus diesem Haus schaffen!*

Lanneret reichte ihm ein zweites Schreiben. »Diese Briefe sind für

Lord Demersal und Lord Teredo bestimmt, Leo. Ich will, dass du sie ihnen sofort zustellst. Verstanden?«

»Jawohl, Euer Lordschaft. Kann ich davor bitte noch kurz in mein Zimmer gehen, um meinen Umhang zu holen? Ich habe ihn dort zum Trocknen ausgelegt.«

Lanneret nickte ungeduldig und Leo rannte davon.

Er stieß die Tür zu seinem Schlafzimmer auf und rief leise: »Alles in Ordnung. Ich bin's.« Rachel kroch unter seinem Bett hervor und streckte ihre verkrampften Gliedmaßen.

»Du warst ja ewig weg … ach, übrigens, Lannerets Haussklaven arbeiten nicht sehr gründlich. Unter diesem Bett hat seit mindestens zweihundert Jahren kein Mensch mehr Staub gewischt.«

»Ich hab im Moment wahrlich andere Sorgen. Du musst hier fort, schnell!«

Sie wurde umgehend ernst. Während sie sich ihren alten, noch immer feuchten Umhang umwarf, fragte sie: »Wo ist Lanneret?«

»Er geht gleich wieder weg.« Leo verstummte und dachte an das Frühstück in Dearnleigh, bei dem er zu Teredo gesagt hatte, seiner Meinung nach sei das Gesetz, das für sämtliche Blutsverwandte eines Verräters den sicheren Tod bedeutete, unfair und verkehrt. War seine Überzeugung stark genug, um jetzt auch entsprechend zu handeln?

»Was ist mit dir, Leo?«

Er schaute seine Schwester an. Diese Leute standen ihr sehr nahe. Wenn er Rachel nicht warnte, würde er ihr nie mehr in die Augen blicken können.

»Deine Freunde …«, begann er zögerlich. »Mai und Tal Athanasius. Im Norden macht eine Ballade die Runde, die besagt, Tals Schwester sei die rechtmäßige Herrscherin von Assalay. Die Familie stamme von den früheren Königen ab und sei zurückgekehrt, um erneut zu herrschen. Das Ganze ist natürlich blanker Unsinn, doch darum geht es nicht. Das Mädchen gilt als Verräterin an der Republik.«

»Wusste ich's doch, dass mit ihr etwas nicht stimmt«, sagte Rachel. »Tal hat nie über sie geredet …«

»Vergiss sie«, fiel Leo ihr ins Wort. »Die Sache ist die, dass Lanneret weiß, wo er Mai und Tal findet. Gregory hat es ihm erzählt.«

Verständnislos starrte Rachel ihn an. »Na und? *Sie* haben doch nichts verbrochen.«

Leo rang sich ein freudloses Lachen ab. »Im Sinne der Verrätergesetze schon. Sie gelten als schuldig, weil sie mit ihr verwandt sind. Wenn sie nicht auf der Stelle fliehen, sind sie tot, Rachel!«

»Du musst dich irren, Leo. Es wäre ungerecht. Bist du dir ganz sicher?«

»Und wie!«

Rachel schüttelte so heftig den Kopf, als müsse sie sich Wasser aus den Ohren schütteln. »Und was heißt: *die früheren Könige von Assalay* … Das ist doch Unsinn.«

»Ich fürchte, nein.« Er wandte sich ab und kramte auf dem Boden seines Wandschranks herum. Als er sich wieder aufrichtete, hielt er ein alt aussehendes Buch in der Hand und wollte es ihr reichen. »Lies das! Dann verstehst du alles.«

Das Problem war nur … dass das Buch ein verbotenes Objekt war; wie konnte er seine Schwester dieser großen Gefahr aussetzen? Er wollte das Buch schon zurückziehen, doch dann dachte er daran, was für eine Erleichterung es sein müsste, nicht länger der Einzige zu sein, auf dem dieses Geheimnis lastete. Er streckte es ihr erneut entgegen, zog es wieder zurück.

»Was ist das, Leo?«

»Eine Geschichte. Aber es ist ein verbotenes Objekt …«

»Und das versteckst du in Lannerets Haus? Gib es her!«

Leo stopfte es in seinen Beutel, kramte noch einmal auf dem Boden des Wandschranks und reichte ihr dann einen Stapel zusammengefalteter, mit Eselsohren versehener Papiere. »Meine Briefe an dich. Die kannst du auch gleich mitnehmen.« Er hängte ihr den Beutel um die Schulter und nahm sie dann an der Hand. Sie huschten leise durch den leeren Korridor, tapsten dann mit angehaltenem Atem die Wendeltreppe hinunter und wurden mit jeder Stufe nervöser. Der Garten war zum Glück menschenleer bei diesem anhaltenden Regen; unbehelligt erreichten sie das Gartentor und traten zusammen auf die Straße.

»Geh zu ihnen und warne sie«, sagte er. »Bevor es zu spät ist …«

Rachel drehte sich um und lief ein paar Schritte, blieb dann aber stehen und kam zurück. »Leo – kannst du deshalb Ärger bekommen?«

»Glaub ich nicht. Sie werden es für einen Zufall halten.«

Rachel nickte und fiel ihm um den Hals.

»Noch etwas«, flüsterte er ihr ins Ohr. »Ich verstehe es nicht, aber vielleicht können sie etwas damit anfangen. Lanneret hat an Demersal und Teredo geschrieben – etwas von wegen ›den Wald durchkämmen‹.«

Rachel befreite sich aus seinen Armen und schaute ihn ratlos an.

Er zuckte mit den Schultern. »Bedeutet vermutlich nicht viel. Geh! Noch eins, Rachel: Pass auf, dass dich niemand sieht.«

Sie nickte erneut, wandte sich ab und begann zu laufen. Leo schaute ihr nach, als sie mit fliegendem Umhang durch die Pfützen rannte. Dann bog sie um eine Ecke und war verschwunden. Leo lehnte sich an die Mauer, hielt sein Gesicht in den Regen und fragte sich, was er getan hatte.

Rachel rannte über den Platz der Befreiung und die Stufen zur Basilika hinauf. Ihr Herz klopfte zum Zerspringen, der schwere Beutel trommelte auf ihren Rücken. Unter dem Säulengang zögerte sie. »Pass auf, dass dich niemand sieht«, hatte Leo gesagt. Wenn sie durch die Basilika und dann durch den Innenhof ging, würde sie unweigerlich von jemandem gesehen werden, der sie kannte. Deshalb lief sie die Stufen wieder hinunter und um die Basilika herum, bis sie vor der Hintertür von Gabriels Küche stand. Hektisch hämmerte sie an die Tür und stieß sie dann auf, noch bevor jemand »Herein!« gerufen hatte.

Connie sprang erschrocken auf. »Rachel! Was ist los?«

»Ich muss dringend zu Mai und Tal! Wo sind sie?«

»Gabriel wollte mit Tal ein neues Lied einüben …«

»Wo?« Rachel ließ den schweren Beutel auf den Tisch fallen und wollte schon zu der Tür rennen, die auf den Innenhof führte. Doch sie besann sich gerade noch rechtzeitig und blieb stehen. »Ich kann nicht zu ihnen gehen. Holst du sie her? Bitte!«

Connie spürte, wie besorgt Rachel war, und sie eilte sofort aus der Küche. Rachel sank auf einen Stuhl und verschränkte die Arme vor dem Bauch, um die Angst in ihren Eingeweiden zusammenzudrücken. Sie war nicht lange allein. Connie kam zurück, zusammen mit Gabriel, Tal und Mai. Der Chorleiter stellte sich ihr gegenüber hinter einen Stuhl und stützte sich auf die Lehne.

»Worum geht's, Rachel? Hoffentlich um etwas Wichtiges. Ich unterbreche eine Probe nämlich nur, wenn es brennt oder im Falle einer Überschwemmung oder eines Erdbebens, aber nicht für weniger.«

Er scherzte zwar, doch seine Augen waren sehr ernst. »Es gibt ein Lied«, sagte Rachel, »das im Norden die Runde macht. Es behauptet, Gaia Athanasius sei die rechtmäßige Herrscherin von Assalay. Das gilt als Verrat an der Republik und wird mit dem Tode bestraft.« Sie blickte von Mai auf Tal. »Das gilt auch für euch, weil ihr mit ihr verwandt seid. Ihr müsst sofort untertauchen.«

Gabriel legte die Stirn in Falten. »Kein Mensch weiß, dass Gaia mit Mai und Tal verwandt ist, oder? Tals Papiere sind auf den Namen Tal Marcus ausgestellt, und den Familiennamen einer Sklavin kennt k–«

»Sie wissen es bereits«, fiel Rachel ihm ins Wort. »Gregory hat Lanneret erzählt, wer ihr beide seid.« Die Erinnerung an das, was sie getan hatte, überfiel sie wie ein frostiger Schauder, ein Windhauch aus einem unheilvollen Ort: der dumme Streit neulich mit Gregory … »Gregory weiß es von mir. Ich habe mich verplappert. Es tut mir ja *so* leid … Ich wusste nicht …«

»Das konntest du auch nicht wissen«, versicherte ihr Gabriel hastig. »Daran ist nichts mehr zu ändern. Wir müssen rasch handeln.«

Tal hatte sich an den Tisch gesetzt und blätterte betont langsam seine Notenblätter durch. Gabriel nahm ihm den Ordner aus der Hand, und Tal zuckte zusammen, als sei ein Ton abrupt gerissen. Ein Ausdruck großer Verzweiflung lag auf seinem Gesicht, als er aufblickte. Gabriel legte seine Hände auf Tals Schultern. »Du musst gehen. Irgendwann wirst du wieder für mich singen. In glücklicheren Tagen, wie ich hoffe. Im Moment geht es darum, dass du dich mit deiner Mutter in Sicherheit bringst.«

Tal blickte so unglücklich drein, dass er Rachel richtig leidtat. Das Singen war sein ganzes Leben, und nun verlor er das, woran er mit jeder Faser seines Herzens hing … *Er* war es, dachte Rachel plötzlich. Wer außer einem Sänger käme auf die Idee, mittels einer Ballade einen Verrat an der Republik zu begehen? Er war mehrere Monde bei Gaia gewesen – und da hatte er es getan: Er und seine Schwester hatten diese hirnrissige Idee ausgebrütet und daraus das Lied gemacht, mit dem diese Lüge verbreitet wurde – im ganzen Norden, wie Leo gesagt hatte. Rachel erschrak. Sie war nicht nur dabei, jemandem zu helfen, der Opfer eines ungerechten Gesetzes werden würde, weil er mit einer Verbrecherin verwandt war. Nein – sie stand im Begriff, einem wahrhaftigen Verräter zur Flucht zu verhelfen! Konnte sie das tun? Obwohl Rachel sich in letzter Zeit immer wieder gesagt hatte, dass sie nicht zum Monarchenbund gehörte, fragte sie sich nun, ob sie jemandem helfen sollte, der – dessen war sie sich sicher – ihn stürzen wollte.

»Wie kommen wir aus der Stadt?«

Mais Stimme war sanft und weich wie immer. Ihr Klang war ein Schock für Rachel, fast eine Ohrfeige. Tal war ihr gleichgültig, Mai aber war ihre engste Freundin; die beste Freundin, die sie je gehabt hatte. Und Rachel wollte nicht, dass Mai leiden musste, egal, was ihre Kinder angestellt hatten.

Wenn sie, um Mai zu retten, auch Tal helfen musste, dann war daran nichts zu ändern.

# 18. Kapitel
# Auf der Flucht

Eine gute Frage, Mai«, sagte Gabriel. Er musterte sie und ihren Sohn. »Als Erstes müsst ihr euch anders kleiden. Sie suchen nach einer Sklavin und einem Chorknaben. Dann versucht, Freehaven so weit wie möglich hinter euch zu lassen. Hier in der Basilika werden sie sicher zuerst suchen.« Er wandte sich an Rachel. »Kannst du eine Kutsche holen?«

Rachel nickte und eilte auf die schmale Straße hinter den Nebengebäuden der Basilika. Sie rannte seitlich an der Basilika vorbei und wollte gerade über den großen Platz rennen, als sie plötzlich wie angewurzelt stehen blieb: Zwei Kutschen rollten über die Brücke, eine smaragdgrüne und eine eisblaue, die beide in dem heftigen Regen glänzten. Blitzschnell machte Rachel kehrt und rannte wie von Furien gehetzt den ganzen Weg zurück. Als sie die Küchentür aufriss, stand Tal gerade halb nackt da. Seine Chorkleidung lag auf dem Fußboden. Er lief rot an und versteckte sich hinter einem Stuhl, und Rachel dachte absurderweise: *Ob wir irgendwann mal darüber lachen werden?*

»Um Himmels willen, Tal! Sie kommen!« Sie griff nach der schäbigen Hose, die bereits dalag, und warf sie ihm zu. Mit zittrigen Händen schlüpfte er hinein. Mai trug eines von Connies alten Kleidern, und das Kennzeichen des Hauses Philemot, der eisblaue Ohrstecker, lag auf dem Tisch. Rachel steckte ihn in ihre Tasche.

»Nehmt die Hintertür!«, sagte Gabriel. »Ich werde versuchen, Lanneret hinzuhalten. Rachel, du musst sie aus der Stadt bringen. Geht! Schnell!« Gleich darauf standen sie auf der schmalen, hinteren Gasse. Rachel hatte das Gefühl zu ertrinken: Panik und Verwirrung pochten ohrenbetäubend laut durch ihre Adern. »Du musst sie aus der Stadt bringen!«, hatte Gabriel gesagt. Nur wie? Tal dagegen schien genau zu wissen, was er tat: Er flitzte über die Straße in eine Nebengasse, bis zu einem Haus mit Stufen, die in ein Untergeschoss führten. »Holst du eine Kutsche her, Rachel? Wir verstecken uns hier unten.«

Mutter und Sohn hasteten die Stufen hinunter, während Rachel erneut losrannte, über den großen Platz zur Brücke, wo eine Reihe von Mietfahrzeugen auf Kundschaft wartete.

Keuchend rief sie dem ersten Fahrer zu: »Könnt Ihr mich in eine Gasse hinter der Basilika bringen und dann weiter nach High Side?«

»Kannst du bezahlen?«

»Natürlich kann ich …«, begann sie ihm entrüstet zu erklären, doch dann besann sie sich. Sie war gekleidet wie ein einfaches Mädchen aus dem Volk. Einen Moment lang wünschte sie sich, das Eisblau der Philemots zu tragen, doch dann fiel ihr ein, dass sie von Glück sagen konnte, dass sie so unauffällig gekleidet war. In ihrer eigenen Kleidung wäre sie aufgefallen wie eine Sonne um Mitternacht, und Leo hatte gesagt: »Pass auf, dass dich niemand sieht.«

»Ja, ich kann bezahlen.« Sie kramte in ihrer Tasche, zückte ihre Geldbörse und reichte dem Mann einen silbernen Radiant. Verdutzt riss der Mann die Augen auf und Rachel verwünschte sich. Wie leichtsinnig, dem Mann ein Geldstück zu geben, das nur von den Reichen benutzt wurde, und es zudem noch aus der Tasche eines schäbigen, alten Rocks zu holen. Doch er nickte zufrieden.

»Na schön, steig ein!«

Rachel stieg in die Kutsche und verschränkte die Arme vor dem Oberkörper, um ihre Nerven zu beruhigen. Gabriel spielte seine Rolle im Moment sicher meisterhaft: Er würde Lanneret und ihren Vater mit gelassener Höflichkeit begrüßen. »*Tal?* Aber er heißt mit Nachnamen doch Marcus, nicht Athanasius … Wirklich? Nun, wenn Ihr das sagt, Euer Lordschaft. Er dürfte im Aufenthaltsraum sein, denke ich. Oh. Na schön, dann vielleicht in seinem Zimmer.« Und so weiter … Gabriel würde mit den beiden Lords in die Bücherei gehen, in den Garten, ins Schulzimmer, vielleicht sogar ins Badehaus; überallhin – Hauptsache, er konnte ihnen so den nötigen Vorsprung verschaffen, um sich in Sicherheit zu bringen.

Unvermittelt schrak sie aus ihren Tagträumen. Sie waren an dem Haus mit den Stufen zum Kellerraum angekommen, und sie hämmerte an die Trennscheibe, damit der Fahrer anhielt. Dann sprang sie aus der Kutsche und hastete die Stufen hinunter. Mai war allein. »Wo …?«, begann Rachel. Mai legte sich einen Finger an die Lippen; sie stiegen in die Kutsche, und Mai rief dem Fahrer zu, er könne losfahren. Doch schon nach wenigen Metern klopfte sie erneut an die Trennscheibe, sprang aus der Kutsche, ließ die Tür offen und rannte den Weg zurück, nachdem sie »Hab etwas vergessen!« gerufen hatte. Rachel schaute ihr ratlos nach und erblickte Tal, halb versteckt hinter einer niedrigen Mauer. Er deutete mit dem Kopf auf den Fahrer und gab Rachel lautlos zu verstehen, ihn abzulenken.

Nach einem kurzen Lächeln und Nicken, zum Zeichen, dass sie verstanden hatte, lehnte sich Rachel auf der anderen Seite aus dem Fenster und verwickelte den Fahrer in ein ausschweifendes Gespräch über das schlechte Wetter und die Gerüchte, die über Drachen kursierten. Sie spürte, dass Tal lautlos in die Kutsche kletterte.

»Ich hab ihn!« Mai kam zurückgerannt, einen Schal in der Hand.

»Kann's endlich weitergehen?«, stöhnte der Fahrer.

Rachel nickte, half Mai in die Kutsche und zog die Vorhänge zu. »Du kannst jetzt rauskommen, Tal!«, flüsterte sie.

»Lieber nicht«, kam seine Stimme aus dem engen Versteck unter der Sitzbank.

»Das war eine gute Idee«, sagte Rachel. Falls die Wachleute die Kutscher befragten, würden sie nach einer Frau und einem Jungen suchen, nicht nach einer Frau und einem Mädchen. Schweigend und angespannt saß sie da und versuchte zu erahnen, wo sie gerade waren. Sie hatten die holprigen Pflastersteine der Gasse hinter sich gelassen und fuhren nun über die glatten Marmorsteine des großen Platzes. Der stürmische Wind pfiff um die Kutsche, der Regen trommelte an die Fenster. Dann ging es aufwärts, die Anhöhe von High Side hinauf.

»Wir sind am High Side Tor!«, rief der Fahrer und wurde langsamer.

*Gut, wir haben das Stadtzentrum hinter uns,* dachte Rachel erleichtert, doch dann fiel ihr Blick auf ihre schäbige Kleidung, und ihr Magen zog sich zusammen. Sie hatte schon wieder vergessen, wie sie gekleidet war. In der Philemot-Kleidung hätte sie mit der Kutsche direkt vorfahren können, doch in diesem anonymen Braun und ohne gültige Papiere war das völlig ausgeschlossen. Wohin nun? Nicht nach Hause, damit hätte sie eine zu direkte Spur hinterlassen. Sie lehnte sich aus dem Fenster.

»Zum Baladin-Palais, bitte!«

Die Kutsche fuhr wieder an. Was konnte sie als Nächstes tun? Rachels Gedanken überschlugen sich, verworren und chaotisch, formten sich schließlich aber zu einem Plan. Als die Kutsche anhielt, lehnte sie sich heraus und sagte: »Es schüttet wie aus Kübeln und Euer Umhang ist dicker als meiner. Würde es Euch etwas ausmachen, schnell zum Tor zu gehen und den Wächter zu fragen, ob Lord Baladin zu sprechen ist? Wir haben wichtige Informationen für ihn.« Sie konnte sehen, dass der Fahrer sofort dachte, er habe verstanden. Er hielt sie nun für eine Spionin, und das erklärte für ihn, warum sie so viel Geld besaß. Es war nicht ratsam, sich mit ihr anzulegen … Er stülpte sich die Kapuze über den Kopf und hastete zum Pförtnerhaus. Tal kroch aus seinem Versteck unter dem Sitz und sprang auf die Straße.

»Wir sehen uns an unserem Gartentor«, flüsterte Rachel ihm zu. Er nickte und verschwand.

Der Fahrer klopfte ans Fenster. »Bedauere«, sagte er, »aber Seine Lordschaft ist unterwegs.« Rachel, die das natürlich genau gewusst hatte, schimpfte leise vor sich hin, sprang aus der Kutsche und zog Mai hinter sich her.

»Na schön, dann bleiben wir besser hier. Eine Fahrt zurück ins Zentrum können wir uns nicht leisten, wenn Seine Lordschaft nicht da ist. Wir gehen zu Fuß.«

Sie blickte der davonfahrenden Kutsche nach, ehe sie und Mai um die Ecke hasteten, in eine von Bäumen gesäumte Straße, die an der Rückseite des Philemots-Grundstücks vorbeiführte. Tal erwartete sie bereits. Rachel schloss das Gartentor auf. Zur Abwechslung war sie heute froh über den Regen: Es war weit und breit kein Gärtner in Sicht. Sie scheuchte Mai und Tal in das Labyrinth aus hohen Hecken im hinteren Bereich des Gartens, durch einen Torbogen und dann eine Treppe hinauf und über eine Terrasse, weiter eine steile Böschung hinauf zu einem kleinen Wäldchen. Mai blickte sie skeptisch an.

»Es würde nichts nützen, uns im Baumhaus zu verstecken, Rachel. Wir müssen die Stadt verlassen.«

»Ich *weiß*.« Sie eilte weiter an den Bäumen vorbei, bis zur Gartenmauer, dann einige bemooste Stufen hinunter. Vor ihnen lag ein steinerner Brunnen, von dem aus das Wasser in ein Rohr floss, das unter dem Rasen verschwand. Das Wasser kam aus einem Tunnel, der unter der Gartenmauer hindurchführte, doch der Zugang war durch ein eisernes Gitter versperrt. Tal rüttelte an den Stäben, doch das Gitter war fest verschlossen.

»Führt dieser Tunnel unterhalb der Mauer entlang?«, fragte er.

Rachel nickte, schob einen großen Stein neben dem Gitter ein Stück zur Seite und hatte plötzlich einen Schlüssel in der Hand. »Eine von Leos Fluchtmöglichkeiten.« Sie schloss das Gitter auf, schob Tal und Mai hinein und kroch nach ihnen in den Tunnel. Hintereinander kämpften sie sich durch den niedrigen, mit Wasser gefüllten Gang. Am anderen Ende gab es ein Schleusentor. Rachel tastete nach dem Schlüssel, den Leo auf einem darüberliegenden Sims deponiert hatte, und schloss das Tor auf. Plötzlich standen sie wieder im Tageslicht.

»Gut«, sagte Tal und starrte an der Stadtmauer hinauf, die über ihnen emporragte. »Freehaven haben wir zum Glück schon mal hinter uns. Wie geht es weiter?«

»Keine Ahnung.« Rachel bekam plötzlich weiche Knie und lehnte sich an die Stadtmauer. Sie spürte die kalten Steine an ihrem Rücken, schloss die Augen und wusste auf einmal eine Antwort. »Inchcliff. Geht nach Inchcliff!« Genau, das war ein idealer Ort, um sich zu verstecken: die geheimen Höhlen unter den Klippen, mit dem schützenden Mondlicht innerhalb der Felswände, dem unterirdischen See und dem Vorrat an Decken und getrockneten Lebensmitteln, die sie und Mai im Winter dort deponiert hatten.

Mai nickte.

Tal zuckte mit den Schultern. »Ich weiß nicht …«

Rachel wurde plötzlich wütend auf ihn. Da hatte sie das Risiko auf sich genommen, ihm zu helfen … Und jetzt tat er ihren Vorschlag einfach ab. Dabei war es ein *guter* Vorschlag!

»Hast du vielleicht eine bessere Idee?«

»Ich weiß nicht …«, sagte er erneut.

Wütend fauchte sie ihn an: »Oh, geh doch, wohin du willst, Tal. Inchcliff, Arimaspia, Nouldewood – ist mir doch egal!« Da fiel ihr plötzlich der seltsame Satz aus Lannerets Brief ein: »Nein, nicht in den Nouldewood. Leo hat gesehen, was Lanneret geschrieben hat … etwas von wegen ›den Wald durchkämmen‹. Sie werden dort sicher keinen Stein auf dem anderen lassen.«

»Rachel!« Tal packte ihren Arm. »Rachel, ich muss unbedingt dorthin! So schnell wie möglich! Dort ist Gaia, Rachel! Ich muss sie warnen – sie wegbringen, bevor sie sie finden!«

Innerlich leer und mit trockenem Mund schüttelte sie den Kopf. Mai und Tal zu helfen war eine Sache: Mai hatte nichts Böses getan und für ihren Verdacht Tal gegenüber hatte Rachel keinen Beweis. Aber Gaia zu helfen …

»Du kannst doch fliegen, nicht wahr, Rachel?«, hörte sie Tal fragen. »Flieg uns zum Nouldewood, bitte!«

Über dieses Ansinnen erschrak Rachel so sehr, dass sie einen Schritt zurückwich. Wenn sie diesem Mädchen half … würde sie sich ernsthaft in Gefahr bringen. Dazu fehlte ihr der Mut. »Ich weiß nicht. Die Adler und die Flugkutsche sind direkt neben dem Haus untergebracht … wir könnten gesehen werden. Beim Abflug würden wir auf alle Fälle gesehen werden, es sei denn, wir fliegen bei Nacht los, und das wäre gefährlich … Warum geht ihr nicht einfach nach Inchcliff?« Sie merkte selbst, wie jämmerlich sie klang, wie ein Sänger, der bei einer schwierigen Passage ins Stocken kam und dies zu verbergen suchte, indem er zu nuscheln begann. Tals Gesicht verschloss sich.

»Gut«, sagte er, »vergiss es! Wir schaffen es auch allein.«

Noch ganz benommen umarmte Rachel Mai zum Abschied, sagte kein Wort mehr zu Tal und schaute den beiden lange nach, als sie sich von der Stadt entfernten. Sie rief ihnen sogar noch etwas hinterher, doch die beiden drehten sich nicht mehr um. Rachel kroch durch das Schleusentor zurück, schloss es hinter sich ab und versteckte den Schlüssel wieder unter dem Stein. Sobald sie in ihren Räumen war, verstaute sie Leos Beutel unter ihrem Bett, zog Connies Rock und Bluse aus und ließ die Dienerin ihrer Mutter kommen, die ihr ein standesgemäßes Philemot-Kleid anzog. Dann ging sie wieder nach unten. Auf dem ersten Treppenabsatz blieb sie abrupt stehen: Septimus und Lord Lanneret durchquerten gerade die Eingangshalle. Rachel lehnte sich über das Geländer, um zu hören, worüber sie sprachen.

»Ich stimme dir zu, Elverton. Mir wäre zwar ebenfalls unbegreiflich, wie sie aus der Stadt kommen konnten, doch wir müssen auch diese Möglichkeit in Betracht ziehen. Am besten, wir dehnen die Suche über die Stadtgrenzen hinweg aus.«

Rachel erschrak. Sie hatte Mai und Tal vorhin erst direkt außerhalb der Stadtmauer losmarschieren lassen! Wenn die Suchaktion ausgedehnt wurde, würde man sie noch vor Anbruch der Nacht finden. Das musste sie verhindern! Aufgeregt hastete sie wieder nach oben, doch Septimus hörte sie und rief sie zu sich.

»Weißt du, wo Mai ist, Rachel?«

Sie schaute zuerst ihm, dann Lanneret in die Augen und war heilfroh über das trübe, blaugrüne Licht, das zum Dachfenster hereinfiel und hoffentlich ihre plötzliche Blässe verbarg. »Ich denke, sie ist zu ihrem Sohn gegangen.«

»Nein«, sagte Lanneret. »Dort ist sie nicht. Beide – Mai und Tal – sind wie vom Erdboden verschwunden.«

»Hmm, vielleicht machen sie einen Spaziergang. Aber warum ist das von Interesse?«

Septimus griff nach ihrem Arm. »Du wirst schockiert sein, Rachel, aber Elverton hat mir gerade von einer Verschwörung gegen den Monarchenbund erzählt. Mai und ihre Kinder scheinen die Urheber zu sein.«

»Das ist ja lächerlich! Das kann ich mir nicht vorstellen …«

»Bedauere, Rachel, doch es ist leider wahr. Es gibt ein Lied, das in den nördlichen Provinzen die Runde macht. Darin wird behauptet, Assalay sei früher von einem königlichen Geschlecht namens Athanasius regiert worden und Mais Tochter Gaia sei eine direkte Nachfahrin und folglich die rechtmäßige Herrscherin Assalays. Das ist natürlich völliger Unsinn, aber leider ein sehr gefährlicher Unsinn, dem sofort ein Ende gesetzt werden muss, ehe zu viele arme Narren sich von dieser elenden Betrügerin zum Verrat an der Republik verleiten lassen.«

Lanneret, der bei Septimus' Erklärung zunehmend irritierter dreinschaute, als hätte dieser seiner Meinung nach zu viel gesagt, ergänzte: »Der wesentliche Punkt ist der, dass der Junge und seine Mutter allein schon aufgrund ihrer Blutsverwandtschaft mit dieser Gaia schuldig sind. Unsere Gesetze verlangen, dass sie vor Gericht gestellt und zum Tode verurteilt werden. Aber zuerst müssen wir ihrer habhaft werden. Kannst du uns irgendwie helfen, Rachel? Hast du eine Idee, wo sie sein könnten?«

Rachel konnte im Moment nur daran denken, dass sie Mutter und Sohn in größter Gefahr zurückgelassen hatte. Doch sie blickte Lanneret unverwandt in die Augen und sagte: »Nein, wirklich nicht.«

»Falls dir doch etwas einfällt, gib uns sofort Bescheid«, sagte Septimus. »Deine Mutter ist übrigens im Salon.«

»Rachel«, sagte Cecilia. »Die Sache mit Mai tut mir ja so leid.« Sie legte ihr einen Arm um die Schultern und führte sie zu einem Stuhl. Rachel entwand sich ihrer Umarmung.

»Ich brauche dringend etwas frische Luft. Kann ich nach draußen gehen?«

Lady Philemot nickte, und Rachel rannte zu den Stallungen, wartete ungeduldig, bis ihr Pferd gesattelt war, und ritt dann zum Stadttor von High Side. Die Suche nach den Flüchtenden hatte bereits begonnen: Ein Fuhrwerk war an den Straßenrand gewunken worden und wurde nun Kiste um Kiste entladen. In ihrer Philemot-Kleidung würde sie allerdings keine Probleme bekommen; deshalb ritt Rachel zuversichtlich auf den Torbogen zu und einer der Wächter winkte sie sofort durch. Kaum war sie außerhalb der Stadtmauer, gab sie ihrem Pferd die Sporen und ritt in einem flotten Trab los. Wo konnten Tal und Mai inzwischen sein? Waren sie auf der Straße geblieben, um schneller vorwärtszukommen, oder schlugen sie sich lieber über die Wiesen und Felder durch? Tal wollte sicher möglichst schnell vorankommen, deshalb hatten sie sich vermutlich für die Straße entschieden. Rachel trieb ihr Pferd noch mehr an und kam gut voran, bis sie jedoch zu einer Kreuzung kam. Was nun? Sie bremste ihr Pferd ab und blickte sich um. Vor ihr erstreckte sich eine eintönige Landschaft mit großen Feldern und außer dem Bahnhof von Freehaven zeichnete sich am Horizont nichts ab.

Der Bahnhof! Vom Fliegen einmal abgesehen, bot die Eisenbahn die schnellste Möglichkeit, in den Nouldewood zu kommen. Ob Mai wohl daran gedacht hatte?

Einen Versuch wäre es wert. Rachel entschied sich für den Weg, der zum Bahnhof führte, kam um eine Biegung, und ihr Herz machte einen Sprung. Zwei Gestalten gingen mit gleichmäßigen, großen

Schritten am Straßenrand entlang. Rachel galoppierte ihnen nach und sah, wie sie sich erschrocken umdrehten. Doch als sie sie erkannten, entspannten sie sich und blickten ihr verwundert entgegen.

»Was machst du hier?«, fragte Tal.

Rachel glitt von ihrem Pferd und ging, die Zügel in der Hand, neben ihnen her. »Wenn ich das wüsste«, seufzte sie. »Ich wollte nur … Ich hatte kein gutes Gefühl, nachdem ich euch stehen gelassen hatte.«

Mai nahm ihre freie Hand und lächelte sie an. »Danke, Rachel. Das ist lieb von dir.« Sie stupste ihren Sohn an.

»Danke«, brummte er. »Ich wüsste aber nicht, wie du uns helfen kannst.«

Er hatte recht: Viel tun konnte sie nicht für sie. Sie in den Noulde-wood zu fliegen, wäre die einzige Möglichkeit gewesen, aber dafür war es jetzt zu spät. Verärgert über sich selbst, warf sie ihm die Zügel zu. »Nehmt das Pferd. Es kann euch beide tragen. Ich gehe zu Fuß nach Hause zurück und sage, es hätte mich abgeworfen. Falls ihr die Eisenbahn nehmen wollt, geht auf keinen Fall durch das Haupttor, sondern ein Stück weit die Gleise entlang. Der Zugang zum Bahnhof ist durch zwei große Tore versperrt, die über die Gleise hinwegführen; sie werden nur geöffnet, wenn ein Zug durchfährt. Wartet also auf den ersten Zug und schlüpft aufs Bahnhofsgelände. Dort versteckt ihr euch und versucht, ungesehen in den nächsten Zug zu kommen. Der Gepäckwaggon ist vermutlich der sicherste Ort.« Sie musste zuerst einmal Luft holen. »Falls euch diese Idee nicht gefällt, reitet ihr am besten den ganzen Weg.« Sie blieb abrupt stehen. »Ich weiß nicht, was ich euch sonst raten könnte.«

»Danke, Rachel«, sagte Mai erneut. »Du hast uns sehr geholfen. Wir werden es schaffen. Wir *müssen*.« Sie klang entschlossen, sah aber so unsicher aus, wie Rachel sich fühlte. Auf dem langen, anstrengenden Fußmarsch zurück zum Stadttor von High Side spielte Rachel im Geiste eine Katastrophe nach der nächsten durch. Tal und Mai konnten auf der Straße geschnappt werden … oder am Bahnhof … oder sie würden sich den Hals brechen, wenn sie im Wald vom Zug sprangen. Als Rachel am Stadttor ankam, war sie vor Panik fast empfindungslos. Sie wurde ohne Probleme eingelassen und schleppte sich nach Hause.

Septimus und Cecilia waren sofort in heller Aufregung und fragten Rachel ein ums andere Mal, ob sie sich bei dem Sturz vom Pferd auch wirklich nicht verletzt hätte.

»Aber nein«, antwortete sie. »Ich habe es euch doch schon gesagt: Es war kein schlimmer Sturz.« (Hinter ihrem Rücken formte sie die Finger zu einer Mondsichel.) »Ich bin nur müde und würde mich gern hinlegen.«

In ihrem Zimmer legte sie sich vor dem Kamin auf den Vorleger und dachte sehnsüchtig an Mai und ihre Geschichten. Aber sie hatte ihr nie etwas so Unerhörtes und Verwerfliches wie die Geschichte eines alten Königsgeschlechts erzählt, das angeblich vor dem Monarchenbund regiert hatte, gestürzt worden und nun zurückgekehrt war, um seine Macht zurückzufordern. Das war schlichtweg Unsinn, ein Ammenmärchen. Nur … was hatte Leo noch mal über dieses Buch gesagt? Rachel ging in ihr Schlafzimmer und schloss die Tür ab. Dann zog sie Leos Beutel unter dem Bett hervor, legte seine Briefe zur Seite und griff nach dem Buch. Gütiger Mondschein, wie alt es war! Noch nie hatte sie etwas so Altes in den Händen gehalten, das spürte sie. Sie schlug das erste Kapitel auf: *Über den Zustand des Königreiches Assalay im Jahr vor der Befreiung*. Königreich? Befreiung? Was sollte das? Unwillig schüttelte sie den Kopf, begann dann aber zu lesen.

Sobald Leo Teredo und Demersal die Briefe übergeben hatte, eilte er schnurstracks zu Lannerets Haus zurück. Er saß den ganzen Nachmittag über dem Strafgesetzbuch, ohne ein einziges Wort zu begreifen. *Hatte Rachel die beiden rechtzeitig warnen können? War es ihnen gelungen zu fliehen? Hatte jemand seine Schwester gesehen?* Ein Schauer lief ihm über den Rücken. *Was wäre, wenn ja?* Vor dem Fenster wich der Nachmittag langsam dem Abend, und ein Sklave kam herein, um die Lampen anzuzünden. Als die Glocke zum Abendessen läutete, klappte Leo das Buch zu, in dem er ohnehin nicht gelesen hatte, und schob seine Papiere zu einem ordentlichen Stapel zusammen. Er ließ sich viel Zeit beim Händewaschen, aber irgendwann konnte er sein Auftauchen nicht noch länger hinausschieben, und er machte sich bangen Herzens und langsamen Schrittes auf den Weg zum Speisesaal.

Lanneret saß bereits bei Tisch. Leo setzte sich auf seinen Stuhl, und in seinem Kopf überschlugen sich die Gedanken, was alles passiert sein konnte, während er in der Bibliothek gesessen hatte. Weil Lanneret hartnäckig schwieg, wagte er schließlich die Frage: »Habt Ihr den Jungen und seine Mutter verhaftet, Euer Lordschaft?«

»Was glaubst du, Leo?«

Leo blinzelte überrascht. »Ich? Ich habe keine Ahnung.«

»Tatsächlich?«, sagte Lanneret. Bedächtig schenkte er sich ein Glas Wein ein. »Ich auch nicht. Beide sind spurlos verschwunden. In Anbetracht deiner Ansichten über die Verrätergesetze dürfte es dich freuen, dass sie entkommen sind.«

»Aber nein … ich meine …« *Sag etwas Vernünftiges, du Blödmann.* Er kam ins Stottern, war unfähig, klar zu denken. Da wurde die Tür aufgerissen, und Leo lächelte den Ankömmling überrascht und erfreut an: ein groß gewachsener Mann, in verknittertes, fleckiges Smaragdgrün gekleidet.

»Was machst *du* hier?«, begrüßte Lanneret den Mann unwirsch. »Hast du nicht immer behauptet, in Freehaven gefalle es dir nicht?«

»Ich habe Neuigkeiten für dich.« Robert ließ sich auf Lady Lannerets Stuhl fallen. Er goss sich ein großes Glas Wein ein, hielt es ins Licht und drehte es langsam.

»Sieht Rotwein in einem grünen Glas nicht scheußlich aus?«, sagte er, mehr zu sich selbst. »Wie abgestandenes Blut. Fand ich schon immer.« Er grinste Lanneret an.

»Was für Neuigkeiten?«, fragte Lanneret frostig.

»Ein kleines Lied«, antwortete Robert. Er nahm einen Schluck von dem Wein, räusperte sich und begann dann zu singen.

*»Warum weinen die Monde, hör ich euch fragen,*
*Und ich erzähl die Geschichte aus lang vergangenen Tagen,*
*Als über die Dreizehn, über Groß und auch Klein,*
*Telemachus Athanasius in Güte und Weisheit herrschte allein.*

*König Telemachus, Größter und Letzter aus seinem Geschlecht,*
*Wollte die Herrschaft der Reichen beschneiden – zu Recht …«*

Wütend sprang Lanneret auf und schlug mit der Faust auf den Tisch.

»Aufhören!«

Robert grinste ihn an. »Es gibt noch etliche Strophen mehr. Willst du sie nicht auch noch hören?« Er beugte sich vor und stützte die Ellbogen auf den Tisch. »Oder kennst du sie vielleicht schon, Elverton? Geht es etwa um das große Geheimnis, das große Brüder wissen dürfen, kleine Brüder aber nicht?«

»Lass uns allein, Leo«, fauchte Lanneret. »Ich werde dir das Essen auf dein Zimmer bringen lassen.«

»*Was?*«, mischte sich Robert überrascht ein. »Ist es so geheim, dass nicht einmal ein zukünftiger Lord es erfahren darf? Was soll das, Elverton?«

»Leo!«, fauchte Lanneret. Hastig schob Leo seinen Stuhl zurück und eilte nach oben in sein Zimmer. Er bedauerte fast, dass er das Buch Rachel gegeben hatte, denn er hätte gern noch einmal hineingeschaut. Soweit er sich erinnerte, stand über Telemachus nur darin, dass er sehr böse und höchstwahrscheinlich sogar wahnsinnig gewesen war.

Er saß in seinem Zimmer und starrte noch lange ins Feuer. Ihm schwirrten so viele Vermutungen durch den Kopf, dass an Schlafen gar nicht zu denken war. Er wollte auch den Rest dieser Ballade hören. Falls Robert am nächsten Morgen noch da war, würde er sie ihm sicher vorsingen. Leos Gedanken wanderten weiter zur heutigen Familie namens Athanasius: zu dem Mädchen – Gaia – und zu ihrer Mutter und ihrem Bruder, mit denen Rachel befreundet war. Rachel hatte es sicher geschafft, ihnen zu helfen. Doch wie? Die beängstigenden Möglichkeiten des Nachmittags wurden wieder in ihm wach. Konnte Rachel sie aus der Stadt bringen? Für wie lange waren sie in diesem Fall in Sicherheit? Wenn sie gefangen und verhört werden würden – wären sie dann tapfer genug, Rachel nicht zu erwähnen …?

Als die Tür zu seinen Gemächern aufgerissen wurde, zuckte er überrascht zusammen. Einen Herzschlag lang dachte er, es sei Robert. Doch es war Lanneret, der eintrat, flankiert von Demersal und Teredo. Leo erhob sich.

»Wir haben unser Gespräch vom Abendessen noch nicht zu Ende geführt, Leo«, sagte Lanneret.

»Ihr sprecht von dem Lied, Euer Lordschaft?«

»Nein, nicht von dem Lied!« Lannerets Entgegnung kam prompt

und schroff, wie ein Fausthieb in den Magen. »Von dem Athanasius-Jungen und seiner Mutter.«

»Euer Lordschaft?«

Teredo, der sich sofort auf einen Stuhl gesetzt hatte, umklammerte mit beiden Händen den Knauf seines Gehstocks mit dem riesigen Rubin, schnaubte verächtlich und stieß ein kurzes, freudloses Lachen aus. »Eines muss man deinem Lehrling lassen, Elverton: Seine Verblüffung ist gut gespielt.«

»Ich spiele nichts …«

»Ach wirklich, Leo?« Lanneret schritt durch den Raum und stellte sich neben ihn, so dicht, dass Leo seinen Atem spürte. »Dann erkläre mir eines, Leo. Erkläre mir, warum die Freunde deiner Schwester wie vom Erdboden verschwunden sind – kurz nachdem ich dir sagte, dass ich die Absicht habe, sie festnehmen zu lassen!«

Leo zwang sich, dem Blick der kalten, blauen Augen standzuhalten und seine Stimme ruhig klingen zu lassen, obwohl sein Mund plötzlich wie ausgetrocknet war und sein Atem schneller ging. »Ich weiß nicht, Euer Lordschaft. Ein Zufall?«

»Von wegen Zufall! Hältst du es nicht auch für wahrscheinlicher, dass jemand sie gewarnt hat?«

Leo schluckte trocken und verfluchte sich innerlich – was Lanneret natürlich nicht entging, und der Argwohn in seinen Augen verstärkte sich und verdunkelte das eisige Blau. »Ich weiß nicht, Euer Lordschaft.«

»Ich schon«, sagte Lanneret gefährlich leise. »Und ich denke, ich weiß auch, wer es war.« *Rachel*, dachte Leo voller Panik. Doch da fuhr Lanneret bereits fort: »Weißt du, Leo, nur vier Personen wussten davon. Und Gregory und Lord Parhelion waren bei mir. Somit bleibt nur eine Person übrig, die infrage kommt.« Er legte eine Hand auf

Leos Schulter und seine Finger bohrten sich hinein. Leo entwand sich dem Griff, wich zuerst zurück und rannte dann geduckt unter Lannerets Arm hindurch. Er rempelte Demersal an und stürmte zur Tür hinaus. Wie üblich stand ein Sklave da, der den Zutritt zu Lannerets Privatgemächern bewachte. Doch der war so überrascht, dass er nicht schnell genug reagierte, als Leo an ihm vorbeirannte und ihn mit beiden Händen nach hinten stieß. Der Mann taumelte rückwärts. Leo riss die schweren Falten des dicken Vorhangs zur Seite. Der Korridor lag vor ihm. Ohne zu zögern, rannte Leo weiter.

Er landete in einem Trakt des Hauses, in dem er noch nie gewesen war: Der Zutritt war ihm verboten worden. Doch er wusste, dass es am anderen Ende des Korridors einen Turm geben musste, und er hatte immer angenommen, dass es darin wie in dem Turm auf der gegenüberliegenden Seite eine Wendeltreppe gab. Er rannte und rannte und konnte nur hoffen, dass er sich nicht getäuscht hatte. Der Korridor endete mit einem Torbogen. Er rannte hindurch, voller Hoffnung: Es gab tatsächlich eine Treppe, und er stolperte hinunter, so schnell, dass er die letzten Stufen förmlich fiel. Doch als er sich wieder aufrichtete, musste er feststellen, dass er in eine Sackgasse geraten war. Es gab keine Fenster, und der einzige Weg, der weiterführte, war eine zweite Wendeltreppe. Und diese führte wieder nach *oben*. Vor Enttäuschung hätte Leo beinahe laut aufgeschrien: Was für eine Treppe führte nach unten, um dann gleich wieder nach oben zu führen?

Hinter sich hörte er schnelle Schritte. Er hatte keine andere Wahl. Blindlings rannte er die andere Treppe hinauf und landete in einem kreisförmigen Raum, oben im Turm gelegen. Bei Tag war es sicher ein heller Raum: Die gewölbte Dachkuppel bestand aus tausend winzigen, smaragdgrünen Glassteinchen mit silberner Einfassung. Es gab weder Türen noch Fenster, nur Wände aus bemalten Holzpaneelen. Leo drückte hektisch an allen herum und hoffte verzweifelt, eine davon könnte sich als Geheimtür erweisen. In seiner Panik achtete er kaum darauf, was die Szenen auf den Paneelen darstellten, an die er drückte: drei junge Männer in altmodischen Gewändern, die auf dem einen Bild einen Keller erforschten, auf einem anderen bei Kerzenlicht ein Pergamentblatt lasen, sich in einer dritten Szene an den Händen hielten, als würden sie einen feierlichen Schwur ablegen …

Da packte ihn jemand an der Schulter. Lanneret. Leo riss sich los und wollte zur Treppe zurückrennen, doch da gab ihm jemand einen Stoß und ließ ihn gleichzeitig stolpern. Krachend landete Leo auf dem Holzfußboden und wollte blitzschnell wieder aufspringen, doch da hatte ihm Demersal bereits ein Knie ins Kreuz gestemmt. »Tut mir leid, Leo«, sagte er, bevor er Lanneret half, Leo wieder auf die Beine zu ziehen. Gewaltsam schleppten sie ihn in seine Räume zurück, drückten ihn auf einen Stuhl und fesselten ihm die Hände auf dem Rücken. Teredo hatte auf sie gewartet. Er fragte: »Na, wie ist dein neuester Kenntnisstand in Sachen Rechtsprechung, Leo?«

Leo schwieg und starrte trotzig zum Fenster hinaus.

»Wic vicle Lords braucht es, um gegen einen aus ihren Reihen Anklage wegen Verrats zu erheben, Leo?«

Leo schwieg weiterhin verbissen, obwohl er es wusste. Ihm war klar, was als Nächstes kommen würde.

»Aha, schon vergessen?«, fuhr Teredo fort. »Dann will ich deinem Gedächtnis etwas nachhelfen. Drei! Du bist festgenommen, Leo.«

## 19. Kapitel

# Lauter Lügen

Rachel las die ganze Nacht. Im Morgengrauen brannten ihre Augen von der gewaltigen Anstrengung, die komplizierte, verblasste, braune Handschrift unter dem gedruckten Text zu entziffern. Nachdem sie die letzte Seite gelesen hatte, schlüpfte sie in Connies alten Rock und ihre Bluse und lief in den Garten, um das Buch unter den Kleidungsstücken, die sie früher manchmal zum Spielen benutzt hatten, im Baumhaus zu verstecken. Als sie dort ankam, zitterte sie am ganzen Leib, und das nicht nur vor Kälte, sondern auch vor Angst und Wut.

Sie kam sich vor wie jemand, der in ein Moor geraten war und keinen Schritt mehr machen konnte, ohne zu spüren, wie der Boden unter ihm bebte, verrutschte oder gar nachgab. Alle logen. Septimus hatte nicht nur gelogen, was ihre wahre Herkunft betraf – er hatte sie auch ihr Leben lang belogen, was die Geschichte Assalays betraf. Er hatte behauptet, vor der Gründung des Monarchenbundes hätte es keine Herrscher gegeben. Doch nun hielt sie ihn in ihren Händen, die braune Flecken aufwiesen, weil der zerbröselnde Umschlag abgefärbt hatte: den vom Monarchenbund selbst verfassten Bericht über ein früheres Königtum in Assalay.

Dieses Mädchen – Gaia – war ebenfalls eine Lügnerin. Sie konnte nicht die Erbin dieses Königreichs sein, denn die Familie Athanasius war damals komplett ausgelöscht worden. Rachel schlug die Seite mit dem Stammbaum auf und starrte auf die Namen, die alle dasselbe abrupte und schreckliche Ende gefunden hatten: Tod an ein und demselben Tag bei einem Palastbrand.

Rachel schlug das Buch zu und schob es unter den Kleiderstapel. Dann zog sie die Schublade des Tisches auf und nahm einen kleinen, schlichten Kompass mit einem Messinggehäuse heraus, den sie nach Thomas' Anweisungen gebastelt hatte. Wenigstens diesem Gerät konnte sie vertrauen! Die hin und her schwingende Nadel würde immer und unfehlbar den Norden finden. Weil ihr der Kompass einen gewissen Trost spendete, steckte Rachel ihn in ihre Tasche und lief dann zum Frühstücken zum Haus zurück.

*Warum habt ihr mich in allen Punkten belogen?* Diese zornige Frage formte sich wie von selbst in ihrem Kopf, als Rachel durch die Eingangshalle auf den Frühstücksraum zuschritt. Doch als sie auf der Schwelle stand, verschlug es ihr die Sprache. Ein zerbrochener Teller lag auf dem Fußboden, die Porzellanscherben in Eisblau und Silber waren über die weißen Marmorfliesen verstreut. Warum räumte niemand sie auf? Wo waren die Sklaven? Cecilia saß inmitten dieses Chaos, hatte den Kopf auf den ausgestreckten Armen liegen und schluchzte zum Steinerweichen. Septimus kniete neben ihr und sagte nur ihren Namen, immer und immer wieder. Rachel hatte das Gefühl, der Boden schwanke unter ihren Füßen. Halt suchend griff sie nach der Türklinke. »Was ist passiert?«

Septimus wandte ihr den Kopf zu und wieder bebte der Boden unter ihren Füßen. Sein Gesicht war das Gesicht eines vernichteten Mannes, dessen Welt in tausend Stücke zerbrochen war, die nicht mehr zu kitten waren.

»Leo …«

Rachel hatte das Gefühl, der Raum kippe unter ihr und beginne dann, sich zu drehen. Sie wankte zu einem Stuhl. »Was ist mit ihm?« Ihre Frage war nur ein Krächzen; ihre Kehle war wie zugeschnürt.

»Er wurde verhaftet«, sagte Septimus mit tonloser Stimme. »Von seinem eigenen Lehrmeister. Wegen Verrats an der Republik. Er hat Mai und ihrem Sohn zur Flucht verholfen.«

*»Nein!«* Rachel wurde heiß und kalt zugleich, sie hatte das Gefühl, durch einen luftleeren Raum zu fallen. *Ihre Schuld!* Sie hatte keinen Augenblick an die Gefahr gedacht, in der Leo schwebte, nur an die von Mai und Tal; sie hatte sich von Leos lässiger – naiver – Zuversicht anstecken lassen. *Sie werden es für einen Zufall halten.*

Cecilia hob ihr verzerrtes Gesicht von den Armen. »Ich wünschte, Elinor hätte dir diese Mai nie geschenkt! Ich wünschte, wir hätten nie …« Sie riss sich die Philemot-Perücke vom Kopf und schleuderte sie durch den Raum. Sie fiel in den brennenden Kamin, ein absurdes Häuflein glänzender, grünblauer Haare, die wie eine gefärbte tote Katze aussahen. Mit langsamen, krampfartigen Bewegungen zerrte Cecilia an ihren eigenen, mit Silberfäden durchsetzten braunen Haaren und löste die geflochtenen, um die Ohren gelegten Zöpfe. Septimus wollte sie beruhigend streicheln, doch sie schluchzte etwas Unverständliches, stieß sich vom Tisch ab und rannte, wild und blind vor Schmerz, aus dem Zimmer.

»Kümmere dich um sie, Rachel!«, sagte Septimus und eilte an ihr vorbei. Doch Rachel war zu verschreckt, um hinter Cecilia herzueilen, und sie folgte ihm in die Bibliothek. Er stopfte Stifte und Blätter in einen Beutel und suchte hektisch die Bücherregale ab.

»Was hast du vor?«, fragte Rachel.

»Ich muss weg, ein paar Leute sehen. Querimon, Lanneret.« Er sprach den letzten Namen aus, als wäre er so bitter wie Gift.

»Weshalb?«

Er schaute sie an, als sei sie schwachsinnig. »Um diese Sache aufzuklären natürlich. Es muss sich um einen Irrtum handeln. Dein Bruder ist kein Verräter.« Kraft und Entschlossenheit flossen in ihn zurück; er rang sich ein schiefes Lächeln ab und wiederholte: »Kümmere dich um deine Mutter, Rachel.« Dann war er weg.

Rachel schleppte sich die Treppe hinauf zu Cecilias Zimmer. Es war leer. Als sie schon wieder nach unten gehen wollte, kam ihr plötzlich ein Gedanke. Sie machte kehrt und ging in Leos Zimmer. Cecilia saß auf dem Bett und presste ihr Gesicht in eines seiner Hemden; sie atmete laut ein, als versuchte sie, dem Hemd etwas von Leo zu entlocken. Zögernd blieb Rachel im Türrahmen stehen. Sie wollte sich gerade wieder leise zurückziehen, als Cecilia den Kopf hob und sie erblickte. Ihre Augen waren trocken und verzweifelt.

»Ich hätte es nicht zulassen dürfen«, sagte Cecilia.

Rachel setzte sich auf die Bank vor dem Fenster und spürte das kalte Glas an ihrem Rücken. »Was willst du damit sagen? Er musste sein Lehrjahr machen. Es war einfach nur Pech, dass er ausgerechnet zu Lanneret kam. Du kannst nichts dafür.«

»Ich hätte es nicht zulassen dürfen«, sagte Cecilia erneut. Schock und Kummer schienen sie fast in den Wahnsinn zu treiben; sie blieb den ganzen Morgen auf Leos Bett sitzen und wiederholte diesen einen Satz immer und immer wieder. »Ich hätte es nicht zulassen dürfen.« Und Rachel saß da und wusste nicht, wie sie sie trösten konnte. Ohne sie hätte Leo nicht getan, was er getan hatte; ihm wäre nichts passiert. Es war allein ihre Schuld!

Er war an den Knöcheln und Handgelenken mit Ketten gefesselt und lag auf einer dünnen Matratze auf einem Steinboden, in einem schmalen, niedrigen Raum mit feuchten Wänden. Es gab keine Fenster, nur eine vergitterte Tür, und die einzige Lichtquelle war eine flackernde Laterne, die draußen im Flur hing. Kein Fenster, kein Mond, kein Schimmer eines Mondstrahls. Leo verschloss die Augen vor diesem Schrecken und versuchte zu ergründen, wo er war. Nachdem er am Vorabend verhaftet worden war, hatten Demersal und Lanneret ihn ins Senatsgebäude gebracht. Auf dem Innenhof hatten sie ihn durch eine Tür gestoßen, die ihm früher nie aufgefallen war. Er war einige steile Treppen hinuntergestolpert und durch einen langen Gang, vorbei an einem Fenster, durch das er einen Atemzug der Nachtluft schöpfen konnte. Danach waren sie eine weitere Treppe hinuntergegangen, durch den fensterlosen Gang und in die eisige Zelle, in der er sich nun befand. Leo versuchte, sich das Senatsgebäude vorzustellen, die Straße, die daran vorbeiführte, und den als Terrasse angelegten Spazierweg am Flussufer. Vermutlich befand er sich *unter* dieser Terrasse, in einer der Zellen, die so alt waren wie die Stadt selbst. Wie viele Menschen waren vor ihm schon hier drin gewesen? Wie viele von ihnen waren lebendig wieder herausgekommen? Hier roch es nach Tod.

Die Laterne im Gang begann zu flackern, loderte kurz auf und erlosch dann. Eine Dunkelheit wie diese hatte Leo noch nie erlebt: Sie war so dicht, dass sie sich wie ein weiches, dickes Tuch anfühlte, das seinen Körper einschnürte, sich um seinen Kopf wickelte. Er begann, an die Wand zu hämmern, bis die Ketten schmerzhaft in seine Handgelenke schnitten. Er schrie in die Dunkelheit, verfluchte alle und jeden: Lanneret, Teredo, Demersal, Tal, Mai, Rachel und sich selbst. Und natürlich auch dieses verlogene, ketzerische Mädchen, das behauptete, von einem uralten Königsgeschlecht abzustammen. Alle, denen er es zu verdanken hatte, dass er hier war. Er hatte keine Ahnung, wie lange er an die Steine schlug und brüllte. Das Einzige, was ihm bewusst war, war seine unbändige Wut.

Als sie abflaute, sank er auf die dünne Matratze zurück und fuhr sich mit der Hand über den Mund. Sie schmeckte widerlich vom Schmutz an den Wänden und vom Blut seiner übel zugerichteten Fingerknöchel. Völlig erschöpft von seiner Wut und seiner Angst schlief er schließlich ein.

Sie besuchte ihn, während er schlief, berührte mit warmen Fingern vorsichtig sein Gesicht und seine Lippen.

»Elsa.«

»Hallo, Leo.« Sie krauste die Stirn. »Du bist ja ganz kalt.« Sie legte ihre dicke Pelzjacke ab. Regentropfen glänzten darin, wie Diamanten im Mondschein. Sie breitete ihre Jacke über ihn, legte sich dann neben ihn und schlang ihre Arme um seinen zitternden Körper. Er drückte sich an sie, presste sein Gesicht in ihre dunklen Haare, spürte die Wärme ihres dünnen Körpers und atmete ihren Duft ein; sie roch nach kühler Luft. Sie hielten sich lange umschlungen. »Was habe ich getan?«, fragte er. »Elsa, was habe ich nur getan!«

Sie rückte ein Stück weg von ihm, um ihn anschauen zu können; ihre Augen waren tief und dunkel. »Das Richtige. Du hast so gehandelt, wie es deiner Überzeugung entspricht, und du hast die Freunde deiner Schwester gerettet.«

*Meine Schwester!* »Was ist mit Rachel? Was ist, wenn sie ebenfalls verhaftet wird? Was ist, wenn …?«

Sie legte ihm einen Finger an die Lippen. »Psst.« Dann hielt sie ihn wieder fest und sie hatten es schön warm unter der Pelzjacke. Doch dann ging die Tür auf, Licht flutete in seine Zelle und sie war fort.

Er blinzelte in das Licht. Eine hochgewachsene Gestalt stand unter der Tür. Im ersten Moment konnte Leo weder die Gesichtszüge noch die Farbe des Umhangs erkennen. Lanneret? Hastig setzte sich Leo auf. Die Gestalt machte einen Schritt vorwärts. Silbergraues Haar, feine Züge in einem faltigen Gesicht; ein gelber Umhang, der im Schein der Laterne glänzte: Querimon. Er machte einen weiteren Schritt in die Zelle, blieb dann stehen und rümpfte angewidert die Nase. Leo schnüffelte. Herrje, wie es hier stank! Komisch, dass ihm das erst jetzt auffiel. Der Gestank war bereits ein Teil von ihm geworden und er ein Teil des Gestanks.

»Ich muss mit dir reden, Leo«, sagte Querimon. »In meiner Eigenschaft als diesjähriger Ratspräsident.«

Leo fiel etwas ein, woran er schon am Vortag hätte denken können. Die Anklage gegen ihn würde nur dann vor Gericht verhandelt werden, wenn der Ratspräsident seine Einwilligung gab. Ein Flämmchen Hoffnung loderte in ihm auf. Vielleicht war Querimon gekommen, um ihm zu sagen, dass Lannerets Anschuldigung nicht stichhaltig sei und er freigelassen werden würde – doch wenn dem so war, warum starrte der Ratspräsident dann so stur vor sich auf den Boden?

»Du wirst von den Dreizehn vor Gericht gestellt werden«, fuhr Querimon leise fort. Leos Hoffnungen zerschellten. »Ich habe sie bereits einbestellt, aber nicht alle halten sich derzeit in Freehaven auf. Deshalb wird sich das Ganze noch etwas hinziehen. Ich habe den Termin für die Gerichtsverhandlung auf das letzte Viertel von Astia gelegt.«

»Verstehe, Euer Lordschaft.«

»Gut, gut«, sagte Querimon. »Ich denke, das ist alles, was du vorläufig wissen musst. Noch irgendwelche Fragen?«

Alles, was Leo wissen wollte, wäre gewesen, wie das Urteil ausfallen würde, doch das konnte ihm niemand sagen. Deshalb schüttelte er den Kopf.

»Dann werde ich mich jetzt verabschieden.« Mit diesen Worten ging Querimon bereits rückwärts aus der Zelle und Leos »Auf Wiedersehen« prallte an der zufallenden Tür ab. Der Schlüssel knirschte im Schloss, und Leo hörte, wie die Riegel zugeschoben wurden. Das Licht im Gang wurde gelöscht. Allein in der Dunkelheit, ließ er sich wieder auf die Matratze sinken, rollte sich auf die Seite und zog die Knie an die Brust. *Gütige Sterne und heilige Dunkelheit!* Er hatte erwartet, dass alles ganz schnell gehen würde. Dass zuerst alle Dreizehn nach Freehaven gerufen werden mussten, hatte er nicht bedacht. Er stellte sich vor, wie die livrierten Reiter in die Nacht hinauspreschten und die Stadttore eigens für sie geöffnet wurden. Und er selbst musste einen halben Mond lang diese Dunkelheit, diese Angst und diese ohnmächtige Wut ertragen. *Das halte ich nicht aus …*

*»Ich werde bei dir sein«, sagte sie.*

Am nächsten Tag? Eine Stunde später? – er wusste es nicht – ging das Licht im Gang wieder an, und Demersal stand mit einem Teller mit Brot und einem Wasserkrug unter der Tür.

»Ich hab dir eine kleine Stärkung gebracht, Leo.«

»Euer Lordschaft.« Leo beäugte ihn argwöhnisch; er konnte noch spüren, wie Demersal ihm sein Knie ins Kreuz gedrückt hatte. Doch Demersal lächelte freundlich und sagte augenzwinkernd: »Ich fürchte, besonders lecker ist es nicht.« Er stellte den Teller und den Krug auf den Boden und setzte sich dann zu Leo auf die Matratze. Leo nahm einen kräftigen Schluck Wasser. Sobald die Flüssigkeit in seinem Magen war, wurde ihm fast übel vor Hunger. Er biss von dem Brot ab und verschlang es hastig und gierig. Als er fertig war, pickte er mit dem Finger die letzten Krümel vom Teller und war noch längst nicht satt.

»So«, sagte Demersal, »jetzt würden wir uns gern mit dir unterhalten.« Er packte Leo am Handgelenk und zog ihn auf die Füße. Leo folgte ihm, wobei er wegen der Fesseln um seine Fußgelenke immer wieder ins Stolpern kam, durch den Gang und dann einige Stufen hinauf in einen viereckigen Raum. Von der Decke hing eine kugelförmige Laterne, die ein helles Licht verströmte. Nach den vielen Stunden in Düsternis und Dunkelheit konnte Leo diese Helligkeit nur blinzelnd ertragen. Ihm wurde schwindelig. Um sein Gleichgewicht wiederzufinden, zwang er sich, sich den Raum in allen Einzelheiten einzuprägen.

Es war ein quadratischer Raum mit einer niedrigen Decke, Steinwänden und einem Steinfußboden. Er und Demersal waren durch die einzig sichtbare Tür eingetreten; an der gegenüberliegenden Wand hing ein silberner Vorhang, der von der Decke bis zum Boden reichte. Da dieser Vorhang sich leicht bewegte, glaubte Leo, in dem hereinwehenden Luftzug den Fluss riechen zu können – was er sich eventuell aber auch nur einbildete. In der Mitte des Raums stand ein Tisch mit einem niedrigen, an den Fußboden geschraubten Hocker auf der einen Seite. Auf der anderen standen drei Stühle und Lord Teredo hatte bereits auf einem von ihnen Platz genommen.

Demersal legte Leo eine Hand auf die Schulter und drückte ihn auf den Hocker. Dann zog er einen Schlüssel aus seiner Tasche und kniete sich nieder, um Leos Fußketten aufzuschließen. Es war eine Erleichterung, das hinderliche Gewicht los zu sein, doch sie war nur von kurzer Dauer. Demersal spreizte Leos Füße und befestigte die Ketten diesmal am Hocker. Leo rutschte hin und her, um eine einigermaßen bequeme Position zu finden, doch es gab keine.

»So, Leo«, sagte Teredo. Er legte die Hände auf den Tisch und verschränkte seine ausgetrockneten, knorrigen Finger – was aussah wie die Ranken eines dichten, alten Efeus, die sich umeinandergewickelt hatten. »Wo sind sie?«

»Wer, Euer Lordschaft?«

Teredos Blick flammte ungeduldig auf und er drückte die Hände fester zusammen. »Lass diese Spielchen, Leo. Der junge Athanasius und seine Mutter.«

Leo zuckte mit den Schultern. »Warum sollte ich das wissen?«

»Weil du ihnen zur Flucht verholfen hast!«

»Nein, das hab ich nicht.«

Teredo musterte ihn schweigend, sehr lange, eine halbe Ewigkeit lang. Leo sah ihm in die Augen, fest entschlossen, seinem Blick standzuhalten, und dachte daran zurück, wie Elsa damals vor Lanneret gestanden hatte.

»Ich glaube dir nicht, Leo. Wir wissen, was du von den Verrätergesetzen hältst. Du wusstest, dass der Junge und seine Mutter mit deiner Schwester befreundet sind. Alle anderen, die von dem Lied und der Verschwörung der Familie Athanasius wussten, waren den ganzen Nachmittag bei Elverton. Wer also hätte sie warnen können, wenn nicht *du*?«

»Woher soll ich das wissen?«, wiederholte Leo.

Teredo hob eine Hand und ließ sie dann donnernd auf die Tischplatte krachen. »Du kleiner Narr! Begreifst du denn nicht, was hier auf dem Spiel steht? Dieses Ammenmärchen von dem alten Königreich ist für das Volk eine Aufforderung zur Rebellion. Gegen die Republik. Gegen uns. Gegen alles, was wir im Laufe vieler Jahrhunderte aufgebaut haben. Es ist auch *dein* Erbe, Leo. Genießt du es, hier zu sitzen und zuzusehen, wie all das weggeworfen wird? Sprich!«

Leo schloss die Augen. Alles, was er früher für wahr gehalten hatte, war ihm unter den Füßen weggerissen worden, so wie eine mächtige Flutwelle den Sand wegspült. Die Vergangenheit hatte sich in einen einzigen Widerspruch aufgelöst und die Zukunft mit sich genommen. Wenn es ganz früher keinen Monarchenbund gegeben hatte, dann wäre auch eine Zukunft ohne Lords vorstellbar, und vielleicht war es das, was er sich wünschte, obwohl der Monarchenbund bis vor Kurzem seine ganze Vergangenheit, Gegenwart und Zukunft gewesen war. Er sah die ausdruckslosen Augen in den ausgemergelten Gesichtern von Lannerets Pächtern im Sommer wieder vor sich. *Vielleicht wäre es gar nicht so schlecht, wenn es uns nicht mehr gäbe.*

»Und?«, hakte Teredo nach. »Wo sind sie?«

»Ich sagte es bereits«, sagte Leo. »Ich habe keine Ahnung.«

Teredo stöhnte gequält. »Versuch du es, Ivan. Mal sehen, ob du ihm etwas Vernunft einprügeln kannst.« Er erhob sich, lehnte sich schwer auf seinen Stock und humpelte langsam aus dem Raum.

Demersal zwinkerte Leo zu. »Verrate es uns doch endlich! Du kennst Lanneret und Teredo so gut wie ich. Sie lassen nicht locker, bis sie es wissen. Auf, Leo! Gib deinem Herzen einen Stoß!«

Ermattet schüttelte Leo den Kopf. Seine Beine fühlten sich schwer und leblos an in den Ketten. Vorsichtig versuchte er, einen Knöchel zu bewegen, und zuckte erschrocken zusammen, als ein scharfer Schmerz durch seinen Fuß und seine Wade schoss. Demersal stützte die Ellbogen auf den Tisch, beugte sich vor und starrte ihn herausfordernd an.

»Ich kann dich gehen lassen, sobald du es mir sagst.«

Leo biss die Zähne zusammen und schüttelte erneut den Kopf. »Ich weiß es nicht.«

Demersal lehnte sich zurück und strich sich nachdenklich über den

Schnurrbart. »Hör mal, Leo. Ich denke, du bist einfach etwas durcheinander. Ein Lehrjahr kann eine schwierige Zeit sein. Das ist mir bewusst. Bei allen Monden und Sternen, meines liegt nicht so weit hinter mir.« Er lächelte komplizenhaft und verständnisvoll. »Ich weiß noch gut, wie es ist. Es kann einen ein bisschen aus der Bahn werfen. Und – mal ganz unter uns gesagt: Bei Elverton Lehrling zu sein, ist sicher kein Zuckerschlecken.«

Leo sah ihn unsicher an und Demersal lächelte aufmunternd. »Du hast einen Fehler gemacht, Leo. Das ist alles. Eine Fehleinschätzung. Und wir verlangen nur von dir, dass du das gestehst und uns hilfst, den angerichteten Schaden einzudämmen. Wenn du uns hilfst, können wir dir vermutlich auch helfen. Wir können diese Gerichtsverhandlung jederzeit abblasen, weißt du? Sag mir einfach, wo sie sind.«

*Lügner*, dachte Leo. Wenn er Lanneret für etwas dankbar sein konnte, dann dafür, dass er die geltenden Gesetze der Republik in- und auswendig kannte. Hatte der Ratspräsident eine Anklage erst einmal offiziell entgegengenommen, konnte die Gerichtsverhandlung nicht mehr abgesagt werden: Das Verfahren hatte seinen Lauf genommen – unaufhaltsam. Und außerdem … selbst wenn Leo sich auf einen Handel einlassen würde, hätte er nichts anzubieten.

»Ich weiß nicht, wo sie sind. Das ist die Wahrheit.«

»Du weißt, was dir bevorsteht, wenn du weiter so störrisch bleibst, nicht wahr?« In Demersals honigsüßer Stimme lag auf einmal ein stählerner Unterton. »Sag: Welche Strafe steht auf Verrat an der Republik?«

Genau das hatte sich Leo seit seiner Verhaftung immer und immer wieder gesagt. Doch als er es jetzt laut aussprechen musste, wurde sein Mund trocken, und seine Kehle schnürte sich zu. »Die Todesstrafe.«

»Elverton hat dich sicher auch die Details lernen lassen, Leo. Geht's etwas genauer?«

»Tod durch eine öffentliche und spektakuläre Hinrichtung«, zitierte Leo.

»Und das bedeutet?«

Leo hatte Lannerets Erklärung noch im Ohr und sah auch sein schmallippiges Lächeln vor sich. »Langsam und schmerzhaft.«

»Sehr langsam und sehr schmerzhaft«, präzisierte Demersal. »Ich finde allen Ernstes, dass du es uns sagen solltest.«

»Ich weiß es nicht.«

Leo hatte keine Ahnung, wie lange er schon hier saß und immer und immer wieder dieselbe Antwort gab. Er wusste nur, dass er, als Demersal endlich seine Knöchel vom Hocker losband, so verkrampfte Beine hatte, dass er kaum noch gehen konnte. Trotzdem schüttelte er Demersals Arm ab und schleppte sich lieber allein durch den langen Gang, obwohl er sich mehrmals erschöpft an die kühlen, feuchten Mauersteine lehnen musste.

»Morgen sehen wir uns wieder, Leo«, sagte Demersal zum Abschied. »Ich fürchte, wir müssen uns erneut unterhalten.«

»Ich werde auch morgen nicht wissen, wo sie sind!«, schrie Leo.

Demersal lächelte nur, schloss und verriegelte die Tür und nahm die Laterne mit sich fort. Leo sah, wie sich ihr Schein entfernte und dann erlosch. In völliger Dunkelheit tastete er sich zu seiner Matratze, ließ sich fallen und versuchte, wieder etwas Leben in seine verkrampften Beine zu reiben.

Er konnte sie fast hören, so wie in seinem Traum. Sie sagte etwas zu ihm, doch es war verzerrt und unscharf; er bekam nur ihren Tonfall mit – sanft und doch entschlossen –, nicht die Worte. Irgendwann flackerte im Gang wieder ein Lichtschein auf und der Schlüssel drehte sich im Schloss. Leo stöhnte. Konnten sie ihn denn nicht einfach in Ruhe lassen? Er setzte sich auf. Noch bevor seine Augen Zeit gehabt hätten, sich an die plötzliche Helligkeit zu gewöhnen, war eine der beiden Gestalten unter der Tür bei ihm und schloss ihn in die Arme.

»Oh, Leo!«

Septimus drückte ihn an sich, legte sein Gesicht in Leos Haare und flüsterte: »Es tut mir so leid. Es tut mir ja so leid.« Leo ließ sich von ihm halten. Er hatte das Gefühl, sich in Stein verwandelt zu haben – und dafür gab es mehrere Gründe: zum einen die Verblüffung darüber, dass Septimus hier war, dann das schwere Wissen um seine eigene Schuld, die Angst davor, was Septimus ihn sicher gleich fragen würde, und die Ratlosigkeit, was er ihm antworten sollte.

Nach einer Weile ließ Septimus ihn los und wischte sich mit beiden Händen über das Gesicht.

»Ich hatte nicht erwartet, dass sie dich zu mir lassen«, sagte Leo. »Ich meine, ich bin mitten im Lehrjahr ...«

Baladin, der taktvoll unter der Tür stehen geblieben war, erklärte ihm: »Besondere Umstände. Manchmal werden die Regeln etwas gelockert. Normalerweise wegen einer lebensbedrohlichen Verletzung oder Krankheit ...« Er biss sich auf die Lippen.

»Oder einer lebensbedrohlichen Anklage wegen Verrats«, führte Leo seinen Satz zu Ende.

»Diese Anklage ist absolut lächerlich, Leo«, sagte Baladin heftig. »Niemand nimmt sie ernst – na ja, kaum jemand. Fast alle, mit denen ich gesprochen habe, sind davon überzeugt, dass du einfach nur Opfer eines unglücklichen Zufalls geworden bist.« Er setzte sich neben Leo auf die Matratze. »Wir müssen unsere Verteidigung aufbauen. Erzähl uns ganz genau, was an jenem Tag passiert ist.«

Leo zögerte.

»Erzähl es uns, Leo!«, sagte Septimus. »Mach dir keine Sorgen. Alles wird wieder gut. In einem Mond wird es vergessen sein.«

Leo wusste noch immer nicht, was er sagen sollte. Wäre er mit seinem Vater allein gewesen, hätte er ihm eventuell die Wahrheit anvertraut: *Es waren Rachel und ich, und ich will auf keinen Fall, dass sie auch Probleme bekommt.* Aber wie würde Baladin es aufnehmen? Er war ein guter Freund seines Vaters, doch Leo wusste nicht, ob er ihm so viel zumuten konnte. Nein – was immer er auch sagen würde, er musste Rachel unbedingt aus dieser Sache heraushalten! Wenn er die Wahrheit verheimlichte, konnte er vielleicht sie beide retten, Rachel und sich selbst. Wenn die anderen wirklich glaubten, es sei ein Zufall gewesen … Leo holte tief Luft und entschloss sich dann, zu lügen. »Lord Lanneret war an jenem Morgen außer Haus. Deshalb habe ich einen kleinen Spaziergang gemacht. Ich weiß, das hätte ich nicht tun dürfen, aber so war es eben. Ein Spaziergang …«

*Die erste Lüge.* Leo versuchte, die Erinnerung an Rachel in ihrer dünnen Kleidung eines Mädchens aus dem Volk zu ersticken. Er konnte noch die Stelle an seinem Arm spüren, an die sie gestoßen war.

»Und weiter?«, fragte Baladin.

»Weil es so stark regnete, bin ich bald wieder ins Haus zurückgegangen.« Die Worte gingen ihm nun leichter über die Lippen. Er musste sie üben: Wenn er in etwas mehr als einem halben Mond vor Gericht stehen würde, mussten sie überzeugend klingen. Ja, er musste sie von heute an täglich einüben. »Ich ging nach oben, um im Schlafzimmer meinen Umhang am Kamin zu trocknen. Plötzlich trat Lord Lanneret ein und fragte, warum ich nicht über meinen Büchern sitze. Dann sagte er, ich solle mit ihm in die Bibliothek kommen, und als wir nach unten kamen, stand Gregory da. Lord Lanneret hatte ihn zum Mittagessen eingeladen, aber ich glaube, das hatte er völlig vergessen. Wir gingen in den Morgensalon und haben uns eine Weile unterhalten. Auf einmal traf Lord Parhelion ein und sagte, er hätte ein Lied gehört – ihr wisst schon, das Lied, in dem behauptet wird, Assalay sei früher ein Königreich gewesen.«

Er blickte von Baladin auf seinen Vater und rechnete insgeheim damit – ja, hoffte es sogar –, etwas in ihren Augen würde ihm bestätigen, dass diese Geschichte der Wahrheit entsprach. Aber Baladin nickte nur und sagte: »Und weiter?«

»Nun, Lord Lanneret wollte mit Gregory und Lord Parhelion zu Vater gehen. Doch davor schrieb er noch an Lord Demersal und Lord Teredo. Ich sollte diese Briefe zustellen, was ich auch tat, und danach ging ich wieder nach Hause und saß für den Rest des Nachmittags über meinen Büchern.«

»Und das war alles?«, hakte Baladin nach.

»Ja.«

»Warst du an diesem Nachmittag in der Nähe der Basilika?«

Nun, in diesem Punkt konnte Leo ehrlich sein. »Nein. Warum auch?«

»Gibt es sonst noch etwas, das du uns erzählen solltest?«

Leo schaute zuerst Baladin, dann seinem Vater in die Augen und sagte: »Nein, nichts.«

»Danke, Leo.« Baladin lächelte ihn tröstend an.

Als Leo wieder allein war, streckte er sich auf seiner schmutzigen Matratze aus, und seine Gedanken überschlugen sich. Er hatte Demersal und Teredo gegenüber die Wahrheit gesagt (dass er nicht wisse, wo Mai und Tal waren), doch sie hatten ihm nicht geglaubt. Nun hatte er seinen Vater und Baladin belogen und sie hatten ihm jedes Wort geglaubt. Leo hatte das Gefühl, als hätte er sie hintergangen. Dabei hatte er doch nur getan, was gewiss in Septimus' Sinne war, der sicher nicht gewollt hätte, dass Rachel in die Sache hineingezogen worden wäre, oder? Mit seiner Lüge hatte er Rachel gerettet … ebenso wie sich selbst. Leo schloss die Augen und drückte die Fäuste mit aller Kraft in die Augenhöhlen. Es war so schwierig zu wissen, was er tun sollte, und er konnte niemanden fragen. Er konnte Elsa nur deutlich hören und sehen, wenn er schlief.

Gegen Abend hatte Rachel das sichere Gefühl, dass sie die Last ihrer Schuldgefühle nicht länger allein tragen konnte. Sie beschloss, ihren Eltern beim Abendessen alles zu erzählen, doch Septimus kam ihr zuvor. Er schickte die Sklaven aus dem Zimmer, setzte sich zwischen Rachel und Cecilia und sagte: »Ich war bei Leo.«

»Wie geht es ihm?«, fragten Cecilia und Rachel wie aus einem Munde.

»Er ist sehr mitgenommen. Aber nach unserem Gespräch ging es ihm etwas besser. Er hat Baladin und mir erzählt, was an jenem Nachmittag passiert ist.« Rachel verkrampfte sich. »Er war es nicht. Er hat nur Lannerets Briefe zugestellt, wie es ihm aufgetragen worden war, und ist danach umgehend nach Hause zurückgekehrt. Das war alles. Elvertons Anklage gegen ihn entbehrt jeder Grundlage. Inzwischen haben wir angefangen, Zeugenaussagen zu sammeln. Ich habe schon mit dem Hauspersonal von Demersal und Teredo gesprochen: Leo hat diese Briefe abgegeben, genau wie er sagte. Danach bin ich noch zur Basilika gegangen und habe sein Bild herumgezeigt.«

Er nahm ein kleines, ovales Elfenbeinbild in einem silbernen Rahmen aus seiner Tasche: Ein Miniaturporträt von Leo, das Ende des letzten Jahres gemalt worden war. Wegen Leos Lehrjahr, wie es Rachel plötzlich aufging: damit sein Vater eine Erinnerung an ihn mit sich herumtragen konnte, während der Zeit, die Leo von der Familie getrennt sein würde. Er würde es sein ganzes Leben mit sich herumtragen müssen, wenn Leo nie zurückkäme … Rachel schluckte eine Aufwallung von Panik hinunter.

»Es gibt mindestens ein Dutzend Leute, die aussagen, dass sie Leo nicht in der Nähe der Basilika gesehen haben, und wenn ich mit meinen Nachforschungen fertig bin, werden es sicher Dutzende mehr sein.« Septimus nahm einen Bissen von seinem Essen. »Ich muss unsere Gesetze durchschauen und nach eventuellen Präzedenzfällen suchen. Ich bin derzeit etwas durcheinander. Aber ich bin mir so gut wie sicher, dass sie Leo ohne Beweise nicht schuldig sprechen können. Und die werden sie nicht finden. Das Gericht kann sich nicht nur auf Vermutungen stützen.«

»Ich könnte die Gesetzbücher für dich durchsehen«, erbot sich Cecilia. »Dann hast du mehr Zeit, weitere Zeugen zu befragen.«

Septimus sah sie groß an. »Wie meinst du das? Du kannst doch nicht …?« Doch dann besann er sich eines anderen und nickte bedächtig. »Warum nicht? Ja. Das könntest du mir abnehmen.«

Sie redeten und redeten: voller Pläne, Möglichkeiten und Hoffnungen, und Rachel saß zwischen ihnen und hörte zu. Eines stand fest: Sie konnte ihnen die Wahrheit nicht sagen. Nicht, wenn Leo sie verschwiegen hatte.

Im Laufe der nächsten Tage befragten Septimus und Lord Baladin jeden Zeugen, den sie auftreiben konnten. »Noch immer niemand, der Leo gesehen hat«, konnte Septimus jeden Abend berichten. Rachel ordnete den dicker werdenden Ordner mit den Aussagen, überflog jedes Blatt in der Befürchtung, gleich lesen zu müssen, dass jemand am fraglichen Tag ein sichtlich nervöses, rothaariges Mädchen mit einem Beutel über der Schulter und einem graubraunen Umhang gesehen hatte. Und falls doch, so schien es niemand für erwähnenswert zu halten.

Cecilia lehnte in diesen Tagen Dutzende von Einladungen ab, die aus neugierigem Mitgefühl ausgesprochen worden waren. Sie hielt sich hauptsächlich in der Bibliothek auf und saß mit tintenverkleckten Fingern inmitten von verstaubten alten Büchern. Rachel war häufig bei ihr und half ihr, wo sie konnte. Eines Abends, als Cecilia aus dem Raum gegangen war, um sich zu waschen, sortierte Rachel die Bücher auf dem Tisch. Eines davon war aufgeschlagen; sie blickte genauer hin und sah mit Schrecken, dass es um die Hinrichtungsarten von Verrätern in der Vergangenheit ging. Ihr wurde so übel, dass sie das Buch entsetzt zuschlug und sich in ihr Zimmer flüchtete.

Ach, hätte sie es doch nur nie getan! Aber andererseits … wenn sie es nicht getan hätte, wären Mai und Tal jetzt tot.

Der kleine Messingkompass, den sie selbst gebaut hatte, lag vor ihr auf ihrem Schreibtisch. Sie legte ihn auf ihren Handteller. Die Nadel schwankte auf dem Zifferblatt ein paarmal hin und her, drehte sich dann nach Norden und blieb stehen. Anfangs war Rachel so beeindruckt gewesen von dieser unfehlbaren Genauigkeit, doch welchen Nutzen hatte sie wirklich? Kein Kompass auf der Welt konnte ihr sagen, wie sie hätte handeln sollen, ebenso wenig, wie die Uhr auf dem Kaminsims die Zeit zurückdrehen konnte, was ihr erlaubt hätte, die verhängnisvolle Entscheidung, Mai und Tal zu helfen, noch einmal zu überdenken. Die Uhr konnte auch den morgigen Tag nicht verhindern oder alle darauffolgenden Tage, die Leo seinem wie auch immer gearteten Schicksal näher bringen würden.

20. Kapitel

# Die Gerichtsverhandlung

Ein abwesendes Mitglied des Monarchenbundes nach dem anderen kehrte nach Freehaven zurück. Lord Sallender, der als Letzter anreiste, musste durch einen heftigen Herbststurm fliegen, der seine Flugkutsche beängstigend hin und her warf, und die Stadt schien unter ihm zu schwanken und zu kippen, als sich sein Gefährt zum Landen anschickte. Er rannte über den durchweichten Rasen zu den Stufen am Eingang, warf seinen nassen Umhang in der Eingangshalle auf einen Stuhl und begab sich sofort in die Bibliothek. Die offizielle Anklageschrift gegen Leo lag noch versiegelt auf seinem Schreibtisch. Er brach das Siegel und ließ sich auf seinen Lieblingsstuhl am Kamin sinken, um sie zu lesen.

»Hast du es schon gelesen?«, fragte er Tolly statt einer Begrüßung, als dieser zu ihm in die Bibliothek kam.

Tolly schüttelte den Kopf.

»Dann lies es jetzt!«

Sallenders Hände waren noch steif vom Flug durch die frostige Luft, und während Tolly die Anklageschrift las, hielt sein Vater die Hände ans Feuer und knetete die Finger in der Wärme. Tolly legte das Blatt weg.

»Und?«, fragte Sallender.

»Kommt mir etwas mager vor«, sagte Tolly.

»Mager?! Es ist so dürr wie eine Ziege im Winter! Das Belastungsmaterial reicht vorne und hinten nicht für einen Prozess aus. Was hat Querimon sich nur dabei gedacht, als er diesem Antrag stattgab?«

»Ähm … die Sache mit dem Motiv ist … nun ja, recht überzeugend«, gab Tolly zu bedenken.

Sallender schnaubte und riss ihm das Blatt aus der Hand. »Mal sehen. Motiv eins: Leos unkonventionelle Ansichten über die Verrätergesetze. Gut, die hätte er besser für sich behalten, da gebe ich dir recht. Motiv zwei: Er wusste, dass der Junge und seine Mutter mit Rachel befreundet sind. Hmmm … Motiv drei: Er hasst Lanneret und wollte ihm eins auswischen. Kann man ihm nicht verdenken. Aber zwischen Wunsch und Tat klaffen meistens Welten!«

Er drückte Tolly das Pergament erneut in die Hand. »Welchen Beweis haben sie?«

»Ähm … eigentlich keinen.«

»Genau! Die Anklage stützt sich auf den Zufall, dass der Junge und seine Mutter geflohen sind, kurz nachdem Leo von ihrer geplanten Verhaftung erfahren hatte. Ein Motiv und ein Zufall! Das rechtfertigt keine Anklage. Das hätte ich Querimon nicht zugetraut!« Er erhob sich und schritt vor dem Kamin auf und ab. »Was hat dein Onkel bisher getan? Steht ihm jemand zur Seite? Ich habe ein schlechtes Gewissen, weil ich nicht da war! Jetzt kann ich ihm nicht mehr helfen, morgen fängt der Prozess an. Wie geht es Septimus? Ich nehme an, deine Mutter hat sich um Cecilia gekümmert …?«

»Lord Baladin hat Onkel Septimus unterstützt«, sagte Tolly. »Er sagt, sie hätten Hunderte von Zeugen, die in der Nähe der Basilika waren und bezeugen können, dass sie Leo zum fraglichen Zeitpunkt *nicht* gesehen haben. Es wird eine lange Verhandlung werden, sagt er, denn sie wollen sie alle aufrufen.«

»Gut!«, sagte Sallender.

»Tante Cecilia geht es auch ganz gut«, fuhr Tolly fort. »Denke ich. Sie hat sich in letzter Zeit durch fast alle Rechtsbücher gekämpft.«

»Sehr gut! Ich wette, deine Mutter war ihr auf diesem Gebiet keine große Hilfe.«

»Nein, ich denke nicht.«

Sallender lachte. »Kommst du mit? Ich will zu Septimus.«

Sie fuhren durch einen strömenden Regen und einen peitschenden Wind. Lord Baladin war bereits dort und saß mit Lord und Lady Philemot in der Bibliothek an einem mit Pergamentblättern übersäten Tisch. Lord Sallender nahm Septimus' Hände und drückte sie mitfühlend.

»Septimus! Was für eine schreckliche Angelegenheit! Und so schwachsinnig! Aber ihr scheint eine Menge Beweise für Leos Unschuld zusammengetragen zu haben …« Er deutete mit dem Kinn auf den hohen Papierstapel auf dem Tisch.

»Wir haben getan, was wir konnten, Miles.« In dem flackernden Spiel von Licht und Schatten glaubte Sallender, eine grenzenlose Angst in den Augen seines Schwagers zu sehen. »Mehr konnten wir nicht tun.«

»Wir sind optimistisch«, mischte sich nun Lord Baladin mit kräftiger Stimme in ihre Unterhaltung ein.

»Ha!«, sagte Sallender. »Zu Recht, würde ich meinen. Ihr könnt zuversichtlich sein. Ich persönlich freue mich schon darauf, Elvertons Gesicht zu sehen, wenn das Urteil gesprochen wird.«

Leo erwachte aus einer langen Unterhaltung mit Elsa, als er den inzwischen vertrauten Lichtschein der Laterne sah und hörte, wie sich der Schlüssel drehte. Er setzte sich auf, kratzte einen neuen Insektenstich, den er am Arm hatte, und fragte sich, wer sein Besucher war. Demersal vermutlich. Normalerweise war es Demersal. Doch als sich die Tür öffnete, war es Tolly Sallender, der vor ihm stand, zusammen mit Ryland Malander. Verblüfft blinzelte Leo seinen Vetter an.

»Was machst *du* hier?«

»Wir sollen dich zum Gerichtshof begleiten und wieder zurück.« Da Leo ihn noch immer verdutzt anstarrte, fügte er hinzu: »Um Himmels willen, Leo. Jetzt sag bloß, du wusstest nicht, dass *heute* dein Prozess stattfindet!«

»Nein.«

»Bei allen Monden … Hat man dir nicht gesagt, wann deine Verhandlung ist?«

»Doch. Am achten Tag nach dem Astia-Vollmond. Ist das heute?«

»Ja. Tut mir leid …«

Leo hätte sich am liebsten wieder auf seiner Matratze zusammengerollt und das Gesicht zur Wand gedreht, sich die Decke über den Kopf gezogen und sich weiter mit Elsa unterhalten. Doch er gab sich einen Ruck und erhob sich. Ein Wächter brachte ihm eine Schüssel mit heißem Wasser, ein Stück Seife und ein Handtuch und nahm Leo die Fesseln um die Fuß- und Handgelenke ab.

»Hier, etwas zum Anziehen«, sagte Tolly. Er warf einen Beutel auf den Boden, schnürte ihn auf und packte den Inhalt aus. Er schüttelte jedes Kleidungsstück aus, ehe er es auf die Matratze legte: düstere Gefängnisunterwäsche, ein Umhang … Leo nahm ihn hoch und hielt ihn an sich: eine schimmernde Farbe, die im Dämmerlicht in der Zelle fast glänzte.

»Oh, Eisblau …«, sagte er.

Tolly grinste. »Ja. Man darf während einer Verhandlung seine Familienfarbe tragen, egal, bei wem man in die Lehre geht.«

»Oh.« Leo wurde von Gefühlen überwältigt, die er unmöglich hätte ausdrücken können. Vielleicht würde er sich in seiner richtigen Kleidung, in der Farbe seiner Familie, stärker und zuversichtlicher fühlen. Allerdings kam er nicht gegen die bange Vorahnung an, dass ihm möglicherweise nicht mehr viel Lebenszeit blieb, um sie zu tragen.

»Wir lassen dich kurz allein, damit du dich waschen und umziehen kannst.« Tolly schob Malander in den Gang und zog die Tür von außen zu. Leo schlüpfte aus seiner verdreckten und stinkenden Gefängniskleidung, kniete sich vor die Waschschüssel und tauchte die Hände ein. Eine angenehme Wärme kroch in seine eisigen Hände, und er genoss es, die Finger einfach nur zu strecken und zu beugen. Auf einmal hörte er Tolly an die Tür klopfen.

»Fertig, Leo?«

»Moment noch.« Hastig wusch Leo sich Gesicht, Hals und Hände, trocknete sich ab und zog sich an. Tolly öffnete die Tür, musterte ihn von Kopf bis Fuß und sagte augenzwinkernd: »So siehst du schon besser aus.« Leo wollte nichts dazu sagen. Er nickte nur, bevor er mit Tolly und Ryland seinen Kerker verließ. Ein heftiger, regnerischer Wind blies zu dem hohen, schmalen Fenster in der Steinmauer herein; die Marmorfliesen auf dem Hof des Senatsgebäudes glänzten vor Feuchtigkeit. Leo blinzelte in das Tageslicht. Sie gingen die Stufen zu dem großen Saal im oberen Stockwerk hinauf, in dem er damals sein Lehrgelöbnis gesprochen hatte. Die Türen waren geschlossen. Tolly blieb im Vorzimmer stehen.

»Findet es hier statt?«, fragte Leo.

»Klar. Oder hast du etwa erwartet, du würdest im selben Raum abgeurteilt werden wie die Tagediebe, Leo?«

»Natürlich nicht.« Leo ließ sich auf eine Bank sinken und starrte auf das trübe Licht, das durch die Dachfenster auf den Marmorfußboden fiel. Es behagte ihm nicht, dass sein Prozess hier stattfand. Dieser Saal hatte ihm früher schon kein Glück gebracht, und er hätte sehr viel lieber an der Stelle gestanden, an der auch Elsa gestanden hatte: vor dem langen Tisch im normalen Gerichtssaal, denn die Erinnerung an ihr tapferes Verhalten hätte ihm sicher Kraft gegeben.

»Alles wird gut, weißt du«, versuchte Tolly ihn aufzumuntern. »Es hätte gar nicht zu einem Prozess kommen dürfen, sagt mein Vater. Er ist sehr empört. Mach dir keine Sorgen. Lord Baladin sagt, sie hätten massenhaft Zeugen, die aussagen werden, dass du an jenem Tag nicht einmal in der Nähe der Basilika warst.«

»Ich weiß, das hat er mir auch gesagt.«

»Na also«, sagte Tolly. »Morgen um diese Zeit …«

Eine der Türen öffnete sich und Demersal trat ins Vorzimmer. »Wir wären dann so weit, Leo.« Er zwinkerte ihm aufmunternd zu.

Leo erhob sich. Im Geiste sah er, wie er sich umdrehte und losrannte, Tolly, Ryland und Helminth zur Seite stieß, Hals über Kopf die Treppe hinunterstürmte, geschickt den Wächtern auswich und dann durch das Hauptportal auf den großen Platz hastete. Laufen, laufen, laufen: so lange, bis er ganz Assalay zwischen sich und das gebracht hatte, was ihn auf der anderen Seite dieser Türen erwartete.

»Leo!« Helminth winkte ihn zu sich. Er ging auf ihn zu. Helminth legte ihm eine Hand auf die Schulter und flüsterte ihm ins Ohr: »Die Anklage gegen dich ist absolut lächerlich und keiner von uns nimmt sie ernst. Nun ja, kaum einer von uns. Aber da musst du jetzt durch. Bald ist es überstanden.«

Leo nickte und zwang sich, den Saal zu betreten. Die Regentropfen auf dem Dach waren so laut wie das Rauschen des Bluts in seinen Ohren. Am anderen Ende des Raums erwartete ihn ein farbenprächtiger

Halbkreis, den Leo allerdings nur verschwommen sah. Er kniff die Augen zusammen, um besser sehen zu können, und einzelne Gesichter sprangen ihm ins Auge. Baladin, der ihn ermutigend anlächelte; Sallender, sichtlich entrüstet; Lanneret, kalt und entschlossen. Sein eigener Vater: wachsbleich. Und voller Angst.

»Komm und setz dich, Leo!«, befahl Querimon.

Vor dem Halbkreis wartete bereits ein Stuhl auf ihn. Er kam Leo unmöglich weit weg vor, so entlegen wie Arimaspia, so fern wie der Mond. Helminth gab ihm einen freundschaftlichen Schubs und Leo fasste sich, überquerte die endlos scheinende Wüste des Fußbodens und nahm Platz. Sein Blick kreuzte den seines Vaters. Septimus versuchte zu lächeln.

»Beginnen wir mit dem Treueschwur«, sagte Querimon.

Leo erhob sich mit den anderen und sagte die vertrauten Worte auf. Seit Jahren hatte er sie gehört, gesprochen und geglaubt, ohne sie zu hinterfragen. Doch inzwischen glaubte er sie nicht mehr.

*»Ich gehöre mit Leib und Seele dem Monarchenbund,*
*Der seit dem Anbeginn der Zeiten über Assalay wacht,*
*Wie die Monde in ihrer Himmelspracht.*
*Ich gehöre mit Leib und Seele dem Monarchenbund,*
*Dessen Macht für immer bleibt bestehen,*
*Stets vom Vater auf den Sohn wird übergehen.*
*Ich gehöre mit Leib und Seele dem Monarchenbund,*
*Als Gleiche unter Gleichen an Rang und Macht,*
*Teilen wir uns die Erde wie die Monde die Himmelspracht.*
*Ich gehöre mit Leib und Seele dem Monarchenbund,*
*Ich gelobe, alles Wissen zu teilen und alle Geheimnisse,*
*Ewige Treue, bis durch den Tod wir uns trennen müssen.«*

»Treue dem einen Monarchenbund gegenüber«, intonierte Querimon. »Wir haben uns hier versammelt, um festzustellen, ob gegen das Treuegelöbnis verstoßen wurde, und um die Anklage wegen Verrats zu prüfen, die gegen Leolin Orlando Septimus Philemot vorgebracht wurde. Wer ist der Kläger?«

»Ich, Euer Ehren.« Lanneret trat einen Schritt vor.

»Mit Unterstützung von wem?«, fragte Querimon weiter. Demersal und Teredo traten aus dem Halbkreis und stellten sich neben Lanneret.

»Es gibt also drei Kläger. Folglich muss der Klage stattgegeben werden. Lord Lanneret, würdet Ihr Eure Klage öffentlich vortragen? Der Rest der Anwesenden möge sich setzen.« Er nahm Platz, und die anderen folgten seinem Beispiel, sodass nur noch Lanneret und Leo standen. Querimon schaute auf Leo. »Du kannst dich ebenfalls setzen, Leo.«

Dieser nickte und ließ sich auf der Stuhlkante nieder.

»Verehrter Herr Vorsitzender, Eure Lordschaften.« Lanneret verbeugte sich vor dem Halbkreis. »Meine Anklage ist ganz einfach: Am vierten Tag von Astia war ich zusammen mit Leo und Gregory Sallender in meinem Haus, als Lord Parhelion eintraf. Er hatte unmittelbar zuvor von diesem aufrührerischen Lied gehört, das – wie ich vermute – inzwischen jedem hier bekannt sein dürfte. In Gegenwart der beiden Jungen teilte er mir leider ohne die gebotene Diskretion mit …«, er streifte Parhelion mit einem kurzen, verkniffenen Blick, »… dass in dem Lied von der Existenz eines früheren Königreichs die Rede ist.«

»Wie bedauerlich«, murmelte Querimon.

»In der Tat, Euer Ehren. Andererseits hatte dies auch eine glückliche – obgleich unbeabsichtigte – Folge. Gregory Sallender wusste zu berichten, dass einer seiner Mitschüler im Chor mit Nachnamen Athanasius heißt und dessen Mutter in Rachel Philemots Diensten steht. Außerdem soll es auch noch eine verschollene Schwester namens Gaia geben. Alles deutet darauf hin, dass wir durch einen Zufall auf zwei Familienangehörige des Mädchens gestoßen sind, das den Kern der Verschwörung gegen den Monarchenbund bildet.«

Er verstummte, weil er offenbar zuerst seine Gedanken ordnen musste.

»Und weiter?«, fragte Querimon.

»Ich begab mich sofort zum Haus von Lord Philemot, mit der Absicht, zuerst die Mutter, dann den Sohn zu verhaften. Unglücklicherweise war die Sklavin nicht im Haus, weil sie angeblich ihren Sohn in der Chorschule besuchen wollte. Es kostete mich einige Zeit, bis ich Septimus alles erklärt hatte, und noch mehr Zeit, bis ich ihn von der Dringlichkeit dieser Sache überzeugt hatte …«

»Verehrter Lord Lanneret«, fiel Querimon ihm ins Wort. »Darf ich Euer Lordschaft daran erinnern, dass *nicht* Lord Philemot hier vor Gericht steht?«

Vereinzelte, kurze Lacher waren zu hören. Lanneret verfärbte sich. »Verzeihung, Euer Ehren. Ich wollte nicht andeuten, dass … Sobald Septimus begriffen hatte, worum es ging, handelte er umgehend. Doch wir kamen zu spät. Bis wir gemeinsam in der Chorschule eintrafen, waren der Junge und seine Mutter verschwunden. Die Suche nach ihnen verlief, wie allgemein bekannt ist, leider ergebnislos.«

»Und deshalb geht Ihr davon aus …?«, hakte Querimon nach.

»Dass Leo ihnen zur Flucht geraten hat. Gregory und Peregrin waren die ganze Zeit bei mir. Leo war die einzige andere Person, die über mein Vorhaben im Bilde war. Niemand sonst konnte sie warnen. Es *kann* nur Leo gewesen sein!«

Lord Querimon sagte: »Hmm …«, verschränkte die Finger, legte die Spitzen der ausgestreckten Zeigefinger aneinander und klopfte sich dann damit an die Lippen. »Und aus welchem Grund sollte Leo sie gewarnt haben?«

»Aus den Gründen, die ich bereits in meiner Klageschrift angeführt habe, Euer Ehren. Leo hat keinen Hehl daraus gemacht, was er von gewissen Klauseln der Verrätergesetze hält – insbesondere der Verfügung, dass sich die Schuld auch auf die Blutsverwandten eines überführten Verräters erstreckt. Er hält sie für ungerecht.«

Helminth brummte etwas, das durchaus ein ›Zu Recht‹ hätte sein können. Leo warf einen kurzen Blick in seine Richtung und Helminth zwinkerte ihm zu.

»Überdies …«, fuhr Lanneret fort, »ließ Gregory keinen Zweifel daran, dass der junge Athanasius und Rachel Philemot freundschaftliche Bande unterhalten. Ich könnte mir vorstellen, dass Leo seiner Schwester einen Gefallen tun wollte. Und erschwerend kommt noch hinzu, dass Leo und ich … ähm, nicht unbedingt eine herzliche Lehrmeister-Lehrling-Beziehung unterhielten. Deshalb halte ich es durchaus für möglich, dass Leo mich mit seinem Vorgehen ärgern wollte.«

Querimon runzelte die Stirn. Helminth sagte, laut hörbar diesmal: »Ach was, Elverton! Glaubst du das wirklich? Ungeachtet der Tatsache, dass du Leo zweifellos genügend über unsere Gesetze beigebracht hast, sodass ihm klar war, was ihm droht, wenn er etwas so Dummes täte?«

In Leo flackerte ein Fünkchen Hoffnung auf, wie der erste Funke eines Feuers, und ein weiteres, als sich Lord Parhelion an Lord Philemot vorbei nach vorne beugte und zu Lord Demersal sagte: »Klingt überzeugend, Ivan. Meinst du nicht auch?«

»Ich muss sehr bitten!« Querimon hielt eine Hand hoch, um für

Ruhe zu sorgen. »Darf ich Eure Lordschaften daran erinnern, dass nur gesprochen werden darf, wenn einem der Vorsitzende das Wort erteilt hat?«

Hallion erhob sich. »Darf ich etwas sagen, Euer Ehren?«

»Selbstverständlich.« Querimon lehnte sich zurück und Hallion wandte sich an Lanneret. »Ich bin mir nicht ganz sicher, Elverton, ob du dem Gericht überzeugend klarmachen konntest, dass hier wirklich eine Straftat vorliegt.« Leo spürte, wie der kleine Funke Feuer fing, höher flackerte und das erste zarte Flämmchen nach oben züngelte. Er beugte sich vor.

»Du hast keinen Beweis dafür, dass es vielleicht nicht doch nur ein Zufall war«, fuhr Hallion fort. »Ich zum Beispiel sehe mich außerstande, Leo aufgrund der von dir vorgebrachten Vermutungen zu verurteilen …«

»Hört, hört!«, riefen Sallender, Baladin und Helminth. Einige weitere Köpfe nickten zustimmend. Leos Hoffnungen wuchsen. Er fing den Blick seines Onkels auf. Sallender zwinkerte ihm zu, und Leo dachte an Tollys Worte zurück: Es gäbe »massenhaft Zeugen«, die aussagen würden, dass er an jenem Tag nicht einmal in der Nähe der Basilika gesehen worden war.

»Kurz und gut«, ergriff Hallion erneut das Wort, »wenn du uns keinen überzeugenderen Beweis bieten kannst, dann sollten wir diese Verhandlung jetzt abschließen.«

»Hört, hört!«, ließen sich Sallender, Baladin und Helminth erneut vernehmen, und diesmal fielen auch Malander und Parhelion mit ein. Erbost hob Querimon die Hand.

»Ruhe! Ruhe! Ich muss doch sehr bitten! Lord Lanneret?«

»Na schön«, sagte Lanneret. »Dann würde ich jetzt gern meine Hauptzeugin hereinholen!«

Nachdem Septimus das Haus verlassen hatte, um der Gerichtsverhandlung beizuwohnen, setzten sich Elinor und Cecilia in den Salon, um zu warten. Rachel dagegen konnte nicht still sitzen. Unter dem Vorwand, dringend an die frische Luft gehen zu müssen, bald aber wieder zurück zu sein, flüchtete sie aus dem Haus und bestieg eine Kutsche, die sie zur Basilika bringen sollte. Vor der Hintertür von Gabriel und Connie ließ sie sich absetzen und Gabriel öffnete ihr die Tür.

»Meine liebe Rachel, tretet ein!«

»Ich wollte nur mit Euch reden …« Als sie einen Fremden am Küchentisch sitzen sah, blieb sie abrupt stehen: Er war in Smaragdgrün gekleidet. Erschrocken wich sie zurück, doch Gabriel griff nach ihrem Arm.

»Rachel, geht nicht! Bitte!« Er wandte sich an den Fremden und erklärte ihm: »Das ist Rachel Philemot.«

Der Fremde schien ebenso überrascht wie sie. »Ewige Verdammnis und Dunkelheit«, brummte er und riss sich hastig den Umhang vom Leib. »Das muss die allerletzte Farbe sein, die Ihr heute sehen wollt! Es tut mir schrecklich leid. Wegen Leo, meine ich.« In einer hilflosen Geste fuhr er sich durch die zerzausten Haare. »Entschuldigt, Rachel; ich habe mich noch nicht vorgestellt. Ich bin Robert, Robert Lanneret.« Bei der Nennung seines Familiennamens runzelte er bedauernd die Stirn.

Rachel erinnerte sich an Leos Briefe, die sie seit dem Tag seiner Verhaftung immer und immer wieder gelesen hatte. »Ihr wart sehr freundlich zu ihm«, brachte sie mühsam über die Lippen, brach dann aber in Tränen aus, schlug sich die Hände vors Gesicht und begann haltlos zu schluchzen. Durch ihre Schluchzer hindurch hörte sie Robert sagen: »Ich sollte jetzt besser gehen.« Er und Gabriel gingen zur

Tür. Auf der Schwelle blieb Robert noch einmal stehen und sagte: »Dieses Lied ... ich denke, es ist wahr. Ihr auch?«

»Ich bin fest davon überzeugt«, antwortete Gabriel.

Die Tür schloss sich, und ein Stuhl scharrte auf dem Steinfußboden, als Gabriel sich zu Rachel setzte. Behutsam legte er eine Hand auf ihren Arm. »Rachel?«

Sie hob den Kopf. »Es ist alles meine Schuld.« Wieder wurde sie von Tränen überwältigt, die ihr in den Augen brannten und in heißen Tropfen auf das Tischtuch fielen.

»Aber nein«, sagte Gabriel.

»Doch!« Sie brüllte fast. »*Ich* habe Mai und Tal zur Flucht geraten.«

»Und das war ein Fehler?«

»Nein! – Ja, wegen Leo.« Sie erstickte fast an seinem Namen.

»Bereut Ihr es, dass Ihr sie gewarnt habt?«

Rachel stellte sich vor, wie entsetzlich es gewesen wäre, wenn Mai und Tal unter unsäglichen Schmerzen und Schrecken gestorben wären. Sie dachte an Leo ... Wieder begann sie zu weinen. »Ich weiß es nicht. Was habe ich nur getan?«

»Etwas Gutes. Ihr könnt nichts dafür, dass es zu etwas Schrecklichem geführt hat.«

Sie nahm ihre tränennassen Hände vom Gesicht und schaute ihn mit großen Augen an. »Was wollt Ihr damit sagen?«

Gabriel lächelte traurig. »Ihr habt Freundschaften geschlossen, Rachel – über so hohe Zäune und so tiefe Gräben hinweg, dass kaum jemand auf die Idee kommt, sie zu überqueren, ja es nicht einmal *versucht*. Mai, Tal, Connie und ich, Sam und seine Familie – Ihr habt uns wie Ebenbürtige behandelt, und wir haben es Euch gegenüber mit Gleichem vergolten. Solche zwischenmenschlichen Beziehungen zu unsereins zu knüpfen, ist für das Mitglied einer Monarchenfamilie höchst ungewöhnlich. Und Ihr habt Tal und Mai aus höchster Not geholfen.«

Sie schüttelte den Kopf. Diese Freundschaft war ihr wie ein Geschenk von ihnen an *sie* vorgekommen, nicht andersherum. Und was die Hilfe in höchster Not anging … »Ich habe nicht viel getan«, sagte sie unglücklich. »Nicht genug.« Sie erzählte ihm, was passiert war, nachdem sie alle drei an jenem Tag von ihm weggegangen waren. Er hörte ihr aufmerksam zu, fuhr mit einem Finger eine alte Schramme in der Tischplatte nach, zückte ein Taschentuch und reichte es ihr. Dankbar wischte sie sich Nase und Hände ab.

»Das habt Ihr nicht schlecht gemacht«, versicherte er ihr. »Es gab eine Menge abzuwägen, nicht wahr? Die möglichen Gefahren für Leo, die Gefahr, in der Mai und Tal schwebten; Euer ungutes Gefühl, weil Ihr glaubtet, einer Verräterin zu helfen. Ich kenne niemanden, der es geschafft hätte, sich so meisterhaft durch ein derartiges Dilemma zu manövrieren.«

»Ich kann mir nicht vorstellen, dass Mai und Tal sicher an ihr Ziel kamen. Und was ist, wenn Leo …?« Erneut brach sie in Tränen aus. Gabriel erhob sich und legte ihr die Hände auf die Schultern.

»Euer Vater und seine Freunde sind sehr zuversichtlich. Ich habe mit Lord Baladin gesprochen, als er kam, um nach Zeugen zu suchen. Er sagte, die Anklage gegen Leo sei äußerst fragwürdig und würde fast sicher fallen gelassen. Ich bin mir sicher, dass er recht hatte. Und um Tal braucht Ihr Euch keine Sorgen zu machen. Er ist ein gewitzter Junge. Ihr habt für ihn getan, was ihm selbst unmöglich war; den Rest schafft er allein.«

Rachel fühlte sich etwas getröstet und nickte. »Ich sollte jetzt gehen. Ich möchte zu Hause sein, wenn Vater kommt.«

Gabriel half ihr in die Kutsche und sah sie im Regen davonfahren.

Leo kannte Lannerets Zeugin. Es war die blasse junge Frau, die Lanneret aufgesucht hatte – an dem Tag, als Scrimp ins Verbotene Archiv eingebrochen war. Sie gab ihren Namen als Sassy an und sagte, sie arbeite in einer Taverne in einer der Gassen hinter dem Platz der Befreiung. Jawohl, am vierten Tag von Astia sei sie nach einem Besuch bei ihrer Mutter, die unmittelbar vor dem Stadttor von High Side wohne, durch High Side gegangen. Dabei sei sie an einem Jungen und einem Mädchen vorbeigekommen, die die Köpfe zusammengesteckt hatten.

Querimon fragte: »Könnt Ihr den Jungen beschreiben?«

»Muss ich nicht.« Sie richtete ihre blassen Augen auf Leo. »Da steht er.«

Unter den Anwesenden brach Gemurmel aus. Leo konnte deutlich hören, wie Baladin ungläubig »Nein!« keuchte.

Querimon hob erneut die Hand, um für Ruhe zu sorgen. »Seid Ihr Euch ganz sicher? Denkt gut nach.«

»*Absolut* sicher, Euer Lordschaft. Allerdings war er anders gekleidet. Er trug diese Farbe!« Sie deutete auf Lanneret.

»Gut, gut«, sagte Querimon. »Fahrt fort!«

Sie sei in Eile gewesen wegen des Wetters, doch als sie an den beiden vorbeiging, hätte sie einen Gesprächsfetzen aufgeschnappt. *Beeil dich,* hätte der Junge gesagt, *du musst sie warnen.*

Jawohl, sie hätte das Mädchen wenig später wiedergesehen, als es von der Brücke aus über den großen Platz lief, eindeutig in Richtung der Basilika.

Wie um alles in der Welt hatte er sie nicht bemerken können?, fragte sich Leo. Klar, natürlich hatte er die Kapuze wegen des unablässigen Regens tief ins Gesicht gezogen gehabt, sozusagen Scheuklappen aufgehabt. Und natürlich war er auf Rachel konzentriert gewesen. Trotzdem hielt er es für kaum möglich, dass Sassy in Hörweite an ihnen vorbeigegangen war, ohne dass er sie bemerkt hätte. Sie war eine von Lannerets Spionen. Bezahlte er sie für diese Lüge? Andererseits hatte sie fast wortwörtlich wiedergegeben, was er zu Rachel gesagt hatte. Und sie hatte ihn mit einem Mädchen gesehen …

»Dieses Mädchen«, sagte Querimon. »Könnt Ihr es beschreiben?«

Leos Magen verkrampfte sich vor Schreck.

*Rachel!*

Doch Sassy schüttelte den Kopf. Das Mädchen hätte ihr den Rücken zugedreht und außerdem die Kapuze ihres Umhangs aufgehabt, sodass weder Haare noch Gesicht zu sehen gewesen waren. Bei der zweiten Gelegenheit hatte sie sie nur aus der Ferne gesehen. Nein, ihre Kleidung war in keiner Weise auffällig gewesen: ein einfacher brauner Umhang und ein schlichter Rock, die Art von Kleidung, die jedes junge Mädchen aus einfachen Verhältnissen auf der Straße trägt. Das Einzige, was an ihr etwas anders gewesen war, war ein Beutel, den sie um sie Schulter hängen hatte, und daran hatte sie sie auf dem großen Platz auch wiedererkannt.

»Gut, dann müssen wir sie finden!« Sallender war aufgesprungen und fuchtelte mit den Papieren, die er während der ganzen Verhandlung in der Hand gehalten hatte. »Wir haben über hundert Zeugen befragt, die an jenem Tag in der Nähe der Basilika waren. Fragen wir sie, ob ihnen ein junges Mädchen mit einem Schulterbeutel aufgefallen ist! Ich persönlich gehe jede Wette ein, dass sie gar nicht existiert!«

»Unterstellst du meiner Zeugin etwa, dass sie lügt?«, fauchte Lanneret.

»Nun, jemand *muss* hier lügen!«, entgegnete Sallender im selben scharfen Tonfall. »In *Leos* Bericht von den Vorkommnissen jenes Tages kommt jedenfalls kein Mädchen vor! Suchen wir also nach ihr!«

Wenn sie anfangen würden, nach ihr zu suchen, würden sie dann vielleicht jemanden finden, der Rachel tatsächlich gesehen hatte? Ein Mädchen in großer Eile, dem in der Aufregung vielleicht einmal die Kapuze zurückgerutscht war, sodass ihre auffälligen roten Haare im Regen geglänzt hatten? Leo sprang auf.

»Sie war irgendein Mädchen«, erklärte er laut und deutlich. »Ein Mädchen, das ich bat, eine Nachricht zu überbringen.«

Sein Vater vergrub das Gesicht in den Händen. Baladin starrte ihn mit einer Mischung aus Enttäuschung und Bestürzung an. Sallender blickte drein wie jemand, der seinen Fuß auf eine Stufe stellen wollte, die es plötzlich nicht mehr gab.

»Leo«, sagte Querimon. »Würdest du das bitte wiederholen?« Er blickte in die Runde und rief: *»Ruhe!«*

»Sie war irgendein Mädchen«, sagte Leo, »ein Mädchen von der Straße. Ich habe sie dafür bezahlt, dass sie für mich eine Nachricht überbracht hat. Sie wusste nicht, worum es ging.«

Er blickte durch den Halbkreis aus Gesichtern. Sallender verdrehte die Papierrolle in seinen Händen und ließ sie dann fallen.

»Wollt Ihr noch immer Eure Zeugen aufrufen, Lord Sallender?«, erkundigte sich Querimon.

Sallender schaute auf Baladin. »Nein, Euer Ehren.«

»Lord Lanneret, habt Ihr noch etwas hinzuzufügen?«

»Nein, danke, Euer Ehren.«

Helminth führte Leo aus dem Gerichtssaal. Leo spürte Helminths Entsetzen und Enttäuschung so intensiv wie vorhin die Baladins, seines

Onkels und seines Vaters. Sie alle hatten an seine Unschuld und Ehrlichkeit geglaubt. Nun aber hatte er sich durch seine eigene Aussage als Lügner und Verräter entlarvt.

»Ist es schon vorbei?«, fragte Tolly überrascht. »Ich dachte, es dauert ewig, bei so vielen Zeugen. Leo? Ist etwas schiefgelaufen?«

Leo setzte sich auf die Bank, zog die Knie an die Brust und drückte seine Augen so fest an die Knie, dass es wehtat. Er schwieg und konzentrierte sich nur auf die hellen, sich drehenden Muster vor seinen Augen und suchte in den blendenden Lichtern, die in der Dunkelheit aufblitzten, nach Elsa.

Im Gerichtssaal nahm Querimon das Urteil jedes einzelnen Mitglieds des Monarchenbundes entgegen.

»Lord Anserin?«

»Schuldig.«

»Lord Hallion?«

»Schuldig. Tut mir leid, Septimus ...«

»Lord Sallender?«

»Ich weiß nicht. Ich kann es mir einfach nicht vorstellen ... aber ...« Er presste die Finger an die Stirn, als versuche er, einen stechenden Schmerz zu vertreiben. »Ich bin noch außerstande, eine Entscheidung zu treffen. Befragt mich später noch einmal.«

Querimon seufzte und wandte sich an den Nächsten. Filarion, Querimon selbst, Lanneret, Parhelion – sie alle sagten: »Schuldig.«

»Lord Philemot?«

Bei den bisherigen Schuldsprüchen hatte Septimus den Kopf in den Händen begraben gehabt. Nun blickte er auf und sagte: »Unschuldig!« Trotzig sah er in die Runde der skeptischen Gesichter. »Erwartet ihr etwa von mir, dass ich das Todesurteil für meinen eigenen Sohn unterzeichne?«

»Deine Loyalität sollte in erster Linie dem Monarchenbund gelten, Septimus«, rief ihm Querimon in Erinnerung. »Unter uns muss Einigkeit herrschen, sonst schaufeln wir unser eigenes Grab.«

Septimus holte tief und bebend Luft. »Ich werde die Entscheidung des Ehrenwerten Gerichts akzeptieren. Ich habe keine andere Wahl. Aber ich bin nicht gewillt, mir mit dem Tod meines Sohnes die Hände schmutzig zu machen!« Bei dem Wort Sohn stockte seine Stimme kurz und er begrub erneut das Gesicht in den Händen.

Querimon räusperte sich. »Gut«, sagte er. »Lord Demersal?«

»Schuldig.«

»Lord Baladin?«

Baladin zögerte lange und biss sich auf die Lippe. Schließlich sagte er: »Schuldig. Nein. Doch … schuldig … Ich weiß nicht.«

Querimon runzelte die Stirn. Malander, Teredo – beide sagten: »Schuldig.«

»Lord Helminth?«

»Ich gebe dir die Schuld daran, Elverton«, sagte Helminth. »Du hast diesen Jungen bis zum Äußersten schikaniert. Du hast ihn von früh bis spät über den Büchern sitzen lassen, ohne die geringste Freundlichkeit oder Mitgefühl. Meiner Meinung nach ist es kein Wunder, dass er die Freundschaft zwischen seiner Schwester und diesen Leuten für so wertvoll erachtete. Er selbst hat im Laufe seines Lehrjahrs kein Fünkchen Freundschaft erfahren.«

Lannerets Gesicht wurde aschfahl und verzerrte sich vor Wut. Er wandte sich an Querimon. »Euer Ehren, wollt Ihr diese Beleidigung meiner Person dulden?«

»Natürlich nicht!« Querimon wandte sich wieder an Helminth. »Das tut nichts zur Sache. Hat Leo den Verrat begangen oder nicht?«

Helminth sank wieder auf seinen Stuhl, hob die Hände und ließ sie dann mit einer Geste der Hilflosigkeit wieder fallen. »Ich weiß nicht. Wahrscheinlich schon. Aber ich würde dafür plädieren, dass ihm mildernde Umstände zugebilligt werden. Er ist noch jung und hat einen Fehler gemacht …«

»Dem stimme ich zu«, sagte Lord Baladin hastig.

»Ich auch«, sagte Lord Sallender. »Er ist noch ein Junge …«

»Er ist mit seinen vierzehn Jahren volljährig!« Wegen des allgemeinen Gemurmels musste Querimon die Stimme heben. »Er ist alt genug, und wir – nun ja, die meisten von uns – sind zu dem Schluss gekommen, dass er schuldig ist! Dafür gibt es nur eine Strafe. Ihr wisst ebenso gut wie ich, meine Lordschaften, dass das Gesetz in einem Fall wie dem hier vorliegenden keine mildernden Umstände vorsieht. Holen wir den Jungen wieder herein!«

## 21. Kapitel

# Wahrheiten

Leo wusste es, sobald er den Gerichtssaal wieder betrat. Sein Vater hatte sich die Hände vors Gesicht geschlagen. Weder sein Onkel noch Baladin oder Helminth schaute ihn an.

Leo schleppte sich über die riesige Fläche des kalten, weißen Marmors. Man hatte seinen Stuhl entfernt, deshalb musste er nun vor dem Halbkreis stehen. Er bekam nur Fetzen von Querimons Worten mit, fast so, als würden sie ihm von dem Wind zugetragen, der nach wie vor heulend um das Dach pfiff. »… des Hochverrats an der Republik für schuldig erklärt … Tag der Hinrichtung wird noch festgesetzt … kein Recht auf Berufung …« Dann hörte er Querimon fragen: »Leo. *Leo!* Hast du etwas zu sagen? Jetzt hast du das Recht zu sprechen, weißt du?«

Es gab hundert Dinge. Er wollte hundert Dinge sagen, tausend, mehr: all die Dinge, die auszusprechen er bald keine Zeit mehr haben würde. Er wollte Rachel sagen, dass es nicht ihre Schuld war; und gleichzeitig wollte er sie anbrüllen, dass es doch ihre Schuld war. Er wollte Septimus sagen, dass es ihm leidtat, und ihn anschreien, weil es ihm nicht gelungen war, das Gericht davon zu überzeugen, ihn freizusprechen. Er wollte Lanneret alles ins Gesicht schleudern, was dieser ihm angetan hatte: die Haufen toter Vögel, die Sache mit Don, mit dem leeren Haus der Garths und den gramgebeugten Pächtern,

Elsas Schmerz und Entsetzen. Elsa! Er wollte Elsa sehen, mit ihr sprechen, sie berühren. Er wollte um sein Leben betteln, denn er fürchtete den Schmerz und das kalte Nichts, das danach kommen würde.

Was dann aber über seine Lippen kam, klang ganz anders.

»Eines würde ich gern wissen«, sagte er und war selbst überrascht, wie ruhig und gelassen er klang. Es war fast, als kämen diese Worte nicht aus seinem zitternden Körper, sondern von ganz woanders her. »Wann wolltet ihr es mir eigentlich sagen?«

Querimon blickte ihn stirnrunzelnd an. »Dir was sagen, Leo?«

»Dass Ihr lügt.«

Querimon verfärbte sich vor Zorn. »Was …?«

»Nicht nur Ihr«, fiel Leo ihm ins Wort und blickte durch den Halbkreis der ratlosen oder empörten Gesichter. »Ihr alle! Wann wolltet Ihr mir sagen, dass die Gründungsgeschichte und der Treueschwur nur auf Lügen beruhen? Dass Assalay vor Gründung des Monarchenbundes ein Königreich war?«

Querimon machte eine fahrige Handbewegung und legte sich einen Finger an die Lippen. »Ich denke, du bist etwas durcheinander, Leo. Dieses Lied von einem Königreich … ist ein Ammenmärchen. Nichts davon ist wahr.«

»Ich werde sterben!«, rief Leo. Septimus zuckte zusammen und begann am ganzen Leib zu zittern, als wäre er auf einen Schlag allen Atems und allen Blutes beraubt. Leo mäßigte seine Lautstärke. »Sagt mir endlich die Wahrheit, ehe *ich* sie *euch* sage.«

»Es gab niemals ein Königreich, Leo«, wiederholte Querimon mit Nachdruck. »Das ist nur eine Erfindung im Rahmen einer Verschwörung gegen uns. *Das* ist die Wahrheit.«

Das stimmte nicht und Leo konnte es beweisen. Er wandte sich an Parhelion.

»Dieses Buch, das ich bei Euch geholt habe. Das von Mr Scrimp …«

Er sah, dass Teredo Lanneret ein erschrockenes »Was?« zuraunte, woraufhin Lanneret beschwichtigend den Kopf schüttelte.

Parhelion sagte: »Was spielt dieses Buch für eine Rolle? Es war doch nur eine Wirtschaftsanalyse, oder?«

Leo lachte. Er fühlte sich plötzlich frei, so frei, als flöge er bereits zwischen den Sternen, als könnte er alles sagen, ohne dass sie ihm etwas anhaben könnten. »Ihr habt geglaubt, ich hätte es ausgeliehen, weil *seine* Lektionen so langweilig waren, nicht wahr?« Wütend funkelte er Lanneret an. »Es stimmt: wirklich unbeschreiblich langweilig. Doch der Lesestoff Eures Schatzmeisters war wesentlich interessanter, als Ihr dachtet. Es war ein geschichtliches Werk. Es ging weder um Wirtschaft noch um die Republik.« Aus dem Augenwinkel sah er, wie Lanneret erstarrte und sich leicht vorbeugte, wie ein Tier, das Gefahr witterte.

»In diesem Buch steht die offizielle Geschichte der Befreiung«, fuhr Leo fort. Die Gesichter der meisten Anwesenden waren ausdruckslos, andere entrüstet. Lanneret war kreidebleich, blasser als sonst. »In dem Buch steht alles! Auch, dass Assalay früher, lange vor Entstehen des Monarchenbundes, ein Königreich war, regiert von einer Familie namens Athanasius. Und auch, dass sämtliche Mitglieder des Hauses Athanasius bei einem Palastbrand ums Leben kamen.«

Sallender sagte etwas zu Hallion und dieser schüttelte resolut den Kopf. Baladin und Helminth lehnten sich zurück und raunten sich hinter Teredos und Malanders Rücken etwas zu. Anserin sagte mit lauter Stimme: »Der Junge ist übergeschnappt. Er fantasiert …«

»Nein, das tue ich nicht«, protestierte Leo. »Es ist wahr.« Er zögerte, aber er war ohnehin so gut wie tot; sie konnten ihn nur einmal hinrichten. »Es war in einer komischen Schrift geschrieben, nicht in der Freien Schrift. Ich konnte das Buch nur lesen, weil jemand die Schriftzeichen in Freier Schrift daruntergeschrieben hatte. Vorne im Buch war ein Stempel, auf dem stand, das Buch müsse aus der Bibliothek entfernt und auf Befehl des Monarchenbundes verbrannt werden.«

Wieder kam es zu einem aufgeregten Gemurmel. Um es zu übertönen, rief Helminth: »Wo ist dieses Buch jetzt, Leo? Ich denke, wir würden es alle gern sehen!«

Wenn er es ihnen sagte, würden sie erfahren, dass er Rachel getroffen hatte. Dann würde es nicht lange dauern, bis sie zu dem unvermeidlichen, zutreffenden und fatalen Schluss kämen, dass das Mädchen, das die Botschaft überbracht hatte, keine zufällige Passantin, sondern seine eigene Schwester gewesen war. Bisher war es ihm gelungen, sie aus der ganzen Sache herauszuhalten, und das musste so bleiben. »Ich … ich habe es nicht mehr. Es erschien mir zu gefährlich, es zu behalten. Es war schließlich ein Verbotenes Objekt. Deshalb habe ich es im Haus von Lord Lanneret in den Mabberling-Ofen geworfen und verbrannt.«

»Folglich kannst du nichts beweisen, Leo, richtig?«, sagte Querimon.

»Er kam tatsächlich zu mir, um sich eines von Scrimps Büchern auszuleihen«, sagte Parhelion unerwarteterweise. »Das entspricht der Wahrheit.«

»Ja«, fauchte Querimon. »Aber wir wissen nicht, was für ein Buch es war; es gibt keinen Beweis, dass Leo dieses Märchen von einem Königreich wirklich irgendwo gelesen hat. Es gibt keinerlei Beweis dafür, dass er nicht nur im Mondschein Schatten spinnt. Vielleicht erzählt er nur das, was er durch dieses verdammte Lied gehört hat.«

Zustimmendes Gemurmel war zu hören. Teredo sagte: »Dem stimme ich zu. Wir haben uns diesen Unsinn lange genug angehört.« Die Wände rückten näher; Leo blieb nicht mehr viel Zeit. In seiner Verzweiflung zeigte er auf Lanneret und rief: »Fragt *ihn*! *Er* weiß es. Warum sonst hätte er schon im Himalios nach zwei Kindern gesucht, die Athanasius heißen – etliche Monde bevor jemand von diesem Lied gehört hat? Auf, fragt ihn!«

Einen Herzschlag lang sah Lanneret aus wie ein Mann, der am Rand einer Klippe stand, die unter ihm wegzubrechen drohte. Als Leo Panik in seinen Augen aufblitzen sah, verspürte er einen machtvollen Hoffnungsschimmer. Plötzlich fielen ihm Lannerets eigene Worte wieder ein. Was hatte Lanneret über die Kunst des Regierens gesagt? *Ein guter Regent weiß, wo er den Hebel ansetzt. Wenn man jemanden beherrschen will, muss man herausfinden, was ihn bewegt. Bei den meisten ist es Angst, Angst in irgendeiner Form* … Er hatte gehört, was Lanneret zu einer für Leo unsichtbaren Spionin in der Bibliothek gesagt hatte: *Kein Wort zu niemandem, sonst bist du tot!* Lanneret fürchtete sich davor, dass seine Geheimnisse bekannt werden könnten. Doch Leo kannte sie – zumindest einige davon. Würde ihm das genügend Macht verleihen?

Querimon fragte: »Elverton? Was soll das heißen?« Andere Stimmen fielen ein; Baladin, Sallender und Helminth waren aufgesprungen und riefen aufgeregt: »Ist das wahr?«

»Euer Ehren, wollt Ihr diesen Aufruhr zulassen?« Lannerets Stimme klang wieder so frostig wie immer, die starre Oberfläche verbarg die Angst, auf die Leo einen flüchtigen Blick erhascht hatte. Er fragte sich, ob es außer ihm noch jemand gesehen hatte.

Querimon verfärbte sich vor Zorn. »Natürlich nicht.« Er klopfte mit seinem Richterstab auf den Marmorfußboden. Die Schläge hallten in dem hohen Raum wider. Allmählich legte sich der Tumult. Sallender,

Baladin und Helminth setzten sich wieder, schauten aber noch empört auf Lanneret.

»Und, Elverton?«, fragte Querimon.

»Er lügt«, sagte Lanneret.

»Ich lüge *nicht*!«, brüllte Leo. »Ich war in der Bibliothek. Oben auf der Galerie. Und ich habe jedes Wort gehört!«

Wieder blitzte nackte Panik in Lannerets Augen auf, ehe sich die Eisschicht wieder schloss. Lanneret lächelte schmallippig und sagte: »Er hatte im Kerker genügend Zeit, sich diese Geschichte auszudenken, meine Herrschaften.«

»Ich habe mir nichts ausgedacht. Es ist wahr. Ich habe alles aufgeschrieben. In einer Art … hm, Tagebuch.«

Er begriff, was er sich mit dieser impulsiven Bemerkung eingebrockt hatte, noch ehe er zu Ende gesprochen hatte. Diesmal war es Baladin, der fragte: »Wo ist dieses Tagebuch, Leo?«

Leo fragte sich, ob er lügen sollte; ob er sagen konnte, dass er das ganze Jahr über heimlich Briefe an Rachel geschickt hatte, und nicht, dass er sie ihr alle zusammen am vierten Tag von Astia übergeben hatte. Nur … was wäre, wenn sie Rachel fragten und sie die Wahrheit sagen würde? Dass er ihr die Briefe an dem Tag übergeben hatte, an dem Mai und Tal geflohen waren? Nein, er musste sich an das halten, was er sich vorgenommen hatte, und Rachel aus der ganzen Sache heraushalten.

Er schwieg. »Hast du es ebenfalls verbrannt, Leo?«, fragte Demersal. Leo nickte stumm.

»Was für ein Affentheater!«, rief Teredo aufgebracht. »Wie viel von diesem Unsinn müssen wir uns denn *noch* anhören? Der Junge lügt eindeutig. Und nichts von diesem … *Geschwafel* … über ein mystisches Königreich hat mit unserem Fall hier zu tun. Der Junge wurde wegen Verrats verurteilt. Wenn er etwas zu seiner Verteidigung zu sagen hätte, wäre es ja akzeptabel. Aber dieser Unsinn ist absolut irrelevant. Darf ich vorschlagen, dass wir weitermachen?«

Es gab Gemurmel und zustimmendes Nicken. Anserin, Demersal, Querimon, Hallion, Filarion, Malander. Helminth dagegen sagte: »Da bin ich anderer Meinung. Meiner Meinung nach hat Leo ein paar ernsthafte Fragen aufgeworfen …«

»Das sehe ich anders!«, fauchte Querimon. »Außerdem tut es nichts zur Sache. Dieses Gericht ist zusammengetreten, um über die Anklage wegen Verrats gegen Leo Philemot zu verhandeln; nicht aber, um seine Hirngespinste zu diskutieren. Deshalb würde ich vorschlagen, dass wir zum Abschluss kommen.«

»Nein!« Helminth schüttelte vehement den Kopf. »Leo hat da ein paar ernst zu nehmende Anschuldigungen vorgebracht …«

»Nicht so ernst zu nehmend wie jene, die gegen ihn vorliegt!«, widersprach Demersal lautstark.

»Meine Herrschaften!«, rief Querimon und klopfte wieder mehrmals auf den Boden. »Falls Leo keine stichhaltigen Beweise für seine Behauptungen vorbringen kann, dass er erstens wirklich über dieses Königreich gelesen hat, oder zweitens, dass Lord Lanneret den Namen Athanasius bereits vor Verbreitung dieses Lieds kannte, betrachte ich diese Sache für erledigt!«

Baladin beugte sich zu Leo vor. »Bist du dir sicher?«, fragte er. »Bist du dir ganz sicher, dass das Buch und dein Tagebuch unwiederbringlich vernichtet sind? Hast du sie wirklich verbrannt?«

Zum ersten Mal seit Verkündung des Urteilsspruchs hob Septimus den Kopf und schaute Leo an.

»Ja«, sagte Leo. »Ich habe sie verbrannt.«

Querimon stieß einen Seufzer der Erleichterung aus. »Dann kommen wir jetzt zum Ende.« Er erhob sich und gab den anderen zu verstehen, sich ebenfalls zu erheben. Septimus sah aus, als könne er sich kaum auf den Füßen halten.

»Leolin Orlando Septimus Philemot«, sagte Querimon. »Du bist des Hochverrats gegen den Monarchenbund für schuldig erklärt worden. Tag und Art der Hinrichtung werden rechtzeitig festgelegt werden. Ab dem jetzigen Zeitpunkt, bis zu deinem Tod und darüber hinaus, giltst du als von deiner Familie verstoßen und aus dem Monarchenbund verbannt. Du bist nicht länger von unserem Blute. Du hast nicht länger das Recht, diese Kleidung zu tragen. Leg sie ab!«

Wortlos schlüpfte Leo aus den Kleidungsstücken, die Tolly ihm gebracht hatte. Der dicke, schwere Umhang, in dessen Eisblau Silberfäden schimmerten; Jacke, Wams, Hose und Hemd, Schuhe. Zitternd stand er da, barfuß und in schlichter Unterwäsche – aha, deshalb hatte man ihm diese grobe Unterwäsche gegeben; in Vorhersehung dieses Urteils. Eisblau, Silber und Weiß … die abgelegte Kleidung lag wie abgeschütteltes Gefieder verstreut um ihn herum.

»Das ist alles«, sagte Querimon. »Beschließen wir diese Sitzung mit dem Treueschwur!«

Zusammen mit allen anderen begann Leo, die vertrauten Worte aufzusagen. »Ich gehöre mit Leib und Seele …«, doch Querimon brachte alle mit einer Handbewegung zum Schweigen und wandte sich dann an Leo. »Du nicht.« Leo biss sich auf die Lippen. Natürlich – er gehörte nicht länger dem Monarchenbund an. Diese Worte auszusprechen stand ihm nicht mehr zu. Schweigend lauschte er dem Treueschwur der anderen. Als sie bei dem Versprechen ankamen, keine Geheimnisse voreinander zu haben, sah Leo, wie Baladin und Sallender verstohlene Blicke wechselten. Helminth fixierte Lanneret mit hochgezogenen Augenbrauen, und Leo fragte sich, ob aus den

Zweifeln, die er heute in ihren Reihen gesät hatte, irgendwann etwas wachsen würde. Aber selbst wenn … würde er die Ernte nicht mehr miterleben.

Als der Treueschwur zu Ende war, führte Helminth Leo ins Vorzimmer zurück. Tolly erschrak bei seinem Anblick und wollte etwas sagen, doch Ryland berührte ihn warnend am Arm. »Du darfst nicht mehr mit ihm sprechen, Tolly. Nicht mit einem verurteilten Verräter.«

Tolly fuhr sich über das Gesicht. »Ach ja, natürlich nicht.« Er fasste Leo an einem Arm, Ryland nahm den anderen, und sie führten ihn zwischen sich die Stufen hinunter. Leo merkte, dass der Monarchenbund ihnen folgte: eine Woge von Farben. Als sie um eine Ecke bogen, konnte er einen Blick nach hinten werfen und sah seinen Vater, der sich auf Sallender stützte; Baladin, in ein Gespräch mit Helminth vertieft; Lanneret, kühl und beherrscht. Seine und Leos Blicke kreuzten sich für einen Moment, und Leo legte allen Hass, den er aufbringen konnte, hinein. Sie überquerten den Innenhof, stiegen ins Verlies hinunter und brachten ihn in seine Zelle zurück. Ein Wächter legte ihn in Ketten und schloss die Tür ab. Leo hörte, wie sie die Stufen wieder hinaufgingen; dann in der Ferne ein dumpfer Schlag, als die Außentür zugeschlagen wurde. Leo lag mit geschlossenen Augen auf der Matratze. Er wusste, was dort oben geschah: Lanneret hatte es ihn auswendig lernen lassen. Sie schlossen die Außentür ab und legten den Schlüssel anschließend in einen kleinen Tresor mit dreizehn Schlössern. Jeder Lord besaß jeweils einen Schlüssel. Einzeln und in alphabetischer Reihenfolge, Anserin zuerst, schlossen sie den Safe ab. Leo stellte sich die zitterigen Hände seines Vaters vor und fragte sich, ob er es überhaupt schaffen würde, seinen Schlüssel umzudrehen, oder ob ihm jemand dabei helfen musste. Nachdem alle Schlösser umgedreht waren, würden sie feierlich geloben, die Schlüssel bis zum Tag von Leos Hinrichtung wie einen Augapfel zu hüten. Dann würde das ganze Prozedere umgekehrt ablaufen: Sie würden den Tresor aufschließen, den Schlüssel zum Verlies herausnehmen und ihn, Leo, zur Stätte seiner Hinrichtung führen.

Und bis dahin würde er niemanden mehr sehen.

Leo drückte die Augen noch fester zu und merkte, dass ein plötzlicher Anfall von Panik ihn zu übermannen drohte.

*Sie legte sich zu ihm und umschlang ihn mit beiden Armen. »Ich werde bei dir sein«, sagte sie.*

Cecilia und Elinor saßen noch wartend im Salon, als Rachel von der Basilika zurückkehrte. Cecilia schritt vor den Fenstern auf und ab. In dem durch die blaugrünen Scheiben hereinfallenden Licht wirkte ihr blasser Teint kränklich, fast totenähnlich. Sie erschrak, als Rachel eintrat, und Rachel begriff, dass Cecilia – trotz Septimus', Baladins und Sallenders Beteuerung, es bestünde Grund zur Hoffnung – schreckliche Angst hatte, ebenso große Angst wie sie selbst, seit sie gelesen hatte, auf welche Art Verräter in der Vergangenheit hingerichtet worden waren.

Rachel spielte nervös mit einem Fächer, der auf einem der Beistelltische lag. »Wann werden sie zurück sein, was meint ihr?«

»Es kann lange dauern, hat Miles gesagt. Bei so vielen Zeugen …«, antwortete Elinor. Das Läuten der Türglocke, schrill und durchdringend, ließ sie erschrocken verstummen. Cecilia blieb wie angewurzelt stehen; Rachel fuhr herum und starrte auf die Tür. Schon als sie eintraten, wusste Rachel Bescheid. Septimus war nicht dabei, es waren nur ihr Onkel und Tolly, deren gramerfüllte Mienen Bände sprachen. Cecilia schlug sich eine Hand an den Mund und wisperte: »Nein.

Miles, nein, bitte!« Elinor versuchte, Cecilia zu umarmen, doch diese schüttelte ihre Arme ab und rannte aus dem Zimmer. Sie hörten sie im Korridor nach Septimus rufen.

»Ich kann es nicht glauben …«, stammelte Elinor.

Hilflos schüttelte Sallender den Kopf.

»Aber eure vielen Zeugen …«, hakte Elinor nach.

»Haben nichts genützt. Lanneret hatte seine eigene Zeugin.« Sein Gesicht war sehr ernst. »Leo hat gelogen, weißt du. Heute kam alles heraus. Er hat die beiden *doch* gewarnt, aus der Stadt zu fliehen. Er hat ein Mädchen mit einer Botschaft zu ihnen geschickt. Lannerets Zeugin hat alles gehört.«

»Was für ein Mädchen?«, fragte Elinor.

Sallender zuckte mit den Schultern. »Das wollte Leo nicht sagen.«

Rachel floh; blindlings rannte sie aus dem Salon und durch den Korridor, ohne jede Ahnung, wohin sie wollte. In der Eingangshalle blieb sie abrupt stehen, weil Cecilia dort wie rasend auf Septimus einschrie, während die Lakaien verlegen auf ihre Füße starrten.

»Ich wusste es!«, schrie sie. »Ich wusste, dass es zu nichts Gutem führen konnte! Ich hätte es nicht zulassen sollen! Du hättest nicht …« Da fiel ihr Blick auf Rachel. »Rachel«, rief sie, rannte zu ihr und fiel ihr um den Hals. Rachel stand da wie versteinert, starr vor Schuldgefühlen und dem Entsetzen über das, was sie getan hatte. Sie hatte keine Ahnung, ob es sich wieder in Ordnung bringen ließ; sie wusste nur, dass sie es versuchen musste. Mit tonloser Stimme stammelte sie: »Ich muss euch etwas sagen.«

Sie gingen in die Bibliothek. Rachel setzte sich auf einen Stuhl am Feuer, Septimus nahm ihr gegenüber Platz. Seine Augen waren gerötet und angeschwollen, und er sah restlos erschöpft aus, allen Lebens und aller Hoffnung beraubt. Cecilia lehnte sich an die Lehne seines Stuhls. Rachel schluckte. Es war ziemlich düster im Raum; das von den nassen Fenstern gefilterte Tageslicht war dämmerig, und die Lampen brannten noch nicht. Dennoch konnte Rachel ihre Gesichter deutlich sehen. Es wäre ihr lieber gewesen, es wäre Nacht; was sie zu sagen hatte, wäre ihr im Dunkeln leichter über die Lippen gegangen.

»Rachel«, sagte Cecilia, »was ist los?«

Sie schluckte. »Es ist meine Schuld.«

»Wie meinst du das?«

Sie erzählte ihnen alles. »Es ist meine Schuld«, wiederholte sie. »Ich bin diejenige, die … ich meine, ich bin eine Verräterin, nicht er. Könnt ihr es ihnen nicht sagen? Sagt ihnen … *mich* statt ihm.«

Cecilia begann wie eine Wahnsinnige zu kreischen. Rachel konnte kein einziges Wort verstehen, sie hörte nur eine zusammenhanglose, auf sie hereinstürzende Wut, die sie zurückweichen ließ, als hätte dieser Wutanfall die körperliche Kraft, sie in Stücke zu reißen. Septimus packte Cecilia an den Armen und hielt sie fest, während sie mit beiden Fäusten an seine Brust hämmerte und ihr Gekreische allmählich in ein Schluchzen überging. Als sie sich wieder einigermaßen beruhigt hatte, sagte er über ihre Schulter hinweg zu Rachel: »Geh jetzt!«

»Wirst du es ihnen sagen?«

Septimus stieß einen Seufzer aus, der so tief war, als wäre es sein letzter Atemzug. »Nein.«

»Warum nicht?«

Er schien förmlich zu explodieren vor Wut und schrie, mit einer Stimme, die so bitter war wie Gift: »Weil dein Bruder ebenso schuldig ist wie du, Rachel! Er sagte dir, dass sie in Gefahr waren; er wusste, dass du sofort zu ihnen rennen würdest. Er ist so schuldig, als hätte er es ihnen persönlich gesagt! Was willst du jetzt also noch? Mit ihm zusammen sterben? Denn das wäre alles, was du mit einem Geständnis erreichen würdest!« Er wandte das Gesicht ab, ohne Cecilia loszulassen. »Geh jetzt. Bitte.«

Rachel schaute sie an, wie sie einander hielten, wie sie ihre Liebe für Leo und ihren Schmerz um ihn zwischen sich hielten. Für sie war hier kein Platz. Rachel flüchtete sich ins Baumhaus, setzte sich auf den Boden und weinte über Leos Briefen.

Lord Querimon war sehr erschöpft nach der Gerichtsverhandlung. Am liebsten wäre er schnurstracks nach Hause gefahren und hätte sich mit einem Buch über altes Porzellan und einem guten Glas Wein in seinen bequemen Sessel vor dem Kamin gesetzt. Doch sein Status als diesjähriger Ratspräsident verlangte, dass er noch in den Club ging, wo er schon einmal damit beginnen konnte, die Wogen der Missstimmung zu glätten. Allerdings spürte er, dass er nicht der richtige Mann für diese Aufgabe war.

Im Salon war die Atmosphäre so schlecht, wie er befürchtet hatte. Baladin und Helminth standen in einer der Fensternischen, in ein angeregtes Gespräch vertieft, und warfen immer wieder vielsagende Blicke zu dem Tisch, an dem Lanneret und Demersal bei einer Flasche Wein saßen. Lanneret wirkte so frostig und gelassen wie immer, doch Querimon glaubte, ihm gegenüber ein gewisses Misstrauen zu spüren. Nur Teredo, der auf seinem Stammplatz am Kamin saß, schienen die Ereignisse dieses Tages nicht berührt zu haben. Querimon übersah Baladins Winken geflissentlich und setzte sich zu Teredo.

»Eine leidige Sache«, sagte Querimon zur Einleitung.

»Wie wahr.« Teredo lächelte trocken. »Doch Widrigkeiten haben manchmal auch ihre Vorteile.«

Querimon blickte ihn fragend an. »Ich verstehe nicht …«

Teredo verschränkte die Finger und beugte sich näher zu ihm. Leise sagte er: »Was hast du in den Augen der Menschen gesehen, als du dieses Jahr die Pachten und Tribute eingetrieben hast?«

Querimon fasste sich unsicher an die Lippen und stammelte: »Ich … ich weiß nicht …«

Teredo erlöste ihn aus seiner Verlegenheit, indem er seine Frage selbst beantwortete. »Sie hassen dich, richtig? Sie denken, dass sie leiden und du nicht, dass die Überschwemmungen und die Hungersnot und die Drachen nur *sie* betreffen.«

»Ja, schon«, räumte Querimon ein. »Aber ich wüsste nicht, was das mit Leo zu tun hat.«

»Nein?« Teredos Blick war so missbilligend, dass sich Querimon trotz seiner gut sechzig Jahre wie ein Jungspund in seinem ersten Mond als Lehrling vorkam.

»Die Leute denken, wir stünden über allem«, erklärte ihm Teredo. »Leos Hinrichtung gibt uns die Möglichkeit, ihnen zu zeigen, dass das nicht stimmt. Dass wir nicht über den Gesetzen stehen; dass auch ein Mitglied des Monarchenbundes wie jeder Normalsterbliche büßen muss, wenn er ein Verbrechen begeht.«

»Verstehe …«

»Ich weiß, dass es der Tradition widerspricht«, fuhr Teredo fort, »doch ich bin der Ansicht, er sollte in seiner Philemot-Kleidung hingerichtet werden. Auf diese Weise wird niemand – auch nicht der größte Dummkopf unter den Zuschauern – übersehen, wer er ist. Zudem kann das Volk seinen Hass auf den Monarchenbund gegen *ihn* richten. Er wird der Sündenbock für alles sein, was dieses Jahr schiefgelaufen ist. Und die Leute können hoffen, dass sein Tod einen Umschwung einläutet …«

»Du hast dir die Sache offensichtlich gut überlegt.«
Teredo nickte. »Die Hinrichtung sollte an Karneval stattfinden.«
»An *Karneval*?«
»Ja, das ist der ideale Zeitpunkt. Da sind viele Leute vom Land in Freehaven, die den anderen bei ihrer Rückkehr erzählen können, dass sie der Hinrichtung eines Lords beigewohnt haben. Das beweist, dass der Arm der Gerechtigkeit in diesem Land auch vor den höchsten Rängen nicht zurückschreckt.«
»Wir haben erst Astia«, gab Querimon zu bedenken. »Ist es vertretbar, Leo so lange warten zu lassen? Und was ist mit Septimus? Ich denke nicht, dass er es weitere vier Monde erträgt.«
»Bist du der Ratspräsident des Monarchenbundes oder die Amme der Philemots?«, fragte Teredo frostig. Querimon errötete.
»Na gut, dann eben Karneval.« Er erhob sich und wollte gehen, doch Teredo legte ihm seine runzelige, knorrige Hand auf den Arm.
»Wann gehst du mit der richterlichen Anweisung zu Septimus?«, fragte er.
Gequält schloss Querimon die Augen. »Geben wir ihnen doch noch ein paar Tage«, sagte er.
Teredo schüttelte den Kopf. »Das Gesetz ist diesbezüglich sehr klar.«
Resigniert sagte Querimon: »In Ordnung. Morgen.«

Rachel erwachte aus einem Traum, in dem Leo mit einem Schrei starb, der durch das ganze Haus hallte. Doch dann merkte sie, dass es die Stimme ihrer Mutter war. Im ersten Moment, im Zwischenstadium zwischen Schlafen und Wachsein, dachte sie, der Schrei gehöre zu ihrem Traum, doch er ging weiter, auch nachdem sie die Augen geöffnet hatte: ein Schrei zwischen Wut und Verzweiflung, wie sie ihn noch nie gehört hatte. Zitternd sprang sie aus dem Bett und hastete die Stufen hinunter bis zum mittleren Treppenabsatz. Da sah sie Cecilia unten in der Eingangshalle stehen, schreiend und schluchzend. Elinor hielt sie mit beiden Armen fest und versuchte offenbar, sie zur Haustür zu schieben, doch Cecilia wehrte sich mit Händen und Füßen und brüllte eins ums andere Mal: »Nein! Nicht! Nein!«

»Du *musst*, Cecilia! Du hast keine andere Wahl«, sagte da eine männliche Stimme. Querimon stand am Kamin, unter dem großen Weihebild. Cecilia fuhr herum und funkelte ihn an.

»Wenn du glaubst, dass ich mich einfach mir nichts, dir nichts vertreiben lasse, jetzt, wo mein Sohn kurz vor dem Tod steht … Wenn du glaubst, ich lasse Septimus *jetzt* allein, dann bist du ein größerer Narr, als ich dachte, Alphons.« Sie zerknüllte das Pergamentblatt in ihrer Hand und warf es auf den Fußboden. Es schlidderte über die Marmorfliesen und blieb vor der untersten Treppenstufe liegen.

Querimon verfärbte sich vor Entrüstung. »Nimm endlich Vernunft an, Cecilia. Entweder du gehst freiwillig, oder du wirst mit Gewalt aus dem Haus gebracht. Der Monarchenbund hat einen gut bewachten Hort für Frauen, die ihre für ungültig erklärte Ehe nicht freiwillig verlassen. Frag deine Tante Hester!«

»Septimus!«, rief Cecilia flehentlich.

Septimus stand am Fuß der Treppe, auf das Geländer gestützt, und sah so weiß und schwach aus, als würde er ohne diesen Halt zusammenbrechen. Ebenfalls mit Tränen in den Augen sagte er: »Cecilia, ich kann nicht. Wenn ich etwas tun könnte, würde ich es tun. Das weißt du. Aber mir sind die Hände gebunden. So ist das *Gesetz*.« Er trat zu ihr, nahm ihr Gesicht in seine Hände und sagte: »Letztendlich können wir es nicht verhindern. Das hast du selbst gesagt. Es hat zu nichts Gutem geführt.«

Sie schloss die Augen, ihr Gesicht war schmerzverzerrt. »Leo«, flüsterte sie. Und wieder begann sie zu weinen, Tränen nackter Verzweiflung, und aller Kampfgeist war erloschen. Sie ließ sich von Elinor an die Hand nehmen und zur Haustür hinausführen. Sallender und Querimon folgten ihr und Septimus blieb allein zurück. Verängstigt rannte Rachel die Stufen hinunter.

»Vater? Was ist los? Was ist passiert?«

Septimus bückte sich und hob das zerknüllte Pergament vom Boden auf. Achtlos drückte er es ihr in die Hand, ging in die Bibliothek und knallte die Tür hinter sich zu. Der Schlüssel drehte sich im Schloss. Rachel sank auf die unterste Treppenstufe und strich das Papier glatt. Es war ein eher kurzes Dokument.

*Derweil Leolin Orlando Septimus Philemot des Verrats für schuldig erklärt wurde,*
*Derweil besagter Leolin Philemot der einzige Sohn und direkte Erbe seiner Linie war,*
*Derweil Lady Cecilia Philemot aus Altersgründen keine weiteren Kinder gebären kann,*
*Erkläre ich, Lord Alphons Querimon, in meiner Eigenschaft als Ratspräsident des Monarchenbundes im Jahr der Republik fünfhundertzweiundfünfzig, die Ehe zwischen Lord Septimus Philemot und Lady Cecilia für ungültig und befehle nämlicher Lady Cecilia, ihren bisherigen Wohnsitz im Hause Philemot mit sofortiger Wirkung zu verlassen.*
*Niedergeschrieben in Freehaven am 9. Tag des Astia-Mondes im Jahre 552.*

Rachel musste diese Sätze dreimal lesen, bis sie begriff. Sie hatte nicht nur Leo umgebracht, sondern auch die Ehe, der er entstammte. Sie, die Außenseiterin, die Fremde, die Adoptivtochter – sie hatte alles zerstört, was diese Familie geliebt hatte.

Leo, der in seiner fensterlosen Zelle allmählich jedes Zeitgefühl verlor, lag auf der dünnen Matratze und zählte die Steine an der Wand. Danach sagte er laut die ersten einhundert Klauseln des Strafgesetzbuches auf, anschließend die letzten zwanzig Generationen des Stammbaums der Familie Hallion. Alles, Hauptsache, er konnte sich ein bisschen ablenken.

Doch es klappte nicht: Andere Gedanken sickerten unaufhaltsam in seinen Kopf, wie Wasser, das sich seinen Weg durch einen Spalt bahnt. Er merkte, dass er im Geiste mitten in einem Brief an Rachel war. *Es ist nicht deine Schuld,* wollte er ihr schreiben. *Ich mache dir keinen Vorwurf, du hast das Richtige getan.* Doch dann musste er plötzlich an alle Menschen und Dinge denken, die er nie mehr wiedersehen würde – Rachel, seine Eltern, Elsa, Elsa, Elsa –, und an alle Menschen und Dinge, alle Orte und Vögel, die er überhaupt nie sehen würde. Er wollte nicht sterben; er wollte nicht, egal, welche Hinrichtungsart sie für ihn geplant hatten. *Warum hast du es getan?,* brüllte er Rachel im Geiste an. *Warum? Hast du keinen Augenblick daran gedacht, was für Folgen es für mich haben könnte?* Wut und Panik und Übelkeit überfielen ihn, er musste würgen, Galle stieg in seinen Mund. Er lag auf der Matratze, die Arme um den Bauch geschlungen. Er zitterte und ihm war kalt, und es dauerte lange, bis der Schlaf ihn übermannte und Elsa zu ihm brachte.

Er erwachte, als die Türriegel zurückgeschoben und der Schlüssel im Türschloss umgedreht wurde. Leo setzte sich auf, rieb sich die Augen und dachte, einer der Wächter käme herein. Doch es war Demersal, der sich in seiner üblichen freundlichen Art an den Türrahmen seiner Zelle lehnte. »Hallo, Leo.«

Leo war unfähig zu reagieren. Sie wollten doch erst am Tag seiner Hinrichtung wiederkommen. War es so weit? Es kostete ihn eine unsägliche Mühe, genügend Speichel in seinem Mund zu sammeln, um die bange Frage stellen zu können.

»Heute?«

»Was?« Demersal blickte im ersten Moment verwundert drein und lachte dann leise. »Ach, das? Nein, nein, Leo, keine Angst, das dauert noch ewig. Deine Hinrichtung wurde auf den letzten Karnevalstag gelegt. Du wirst den Höhepunkt der Festivitäten bilden.«

*Karneval?* Das war ja erst in einer Ewigkeit, in über vier Monden. Konnten sie ihn wirklich so lange warten lassen? Leo dachte an den Wahnsinn von letzter Nacht, an hundert weitere solcher Nächte des Wahnsinns, und bei diesem Gedanken hätte er beinahe laut aufgestöhnt. Aber nur beinahe, denn Demersal beobachtete ihn mit Argusaugen. Leo beherrschte sich und sagte mit ausdrucksloser Stimme: »Ah, verstehe.« Er runzelte die Stirn. »Was macht Ihr dann hier? Ihr dürftet nicht hier sein. Bis zum Tag meiner Hinrichtung sollte mich doch niemand mehr besuchen.«

Anerkennend schnalzte Demersal mit der Zunge. »Bei Arctos und Aquilon, er hat dir sogar solche Details eingebläut? Welche Verschwendung, dass nun alles so endet …« Er fuhr sich mit dem ausgestreckten Zeigefinger quer über die Kehle. »Du hast recht, Leo, ich sollte nicht hier sein. Die Sache ist die, dass du uns leider noch nicht verraten hast, wo sie sind. Und das müssen wir wissen.«

Er deutete mit dem Daumen durch den Gang, in Richtung des kleinen Raums, in dem sie ihn vor der Gerichtsverhandlung verhört hatten. »Wir müssen uns noch ein bisschen unterhalten.«

## 22. Kapitel

# Leos Hochwasser

Astia endete mit einer weniger pompösen Feier als sonst zur Ernennung von Ivan zum neuen Lord Demersal, an einem Tag, der sich wie die vorhergehenden durch einen kalten, peitschenden Regen und viel Wind auszeichnete. Der neue Mond, Brumas, begann mit einem heftigen Sturm, der mehrere Tage andauerte. Gewitterböen rissen die Blätter von den Bäumen in den Gärten von High Side und zerrten an der Takelage der Schiffe, die im Hafen lagen. Ein heimtückischer Regen peitschte an die Fenster und Dächer und riss Wunden in die Oberfläche des orangeroten Flusses. Tag für Tag kam Demersal zu Leo und führte ihn aus seiner Zelle in den quadratischen Raum am Ende des Ganges. Immer war es Demersal und immer saßen entweder Lanneret oder Teredo bereits wartend am Tisch, manchmal auch beide. Es folgte eine erbarmungslose Befragung, Tag um Tag kam dieselbe Frage und führte zu einer Unterhaltung, die sich endlos im Kreis drehte. »Wo sind sie, Leo?« – »Ich weiß es nicht.«

An diesem Tag saß Teredo am Tisch, während Lanneret an der Wand stand, die Hände auf dem Rücken gefaltet. Demersal kettete Leos Füße an den Hocker und setzte sich dann neben Teredo.

»Wo sind sie, Leo?«, fragte Lanneret.

Leo drehte sich zu ihm. »Ich weiß es nicht.«

Lanneret lachte und machte zwei Schritte auf ihn zu. Leo spürte, wie sich die eisige Luft im Raum durch das dünne Hemd in seine Haut krallte. Er schauderte. Lanneret lachte verächtlich. »Lord Demersal denkt, dass du es wirklich nicht weißt. Lord Teredo dagegen ist der Meinung, dass man dich unter Umständen zum Reden bringen kann.« Während dieser Worte nahm er seinen Umhang ab und reichte ihn Teredo: Das Smaragdgrün hob sich deutlich von dem Blutrot ab. »Sollen wir es versuchen? Halte ihn gut fest, Ivan!«

Mit einer schnellen Bewegung packte Demersal Leo an den Handgelenken und zog ihn zu sich, bis Leo mit dem Oberkörper auf der Tischplatte lag. »Tut mir leid, Leo«, sagte er.

»Nein, tut es nicht!« Leo spuckte ihm ins Gesicht und Demersal zuckte voller Abscheu zusammen. Doch er ließ ihn nicht los, sondern hielt ihn mit eisernem Griff fest. Leo spürte, dass Lanneret den Arm hob; hörte, wie er die Luft aufschlitzte. Auf seinem Rücken explodierte ein unsäglicher Schmerz, der durch jeden Nerv seines Körpers zuckte; ein gleißender Lichtblitz in seinem Gehirn und inmitten des weißen Feuers Rachels Stimme. Sie murmelte etwas von einer Höhle bei Inchcliff.

Da wusste er, wo sie waren.

»Wo sind sie?« Erneut Lannerets Stimme und der brennende Schmerz. Jetzt konnte er Elsa hören, die in seinem Traum gesagt hatte: »Du hast die Freunde deiner Schwester gerettet.«

Daran würde sich nichts ändern. Er musste nur weiterhin *»Ich weiß es nicht«* sagen.

»Ich weiß es nicht! Ich weiß es nicht! Ich weiß es nicht!« Er schrie es, so laut er konnte, um die Stimme in seinem Kopf zu übertönen, die bei jedem Schlag *Inchcliff, Inchcliff, Inchcliff* rief. Irgendwann war es vorbei. Demersal ließ seine Handgelenke los. Am ganzen Leib zitternd, sank Leo auf den Hocker zurück.

»Ich glaube, dass er es wirklich nicht weiß«, sagte Demersal.

»Kann sein.« Lanneret ging um den Tisch herum, nahm seinen Umhang von Teredo entgegen und setzte sich wieder. Er musterte Leo, während er sich mit einem Finger an die Lippen tippte. Sein Atem ging schneller als gewöhnlich und seine bleichen Wangen hatten eine Spur von Farbe angenommen. »Andererseits ging ich sowieso nicht davon aus, dass man die Wahrheit aus ihm herausprügeln kann.«

Leo wurde von einem mörderischen Zorn gepackt. »Was habt Ihr dann damit bezweckt?«, schrie er. Die Antwort auf seine Frage konnte er an Lannerets schmallippigem Grinsen ablesen: Lanneret hatte es Spaß gemacht, ihm wehzutun.

»Räudiger Sohn der Dunkelheit.« Leo betonte jedes Wort einzeln. »Selbst wenn ich wüsste, wo sie sind, würde ich es nicht sagen. Nicht in einer Million Monde!«

Lanneret legte die Arme auf den Tisch und beugte sich vor, bis sein Gesicht dicht vor dem Leos war. »Ach wirklich, Leo?«, sagte er, fast im Flüsterton. »Sei vorsichtig mit deinen Prahlereien, mein kleiner Lehrling.« Er lehnte sich wieder zurück, verschränkte die Arme und sagte genüsslich: »Ihr werdet gleich sehen, meine verehrten Mitregenten, dass Leo – wie ich euch bereits sagte – relativ schnell weich wird, wenn etwas auf dem Spiel steht oder bedroht ist, an dem er hängt. Mit Vögeln hat das wunderbar geklappt. Ich denke, mit dem, was ich heute mitgebracht habe, wird es noch besser klappen. Bring den Jungen her, Ivan!«

*Bring den Jungen her!* Diesen Satz hatte Leo Lanneret schon einmal sagen hören, an dem Tag, an dem etwas unvorstellbar Schreckliches passiert war. Er schloss die Augen. Über das Rauschen des Bluts in seinen Ohren hinweg hörte er Demersal über die Steinplatten zu dem silbernen Vorhang gehen, hörte seine Schritte in der Ferne verhallen und wenig später zurückkehren: diesmal in Begleitung von leiseren Schritten.

»Wir haben dir einen Freund mitgebracht, Leo.«

Leo öffnete die Augen, drückte sie schnell wieder zu und öffnete sie erneut. Es war keine Wahnvorstellung. Don saß auf Demersals Stuhl, ebenfalls an Händen und Füßen gefesselt. Er sah noch dünner aus als früher; die Narben von zwei tiefen, parallelen Schnitten verunstalteten seine blasse Wange.

»Ich erkläre es dir, Don«, sagte Lanneret, so gelassen und nüchtern, als wolle er einem Laien eine komplizierte Passage des Feudalrechts erklären. »Leo weiß etwas, was wir unbedingt wissen wollen. Deshalb müssen wir dir jetzt so lange wehtun, bis er es uns verrät.« Wieder dieses widerliche, schmallippige Lächeln. »Ich fürchte allerdings, dass wir dich am Ende töten müssen, egal, was passiert. Es geht um ein Geheimnis, von dem niemand erfahren darf. Wenn Leo es uns schnell sagt, wirst du auch schnell sterben. Andernfalls ...« Er spreizte die Finger.

Leo schloss die Augen und versuchte, seine Übelkeit hinunterzuschlucken. *Was nun?*, fragte er Elsa wütend. *Was soll ich jetzt tun?* Doch er konnte ihre Antwort nicht hören.

»Wir lassen euch beide für eine Weile allein, damit ihr euch unterhalten könnt«, sagte Lanneret. »Aber wir kommen wieder.«

Er half Teredo beim Aufstehen. Zusammen mit Demersal gingen sie durch den Vorhang im Torbogen und ließen Don bei Leo zurück.

Lanneret und Teredo ließen sich zum Club fahren, während Demersal zum Haus von Querimon fuhr, weil er mit Iseult verabredet war. Die Tage waren jetzt im Herbst schon merklich kürzer geworden und der große Salon im Clubhaus war von vielen silbernen Lichtern erleuchtet.

Malander und Filarion luden Lanneret ein, an ihrem Tisch zu speisen. Teredo nahm gegenüber von Querimon am Kamin Platz und streckte seine knorrigen Hände der Wärme entgegen. Es war unerträglich kalt in der dunklen Zelle gewesen. Er konnte nur hoffen, dass Lannerets neue Taktik Leo endlich die Wahrheit entlocken würde.

»Oh, Euer Lordschaft«, begrüßte ihn Querimon erfreut. »Ich wollte Euch etwas fragen.«

Er führte Teredo zum Fenster und deutete hinaus auf den Fluss, der drohte, über die Ufer zu treten. »Das Wasser steht sehr hoch. Denkt Ihr, ich sollte den Jungen verlegen?«

Teredo starrte durch die Düsternis und den Regen auf den Fluss. Der Wasserstand war wirklich bedrohlich hoch: höher, als er ihn je gesehen hatte. Die orangefarbenen Wassermassen schwappten fast schon an die Mauerschlitze des Kerkers. Trotzdem musste er Querimon unbedingt hinhalten. Querimon durfte auf keinen Fall heute noch zu Leo gehen, weil er sonst auch Don vorfinden würde.

»Morgen eventuell. Im Moment ist er in seiner Zelle noch sicher.«

Querimon schien skeptisch. »Ich weiß nicht … Ich denke, ich sollte besser nach ihm sehen. Aber zuerst habe ich noch eine Gerichtsverhandlung …« Er warf einen Blick auf seine Taschenuhr. »Heute Abend könnte ich zu ihm gehen.«

Teredo fluchte innerlich. »Ich bin mir sicher, dass es bis morgen Zeit hat.«

»Nein.« Mit einer für ihn ungewöhnlichen Entschlossenheit und Unbeirrbarkeit schüttelte Querimon den Kopf. »Wir wollen schließlich nicht, dass er ertrinkt, oder? Ihr sagtet ja selbst, dass eine spektakuläre Hinrichtung an Karneval von großem Nutzen für uns wäre.« Er verabschiedete sich mit einem zufriedenen Nicken und ging durch den Raum zu Lord Hallion.

Teredo fluchte erneut. Auf seinen Gehstock mit dem Rubin am Knauf gestützt, erklomm er die Stufen zum Speisesaal, wechselte einen kurzen Blick mit Lanneret und nahm dann an einem leeren Tisch am Fenster Platz. Sobald Malander und Filarion gegangen waren, schlängelte sich Lanneret an den anderen Tischen vorbei und setzte sich zu Teredo. »Was gibt's?«, fragte er leise.

»Querimon!«, zischte Teredo. »Leidet an einem plötzlichen Anfall von Verantwortungsgefühl und Eigensinn! Er will Leo verlegen.« Er erklärte ihm die Details. Wortlos sprang Lanneret auf und eilte aus dem Raum. Teredo ging ans Fenster. Es dauerte nicht lange, bis sich Lannerets Kutsche in den Windböen und dem endlosen Regen durch die Menschenmenge auf der Brücke schob, eindeutig in Richtung des Senatsgebäudes.

Don kämpfte mit den Ketten, mit denen er gefesselt war; ruckartig riss er die Handgelenke auseinander und kickte mit den Füßen, in einem ohnmächtigen Versuch, die Kettenglieder zu schwächen und so letztendlich zu sprengen. Leo beobachtete ihn, bis er den Anblick nicht mehr ertrug. Er schloss die Augen und hörte Don nur noch kämpfen und fluchen. Irgendwann aber musste er vor Erschöpfung aufhören. »Verdammt, ich schaff's nicht!«

Leo machte die Augen wieder auf. Don war kalkweiß. Seine Hände zitterten, und als er etwas sagte, war seine Stimme so rau, als wäre seine Kehle zu ausgedörrt zum Reden. »Leo, du wirst es ihm doch sagen, oder? Bitte!«

Würde er es sagen? Er hatte Rachels Freunden geholfen, vor einem ungerechten Gesetz zu fliehen; er selbst hatte bereits dafür gelitten und würde noch mehr leiden. Würde er nun bei Dons erstem Schmerzensschrei vergessen können, was es ihn gekostet hatte, und nicht nur Mai und Tal verraten, sondern alles, woran er glaubte? Natürlich würde er das tun. *Was erwartest du anderes von mir?*, brüllte er Elsa in seinem Kopf wütend an. Seinetwegen hatte Don bereits so viel Leid ertragen müssen: Jetzt dafür zu sorgen, dass er eines schnellen Todes starb, war das Mindeste, was er für ihn tun konnte.

»Ja«, sagte Leo. Er war plötzlich unsagbar müde, so erschöpft wie nie zuvor in seinem Leben. »Ich werde es ihm sagen.«

Auf dem Weg zum Gericht wies Querimon seinen Kutscher an, auf der Brücke anzuhalten. Er wickelte seinen Umhang enger, stieg aus der Kutsche, beugte sich über die Brüstung und schaute zu dem schmalen Fenster im Gang des Kerkers, das zum Fluss lag. Das Wasser hatte den Fenstersims noch nicht ganz erreicht. Er konnte also unbesorgt noch zum Gericht gehen, anschließend nach Hause zum Abendessen und später am Abend zurückkommen, um Leo in eine andere Zelle zu bringen. Querimon stieg wieder in seine Kutsche und befahl dem Fahrer, weiterzufahren.

Allerdings wusste Querimon nicht, dass dieses Fenster früher einmal das Fenster einer Zelle gewesen war, in der ein Gefangener des Monarchenbundes mehr als zweimal dreizehn Jahre untergebracht gewesen war. Der Name dieses Gefangenen und sein Verbrechen, ja sogar seine Existenz, waren natürlich längst vergessen. Doch er hatte etwas hinterlassen. In den langen Jahren seiner Gefangenschaft hatte er den Mörtel zwischen den Mauersteinen unter dem Fenster weggekratzt – mit den Fingernägeln, einem Hemdenknopf, der Scherbe eines zerbrochenen Tellers. Allerdings war er gestorben, ehe er den endgültigen Durchbruch durch die geschwächte Mauer geschafft hatte. Doch dank seiner unermüdlichen Vorarbeit war der Mörtel an dieser Stelle nun so dünn wie ein Mondstrahl, und deshalb konnte der

Fluss, als er nun zum ersten Mal an diese Steine donnerte, zu Ende führen, was der unglückselige Gefangene begonnen hatte.

»Ich werde es ihm sagen«, versprach Leo, verstummte und legte den Kopf auf die Tischplatte. Er schloss die Augen und lauschte auf Dons Atem und das schwache Plätschern von Wasser, irgendwo draußen im Gang. Nach einer Weile fragte Don: »Worum geht es überhaupt?«

Seufzend richtete Leo sich auf. Er saß da, drückte seine Fingerkuppen an die Augäpfel und redete durch die Finger. »Um Freunde meiner Schwester. Lanneret wollte sie festnehmen, aber sie konnten fliehen. Und jetzt will er von mir wissen, wo sie sind.«

»Und weißt du es?«

Diese gleißende Explosion von Schmerz und Begreifen vorhin. »Ich denke schon.« Ein weiteres langes Schweigen folgte. Das Plätschern im Gang war jetzt lauter und schneller; es klang wie Trommelschläge, die das Schnellerwerden der Zeit markierten, bis zu dem verhängnisvollen Augenblick, wenn er die Flüchtenden verraten und Don sterben würde.

»Was haben sie verbrochen?«

»Nichts.« In Leo flackerte eine Spur der alten Empörung und Wut auf. »Sie haben nur das Pech, mit einem Mädchen verwandt zu sein, das angeblich vorhat, den Monarchenbund zu stürzen …«

»Welches Mädchen? Doch nicht Gaia Athanasius, oder?«

Leo nahm die Hände vom Gesicht und blickte auf. »Wie im Namen des Mondscheins hast sogar *du* schon von ihr gehört?«

»Das Lied«, sagte Don knapp und bündig. Er ballte seine gefesselten Hände zu Fäusten und sagte mit zusammengebissenen Zähnen: »Gut, dann sag ihm nichts, Leo. Wenn er diese Verwandten findet, findet er auch Gaia, nicht wahr?«

»Vermutlich …«

»Dann halt den Mund! Was immer Lanneret auch sagt oder tut, sag kein Wort!«

»Aber Don, du …«

»Ich weiß«, fiel Don ihm ins Wort. Er zitterte am ganzen Leib, und sein Atem ging schnell und bebend, doch seine Augen blitzten kampfeslustig. »Ich weiß, ich werde sterben, und es wird qualvoll sein. Aber wenn es für *sie* ist … dann ist es die Sache wert!«

Leo schloss die Augen. Nein, es war die Sache nicht wert. Dieses Mädchen war eine Lügnerin, die im Mondlicht irgendwelche Schatten spann. Denn sie waren alle tot: Die ganze Familie Athanasius war bei dem Palastbrand damals ums Leben gekommen. Und wenn es keine Überlebenden gegeben hatte, wie konnte es dann plötzlich eine Königin von ihrem Blut geben, die Assalay für sich beanspruchen konnte? Nein, er würde nicht dulden, dass Don wegen einer Lüge leiden und sterben musste!

»Es ist nicht wahr«, sagte Leo leise und erzählte Don, was er in dem alten Buch gesehen hatte: den offiziellen Stammbaum, der eindeutig bewies, dass der damalige König, seine Frau und all seine Kinder am selben Tag und am selben Ort gestorben waren. Don hörte ihm zu und ein eigenartiges Lächeln stahl sich auf sein Gesicht. Als Leo fertig war, fragte er: »Wie viele Strophen des Lieds hast du gehört?«

»Nicht alle«, musste Leo zugeben. »Nur …«

Das Zuschlagen einer Tür ließ ihn abrupt verstummen. Die beiden Jungen schauten sich voller Panik an. In dem Moment schob Lanneret auch schon den silbernen Vorhang zur Seite und betrat den Raum.

»Er wird Euch nichts sagen«, erklärte Don.

Lanneret lachte. »Oh, da bin ich anderer Meinung.« Er wandte sich an Leo. »Ich bringe dich jetzt in deine Zelle zurück.«

»Warum?«

»Stell keine Fragen!« Lanneret nahm einen Schlüssel aus seiner Tasche und löste die Ketten um Leos Fußknöchel. Dann warf er den Schlüssel auf den Tisch, öffnete die Tür zum Gang und fluchte leise. Leo, der sich hinuntergebeugt hatte, um seine tauben Waden zu reiben, blickte überrascht auf. Lanneret verharrte unschlüssig auf der Schwelle. Die Stufen, die zum Gang hinunterführten, standen unter Wasser, der Gang selbst war bis in Kniehöhe von orangefarbenen Wassermassen überspült.

Leo erkannte seine Chance. Er sprang von seinem Stuhl, rannte gebückt los und warf sich mit seinem ganzen Gewicht gegen Lanneret. Dieser Überraschungsangriff ließ Lanneret rückwärts taumeln und ins Wasser fallen. Er richtete sich gerade wieder auf, als man Mauersteine einstürzen hörte, ein ohrenbetäubendes Grollen und Poltern, dann das Rauschen eines kraftvollen Wasserschwalls. Eine gewaltige Welle schoss die Stufen am Ende des Gangs herunter, donnerte durch den schmalen Gang und riss Lanneret erneut um.

Die Welle schwappte in das kleine Zimmer und schleuderte Leo mit voller Wucht an die Tischkante. Mit einem Arm konnte er die größte Wucht abfangen, und alles geschah so blitzschnell, dass er keine Zeit hatte, den stechenden Schmerz zu bemerken. Die Welle donnerte gegen die hintere Wand, und als sie kraftvoll zurückschwappte, riss sie Leo mit sich durch den Raum bis zur Tür. Die Wassermassen gewannen noch mehr an Kraft, als sie durch die Wände des schmalen Gangs kanalisiert wurden; sie packten Lanneret und schleuderten ihn auf die Haupttreppe. Leo watete zur Tür und spähte hinaus. Lanneret lag auf den Stufen, wie ein Käfer auf dem Rücken, und rührte sich nicht. Das gefärbte Wasser des Flusses schoss an ihm vorbei und über ihn hinweg.

*Die Schlüssel!* Lanneret hatte die Schlüssel auf den Tisch gelegt. Leo watete mühsam durch den Raum und tastete auf der einige Fingerbreit unter Wasser stehenden Tischplatte herum. Sobald er die Schlüssel in der Hand hatte, stakste er damit zu Don. Ungeschickt und qualvoll langsam probierte er einen Schlüssel nach dem anderen aus. Es dauerte schrecklich lange, bis er endlich den richtigen Schlüssel fand und Dons Handfesseln aufschließen konnte. Sofort riss Don ihm den Schlüsselbund aus den Fingern, schloss Leos Handfesseln und seine eigenen Fußketten auf. Da ertönte im Gang ein Schrei. »Leo!«

»Schnell!« Leo zog Don mit sich zum silbernen Vorhang. Sie wateten durch den Türbogen und rannten platschend einige Stufen hinauf, die in einem kurzen Gang endeten. Die Tür am anderen Ende war verschlossen, doch etwa in Kniehöhe gab es ein kleines viereckiges Fenster. Leo kniete sich nieder und schaute hinaus. Das Mauerwerk fiel schroff ab, bis direkt in den mörderischen Fluss, der sich sprudelnd und schäumend zum Meer wälzte.

»Es geht! Wenn Kopf und Schultern durchpassen, geht's«, keuchte Don. »Im Ernst. Hat mir ein Einbrecher auf der Sklavenfarm erzählt.« Ohne weitere Erklärung schob er sich rückwärts durch das Fenster, hielt sich einen Moment lang nur mit den Händen an der Fensterbank fest. Dann ließ er sich fallen. Im Wirbel der stürmischen Wassermassen und wegen der Dunkelheit verlor Leo ihn fast sofort aus den Augen.

»Leo!«, brüllte Lanneret am Fuße der Stufen. Leo warf einen hektischen Blick auf den Fluss hinunter. Don hatte instinktiv richtig gehandelt: besser in den Fluten umkommen als in Lannerets Händen. Er zwängte sich ebenfalls mit den Füßen voraus aus dem Fenster, zögerte dann aber und traute sich nicht, sich in die aufgewühlten Wassermassen tief unter sich fallen zu lassen.

»Leo!« Lanneret war da, kniete sich vor das Fenster und packte Leos Hände. »Komm sofort wieder herein!«

»Nein!«, brüllte Leo und schob sich weiter nach hinten. Er versuchte noch, sich am Sims festzuhalten, doch da gaben seine Arme nach, und er fiel, wild um sich schlagend, in den reißenden Fluss.

Das Wasser verschlang ihn augenblicklich. Er war ihm voll und ganz ausgeliefert und wurde wie ein Stück Treibholz mitgerissen. Der Arm, den er vorhin an der Tischkante angestoßen hatte, hing nutzlos herunter. Leo konnte nicht schwimmen, er wurde nach unten gezogen, immer tiefer und tiefer. Wasser drang ihm in Mund und Nase. Nur mit größter Anstrengung gelang es ihm, sich wieder an die Oberfläche zu kämpfen, wo er aber nur kurz nach Luft schnappen konnte, ehe er wieder unter Wasser gezogen wurde und seine Lungen zu platzen drohten …

Da spürte er etwas an seine Schulter stoßen, griff geistesgegenwärtig danach und konnte sich nach oben ziehen. Die Strömung hatte ihn unter die Brücke gespült, an einen Geröllhaufen, der sich am Fuß eines der steinernen Pfeiler angesammelt hatte. Der Gegenstand, an dem Leo sich festhielt, sah wie ein großer, geflochtener Weidenkorb aus. Er war leicht und tanzte auf den Wellen.

»Leo!« Über das Tosen von Wind und Wasser hinweg, den prasselnden Regen und das laute Pochen seines eigenen Herzens hörte er den Schrei kaum. »Leo!« Da war es wieder! Don war hinter ihm. Er war ebenfalls auf die Brücke zugetrieben worden und klammerte sich voller Verzweiflung an eine halb unter Wasser befindliche Kiste.

»Das hier schwimmt!«, brüllte Leo und deutete mit dem Kopf auf den Weidenkorb. »Schaffst du es bis zu mir?«

»Ja!«

Don ließ die Kiste los. Die Strömung packte ihn und trug ihn rasend schnell unter die Brücke. Er würde davongespült werden! Leo warf sich mit seinem Weidenkorb nach vorn, kickte mit den Beinen. Der Weidenkorb stieß unsanft an Dons Rücken; er drehte sich um und wollte zugreifen, wurde unter Wasser gezogen, kam prustend wieder hoch und bekam schließlich den Rand zu packen.

Dann wurden die beiden Jungen von den donnernden Wassermassen flussabwärts getrieben. Zum Glück waren wenigstens ihre Köpfe über Wasser, dachte Leo erleichtert. Er konnte atmen und denken. *Denken!* Die Strömung trug sie auf das rechte Ufer und den Hafen zu. Wenn sie hier an Land gespült werden würden, wären sie tot. Hier, im Herzen der Stadt, würde die Falle sofort zuschnappen. Sie mussten unbedingt ans gegenüberliegende Flussufer, um dort entlang der einsamen, felsigen Buchten unterhalb der Klippen von High Side zu schwimmen. »Andere Seite!«, keuchte er, und Don begriff sofort. Mit vereinten Kräften strampelten sie mit den Beinen. Im Kampf mit den tosenden Wassermassen musste Leo das letzte Quäntchen Kraft aufbieten, das er noch besaß.

Auf sich allein gestellt, hätte er es nie geschafft. Zu zweit aber gelang es ihnen, gegen die Strömung anzuschwimmen, die sie nach Freehaven zurücktreiben wollte, und sie merkten, dass sie den Klippen und dem offenen Meer näher kamen. Irgendwann konnten sie aufhören, mit den Beinen zu schlagen, weil sie wie von selbst auf die Mündung des Flusses zugetrieben wurden. Sie ließen sich am Ufer entlang treiben, bis zu einer kleinen, sandigen Bucht. Mit einer letzten Anstrengung taumelten sie an Land, außer Reichweite der Wassermassen, und sanken erschöpft in den Sand.

Lanneret passte als ausgewachsener Mann natürlich nicht durch das kleine Fenster und musste ohnmächtig mit ansehen, wie Leo in den

Fluten verschwand. Er sank an der gegenüberliegenden Wand auf den Boden und versuchte, seinen unbändigen Zorn zu zügeln, um einigermaßen klar denken zu können. Er musste umgehend sämtliche Spuren seines Tuns beseitigen und von hier verschwinden, ehe Querimon eintraf.

Während er durch das Hochwasser zurückwatete, sammelte er die Ketten ein und tastete unter Wasser nach den Schlüsseln, die er zum Glück auch fand. Querimon würde Leo in seiner Zelle suchen, und deshalb stapfte Lanneret durch das tiefe Wasser im Gang, schloss die Zellentür auf und ließ sie offen stehen. In der Hoffnung, dass Querimon einem nachlässigen Wächter oder einfach nur der Gewalt der Wassermassen die Schuld geben würde, verließ er den Kerker schnell wieder und ließ sich von seinem Kutscher nach Hause fahren. Er fühlte sich fürs Erste außerstande, Teredo zu berichten, was sich zugetragen hatte.

Lanneret hätte sich nicht beeilen müssen. Als Querimon nach der Gerichtsverhandlung nach Hause kam, ging es dort drunter und drüber. Offenbar waren sämtliche Sklaven, die er besaß, damit beschäftigt, mit den absonderlichsten Gegenständen durch die Eingangshalle zu rennen. Ein Brotmesser, ein Mabberling-Schläger und ein Gehstock wurden im Eilschritt in den Salon getragen, desgleichen auch ein stinkender, bis an den Rand mit Küchenabfällen gefüllter Korb. Verwundert ging Querimon in den Salon, wo Lady Querimon eine absonderliche Hetzjagd veranstaltete. Sie deutete in eine Ecke und rief der Dienstmagd mit dem Mabberling-Schläger zu: »Dort! Schnell, dort ist sie hingerannt! Oh, gib schon her!« Sie riss ihr den Schläger aus der Hand, eilte auf Zehenspitzen durch den Raum und schlug wie von Sinnen unter einem Tischchen herum. Der kleine Tisch fiel um, und ein Eierbecher aus Porzellan aus dem Zweiten Jahrhundert, auf den Querimon besonders stolz gewesen war, zerschellte auf dem Marmorboden.

»Was um alles in der Welt ist hier los?«, fragte er bestürzt.

»Da war eine Ratte!«

»Eine Ratte?« Ein Ausdruck von Besorgnis und Abscheu huschte über Querimons Gesicht.

»Ja.« Lady Querimon ließ den Schläger erneut herabsausen, und diesmal ging eine seltene, aber eher scheußliche Vase zu Bruch. »Ein Riesenexemplar!«, fügte sie hinzu. »Auf dem Tisch. Hat sich über den Würfelzucker hergemacht. Aha!« Sie rannte wieder quer durch den Raum, stieß weitere Möbelstücke um und schlug hektisch auf den nackten Fußboden ein. Lord Querimon sank erschöpft auf das Sofa und tupfte sich das Gesicht ab.

»Kannst du die Jagd nicht den Sklaven überlassen?«

»Gewisse Dinge«, erklärte ihm Lady Querimon gebieterisch, »sind zu wichtig, um sie anderen zu überlassen.« Sie riss einem Sklaven das Nudelholz aus der Hand und reichte es ihrem Gatten. Lord Querimon wischte sich erneut über das Gesicht. Er hasste Ratten.

Es dauerte lange, bis das Tier schließlich in die Enge getrieben und getötet war. Lady Querimon hatte nicht übertrieben: Es war ein Riesenexemplar mit langen Krallen und einem verfilzten, schwarzen Fell. »Wo sie wohl hergekommen ist?«, fragte sie und beäugte den Kadaver kopfschüttelnd. Querimon wandte sich voller Ekel ab. »Keine Ahnung …« Da fiel ihm ein, dass er Leo in eine andere Zelle bringen musste. Aber hatte Teredo nicht gesagt, es würde morgen noch reichen? Querimon beschloss, sich nach den Aufregungen des Tages lieber mit einem stärkenden Glas Wein in die Bibliothek zurückzuziehen.

Don richtete sich mühsam auf und schüttelte Leo, der wie leblos im Sand lag. »Leo! Wir müssen weiter!« Leo stöhnte. Er war restlos erschöpft. Er wollte nichts als hier liegen bleiben und schlafen, doch eine Stimme sagte ihm, dass das sein sicherer Tod wäre.

»Steh auf! Wie geht's jetzt weiter?«

Leo hob den Kopf, um sich umzuschauen. Er kannte diese Bucht; Rachel und er waren letztes Jahr einmal hier gewesen. Ein steiler Weg führte an der Klippe hinauf. Schon der Gedanke daran beraubte ihn seiner letzten Kraft. Doch ihm war bitterkalt; ein schneidender Wind kam vom Meer, und er war nass bis auf die Haut. Er musste sich unbedingt bewegen. Aber es ging nicht. Am liebsten hätte er sich in den feuchten Sand eingebuddelt. »Es gibt einen Weg«, sagte er langsam. »Der führt nach oben zu einer Straße. Ich kann nicht … geh allein!«

»Nicht ohne dich.« Don setzte sich neben Leo in den Sand. Leo merkte, dass auch Don vor Kälte bibberte, und das erinnerte ihn an die eisigen Wintertage, als sie zusammen Holz gesammelt und Feuer gemacht hatten. Er bräuchte nur die Augen zu schließen, um wieder dort zu sein: mit steifen Fingern, die vor Kälte schmerzten, mit dem Schnee, der ihm ins Gesicht peitschte … dann die allmählich spürbare Wärme der Glut, die ihn durchdrang … Leo ließ den Kopf wieder sinken und rollte sich um die Kälte in seinem Inneren zusammen.

»Leo!« Don zupfte ihn am Ärmel. »Du wolltest doch dieses Lied hören, oder?«

Das stimmte. Blinzelnd öffnete Leo ein Auge. »Ja.«

»Gut, setz dich hin. Dann singe ich dir die erste Strophe vor.«

»Geht nicht«, sagte Leo.

»Tja, dann gibt's kein Lied.« Don packte ihn am Arm und zog ihn in eine sitzende Position. Als Leo saß, sang Don mit einer ziemlich kratzigen Stimme:

*»Warum weinen die Monde, hör ich euch fragen,*
*Und ich erzähl die Geschichte aus lang vergangenen Tagen,*
*Als über die Dreizehn, über Groß und auch Klein,*
*Telemachus Athanasius in Güte und Weisheit herrschte allein.«*

»Diese Strophe kenn ich schon«, sagte Leo.

»Gut«, sagte Don. »Komm, gehen wir bis dahin, wo dieser Weg anfängt, dann singe ich dir die nächste Strophe vor.«

Leo musste leise lachen. Aber immerhin richtete er sich mühsam auf, fluchte, weil ihm ein stechender Schmerz in den Rücken schoss, und humpelte über den Sand auf die Klippe zu. In der Dunkelheit tastete er sich bis zu der Stelle vor, an der der Weg begann, und stellte einen Fuß darauf.

»Wir sind da«, sagte er.

Und Don sang:

*»König Telemachus, Größter und Letzter aus seinem Geschlecht,*
*Wollte die Herrschaft der Reichen beschneiden – zu Recht!*
*Er liebte die Armen und Einfachen sehr,*
*Und wollte im Land keine Ungleichheit mehr.«*

»Diese Strophe hab ich auch schon gehört … zum größten Teil«, sagte Leo. »Außer dem Ende.« Er wollte sich hinsetzen, aber Don hielt ihn am Arm fest. »Nein, nicht. Noch mal zwanzig Schritte, dann singe ich dir die nächste Strophe vor. Da wird es erst richtig interessant.«

Der steile Weg, der an der Klippe hinaufführte, war schon unter normalen Umständen rutschig und schwer zu meistern, jetzt im Dunkeln war er geradezu tückisch. Leo hatte gerade mal bis fünf gezählt, als er ausrutschte und hinfiel. Vor Schmerzen schossen ihm Tränen in die Augen. »Verdammt, ich schaff's nicht!«, stöhnte er.

»Weiter, sonst kriegst du die nächste Strophe nicht zu hören.« Don half Leo wieder auf die Beine. Leo zählte die nächsten Schritte laut mit, wobei er bei jedem Schritt vor sich hin schimpfte und fluchte. »Fünfzehn!«

*»Das würde den Einfluss der Dreizehn beenden,*
*Und sie beschlossen, ihr Schicksal zu wenden,*
*Telemachus samt seiner Familie musst' sterben,*
*Und sie würden die Macht über Assalay erben.«*

Der Wind trug die letzten Noten mit sich fort und ließ nur die Geräusche der Brandung im Sand und das Prasseln des Regens zurück, der an die Felswand fiel. »Und weiter?«, fragte Leo.

»Zuerst gehen wir noch mal fünfzig Schritte!«

Diesmal zählten sie gemeinsam von eins bis fünfzig, während sie sich langsam den steilen Pfad hinaufschleppten. Erschöpft blieben sie dann stehen, um sich auszuruhen. Leo sank in die feuchte Kälte des Heidekrauts am Wegesrand. »Sing weiter!«

*»Sie ermordeten den König, auch seine Frau fand den Tod,*
*Der Brand des Palasts färbte den Himmel blutrot,*
*Über den Ruinen wächst heute der Nouldewood dort,*
*Dem Volk wurd' gesagt, es sei ein gefährlicher Ort.«*

Leo hörte es kaum, wie Don die nächsten fünfzig Schritte mitzählte. In seinem Kopf drehte sich alles. Ein Feuer im Palast. Das stimmte dem Bericht zufolge, den er gelesen hatte – aber geschah es wirklich, um die Morde an der königlichen Familie zu vertuschen? Es klang verrückt und abstrus – aber nicht unmöglich. Und wer weiß, vielleicht war auch die Sache mit der Pest, die man sich im Wald holen konnte, eine Lüge. Vielleicht war der Nouldewood nur deshalb ein verbotener Ort, weil dort ein Verbrechen geschehen war. Wenn der Monarchenbund die Existenz der früheren Könige leugnete, würde er auch nicht wollen, dass jemand in diesem Wald auf die Ruinen eines abgebrannten Palasts stieß. Falls überhaupt noch etwas vorhanden war, überlegte er sich.

»Fünfzig!«, verkündete Don. Leo stellte verwundert fest, dass sie inzwischen schon bei der großen Biegung des Pfads angekommen waren. Sie hatten die erste Hälfte hinter sich!

*»Am Morgen des Bluttags, kurz vor Ende der Nacht,*
*Wurden die Kinder des Königs heimlich fortgebracht,*
*Von einem Mann, der zwar adlig, aber edel und voll Mut,*
*Der schwor, sie zu retten, koste es auch sein Leben und Gut.«*

Leos Gedanken überschlugen sich nun förmlich. Ihm wurde so schwindlig, als wäre die Klippe hundertmal höher, als sie in Wirklichkeit war, und der Pfad nur ein schmaler Felsvorsprung am Rand eines tiefen Abgrunds. Wenn das stimmte, war es absolut verständlich, wie entsetzt Lanneret gewesen war, als er erfuhr, dass zwei Kinder mit Namen Athanasius nach Freehaven gekommen waren. Und was war mit den anderen Lords? Wussten sie Bescheid? Aber natürlich, wie konnte es anders sein? Allerdings waren ihm die verwunderten Mienen bei seinem Prozess noch deutlich in Erinnerung.

»So, das wären jetzt siebzig«, sagte Don. »Ich habe dir Bescheid gesagt, als wir bei fünfzig waren, aber du hast nicht reagiert.«

»Gut, dann jetzt«, sagte Leo.

*»Versteckt lebten sie ärmlich und für lange Zeit,*
*Nun aber steht die wahre Erbin bereit,*
*Sie wurde verfolgt, hatte vor Hunger und Not keine Ruh,*
*Hat unter uns gelebt, war wie ich und du.«*

Ab hier wurde der Pfad endlich etwas flacher. Er würde es schaffen! Nach ein paar weiteren Schritten waren sie ganz oben. »Und jetzt?«, fragte Don.

»Hm, ich bin mir nicht sicher«, antwortete Leo. Die Hauptstraße, die aus Freehaven herausführte, war ganz in der Nähe. Allerdings waren sie beide bis auf die Knochen durchnässt und froren; wenn sie sich nicht mehr bewegten, würden sie erfrieren. Sie brauchten dringend trockene Kleidung. Und es gab nur einen Ort, wo sie welche finden konnten. Es war sehr riskant, aber andererseits war es mitten in der Nacht. Es könnte klappen.

»Sing mir den Rest jetzt gleich vor!«, sagte Leo. »Wir sind dicht vor der Stadtmauer und müssen dann mucksmäuschenstill sein.«

Und Don sang leise:

*»Sie ist Gaia, unsere Herrin, von den Monden gesegnet,*
*Selbst Stroh erblüht, wenn es ihrer Anmut begegnet,*
*Und der Tag wird kommen, da alles ist, wie es soll sein,*
*Wir keine Lords mehr haben, sondern ein Mädchen im Gewand weiß und rein.«*

Leo führte Don über einen Streifen unbebautes Land und von dort aus im Schatten der Stadtmauer weiter. Sie tasteten sich langsam daran entlang, immer eine Hand an die Steine gelegt. Die Worte des Lieds hallten in Leos Kopf nach. Ihm wurde fast übel bei dem Gedanken, was für ein schändliches Erbe er infolge seiner Geburt angetreten hatte. Doch dann fiel ihm ein, dass er ja ausgestoßen worden war. Er hatte mit dem Monarchenbund nichts mehr zu tun; er konnte frei wählen, auf wessen Seite er stehen wollte.

Rachel, die den ganzen Nachmittag über geschlafen hatte, tapste gegen Mitternacht über den Korridor zu Leos Zimmer. Sie holte die Schachtel unter seinem Bett hervor, um voller Wehmut die darin befindlichen Schätze zu betrachten. Danach stellte sie sich ans Fenster und schaute auf den Garten hinaus, weil sie sehen wollte, was seine Augen früher von hier aus gesehen hatten.

Da sah sie im Baumhaus ein Licht brennen.

## 23. Kapitel

# Weltuntergang

Wie war das möglich? Das Baumhaus gehörte nur Leo und ihr; niemand sonst kletterte jemals hinauf. Rachel blinzelte und schaute noch einmal hin. Das Licht brannte noch immer!

Leos Kleidungsstücke lagen noch in seinem Zimmer herum. Rachel schlüpfte in eine seiner Hosen und in ein Hemd und tapste auf Zehenspitzen in ihr eigenes Zimmer, um ihren Umhang zu holen. Dann schlich sie hinunter in den Wintergarten. Zwei fette Ratten knabberten an heruntergefallenen Früchten herum und huschten ins Dunkel, als Rachel die Tür zum Garten öffnete. Der Regen hatte aufgehört, doch der Wind wütete noch und drohte, ihr den Umhang vom Leib zu reißen, als sie über den durchweichten Rasen und dann die kleine Anhöhe hinauf zu dem Wäldchen rannte. Die Leiter des Baumhauses glänzte feucht in dem schwachen Lichtschein, der schräg durch das kleine Fenster herabfiel. Lautlos kletterte Rachel Sprosse um Sprosse nach oben und stieß die Tür auf.

Nasse Fußspuren auf dem Boden; ein feuchter Kleiderhaufen; die plötzliche Bewegung einer schemenhaften Gestalt, die sich instinktiv verstecken wollte. Rachel schnappte nach Luft.

»Nicht schreien, Rach! Und mach um Himmels willen die Tür zu. Wir erfrieren!«

Rachels Beine gaben unter ihr nach. Sie musste sich am Türrahmen festhalten und blinzelte ungläubig ins Halbdunkel hinter dem Lichtschein der Lampe. Zwei Gestalten. Eine war ihr fremd, in Alarmbereitschaft und misstrauisch. Die andere Gestalt lag auf dem alten Sofa an der Wand …

»*Lol!*« Sie machte die Tür zu und tastete sich zu ihm durch. Er war in eine Decke gewickelt und trug eines der Kleidungsstücke, mit denen sie sich früher zum Spielen verkleidet hatten. Trotzdem zitterte er am ganzen Leib und seine Haare waren tropfnass. Rachel holte eine weitere Decke aus der Kiste unter der Fensterbank, kauerte sich neben ihn und begann, seine Haare trocken zu rubbeln.

»Danke«, sagte er mit klappernden Zähnen. »Übrigens, Rach, das ist Don.«

»Don *Garth*?« Sie erinnerte sich an Leos Briefe und die Unterhaltung zwischen ihrer Mutter und Lady Lanneret, die sie heimlich belauscht hatte, und musterte den fremden Jungen eingehend. Er war sehr dünn, hatte ein schmales Gesicht und eine Doppelnarbe auf einer Wange. »Wie bei allen Monden …?«, begann sie.

Doch dann schüttelte sie den Kopf. Das spielte im Moment keine Rolle. Die Geschichte, wie die beiden Jungen hierhergekommen waren, konnte warten. Rachels Gedanken rasten in die Zukunft, überschlugen sich in ihrer wachsenden Aufregung. Sie hatte geglaubt, Leos Tod auf dem Gewissen zu haben, der nun aber auf eine ihr nicht bekannte, nie erhoffte Art und Weise zu ihr zurückgekehrt war. Sie würden aus diesem ganzen Schlamassel herauskommen, alle zusammen und lebendig; und auch wenn sie dafür bis ans Ende der Welt fliegen musste – sie würde Leo beschützen, egal um welchen Preis!

»Wir müssen hier weg«, sagte sie. »Sobald sie merken, dass du fort bist, werden sie nach dir suchen! Auf, schnell, wir müssen fort!« Sie griff nach seinem Arm und er zuckte zusammen. »Leo, was hast du?«

»Ja, schon, aber gib mir noch einen Moment.« Er schlug die Decke zurück und setzte sich langsam auf. Das alte Buch lag neben ihm auf dem Sofa. »Das hab ich in der Kiste bei den Kleidern gefunden«, erklärte er ihr. »Zusammen mit meinen Briefen. Hab sie schon eingesteckt.« Er klopfte auf seine Jackentasche. Rachel griff nach dem Buch und fuhr mit einer Hand behutsam über den morschen Ledereinband.

»Sollen wir es auch mitnehmen?«

Er überlegte kurz. »Nein. Lass es für Vater hier.«

»Vater …«, murmelte sie. »Ich sollte besser …« Sie drehte sich zum Tisch, nahm ein Blatt Papier aus der Schublade und kaute nachdenklich auf einem Bleistift herum. Als sie anfing zu schreiben, war ihr Gesicht entschlossen und zornig. Und als sie fertig war, faltete sie das Blatt zusammen und legte es in das Buch, das sie auf dem Tisch liegen ließ.

»Gut, gehen wir!«

Leo ließ sich von Don auf die Beine helfen, schwankte aber und sank wieder auf das Sofa.

»Rachel«, sagte Don. »Ich glaube nicht, dass wir in diesem Zustand sehr weit kommen. Nicht ohne eine längere Ruhepause …«

Das sagte er nur aus Rücksicht. Er selbst sah aus, als könnte er, wenn nötig, die ganze Nacht hindurch gehen; es war Leo, der sich nicht mehr rühren konnte. Rachel war Don dankbar, doch aus Besorgnis und Ungeduld fiel ihre Antwort etwas barscher aus als beabsichtigt. »Ihr müsst nicht weit gehen. Nur durch den Garten.«

Das ergab für Leo zwar keinen Sinn, doch er war viel zu schwach, um eine Frage zu stellen, und ließ sich von Don die Leiter hinunterhelfen. Niemand sprach ein Wort, als sie über den durchweichten Rasen gingen: Der Sturm heulte so laut, dass sie sich ohnehin nicht verständigen konnten, und außerdem mussten sie gegen einen Wind ankämpfen, der heftiger und zorniger war als je zuvor und mit aller Kraft an ihrer Kleidung und ihren Haaren riss. Rachel führte die beiden Jungen zur Remise, in der die Adlerkutsche stand, und schob sie ins Innere. Das Heulen des Windes verstummte, sobald sie die Tür hinter sich zugemacht hatte, und außer den leise flüsternden Atemzügen und einem gelegentlichen Flügelrascheln war nichts mehr zu hören. Leo lehnte sich an die Wand.

»Rachel, was genau hast du vor?«

»Freehaven verlassen.« Sie nahm eine Laterne vom Regal und zündete sie an. Im Lichtschein sah man die Rücken und Flügel hunderter silberner Adler auf ihren Stangen glänzen. In der Mitte des großen Raums stand die vergoldete Kutsche mit fein säuberlich aufgewickelten Führungskabeln. Rachel griff nach dem ersten Kabelende und befestigte es an einem der Vögel.

»Kannst du mir helfen?«, fragte sie Don.

»Klar.« Er griff nach einem der Kabel und studierte es. Am äußeren Ende war eine Klammer, und alle Vögel waren aufgezäumt, sodass man die Kabel nur einklicken musste, und schon waren die Vögel flugbereit. Don klickte die Klammer im Geschirr des ersten Vogels ein, griff dann zum nächsten Kabel und arbeitete sich methodisch auf einer Seite der Kutsche hinunter, während Rachel sich die andere Seite vornahm. Leo lehnte noch immer an der Wand und schaute ihnen zu.

»Rachel«, stöhnte er. »Ich kann die Kutsche unmöglich lenken. Ich habe mich am Arm verletzt.«

»Brauchst du auch nicht.« Ungerührt griff sie zum nächsten Kabel. »Hab ich es dir nicht erzählt? Eines der nützlichen Dinge, die ich im letzten Jahr gelernt habe, ist Fliegen.« Er beäugte sie skeptisch, doch sie schirrte die Adler so geschickt an, als hätte sie ihr Leben lang nichts anderes getan, wie er zugeben musste. Dass die Vögel allmählich aufwachten, ihre glänzenden, gelben Augen öffneten und die Köpfe drehten, nahm Rachel erstaunlich gelassen zur Kenntnis. Sobald sämtliche Adler angespannt waren, drehte Rachel die silberne Kurbel an der Wand, mit der das Glasdach geöffnet wurde. Wieder war das Heulen des Windes zu hören, und die Vögel begannen, sich zu strecken und zu recken und ihre Flügel zu schütteln. Als das Dach ganz offen war, kletterte Rachel in die Kutsche und griff nach den Lenkbügeln. Sie spürte ihre Armmuskeln und genoss das Gefühl ihrer Macht.

»Auf, ihr zwei. Steigt ein!«

Don stieg etwas unsicher über die Seitenwand und half dann Leo beim Einsteigen. Sie setzten sich auf die vordere Bank, gegenüber von Rachel.

»Rachel, das ist doch Wahnsinn«, sagte Leo. »Es ist stockdunkel und den Kompass hat Peter. Woher sollen wir wissen, in welche Richtung wir fliegen?«

Rachel griff in die Tasche ihres Umhangs und reichte ihm einen kleinen, schweren Lederbeutel. Leo zog die Kordel auf und ließ den Inhalt auf seine Handfläche gleiten. Es war ein kleiner Kompass in einem Messinggehäuse. Stirnrunzelnd betrachtete Leo ihn im dämmerigen Schein der Buglampe. Es war ein einfacher, schmuckloser Gegenstand, eindeutig kein Philemot-Kompass. »Wo hast du *den* her?«

»Selbst gebaut.«

»Bist du sicher, dass er funktioniert?«

Sie warf ihm einen finsteren Blick zu, verkniff sich aber jeden Kommentar, weil die Adler gerade flügelschlagend abgehoben hatten und das Dach bereits hinter sich ließen, um die Kutsche an den dunklen

Nachthimmel hinaufzuziehen. Rachel machte die beiden Ankerketten los, und ein Ruck ging durch die Flugkutsche, ehe sie sich hin und her schwankend in den Sturm hineinwagte.

»Wo ist Nordosten?«, schrie Rachel Leo an. Er studierte den Kompass; die Nadel zuckte hin und her, schwankte und blieb dann stehen. Mit seinem unverletzten Arm zeigte er ihr die Richtung. Rachel nickte und zog an den Führungskabeln, damit die Adler eine Kurve flogen. *Bei allen Monden, Sternen und der ewigen Dunkelheit*, was für ein heftiger Wind! Bei einem solchen Wetter war sie noch nie geflogen. Sie biss die Zähne zusammen.

»Alles in Ordnung?«, brüllte Leo.

»Könnte etwas Hilfe brauchen. Don?«

Vorsichtig tastete er sich zu ihr, setzte sich auf den Boden und legte seine Hände auf ihre. Die Flugkutsche machte einen Satz, wurde hochgeworfen und neigte sich bei einer besonders starken Windböe beängstigend seitwärts. Für kurze Zeit waren die schwankenden, bunten Lichter auf dem Platz der Befreiung unter ihnen zu sehen, doch als sich die Flugkutsche von der Stadt wegkämpfte, schrumpften diese Lichter zu kleinen Pünktchen und lösten sich schließlich ganz auf. Sie flogen weiter, bis die Lampe am Bug das einzige schwache Licht in der undurchdringlichen Dunkelheit war. Doch der Wind riss immer wieder Löcher in die Wolken, und sie konnten hin und wieder ein ausgefranstes, strahlendes Tiefblau sehen, bis die Wolkendecke schließlich ganz aufhörte und einen fast vollen, glänzenden Mond enthüllte.

»Was für einen Tag haben wir?«, rief Leo Rachel zu.

»Brumas. Zweiter Tag nach Vollmond.« Ein Mond, der gerade erst abzunehmen begann, noch immer kraftvoll genug, um mit seinem hellen Glanz den Himmel zu füllen. Leo löschte die Laterne, legte den

Kopf in den Nacken und saugte das Mondlicht in sich auf, von dem er geglaubt hatte, es nie mehr wiederzusehen.

Leo war nicht der Einzige, der zum Mond hinaufschaute. Da es seit Langem keine klare Nacht mehr gegeben hatte, huschten Schlaflosigkeit und neue Hoffnung durch die Dörfer und Städte. In High Side klopfte Helminth an Jeremys Tür und sagte: »Wirf dir deinen Umhang über, Jeremy, wir haben einen guten Mond, der zufällig noch deiner ist. Komm, wir schauen ihn uns an!« Im Hafen wurde Thomas, der auf seinem Stuhl eingeschlafen war, von dem hellen Lichtschein geweckt, der durch sein Werkstattdach hereinfiel, und er ging nach nebenan, um diesen Moment des Staunens und der Erleichterung mit Mr und Mrs Deal zu teilen. Sam, Davy und ein paar andere Chorknaben standen schlotternd im Innenhof der Basilika und bestaunten den Mond und seinen Widerschein in der silbernen Kuppel der Basilika.

Aber plötzlich begann der Mond zu sterben.

Sein Licht erlosch langsam, verfärbte sich von Silber zu Gold, dann zu Kupferrot und Rot. Die große Scheibe hing matt und entkräftet am Himmel, als auf einmal ein gekrümmter Schatten langsam darüberschlich, fast so, als würde sich der Mond eine runde, schwarze Maske vors Gesicht halten. Je größer der Schatten wurde, umso kleiner wurde der schwächliche Mond; er wurde zuerst zu einem Halbmond, dann zu einer immer mehr schwindenden Sichel.

»Was ist los?« Diese panische Frage war überall in der Stadt zu hören. Ungeachtet der Ausgangssperre eilten immer mehr Menschen auf die Straßen, um das erschreckende Ereignis besser sehen zu können. Stumm starrten sie an den Himmel, vor Entsetzen hatte es ihnen die Sprache verschlagen. Wenn der Mond verschwand, was blieb ihnen dann?

Am Himmel über dem Nouldewood flüsterte Leo: »Wo ist er hin?« Ratlos starrte er in die sonderbare, rötlich gefärbte Dunkelheit.

»Keine Ahnung.« Rachel zitterte und umklammerte mit unsicheren Händen die Lenkbügel. Die Kutsche kam ins Schlingern. »Was sollen wir tun?«

»Weiterfliegen. Was sonst?«, sagte Don. »Welche Richtung, Leo?«

Leo brauchte eine Weile, bis er die Laterne wieder angezündet hatte. Dann studierte er den Kompass in dem gelben Lichtkegel und streckte den Arm aus. Rachel und Don brachten die Kutsche auf den richtigen Kurs zurück. Leo schaute ängstlich nach oben.

»Er kommt zurück.« Ein Hauch von Licht, so dünn, dass es auch eine Illusion hätte sein können, erzitterte am Rand der schwarzen Nacht. Der spärliche Schein wurde stärker und größer.

In Freehaven packte Helminth Jeremy am Arm. »Er kommt zurück!«

»Er kommt zurück!«, sagte Gabriel auf dem Innenhof der Basilika zu den verängstigten Chorknaben. Und tatsächlich kam immer mehr des Mondes zum Vorschein; er gewann wieder an Kraft und verwandelte sich von dem düsteren, kränklichen, trüben Rot zu einem tiefen Gold und schließlich zu Silber.

Auf den Straßen der Stadt trieben die Wächter die verstörten Bewohner in ihre Häuser zurück. Die Kuppel der Basilika glänzte wieder silbern. Leo konnte die Laterne löschen und Rachels Kompass im Mondschein lesen.

Bei Tagesanbruch hatte sich die Wolkendecke erneut zugezogen. Ein dünner Nieselregen fiel, doch der Wind hatte nachgelassen und sie wurden nicht mehr wie ein kleines Boot auf einer stürmischen See hin und her geworfen. Rachel musterte Leo. Er war kreideweiß.

»Gib Don den Kompass!«, sagte sie. »Ich schaffe es jetzt allein. Leg dich etwas hin!«

»Sicher?«, fragte er. Sie nickte. Er tastete sich zum rückwärtigen Teil der Kutsche und ließ sich auf die Sitzbank fallen. Rachel ließ die Adler eine Zeit lang allein fliegen und ging nach hinten, förderte von irgendwo her eine Decke zutage und wickelte sie um ihn. »Rach«, sagte er mit schläfriger Stimme, »du fliegst gut.« Die Augen fielen ihm zu. Rachel lächelte vor sich hin, als sie zum Fahrersitz zurückging. Im Halbschlaf hörte Leo noch, wie sie und Don sich zuerst leise unterhielten, dann hörte er Don singen. Aha, Don brachte Rachel das Lied bei.

Freehaven erwachte aus unruhigen Träumen in einen beklommenen Tag. An jeder Straßenecke standen Stadtbewohner zusammen und mutmaßten ängstlich und im Flüsterton, was das kurzzeitige Verschwinden des Mondes bedeuten könnte. Es war ohnehin schon ein schlimmes Jahr gewesen. Auf die Drachen, die Überschwemmungen und die Hungersnot folgten nun Gerüchte, die wie Wasser durch eine undichte Mauer in die Werkstätten und Tavernen eingesickert waren: Gerüchte von Verschwörungen gegen die Republik, von Verrat auf höchster Ebene. Das Verschwinden des Mondes war vielleicht nur der Anfang vom Ende. Stand ihnen das Schlimmste eventuell noch bevor?

Lord Querimon ließ Gabriel zu sich kommen. »Dieser Zwischenfall mit dem Mond …«, sagte er und betastete seine Lippen. Bei allen Monden, er hatte wirklich Pech mit seinem Jahr als Ratspräsident: die Überschwemmungen, die Ratten, Leo (er durfte auf keinen Fall vergessen, den Jungen noch an diesem Morgen zu verlegen!) und jetzt das. »Wir müssen etwas tun.«

*Du törichter Narr*, dachte Gabriel. *Über den Himmel und die Gestirne hat selbst der Monarchenbund keine Macht.* Doch er verbeugte sich höflich und sagte fragend: »Euer Lordschaft?«

»Ich denke an eine spezielle Fürbitteandacht«, sagte Querimon. »Am Tag des Viertelmondes. Könnt Ihr alles vorbereiten?«

Gabriel verbeugte sich erneut. »Wir stehen dem Monarchenbund wie immer stets zur Verfügung, Euer Lordschaft.«

»Gut«, sagte Querimon. »Dann überlasse ich Euch alles Weitere und sende die Stadtausrufer gleich aus. Ich will, dass sich sämtliche Bewohner von Freehaven in sechs Tagen in der Basilika einfinden.«

Nach einer abschließenden Verbeugung ging Gabriel langsam die Straßen von High Side hinunter und ließ sich Querimons Worte noch einmal durch den Kopf gehen. *Sämtliche Bewohner von Freehaven in der Basilika.* Sie würden selbstverständlich alle erscheinen, aus Angst vor der Zukunft und um die Monde anzuflehen, sie nicht erneut im Stich zu lassen. In der Basilika angekommen, ging Gabriel das Hauptschiff entlang, betrachtete die leeren Chorstühle und hing seinen Erinnerungen nach. Er hatte den Großteil seines Lebens hier zugebracht. Schon als Junge und junger Mann war er Chorknabe gewesen, war danach für einige Jahre weggegangen, doch nur, um vor vierzehn Jahren als Chorleiter zurückzukehren. Seit damals stand sein ganzes Leben im Dienste der Schönheit und Harmonie, und er hatte die Chorschule zu einem Ort gemacht, an dem man sich wohlfühlte, und alles in seiner Macht Stehende getan, um verzweifelten Kindern und entlaufenen Sklaven zu helfen.

Doch es war nicht genug. Außerhalb dieser Mauern war ein Land unter seinen strengen Herrschern am Ertrinken und Verhungern. Und nun war ein Mädchen aufgetaucht, das sich als neue Königin anbot, ein Mädchen, das Armut, Hunger und die grausamen Gesetze des

Monarchenbundes kennengelernt hatte. Gabriel schaute durch das riesige, widerhallende, leere Kirchenschiff. Er holte tief Luft und sang die erste Strophe von Tals Lied.

*»Warum weinen die Monde, hör ich euch fragen …«*

Die Musik schallte vom Deckengewölbe zu ihm zurück. *Sämtliche Bewohner von Freehaven*, dachte er erneut. Es würde nur etwas Mut erfordern.

Septimus hatte die Mondfinsternis vom Fenster seiner Bibliothek aus beobachtet. Es war ein seiner Meinung nach angemessen trauriges Ereignis, wie ein Zeichen des Mitgefühls für die Düsternis und Verzweiflung in seinem Herzen. Ganz allein hatte er furchtlos zugeschaut. Dass das Mondlicht bald wiederkehrte, war ihm kein Trost gewesen. Er war auf den Sessel am Kamin gesunken, hatte in die erlöschende Glut gestarrt und war irgendwann eingeschlafen.

»Euer Lordschaft, Euer Lordschaft!«

Sein Lakai stand über ihn gebeugt. Septimus blinzelte ihn mit verklebten Augen an. Seine Kleidung war verknittert und unbequem. Er konnte seinen eigenen Schweiß riechen und hatte einen fauligen Geschmack in seinem trockenen Mund. Der Lakai konnte sich des Gedankens nicht erwehren, dass sein Herr, von der eleganten Kleidung mal abgesehen, wie ein Vagabund aussah, der unter einer Brücke übernachtet hatte.

»Was gibt's?«

»Lord Querimon wünscht Euch zu sehen, Euer Lordschaft.«

Septimus rieb sich die Augen und die unrasierten Wangen.

»Sag ihm, ich sei nicht …«

»Er lässt sich nicht abweisen, Euer Lordschaft.«

Septimus stöhnte. »Na schön, dann führe ihn herein.«

Aufgeregt stürmte Querimon in die Bibliothek, lehnte es ab, Platz zu nehmen, und spielte an den Zierknöpfen seiner Handschuhe herum.

»Was gibt's, Alphons?«

Querimon zupfte an seinen Manschetten, hob dann den Kopf und zwang sich, Septimus' Blick standzuhalten. »Ich muss dein Haus durchsuchen.«

»Was!?« Das kam so unerwartet, dass Septimus mit einem Ruck gerade saß. »Warum?«

Querimon schüttelte den Kopf. *Behalte es für dich,* hatte Teredo gesagt. *Halte es geheim. Mit etwas Glück können wir ihn heute noch schnappen und dann wird niemand davon erfahren.* »Ich muss das Haus durchsuchen«, wiederholte er deshalb nur.

Septimus starrte ihn ungläubig an. Dann glättete sich seine Stirn wieder. »Ah, verstehe.« Er ging zur Tür der Bibliothek und riss sie auf. »Du kannst suchen, so lange du willst. Sie ist nicht da.«

Als Querimon die Bibliothek verließ, legte Septimus den Kopf an die Fensterscheibe. Mit Tränen in den Augen starrte er auf den Kiesweg, der zum Brunnen führte. Er konnte sie alle sehen. Cecilia, die dieses Haus vor vielen Jahren besichtigt hatte, mit dem Hut in den Händen dastand und lachte, als sie in den Brunnen schaute; die vom Wasser reflektierten Sonnenstrahlen hatten ihre langen, braunen Haare glänzen lassen. Dann die Cecilia, die weinend über die Kieswege schritt, während er sie vom Fenster aus beobachtet hatte, unfähig, sie zu trösten, machtlos gegen das Gesetz, das besagte, dass sie ihn verlassen musste, wenn sie ihm nicht bald einen Sohn gebären würde. Leo als kleiner Junge, der übermütig über den Kiesweg tollte, voller

Sägemehl, weil er dem Zimmermann den ganzen Tag beim Bau des Baumhauses zugeschaut hatte; wieder Leo, älter, wütend, der Kieselsteine ins Wasser warf. Rachel, die am Brunnen ungeduldig auf Mai wartete, um mit ihr einen Spaziergang in die Stadt zu machen. Cecilia hatte mit ihm zusammen am Fenster gestanden und Rachel beobachtet. Und er hatte sie gefragt: »Hältst du es wirklich für schicklich? Ich meine, dass Rachel die Chorschule besucht? In Gesellschaft einer Sklavin?« Er hatte ihre Antwort noch im Ohr und die Erinnerung war schmerzlich. *»Ich will nicht, dass beide meiner Kinder unglücklich sind.«*

Rachel. Seit Cecilia fort war, hatte er kaum noch an sie gedacht; er war viel zu sehr mit seinem eigenen Kummer beschäftigt, um auch noch an ihren zu denken. Er hatte sie seit Tagen nicht mehr gesehen. Er eilte aus dem Morgensalon und stieß im Flur mit Querimon zusammen.

»Schon gefunden, Alphons?« Ohne auf Querimons verlegene Antwort zu warten, wandte sich Septimus ab und eilte, immer zwei Stufen auf einmal nehmend, die Treppe hinauf. Er klopfte an Rachels Tür und rief ihren Namen. Es kam keine Antwort. Trotzdem trat er ein und blickte sich suchend um. Ratlos drehte er die winzigen silbernen Zahnräder und Federn in den Fingern, die auf ihrem Schreibtisch lagen, und hatte das Gefühl, in das Zimmer einer Fremden eingedrungen zu sein. Er wartete eine Weile, doch weil er keine Spur von Rachel fand, suchte er in Cecilias Räumen weiter und dann in denen Leos. Beim Anblick der im ganzen Zimmer verstreuten Kleidungsstücke wandte er sich rasch wieder ab und warf einen flüchtigen Blick aus dem Fenster.

Das Baumhaus! Natürlich! Er rannte in den Garten, kletterte die Sprossenleiter hinauf und rief: »Rachel! Rachel!« Auch hier war sie nicht, doch in einer Ecke lag ein Bündel feuchter Decken. Jemand hatte die Truhe mit den Kleidungsstücken, mit denen sie sich als Kinder verkleidet hatten, durchwühlt. Auf dem Tisch lag ein eigenartiges altes Buch, das aussah, als wollte es gefunden werden. Septimus griff danach, betrachtete die sich teilweise schon ablösenden Goldlettern auf dem Buchdeckel und erschrak. Es war keine freie Schrift. Was im Namen aller Monde hatte ein Verbotenes Objekt im Baumhaus seiner Kinder zu suchen? Er sollte es umgehend zu Querimon bringen, damit es verbrannt würde. Während er noch zögerte, schlug er es auf und entdeckte Rachels Brief, der im Inneren versteckt war.

*Ich gehe fort,* hatte sie geschrieben, *will dir aber noch sagen, dass ich weiß, dass du uns belogen hast. Ich kenne die Wahrheit. Ich weiß von dem alten Königreich; es steht alles in diesem Buch. Und ich weiß auch, dass ich nicht deine Tochter bin.*
*Ich verstehe nicht, warum ihr mich überhaupt wolltet. Ich verstehe nicht, warum du uns nicht die Wahrheit gesagt hast. Aber ich verstehe natürlich, dass du mich hasst, weil ich schuld daran bin, dass Leo vor Gericht gestellt und verurteilt wurde.*
*Ich denke, es ist für alle besser, wenn ich fortgehe.*
*Rachel*

Septimus sank auf die Bank am Fenster, Rachels Schreiben in den Händen, und schüttelte voller Verzweiflung den Kopf. Leo und Cecilia waren ihm durch den erbarmungslosen Gezeitenwechsel der Gesetze entrissen worden und nun war auch Rachel weg. Septimus klammerte sich an einen letzten, tröstlichen Gedanken. Sie zumindest hatte ihn aus freien Stücken verlassen. Wenn er sie finden und ihr endlich die Wahrheit sagen würde, würde sie eventuell zu ihm zurückkehren. Er las ihren Brief ein zweites Mal. Er enthielt keinen Anhaltspunkt, wohin sie gegangen sein konnte, doch plötzlich blitzte eine Erinnerung in ihm auf: Er spürte, wie sie nach seinem Arm griff, sah ihr lachendes Gesicht unter dem weiten, kalten Himmel … Inchcliff! Rachel hatte Inchcliff geliebt. Fest davon überzeugt, dass sie sich dorthin geflüchtet hatte, eilte er zur Remise. Er würde dorthin fliegen, um sie zurückzuholen. Das war seine Sache, eine Aufgabe, die er aus eigener Kraft und mit eigenen Händen erledigen wollte.

Doch die Flugkutsche und die Adler waren weg. Verwirrt und erschüttert befahl er, seinen Zug vorzubereiten, und machte sich innerlich auf die lange Reise gefasst. Während der vielen Stunden, die er unterwegs sein würde, konnte er nichts anderes tun als lesen. Er ging noch einmal ins Baumhaus und holte das alte Buch.

Leo schlief. Gegen Mittag ließ Rachel die Kutsche behutsam am Rand eines großen Waldes landen, neben einer fensterlosen Steinhütte. »Was machen wir hier?«, fragte Don leise.

»Die Adler müssen gefüttert werden. Das ist ein Lagerhaus.« Sie deutete mit einer Kinnbewegung auf die Hütte und holte einen Schlüsselbund aus dem Spind unter dem Kutschbock. Ihre und seine Füße sanken tief in den nassen Schlamm ein, als sie auf die Hütte zugingen. Rachel las die an den Schlüsseln befestigten Zettelchen, steckte dann einen ins Schloss und die Tür ließ sich öffnen. Don spähte über ihre Schulter ins Innere. Auf den Regalen lag mehr Fleisch, als er in seinem ganzen Leben gesehen hatte: Kaninchen, Hühner, große Stücke Reh- und Wildschweinfleisch.

»Wer wird hier erwartet? Doch nicht wir, oder?«

»Nein, niemand. Das Fleisch wird hier nur gelagert, für den Notfall.«

»Du meinst, solche Lagerhäuser gibt es in ganz Assalay?«

Verlegen sagte sie: »Ja.«

Er pfiff durch die Zähne und stieß ein Fluchwort aus. »Gut, dann füttere du die Adler. Ich sehe zu, dass *wir* etwas zu beißen bekommen.« Er suchte ein paar gute Stücke aus, und während Rachel die gierigen, sich streitenden Vögel fütterte, sammelte er trockenes Holz, machte ein Feuer und briet das Fleisch. Der Duft drang bis in Leos Träume; er schlug die Augen auf, schnüffelte und setzte sich auf.

»Gute Idee, Don. Wo sind wir?«, fragte er schlaftrunken.

»Ferndale«, erklärte Rachel. Sie und Don gingen an den sich noch immer streitenden Vögeln vorbei, kletterten in die Kutsche und breiteten die leicht verkohlten Fleischscheiben auf dem Sitz aus. Sie aßen schnell und ohne zu reden, verbrannten sich in ihrem Heißhunger Finger und Zunge. Nach dem Essen wischte sich Rachel den Mund am Ärmel ab und gähnte genüsslich.

»Du brauchst eine Pause«, sagte Leo. »Leg dich schlafen. Du auch, Don. Ich halte Wache.«

Rachel rieb sich die brennenden Augen. »Einverstanden«, sagte sie. »Aber nicht lange. Ich will noch bei Tag weiterfliegen.«

Nachdem Rachel und Don unter Decken auf den Kutschbänken eingeschlafen waren, stieg Leo aus der Kutsche, fachte Dons Lagerfeuer wieder an und setzte sich davor. Er spürte, wie die lebendige Wärme die noch in seinem Körper verbliebene Gefängniskälte vertrieb. Nach einer Weile zog er Rachels Kompass aus seiner Tasche, drehte ihn hin und her und beobachtete, wie sich der Feuerschein im Messinggehäuse spiegelte. Und egal, wie er ihn drehte und wendete, die Nadel wanderte immer treu und brav nach Norden. Am späten Nachmittag rüttelte er Rachel wach, ließ Don aber weiterschlafen.

»Du hast dieses Jahr nützlichere Dinge gelernt als ich«, sagte er und deutete mit dem Kinn auf den Kompass.

Sie lächelte. »Na ja, ich hab zumindest damit angefangen. Aber ich muss noch sehr viel mehr lernen. Ich weiß immer noch nicht, wie man die Teile einer Uhr wieder zusammenbaut. Du hast allerdings auch ein paar wichtige Dinge gelernt, Leo. Über das Königreich. Und wie wir belogen wurden.«

Sie setzte sich auf den Kutschbock, griff nach den Bügeln und lenkte das Gefährt an den Himmel. Leo beobachtete sie dabei und dachte an die verdutzten Gesichter bei seinem Prozess. Hatten sie alle Bescheid gewusst und gelogen? Oder nur Lanneret? Und falls alle Lords im Bilde waren, was genau wussten sie? Die offizielle Version oder die Geschichte, die das Lied erzählte, das – wie Don schwor – die reine Wahrheit war? Er schüttelte den Kopf. Es war zu anstrengend, darüber nachzudenken; ihm drehte sich der Kopf. Er legte den Kompass auf seine Handfläche und fragte: »Wieder Nordosten?«

»Nein, ab jetzt direkt nach Norden.«

Sie flogen in die Nacht. Leo und Don tauschten die Plätze. Leo schlief wieder, und auch Don nickte irgendwann ein, den Kompass fest umklammert. Rachel schaute zum Himmel hinauf und genoss den Wind in ihrem Gesicht. Am liebsten wäre sie für immer weitergeflogen. Es war so einfach: am dunklen Himmel entlangzugleiten, an nichts anderes zu denken als daran, der Kompassnadel zu folgen, die beständig in dieselbe Richtung zeigte. Die Müdigkeit kam erst am Morgen. Ihr ganzer Körper schmerzte von der Anstrengung, die Vögel auf dem richtigen Kurs zu halten, und ihre Augen tränten, als der Tag anbrach.

Ihr Ziel konnte nicht mehr fern sein. Sie lenkte die Kutsche tiefer, unter die Wolkendecke.

Don erwachte mit einem Schlag und schaute blinzelnd über den

Rand der Kutsche. Sie flogen über steile, bewaldete Hügel und tiefe Schluchten mit Flüssen hinweg. Die Flüsse waren angeschwollen und voller Schlick, schossen schäumend an den Felsen vorbei. Hier und da sah man klaffende Stellen frischer Erde an Böschungen, die zeigten, wo die ungewöhnlich heftigen Regenfälle den Untergrund weggespült hatten.

Leo setzte sich auf. »Ich war schon mal hier.«

»Wirklich?« Rachel hörte nicht richtig hin, sie suchte mit ihren brennenden Augen die Hügel in der Ferne ab.

»Ja, mit Helminth und Jeremy.« Er schaute auf Don und biss sich auf die Lippen. »Es ist Inchcliff.«

Rachel schaute in die Richtung, in die er zeigte, und sah, wonach ihre übermüdeten Augen die ganze Zeit schon vergeblich gesucht hatten. Eine graue Steinmauer, so zerbröckelt und verwittert, dass sie kaum von dem Felsen zu unterscheiden war, auf dem sie stand.

»Danke, Leo.« *Fast da*, sie würde auch das letzte Stück noch schaffen! Mit neuer Energie zog sie an den Kabeln. Die Adler über ihr schienen zu reagieren, fast so, als hätte sich ihre neue Energie über die Zügel auch auf sie übertragen. Sie machten einen Kurvenflug, schlugen kraftvoll mit den Flügeln und brachten die Kutsche den felsigen Mauern beständig näher. Rachel konnte bereits die zerbröckelnden Zinnen und den abgebrochenen Turm sehen und dahinter ein Durcheinander von Hausdächern. Noch weiter hinten sah man dicht wachsende Wälder, die sich bis zu der Steilküste erstreckten, auf die sie gerade zuflogen.

*Hurra*, dachte Rachel. *Ich hab's geschafft!*

Doch die Flugkutsche war nicht das Einzige, was an diesem Morgen über Inchcliff unterwegs war.

Der graugrüne Drache, der mal in, mal außerhalb der Wolkendecke war, suchte mit seinen gelben Augen den Himmel ab und ließ sich von den Luftströmen tragen. Die Adler sahen ihn noch vor Rachel. Sie bemerkte den Drachen erst, als die Adler voller Panik zu fliehen versuchten und so heftig und abrupt an ihrem Zaumzeug zogen, dass Rachel um ihre Schultergelenke fürchtete. Die Gondel aus Korbgeflecht wurde hochgerissen und von einer Seite zur anderen geschleudert. Weil einige Adler nach oben fliegen, die anderen zu einem Sturzflug ansetzen wollten, kippte das Gefährt gefährlich weit zur Seite.

»Rachel!«, schrie Don. Sie schaute sich hektisch um und sah erst dann, was er ebenfalls erblickt hatte: eine große Bestie, die mit breiten, lederartigen Flügeln über ihnen am Himmel entlangglitt. Das Ungeheuer schlug mit den Flügeln und machte Anstalten, sich auf sie zu stürzen. Die Adler kreischten und zerrten mit aller Kraft am Zaumzeug. Auf der rechten Seite gelang es einer kleinen Gruppe, sich loszureißen, und die Tiere schossen himmelwärts und zogen ihre silbernen Kabel hinter sich her. Die Gondel bekam Schlagseite. Rachel versuchte, die Kontrolle über die verbliebenen Adler wiederzugewinnen, doch ihre Panik verlieh den Tieren mehr Kraft als sonst. Rachel war schlichtweg überfordert. Sie konnte nur noch »Festhalten!« schreien, die Griffe fallen lassen und sich an die Kutschenwand klammern, während sich ein Adler nach dem anderen losriss. Der Drache zeigte kein Interesse an den flüchtenden Vögeln. Seine Augen waren nur auf das glänzende Korbgeflecht der Kutsche gerichtet.

Da nur noch wenige Adler angezäumt waren, verlor die Kutsche rasch an Höhe. Über das Haus und die Gärten waren sie bereits hinweggeflogen. Inzwischen waren sie über dem Wald, streiften fast die Wipfel der Bäume, einige der obersten Äste schlugen krachend an die Seitenwände der Kutsche. Mit Schrecken sah Rachel die Klippenwand rasend schnell näher kommen. Erst im allerletzten Moment scheuten die Vögel, einige stiegen nach oben, um über die Klippe hinwegzufliegen, andere zogen abwärts, um sich in den Schutz der Bäume zu flüchten. Die leicht gebaute Gondel donnerte an die Felswand, die letzten Kabel rissen, und Rachel spürte, wie sie fiel, nach unten rutschte, während sie nichts anderes tun konnte, als sich an dem festzuhalten, was von der Kutsche noch übrig war.

Sie landete auf weicher Erde und Tannennadeln, schlug benommen die Augen auf und kroch aus den Wrackteilen. Sie sah Don ganz in der Nähe sitzen. Er rieb sich den Kopf und schaute besorgt auf Leo, der vollkommen reglos am Fuß der Klippe lag.

## 24. Kapitel

# »Es ist meine Schuld!«

»Leo!« Rachels Schrei hallte von den Klippen und unter den Bäumen wider: ein schauerliches Kreischen, das nichts Menschliches mehr hatte. Blind vor Panik rannte sie zu ihm und kniete sich neben ihn auf die nasse, weiche Erde. »Wach auf, Leo, bitte! *Bitte!*« Ihre heißen Tränen fielen auf sein Gesicht. Er rührte sich nicht, war bleich wie der Tod. Sie packte ihn an den Schultern und begann, ihn zu schütteln. Plötzlich hielt Don sie von hinten fest und zog sie weg. Er breitete eine der Decken aus der Kutsche über Leo aus und ging dann vor Rachel in die Hocke. Er hielt sie an den Armen und redete langsam und eindringlich auf sie ein. »Wo finde ich Hilfe?«

Rachel versuchte, seine Hände abzuschütteln, und stammelte nur schluchzend Leos Namen. Don schüttelte sie sachte.

»Rachel, er braucht Hilfe. Wo kann ich jemanden finden?«

Rachel schniefte und wischte sich mit dem Arm über das Gesicht. Da war ein langer Schnitt, den sie erst jetzt bemerkte; sie konnte den metallischen Beigeschmack ihres eigenen Blutes riechen und schmecken. Dann blickte sie an der Felswand nach rechts und nach links. Der Drache hatte sie bis fast an ihr Ziel gejagt. Sie zwang sich, ihre Gedanken zu ordnen, um Don den Weg richtig zu beschreiben. »Da entlang! Dort hinten gibt es eine Bodensenke, ein ausgetrocknetes Flussbett. Dann halte nach einem Spalt im Felsgestein Ausschau.«

Er nickte, erhob sich und rannte am Fuß der Felswand entlang davon. Sobald Rachel allein war, zwang sie sich, das zu tun, was sie bisher nicht gewagt hatte: Sie brachte ihr Gesicht bis ganz dicht vor das von Leo und hielt dann die Luft an. Er lebte. Ganz deutlich konnte sie den schwachen Luftzug und die Wärme seines Atems an ihrer Wange spüren. *»Leo!«*, flehte sie ihn erneut an, doch wieder kam keine Reaktion. Weder öffnete er die Augen, noch rührte er sich. Sie zerrte sich ihren Umhang von den Schultern und legte ihn über ihn, auf die andere Decke, tastete unter den schweren Falten nach seiner Hand und drückte sie. Er sah blasser aus als vorhin, wie sie fand. Wieder beugte sie sich über ihn, um seine Atmung zu überprüfen. War sie nicht schwächer und flacher geworden? Rachel verstärkte den Griff ihrer Finger um die leblose Hand und starrte zwischen die Bäume. Keine Spur von Don! *Beil dich, bitte, bitte, beeil dich!* Leo entglitt ihr. Sie würde ihn nicht sehr viel länger festhalten können.

Cecilia saß in einer wenig damenhaften Stellung auf der Bank am Fenster des Salons von Mabberling, mit angezogenen Knien, den Kopf an die kühle Scheibe gelegt. Zur Abwechslung hatte sie den Raum endlich einmal für sich. Am Vortag war ein beunruhigender Brief von Hesters Verwalter gekommen. Seit einiger Zeit schien die alte Dame bereits etwas sonderbar geworden zu sein, nun aber war sie plötzlich verschwunden und nicht mehr aufzufinden. Daraufhin war Elinor umgehend mit ihrem Gatten, Lord Sallender, zu Hesters Haus geflogen, um persönlich nach ihrer Tante zu suchen und dafür zu sorgen, dass es ihr gut ging – zumindest so gut wie bisher. Cecilia war froh über Elinors Entschluss, noch froher aber darüber, endlich einmal ihren Frieden zu haben.

Die Tür wurde geöffnet. Beim Anblick ihrer Tante blieb Alys zögernd auf der Schwelle stehen. »Entschuldige«, sagte sie verlegen. »Ich wusste nicht, dass du hier bist.«

»Schon gut«, sagte Cecilia. »Komm ruhig näher!«

Man sah Alys an, dass sie lieber wieder kehrtgemacht hätte, doch wohlerzogen, wie sie war, trat sie ein, setzte sich und wollte Konversation machen. Sie holte ein Haarband aus ihrer Tasche und spielte nervös damit herum. »Ein schreckliches Wetter«, merkte sie an.

Cecilia nickte nur. Alys' und ihr Blick trafen sich kurz, doch Alys schaute rasch wieder weg, wie ein erschrockener Fisch. In ihrem flüchtigen Blick hatte Cecilia lesen können, was für eine abschreckende Person aus ihr geworden war. Eine Versagerin, eine Frau, die keinen Platz im Leben mehr hatte und auch keine Aussicht, jemals wieder einen zu finden. Der Albtraum jedes jungen Mädchens.

Alys wickelte das Band so fest um ihre Fingerspitze, dass diese ganz weiß wurde. »Kann ich etwas für dich tun?«, fragte sie schließlich.

»Bei allen Monden, Alys!«, entfuhr es Cecilia. »Ich bin nicht krank.« Sie biss sich auf die Lippen. Das Mädchen versuchte doch nur, nett zu sein. Sie hätte es in ihrem Alter auch nicht besser gekonnt … außerdem war sie Anna Lanneret auch keine große Hilfe gewesen, und das war erst wenige Monate her. »Ich bin nur traurig«, fuhr sie in einem sanfteren Ton fort, »weder verrückt noch gemeingefährlich, weißt du?« Doch als sie dies aussprach, lief ihr ein Schauer über den Rücken, fast so, als ahnte sie, dass sie vermutlich genau das werden würde: verrückt und gemeingefährlich.

»Ich denke, ich mache einen kleinen Spaziergang«, sagte sie abrupt. Sie ignorierte Alys' Protest (»Aber es regnet doch!«), lieh sich von der verdutzten Küchenmagd einen alten Umhang aus und ging ins Freie. Am Ende des Parks war ein Stück Land, das im Frühjahr längere Zeit unter Wasser gestanden hatte, neu besät worden. Dort saß ein kleiner Junge mit tropfnassen Haaren und Kleidern. Als Cecilia den Hügel herunterkam, sprang er gerade auf, um einen Vogelschwarm zu verjagen, und setzte sich dann wieder. Er sang vor sich hin; Cecilia fing einige Takte auf, die der Wind ihr zutrug.

*»… alles ist, wie es soll sein … keine Lords mehr … ein Mädchen …«*

Sie setzte sich neben den Jungen und fragte: »Kannst du mir dieses Lied noch mal vorsingen?«

Er schaute sie zuerst erschrocken an, doch dann gehorchte er und sang ihr die Ballade vom Anfang bis zum Ende vor. Als er verstummte, fragte sie: »Ist das wahr?«

»Die Leute behaupten es, Mylady.«

»Ich bin niemandes Lady«, verbesserte sie ihn. »Sei so lieb und bring mir das Lied bei!«

Don kehrte mit einem großen, schwarzhaarigen, bärtigen Mann zurück, der genau wie er eine Doppelnarbe auf der linken Wange hatte. »Ich bin Daniel«, sagte der Fremde leise. »Und ihr seid Rachel und Leo Philemot?« Als er sie anlächelte, funkelten seine Augen wie Sterne.

»Er bewegt sich nicht mehr«, sagte Rachel schluchzend, mit bebender und viel zu lauter Stimme. Stirnrunzelnd gab Daniel ihr zu verstehen, etwas leiser zu sein. Er kniete sich neben Leo, überprüfte seine Atmung und fühlte am Hals seinen Puls.

»Ist er …?« Rachel brachte die Frage nicht über die Lippen. Wieder runzelte Daniel die Stirn und presste sich einen Finger an die Lippen. Dann legte er beide Arme unter Leos Körper und hob ihn hoch. Wortlos trug er ihn am Fuß der Klippen entlang zur Höhle, wobei er sich stets im Schutz der Bäume hielt. Rachel taumelte unglücklich hinter ihm her. Ihre Augen waren auf den Boden gerichtet, doch sie sah nicht die vielen Tannennadeln auf dem weichen, dunklen Waldboden; sie sah nur Leos geschlossene Augen in dem totenbleichen Gesicht vor sich.

Kaum hatten sie die Höhle betreten, als plötzlich mehrere Stimmen auf einmal auf sie einredeten. Eine groß gewachsene Frau mit kräftigen Händen und einem langen Haarzopf hatte sie offenbar erwartet. Sie warf einen kurzen Blick auf Leo und sagte: »Dem Himmel sei Dank, dass ihr so schnell gekommen seid. Bring ihn nach hinten.« Mit Leo auf den Armen ging Daniel durch einen Gang. Die Frau folgte ihnen. Rachel und Don stolperten ihr nach.

»Er wird wieder gesund, nicht wahr?«, fragte Don.

»Kann ich noch nicht sagen«, antwortete die Frau brüsk, und Rachel hatte das Gefühl, als hätte man ihr die Eingeweide herausgerissen und durch Eisklumpen ersetzt. Sie betraten einen geräumigen Höhlenraum, in dem sich mehrere Menschen befanden. Drei Gesichter stachen Rachel in dem bleichen Mondlicht sofort ins Auge: Es waren die von Mai, Tal und einem Mädchen, das ihnen entfernt ähnelte. Sie hatten es also geschafft! Die lange, gefährliche Flucht war ihnen geglückt. Rachel hätte sich freuen sollen, doch sie fühlte sich nur elend und zornig. Leo bezahlte den Preis für ihre Taten. Er war verhaftet worden, während sie fliehen konnten; er war zum Tode verurteilt worden, sie waren ungeschoren davongekommen. Sie lebten, während Leo …

Abrupt wandte sie den Blick von Mai ab. Daniel hatte Leo auf ein Lager aus Blättern und Heidekraut gebettet, und Rachel kniete sich daneben und flehte den Bewusstlosen stumm an, sich endlich zu bewegen, etwas zu sagen, die Augen zu öffnen. Die große Frau legte ihre Hände auf Rachels Schultern. »Geh bitte ein Stück zur Seite, damit ich ihn mir anschauen kann.« Rachel zog sich brav zurück und setzte sich auf einen Felsblock, nicht weit weg von Leos Lager, und schlang die Arme um das leere, zitterige, kranke Frösteln in ihrem Magen.

»Er hat eine Verletzung am Arm«, sagte die Frau.

»Die hatte er schon vor dem Absturz«, erklärte Don hastig. »Hat er sich im Kerker geholt.«

Rachel schloss die Augen, konnte ihre Gedanken aber nicht abschalten. *Sie hatte gewusst, dass Leo am Arm verletzt war.* Warum hatte sie das nicht bedacht, als sie an den Baumwipfeln vorbei nach unten gerast waren? Warum hatte sie, als sie »Festhalten!« gebrüllt hatte, nicht daran gedacht, dass Leo gar nicht dazu in der Lage war? Für ihn war der Aufprall härter gewesen als für sie und Don, und er war auch weiter durch die Luft gefallen – und das war allein ihre Schuld. Denn wenn sie den Himmel aufmerksamer beobachtet und den Drachen bemerkt hätte, ehe die Adler vor Angst durchdrehten, hätte sie die Kutsche sanfter zu Boden bringen können … Sie hatte Leo schon einmal getötet und heute nun zum zweiten Mal.

Mai setzte sich zu ihr. »Was ist passiert? Was macht ihr hier?«

Sie legte ihre Hand auf Rachels Arm, doch Rachel schüttelte sie sofort ab. All ihre Wut und ihre Verzweiflung brachen aus ihr heraus, als wäre ein Damm gebrochen. »Er wurde eingekerkert. Weil er mich gebeten hatte, *euch* zu warnen. Er wurde zum Tode …«, sie erstickte fast an dem Wort, »… verurteilt, konnte dann aber fliehen, und ich dachte, alles sei gut, bis plötzlich dieser Drache kam …« Ein Sturzbach von Tränen schoss aus ihren Augen, und ihre heftigen Schluchzer drohten, sie in Stücke zu reißen, sodass nichts von ihr übrig blieb. »Es ist alles meine Schuld …«

»Oh, Rachel, es tut mir ja so leid.« Mai legte ihre Hand erneut auf Rachels Arm, und diesmal ließ Rachel es zu; sie ließ den heißen Tränen freien Lauf, die ungehindert auf ihren Schoß tropften. Mai und sie warteten schweigend, bis die Frau Leo untersucht hatte.

»Und, Kay?«, fragte Mai.

»Hauptsächlich Prellungen und Schürfwunden. Der Arm ist gebrochen, glaube ich. Aber … Er hat einen heftigen Schlag an den Kopf abbekommen.« Sie winkte Mai und Rachel näher und zeigte ihnen die klaffende Wunde an Leos Hinterkopf. Die hellbraunen Haare waren blutverkrustet. Rachel kniete sich neben ihn und streichelte seine Hand. »Könnt Ihr ihm helfen?«, fragte sie die Frau.

Kay zögerte. »Ich weiß nicht«, sagte sie. »Ich habe zwar einige Heilmittel – Rinde und Wurzeln aus dem Wald. Sie helfen zwar ein bisschen, aber was ich bräuchte, wären Heilkräuter.«

*Kräuter!* Sofort dachte Rachel an den Tag zurück, als sie mit Septimus in Inchcliff spazieren gegangen war, durch ein Tor in einen kleinen Garten, von einer hohen Steinmauer umgeben, wo sich mehrere Beete befanden. *Hier wachsen im Sommer jede Menge Kräuter …*

»Ich kann Kräuter besorgen. In Inchcliff wachsen ganz viele.« Rachel war bereits aufgesprungen und wollte zum Höhleneingang rennen. Mai hielt ihre Hand fest. »Warte, Rachel. Dort draußen ist es gefährlich … Die Wälder sind voller Drachen.«

»Ich *muss* dorthin!«

»Das verstehe ich«, sagte Mai. »Aber nicht allein.« Sie drehte den Kopf und rief: »Tal?«

Tal hatte sie aus der Ferne beobachtet. Er stand neben einem dunkelhaarigen Mädchen – sicher Gaia – am Rand eines Teichs. Bei Mais eindringlichem Ruf kam er herbeigeeilt. Mai erzählte ihm in aller Kürze, was sie gerade von Rachel erfahren hatte, und er machte ein betroffenes Gesicht.

»Ich wusste nicht …«

»Egal, das spielt jetzt keine Rolle«, sagte Mai. »Wir brauchen Kräuter. Aus Inchcliff.«

Tal nahm einen alten braunen Umhang von einem Haufen auf dem Fußboden und wandte sich dann an Rachel. »Gehen wir!«

Rachel hastete hinter Tal durch den dunklen Eingangstunnel. Am Höhleneingang blieb Tal stehen und griff nach ihrem Arm. »Moment noch, Rachel. Bevor wir nach draußen gehen …«

»Sag mir einfach, wo's langgeht.« Sie wandte sich von ihm ab und wollte durch die schmale Öffnung im Felsen ins Freie gehen. Doch er hielt sie zurück.

»Warte!«, sagte er. »Zuerst muss ich dir noch erklären, wie man sich im Wald verhält. Leo ist nicht geholfen, wenn dich ein Drache zum Abendessen verspeist.«

»Oh.« Sie blieb stehen.

»Was unterhalb der Bäume ist, können die Drachen nicht gut sehen«, erklärte er ihr. »Also halte dich möglichst an die dunkelsten Stellen. Wenn du einen Drachen siehst, bleib reglos stehen: Sie nehmen hauptsächlich Bewegungen wahr. Und sie können sehr, sehr gut hören. Also schau genau hin, wohin du trittst. Möglichst nur auf weichen Untergrund, auf keinen Fall auf Zweige, die zerbrechen oder knacken könnten. Und sag kein Wort. Verstanden?«

Mit trockenem Mund flüsterte Rachel: »Ja.« Dann zwängten sie sich durch den schmalen Höhleneingang und kletterten an der Böschung des ausgetrockneten Flussbetts hinauf. Oben angekommen, verharrten sie eine Weile reglos und starrten zwischen die Bäume. Nichts rührte sich. Tal nickte ihr zu, und sie hasteten geduckt auf eine Stelle zu, die sehr dunkel war, weil hier mehrere Tannen dicht zusammenstanden.

Etappenweise arbeiteten sie sich so durch den Wald, von einem sicheren Unterschlupf zum nächsten, und blickten sich jedes Mal aufmerksam um, ehe sie über eine kleine Lichtung flitzten und unter der nächsten Baumgruppe verschwanden. Allerdings war es eine ganz andere Strecke als jene, die Rachel kannte. Bald wusste sie nicht mehr, wo sie waren, doch Tal bewegte sich mit einer erstaunlichen Sicherheit vorwärts – als wären die Bäume die Noten einer ihm vertrauten Melodie, die er nur der Reihe nach singen musste. Irgendwann wurde es vor ihnen heller, und Rachel wusste, dass sie sich dem Waldrand näherten. Sie verließen den Schutz der Bäume, rannten über eine freie Fläche auf eine Mauer zu und kletterten darüber. Nun übernahm Rachel das Kommando. Sie ging voraus über den Rasen zu einem Tor in einer weiteren hohen Steinmauer. Leise öffnete sie das Tor und spähte vorsichtig ins Innere.

»Alles in Ordnung«, flüsterte sie dann. »Niemand da.«

Ihre Schuhe knirschten auf dem Kiesweg, der zwischen völlig durchweichten Beeten verlief und sie zu einem weiteren Garten führte, wo in schnurgeraden Reihen blattlose, sorgfältig zurückgeschnittene Obstbäume standen. Von dort aus gingen sie zu einem großen Treibhaus, in dem es feucht und warm war und moderig roch. Die Tür am anderen Ende führte in einen weiteren Garten. Hier wuchsen an einer Wand mehrere immergrüne Sträucher und Büsche. Ansonsten gab es hier nur nackte Erde, die darauf wartete, im Frühjahr neu bepflanzt zu werden.

»Da wären wir!« Rachel entspannte sich etwas. Hier würden sie von niemandem gesehen werden; dieser Teil des Gartens war nur von Hesters alten Räumen aus einsehbar.

Tal rieb eines der Blätter zwischen Daumen und Zeigefinger und schnupperte dann an seinen Fingern. »Was braucht Kay?«

»Keine Ahnung«, antwortete Rachel. »Am besten, wir nehmen von allem etwas mit.« Sie zerrte an einem Strauch, doch die Zweige waren zäh und ließen sich nicht abreißen. Wortlos zog Tal ein Messer aus seiner Tasche und schnitt ein paar Zweige ab. So gingen sie von Strauch zu Strauch an der ganzen Wand entlang, betraten dann den langen, hölzernen Anbau. Getrocknete Sommerkräuter hingen in Büscheln von den Holzbalken, fein säuberlich zusammengebunden. Rachel kletterte auf einen Stuhl, nahm einige herunter und reichte sie Tal.

»Rachel ...« Tals Stimme klang gedämpft und er trat auf der gestampften Erde von einem Fuß auf den anderen. »Es tut mir leid. Die Sache mit Leo, meine ich. Ich wusste nicht ... Ich habe nicht daran gedacht, in welche Gefahr er sich dadurch brachte. Und dich auch, nicht wahr? Wenn sie herausgefunden hätten, dass du es uns gesagt hast. Ähm ... ich habe mich noch gar nicht bei dir bedankt. Nicht wirklich ...«

Rachel hatte Angst, der Damm ihrer noch ungeweinten Tränen könne einstürzen, und deshalb sprang sie hastig vom Stuhl, wandte Tal den Rücken zu und schob den Stuhl ein Stück weiter. Wieder kletterte sie hinauf, sorgsam darauf bedacht, dass Tal ihr Gesicht nicht sah, und machte sich am nächsten Kräuterbüschel zu schaffen. Sie waren mit einem doppelten Knoten an den Holzbalken gebunden, und sie fluchte leise vor sich hin, als sie sich mit dem Faden abmühte. Kleine Schnipsel der getrockneten Blätter regneten auf den Fußboden.

»Lass mich machen«, sagte Tal.

Sie sprang vom Stuhl, er stieg hinauf und zückte erneut sein Messer. Sie stand nur da und starrte stumm in die Düsternis des Holzschuppens, mit brennenden Augen und unregelmäßig atmend. Nach einer Weile sprang er von dem Stuhl, legte die Kräuterbüschel vorsichtig auf den Boden und schob den Stuhl weiter.

»Eines würde ich gern wissen«, sagte Rachel mit angespannter Stimme. »Dieses Lied. Ist es wahr? Ich meine, Gaia und du … seid ihr wirklich die Nachkommen des früheren Königs?«

»Ich hätte dieses Lied niemals geschrieben, wenn es nicht wahr wäre.« Tal sprang wieder vom Stuhl. »Lügen gibt es in Assalay schon genug. Ich …« Er verstummte abrupt und sagte dann in einem ganz anderen Tonfall, warnend und alarmiert: »Rachel!«

Großtante Hester stand unter der Tür. Sie sah noch durchsichtiger aus als sonst: zart wie ein Mondstrahl. Auf unsicheren Beinen kam die Greisin auf sie zugetapst, zertrat getrocknete Blätter, die sofort einen intensiven Duft verströmten. Tal griff nach ihrem Ellbogen und führte sie behutsam zum Stuhl.

»Ich habe gehört, was in Freehaven passiert ist. Die Sache mit Leo.« Hesters klare Stimme kam ins Stocken und ihre Augen waren dunkel vor Tränen. Rachel fiel auf die Knie und umklammerte Hesters alte, verhutzelte Hände. »Meine Schuld«, murmelte Hester. »Und ich kann nichts mehr daran ändern. Ich muss bis zu meinem Tod damit leben.«

Rachel begriff nicht, was die alte Frau damit meinte, doch zum Nachfragen war keine Zeit. »Doch, du *kannst* etwas ändern«, sagte Rachel. »Komm mit und hilf ihm!«

»Oh, Rachel«, sagte Hester. »Was immer ich auch sage, es würde nichts mehr ändern.«

»Ich will ja nicht, dass du irgendwas sagst! Du kennst dich doch aus in Krankenpflege, nicht wahr? Komm mit und mach ihn wieder gesund!«

Hester schüttelte den Kopf. »Rachel, ich kann nicht nach Freehaven reisen. Und selbst wenn …« Ihre Stimme wurde sanft. »Er wird trotzdem sterben, mein Schatz.«

»Leo ist nicht in Freehaven. Er konnte fliehen. Er ist hier. Aber er ist schwer verletzt.«

»Er konnte fliehen?« Rachel sah einen Hoffnungsschimmer in Hesters Augen aufblitzen, wie ein Mondstrahl, der einen Schatten vertreibt. »Hier? Und er braucht Hilfe?«

Rachel nickte. Hester streckte eine Hand aus und sagte zu Tal: »Hilf mir auf, junger Mann!«

Die Tage vergingen, doch Leo wachte nicht auf. In der ganzen Höhle roch es nach dem durchdringenden, bittersüßen Aroma der Kräuter, aus denen Hester und Kay einen grünlich-braunen Tee brauten, den sie Leo immer wieder zwischen die geschlossenen Lippen träufelten. Sie hatten ihn mit mehreren Decken zugedeckt, damit er es schön warm hatte, die Wunde an seinem Hinterkopf mit warmem Wasser aus dem Teich ausgewaschen und bandagiert. Doch nichts konnte ihn wecken. In der fünften Nacht hielt Rachel bei ihm Wache, damit Hester und Kay schlafen konnten.

Leos sauber gewaschenes Gesicht, der Kräuterduft, der ihn umgab, und die Decken, in die er gehüllt war – das alles erweckte in Rachel den Eindruck, als sei er nicht etwa auf dem Weg der Genesung, sondern schon aufgebahrt. Auch als sie sein Gesicht studierte, hatte sie das Gefühl, er sei schon meilenweit weg, würde über ferne Meere segeln, wohin sie ihm niemals folgen könnte. »Wenn ein Mensch stirbt«, hatte Septimus ihr erklärt, als sie noch ein Kind gewesen war, »lebt seine Seele, sein wahres Ich, weiter. Die Monde rufen ihn nach Hause, an den Himmel, und verwandeln ihn in einen Stern. Denn all die Sterne, die man nachts sehen kann, sind nichts anderes als die Seelen verstorbener Menschen.« Als Kind hatte Rachel diesen Gedanken als tröstlich empfunden: dass sie ewig weiterleben und irgendwann als Stern die Nacht erhellen würde. Doch als sie sich nun vorstellte, dass Leo unerreichbar weit weg, als kaltes Gestirn am unendlich großen Himmelszelt leuchten würde … war ihr das kein Trost. Wieder schossen ihr Tränen in die Augen. Sie erhob sich, drückte ihr Gesicht an die glatte Felswand, die glänzte wie Mondschein, und flehte jeden Mond im Kalender einzeln an: *Bitte, bitte, nehmt mir Leo nicht weg! Ich will nicht schuld an seinem Tod sein!*

»Rachel …« Es war nur ein Flüstern, und weil sie glaubte, sie hätte es sich nur eingebildet, schüttelte sie unwillig den Kopf.

»Rachel …« Da war es wieder, etwas lauter diesmal und etwas ungehalten. Sie nahm die Hände von der Felswand und drehte sich um. Leo schaute sie an.

»Leo!« Sein Name kam wie ein Schluchzen aus ihrem Mund und sie sank neben ihm auf die Knie. »Leo! Ich dachte, du …« Sie brachte es nicht über die Lippen und wischte sich mit beiden Händen die Tränen vom Gesicht.

»Rachel! Mach nicht so ein Theater! Mir geht es gut.« Fragend drehte er den Kopf. »Ist das deine Höhle?«

»Sie ist schön, nicht wahr?«

»Wunderschön.« Er ließ den Kopf wieder sinken und schaute an die glänzende Decke. Sie legte sich neben ihn und kuschelte sich an ihn. So schliefen sie ein.

Rachel wachte früh auf, lief sofort zu Kay und rüttelte sie wach, um es ihr zu erzählen. Leo schlief noch; Kay beugte sich über ihn, fühlte seine Stirn und lauschte auf seine Atemzüge. Als sie sich wieder aufrichtete, lag ein zufriedenes Lächeln auf ihrem Gesicht. Rachel atmete laut hörbar aus und merkte erst jetzt, dass sie unwillkürlich die Luft angehalten hatte.

»Er wird wieder gesund werden. Den Monden sei Dank!« Doch dann huschte ein Schatten über Kays Gesicht. »Keine Stunde zu früh für Hester.«

»Hester?« Rachel warf einen verwunderten Blick auf das Lager aus mehreren Decken, auf dem Hester lag, und sie begriff sofort, was Kay gemeint hatte. Hester sah zerbrechlich und fast schwerelos aus; so schwach und zart wie ein Mond am Tageshimmel.

»Sie hat sich restlos übernommen«, sagte Kay leise.

Hester rührte sich, schlug die Augen auf und fing Rachels besorgten Blick auf. »Leo?«, fragte sie schlaftrunken.

»Ihm geht es gut«, versicherte ihr Rachel. »Er ist gestern Abend zu sich gekommen. Kay sagt, er wird bald wieder gesund sein.«

Davon wollte sich Hester mit eigenen Augen überzeugen. Mühsam richtete sie sich auf und tapste zu Leos Lager. Sie betastete ihn mit ihren alten Händen, und plötzlich war es, als würde der Faden, der sie aufrecht gehalten hatte, reißen. Sie versuchte, sich wieder aufzurichten, taumelte und schwankte. Sie wäre gefallen, wenn Daniel sie nicht aufgefangen hätte. Ihre Augen wanderten umher, bis sie Rachels fanden.

»Rachel«, sagte sie leise. Ihre Stimme, die bisher so klar wie eine Glocke war, klang plötzlich so dünn und zerbrechlich wie der Rest von ihr. »Bringst du mich bitte nach Hause? Nach Inchcliff?«

»Natürlich.« Rachel blickte auf Leo, doch er schlief noch. Daniel hob Hester hoch, so mühelos, als wöge sie nicht mehr als ein Mondstrahl; Rachel legte eine Decke über sie, und sie gingen hinaus in den Wald.

Leo schlief, rührte sich kurz, schlief wieder ein und wachte dann auf. Im ersten Moment lag er nur mit geschlossenen Augen da und lauschte auf das gedämpfte Stimmengemurmel, das Knistern eines Feuers und das Tröpfeln von Wasser in der Nähe des Teichs. Da beugte sich jemand über ihn und zog seine Decken glatt. Er schlug die Augen auf, in der Erwartung, Rachel zu sehen …

Die Welt kam ins Schlingern, rutschte seitwärts, drehte sich und stand auf dem Kopf. Leo fiel durch einen luftleeren Raum, hörte ein Rauschen in den Ohren. Das intensive Licht, das sich an den Wänden spiegelte, blendete ihn. Er drückte die Augen wieder zu. In der Dunkelheit ließ das Schwindelgefühl nach. Das Tosen verebbte und er hörte wieder das leise Stimmengemurmel und das Tröpfeln von Wasser. Er spürte sein Lager aus Blättern und Heidekraut im Rücken, weich und hart zugleich. Wieder öffnete er die Augen. Sie war noch da: ihre tiefen, dunklen Augen, aber ohne die Tränen, die er im Gerichtssaal von Freehaven darin gesehen hatte. Er versuchte, sich aufzusetzen, und sie streckte beide Arme aus, um ihm zu helfen. Ihre Hände waren kräftig und mit Erde verschmutzt. Diese Augen … diese Hände … Es war das Mädchen, das während der vergangenen Monde all seine Träume und Gedanken beherrscht hatte.

»Ich … ich kenne dich«, sagte er, und seine Stimme war brüchig, weil er sie so lange nicht mehr benutzt hatte. Sie reichte ihm ein Glas Wasser. Er nahm es unbeholfen entgegen, verschüttete ein paar Tropfen auf seine Decke; sie fingen das helle Licht von den Wänden auf und zitterten quecksilbrig. »Du bist Elsa. Elsa Möwe.«

Im ersten Moment starrte sie ihn ratlos an, dann lachte sie. Ihre Finger strichen über die Doppelnarbe auf ihrer Wange. »So hat mich schon lange niemand mehr genannt.«

Ihre Stimme klang noch genau so, wie er sie in Erinnerung hatte. Sanft, eher tief und selbstsicher. Er wollte, dass sie weiterredete. »Ich verstehe nicht«, sagte er.

»Den Namen habe ich erfunden. Ich ahnte, dass es gefährlich sein könnte, meinen richtigen Namen zu nennen.«

»Warum? Wer bist du wirklich?«

Sie erwiderte seinen Blick. »Ich bin Gaia.«

Wieder kippte die Welt, ein Sturzbach dröhnte in seinem Kopf. Er rieb sich die Augen. Sie war noch immer da. Gaia. Elsa. *Gaia*.

»Gaia Athanasius.« Obwohl sie nun in Sicherheit war, bekam Leo eine Gänsehaut bei dem Gedanken, in welch großer Gefahr sie geschwebt hatte. »Dem Himmel sei Dank, dass du es Lanneret nicht gesagt hast. Ich glaube, er hätte sofort gewusst, wer du bist. Und dich töten lassen.«

Er schauderte. Da traf ihn ihr skeptischer Blick.

»Was soll das heißen … du *glaubst*, er hätte es gewusst? Er gehört dem Monarchenbund an. Natürlich hätte er es gewusst!«

Leo schüttelte den Kopf und versuchte, seiner Verwirrung Herr zu werden. Die alte Frage. Wer wusste es? »Ich wusste es jedenfalls nicht«, sagte er mit Nachdruck. »Ich dachte, die Geschichte von den Feinden aus dem Norden und den tapferen Helden sei wahr. Von einem Königreich hatte ich noch nie etwas gehört; ich dachte, der Monarchenbund hätte schon immer über Assalay regiert. Bis ich das Buch las und die Ballade hörte, hatte ich keine Ahnung …«

»Im Ernst? Aber du glaubst, dass es stimmt, oder? Die Sache mit dem Königreich … und wer ich bin?« Sie schaute ihn eindringlich an, und ein freudiger Schauer durchfuhr ihn, als er merkte, wie wichtig seine Meinung für sie war.

»Ja«, begann er, »ich …« Doch weiter kam er nicht, weil eine große Frau mit einem langen Zopf auf dem Rücken mit lauter Stimme »Leo ist aufgewacht!« durch die Höhle rief. Und schon stand eine aufgeregte Schar um sein Lager herum. Mai war unter ihnen, mit einem Jungen, der ihr so ähnlich sah, dass er nur Tal sein konnte. Leo strahlte. Er hatte es geschafft! Er hatte die Freunde seiner Schwester gerettet, nur … waren sie plötzlich nicht mehr nur Rachels Freunde, sondern *ihre* – Elsas – Familie. Gaias Familie. Er hatte die Mutter und den Bruder des Mädchens gerettet, das er … Benommen saß er da, während Mai ihm um den Hals fiel und Tal ihm die Hand schüttelte. Aus unerfindlichen Gründen wollten ihm offenbar auch alle anderen die Hand schütteln, Männer, die Daniel, Christopher, Aldon hießen, ein Junge namens Jason und ein Mädchen namens Polly … Sie alle schienen erfreut – geradezu entzückt –, seine Bekanntschaft zu machen. Verwundert suchte Leo Gaias Blick.

»Hast du es nicht gewusst, Leo?«, sagte sie lächelnd. »Du bist ein Held.«

Ratlos schaute er sie an.

»Den Wald durchkämmen«, erklärte ihm der Mann namens Daniel. »Diese Warnung kam von dir, nicht wahr? Genau dort hatten wir uns versteckt. Ohne deine Warnung wären wir dort geblieben und sie hätten uns geschnappt. Du hast die Revolution gerettet, Leo!«

## 25. Kapitel

# Hesters Geheimnis

Nach den vielen Monden unter Lannerets erbarmungsloser Fuchtel tat es gut, unter Menschen zu sein, die ihn mochten und freundlich zu ihm waren, doch Leo wollte nur mit *ihr* zusammen sein. Gleich nach dem Frühstück stahlen sie sich zusammen weg, setzten sich an den Rand des Teichs und ließen ihre nackten Füße ins warme Wasser hängen.

»Erzähl mir von der Revolution«, sagte er.

Gaia griff nach einem Kieselstein und warf ihn so ungestüm in den Teich, dass die glänzende, glatte Oberfläche zerbrach. »Da gibt es nichts zu erzählen; wir haben noch nichts getan. In Idalia haben wir die Wahrheit herausgefunden – wer ich bin und was damals passiert ist. Aber seither sitzen wir hier fest, sonst nichts. Wir wollen zuerst die Wahrheit verbreiten, durch dieses Lied. Das ist zwar schön und gut, doch wenn du mich fragst: Jeder, der es diesen Sommer gehört hat, wundert sich bestimmt, warum nichts geschieht. Und wie können wir das Volk zum Aufstand gegen den Monarchenbund aufrufen, wenn wir uns hier die ganze Zeit verstecken? Es kommt mir so sinnlos vor.«

Sie schnaubte ungeduldig; wie oft hatte sie sich das alles schon durch den Kopf gehen lassen. Gaia nahm einen weiteren Kieselstein und warf ihn mit Wucht an die Felswand. »Als wir den Wald verließen, wollte ich bei Tag gehen. Ich wollte mit den Menschen reden … Sie aber …«, sie deutete mit dem Kopf auf Kay und Daniel, die am Feuer saßen und sich unterhielten, »… sie haben gesagt, ich solle mich bedeckt halten. ›Es ist zu riskant, jetzt schon zu sagen, wer du bist.‹ Aber das sagen sie nächstes Jahr sicher auch noch.« Ein dritter Kieselstein flog durch die Luft.

»Es hat schon angefangen«, sagte er, um sie zu trösten. »Das Lied wird immer bekannter.«

»Aber was denkt das Volk darüber?«, fragte sie. Mutlos beugte sie sich nach vorn und stützte ihr Kinn in die Hände. »Dass es eine alte Geschichte ist, aus vergangenen Tagen, eigentlich nur ein Märchen …?«

»Ich weiß nicht«, sagte er. »Aber ich glaube nicht. Don war bereit, für dich zu sterben.«

Erschrocken schüttelte sie den Kopf. »Ich will nicht, dass jemand für mich stirbt. Das bin ich nicht wert.«

»Doch, das bist du!«, widersprach er. »Du bist etwas Besonderes, eine Nachfahrin von Athanasius!«

Stöhnend schlug sie sich die Hände vors Gesicht. »Ich weiß.« Mit einem tiefen Seufzer hob sie den Kopf und schaute ihn an. »Die Sache mit dem Königreich ist mir ehrlich gesagt egal, Leo. Ich will nur den Monarchenbund abschaffen.« Sie biss sich auf die Lippen. »Entschuldige. Du bist einer von ihnen, aber …«

»Ich bin ganz deiner Meinung.«

Sie lächelte ihn halbherzig an. »Als wir damit anfingen, dachte – hoffte – ich, dass die Geschichte von dem Königreich den Leuten etwas geben würde, für das es sich zu kämpfen lohnt. Ich dachte, die Sache mit meiner Abstammung wäre wichtig, würde irgendwie helfen. Aber jetzt weiß ich gar nichts mehr …« Sie starrte ins Wasser, die Arme um die Knie geschlungen, und schaukelte leicht vor und zurück.

»Aber egal. Am besten, ich zeige dir den Beweis.« In ihrer plötzlichen Ungeduld ignorierte sie sein »Ich glaube dir doch auch so …«, sprang auf die Füße und rief durch die Höhle: »Mr Fossick!«

Leo schaute auf und war erstaunt, als er einen staubig aussehenden Mann mittleren Alters in abgetragener, schlammbeschmierter Stadtkleidung sah, der bei einem Mann mit einem schmalen Gesicht saß, den Leo als Parhelions früheren Schatzmeister, Scrimp, erkannte.

»Zeigt Ihr Leo bitte das Dokument?«, bat Gaia.

Fossick nickte. Er zog eine Schriftrolle aus einer Nische in der Felswand, strich sie auf seinen Knien glatt und winkte Leo zu sich. Vorsichtig fuhr Leo mit einer Fingerspitze über das brüchig aussehende Dokument.

»Ist es das, was ihr beide gestohlen habt?«

»Wir ziehen es vor zu sagen, dass wir es *befreit* haben«, entgegnete Fossick trocken. Er räusperte sich und begann dann vorzulesen. Das Dokument bestätigte alles, was in dem Lied gesagt wurde. Es hatte einst ein Königreich gegeben. Telemachus, der letzte König, war ein Reformer gewesen, der die Macht und die Privilegien der wenigen Fürsten über das Volk beschneiden wollte. Daraufhin hatten sich diese gegen ihn verschworen und ihn und die Königin ermordet. Ihre Kinder dagegen konnten fliehen. Das Dokument trug die Unterschriften jedes Einzelnen der damaligen Fürsten, die bestätigten, dass sich alles genau so zugetragen hatte. Leo wurde fast übel bei dem Gedanken, dass auch einer *seiner* Vorfahren daran beteiligt gewesen war. *Ich bin aus dem Monarchenbund ausgestoßen worden*, rief er sich grimmig in Erinnerung, das Ganze hatte nichts mehr mit ihm zu tun. Aber dennoch spürte er die Last seines Bluterbes auf seinen Schultern und schämte sich, dass einer seiner Vorfahren gemordet hatte, um zu verhindern, was rechtens gewesen wäre. Kopfschüttelnd starrte er ins Feuer.

»Du hast es gehört«, sagte Gaia. »Eine alte Geschichte. Vorbei und vergessen.«

»Nein, das ist sie nicht!«, sagte Leo ungeduldig und energisch. »Deine Blutsbande spielen sehr wohl eine Rolle. Ich meine, Telemachus wollte genau das tun, was du heute tun willst, richtig? Den Monarchenbund stürzen! Nur dass er daran gehindert wurde. Diese Aufgabe steht also noch aus. Und *das* ist dein Erbe – nicht etwa, das Königreich wieder zu errichten, sondern zu Ende zu führen, was er begonnen hatte: die Entmachtung des Monarchenbundes. Assalay zu einem Land zu machen, in dem es sich leben lässt. Ob es nun fünfhundert Jahre her ist oder erst morgen passiert, ist nicht von Belang. Du *darfst* nicht aufgeben!«

Sie hielt seinem eindringlichen Blick stand, obwohl ihr Tränen in die Augen schossen und sie fast unmerklich zu zittern begann. »Danke, Leo. Du hast recht. Die Aufgabe ist noch nicht getan, nicht wahr? Nur …« Sie wirkte plötzlich etwas verloren. »Ich weiß gar nicht, wie ich es anfangen soll.«

Leo deutete auf das Schriftstück in Fossicks Händen. »Ich würde es gern meinem Vater zeigen.«

»Meinst du, er weiß es nicht längst?«, fragte sie skeptisch.

»Nein«, behauptete Leo mit Bestimmtheit. »Er hätte mich nicht belogen, da bin ich mir ganz sicher. Ich glaube ganz fest, dass er nichts davon weiß.« Er starrte auf das alte Pergament. Die Zeilen des Textes verschwammen vor seinen Augen; er konnte sie nicht lesen, obwohl sie ihm irgendwie vertraut vorkamen. Das Schriftstück in Lannerets Schreibtisch war in derselben Schrift geschrieben, da war er sich ganz sicher. Er hatte sich die Buchstaben genau angesehen, weil er sie ja peinlich genau nachgezeichnet hatte. Seine Abschrift war unter seinen Briefen an Rachel.

»Einen Moment.« Er rannte durch den Höhlenraum zu seiner Jacke und wühlte in den Taschen. Er fand den Zettel zwischen den Briefen und rannte damit zu Fossick zurück.

»Das ist die Abschrift eines Papiers, das ich in Lannerets Schreibtisch entdeckt habe. Könnt Ihr es lesen?«

Fossick rollte sein Schriftstück sorgfältig wieder zusammen, ehe er nach Leos Blatt griff. »Recht stümperhaft geschrieben«, sagte er, »aber ja, es ist einigermaßen leserlich.«

Stirnrunzelnd beugte er sich darüber. Als er den Kopf wieder hob, war sein Gesicht totenbleich; er schlug sich eine Hand vor den Mund und atmete tief aus. »Kein Wunder, dass Lanneret es versteckt hat. Du hast recht, Leo. Dein Vater ist kein Lügner. Aber er sollte das hier sehen.« Er wandte sich an Gaia und seine verstaubten Augen blitzten vor Aufregung. »Schickt nach Lord Philemot! Unsere Revolution nimmt eine neue, interessante Wendung!«

»Warum? Was steht da?«

Fossick lächelte. Er strich Leos Zettel glatt und begann dann, laut vorzulesen.

*Ich will, dass sich sämtliche Bewohner von Freehaven in der Basilika einfinden*, hatte Querimon gefordert. Als Gabriel sich umsah, hatte er das Gefühl, als sei diese Forderung des Ratsvorsitzenden erfüllt worden. Freehaven war eine Stadt voller Angst; das kurzzeitige Verschwinden des Mondes hatte alle erschreckt. Die Glocke der Basilika schlug die erste Stunde des neuen Morgens, die Portale wurden zugeschlagen, das Gemurmel der Menschenmenge verstummte und Gabriel schritt zu seinem üblichen Platz vor dem Chor. Er lächelte seinen Chorknaben aufmunternd zu, gab ihnen zu verstehen, sich zu erheben, und hob beide Hände. Sie begannen mit der ersten Lobeshymne, einer allgemeinen Anbetung an alle Monde, die Stunden großer Gefahr oder Not vorbehalten war.

*»Ihr großen Herrscher des mitternächtlichen Himmels,*
*wacht über unser bescheidenes Leben und Sterben …«*

Während der Chor sang, stellte sich Gabriel vor, was hinter seinem Rücken geschah. Die Familien des Monarchenbundes hatten ihre Plätze noch nicht eingenommen. Sie waren sicher noch im Vorraum und schlüpften in die schimmernden, weißen Roben, die nur zu besonders feierlichen Anlässen getragen wurden. Dort würden sie warten, bis das Eröffnungslied zu Ende war, und erst wenn die einzelnen Monde gepriesen worden waren, würden sie in alphabetischer Ordnung das Kirchenschiff betreten. Jetzt, solange sie noch nicht da waren, war der beste Zeitpunkt.

Die erste Strophe der Lobeshymne war zu Ende, und der letzte Ton zog sich in die Länge, um dann sanft zu verebben. Der Chor wartete auf Gabriels Zeichen, um zur zweiten Strophe überzugehen. Doch er ballte die Hände zu Fäusten, was »Ende« bedeutete. Die Chorknaben schauten sich verwundert an. Gabriel drehte sich von ihnen weg, dem vollen Kirchenschiff zu, holte tief Luft und öffnete dann den Mund, um selbst zu singen. Doch eine andere Stimme kam ihm zuvor.

Diese andere Stimme kam von der Empore, die oberhalb der großen Buntglasfenster mit den dreizehn farbigen Monden und über dem Hauptportal verlief. Es war eine hohe, klare, kräftige Stimme. Eine Frauenstimme, erschreckend ungewohnt an diesem heiligen Ort, wo nur Männer und Knaben zu Ehren der Monde die Stimme erheben durften. Und sie sang genau dieselben Worte, die Gabriel im Sinne gehabt hatte.

*»Warum weinen die Monde, hör ich euch fragen,*
*Und ich erzähl die Geschichte aus lang vergangenen Tagen,*
*Als über die Dreizehn, über Groß und auch Klein*
*Telemachus Athanasius in Güte und Weisheit herrschte allein.*

*König Telemachus, Größter und Letzter aus seinem Geschlecht,*
*wollte die Herrschaft der Reichen beschneiden – zu Recht!*
*Er liebte die Armen und Einfachen sehr,*
*Und wollte im Land keine Ungleichheit mehr.«*

Die beiden Basilikawächter, die wartend vor dem Vorraum der Monarchenfamilien standen, schauten sich erschrocken an und schoben die Tür einen Spaltbreit auf. Lord Anserin stand bereits fertig da, hinter ihm seine Familie. »Bereit?« Er trat einen Schritt vor.

»Ähm …«, stammelte einer der Wächter verlegen. »Nicht direkt, Euer Lordschaft. Es gibt …« Anserins frostiger Blick ließ ihn verstummen. Er boxte seinen Kollegen in die Rippen.

»Es gibt da ein kleines Problem, Euer Lordschaft«, sagte der andere Mann tapfer und öffnete die Tür nun vollends. »Hört selbst!«

*»Das würde den Einfluss der Dreizehn beenden,*
*Und sie beschlossen, ihr Schicksal zu wenden,*
*Telemachus samt seiner Familie musst' sterben,*
*Und sie würden die Macht über Assalay erben.*

*Sie ermordeten den König, auch seine Frau fand den Tod,*
*Der Brand des Palasts färbte den Himmel blutrot,*
*Über den Ruinen wächst der Nouldewood dort,*
*Dem Volk wurd' gesagt, es sei ein gefährlicher Ort.«*

»Ist das nicht Tante Cecilia?«, raunte Alys ihrer Mutter zu.

Lanneret stürzte an den anderen vorbei zur Tür und blinzelte entgeistert in die düsteren Höhen des großen Gebäudes. »Wo ist sie?«, herrschte er die Wächter an.

»Auf der Empore, würde ich sagen, Euer Lordschaft.«

»Lauft zu ihr. Und bringt sie zum Schweigen!«

Die Wächter nickten und stürmten durch den Vorraum zur Tür, die zur Empore hinaufführte. Der Erste von ihnen drückte dagegen. »Verriegelt, Euer Lordschaft. Von innen.«

Lanneret stieß einen Fluch aus. »Aus dem Weg!«

Er stieß die beiden Wächter zur Seite, zückte sein Zeremonialschwert und rammte es in die Tür. Die Klinge riss einen langen Splitter aus dem Holz; Lanneret zog sein Schwert wieder heraus und stieß es erneut gegen die Tür. Das Schwert zerbrach. Zornbebend stieß Lanneret das smaragdgrün-silberne Heft mit der Restklinge in die Scheide zurück und warf sich mit seinem ganzen Gewicht gegen die noch immer verschlossene Tür.

Erstaunlich gelassen wandte sich Teredo an einen der Wächter. »Hol eine Axt! Und du …«, er zog Lanneret zur Seite, »… tust besser etwas Nützliches. Sag Gabriel, er soll den Chor ein neues Lied anstimmen lassen. Schnell!«

Lanneret verfärbte sich dunkelrot vor Zorn, tat aber, wie ihm geheißen, und eilte davon. Die Frauenstimme sang unbeirrt weiter, hoch über seinem Kopf, als er mit großen Schritten das Kirchenschiff durchmaß. Seine Schritte, die auf dem Fußboden widerhallten, waren außer der Frauenstimme das einzige andere Geräusch in dem ansonsten stillen Gebäude. Jeder Einwohner von Freehaven lauschte gebannt dem Lied.

*»Am Morgen des Bluttags, kurz nach Ende der Nacht,*
*Wurden die Kinder des Königs heimlich fortgebracht,*
*Von einem Mann, der zwar adlig, aber edel und voll Mut,*
*Der schwor, sie zu retten, koste es auch sein Leben und Gut.«*

Lanneret packte Gabriel am Arm und deutete auf den Chor. »Lasst sie singen!«

»Und was wünscht Ihr zu hören?«, erkundigte sich Gabriel.

»Egal!«, fauchte Lanneret. »Irgendwas Lautes!«

Mit einem Nicken wandte sich Gabriel zu den Chorjungen und hob langsam beide Arme. Eine kurze Panik stieg in ihm auf. »Was sollen wir singen?«, flüsterte Sam seinem Nachbarn zu. Doch Gabriel drehte die Hände nun so, dass seine Handflächen nach unten zeigten. Er ließ sie sinken. Der Chor setzte sich.

*»Versteckt lebten sie ärmlich und für lange Zeit,*
*Nun aber steht die wahre Erbin bereit,*
*Sie wurde verfolgt, hatte vor Hunger und Not keine Ruh,*
*Hat unter uns gelebt, war wie ich und du.«*

Lanneret packte den Griff seines Schwerts, riss es aus der Scheide und richtete die abgebrochene Spitze auf Gabriel. »Euer Schwert ist zerbrochen, Euer Lordschaft«, flüsterte Gabriel. »Und Euer Geheimnis ist aufgedeckt. Hört selbst!«

Unwillkürlich hob Lanneret den Kopf und musste sich auch die letzte Strophe anhören.

*»Sie ist Gaia, unsere Herrin, von den Monden gesegnet,*
*Selbst Stroh erblüht, wenn es ihrer Anmut begegnet,*

*Und der Tag wird kommen, an dem alles ist, wie es soll sein,*
*Wir keine Lords mehr haben, sondern ein Mädchen im Gewand weiß und rein.«*

Der letzte Ton verhallte unter dem Deckengewölbe. Gabriel zog einen Schlüsselring aus seiner Tasche und warf ihn dem schlaksigen, blonden Jungen zu, der halb versteckt hinter der Statue von Lord Filarion stand. Der Junge fing die Schlüssel geschickt auf, zwinkerte und verschwand dann durch die Tür zum Innenhof.

Oben auf der Empore hörte die Sängerin in der Stille, die auf ihren letzten Ton folgte, irgendwo unter ihr das Geräusch von zersplitterndem Holz, dann eilige Schritte auf der Treppe, die vom Vorraum heraufführte. Sie wirbelte herum und rannte zum anderen Ende der Empore, durch eine weitere Tür, die sie hastig hinter sich verriegelte, hetzte dann die steilen, schmalen Stufen hinauf, die aufs Dach führten. Hier würde ihre Flucht vermutlich zu Ende sein. Sie ging bis an den Rand des Daches, hielt sich an der Brüstung fest und starrte in die Tiefe. Ihr wurde übel und schwindelig, sie merkte, dass sie zu wanken begann. Ihre Hände waren glitschig und verschwitzt und fanden an dem rauen Mauerwerk keinen Halt. Ihr benebeltes Hirn konnte ihren Füßen nicht befehlen, sich umzudrehen und wegzugehen.

»Wahrlich nicht der beste Weg nach unten, wenn Ihr mich fragt.« Jemand berührte sie am Arm und zog sie rückwärts. Überrascht drehte sie den Kopf und erblickte einen ärmlich gekleideten Jungen, dessen Augen aufblitzten, als er sie offenbar erkannte. »Ihr standet viel zu nah am Abgrund, Mylady.«

»Ich bin keine Lady mehr«, sagte Cecilia erschöpft. »Trotzdem danke.« Benommen starrte sie über den Rand des Daches hinweg, schloss die Augen und schüttelte den Kopf. Ihr war offenbar immer noch schwindelig, weil sie das Gefühl hatte, die ganze Gegend bewege sich und verrutsche …

»Verflixte Monde!«, rief der Junge. »Schaut Euch High Side an!«

Cecilia riss die Augen wieder auf und blinzelte ungläubig. Es war kein Hirngespinst gewesen: Die Häuser von High Side rutschten tatsächlich langsam, aber sicher den Hügel herunter. Sie sah, wie Hallions Gartenmauer zusammengequetscht und in den Fluss gedrückt wurde. Das Wasser spritzte platschend auf und eine hohe Welle ergoss sich über die Uferterrasse. Der Junge pfiff durch die Zähne.

»Damit war vermutlich irgendwann zu rechnen, nach dem vielen Regen.« Der ganze Hang war noch am Rutschen; ein Flügel von Hallions Haus hing einen Moment lang frei schwebend und ächzend über dem Fluss, ehe er geräuschvoll und in einer dicken Staubwolke unter seinem eigenen Gewicht in sich zusammenbrach. Wieder schwappte eine weitere riesige Welle über die Ufer. Fassungslos sahen sie sich das unglaubliche Schauspiel an, bis ein donnerähnliches Geräusch vom Treppenhaus her sie beide zusammenzucken ließ. Die Wächter schlugen die Tür zur Empore ein.

»Genug gesehen«, sagte der Junge. »Dafür ist jetzt keine Zeit.« Er packte Cecilia an der Hand und zog sie mit sich; zusammen rannten sie am ganzen Basilikadach entlang bis unterhalb der Kuppel, die unglaublich riesig aussah, wie Cecilia fand, als diese sich nun über ihr wölbte und glänzte, obwohl es ein trüber Tag war. Der Junge zog einige Schlüssel aus seiner Tasche, schloss eine niedrige Tür auf, winkte Cecilia hindurch und schloss hinter ihnen wieder ab. Cecilia fand sich in einem fensterlosen, dunklen, verwinkelten Gang mit massiven Steinwänden wieder. Sie spürte, dass der Junge sie wieder an der Hand packte, und taumelte hinter ihm durch den Gang, dann eine schmale, steile Wendeltreppe hinunter.

»Wohin gehen wir?«, fragte sie keuchend.

»Na, raus natürlich.«

Sie blieb abrupt stehen. »Unmöglich. Das schaffen wir nicht. Und wenn du mit mir gesehen wirst, sperren sie dich ebenfalls ein. Lauf weg …«

»Ich bin Experte für Unmögliches. Und denkt doch mal nach! Wenn Euer Lied für den Monarchenbund dasselbe bedeutet wie der Regen für High Side, dann besteht selbst für einen verurteilten Verbrecher noch Hoffnung, oder?« Sie blieb stumm, doch er hörte, dass ihr Atem in der Dunkelheit auf einmal schneller ging. »Leo«, wisperte sie, und der Junge sagte sich, dass die Gerüchte offenbar zutrafen. Verrat an allerhöchster Stelle.

»Kannst du mir wirklich helfen zu fliehen?«, fragte sie.

In den Wäldern wimmelte es von Drachen, die das Unterholz in Brand setzten und sich zwischen den Bäumen gegenseitig bekämpften, sodass ihr Fußmarsch den ganzen Morgen gedauert hatte. Rachel hatte mehr als einmal in Hesters weißes Gesicht mit den geschlossenen Augen geblickt und befürchtet, dass auf dem Nachhauseweg der letzte Lebenshauch aus ihr gewichen war und sie mit einer Toten vor den Toren von Inchcliff ankommen würden. Aber Hester hielt durch. Sie erreichten das Haus im trüben Mittagslicht. Daniel trug die alte Frau die Treppe hinauf, durch die Tür mit dem Porträt des Jungen, der Rachel damals an Leo erinnert hatte. Im Rosenzimmer legte er sie behutsam auf das Bett und zog sich dann diskret zurück. Hester lag da, bleich und zerbrechlich und vollkommen reglos. Rachel kuschelte sich in den Sessel neben dem Bett, und als das Tageslicht verblasste, schlief sie ein.

Sie träumte, sie sei in einem Raum voller Rosenblüten. Der ganze Fußboden war damit zugedeckt, unter den Fenstern lagen ganze Haufen von Blütenblättern. Sie wollte hinausgehen, doch es war schwierig, durch die Blätter zu gehen, die sich wie Wasser um ihre Knöchel legten. Dicke, dornige Ranken wuchsen kreuz und quer über die Fenster und ließen fast kein Tageslicht mehr herein. Sie konnte kaum noch etwas sehen und hatte vergessen, wo sich die Tür befand. Und sie war schrecklich allein: Es war niemand da, den sie rufen, niemand, an dem sie sich hätte festhalten können.

Als sie aufschreckte, war es stockdunkel. Sie hörte Hester »Rachel« murmeln, tastete nach ihrer Hand und hielt sie fest.

»Was ist los?«, fragte Hester.

»Ein böser Traum.« Rachel fröstelte. Sie konnte die Rosen noch riechen, nur schwach zwar, aber immerhin. Der Duft lag über diesem Raum, in den sie nicht gehörte, in dem nur Leos Babykleidung zwischen Rosenblättern in der Schublade lag. Sie wollte es endlich wissen, und Hester war ihre einzige Chance; Septimus und Cecilia hüteten dieses Geheimnis schon so lange, dass Schweigen wie eine zweite Haut darübergewachsen war.

»Hester?«, sagte sie leise. »In Mabberling hast du etwas über Mutter gesagt. Wie es ihr wieder besser ging, nachdem sie schwer krank gewesen war. Du hast gesagt, du seiest aufgewacht und hast Mutter mit dem Baby im Arm dasitzen sehen.«

Hester schwieg.

»*Dem* Baby«, wiederholte Rachel. »Einem Baby. Ich habe zufällig in eine Schublade geschaut … und darin war Babykleidung – aber nur für *ein* Kind. Und ich sehe gar niemandem unserer Familie ähnlich: Das hast du selbst gesagt, stimmt's? Keine Philemot hätte je so ausgesehen wie ich.«

Hester schwieg noch immer.

»Das meiste konnte ich mir selbst zusammenreimen. Ich weiß, dass ich nicht von ihnen abstamme. Ich weiß, dass ich adoptiert bin. Du warst dabei. Du musst es wissen. Wer sind sie? Wer sind meine richtigen Eltern?«

Hester rührte sich unter ihrer Decke. »Ach, Rachel«, sagte sie erschöpft. »Warum hätten sie ein Mädchen adoptieren sollen?«

Auf den Straßen rund um die Basilika und auf dem Platz der Befreiung war das Chaos ausgebrochen.

Als Cecilia zu Ende gesungen hatte, herrschte einen Moment lang erschrockenes Schweigen, bis plötzlich hundert ungläubige Stimmen gleichzeitig zu reden begannen und das ganze Kirchenschiff erfüllten. Wutschnaubend wandte sich Lanneret erneut an Gabriel. »Ihr ...«, begann er, doch ein durchdringender Schrei vom Hauptportal der Basilika ließ ihn verstummen. »Schaut mal nach High Side!«

Lanneret zögerte einen Moment und beäugte Gabriel misstrauisch, ehe er sich unter die Menge drängte, die zur Basilika hinausströmte. Er betrat gerade den Säulengang, als der hohe Turm von Malanders Haus in sich zusammenstürzte und die goldene Flagge zu Boden sank. Teredo kam zu ihm geeilt.

»Elverton«, raunte er ihm zu. »Wo ist das Archivmaterial?«

Lanneret zuckte zusammen und stieß einen leisen Fluch aus. »In meinem Schreibtisch.« Er hastete die Stufen vor der Basilika hinunter, band ein Pferd von seiner wartenden Kutsche los und begann, sich durch die Menschenmenge in Richtung der Brücke und der Straße nach High Side durchzukämpfen.

Jinx und Cecilia kamen in einer verlassenen Straße hinter der Basilika ins Freie. Sie schlängelten sich durch ein Labyrinth von Gassen und schmalen Straßen, bis sie ein Stück neben der Brücke ans Flussufer gelangten. Sklaven und Ratten rannten auf der Flucht vor dem Erdrutsch von High Side herunter und nur ein einzelner, smaragdgrün gekleideter Reiter kämpfte sich in die Gegenrichtung vor.

»Das ist Lanneret«, sagte Jinx. »Was hat er vor?«

Er lehnte sich an die Brüstung und schaute nachdenklich zur Brücke. Noch immer ergoss sich ein beständiger Menschenstrom hügelabwärts, aber inzwischen war Lanneret nicht mehr der Einzige, der in die andere Richtung unterwegs war. Etliche Sklaven des Monarchenbundes, die mit ihren Familien in der Basilika gewesen waren, rannten über die Brücke in Richtung High Side. »Müssen wahrscheinlich die Juwelen ihrer Ladys holen«, schnaubte Jinx abfällig.

Die Menge, die sich den Hügel hinaufschob, wuchs an. Es waren nicht mehr nur Sklaven, sondern auch normale Stadtbewohner.

»Wo sie wohl hingehen?«, fragte sich Cecilia.

»In den Häusern da oben gibt es sicher viel Essbares«, gab Jinx zu bedenken. »Na ja, zumindest das Wenige, das die Ratten übrig gelassen haben. Soweit ich gehört habe, fressen diese Nager alles, ob essbar oder nicht. Ihnen fiel angeblich auch ein Großteil von Lord Demersals Gesetzbüchern zum Opfer.« Er lachte. »Natürlich – ich wette, die Stadtmauer von High Side ist eingestürzt. Kommt, Lady. Leichter als heute konnte man noch nie aus Freehaven fliehen.«

Sie verloren sich in der Menschenmenge und gingen die halb zerstörte Straße hinauf. Cecilia kletterte über die Ruinen des Philemot-Hauses, ging zu den Stallungen, sattelte ein Pferd und ritt zu den Trümmern, die vom Stadttor von High Side noch übrig waren. Dort hielt sie an und schaute zu Jinx zurück. »Kommst du nicht mit?«

Er schüttelte den Kopf. »Nö, ich gehöre in die Stadt.« Er tauchte in der Menge unter und war innerhalb kürzester Zeit verschwunden.

Rachel ließ sich diese Worte immer wieder durch den Kopf gehen. *Warum hätten sie ein Mädchen adoptieren sollen?* Das war alles, was Hester gesagt hatte, und danach war sie wieder eingeschlafen. Rachel saß noch immer neben ihrem Bett und flüsterte ein ums andere Mal: »Tante Hester, bitte sag es mir«, doch Hester schlief weiter, die ganze Nacht und auch den nächsten Tag hindurch. Erst in der Abenddämmerung schlug sie die Augen wieder auf. »Septimus«, sagte sie mit fester, klarer Stimme. »Ich habe einen kleinen Jungen für euch gefunden. Soll ich ihn herbringen?«

»Ja«, flüsterte Rachel. »Wo kommt er her?«

»Es ist besser, ihr wisst es nicht.« Hester schloss die Augen und schlief wieder ein, eine weitere Nacht und einen weiteren Tag lang. Ihr Atem ging leicht und war fast lautlos. Hin und wieder rührte sie sich leicht und murmelte im Schlaf: »Septimus, ich hole jetzt das Baby.« Rachel wachte bei ihr, rührte sich kaum von Hesters Bettkante weg und schlief nachts mit dem Kopf neben Hesters Hand auf dem Bett. Diesmal war ihr Schlaf traumlos.

Sie erwachte erst wieder am Abend, als Hester sagte: »Rachel?«

»Du weißt, dass ich es bin?«

Hester lachte. »Natürlich. Oder hab ich etwa mit anderen Leuten gesprochen?«

»Mit Vater.« Rachel zögerte. »Du hast gesagt, du würdest das Baby bringen. Das war Leo, nicht wahr?«

»Ja.« Hesters Geständnis klang wie ein langer letzter Atemzug, und danach schwieg sie so lange, dass Rachel sich schon erschrocken über sie beugte. »Schon gut, Rachel. Ich bin noch da. Begreifst du, warum ich es getan habe?«

Rachel erinnerte sich an den Klatsch über Anna Lanneret. »Sonst hätte Mutter ihn verlassen müssen, nicht wahr?«

»Es ist auch mir passiert«, sagte Hester. »Vor langer, langer Zeit. Cecilia und Septimus liebten einander. Ich ertrug den Gedanken nicht, dass sie sich sonst hätten trennen müssen.« Sie redete sehr langsam, als koste jedes einzelne Wort sie viel Kraft, als sie fortfuhr: »Ich habe dafür gesorgt, dass niemand da war, als du geboren wurdest. Niemand außer Septimus und mir wusste, dass nur *ein* Baby auf die Welt gekommen war ... ein Mädchen.«

»Als du einige Tage alt warst, ging ich hinunter ins Dorf. Damals gab es eine Pestepidemie. Es war nicht schwer, einen mutterlosen Neugeborenen zu finden, dessen Familie nicht wusste, wie sie ihn durchbringen konnte.«

Sie seufzte. »Das war alles. Ich fuhr wieder nach Hause, Septimus und Cecilia kehrten mit den beiden Neugeborenen nach Freehaven zurück. Septimus hat mir wenig später geschrieben, dass niemand sich wunderte, dass er Vater von Zwillingen geworden war. Wenige Jahre zuvor hatte Cecilias Schwester ja schon Tolly und Alys geboren. Das war nützlich. Die Leute scherzten, dass Zwillingsgeburten bei Elinor und Cecilia ganz offensichtlich im Blut lagen.« Erschöpft schloss sie die Augen.

»Für lange Zeit ging alles gut. Bis zu Leos Lehrzeit. Da hatten wir den Eindruck, er müsse dafür büßen, dass *wir* das Schicksal herausgefordert haben.«

Sie stieß einen leisen, bebenden Seufzer aus. Rachel drückte ihre Hand und flüsterte: »Hester, Hester?« Keine Reaktion. Rachel saß wartend neben ihr im Dunkeln. Erst in der Morgendämmerung rührte sich Hester wieder.

»Hester«, sagte Rachel leise. »Sag mir noch eins: Wessen Sohn ist Leo?«

»Ja«, antwortete Hester im Flüsterton. »Ich sollte es dir noch sagen, bevor ich sterbe. Niemand sonst weiß es.« Sie schloss die Augen. Erschrocken sagte Rachel: »Hester?«

»Ja, Rachel. Ich überlege nur. Seine Mutter war gestorben. Sein Vater war Zimmermann. David. Er hatte noch einen älteren Sohn, der ebenfalls David hieß. Dann ein kleines Mädchen, ungefähr drei Jahre alt. Es hatte einen komischen Namen. N…n…nein. Er fällt mir nicht mehr ein. Sie sind wenig später weggezogen, das war ein Teil unserer Abmachung. Mehr kann ich dir leider nicht sagen.«

Es war nicht viel, dachte sich Rachel, aber besser als nichts. Sie hörte, wie Hesters Atemzüge den tieferen, ruhigeren Rhythmus des Schlafs annahmen, und schlief schließlich selbst ein. Erst am späten Morgen weckten die schräg zum Dachfenster hereinfallenden Sonnenstrahlen sie wieder auf. Hester lag da, so still und kalt wie ein ferner Stern. Rachel nahm ihre Hand und flüsterte ihren Namen, doch sie wusste, dass Hester nie mehr aufwachen würde. Von einer plötzlichen Angst gepackt, rannte sie aus dem Rosenzimmer, durch die Tür mit dem Porträt des Jungen, der plötzlich kein bisschen mehr wie Leo aussah, und die Treppe hinunter.

Ihr Vater saß an dem langen Tisch in der Eingangshalle.

Er war gerade erst angekommen und trug noch seinen dicken Reiseumhang, der schmutzig und schlammverkrustet war. Sein Gesicht war angespannt vor Erschöpfung. Da erblickte er sie. Er sprang auf, und Freude, Erleichterung und Besorgnis huschten nacheinander über sein Gesicht – wie kleine Wellen auf einem schnell fließenden Strom.

»Rachel!«

»Hester ist tot.« Er nahm sie in die Arme und drückte sie an sich, und im ersten Moment ließ sie sich von ihm halten, drückte ihr Gesicht an den weichen, dicken, feuchten Wollstoff seines Umhangs und schluchzte leise vor sich hin. Doch nachdem ihre Tränen versiegt waren, wurde sie plötzlich von Wut übermannt; sie löste sich abrupt aus seiner Umarmung und wich ein paar Schritte rückwärts.

»Du hast gelogen!«, fauchte sie.

»Ich weiß, dass du das denkst ... Ich habe deinen Brief gelesen. Aber Rachel, glaub mir, ich schwöre ...«

»Du hast wegen *Leo* gelogen!«

Septimus taumelte ebenfalls rückwärts und sank dann erschöpft auf einen Stuhl am langen Tisch. Rachel baute sich vor ihm auf: Unscharf konnte sie ihr Spiegelbild in der silbernen Tischplatte sehen: die roten Haare und die grünen Augen. Wie keine Philemot vor ihr. »Er ist nicht dein leiblicher Sohn, richtig?«

Kaum wahrnehmbar schüttelte er den Kopf.

»Alles, was Leo im letzten Jahr zugestoßen ist!«, brüllte sie und schlug mit der Faust auf den Tisch. »Nichts davon wäre ihm passiert, wenn du nicht ...«

Er riss den Kopf hoch und setzte sich ihrem zornigen Blick aus. »Denkst du nicht, dass ich mir das auch schon tausendmal gesagt habe?« Sein Anfall von Wut legte sich so schnell, wie er gekommen war; er fasste sich sofort wieder. »Rachel«, sagte er, streckte eine Hand aus und berührte vorsichtig ihre Fingerspitzen. Zum ersten Mal in ihrem Leben fiel Rachel auf, dass seine Hände genau dieselbe Form hatten wie ihre: klein und quadratisch mit eher kurzen Fingern. »Aber in einem Punkt habe ich nicht gelogen«, sagte er. »Du bist meine Tochter. Das schwöre ich dir.«

Sie starrte auf seine und ihre Hand. »Ich weiß«, sagte sie mit einer Stimme, kalt wie der Winter. »Aber ich wünschte, ich wäre es nicht.«

*»Rachel!«* Er machte Anstalten, aufzuspringen, doch sie schrie: »Lass mich in Frieden!«, und rannte aus dem Haus. Draußen wehte ein heftiger Wintersturm. Rachel rannte über den Rasen, konnte vor Tränen und wegen des Schneeregens kaum etwas sehen. Sie kletterte auf die Gartenmauer, sprang auf der anderen Seite hinunter, richtete sich wieder auf und rannte weiter. Selbst jetzt, im Mittagslicht, wirkte der Wald düster und bedrohlich. Sie zögerte.

»Rachel!«, rief Septimus durch den Garten. Sie rannte zwischen die Bäume.

## 26. Kapitel

# Der Monarchenbund zerbricht

»Rachel!«, rief Septimus erneut.

Es kam keine Antwort; man hörte nur den Wind in den Bäumen, dann ein Brüllen in der Ferne, wilder und unheilvoller als der Wind. Im Wald waren Drachen. Drachen … und seine Tochter! Septimus rannte in den Wald. Alte Erinnerungen lenkten ihn: Als Kind hatte er jeden Weg und jeden Baum hier gekannt, hatte das mysteriöse Dunkel unter den Zweigen und die steinigen Lichtungen geliebt. Als junger Mann hatte er davon geträumt, seine eigenen Kinder später hier spielen zu sehen. Doch dann hatte Hester Leo von dieser unbekannten Familie im Dorf mitgebracht, und er hatte Angst davor gehabt, mit seinen Kindern nach Inchcliff zu kommen, weil er befürchtete, jemand könnte Leo als Sohn eines anderen Mannes erkennen.

Er hastete weiter. Er war fast schon an der hohen Felswand, als er ein ihm fremdes Geräusch hörte und ein vages Gefühl von Bedrohung ihn nach oben blicken ließ. Ein Stück vor ihm zwängte sich jemand gewaltsam durch den Wald und riss im Gehen Äste und kleine Zweige ab. Septimus hörte ein seltsames, zischendes Fauchen. Für einen flüchtigen Moment sah er im Halbdunkel einen Flammenstrahl, einen riesigen, schuppigen, grüngrauen Leib und etwas, das wie glänzende gelbe Augen aussah.

»Rachel!«, schrie er. Der Drache schwang zu ihm herum und seine

Augen glühten. Septimus begann blindlings zu rennen. Als er einen Blick über die Schulter wagte, sah er, dass der Drache ihm nachtrampelte, so schnell er konnte, und immer wieder kurze Flugsprünge machte, sobald er unter den Bäumen genügend Platz hatte, um seine lederartigen Flügel auszubreiten. Er holte erschreckend schnell auf. In seiner Panik stolperte Septimus über eine Baumwurzel. Der Drache kam näher. Septimus konnte seinen heißen Atem bereits im Rücken spüren. Rasch rappelte er sich wieder auf, wäre beinahe an die Felswand gestoßen, drehte ab und hetzte nun an der Felswand entlang weiter.

Auf einmal hatte er keinen Boden unter den Füßen mehr. Wieder stürzte er und fiel Hals über Kopf eine steile Böschung hinunter, die aus bemoostem Felsgestein bestand. Mit Schrammen, blauen Flecken und außer Atem landete er in einem ausgetrockneten Flussbett voller Kieselsteine und stellte fest, dass er genau wusste, wo er war. Die *Höhle*! Hektisch kletterte er wieder die Böschung hinauf. Der Drache thronte am Rand der Schlucht und schüttelte seine Flügel, um mit dem nächsten Flugsprung seiner Beute habhaft zu werden. Zum Angriff bereit, stieß er sich ab. Septimus hielt verzweifelt nach der Öffnung im Felsen Ausschau, sie musste doch ganz in der Nähe sein … Da hörte er ein Flügelschlagen hinter sich, entdeckte den Spalt an einer Stelle, wo er ihn nicht erwartet hatte, stürzte darauf zu und zwängte sich hindurch. Der Spalt war schmaler, als er ihn in Erinnerung hatte. Er musste den Bauch einziehen und sich verbiegen und verdrehen, und für einen schrecklichen kurzen Moment hatte er die grässliche Vision, dass er stecken bleiben würde, eine Körperhälfte dem Drachen zugewandt, der dann nach Lust und Laune an ihm herumknabbern könnte. Doch dann gelang ihm das Durchkommen. Eine einzelne Klaue schlug noch nach seinem Bein, bevor Septimus im Inneren der Höhle auf den

Boden fiel. Draußen vor der Höhle hörte er ein Flügelschlagen und das Zischen eines Flammenstrahls.

Es dauerte nicht lange, bis das Tier aufgab und sich entfernte. Das Zischen hörte auf, Septimus' angstvolle Atmung beruhigte sich, das Pulsieren des Blutes in seinen Ohren ließ nach, und in die Stille hinein hörte er plötzlich Stimmen.

*Wer im Namen aller Monde …?* Mit zitterigen Beinen erhob er sich und stolperte durch den Gang auf den strahlenden Höhlenraum mit dem warmen Gewässer zu. Schon von Weitem sah er ein Feuer brennen, um das eine Gruppe von Menschen saß. Septimus wurde vor Erleichterung ganz warm ums Herz, als er sah, dass Rachel unversehrt – und vor ihm – angekommen war. Sie saß der Wärme entgegengebeugt da und ihre roten Haare glänzten im Lichtschein. Dann sah Septimus einen Jungen, der sich vor das Feuer kniete und in die hellen Flammen pustete, und auf einen Schlag hatte Septimus für niemand anderen mehr Augen.

Im ersten Moment reichte es ihm, ihn einfach nur anzustarren.

Septimus blieb im Halbdunkel stehen, wo man ihn nicht sah, beobachtete den Jungen und wurde plötzlich von Erinnerungen überwältigt. Ein Tag gegen Ende des Winters vor vierzehn Jahren … Er hatte neben Cecilias Bett gesessen. Sie war in den erschöpften Schlaf gefallen, der auf jeden Anfall hohen Fiebers folgt. Seine neugeborene Tochter schlief in der Wiege neben dem Bett, öffnete und schloss die Fingerchen ihrer winzigen Hände. Da ging die Tür auf, und Hester trat ein, ein Stoffbündel auf den Armen.

»Ist er es?«, hatte Septimus gefragt.

Sie nickte und hielt ihm das kleine Bündel Baby entgegen: schmutzig, blass, dürre Ärmchen und Beine und ein schrumpeliges, greisenhaftes Gesicht. Er warf nur einen kurzen Blick darauf und wandte sich dann wieder Cecilia und Rachel zu. Doch Hester zupfte ihn am Ärmel.

»Hältst du ihn kurz? Ich will nur etwas Milch für ihn holen.«

Das Baby – fast schwerelos – hatte gequengelt und in seinen Armen geweint, während Septimus es ungeschickt hielt und versuchte, es in den Schlaf zu wiegen. Dabei fragte er sich, was um alles in der Welt nur in ihn gefahren war, um sich spontan auf diesen verrückten Schwindel einzulassen, den Hester ihm vorgeschlagen hatte. Als Hester endlich mit einer Tasse Milch zurückkam, öffnete er den Mund und wollte sagen: Ich weiß nicht, ob es wirklich eine gute Idee ist. Vielleicht ist es besser, du bringst ihn zurück.

Doch Hester war ihm zuvorgekommen und hatte ihm einen mit Milch getränkten Lappen in die Hand gedrückt. »Füttere ihn!«

Ungeschickt hatte er einen Zipfel des Lappens zwischen die Lippen des Babys gedrückt. Sofort hatte das Baby angefangen zu saugen, mit geschlossenen Augen, und dabei genau wie Rachel die Fingerchen geöffnet und geschlossen.

»Wie wirst du ihn nennen?«, hatte Hester gefragt.

Widerwillig und noch äußerst unsicher hörte er sich antworten: »Wäre Rachel ein Junge gewesen, hätten wir sie nach meinem Vater genannt.«

»Leolin … Leo«, hatte sie gesagt. »Das passt zu ihm.«

»Ich weiß nicht …«, hatte Septimus abwehrend gesagt. Da hatte das Baby die Augen aufgeschlagen, seinen Blick gesucht und ihn unverwandt angestarrt. Septimus konnte die Augen nicht von ihm lösen. Und mit einem Mal hatte ihn eine Welle von Zuneigung zu diesem kleinen Jungen gepackt, so wild und unerwartet wie ein Drache, der sich im Wald aus einem Hinterhalt auf einen stürzt.

»Was im Namen der ewigen Verdammnis hast du hier zu suchen, Mann?« Septimus erschrak, blinzelte seine Tränen weg und spähte ins Dunkel. Ein groß gewachsener Mann, dessen Gesichtszüge Septimus nicht deutlich erkennen konnte, stand neben ihm. Dass er ihm ein Messer in die Rippen bohrte, war eine unmissverständliche Drohung.

»Komm ins Licht, damit ich dich sehen kann!«, befahl der Mann. Septimus zögerte zuerst, doch weil die Spitze des scharfen Messers ein Stück tiefer drang, kam er dem Befehl des Mannes nach und trat schwerfällig ins Licht der Höhle. Sein Angreifer war ein dunkelhaariger, bärtiger Mann mit einer Doppelnarbe auf einer Wange. Er streifte Septimus' Kleidung mit einem kurzen Blick und seine Augen verdunkelten sich vor Angst und Feindseligkeit.

»Das ist ein Philemot-Umhang«, sagte er. »Wer bist du?«

Septimus blickte kurz zur Gruppe am Feuer. Rachel hatte die Hände vors Gesicht geschlagen, Leo saß neben ihr und hatte einen Arm um ihre Schultern gelegt. »Ich bin Lord Philemot«, sagte Septimus mit lauter Stimme. Er sah seine Worte durch den leeren, widerhallenden Raum fliegen, sich einen Weg durch die Gespräche am Feuer bahnen und ihr Ziel erreichen. Leo sprang sofort auf, ebenso das dunkelhaarige Mädchen, das neben ihm gesessen hatte. Sie wollte instinktiv auf Septimus zugehen, doch eine Frau hielt sie am Arm zurück. Hätte Septimus genauer hingeschaut, hätte er gesehen, dass diese Frau Mai war, doch er hatte nach wie vor nur Augen für Leo. Sein Sohn – *nicht* sein Sohn – war blass und dünn und trug einen Arm in einer Schlinge. Ein Anfall von Zorn und Mitleid durchzuckte Septimus. Was hatte Leo erleiden müssen? Trotz des Messers an seinen Rippen ließ Septimus seinen Angreifer einfach stehen und lief mit ausgebreiteten Armen auf seinen Sohn zu.

»Leo!« Er drückte sein Gesicht in die Haare des Jungen. »Ich dachte schon, du …« Er holte tief Luft und drückte Leo an sich, ehe er ihn schließlich wieder losließ, nach seinen Händen griff und ihm in die Augen sah. »Ich dachte, du müsstest sterben. Ich dachte, ich hätte dich verloren, Leo.« Er versuchte, etwas ruhiger zu atmen, und schniefte. Tränen schimmerten auf seinen Wangen, doch in seiner Stimme schwangen ein unterdrücktes Lachen und eine große Entschlossenheit mit. »Alles wird gut, du wirst sehen. Wir werden einen Ort finden, an dem du unerkannt leben kannst …«

»Wenn die Revolution kommt, wird er nicht mehr unerkannt leben müssen«, brummte der dunkelhaarige Mann.

»Bis dahin wird es noch eine Weile dauern, Daniel«, warf eine Frau mit einem langen Zopf ein. »So weit ist es erst, wenn jemand die Ballade vor ganz Freehaven singt …«

»Eines Tages wird es geschehen«, sagte der Mann. Er schob das Messer in seinen Gürtel, ließ Septimus aber nicht aus den Augen. Dieser beachtete ihn jedoch nicht. Er legte Leo einen Arm um die Schultern und streckte die andere Hand nach Rachel aus.

»Du hast gelogen«, sagte sie mit steinernem Gesicht.

Gequält schloss Septimus die Augen und schüttelte den Kopf. »Nicht in allen Punkten. Nicht, was das Königreich angeht. Ich schwöre, Rachel, ich habe nie davon gehört … Ich erfuhr es erst aus diesem Buch, das du liegen ließest.«

»Er spricht die Wahrheit, Rachel. Lies das hier!« Diese Worte kamen von dem Mädchen, das aufgesprungen war, als Septimus seinen Namen genannt hatte. Sie drückte Rachel ein abgegriffenes Pergamentblatt in die Hand.

Stirnrunzelnd starrte Rachel auf das Blatt. Sie erkannte es wieder: Es waren ein paar wenige Zeilen in unlesbarer Schrift, krakelig und mit grüner Tinte geschrieben. Das Blatt war unter Leos Briefen gewesen. Sie hatte es eine Zeit lang ratlos studiert, dann weggelegt, in der Hoffnung, er würde es ihr bei seiner Rückkehr erklären. Doch dann hatte der Albtraum mit seinem Prozess angefangen, und sie hatte es nicht über sich gebracht, noch einmal einen Blick darauf zu werfen, weil es sie nur schmerzlich daran erinnert hätte, dass Leo nie mehr nach Hause kommen würde und dieses Blatt nur einer von ungefähr tausend Punkten war, die er ihr nie erklären würde … Nun aber sah sie genauer hin. Jemand hatte sich seit dem letzten Mal daran zu schaffen gemacht. Offenbar hatte jemand die nicht zu entziffernden Schriftzeichen in die Freie Schrift übersetzt.

»Lies es bitte laut vor!«, sagte das dunkelhaarige Mädchen. Septimus musterte sie überrascht und sah eine Doppelnarbe auf ihrer Wange. Eine gewöhnliche Verbrecherin also – die jedoch ungewöhnlich selbstsicher auftrat.

»*Wir drei …*«, las Rachel laut. Sie hielt inne, legte ungläubig die Stirn in Falten, fasste sich wieder und begann von vorn.

*»Wir drei und nur wir drei allein wissen von diesen Dingen.*
*Wir wissen, dass unsere Väter uns belogen haben.*
*Dass das Königreich Assalay ein gewaltsames Ende fand, was zur Gründung des Monarchenbundes führte, durch die rechtmäßige Ermordung eines Tyrannen.*
*Wir wissen aber auch, dass die Blutlinie der Athanasier noch nicht erloschen ist und wir dafür sorgen müssen, dass die Nachkommen niemals zurückkehren werden.*
*Und selbst wenn die Erinnerung an das alte Königreich erloschen ist, schwören wir drei feierlich, dass wir uns ihrer bewusst bleiben.*

*Wir wissen davon und bewahren es in unseren Köpfen als gut gehütetes Geheimnis.*
*Lanneret, Teredo, Demersal.*«

»Lies es noch einmal!« Septimus' Stimme, angespannt wie eine Saite kurz vor dem Reißen, vibrierte vor Schock. Rachel kam seinem Wunsch nach. Als sie die Worte ein zweites Mal vorgelesen hatte, streckte er wortlos die Hand nach dem Pergament aus. Sie reichte es ihm, und er studierte es lange, ehe er den Kopf wieder hob und fragte: »Was ist das? Woher kommt es?«

»Es ist die Abschrift eines Dokuments, das ich in Lannerets Schreibtisch gefunden habe«, sagte Leo mit ruhiger Stimme.

Septimus fuhr sich mit einer Hand über die Lippen und setzte sich dann zitternd auf einen großen Stein. »Diese elenden Hunde«, flüsterte er und fuhr sich erneut über die Lippen, als wolle er einen faulen Geschmack abwischen. »Demersal war mein Lehrmeister. Ich musste den Treueschwur aufsagen, jeden Morgen und jeden Abend. … *und gelobe, mein Wissen zu teilen und alle Geheimnisse* … Und dabei hat er die ganze Zeit …« Er stieß einen langen, bebenden Seufzer aus, in dem sehr viel Zorn mitschwang. »Ist es wirklich wahr? Die Sache mit dem Königreich und der Ermordung des Königs? Und warum haben die *drei* es gewusst, nicht aber wir anderen?«

»Es ist alles wahr.« Wieder das dunkelhaarige Mädchen. Septimus schaute sie an und sie erwiderte seinen Blick ungerührt. Wer war sie? Doch noch bevor er fragen konnte, fuhr sie in demselben überzeugten Tonfall fort: »Es ist absolut wahr. Die ersten Monarchen haben alles niedergeschrieben – alles, was sie getan haben; wie es zur Verschwörung gegen den König kam, wie sie ihn ermordeten und den Palast in Brand steckten. Zeigt es ihm, Mr Fossick!«

»*Fossick?!*« Septimus fuhr zusammen, und Fossick (der bisher mit dem Rücken zu ihm gesessen und versucht hatte, sich hinter dem kräftigen Oberkörper eines Mannes namens Christopher zu verstecken) zog das gestohlene Pergament aus einer Felsnische. Mit zitteriger Stimme las er das von den Urvätern des Monarchenbundes verfasste und eigenhändig unterzeichnete Schuldgeständnis vor. Das Mädchen ließ Septimus dabei nicht aus ihren herausfordernd blitzenden Augen. Als Fossick zu Ende gelesen hatte, fragte sie leise: »Und, Euer Lordschaft? Was sagt Ihr dazu?«

Dutzende von Fragen und Schlussfolgerungen schossen Septimus wie ein aufgescheuchter Vogelschwarm durch den Kopf. Nein, sie waren größer als Vögel, eher wie Drachen. In seiner Verwirrung begnügte er sich jedoch mit einer einfachen, simplen Frage.

»Dieses Schriftstück lag im Verschlossenen Archiv?«, fragte er. »Seltsam, ich habe es nie gesehen … ehrlich gesagt gar nichts, was nicht in Freier Schrift geschrieben gewesen wäre.«

»Es befand sich nicht auf den Regalen«, erklärte Fossick. »Es war gut versteckt, zusammen mit etwa einem Dutzend ähnlicher Dokumente.«

»Sagt mir ganz genau, wo«, sagte Septimus grimmig. »Ich will nachsehen, was sie sonst noch dort verstecken.«

»Ich glaube nicht, dass dort noch mehr zu finden ist«, sagte Leo und warf einen kurzen Blick auf Fossick. »An dem Tag, als Ihr mit Scrimp dort eingebrochen seid, kam Lanneret spät nach Hause. Er hatte eine ganze Tasche voller Schriftrollen bei sich, die er eilends in seinen Schreibtisch einschloss. Dort fand ich auch jenes, von dem ich eine Abschrift angefertigt habe.« Er zuckte mit den Schultern. »Ich hatte leider keine Zeit, auch die anderen zu kopieren. Sie waren sehr viel länger.«

Septimus schloss die Augen. »Leo, stell dir vor, er hätte dich dabei ertappt …« Ein eisiger Angstschauer überlief ihn und er legte Leo eine Hand auf die Schulter. »Ich frage mich, ob diese drei es schon immer gewusst haben. Von Anfang an …«

Leo schüttelte den Kopf. »Keine Ahnung.« Er starrte auf das Pergament, das Fossick sorgsam in der Hand hielt. Es erinnerte ihn an etwas, nicht nur an die Schriftrollen in Lannerets Schreibtisch, sondern noch an etwas anderes. Ein Bild. Um sich besser konzentrieren zu können, schloss er die Augen und presste die Fingerspitzen dagegen.

»Dieses Versprechen klingt für mich wie etwas, das Leo und Jeremy sich hätten ausdenken können«, sagte Rachel nachdenklich. »Irgendwie typisch für Jungen …«

Jungen! Leo musste an die Bilder denken. Er hatte sie nur einmal gesehen und das nur für den Bruchteil eines Augenblicks, als er sich an ihnen entlanggetastet hatte, weil er eine Fluchtmöglichkeit aus der geheimen Kammer in Lannerets Turm gesucht hatte. Doch plötzlich sah er die einzelnen Bilder in allen Einzelheiten wieder vor sich: drei Jungen, etwa in seinem Alter, gekleidet in Smaragdgrün, Scharlach- und Burgunderrot, die zuerst einen Schlüsselbund aus einem Schreibtisch holten, dann einen Keller erkundeten, eine Truhe öffneten, alte Papiere herausholten und sich schließlich an den Händen hielten, als würden sie einen Schwur ablegen. Er konnte den scharfen Kontrast zwischen Licht und Schatten sehen, den der Maler gut eingefangen hatte; das ehrfürchtige Staunen in den Gesichtern der Jungen. Rückblickend verspürte er eine sonderbare innere Verwandtschaft mit ihnen, denn ihm selbst war es nicht anders ergangen, als er das alte Buch in Scrimps Büro aufgeschlagen hatte.

»Nein«, sagte er deshalb. »Sie haben es nicht von Anfang an gewusst. Sie wissen es zwar schon lange, aber vermutlich nicht von Anfang an.« Er beschrieb die Bilder an der Wand, den unvergesslichen Moment der Entdeckung. »Bedenkt auch, wie der Schwur lautet: *Wir wissen, dass unsere Väter uns belogen haben …«*

Gequält schloss Septimus die Augen, wie jemand, der Schmerzen hatte. Die Stimme des Mädchens drang durch seine Dunkelheit. Auf ihre übliche selbstsichere Art fragte sie: »Was werdet Ihr nun tun, Euer Lordschaft? Nun, da Ihr es ebenfalls wisst?«

Septimus schlug die Augen auf. »Wer bist du?«

»Ich bin Gaia.« Das Mädchen war dünn und schmutzig, hatte wirre Haare und durchdringende Augen. Voller Staunen schaute er sie an. Lügen um Lügen waren angehäuft worden, eine über der anderen, wie die mehrschichtige Schale eines Dracheneies, und im Herzen dieses ganzen Lügengespinsts standen dieses Mädchen und eine Wahrheit, die die Macht hatten, ganz Assalay in Brand zu setzen.

»Mylady.« Septimus neigte den Kopf.

»Was werdet Ihr tun?« Wieder ihr herausfordernder Tonfall. Septimus hob den Kopf, schaute aber nicht sie, sondern Leo an. Bevor er etwas unternahm, musste er zuerst seine eigenen Lügen aus der Welt schaffen. »Ihr und ich haben sicher eine Menge zu besprechen, Mylady. Aber zuerst muss ich mit Leo reden.«

Verwundert ging Leo mit ihm zum Rand des kleinen Sees. Septimus bückte sich und griff nach einem Kieselstein; er war aus demselben Material wie die Höhlenwände und lag schwach schimmernd auf seiner Handfläche.

»Als ich jung war«, sagte er, »pflegten wir einen Schwur dadurch zu besiegeln, dass wir hier einen Stein ins Wasser warfen. Ich habe dich belogen, Leo, dein Leben lang.« Er holte mit dem Arm aus. »Aber ich schwöre dir, dass alles, was ich dir jetzt sage, die Wahrheit ist.« Er warf den Kieselstein in hohem Bogen über das Wasser. Leo sah ihn durch die Luft fliegen und ins Wasser fallen, helle Wassertropfen spritzten auf. Der Kieselstein schimmerte, als er tiefer sank und schließlich auf dem dunklen Grund verschwand.

Auch Rachel, die am Feuer sitzen geblieben war, hatte den Flug des Kieselsteins verfolgt. Sie sah, wie die beiden zusammensaßen, wie Septimus auf Leo einredete, sich vorbeugte, schließlich stockend verstummte. Zaghaft fasste er nach Leos Arm, doch dieser schüttelte seine Hand ab, sprang auf und rannte blindlings von ihm weg. Septimus wollte ihm nachrennen, kam in seiner Eile aber ins Stolpern.

»Leo!«, rief er.

Leo wirbelte herum. »Lass mich in Frieden!«

»Leo!« Rachel sprang von ihrem Platz neben dem Feuer auf und packte Leo am Arm. Es war sein verletzter Arm; er stieß einen Fluch aus und blieb stehen. »Bitte«, sagte sie flehentlich. »Beruhige dich! Rede mit ihm!«

»Sag *du* mir nicht, was ich tun soll! Wie lange weißt du es schon? Egal, es gibt ohnehin nichts mehr zu besprechen. Ich bin nutzlos für ihn geworden.«

»Leo, *bitte*«, sagte auch Septimus.

Leo wandte sich von Rachel ab und sah Septimus mit zornblitzenden Augen an. »Stimmt es etwa nicht, Lord Philemot? Du hast nur deshalb einen Sohn gebraucht, damit deine Ehe nicht aufgelöst wird. Und falls du es vergessen hast: Ich bin aus dem Monarchenbund ausgestoßen worden. Ich bin auch offiziell nicht mehr dein Sohn.« Er lachte rau und spöttisch auf. »Lustig, nicht wahr? Dass ich es nie war.«

»Leo!« Septimus machte einen Schritt auf ihn zu. »Bitte …«

»Nein! Du hast mich *gekauft*! War ich je etwas anderes als ein Sklave?«

»Ich habe dich geliebt!«, rief Septimus. Dieser Satz prallte an den Wänden und der Decke der Höhle ab: *geliebt, geliebt, geliebt* … »Das ist ein großer Unterschied!« Septimus machte einen weiteren Schritt auf ihn zu. Doch Leo stieß ihn weg, drängte sich an Rachel vorbei, begann zu rennen und verschwand in dem dunklen Tunnel, der zum Höhleneingang führte.

»Leo! Komm zurück!«, schrie Rachel. Gaia griff nach ihrem Arm. »Kümmere dich um deinen Vater! Ich kümmere mich um Leo.« Sie rannte durch die Höhle, tat Daniels warnenden Ruf – »Nicht ins Freie!« – mit einer ungeduldigen Handbewegung ab und tastete sich durch den dunklen Tunnel, so schnell es ihr möglich war.

Leo war nirgends zu sehen; er musste bereits in den Wald gerannt sein. Aber dort gab es Drachen, sie musste ihn unbedingt rasch finden. Sie hatte keine Zeit, die anderen zu holen. Gaia zwängte sich durch die Felsspalte und blickte sich besorgt um, ehe sie bis zur ersten Baumgruppe rannte. Es war bitterkalt; ein schneidender Wind pfiff durch die Tannen, Hagelkörner prasselten an ihre Wangen. Hilflos starrte sie zwischen die Bäume. Leo war weit und breit nicht zu sehen, und sie wagte nicht, nach ihm zu rufen. Die Hagelkörner waren wie Schnee, der ganze Boden war schon weiß. Schnee … Sie schaute nach unten. Hier und da hatte Leo den Schutz der Bäume verlassen müssen und Spuren hinterlassen. Zielgerichtet folgte sie ihnen.

Er war offenbar gerannt. Das tat sie nun ebenfalls, doch erst als sie fast am anderen Ende des Walds angelangt war, sah sie ihn. Der späte Nachmittag hatte sich inzwischen zu einem dunklen Grau verdüstert, und die Luft war so frostig, dass man sie fast mit den Händen greifen konnte. Sie begann zu rennen und erreichte Leo gerade in dem Moment, als er die freie Fläche oberhalb des Hauses betrat. Sie griff nach seiner Hand.

»Wo willst du hin?«

»Keine Ahnung …«

»Leo, komm zurück! Es ist bitterkalt hier draußen und gefährlich ist es auch! Es wimmelt von Drachen.«

Er entzog ihr seine Hand. »Wen interessiert's?« Er wandte sich von ihr ab und ging mit großen Schritten weiter über den gefrorenen Boden.

»*Mich!*«, rief sie ihm nach. Verdutzt blieb er stehen und sie konnte ihn einholen. »Mich interessiert es«, versicherte sie ihm.

»Warum?«

»*Darum*, Leo! Muss es dafür einen Grund geben? Na schön, wenn du unbedingt einen hören willst … Mir liegt an dir, weil dir damals an *mir* lag. In Freehaven. Du warst der einzige Mensch im Gerichtssaal, der auf meiner Seite stand. Glaub nicht, das hätte ich nicht gemerkt. Und …« In ihren Augen lag etwas, das er noch nie gesehen hatte, ein Funkeln, halb amüsiert und doch sehr ernst. »Ich …«

Sie sagte etwas, das durchaus ein »Ich liebe dich« hätte sein können, doch das konnte er nicht hören, weil das Waldstück hinter ihnen im selben Moment mit einem ohrenbetäubenden Zischen Feuer fing. Gaia stieß Leo auf den Boden und warf sich neben ihn. Er hob den Kopf leicht an und schaute an den dämmerigen Abendhimmel. »Ich kann keine Drachen sehen.«

Sie stützte sich neben ihm auf die Ellbogen, blickte sich um und fluchte leise. »Was ist los?«, flüsterte er.

»Kein Versteck weit und breit.«

Sie saßen genau zwischen dem Wald und dem Haus fest, auf einer freien Fläche. In den Wald zurückzurennen war ausgeschlossen, das Feuer breitete sich rasend schnell aus. Ein Baum nach dem anderen loderte in der Dämmerung kurz auf und fiel dann krachend in das

Flammenmeer. »Bis zum Haus können wir es schaffen«, raunte er ihr zu. »Laufen oder kriechen?«

Sie überprüfte den Abstand und schaute noch einmal zum Wald. Noch keine Drachen in Sicht. »Laufen!« Hand in Hand rannten sie über den unebenen Boden. Kurz vor der Grenzmauer stolperte Gaia über ein Grasbüschel und fiel der Länge nach hin. Leo blieb stehen, um ihr wieder aufzuhelfen, als plötzlich ein großes, ledernes Flügelpaar im Tiefflug aus dem sich verdunkelnden Himmel auf sie herabstieß und ihnen so nah kam, dass sie die Luft vibrieren fühlten. Der Drache zog wieder steil nach oben, machte einen Kurvenflug und stieß erneut auf sie herab. Sie sprangen über die Mauer und landeten auf der anderen Seite in einem Graben. Gaia hielt Leo fest. »Nicht bewegen!« Der Drache glitt über sie hinweg, eine zischende Flamme kam aus seinem Maul. Leo rollte sich auf den Rücken, hielt sich die Arme schützend vors Gesicht und sah, wie die Bestie wieder nach oben zog.

Sobald der Drache fort war, kletterte er aus dem Graben, blinzelte in die Dunkelheit und überlegte sich, wie sie ins Haus gelangen konnten. Es lag direkt vor ihnen. Rechts von ihnen konnte er Gartenmauern sehen, dahinter einen der alten Türme der halb verfallenen, alten Burg. Er versuchte gerade zu erraten, wo die Tür sein könnte, als sich der Drache erneut herabstürzte. Leo und Gaia duckten sich instinktiv und sahen den Drachen auf dem Dach des Ostflügels des Hauses landen, wo er erneut eine prasselnde Flammenzunge spuckte.

»Das ist ja verrückt«, wisperte Gaia. »Sie greifen *nie* Häuser an!«

»Dieses Jahr schon«, flüsterte Leo zurück. Er hielt die Luft an. Inchcliff war ein massives Steingebäude, nicht mit den Scheunen und Hütten aus Holz zu vergleichen, die während des Sommers abgebrannt waren. Doch der Drache musste beim Landen das Glasdach zerbrochen haben und so konnte sein Feuerstrahl ins Innere des Hauses dringen. Durch die Fenster konnten Leo und Gaia die züngelnden Flammen sehen, die sich rasch zu einem Flammenmeer ausbreiteten, das bald das ganze obere Stockwerk ausfüllte.

»Versuchen wir, zum Turm zu kommen«, sagte Leo. Sie robbten im Graben entlang, rannten dann geduckt über das Gras, durch die Gemüse- und Obstgärten bis ins große Gewächshaus. Das Feuer im Ostflügel hatte nun ganz vom oberen Stockwerk Besitz ergriffen und das orangefarbene Flackern tauchte die Pflanzenreihen in den Beeten in ein seltsames Licht. Auf der Schwelle blieb Gaia stehen und atmete mit vollen Zügen die feuchte, fruchtbare Luft ein. Langsam ging sie dann von Pflanze zu Pflanze, betastete behutsam die Blätter und Stängel und Blüten. Leo schaute ihr zu. Doch am Himmel über ihnen waren mehrere Flammenstrahlen zu sehen, da nunmehr eine ganze Drachenhorde über dem brennenden Haus kreiste. Falls die Bestien angriffen, würde ihnen auch das Gewächshaus keinen Schutz mehr bieten. Leo griff nach ihrer Hand und zog sie nach draußen und quer durch den Kräutergarten zum alten Steinturm. Geduckt schlüpften sie durch den Torbogen, hasteten ein paar Stufen hinauf in einen runden Raum mit schmalen, hohen Fenstern und sanken keuchend nebeneinander auf den Boden. Leo fuhr sich mit beiden Händen durch die Haare und atmete laut hörbar aus. »Entschuldige«, sagte er.

»Wofür?«

»Dass ich davongelaufen bin. Ich hätte daran denken müssen, wie gefährlich es ist.«

»Schon gut. Es ist …« Sie zögerte.

»Was?«

»Es ist ein Schock, nicht wahr? Ich meine, herauszufinden, dass man nicht der Mensch ist, für den man sich immer gehalten hat.«

Natürlich! Sie hatte es ja auch erlebt. Und sehr viel krasser vermutlich. Es war sicher schlimmer, zu erfahren, dass man von einem ermordeten König abstammte, als zu erfahren, dass man ein Niemand war. Er tastete nach ihren kalten Fingern und verschränkte sie mit den seinen. Sie erwiderte den Druck seiner Hand und schmiegte sich an ihn. Lange Zeit saß er stumm neben ihr und genoss die Nähe ihrer Wärme. Er wollte sich nicht bewegen. Doch nach kurzer – viel zu kurzer – Zeit drang ein schriller Pfiff durch die Gärten. Gaia setzte sich auf.

»Daniel …« Sie verzog das Gesicht. »Wir sollten ihm sagen, dass alles in Ordnung ist. Er wird toben.« Sie verließen den Turm und gingen durch die Gärten, in die Richtung, aus der die Pfiffe kamen. Daniel stand vor dem Hauptgebäude. Die Flammen begannen zu schrumpfen. Der Hauptflügel des Hauses war noch intakt, doch der Ostflügel lag in rauchenden Trümmern, zwischen denen einzelne Flammen zuckten.

»Du kleine Närrin!«, sagte Daniel zu Gaia und gab ihr zu verstehen, mit ihm ins Haus zu gehen. Leo wollte ihnen folgen, doch eine Stimme rief ihn zurück.

»Leo!«

Rachel stand mit Septimus im Schatten des Hauses und schaute mit tränenüberströmtem Gesicht in die Trümmer. »Das waren Hesters Räume.« Leo starrte in die ersterbenden Flammen, die zu Hesters Scheiterhaufen geworden waren und deren Funken noch durch die Luft tanzten und ihre Seele zu den Sternen hinauftrugen. Hester, die verbrannte, und Septimus, der stumm zuschaute: die beiden Menschen, die ihn aus einem Leben herausgeholt und in ein neues gebracht hatten. Septimus, der aus Liebe gelogen hatte; der ihn geliebt und weitergelogen hatte … Leo starrte in die knisternden Flammen, wandte sich dann ab und ging allein ins Haus. Er wusste nicht mehr, was er fühlte, er wusste nur, dass er das Mädchen liebte, das im Moment eine hitzige Auseinandersetzung mit Daniel hatte.

»Wenn ich Leo nicht nachgelaufen wäre, könnte er jetzt tot sein. Hast du etwa vergessen, was wir ihm verdanken?«

»Nein, natürlich nicht«, entgegnete Daniel. »Es ist nur so, dass …«

»Mir blieb keine Zeit«, fiel Gaia ihm ins Wort. »Ich konnte nicht warten. Ich musste sofort handeln. Man kann nicht immer herumsitzen und auf den richtigen Zeitpunkt warten, weißt du?«

Daniel hielt beide Hände hoch, zum Zeichen, dass er sich geschlagen gab. »Schon gut.« Er grinste. »Oben gibt's übrigens was zu essen.«

»Oh, das klingt schon besser. Kommst du, Leo?«

Sie saßen alle Seite an Seite an der langen Tafel im Speisesaal. Gegen Ende ihrer Mahlzeit traten Septimus und Rachel ein. Septimus ging zielgerichtet auf Leo und Gaia zu. Leo starrte stur auf seinen Teller, doch zu seiner Überraschung hatte Septimus gar nicht vor, mit ihm zu reden. Er ging vor Gaia auf die Knie.

»Mylady«, sagte er. »Ich habe zwei Dinge zu bieten, falls Ihr gewillt seid, sie anzunehmen. Zum einen meine Entschuldigung, zum Zweiten meine unverbrüchliche Treue: mein Leben und meine Loyalität.«

Leo starrte ihn perplex an. »Wenn du das tust …«

»Dann breche ich meinen Treueschwur dem Monarchenbund gegenüber«, führte Septimus Leos Einwand zu Ende. »Ja, ich weiß. Aber da bin ich nicht der Erste. Und ich hoffe, dass ich meinen Schwur aus edleren Gründen breche.« Er blickte wieder auf Gaia. »Mylady?«

Ihre Augen brannten, und Leo wusste im ersten Moment nicht, wie Gaia reagieren würde. Doch dann streckte sie ihre Hand aus, zog ihn hoch und rutschte auf der Bank ein Stück zur Seite, um für ihn Platz zu machen. Dann beugte sie sich zu ihm.

»Sagt mir eines, Euer Lordschaft«, begann sie zögernd. »Was meint Ihr? Kann das alles zu einem friedlichen Ende geführt werden?«

»Solange Ihr nur ein Lied in die Schlacht schickt?«, fragte Septimus zurück. »Kann sein. Wenn die anderen erfahren, was ich heute erfahren habe … dann wäre es möglich.«

Ein Sturm wütete um das Dach. Immer wieder rissen Feuerstreifen den Nachthimmel auf, verursacht von einer Armada gen Süden fliegender Drachen. Leo schaute über den Tisch hinweg zu Rachel, die zwischen Mai und Don saß. Eine Tochter des Monarchenbundes, die mit einer Sklavin und einem verurteilten Verbrecher an einem Tisch saß, mit denen sie zudem befreundet war. Er fing Rachels Blick auf und stellte fest, dass er noch immer erraten konnte, was sie dachte – obwohl er nun wusste, dass sie gar nicht seine Schwester war. Eine friedliche Einigung, eine Gesundung, eine Neugeburt; kein Ende in Zerwürfnis, sondern voller Harmonie. Vielleicht war es möglich …

## Ende des zweiten Buches